COLLECTION FOLIO

Pierre Magnan

Chronique d'un château hanté

Denoël

ESSAI D'AUTOBIOGRAPHIE

Auteur français né à Manosque le 19 septembre 1922. Études succinctes au collège de sa ville natale jusqu'à douze ans. De treize à vingt ans, typographe dans une imprimerie locale, chantiers de jeunesse (alors équivalent du service militaire) puis réfractaire au Service du travail obligatoire, réfugié dans un maquis de l'Isère.

Publie son premier roman, *L'aube insolite*, en 1946 avec un certain succès d'estime, critique favorable notamment de Robert Kemp, Robert Kanters, mais le public n'adhère pas. Trois autres romans suivront avec un égal insuccès.

L'auteur, pour vivre, entre alors dans une société de transports frigorifiques où il demeure vingt-sept ans, continuant toutefois à écrire des romans que personne ne publie.

En 1976, il est licencié pour raisons économiques et profite de ses loisirs forcés pour écrire un roman policier, *Le sang des Atrides*, qui obtient le prix du Quai des Orfèvres en 1978. C'est, à cinquante-six ans, le départ d'une nouvelle carrière où il obtient le Prix RTL-Grand public pour *La maison assassinée*, le prix de la Nouvelle Rotary-Club pour *Les secrets de Laviolette* et quelques autres.

Pierre Magnan vit aujourd'hui à Forcalquier. La sagesse lui a dicté de se rapprocher des lieux habités et de se séparer des surplus. C'est ainsi que sa bibliothèque ne se compose plus que de vingt-cinq volumes de la Pléiade et de quelques livres dépenaillés pour avoir été trop lus. Il aime les vins de Bordeaux (rouges), les promenades solitaires ou en groupe, les animaux, les conversations avec ses amis des Basses-Alpes, la contemplation de son cadre de vie.

Il est apolitique, asocial, atrabilaire, agnostique et, si l'on ose l'écrire, aphilosophique.

P. M.

À Françoise, ma femme et mon amie,
pour tout ce que nous avons aimé ensemble,
ce chant du cygne.

Pour moi, ma passion commença le jour où mon âme tomba dans ce corps misérable que j'achève d'user en écrivant ceci.

MICHELET

Avant-propos

C'est l'histoire d'un arbre planté vers 1350, qui vit six cents ans, et de tout ce qui se passe autour de cet arbre. Il existe encore mais, usant du droit du poète, je l'ai déraciné et transplanté au château de Gaussan (mettons), territoire de Mane. Il y a longtemps que j'avais envie d'écrire une chronique supposée des habitants de ce château. Je ne savais comment structurer ce livre ni quelle tonalité ni quel tempo lui préférer.

Un jour, je fis la connaissance (grâce à ma femme) de mon ami Pascal Menon. C'est un bûcheron qui fait de sa forêt une œuvre d'art. Il vit dans une yourte. Il est irréductible, passionné et émerveillé. Ce serait l'homme de demain si celui-ci devait voir le jour. Ce Pascal est pauvre comme Job et vit comme un seigneur. Il est, à quarante ans, le dernier représentant de cette race de poètes que Giono a cherchée en vain sur la terre et qu'il n'a pu faire croître que dans son imagination.

L'été dernier, il nous amena devant cet arbre comme s'il nous montrait une cathédrale. Nous sommes photographiés ma femme et moi dans l'énorme excavation de son tronc partagé en deux.

Sans ce chêne et Pascal Menon, cette histoire n'aurait jamais pu voir le jour. Je dis bien « histoire » et non « roman ». Je ne suis pas un romancier mais un simple raconteur d'histoires.

Les romanciers d'aujourd'hui ont accès, grâce à leurs études, à de nouvelles sciences : psychiatrie, psychologie, psychanalyse. Les romans d'aujourd'hui sont beaucoup mieux construits que mes histoires car je n'ai pas fait d'études. Je suis un peintre en écriture. Un raconteur d'histoires à fleur de peau. Mes écrits n'entrent pas très profond dans les méandres de l'âme humaine, ses revirements, ses sautes d'humeur, ses crapuleries, lesquelles se perpètrent en détournant la tête afin de les oublier et que le psychanalyste le mieux aguerri ne puisse ni dépister ni même concevoir celles que l'individu lui-même avait, cinq minutes avant de les commettre, le plus en horreur chez son prochain.

Moi je ne suis qu'un témoin. Si j'en avais eu le moindre talent, j'aurais voulu être peintre. Le peintre n'a pas besoin d'expliquer. Les limites de sa toile lui interdisent de s'étendre et devant son œuvre, comprenne qui pourra et qui voudra. Je me contente de peindre, en écrivant, ce que tant d'artistes ont réussi à montrer de l'homme rien qu'en esquissant son aspect extérieur. Je songe à Breughel l'Ancien et aux bords de Seine des guinguettes de Renoir. Jamais l'écriture (même Proust) ne parviendra à figer ainsi un instant de la vie sur la terre, à l'extérieur et à l'intérieur de l'être.

Je ne suis pas non plus un historien. Je m'accote à l'Histoire parce qu'on ne peut pas faire autrement. J'avais décidé de mettre « histoire » sous le titre du livre. Malheureusement, les obligations auxquelles nous contraint désormais l'informatique ne nous permettent pas d'être libres de nos choix. Il y aura donc « roman » sous le titre, comme tout le monde. Mais c'est à mon corps et à mon esprit défendants. On trouvera dans cet ouvrage nombre d'anachronismes intempestifs et des erreurs chronologiques voulues ou pas. Je ne demande pas à être absous. J'assume. J'ai pris à l'Histoire ce qui me captivait.

On a souvent l'impression que la vie des hommes illustres ou obscurs, ceux-ci sous le vocable de « peuple », n'a servi finalement qu'à écrire un beau livre d'images pour les descendants. Aussi me suis-je fait une histoire particulière qui me convient mieux que la vraie. J'ai imaginé les têtes couronnées en effleurant le moins possible leur dangereuse réalité.

[illegible]
[illegible]
demande pas à être ouverte à [illegible]
[illegible]

On a souvent [illegible] quel [illegible] [illegible]

[illegible]

[illegible] il était mort dans les [illegible] de sa [illegible] [illegible] [illegible] lorsqu'il avaient [illegible] grands [illegible] [illegible] par le [illegible]

1

Quand Poverello Lombroso, en ce début d'année 1349, mit pied à terre sous les remparts de Manosque, ce fut à l'ombre d'un amandier dont les branches en fleur encadraient étroitement la ville. On était en février et les amandiers ont depuis toujours l'habitude de défier l'hiver. En général ils perdent dans ce défi mais, quand ils gagnent, la profusion d'amandes suffit pendant trois ans aux besoins du pays.

Cette année-là, ils gagnaient. Février avait un goût d'avril et le Poverello se serait bien arrêté pour peindre les branches fleuries, mais il n'était pas ici pour ça.

Lombroso était le peintre officiel de Gonzague, prince de Mantoue. Il était chargé d'illustrer par quelques scènes des Saintes Écritures le plafond de San Andrea, dont les murs blancs à peine secs étaient vierges de toute fresque.

En ce voyage, il était muni, dans les fontes de sa selle, d'un sauf-conduit destiné à Guillaume de Venteyrol, commendataire de l'ordre des frères de Jérusalem, communément appelés de l'Hôpital et seigneurs de Manosque ; lesquels avaient hérité des grands biens de l'ordre frère des chevaliers du Temple lorsque celui-ci avait été anéanti par le fer et par le feu sur la recommandation du feu roi Philippe IV le Bel.

À ces Hospitaliers avaient été dévolus tous les privilèges de l'ordre déchu, y compris celui de lever des donats, sortes d'hommes d'armes mi-moines mi-soldats chargés d'exécuter les basses œuvres sur toutes les possessions des Hospitaliers.

Ce sauf-conduit avait été accordé à grand-peine car le Poverello était frappé d'interdit pour subversion de jouvencelle et, circonstances aggravantes, il s'agissait d'une dame de haut parage sur laquelle le duc avait naguère jeté son dévolu. Et bien que cette amabilité fût fort ancienne, Gonzague ne tolérait pas qu'on accommodât ses restes. Il était d'une ombrageuse jalousie, notamment à l'égard du Poverello, passé maître dans l'art des bonnes fortunes et dont la jouvencelle en question n'avait pas manqué de répandre la qualité des services, bien supérieurs, selon elle, à ceux du potentat.

Pour cette raison, le Poverello était à perpétuité sous la tutelle d'un gonfalonier qui avait ordre de ne pas le perdre de vue une seule seconde et de le ramener à Mantoue mission accomplie.

Les deux hommes montaient des chevaux dont le caparaçon figurait le squelette. Richement zébré d'or et d'argent, ce caparaçon imitait en effet le crâne aux orbites vides d'un cheval mort.

C'était une des idées noires de Gonzague que d'affubler ses chevaux et ses condottieri, costumés eux-mêmes de leurs propres squelettes, avec ces défroques funèbres. C'était un homme malade, c'était un homme méchant, c'était un homme qui aimait faire peur. Il avait eu très tôt l'aiguillette nouée par les œuvres d'une nourrice dont il avait mordu le sein. De sorte que ses gitons, sous peine d'avaler la ciguë, et ses maîtresses, menacées d'estrapade, avaient ordre de colporter à travers le duché ses exploits érotiques et de ne pas tarir d'éloges au sortir de l'alcôve.

Il s'était fait ériger, piazza Filodrammatici, cette statue équestre où il montait un étalon massif pourvu de burnes grosses comme les deux poings.

L'enfer toutefois hantait les nuits de ce potentat et il ne voyait que squelettes et fantômes autour de sa personne sans attrait. Mais les artistes dont il avait su s'entourer étaient tous, comme Lombroso, des génies capables de faire renaître en Italie les splendeurs de la Grèce : même les squelettes simulés de Gonzague paraissaient jouir d'une éternelle vie.

Échapper à un tel homme, ne fût-ce que quelques semaines, valait bien de risquer la peste qui ravageait la Haute-Provence.

Aussi Lombroso s'était-il jeté aux pieds du tyran tel jour où celui-ci tenait lit de justice.

— Votre grâce, lui avait-il dit, je ne pourrai terminer le plafond de San Andrea sans une descente aux Enfers ! J'ai besoin de morts ! Par malheur, en Lombardie, par les temps qui courent, la guerre tarde et nous avons échappé à la grande épidémie.

En vérité, il avait couru après celle de Gênes mais il était arrivé trop tard, car la peste est une étrange maladie qui foudroie mais ne s'installe pas. Elle souffle comme un éteignoir sur le genre humain puis elle s'en va brasiller ailleurs. Le Poverello l'avait manquée de justesse lorsqu'elle sévissait l'an passé sur la rivière de Gênes où elle avait laissé sur place quatre-vingt mille morts.

Ayant foudroyé la Ligurie, l'épidémie balançait si elle jetterait ses filets à droite ou à gauche de la Méditerranée. Un événement la détermina : Gênes regorgeait de galériens et manquait de galères, Marseille regorgeait de galères et manquait de galériens. On avait négocié au plus juste quelques échanges de chiourme entre Marseille et Gênes.

Quand les galères génoises apparurent devant Marseille, les galériens n'étaient plus que de solides gaillards qui avaient réchappé. Ils ne firent que respirer en se rendant d'une prison à l'autre. Les badauds en foule humèrent au passage cette haleine et déjà deux ou trois d'entre eux tombèrent en une pâmoison dont ils ne relevèrent pas. Croupissantes, les galères repartirent pour Gênes dans les trois jours mais, à chaque aiguade, elles semaient quelques miasmes sitôt recueillis.

La Provence était belle, sereine et joyeuse, un morceau de choix pour l'épidémie. En huit jours, celle-ci figea les rires, fana les amours et fit taire les fifres.

Grâce aux forçats de Gênes enrôlés fort à propos, on éleva devant le fléau un mur avec des pierres et des cadavres qui firent ciment, tant le désarroi était grand. Mais il eût fallu du monde pour garder ce mur et, avec tout ce qui mourait chaque jour, de monde on n'en avait point. Ça servait toujours à rassurer les enfants et ceux qui s'obstinaient à rester en vie. On citait le cas d'un certain Léouffre à Dauphin qui avait cent ans et avait eu huit enfants et quatorze petits-enfants, des descendants à ne plus savoir les nommer, et qui soudain se retrouvait seul, privé de postérité par l'épidémie, seul face au destin qui lui faisait la nique. Et il avait beau montrer le poing au ciel, celui-ci en demeurait radieux, couronné de matins où il faisait bon vivre et où, néanmoins, on trépassait par dizaines. Les jours se levaient prometteurs sur des cadavres allongés par carrière, devant les maisons, au bord des lavoirs où le linge, abandonné tout propre, prêt à être essoré, gonflait glorieux et blanc sur les bassins à l'eau limpide. Il n'y avait de malheur que parmi les hommes, la nature, elle, ne se lassait pas de renaître en ses splendeurs.

La peste, en ce qui concerne Manosque, avait eu d'étranges commencements. Elle avait jailli au centre de la ville à la faveur du Mardi gras. Tout un peuple fêtait cette sainte journée tolérée par l'Église du bout de la foi parce que, n'ayant pu l'extirper de la croyance populaire, elle avait dû l'embrigader parmi ses légions.

On avait servi dans les tavernes du pays force daube qui faisait la réputation du terroir. Des saltimbanques campaient autour des douves du château. L'un d'eux élevait des rats savants auxquels il faisait faire des tours de magie. Il en avait un, dans une cage, dolent et qui refusait depuis trois jours de manger et de travailler. Et ce fut un rat déjà presque crevé que le montreur jeta hors de sa cage sous les remparts du Terreau. Le rat, ne sachant où aller mourir, se jeta vers le plus proche recoin où il faisait chaud. Sous une toile de tente bleue où brasillaient les lueurs d'un fournil, c'était l'antre qui servait de cuisine. Les langues là-dedans tonitruaient pour activer le travail. La langue d'oïl et la langue d'oc encore mal séparées se jetaient des injures à la tête en les deux idiomes. Les cuisiniers surexcités balançaient dans la daube des ortolans tout juste plumés qui embaumaient déjà l'air jusqu'à la montée des Manents, jusque sous la tour de guet où dormaient trois hommes d'armes. Ceux-ci avaient déposé en faisceau sous la pleine lune leurs cuirasses et leurs casques en un éloquent colloque.

Là-bas, sous un feu d'enfer, cuisait la viande. C'était celle d'un taureau de quinze ans qu'un seigneur nécessiteux (il y en avait légion) avait remis à son suzerain contre une dette qui se faisait trop vieille pour durer encore.

La seigneurie s'encanaillait doucement, comme on s'enlise dans le sable, à force de dettes insurmontables. Et l'on voyait des taverniers en tablier bleu devant lesquels s'inclinaient des personnes de haut parage, jabots de dentelle et fraises godronnées dont la tête semblait surgir d'une décollation.

Or, on avait commis au touillage de la daube un gâte-sauce lequel, au cours de la journée, avait été meurtri par tant de coups de pied au cul qu'il en avait la tête sonnante. Ce gâte-sauce tout en remuant le fricot vit un rat titubant qui progressait sur la corniche de la soupente, ne sachant manifestement où il allait.

— Voï ! Un rat blanc ! s'exclama le gâte-sauce.

En vérité le rongeur s'était vautré sur une table où l'on façonnait le pain, ce qui l'avait rendu d'une vilaine couleur blême. Le gâte-sauce halluciné n'eut pas le temps de crier. Un flop assourdi provint de la daube où le rat pris de vertige venait de choir.

Ce rat était farci de puces opiniâtres qui le parasitaient. Beaucoup moururent dans la noyade bouillante mais comme il advient toujours quand le hasard s'en mêle, quelques-unes en un bond prodigieux pour l'homme mais fort ordinaire pour la puce, se mirent hors de portée de la fournaise. C'était l'heure où les équipes regarnissaient les feux. Trois gaillards, les bras chargés de bûches, se courbaient vers les braises. Ils étaient torse nu. Les puces atterrissant parmi leurs poils les piquèrent par réflexe. La peste qu'elles véhiculaient était toute neuve, sans merci, une nouvelle jeunesse lui avait été infusée en ce transfert, de Gênes aux galériens et des galériens aux Bas-Provençaux. Les trois gaillards aux gros muscles ne mirent pas trois minutes pour mourir. Les bûches qu'ils transportaient roulèrent sur les dalles. En revanche le gâte-sauce, piqué lui aussi, eut le temps de faire trois fois le tour du chaudron enfoncé dans les braises. Ce chaudron avait été fondu pour fêter la victoire de Manosque sur un parti de Sarrasins issus de La

Garde-Freinet où ils avaient leur repaire et d'où, longtemps, ils s'égaillèrent pour piller. On l'avait jadis utilisé, ce chaudron, pour verser de la poix bouillante sur les assaillants. Aujourd'hui il ne servait plus guère qu'à cuire les viandes lors des grandes liesses.

Le marmiton, lequel comme le rat ne savait plus ce qu'il faisait et qui avait horriblement froid, tituba autour du creuset et, pris de syncope, il s'y laissa choir. Cela grésilla comme friture en fusion. On était en train autour de lui de secourir les morts que l'on croyait encore sauvables. C'était une hurlante panique, un attroupement, un concert de conseils à n'en plus finir. Parmi ce désordre, le bruit d'un marmiton s'abîmant au fond d'un chaudron ne comptait guère. Ce marmiton avait douze ans et pesait le poids d'un agneau. Néanmoins il demeura accroché par un pied au bord du chaudron. On le retira vivement lorsqu'on s'en aperçut. Une partie de son corps était déjà gélatineuse comme tête de veau. La daube continuait tranquillement à mijoter. Il y en avait à peu près cent pintes.

Dehors, en dépit du froid, les tables à tréteaux étaient lourdement asservies sous les coudes des manants en carnaval assemblés. Devant l'église, sur tout le parvis en déclivité, c'était la ribote sous les quinquets fumeux. Il y avait des masques ignobles et d'autres qui étaient gracieux, mais sous ces oripeaux de carton-pâte ou de satin gîtaient des trognes avinées tant mâles que femelles. Les yeux dissimulaient leur éclat prometteur sous le masque fallacieux et laissaient ignorer le visage. Il y avait vingt commandes en cours de gens qui tapaient gaiement sur les planches, réclamant à boire et à manger d'une voix déjà tonitruante, mais croyant proches les franches lippées. Si on les contrariait ils n'allaient pas tarder à casser tout le matériel du pourvoyeur. Le premier mouvement de celui-ci fut de renverser le chaudron au ruisseau, mais un seul coup d'œil aux têtes de carnaval du peuple, hilares mais patibulaires, le dissuada de ce geste fatal. Il préféra dépêcher à la hâte chez le prêtre, rue Grande, lequel n'en crut pas ses oreilles, afin que muni des instruments du culte il vînt absoudre cette viande nouvelle.

— Vous n'allez quand même pas ? dit cet homme de bien au pourvoyeur, vous n'allez quand même pas ?

Le pourvoyeur haussa les épaules.

— Regardez-les, dit-il.

L'abbé tourna la tête vers le parvis Notre-Dame. Sous les fumées rouges des flambeaux qui sentaient le pin il vit des hommes hagards de faim mais qui avaient déjà étanché leur soif, lesquels suivaient d'un œil naïf la course des flammes sous la marmite d'enfer.

Soudain parmi cette foule un cri s'éleva :

— La voilà !

L'attention de la foule se détourna de la daube. Toutes les têtes se levèrent vers le ciel d'un seul mouvement. Les corps suivirent les têtes et se mirent debout. Les souffles puissants éteignirent les flambeaux. Le silence se fit. Là-haut, à gauche du clocher parmi les étoiles maintenant visibles, un corps à la lumière fragile comme celle d'un spectre venait d'apparaître parmi la constellation d'Orion. À force de regarder et de se taire, on finit par voir immobile une comète dont la tête désignait la terre. Elle dardait vers Manosque comme un doigt vengeur. Il y avait déjà dix jours qu'ainsi installée, immobile chaque nuit, elle vouait le peuple des hommes au courroux d'on ne sait qui. Mais le peuple du parvis Notre Dame, par son silence soudain, ne s'y trompait pas. C'était vers lui que la menace était brandie. Les siècles n'étaient pas venus où l'on considérerait ces apparitions comme des merveilles.

Le prêtre, horrifié par ce qu'il venait de faire, porter l'extrême-onction sur un plat de viande humaine, prit à peine le temps de regagner le presbytère. C'était un vieux prêtre qui avançait lentement. Alourdi par les instruments du culte, il n'avait pas eu le temps d'avertir un acolyte et la croix au bout de sa hampe pesait à son corps fragile. Il se demanda un moment ce que signifiait cette lumière discrète qui osait à peine troubler l'ordonnance du ciel mais il n'eut pas le loisir d'approfondir, un accès de peste foudroyant ne lui donna que celui d'ouvrir péniblement sa porte. Il s'affala dans le vestibule au pied de l'escalier. Les instruments du culte tintinnabulèrent sur les carreaux blancs et noirs ; longtemps, longtemps, à côté du grand corps sombre, ils brillèrent sous le clair de lune paisible qui descendait de l'imposte.

Manosque baignait dans la nuit du malheur. Une étrange chape de silence que ne troublait même pas la rumeur des fontaines s'était alentie sur la ville dès la tombée du jour. C'était le silence qui se produit à travers les âges chaque fois que la colère de Dieu aura décidé de clairsemer les hommes, un silence de stupéfaction, un silence d'humilité.

En un peu plus d'une semaine, en toute impartialité, la peste avait retranché la moitié de chaque famille, parfois seulement deux membres sur six, parfois entièrement. Ceux qui avaient une foi profonde ou savaient louvoyer entre les embûches de la nature (ne pas boire, manger avec circonspection et s'enduire d'huile de cade pour enivrer les puces), ceux-là crurent en réchapper et ne moururent qu'un peu plus tard.

La terreur suintait dans les alcôves. Les femmes s'éveillaient en sursaut au sortir d'un cauchemar et tâtaient éperdument le conjoint maugréant. Savoir s'il était toujours en vie ? Savoir s'il n'était pas déjà froid ? Puis en un geste de panique elles se palpaient vigoureusement les aisselles. Savoir si les bubons ne commençaient pas à gonfler sous les poils follets ? Savoir si cette transpiration parmi le duvet était naturelle ? Et ces rats, mon Dieu, qui infestaient le grenier ! Et le chat qui est mort en travers de la porte, qu'on enjambe depuis trois jours, démesurément long, le corps incurvé en croissant de Diane et que personne encore n'avait osé repousser du pied jusqu'au caniveau innommable où suintait une puanteur mordorée.

— Il faudrait pourtant l'enlever de là !

— Qu'est-ce que tu dis ?

Le conjoint se soulevait sur le coude. Le gland du bonnet de nuit oscillait déséquilibré devant les yeux du bourgeois qui louchait.

— Je dis le chat ! Je dis que ce chat il faudrait le lever du milieu avant qu'il pourrisse ! Sans ça on est perdus !

— Demain !

Le conjoint retombait lourdement sur les draps bistre à force d'être sales car on n'osait plus les porter au lavoir par crainte des autres, par crainte que les autres, tous les autres, ne soient en train de couver la maladie, sous leur sournoise apparence de Manosquins bien-portants.

— Dors ! Fous-moi la paix ! On est perdus de toute façon, alors !

Et il recommençait à ronfler ! Mon Dieu ! Comment pouvait-on dormir avec cette angoisse au ventre ? Comment pouvait-on dormir alors qu'en se penchant légèrement vers la lucarne dont on avait relevé la peau de chèvre qui servait de contrevent, on pouvait apercevoir le voisin Didon plié en deux à son fenestron telle une literie mise à l'air ? Il était là depuis trois jours. Déjà un peu ivres d'être repues, les mouches immobiles sur son visage noir attendaient que se forme la goutte intermittente qui mettait longtemps à se gonfler pour enfin, une fois trop lourde, se détacher du bout des doigts et s'écraser en bas, dans la rue. De sorte que le voisin Didon aux bras pendants avait assez l'air d'un perdreau mis à mûrir pour le manger bientôt.

C'était le moment où le Poverello venait de franchir sans encombre la porte de Guilhempierre qui n'était pas achevée et que nul ne gardait, sans doute faute de consul. Depuis qu'ils étaient entrés dans la ville, le gonfalonier de Lombroso avait déployé le gonfanon du duc. Il portait haut levé le lourd attribut de la puissance de Mantoue. L'emblème de l'hégémonie lombarde figurait la tête de Méduse rayonnante comme un soleil et cloutée de velours cramoisi. Il avait grande allure lorsqu'il claquait au vent du soir.

Ce fut dans cet équipage provocant que le Poverello se trouva soudain nez à nez avec la dépouille du voisin Didon pliée en deux à son fenestron.

Ces Didon, quoique maigres, avaient toujours eu le buste bref. Leurs jambes pesaient plus que leur torse et leur tête minuscule, de sorte que, pour celui-ci, l'insolite position de sa dépouille s'expliquait par ce défaut d'anatomie.

On n'avait jamais vu encore un pestiféré défenestré et la langue pendante. Poverello arrêta le gonfalonier d'un signe de la main. Le cheval de labour qu'on avait alloué à celui-ci portait derrière la selle quantité de petites planchettes déjà vernies et propres au dessin. En outre, le compagnon était pourvu d'une sorte de cartouchière adornée de godets de peinture fichés dans le cuir de la ceinture. Poverello s'était réservé deux plumes d'oie à sa chasuble et quelques fusains aux trousses de ses chausses. Il se mit à croquer à loisir le cadavre du pauvre Didon, et son génie était tel qu'avec deux seuls fusains il parvint en quelques minutes à rendre réels le corps martyrisé et sa couleur déjà cendrée.

L'étrange équipage toujours sommé de l'étendard rouge et or se répandit de par la ville. Le jour radieux se levait. Dans l'insolite silence qui régnait, les sabots des chevaux sur les calades sonnaient avec arrogance. Les Lombards atteignirent la place des Escarayats ainsi nommée à cause des assassins qui y subissaient parfois le supplice de la roue. Cette place on avait voulu l'égayer d'une fontaine. Son canon vomissait joyeusement une eau abondante à coups de hoquets. Là gisait le second cadavre. C'était un médecin à masque de corbeau et vêtu de noir comme un prêtre, lequel avait esquissé le geste de boire avant de tomber en avant contre la margelle. Son faux nez bourré d'aromates baignait piteusement dans l'eau du bassin. Le Poverello le croqua avec la même allégresse que le voisin Didon. L'Enfer de San Andrea commençait à se peupler. Le Poverello remettait les deux ou trois planchettes déjà utilisées aux flancs du caparaçon macabre. Il en prenait d'autres. Il marchait de plus en plus vite par les ruelles, guidé par le son timide du tocsin qu'on percevait à peine à la seule cloche de Notre-Dame et qui bientôt expira.

C'était le moment où le Poverello et son mentor découvraient la place de l'église. Sur le parvis régnait le silence. Tout le monde avait fui sauf les morts, dont les écuelles étaient encore pleines de viande gelée. Sous les masques comiques qui n'étaient pas tombés, les visages en lambeaux étaient miséricordieusement cachés.

Soudain, des ruelles adjacentes jaillirent sous leurs cagoules des pénitents blancs, des pénitents bleus et quelques pénitents rouge sang dont la chasuble trouée de regards farouches disait assez leur extraction : c'étaient des bouchers qui venaient aussi enterrer les morts. La place grouillait entre les tréteaux de ces hommes qui sortaient d'un carnaval d'enfer. Parfois il leur restait une jambe entre les mains et alors ils lâchaient le corps qu'ils transportaient pour se disputer cette maigre dépouille. Étant payés tant par cadavre, depuis qu'il y en avait telle quantité, ils perdaient la tête. Ils faisaient des châteaux en Espagne sur leur salaire. L'esprit de lucre les rendait hargneux. Cette hargne entre pénitents était aussi chose toute nouvelle pour le Mantouan.

Il n'avait jamais été à pareille fête. Il dessinait à tour de bras. Jamais la géhenne n'aurait été aussi réelle sous le dôme d'une église italienne. Le peintre travaillait dans l'enthousiasme. On eût dit, à ses exclamations, qu'il avait découvert un coin à champignons.

Mais il s'aperçut soudain que son mentor cessait de lui approcher obligeamment la ceinture à pots de couleurs et qu'il se glissait vers l'odeur de la daube laquelle mijotait doucement sur les braises d'enfer où quelques pauvres sans doute qui n'avaient rien à manger avaient jeté une bourrée bien sèche, pour entretenir la cuisson.

Lombroso poussa son cheval vers la cuisine ouverte à tout vent où brasillait un feu mourant. C'était ici que la daube fumait encore. Il s'en échappait une odeur étrange. Était-ce celle de la peste ? Lombroso réfléchit une seconde. Non. L'odeur de la peste ne flotterait pas sur une daube de taureau. Le gonfalonier s'était sans malice saisi d'une louche et d'une écuelle pour goûter à la sauce. Lombroso lui porta un coup violent sur l'avant-bras. L'écuelle tomba dans la daube. À cet instant le squelette d'une main nettoyée de sa chair apparut à la surface du brouet.

— Lâche ça ! cria le peintre. C'est de l'homme !

Le gonfalonier terrorisé se signa. Les deux cavaliers frappés de panique enlevèrent leur monture au galop ; l'étendard de Mantoue claqua au vent du matin. Ils galopèrent ainsi pendant trois cents mètres avant de serrer le mors.

Ils virent devant eux l'étrange rue de l'Équerre. C'était une andrône feutrée d'un tapis d'immondices immémoriaux. Les chevaux lombards habitués à la propreté italienne reniflèrent devant ce cloaque. Un mort gisait au milieu, les bras en croix, parmi les ordures et richement vêtu. Le cheval de Lombroso l'évita adroitement. Le courant d'air qui soufflait sur la venelle rabattit le gonfanon sur son porteur lequel immobilisa sa monture.

Lombroso était seul à chevaucher. Il se retourna.

— Eh bien ! cria-t-il. Tu dois me suivre partout ! L'as-tu oublié ? Que crains-tu ? Tu portes le Poverello et son génie !

Il piqua des deux, emporté par son lyrisme. Les quatre angles droits de la ruelle vomirent les cavaliers sur un espace qui jetait au visage des hommes une immense étendue de pays. Ponctuée de quelques feux et d'un brasier à brûler les cadavres dont la fumée rougeoyait aux rayons du matin, le tertre qu'on appelait le Terreau laissait voir face à face, mais très loin l'une de l'autre, deux portes rébarbatives qui se regardaient méchamment. D'un côté c'était un nid de trente frères carmes qui avaient orné leur couvent d'un portail de seigneur. De l'autre, la masse trapue du château des Hospitaliers de Jérusalem, suzerains de Manosque. Là aussi la peste avait fait son œuvre. Deux tas de cadavres qui paraissaient rivaliser d'importance se faisaient face, inertes, déjà amalgamés. On ne leur avait même pas enlevé la robe, blanche pour les Hospitaliers, gris sale pour les carmes. On entendait meugler chez les carmes, moines, ribaudes et joueurs de dés. Ces frères faisaient leurs saturnales en leur couvent qui sentait le soufre. C'étaient cadets de petite noblesse à qui les aînés avaient fermé la porte au nez dès la mort du père et qui clamaient leur désespoir par la débauche et la simonie.

Entre ces frères rubiconds et ceux de Jérusalem dont la foi intransigeante s'accommodait toujours d'une pâleur mortelle, il n'y avait aucune miséricorde et les seconds, épiant leurs pareils, guettaient le jour où ceux-là dépasseraient les bornes pour les envoyer tous au bûcher.

Le château trapu était accroupi sur ses douves symboliques car en toute saison celles-ci ne contenaient qu'un peu d'eau de pluie fort croupie. Il était noir. Il avait été d'un beau jaune d'or quand on avait extrait du socle de la colline les blocs de safre dont il était construit à l'économie. Le safre abondait. La pierre était rare. On avait réservé celle-ci aux assises des remparts.

Ce château avait comme un visage. Ses tours brèves s'achevaient en créneaux édentés. Elles étaient larges, bien assises, attendant quelque assaut de pied ferme qui n'avait jamais eu lieu.

Lombroso croqua les murailles et les deux tas de cadavres dont il s'approcha tant qu'il put tandis qu'il dut morigéner le gonfalonier pour l'inciter à le suivre.

Soudain il perçut un bruit d'horloge qui lui était familier. C'était le pont-levis du château qui s'abaissait lentement et la herse grinçante qui s'élevait avec ses pointes menaçantes. À Mantoue de même au soleil levant on entendait ainsi grincer les portes de la ville qui s'ouvraient sur le trafic paysan.

Poverello et même son mentor eurent d'abord la naïve illusion que le château abaissait ses défenses devant le symbole de Mantoue. Mais alors, au lointain, ils entendirent poindre l'antienne d'un Ave Maria. Ce chant montait depuis les entrailles de la ville sans ostentation ni triomphe. C'était un murmure suppliant et chargé d'humilité. Il enflait cependant et se rapprochait.

— Chut ! commanda le peintre.

C'était une recommandation inutile. Depuis qu'il avait découvert le charnier de Notre-Dame et ses pénitents avides, la terreur avait levé la parole au gonfalonier. En revanche le peintre était entré dans la peste avec le plus grand calme. La divine Italie était depuis longtemps la proie de toutes espèces d'épidémies. De sorte que, bien mieux qu'en Provence, les sujets qui y avaient survécu étaient armés pour résister. Le Poverello figurait parmi ceux-ci : une peste verte qui ne tuait que les enfants l'avait épargné lorsqu'il était au berceau. Ils avaient été six à guérir dont le duc Gonzague lui-même et, depuis, ces six plastronnaient à Mantoue sous prétexte qu'ils étaient invulnérables.

— Chut ! répéta le Poverello impérieusement.

Ils s'étaient tous deux immobilisés, aux aguets, prêts à toutes les surprises. On pouvait maintenant suivre distinctement toutes les paroles de l'antienne :

Ave Maria
Virgina martyrum
Beatrix consolatum !

Le soleil en biais éclairait le passage, à gauche du couvent des carmes, dans la ruelle de l'Entrecroix.

— Écoute ! commanda le Poverello.

Le porte-bannière de Mantoue ouvrit la bouche pour la première fois.

— On dirait..., dit-il. On dirait une danse espagnole !

Alors déboucha de la ruelle un bataillon de formes noires qui se déployaient en bon ordre sur l'esplanade.

— Des nonnes ! s'exclama le Poverello.

Il arracha une tablette au cheval du gonfalonier qu'il poussa hors de portée des regards, sous l'ombre des deux ormes qui dépassaient la hauteur du château. Il se mit à grands traits de fusain à dessiner ce bataillon. C'étaient trente-deux moniales qui battaient ainsi le pavé de Manosque. Elles chaussaient des sandales de bois, ce qui donnait par les calades sonores l'apparence d'une danse espagnole à leur marche disciplinée. Quelques-unes portaient en sautoir des rouleaux en corde de chanvre. À leur tête, sur une ânesse au pas nonchalant, les précédait de quelques foulées une créature au menton carré, grande comme un morbier et qui en offrait toute la raideur.

Les traits de ces nonnes étaient à la fois farouches et résignés, quelques-unes étaient belles mais la plupart avaient le visage triste des laides irrémédiables. Le Poverello se réjouissait de les voir si communes, si renfrognées, si parfaitement figurantes d'une descente aux Enfers. Il croquait à grands traits, en jubilant. Les nonnes défilaient devant les cavaliers invisibles. Elles exprimaient la pauvreté orgueilleuse par toutes leurs attitudes. L'antienne qu'elles psalmodiaient pour s'encourager à la marche était machinale. Aucune intonation de ferveur ne la dominait.

Elles franchirent ainsi l'esplanade résolument. Le rythme de leurs sandales changea d'un coup, devint plus sourd. Elles venaient de s'engager sur les planches du pont-levis. La voûte du château les engloutit d'un seul coup. Leur chant subissait un coup d'éteignoir. Impulsivement, le Poverello incita son cheval à les suivre mais celui-ci se cabra soudain devant le vide. C'était le pont-levis qui s'élevait lentement sur son axe. Le Poverello entendit en même temps ce bruit familier à Mantoue : c'était la herse qui s'abaissait sur l'ouverture obscure. Il y eut un bruit de coffre refermé, les derniers tintements des chaînes rendues à leur liberté après l'effort. Au bord du fossé profond, le peintre contemplait la face barbare du château des Hospitaliers de Jérusalem.

Parfois, échappé à l'érosion, quelque angle du safre d'or étincelait par mille aspérités au soleil. Audessus de la voûte fermée, une inscription en chiffres arabes était visible : 1220. Elle s'inscrivait au cœur d'une croix pattée repoussée, celle-là, sur de la vraie pierre.

À ce moment même, le commandeur Guillaume de Venteyrol avait ouvert pour la dixième fois le fenestron pratiqué au vitrail de son cabinet. Viendrait-elle ? La révérende mère Scolastique Pons, prieure du couvent des clarisses, territoire de Mane, il la connaissait bien. Les frères de Jérusalem n'avaient d'autre pouvoir sur cet ordre mineur que la profession de la foi. Si la supérieure jugeait sa demande déraisonnable elle n'obéirait pas.

Il avait mandé trois messagers, à deux heures de distance l'un de l'autre afin d'en donner deux en pâture au destin. La peste en effet sévissait par chemin aussi bien qu'en ville. Les convers de l'ordre mouraient les uns après les autres. Sur trente-cinq valides au début de l'année, il n'en restait plus qu'une quinzaine, en dépit de la prière perpétuelle qui tenait le château en un bruissement constant. Or, depuis quelques jours, le reproche véhément des voix tempérait la soumission à la foi. Les moines avaient toujours cru que la prière suffirait à retenir, pour un temps, les mortels de ce côté-ci de la perception universelle. Mais il semblait bien que Dieu retirait sa protection au saint ordre des Hospitaliers de Jérusalem.

Guillaume referma le fenestron. Il ne pouvait s'empêcher, malgré sa foi robuste, de se tordre les mains dans son anxiété. Viendrait-elle ?

Guillaume de Venteyrol était un noble sans terre jeté dans la moinerie par l'extrême misère, et cette vive intelligence qu'on acquiert très tôt lorsqu'on a besoin de manger l'avait propulsé au sommet de l'ordre. C'était un homme gros, robuste et carré. Aujourd'hui, il ployait sous le poids de sa charge. Trente frères, des donats, les serviteurs du château... tout ce monde le considérait comme une sauvegarde, celui dont le savoir les préserverait tous du malheur. Il ne pouvait pas pourtant murer les issues du château comme l'avait fait en Avignon le chirurgien du pape afin de protéger celui-ci des affres de la peste.

Quelqu'un frappa à l'huis nettement. Guillaume cria d'entrer. Un petit frère passa prudemment la tête par la lourde portière.

— Il y a là, dit-il, l'abbesse de Gaussan sur sa bourrique qui déclare qu'elle ne fera pas antichambre et qu'elle va retourner à Mane si vous ne la recevez pas, immédiatement, a-t-elle ajouté.

Guillaume sursauta.

— Comment, faire antichambre ! cria-t-il. Mais cela fait trois heures que je l'attends !

Il se jeta sur les pas du convers qui déjà s'en allait.

L'abbesse était au milieu de la cour avec son visage carré, sa hauteur sans attrait et son silence impassible. Bien que ne montant qu'une ânesse, elle y avait grande allure. Dans son ombre chuchotaient les converses avec de petits rires brefs.

Guillaume arrêta son regard sur celui de l'abbesse. Ils ne s'étaient jamais vus. En guise de salut, ils tracèrent l'un et l'autre un large signe de croix. Tandis que la prieure mettait pied à terre, Guillaume tenait l'ânesse par la bride.

— Combien avez-vous reçu de messagers ? s'enquit-il.

— Un seul. Pourquoi cette question ?

— Je vous en ai envoyé trois.

— Chemin faisant, en venant ici, nous en avons enseveli deux. C'est pourquoi nous voici si tard. Le troisième n'a eu que le temps de me délivrer votre ordre. Il est mort aussitôt.

— Et vos sœurs ?

— Indemnes par la grâce de Dieu. Mais quelle est cette foucade ? Je vous avoue que si les temps n'étaient pas extraordinaires je ne me serais pas laissé mander.

— Ils le sont ! proféra Guillaume en scandant ces trois mots.

Il avait une bouche en fente de cachemaille qui se refermait sur tout et ne s'ouvrait sur rien. Le peu de paroles qu'il se permettait, sa mimique disait assez qu'il les regrettait aussitôt.

— Mais pourquoi avec une trentaine de sœurs ?

— Sont-elles robustes ?

— Vous savez, mon père, ce sont toutes des cadettes sans dot élevées à la dure et sans autre espérance qu'en Notre Seigneur.

— Sont-elles muettes ? Je veux dire : sauront-elles l'être ?

— Sans doute si je leur en donne l'ordre.

— Suivez-moi. Avec elles ! ajouta-t-il.

Il exhiba hors de son aumusse un trousseau de clés qui firent un bruit sinistre et se mit en marche vers les profondeurs du château.

C'était une bâtisse construite pour la guerre plutôt que pour la religion. Greniers, celliers, caves et granges à fourrage se succédaient dans un ordre parfait. Les lieux de prière et ceux destinés aux hommes étaient des plus succincts. On respirait ici l'odeur des batailles. Une baie éventrée vomissait par l'ouverture toute une ferraille d'armurerie : arbalètes, arquebuses, arcs et carquois de flèches. L'ensemble sentait la rouille mais l'odeur qui dominait évoquait la sécurité et le bien-être : c'était celle du blé et du fourrage.

Les corridors en pente douce pouvaient contenir un char à bancs. Ici, protégé de l'érosion, le safre était resté jaune d'or. Dans ces souterrains percés en pleine matière, il n'était presque pas besoin de clarté tant cet or factice irradiait.

Parfois le commandeur s'arrêtait devant une porte solide qu'il débloquait à grand fracas. Les clés à sa ceinture tintaient comme un glas. Ici il n'y avait plus de frères ni de donats. Ils devaient avoir reçu des ordres afin de ne pas rencontrer les sœurs.

La troupe qui suivait en silence le commandeur et la prieure avait cessé les Ave Maria. À la lumière des flambeaux, les galeries creusées dans le safre accrochaient des pointes d'or sur les arêtes des blocs carrés qui les composaient.

Guillaume fit halte devant un grand portail sans attrait, tout de bois brut, barré d'une clenche énorme que défendaient une chaîne et un cadenas gros comme un cadran de pendule. Le commandeur se retourna brusquement. Il regarda la prieure au fond des yeux.

— Je sais, dit-il à brûle-pourpoint, que votre couvent possède une crypte diabolique.

— Elle n'est pas diabolique ! Nous l'avons lavée par nos prières et la soumission à Notre Seigneur.

La prieure parlait d'une voix coupante. Ce commandeur n'était en rien le sien et elle n'était pas décidée à se laisser mettre la patte dessus. Ces clarisses, au surplus, n'avaient jamais professé à l'égard de l'Hôpital une grande considération. La richesse de l'ordre leur paraissait trop ostensible pour ne pas attirer en son sein bien des frères à la foi chancelante.

— Sans doute ! Mais bien tardivement. Et vous n'avez pas, comme le recommandait notre Saint-Père, martelé les bas-reliefs. Je ne vous détaillerai pas, par décence, ma mère, les joies d'enfer que figurent ces pilastres ! Ils racontent les délices démoniaques qui précèdent la consommation des siècles !

Le commandeur décrivait ces horreurs avec trop de feu. Devant la prieure impassible et qui le jugeait, il perdait pied imprudemment. C'est que les responsabilités qui lui tombaient soudain sur les épaules le dépassaient. Il n'était que l'humble serviteur de l'ordre et c'était faute de mieux que le grand maître de Saint-Gilles l'avait hâtivement délégué à Manosque pour y remplacer, sans le titre, le commandeur de Janson qui venait de mourir. Et il n'était pas plus tôt arrivé que la peste avait éclaté, l'écrasant littéralement sous le poids de sa charge.

— Est-ce seulement pour nous parler de notre crypte que vous nous avez mandées ?

La prieure avait pris un ton persifleur pour poser cette question.

— Oui ! répondit fermement le commandeur. Car, dit-il, je suis sans ordre ! Je suis livré à moi-même ! La ville en dépit de la peste n'a jamais été aussi peu sûre. Les habitants, avant de penser à la mort, pensent à esquiver l'impôt et la corvée. Les caisses sont vides. Les marauds sont partout. Il y a presque autant d'assassinats que de victimes du fléau !

— L'autorité..., tenta de dire la prieure.

— L'autorité n'existe plus ! Savez-vous combien il me reste de frères soldats ? Sur trente frères il m'en reste douze ! Sur vingt donats il m'en reste sept ! Si Dieu veut je peux mourir à l'instant !

— Fort bien ! s'exclama la prieure. Moi aussi ! Alors qu'attendez-vous de nous ?

Mais le commandeur n'avait pas fini sa litanie et en outre c'était un être évasif, qui penchait tantôt à droite tantôt à gauche, perpétuellement indécis.

— Trois consuls sur douze sont morts la nuit dernière ! On vient de m'aviser que toute une noce est à l'auberge, cul par-dessus tête ! La mariée blanche trempant dans le jus des écuelles et...

— Reprenez-vous ! dit la prieure sévèrement. On dirait, Dieu me pardonne ! que vous n'avez pas la foi pour vous conforter !

Elle parlait ce coup-ci d'une voix menaçante, soupçonneuse, et dans son visage carré les yeux déjà accusaient le commandeur d'impiété.

Elle se retourna montrant ses moniales d'un large geste.

— Regardez-nous. Est-ce que nous tremblons ?

Un léger sourire flottait en effet sur les lèvres des sœurs. Elles avaient des visages lavés à grande eau mais où transparaissait très nettement l'énergie constante qu'elles devaient dépenser pour résister aux assauts de la condition humaine, laquelle ne cessait jamais de les maintenir sous son joug ni de les courber sur ses nécessités. Il y en avait de laides et de splendides, de résignées et de révoltées. Mais sur tous leurs traits se lisait le mal d'exister.

Cela suffit pour que le commandeur rentrât en lui-même. Il se redressa d'un pied.

— Soyez assurée, dit-il, que ma foi est aussi ferme que la vôtre.

Il donna deux grands tours de clé dans le pertuis du cadenas. Il ne lui restait plus qu'à soulever la clenche. Il leva les bras au ciel.

— Vous ne tremblez pas, s'écria-t-il, à la bonne heure ! Parce que vous, vous ne savez pas mais moi je sais ! Je vois les malheurs du monde ! Je sais que les Turcs sont aux portes de Malte et qu'ils vont détruire l'ordre ! Je sais que la Provence est livrée à une reine folle ! Jeanne de Naples est une maigre jument avec peu de sein et peu de fesse, ce dont elle est fort marrie. Elle use de ce peu qu'il lui reste avec une fureur vengeresse ! Songez, elle en est à son troisième mari et ce n'est pas fini ! Car celui-ci est à l'article de la mort ! Et pourtant... tous les ponts qu'on a construits en Provence portent le nom de la reine Jeanne. Avec elle, les dames callipyges dont elle est fort jalouse risquent fort l'empoisonnement ! En sus elle est à Naples ! Sur qui voulez-vous compter sous un tel règne, je vous le demande ? Meurtrière et relapse et malsentante de la foi, le Saint-Père n'est pas près de l'autoriser à nous venir gouverner ! Non, ma révérende mère ! Entre le chaos et nous, il n'y a que la peste !

— Commandeur, vous vous oubliez, dit doucement la prieure.

Hors de lui, l'Hospitalier passait sa hargne contre le portail vert. À coups d'épaule, à coups de cul, sa puissante personne s'acharnait contre l'huis récalcitrant qui refusait en grinçant de s'ouvrir davantage.

— Aidez-moi ! cria-t-il. Depuis plus de cent ans contre cette porte nul ne s'est plus escrimé !

Soudain il étendit les bras pour interdire le passage.

— Attendez ! souffla-t-il, attendez ! Notre Sainte Mère l'Église défend le serment. Sans doute ne nous croit-elle pas capables d'y obéir. Mais nous nous le sommes, n'est-ce pas, ma mère ?

Aidé, sans doute, par la Providence, il s'était entièrement repris et même ses lèvres sans couleur s'éclairaient maintenant d'un sourire dissimulé qui devait représenter d'ordinaire sa connivence avec le mystère de la foi.

— Jurez ! commanda-t-il. Jurez que quoi que vous connaissiez maintenant, ce secret ne passera jamais vos lèvres ! Jusqu'à la mort ! Même en confession ! ajouta-t-il le doigt levé.

— Vous faites bon marché de notre confiance ! dit la prieure. Je crois que nous allons nous en retourner à Mane tout bonnement.

Alors le commandeur perdit toute mesure. Il tomba littéralement à genoux devant la prieure qui esquissait déjà le geste de lui tourner le dos. Il joignit les mains.

— Pour l'amour de Dieu ! murmura-t-il, et il baissa la tête.

C'était grande pitié que de voir ce gros homme revêtu de cet ordre des chevaliers de Jérusalem barré de l'ample croix palmée qui avait fait trembler tant d'infidèles. C'était grande pitié que cette contrition devant la simple prieure d'un ordre mineur. La prieure au menton carré n'était pas non plus n'importe qui. Depuis des jours maintenant, il était passé entre ses bras compatissants nombre de mourants de la peste qui n'avaient pas l'âge d'homme. Elle jugea que pour qu'un membre de cet ordre orgueilleux s'humiliât ainsi devant elle et devant trente-deux moniales, c'est qu'il était désormais hors d'orgueil.

Elle se pencha pour le relever sans ménagement.

— Vous n'y songez pas ? Vous, ainsi prosterné ? Levez-vous ! Levez-vous donc ! dit-elle en le secouant.

Et quand il fut debout, elle lui dit encore :

— Fort bien, nous jurons, vous m'avez convaincue.

— Mais elles...

— Pour elles aussi, je prends le péché sur ma conscience.

— Alors aidez-moi, dit le commandeur.

Le portail coincé par le temps et l'humidité ne céda que sous l'effort robuste des moniales. Les vantaux s'écartèrent en même temps avec un bruit déchirant. Emportés par leur élan, les trente sœurs, la prieure et le commandeur pénétrèrent en se bousculant dans le nouvel espace. C'était une salle dont même les flambeaux haut levés permettaient à peine de voir le plafond, lequel était couleur d'or comme tout le château.

Dans la pénombre, une étrange forme vague se dressait omniprésente, toute seule au clair-obscur. C'était un gros objet qu'on avait dissimulé sous une de ces bâches bleues qui recouvraient les morts sur les champs de bataille, afin d'en éloigner les mouches. L'ensemble était haut comme un cheval cabré. Les plis de la bâche qui le dissimulaient ne permettaient pas de deviner sa forme ni sa nature.

Les sœurs cependant reculèrent d'un pas à sa vue comme redoutant quelque menace. À mesure qu'elles s'habituaient à l'atmosphère, elles distinguaient que la forme était installée sur un chariot aux roues massives qu'une poutre horizontale prolongeait en attelage. La bâche elle-même, solidement ligotée de cordes, était scellée par le vaste cachet en cire des Hospitaliers : mains bénissant sur croix pattée. On eût dit un tronc d'arbre qu'on eût conduit au supplice.

Des rouleaux de corde à odeur de chanvre étaient aussi lovés dans l'ombre. Le commandeur les désigna aux sœurs.

— Ma mère, dit-il à la prieure, vos converses vont s'arrimer à ce chariot. Vous m'avez dit qu'elles sont robustes ? Ça va être le moment de le prouver. Elles vont devoir remplacer six chevaux de trait !

— Mais où voulez-vous que je les conduise ?

— Chez vous ! En votre monastère de la plaine de Mane, en cette crypte qui date, Dieu me pardonne ! de bien avant la naissance de Notre Seigneur ! Heureusement je l'ai visitée autrefois. Oh, c'était bien avant mon départ pour Rhodes.

Il souleva la manche de sa robe. Elle révélait le biceps solide d'un paysan-soldat. Il montra à la prieure la marque indélébile qu'il portait au bras comme un autre stigmate. C'était le sceau de la Divine Porte que les Turcs imprimaient sur la peau de leurs esclaves.

— J'ai fait, dit-il, tourner la noria d'une famille d'infidèles pendant sept ans. Je remplaçais dans cette fonction l'âne qui venait de mourir. Mais je préférais cette situation à celle que je vis aujourd'hui.

Il lui restait un geste à faire, c'était de débloquer ce portail dérobé qui donnait sur la campagne au-delà des remparts. Cette ouverture n'avait servi qu'en une seule occasion, quelque deux cents ans auparavant, pour recevoir cette dépouille que maintenant il convenait de mettre en lieu sûr. C'était, parmi tant d'autres, un héritage de l'ordre templier. Quand cet ordre avait été anéanti et contraint de se dessaisir de ses biens, ce fut l'ordre des Hospitaliers qui en profita et prit en partie ses armes.

Le cœur faillait au commendataire de devoir livrer au hasard ce que ses prédécesseurs avaient reçu de l'ordre frère quand celui-ci avait été spolié. Seulement aujourd'hui ce récipiendaire était environné de silence. La prière qu'il s'était imposée et qu'il avait imposée au demeurant des frères ne l'avait pas éclairé. Le ciel était resté muet. Dans sa solitude, il ne pouvait plus recevoir d'autrui ni conseil ni directive. Il était seul face à la volonté imprécise de Dieu.

— Aidez-moi à débloquer cette porte ! ordonna-t-il. Il y a plus longtemps encore que la précédente qu'on ne l'a pas ouverte !

Les nonnes se ruèrent sur le portail. Elles avaient hâte de regagner leurs cellules et leurs prières.

Il y eut un craquement épouvantable quand les battants cédèrent. Depuis plus de deux siècles maintenant cette porte n'avait plus vu le jour. La nuit limpide de février l'envahit et le vent éteignit les flammes des flambeaux.

À la hâte et parfois avec des rires retenus car la plupart de ces moniales n'avaient pas vingt-cinq ans et le rire était encore leur divin privilège, la troupe se jeta sur les cordes de chanvre et se les répartit. Le vallon profond qui s'ouvrait sur le ravin de Drouille apparut avec sa draille qui luisait humide au soleil couchant.

Guillaume leva les yeux vers le rempart. Là-haut, sur la contrescarpe, quelque chose claquait dans l'air que le vent agitait. C'était le gonfanon de Mantoue que son servant avait déployé.

Le commandeur eut un haut-le-corps. Il cria par les corridors, obscurs maintenant, pour ameuter les frères. Ils arrivèrent en toute hâte. Ça ne faisait pas une bien grande troupe étant donné les morts et d'ailleurs, parmi ceux qui se précipitèrent, quelques-uns vacillaient déjà. Ils eurent toutes les peines du monde à rabattre les battants qui coinçaient contre le sol humide. Le commandeur les avait quittés. Il se précipitait vers le cloître où il avait d'autres ordres à donner.

Quand il atteignit le déambulatoire, il vit devant lui et devant le puits quatre cavaliers immobiles qui l'attendaient. Il avait cependant ordonné au conseil des édiles de lui fournir une cavalcade. C'étaient douze chevaux que, par servitude, la ville de Manosque devait tenir prêts à tout moment pour le service de l'ordre, son seigneur, mais les consuls ne perdaient jamais un instant lorsqu'il s'agissait de résister à l'ordre et la peste, pour ce faire, était une bonne occasion.

En outre, les donats eux aussi avaient été décimés par l'épidémie et c'était à grand-peine qu'on avait pu en trouver quatre qui fussent encore debout.

Guillaume les toisa sans aménité. Ils avaient pourtant fière allure. Selon le cartulaire templier vieux de trois siècles qui leur avait été dévolu en même temps que l'héritage, ils portaient une épée et une lance. Leur cotte de mailles n'était plus en métal mais en chanvre par le malheur des temps. En revanche sur le bouclier qu'ils tendaient à hauteur de leur tête casquée, la grande croix pattée aux huit pointes barrait tout leur corps de son symbole arrogant.

Guillaume se promena devant eux tout en parlant et il leur dit :

— Voici : je viens de confier à ces saintes femmes notre principal secret. Je leur ai fait jurer le silence, mais je connais les femmes. Elles vont n'avoir de cesse que de briser nos sceaux et de soulever la bâche. Elles vont n'avoir de cesse que de savoir elles aussi !

Il fit silence, gesticulant, indécis, pesant le pour et le contre, mesurant par avance et sans l'exprimer l'ordre qu'il allait donner.

— Que devons-nous faire alors ?

Bien que ce seul quarteron parût assez chétif, il avait néanmoins un chef. C'était lui qui venait de poser la question.

— Suivez-les et frappez ! Pas avant qu'elles n'aient bloqué ce chariot à l'abri dans leur crypte mais tout de suite après : suivez-les et frappez ! Vous entendez ? Je veux qu'il n'en réchappe aucune !

— La mère supérieure ? hasarda le chef des donats.

— La mère supérieure aussi ! C'est une femme !

Il tourna le dos brusquement. Il voulait ne conserver en sa mémoire que le souvenir d'un ordre, dicté par Dieu, qu'il n'eût pas eu le temps de passer au crible de sa conscience. Il s'enfuit par les longs corridors. En chemin, il rencontra deux ou trois frères haletants, affalés contre les piliers ou les portes et qui étaient en train de mourir. Hâtivement, du bout des lèvres, il leur donna l'absolution.

Il entra dans la chapelle avec l'intention de regagner rapidement sa cellule. En dépit de ses appartements à vitraux, c'était dans cette cellule qu'il passait le plus clair de son temps. Il voulait toutefois auparavant s'assurer de Dieu à son égard par un tête-à-tête avec le Christ.

La chapelle exiguë était déjà occupée par deux frères qui priaient intensément. Le bailli les écarta. Il fit une rapide génuflexion sous le reliquaire du bienheureux Gérard Tenque fondateur de l'ordre. Il se tourna vers le calvaire qui dominait l'autel. Il regarda le Christ droit dans les yeux. L'entretien sans paroles dura quelques minutes. Le bailli se redressa de son agenouillement et fit le signe de la croix. Ce fut au milieu de ce geste, alors qu'il effleurait son épaule gauche, qu'il toucha l'énorme chambourche pesteux qui venait d'y surgir. C'était le bubon que tous les habitants de Manosque appréhendaient tant de sentir sous leurs doigts.

Maître Guillaume de Venteyrol mourut ainsi aux pieds du Christ. On ne sut jamais si de son dernier acte sur cette terre, il avait obtenu d'être absous.

Le Poverello était en train de croquer à larges traits les deux tas d'Hospitaliers morts de la peste et qu'on avait déposés de part et d'autre du pont-levis. Les robes à croix pattée luisaient sous la lune.

Lombroso travaillait dans l'enthousiasme. Il se demandait si la coupole de San Andrea serait assez vaste pour contenir une telle danse des morts. La lueur tremblante des flambeaux qui animait soudain les branches dénudées des ormeaux tira son regard vers la contrescarpe. Il interrompit brusquement son travail et se précipita vers le rempart.

En un réflexe de protection, comme si l'emblème de Mantoue était un bouclier, le gonfalonier le suivit et déploya son drapeau. Alors, sous le rempart, suivant le chemin de ronde, le Poverello vit une porte cochère grande ouverte vomir littéralement les trente-deux moniales qui s'engouffraient tout à l'heure par l'entrée du château. Elles avaient toutes la hart au col comme si on les menait pendre. Cette corde de chanvre barrait leur poitrine et leurs mains y étaient agrippées. À leur suite surgissait un chariot aux roues basses, solides, qu'on devinait avoir été particulièrement bien forgées. Ce char était occupé par une masse informe que gouvernaient les sœurs arrimées aux cordages ; néanmoins elle était anonyme, enveloppée d'une bâche bleue étroitement ligotée. La manière dont cette forme avait été ensevelie interdisait d'en connaître la nature.

En tête du cortège, les pieds presque touchant le sol, cheminait sur son âne la prieure austère, le front barré de rides et qui portait sur toute sa personne cet air de méfiance que provoque chez ses victimes le destin quand il s'en prend aux créatures.

Jamais le Poverello n'aurait rêvé pareille moisson. À la vue de ces théores qui chantaient l'Ave Maria pour se donner du cœur, les chevaux de Mantoue tentèrent de se cabrer sous la main de leurs cavaliers qui les maintenaient au mors d'une poigne de fer. Ayant dompté le sien, le Poverello ne dessinait plus qu'au fusain. Il avait abdiqué toute rigueur. Il ne faisait que donner libre cours à son génie et se fier entièrement à celui-ci.

La théorie des sœurs descendait par le chemin de ronde que limitait le portail de Guilhempierre tout encombré de blocs de safre et qu'on achevait de construire. Une esplanade nue conduisait au clocher que naguère, en période d'opulence, les consuls avaient voulu ériger pour la gloire de Manosque. Ce clocher, par le malheur des temps, n'avait encore jamais sonné l'heure.

Il commandait au soubran de la ville, c'était le nord, une ancienne voie romaine qui tenait plus d'un lit de ruisseau que d'une route royale. Depuis mille ans, les gens de Manosque, s'ils avaient besoin de construire, venaient ici déterrer les pavés et faire provision de pierres bien taillées.

C'était par cette voie que les moniales étaient arrivées et par là qu'elles s'en retournaient.

Entre deux murs de safre le chemin escaladait la colline et il n'était pas trop de l'antienne chantée à pleine voix pour aider les sœurs dans cette draille mal caladée :

Stella matutina
Virgina martyrum
Beatrix consolatum

Elles chantaient à l'unisson, leur prière comblait la nuit de sa certitude. Le soir, à la croupe de l'ânesse, les converses avaient saisi chacune un flambeau dont la prieure avait prévu un fagot en cas de besoin.

Sortant de la Croupatassière, une masure presque sans terres, pour pisser au clair de la lune, un laboureur entendit soudain ce lamento que psalmodiaient des voix d'une extrême jeunesse, d'une extrême innocence. Il vit la procession des flambeaux gravir le chemin. Il vit le chariot grinçant qui avançait roue après roue et son mystérieux chargement.

C'était un homme du pays qui ne mangeait que les fruits de sa terre et ne buvait que l'eau de sa source. Il était prudent de nature et savait qu'en ces temps troublés il était malsain d'avoir été témoin de quoi que ce fût. Il se remisa précipitamment mais ensuite, par un trou du volet creusé par les piverts, il regarda de tous ses yeux. Il vit la prieure sur son âne, il vit les trente sœurs attelées au char et son étrange chargement, mais il vit plus étrange encore : au moment où il pensait aller se coucher pour rêver sur sa vision, il entendit le trot de deux chevaux lourds et qui imprimaient avec vigueur leurs sabots dans la draille.

La lune était maintenant presque à l'horizon. Elle allait bientôt disparaître derrière les montagnes. Elle ne laissait de visible que l'ombre chinoise de deux cavaliers, l'un casqué, l'autre enveloppé d'une robe de velours et d'un chaperon de même nature. L'homme au casque serrait contre son épaule la hampe d'un drapeau carré et, sur cette bannière que le vent agitait mollement, le paysan distingua une figure monstrueuse, cernée de rayons dorés comme un soleil et qui lui tirait la langue méchamment. C'était la tête de la Gorgone que cette année-là Gonzague avait choisie pour faire la nique à son cousin, le potentat de Vérone, lequel ne cessait jamais de le provoquer en combat singulier.

Le paysan de Manosque ne pouvait rien comprendre à ce défilé énigmatique qui se déroulait sous ses yeux mais, derrière ce trou creusé par les piverts, il demeurait pantois, subjugué. Blafard sous la poussière, le chemin charretier blanchoyait encore quand soudain, et la lune qui les repoussait devant sa clarté faisait leur ombre encore plus gigantesque, quatre soldats de l'ordre armés comme pour la parade traversèrent le champ de vision du manant. Ils avaient le heaume baissé et la lance au poing, leur bouclier était rehaussé par la croix pattée des Hospitaliers. Cette fois l'homme souffla la chandelle et se tint coi. L'apparition des soldats de l'ordre sonnait l'alarme dans son cœur simple.

Cet homme-là avait vingt-deux ans et il mourut très vieux. Il dépassa les quatre-vingts ans. À ses enfants, à ses petits-enfants, aux enfants de ces derniers, il ne cessa jamais de raconter sa vision à qui voulait l'entendre. Il lassait. On ne comprenait rien à ce qu'il disait. Son récit se délaya parmi ses descendants. À la fin de sa vie, déjà, personne ne croyait plus à son histoire ni n'était capable de s'en souvenir. Il mourut avec le même air effaré qui ne l'avait pas quitté cette nuit-là.

Cependant, les théores avaient atteint le col de la Mort-d'Imbert. C'était un étroit passage entre deux collines pelées par les caprins qui prolongeaient le Luberon vers le nord. Ce col avait toujours été sinistre. L'au-delà qu'il commandait marquait la fin du territoire des Hospitaliers. Après, c'était le fief des comtes de Forcalquier mais, cette nuit-là, aucun territoire n'appartenait plus à personne.

La nuit, à partir du sommet de Lure, n'avait jamais été aussi belle, aussi limpide, aussi innocente. La comète qui paraissait désigner la terre depuis son immobilité mystérieuse au milieu du chariot de la Grande Ourse conférait au ciel une éternité qui aurait dû intégrer les hommes, et cependant tel un nuage de grêle qui sévit plus fort d'un versant à l'autre de la montagne, l'épidémie redoubla d'intensité, sitôt franchi le col de la Mort-d'Imbert.

Ce fut le cœur du brasier de la peste, ce fut son feu d'artifice, son bouquet. Cette nuit-là entre Sisteron et Céreste, de Manosque au Revest-d'Albion, il mourut sans bruit six mille personnes.

D'ordinaire, de telles hécatombes s'accompagnent du fracas des batailles et des protestations véhémentes des mourants. Ici, ce fut sous le silence, la peur qui bâillonnait les cris, la stupeur de ceux qui se disaient : « Alors moi aussi ! Moi qui chantais des sirventes aux fillettes, moi qui étais beau comme un dieu, moi à qui l'avenir promettait tout ! » De telles paroles ne se prononcent qu'en soi-même.

Sitôt le col franchi cependant, les nonnes éprouvèrent le besoin de souffler. Sans consulter leur prieure, d'un commun accord et en riant, elles plantèrent leurs flambeaux dans la terre, lâchèrent leur harnais pour s'isoler dans la nature. Un bruit de joyeuse fontaine coulait à leurs pieds écartés autour de leurs lourdes futaines pudiquement soulevées pour ne pas les salir d'éclaboussures. Les moniales riaient aux éclats pendant cet acte de liberté.

Le chariot et son chargement restèrent seuls sans surveillance tandis que l'âne de la prieure s'en allait allégrement sur la pente qui conduisait à Dauphin.

Alors le Poverello et son compagnon s'approchèrent du convoi. Le peintre descendit de sa monture. Vivement il tira à lui une des planchettes de la soubretache pour dessiner de près à la lueur mouvante des torches le mystère qui était à portée de sa main.

Il fallait faire vite. Il n'était pas question de s'attaquer aux liens qui entouraient la bâche bleue. Néanmoins celle-ci au balan du chemin s'était légèrement déplacée et quelque chose brillait à la clarté des flambeaux que les sœurs avaient fichés en terre pour être plus libres de leurs gestes.

Poverello se pencha vers cette aubaine. C'était la révélation d'une patte d'animal, pas plus large qu'un travers de main mais qui luisait avec des reflets d'or. Des fontes de son cheval de trait, le peintre tira un godet. Une couleur jaune comme de l'or liquide rutila au bout du pinceau. Le Poverello peignit ce qu'il put de ce pied à sabot qui dépassait et de la chape bleue qui recouvrait le reste.

Il était temps. Les sœurs gazouillantes venaient reprendre leurs places sous les harnais qui les enchaînaient. L'une d'elles en premier plan, la torche au poing, était l'image d'une telle beauté que Lombroso voulut en faire une ultime esquisse sous la coiffe. Il exprima cette beauté et les figures communes de ses sœurs qui la rehaussaient avec l'amour que le génie venait de lui accorder à l'instant. Elle demeura inscrite sur sa rétine jusqu'à la mort. Poverello écarta son cheval. Il se tourna vers son mentor. Celui-ci avait vidé les étriers. Il se tordait sur le sol à côté du gonfanon atterré qu'il souillait de ses vomissures.

Les sœurs qui reprenaient leurs flambeaux ne virent même pas, dans le contre-jour, le cavalier qui avait mordu la poussière ni le peintre qui tenait encore en main le pinceau dégouttant d'or liquide.

Deux d'entre elles pourtant trébuchèrent, tentèrent, titubant et tendant les bras, de rejoindre le groupe mais ce fut en vain. Dans la corolle noire de leur robe soudain étalée, le nez parmi les touffes sèches du pébré d'aï et du serpolet sec qui attendaient le printemps pour fleurir mais gardaient leur parfum, elles expirèrent dans la bonne odeur de ces plantes éternelles.

Poverello hésitait. Les sœurs reprenaient le licol et de plus belle éclatait leur Ave Maria. Elles n'avaient même pas jeté un coup d'œil derrière elles pour secourir leurs compagnes. Elles savaient ce que c'était que la peste et en outre elles avaient entièrement confiance dans le Seigneur.

Poverello Lombroso considéra le gonfalonier mort à ses pieds.

— Si Gonzague me savait libre, exprima-t-il à voix haute, il en mourrait d'inquiétude !

Il ricana. Il songeait que le potentat de Mantoue devait se ronger les ongles à l'idée qu'il n'accéderait jamais à l'immortalité malgré ses prouesses militaires et ses succès d'alcôve ; alors que lui, le Poverello, il y atteindrait sans peine, ne serait-ce que par ce plafond de San Andrea et bien que celui-ci fût jusqu'à présent amputé de son Enfer. Il se promit d'installer au beau milieu le portrait de la nonne en gloire qu'il avait aimée en un instant pour toujours.

Ragaillardi par cette idée, le Poverello enroula autour de sa hampe le symbole de Mantoue et l'arrima au cheval du mort. Cette monture lui parut plus fraîche que la sienne. En outre, elle était harnachée de manière à garder tout le matériel du peintre dans ses fontes.

Les sœurs étaient déjà loin en bas dans les lacets du col. Les flambeaux qui dansaient autour de leur marche donnaient à leur théorie un air de fête.

Poverello huma l'air de la nuit avec une sensuelle gourmandise. Tous ces morts de la peste autour de lui l'exaltaient énormément. Il se croyait invulnérable. En outre, habité entièrement par le plafond de San Andrea, lequel était déjà terminé dans sa tête et qu'il ne restait plus qu'à exécuter, il ne concevait pas que la protection divine pût lui manquer puisque c'était à la gloire de Dieu qu'il travaillait.

La peste cependant n'avait été clémente avec lui que par distraction. Elle le rattrapa avant Passaïre sur le pont qui franchissait le ruisseau Gaudissart. C'est là qu'une étrange sensation envahit le peintre : l'impression que le monde se retirait de lui et qu'une infinie distance et qu'un temps infini se creusaient entre la nuit et sa personne. Il se sentit faible, sans muscles, la peur blottie au creux de son être qui n'était plus que celui d'un enfant craintif. Tous les souvenirs voluptueux qui faisaient sa raison d'exister soudain s'effacèrent. Il se demanda une seconde ce qui lui faisait ainsi écarter les bras du corps sans raison. Il porta vivement une main à l'aisselle, à gauche, puis à droite. Les chambourches pesèrent sur ses paumes ouvertes comme grappes de raisin. Les bubons éclatèrent sous les aisselles comme fleurs d'amandier huchant du bourgeon.

Le cheval immobile demeura quelques secondes à attendre un ordre qui ne venait pas car c'était maintenant une volonté inerte et molle qui occupait les étriers et les vida bientôt. Le Poverello tomba sur le corps d'une nonne. Ils refroidirent ensemble, le peintre de génie et la moniale anonyme et il était dommage que l'artiste n'ait pu croquer cet étrange mariage posthume.

C'était la troisième des huit mortes qui ouvraient sur le ciel leurs yeux étonnés où le brasillement des étoiles clignotait encore pour quelques secondes.

Et quant aux quatre donats jetés aux trousses des filles de Sainte-Claire, les consuls n'avaient pu obtenir des habitants de Manosque pour leur cavalcade que des happelourdes qui supportaient mal le poids de cavaliers armés. Elles se distancèrent les unes des autres tout au long du col de la Mort-d'Imbert.

Le premier donat qui l'atteignit vit la lumière des flambeaux plantés dans le sol par les deux religieuses avant de mourir sans avoir pu rejoindre leurs compagnes. À côté d'elles, inerte et les bras en croix, reposait le gonfalonier de Mantoue richement chaperonné de soie cramoisie et la tête au ciel.

Les ordres du bailli étaient donnés sauf la peste. Or la peste avait d'autres ordres à prescrire et venant de plus haut.

La mort travaillait à grande lame et fauchait sans préférence ni discernement. Le moine-soldat regarda stupidement les deux sœurs mortes. Il regarda sans comprendre le gonfalonier chamarré de son chaperon aux armes de Mantoue. Il fut pris de vertige, se retint à sa lance, s'empala sur celle-ci en s'écroulant. Le cheval soulagé tourna bride et revint vers Manosque et son écurie.

Des trois autres moines-soldats, deux encore tombèrent en route, vidèrent les étriers, l'un mourut, l'autre réchappa mais sa monture à lui aussi était depuis longtemps revenue à Manosque et il dut piteusement rentrer au château à pied.

Il ne resta qu'un seul donat, certain et résolu qui regarda avec indifférence tous ces cadavres semés en chemin. Il avait reçu un ordre, il marchait vers son accomplissement.

Les nonnes étaient au pied du col. Elles n'étaient plus que vingt-deux. Les huit qui manquaient avaient été les plus robustes. La peste agissait souvent ainsi : c'étaient les individus les plus solides qu'elle abattait de préférence, comme si le tri qu'elle pratiquait relevait d'une volonté intelligente.

C'était la partie la plus harassante du parcours. Depuis la combe sous Dauphin où se glissait le Largue, la plaine de Mane commençait à s'élever lentement, plate mais inclinée. Elle était biffée d'un chemin interminable au bout duquel commençait le plateau d'Haurifeuille où se dressait l'orgueilleuse tour de Porchères, citadelle des Baudoin de Provenchères.

Le couvent était niché dans le repli d'un vallon, trapu et bas, confondu avec la couleur de la terre : le clocher se voyait de loin. Les sœurs avaient les yeux fixés sur lui avec espoir. C'était leur bien, c'était leur maison, à son ombre et dans ses murs elles seraient enfin à l'abri. Accrochées à leur harnais, elles chantaient leur antienne d'une voix rauque qui n'avait cependant pas faibli.

Ici, dans cette plaine à peine ressuyée de la mer qui l'occupait autrefois, les paysans, sous un seigneur bénin, étaient riches et égoïstes. Sans doute, au hasard des chemins qui parfois traversaient les fermes entre les granges et les écuries, perçurent-ils dans la nuit les pas pressés et maintenant traînants des moniales qui halaient leur calvaire et n'étaient plus que vingt-deux attelées au char grinçant qui gémissait de tous ses essieux rouillés ; sans doute perçurent-ils le désespoir de leur antienne mais celle-ci ne faisait que passer. Sitôt qu'elle s'éloignait on pouvait s'abandonner au sommeil ou se serrer dans la peur qui scellait les couples et les faisait se blottir étroitement dans ces beaux lits qui ne protégeaient plus de rien.

Quand elles descendirent vers la crypte du couvent, les moniales n'étaient plus que dix-huit et dans l'ombre, qui suivait leur théorie, il n'y avait plus qu'un seul donat. Celui-ci pénétra à cheval dans la crypte derrière les sœurs et surgit devant elles comme l'ange de la mort. La lance et l'épée entrèrent en action, alors que les converses venaient à peine de décrocher leur harnais.

Certaines déjà portaient la main aux liens car elles voulaient savoir tout de suite ce qui se cachait sous cette bâche bleue et qui leur avait donné tant de peine à traîner durant tout le parcours. Leur serment, prononcé devant le seigneur de Manosque, elles le reniaient, ayant gagné, pensaient-elles, le droit de savoir. Le donat s'attaqua d'abord aux plus audacieuses qui avaient grimpé sur le chariot et déjà faisaient sauter les sceaux de l'ordre avec une sorte de joie.

Le moine-soldat en tua deux à coups de lance. Il bouscula les flambeaux qu'elles tenaient. Il jeta sa monture en avant pour atteindre celles qui fuyaient. Il ne savait plus où frapper de l'épée ni de la lance. Les moniales s'éparpillaient en tous sens parmi les hurlements de peur et les gémissements de celles qui étaient frappées. En même temps, l'une d'entre elles encore mourut de la peste. Le cavalier frappait et taillait en aveugle dans cette masse mouvante qui le cernait et le suppliait.

La scène n'était plus éclairée que par quelques flambeaux que les sœurs dès leur entrée dans la crypte avaient fichés entre les moellons descellés des murailles. Au chapiteau d'une colonne engagée, grimaçait un ancien dieu témoin d'une autre religion.

Cependant, à pousser ainsi sa monture en avant vers les victimes, le poids de la mort d'autrui qui le frôlait sans cesse commençait à alourdir le zèle de l'assassin et l'ost qu'il devait à son seigneur le bailli n'était plus son unique souci. Son cheval lui-même entravait son action ; sitôt que le cavalier levait sa lance, la bête se cabrait ou s'écartait comme si, partageant la honte de son maître, elle ne voulait pas aussi partager son enfer.

Au milieu de ce carnage, le donat s'aperçut soudain qu'il était couvert du sang jailli des corps suppliciés. L'air se chargeait de cette tiédeur fade dont le sang répandu écœure même les bourreaux.

L'idée traversa alors le ruffian qu'il ne pouvait pas, qu'il ne pourrait jamais, tuer tout le monde mais qu'en revanche, s'il réussissait à supprimer la prieure, il se ferait bien voir de son maître, le seigneur de Manosque.

La crypte se prolongeait vers l'intérieur du couvent par un souterrain paré en pierres de taille et dont la hauteur de voûte permettait à un cavalier monté de le parcourir. On ne savait quel bâtisseur avait ordonné ce passage. Il existait depuis la nuit des temps. Les nonnes l'utilisaient pour abriter leurs provisions car l'air y était fort sec et froid. Le cavalier s'y engagea au galop, bousculant au passage des nonnes à genoux qui criaient miséricorde.

La supérieure ayant laissé son âne à l'anneau du montoir avait gagné aussitôt le directoire qui commandait sa cellule. C'était l'âme du couvent. Des volumes de manuscrits patiemment recopiés disaient l'origine des sœurs de Sainte-Claire et leur histoire. Sur le grand bureau au centre de la pièce, une sœur laie avait déposé sur un plateau un rouleau scellé d'un ruban blanc. L'abbesse reconnut le sceau de Clément VI.

Emmuré dans sa chambre d'Avignon sur les ordres de son apothicaire pour le préserver de la peste, Sa Sainteté avait cependant scellé ce bref qui autorisait ses chères clarisses à se disperser.

L'abbesse eut un haut-le-corps en lisant cette injonction. Pour qui Sa Sainteté les prenait-elle ? Pour des femmes de peu de foi ? Ces sortes d'ordres, Dieu seul a le pouvoir de les décider dans les consciences. « Il est des jours, se dit-elle, où il n'y a plus d'intermédiaire entre Jésus et l'âme du chrétien. Et quant à notre Saint-Père, il devrait parcourir les rues d'Avignon nu et cru ! Nous avons vaincu le doute depuis aussi longtemps que lui ! Ce médecin est un mécréant ! »

— Depuis aussi longtemps que lui ! exprima-t-elle à haute voix.

Elle se frappait impatiemment la main droite avec ce bref sur parchemin qui lui dictait sa conduite. Elle s'apprêtait à tirer la poignée de la cloche à sa portée pour enjoindre aux sœurs survivantes de se rassembler autour d'elle afin de leur confirmer la fermeté de la conduite à tenir en dépit des ordres du pape.

C'est alors que le moine-soldat surgit devant elle, ayant repoussé la porte à coups de pied.

C'était l'Église combattante dans toute sa hauteur. Bien sûr il était descendu de cheval, bien sûr il avait laissé sa lance avec sa monture mais il tenait l'épée à la main et il avançait, l'arme ainsi pointée, le visage impassible, sans un trait de haine ni de pitié, simplement soucieux de bien faire le travail qui lui avait été imposé et d'obéir en tout point, sans rien de soi qui participe.

L'abbesse le vit venir vers elle avec le plus grand calme. Que craignait-elle ? Le Christ était dans son cœur et elle s'en remettait à lui. Elle regardait dans les yeux ce moine qui lui aussi avait le Christ dans son cœur et dont la robe sous la cotte de mailles était barrée du même signe qui les faisait frère et sœur elle et lui.

« Le bailli, se dit-elle, a voulu s'assurer que seule la tombe nous scellerait les lèvres. »

Elle contemplait avec curiosité mais sans sourire (on n'a pas le droit de railler la mort) cet homme qui fonçait sur elle à travers le grand espace ouvert entre la porte et la table où elle se retranchait.

Soudain l'impassible masque du donat fut troublé par une onde d'étonnement qui ressuscitait chez lui le visage de sa jeunesse. Il arrivait constamment ainsi qu'un reître qui s'apprêtait à égorger sa victime se sentît soudain le bras faible d'un enfant et qu'un bubon de peste entre langue et luette lui coupât net l'envie de tuer. Celui-ci heurta de la tête le rude chêne de la table, son épée dont il fut désarmé s'en alla tintinnabuler contre le parquet. Il mourut tout à coup.

« En voici un, se dit la prieure, qui paraîtra blanc comme le lis des champs devant le Père et à qui pourtant il n'aura manqué que quelques secondes pour finir en enfer. »

Elle ignorait le carnage que l'assassin avait perpétré dans la crypte.

Elle fit néanmoins en direction du corps sans vie le signe de la rédemption.

Tout s'était tu. On entendait seulement encore au loin les cris de douleur des nonnes qui fuyaient n'importe où. Même la cloche serait impuissante à les rassembler. La prieure prit une large respiration. Elle avait le caractère que lui imposait son visage carré, son âme comme ses traits était taillée à coups de serpe. Une grande interrogation végétait en elle, lui interdisant de se soumettre au serment de garder le silence qui lui avait été imposé. Quel était le mystère que cachait la toile bleue pour que le seigneur de Manosque ait mis tant de hargne à en préserver le secret ?

La prieure décida qu'il lui fallait savoir. Elle se mit en marche vers la crypte à travers le souterrain. À peine si maintenant un ou deux flambeaux sur le point de s'éteindre, les autres avaient été piétinés, éclairaient encore la scène hallucinante de tous ces corps sans vie, les uns frappés de coups de lance et de coups d'épée, les autres terrassés par l'épidémie.

Au milieu de ces gisantes en désordre qui esquissaient encore un geste de vie (l'une était restée accrochée aux cordages qu'elle voulait dénouer), le chariot qui contenait le secret des frères de Jérusalem était debout, bien au milieu, comme si commandant au carnage il l'avait aussi perpétré.

La prieure alla s'assurer d'abord que la herse qui défendait la crypte avait bien été abaissée ; ensuite elle se tourna vers le chariot. Elle toisa littéralement la forme empaquetée que celui-ci contenait.

— Ça doit être ça Belzébuth, prononça-t-elle.

Elle ne savait pas, elle ne s'était jamais demandé à quoi pouvait bien ressembler l'ange déchu qu'elle venait de nommer et qui commandait l'enfer. Sans doute, pour la première fois, allait-elle découvrir son visage.

Une soudaine raideur du cou (l'impossibilité de le mouvoir dans un sens ou dans l'autre) lui fit porter vivement la main à l'épaule.

Une étrange excroissance paralysait son bras. Elle tomba parmi ses sœurs, noire, anonyme, seulement désignée par la croix d'or à son cou sur quoi ses doigts s'étaient machinalement refermés.

Dehors, sur le pays de Forcalquier, maintenant délivrée de la lune mais habitée d'étoiles, la nuit était peuplée d'humains par paquets que signalaient des flambeaux. Ils cheminaient en hâte vers les sommets, ayant auguré que l'air qui y régnait les protégerait de la contagion.

C'étaient des processions qui escaladaient les pentes de Lure venant de tous les villages atteints par la peste. Elles étaient visibles sur toute l'étendue de la montagne, sur toute sa hauteur. Certaines de ces processions cheminaient vers les Saint-Roch de campagne dont les chapelles n'étaient même pas consacrées et que l'on construisait encore. C'était le grand instinct de l'humanité, laquelle lorsqu'elle ne sait plus à quel saint se vouer, croit monter vers Dieu en gravissant les sommets.

Là-haut, contre le ciel dont elle occupait tout un quartier, la grande Ourse s'allongeait sur Lure la scintillante. Elle avait semé en route l'importune comète qui la défigurait depuis des semaines. Celle-ci voguait maintenant entre Orion et le Taureau, désorientée, semblait-il. Horizontale, étirée dans sa plus grande longueur et nonchalamment alitée sur Lure, la constellation de l'hiver paraissait contempler avec curiosité cette vaine agitation des hommes.

2

Quand le cheval de Lombroso se trouva libre, il mit un long moment à comprendre que son cavalier ne le monterait plus jamais. Il eut alors l'intelligence d'aller ronger contre un tronc rugueux le cuir du mors qui le refrénait. Cela lui prit longtemps mais il y parvint et dès lors, délivré, il se mit à brouter par pays.

Il avait plu en janvier. Les prés à l'abri fournissaient une herbe abondante où le coursier put facilement se nourrir.

Dans les fontes de la selle cliquetaient joyeusement les planchettes peintes où s'épanchait le génie du Poverello. La dernière avait été mal enfoncée dans la sacoche. Elle brimbalait un peu sous les secousses du trot. C'était celle où le Poverello avait croqué à la lueur des torches que les nonnes avaient plantées en terre, l'ensemble du chariot et la toile bleue d'où dépassait en demi-lune ce sabot couleur d'or.

Le cheval connaissait bien sûr la route qui le ramènerait en Lombardie mais les grands chemins parcourus avec Lombroso lui avaient donné le goût de la liberté et il n'était pas pressé de retrouver les somptueuses écuries de Mantoue où l'on s'ennuyait ferme entre deux guerres.

C'était un animal philosophe qui percevait très bien les gémissements des hommes mais n'en tenait aucun compte. La peste cependant ronflait autour de lui dans le pétillement allègre de ses bûchers, lesquels brûlaient de l'homme avec le même entrain que des quartiers de viande destinés à quelque fête. Des forbans appointés soulevaient sur leurs fourches afin d'attiser leur combustion les cadavres pathétiques ou burlesques qu'on avait entassés dans le désordre.

Un grand accompagnement de glas et de tocsin dominait les villages aux abois, appelant en vain au secours car il n'y avait plus de secours nulle part. Le peuple unanimement courbé sous le fléau ne pouvait qu'incinérer ses morts.

Une fumée alentie aux couleurs funèbres avait comblé plainettes et vallons et parfois dévalait en avalanche depuis les sommets. C'étaient les bûchers mal brûlants qui envahissaient ainsi tout le pays de Manosque, la plaine de Mane, les collines autour de Forcalquier et de Saint-Michel. Le plateau de Valensole fut longtemps dominé par un nuage couleur de boudin qui persistait immobile devant le ciel et qui étendait son plafond depuis Moustiers jusqu'à Villedieu et de Vinon jusqu'aux hauteurs de Majastres. On remarqua qu'il imitait un oiseau planant sur l'air par toute l'étendue de ses ailes immobiles. Ce rappel constant, par l'odeur et par l'aspect, de la mort omniprésente inclinait sous la férule les esprits les plus clairs comme les plus fervents.

La religion seule élevait son crucifix en protection. On tombait à genoux à tout bout de champ, on y persistait de longues heures durant, parfois on n'en relevait pas. Il fallait que la foi pour s'affirmer devînt combattante et on ne se privait pas de l'armer jusqu'aux dents.

Ces villages n'étaient pas maudits mais ils se maudissaient eux-mêmes devant le ciel.

Il ne faisait pas bon, à cette époque, d'être en quoi que ce soit un peu différent du peuple souverain : moins bête ou moins laid, moins pauvre ou moins malheureux. Les villageois soupçonneux guettaient chez autrui le moindre signe de différence avec soi.

Des processions de redresseurs de torts, le poignard à la main, parcouraient de nuit toutes les cités afin d'en nettoyer les innocents, boucs émissaires du malheur des temps. On avait comblé de force Juifs tirés hors de leur demeure des puits qui n'en pouvaient mais et l'on avait adjoint à ces malheureux, par erreur, quelques goïs qui gênaient fort quelque héritier. Il n'était pas jusqu'aux carmes et aux observantins qui ne se ruassent sur la synagogue afin d'en augmenter leurs trésors par quelques rapines.

Les gens éclairés, il en restait quelques-uns, qui tentaient de s'interposer étaient eux aussi jetés aux puits. Ils étaient quelques trublions qui n'arrêtaient pas de souffler sur la haine. Ils s'en allaient criant par pays : « Tous ceux qui ne sont pas avec nous, sont contre nous ! » Et le peuple, au lieu de les traiter en fols, leur emboîtait allégrement le pas. On ne s'apercevait même pas que dans ces holocaustes purificateurs on précipitait des moribonds qui couvaient déjà des chambourches sous les aisselles.

De même les tortionnaires, à peine ayant basculé les martyrs par-dessus les margelles, y trébuchaient à leur tour, pris de malaise. Il mourut alors autant de bandits que d'honnêtes gens, de sorte que la justice de Dieu ne prêtât à nulle confusion. Les pillards qui se jetèrent sur les biens des morts pourrirent en grand nombre sur l'or de leurs rapines.

C'était une giboulée de morts sous laquelle chacun faisait acte de contrition. Les clercs chargés des obituaires en avaient des crampes aux doigts, à force d'inscrire à toute vitesse le nom et la qualité des trépassés.

Tel qui fut dolent la veille, le lendemain il était défunt. On entendait partout, dès que le silence du soir s'établissait, un étrange chuchotis comme rainettes qui se répondent d'un étang à l'autre. C'étaient les bubons sur les dépouilles des mourants qui crevaient encore à la surface des corps avec ce bruit discret.

Une noce entière mourut à moitié. Elle sortait d'une église, joyeuse et opulente par tant de falbalas, précédée de clarines, de galoubets et de tambourins. Le marié en réchappa avec quelques commères et quelques compères mais le corps blanc de l'épousée ne passa pas le parvis. Les trois sueurs la saisirent parmi les seringas et les tubéreuses d'un énorme bouquet. On la pleura avec des cris discordants où dominait l'admiration car la mort était passée si vite qu'elle n'avait pas eu le temps d'effacer la beauté.

Longtemps, la vie sembla tellement précaire que, faits de quatre planches, les berceaux furent semblables à des cercueils. Au-dessus des parents foudroyés par le mal, vagissaient dans leurs nacelles des nourrissons qui allaient bientôt mourir de faim. Leurs mères à leurs pieds avaient raidi leurs bras tendus vers l'enfançon en un dernier geste protecteur.

Le cheval en son errance descendit le col de la Mort-d'Imbert, traversa le ruisseau Gaudissart, traversa le gué du Largue. Toujours broutant au gré de son caprice et remontant vers Mane et le plateau d'Haurifeuille, il se trouva sous la tour de Porchères.

C'était, au flanc des badassières à l'infini, une construction encore toute neuve dont ni le soleil ni le siècle écoulé depuis qu'on l'avait bâtie n'avaient encore terni l'éclatante blancheur.

Ce donjon énigmatique et sans utilité ne contenait qu'un seul habitant : c'était un tombeau en pierre de Mane, neuf lui aussi bien que lui aussi presque centenaire. Ce tombeau contenait la dépouille de l'ancêtre des Baudoin de Provenchères, lequel avait fui Corcyre après la chute du royaume franc de Jérusalem. Il était né en Terre sainte et, contraint de regagner celle de ses ancêtres, il ne s'était jamais consolé d'avoir perdu le lieu où sa jeunesse avait fleuri.

Il avait rapporté un sac de terre du sol sacré. Pour préserver cette offrande mystique, d'abord déposée au milieu de la lande, parmi des prairies de poivre d'âne et de carlines amères, il avait fait élever cette tour qui ne servait à rien aux yeux du commun des mortels mais qui parlait à son âme chaque fois que contemplant la splendeur du pays de Forcalquier, du haut de la terrasse qui coiffait la tour, il pouvait imaginer au-delà, les yeux fixés sur son orient, le tombeau de Dieu qu'il avait recréé chez lui, à son image.

Le cheval brouta les orties autour de ce donjon. Il s'avança plus loin. Un jardin de rosiers défleuris masquait une demeure que barrait devant elle un bassin à deux fontaines où un jet d'eau à petit bruit chuchotait sur la verdure d'un courtil.

Deux cadavres enlacés étroitement qui avaient déjà perdu leurs beaux contours de corps humains et n'avaient plus d'yeux pour se contempler l'un l'autre (les corneilles avaient déjà gobé ces mets succulents), exprimaient pourtant, dans leur affreuse boursouflure, tout l'amour encore qu'ils s'étaient porté.

Le cheval les contourna prudemment. Deux humains même morts sont encore pour un cheval objet de méfiance.

Tout en goûtant l'herbe tendre, l'animal se trouva avancer sur la terrasse d'une maison basse et longue qui offrait tous les aspects du bonheur. Une quenouille encore abandonnée au soleil témoignait qu'il n'y avait pas si longtemps l'un des cadavres de l'allée était occupé à filer.

Une haute bercelonnette se dressait toute blanche à la droite du rouet, devant la chaise vide où un mouchoir blanc taché de sang était abandonné. Un enfançon vagissant y tendait les bras vers le vide où sa mère aurait dû se pencher. Il était bien vivant, gras et rose. Il pleurait parce qu'il avait faim.

À côté du berceau, une petite fontaine tapissée de capillaires s'écoulait avec un bruit de paix. Le cheval but longuement dans le bassin. Son œil doré qui reflétait le ciel ne perdait pas de vue le bébé vagissant. La bête resta un moment à contempler le baigneur. Elle le flaira même délicatement. Elle retroussa les babines et se retira tête basse. Même si elle avait voulu tenter un geste, sa nature de cheval le lui eût interdit.

Elle reprit son errance sur la badassière qui paraissait interminable. Là-bas, où la lande s'inclinait vers le vallon du Largue, une forme noire apparaissait verticale, marchant à pas lents, une bêche à l'épaule. C'était un carme deschaux portant sandales du couvent de Manosque qui errait par chemins, débusquant les cadavres qu'il rencontrait car une étrange cueillette avait été instaurée par les consuls ou tout au moins par les trois qui survécurent.

Les habitants en avaient assez de voir brûler leurs morts. Ils demandaient pour ceux-ci non pas la terre sainte mais à tout le moins la terre des ancêtres. Les consuls offrirent cinq sols à tous ceux qui enseveliraient les cadavres et qui en ramèneraient la preuve. Les carmes de Manosque avaient tout de suite demandé la ferme de cette adjudication. Leur supérieur consentit un rabais d'un liard par cadavre dûment administré et enterré selon les règles. Il suffisait de rapporter à l'hôtel de ville un doigt ou une main, aussi ces religieux s'étaient-ils mis en campagne pour prospecter. Beaucoup moururent à la tâche, ajoutant leur puanteur à celle des trophées qu'ils transportaient mais, comme il advient souvent, quelques-uns survécurent.

C'étaient en général, ces carmes, fils cadets ou puînés de familles pléthoriques qui n'avaient eu que la ressource d'entrer au couvent pour subsister. Plusieurs étaient malsentants de la foi, pratiquaient la simonie et forniquaient ouvertement en dépit de leurs vœux.

Celui que rencontra le cheval portait déjà, en guise de scapulaire, douze mains de cadavres autour de la ceinture et il se promettait merveille des liards qu'il allait en tirer.

Il se crut le jouet d'un rêve lorsqu'il vit cette superbe bête noire au caparaçon couleur d'argent qui imitait son propre squelette. Le caparaçon du cheval était si explicite et sa prestance si altière que le moine, malgré sa foi robuste, recula de deux pas en le voyant tandis que les montures de l'apocalypse flamboyaient devant ses yeux.

Ils se mesurèrent du regard, le cheval et le régulier, toutefois celui-ci était animé par l'esprit de lucre et il imagina tout de suite que les godets à peinture qui lestaient les fontes comme les tablettes où le Poverello avait perpétué les scènes étranges observées en chemin, recelaient quelque matière monnayable. Dès lors l'idée de maîtriser la monture ne le quitta plus.

C'était plus facile à penser qu'à faire. Le cheval méfiant s'était placé face au moine et piaffait à petites foulées et voltait à mesure pour ne pas perdre son adversaire de vue. On le sentait tout prêt à ruer, voire à mordre maintenant qu'il n'avait plus de chanfrein.

Ce cheval de guerre rompu à l'esquive était pourtant un hongre. Toutefois, à Mantoue, quand on châtrait les mâles, on leur laissait une bourse sur deux afin qu'ils demeurassent combatifs et qu'à la guerre on ne pût les capturer. C'était un vieux palefrenier qui avait remarqué cette anomalie un jour qu'il avait été malhabile dans l'art d'émasculer les étalons.

Il y eut entre le moine et la bête un duel d'esquive auquel la colline de la Mort-d'Imbert, les hauts de Montfuron, le territoire de Villemus servirent de théâtre. Courant par chemins à la poursuite de l'animal qu'il croyait de bonne prise, ce moine fut promené par tous les endroits où la peste avait dominé le débat. Pour s'alléger il défit sa ceinture où douze mains inertes étaient déjà accrochées, avec leurs ongles, soignés ou en deuil, avec leurs lignes du destin, plus ou moins longues, plus ou moins nerveuses mais toutes désormais inutiles. Il coupa le pouce de chacune d'entre elles, espérant que les consuls se contenteraient de ce témoignage pour lui compter son dû. Les ayant enfouis dans les guimbardes de son froc, il reprit la poursuite.

Le cheval avait tout de suite compris que l'homme en sandales ne pouvait pas courir très vite. Il suffisait de le tenir à distance par un trot savant qui laisserait croire que la capture était facile. D'autant que le moine ne ménageait pas les douces paroles, les flatteries, les cris d'admiration ou le ton de commandement, toutes choses qu'il croyait propices à amadouer l'animal. L'esquive dura longtemps, s'étendit sur force lieues. L'homme et le cheval rivalisaient d'intelligence et de ruse. Le moine desservi par ses sandales les avait retirées et jetées au loin. Il pensait qu'il n'en aurait plus besoin dès qu'il aurait enfourché la monture, mais la peste égalitaire et aveugle trancha le débat en faveur de la bête. Soudain aux yeux du religieux, la capture qu'il convoitait ne parut plus essentielle. Il fit en courant, néanmoins, un dernier effort. Le cheval se cabra, immense devant l'homme, noir et argent avec son caparaçon aux couleurs de la mort, et ce fut comme si l'apocalypse en personne entrait, tout armée, dans l'agonie du monial.

Le cheval contempla un moment les soubresauts de son adversaire qu'un ultime élan de possession faisait ramper vers sa proie inaccessible et qui s'effondra le nez dans la poussière. Les trophées immondes qu'il portait à sa ceinture pourrirent avec lui sur la badassière odorante.

Ce fut à cet instant qu'un grand vent purificateur se mit à souffler sur la plaine de Mane.

Le cheval entendit cliqueter dans l'air une étrange complainte qui le conviait doucereusement à s'approcher d'elle. Il lui obéit. Trottant l'amble par chemins et forêt, il atteignit le sommet d'Haurifeuille, plateau où le mistral hurlait au loin et à perte d'ouïe. Un moulin à vent se dressait sur un peloux herbu. Le souple mouvement de ses ailes faisait des gestes de fantôme. Le cheval dressa les oreilles et se mit au galop vers l'apparition. Soudain la guerre dont il se souvenait l'animait d'une joie forcenée. Tête basse il galopait vers le moulin comme vers un ennemi. La complainte à ses oreilles devenait un hymne menaçant. Les fontes de sa selle brinquebalaient au vent de sa course.

La tablette qui dépassait à l'air libre se souleva alors de la sacoche et le vent l'emporta vers les pales des ailes qui ronflaient avec un bruit cahotant de rouet funèbre.

Un ânier qui apportait deux sacs de blé sur sa bourrique s'arrêta interdit. La tablette aux couleurs chatoyantes virevoltait dans l'air, s'accrochait aux entoilures des pales, était violemment plaquée au sol.

— Symphorien ! hurla l'ânier.

Sous l'effet du mistral l'entoilure mobile oscillait sur l'axe de la tour de pierre. Un homme tout blanc jaillit par l'huis sans porte. Le vent soufflait dehors et dedans.

— Qu'est-ce que tu as ? dit le meunier courroucé.

Il contemplait l'ânier qui pointait le doigt stupidement vers le sol.

— Il vient de perdre ça ! cria-t-il.

— Quoi ça ?

— Ça là ! Dans l'herbe, contre le mur !

— Qui a perdu ? dit le meunier.

Il était de plus en plus en colère parce qu'il ne comprenait pas.

— Le cheval ! dit l'ânier.

Il désignait la bête qui galopait au loin dans le silence pareil au tumulte que brassait le vent.

Le meunier s'immobilisa soudain craintif.

— Il est noir ! dit-il à voix basse.

— Justement. Il est noir ! Regarde un peu voir ce qu'il a perdu en route !

— Tu aurais pas dû le laisser filer !

— Et qu'est-ce que tu voulais que je fasse ?

— Le retenir.

— C'est ça ! Pour me faire estropier. On aurait dit que le vent l'emportait !

Le meunier se courbait jusqu'à terre, se mettait à ramper même car les ailes dans leur mouvement descendant étaient presque au ras du sol. La tablette clapotait dans l'herbe. Le meunier la saisit brutalement comme une proie qui risque de s'échapper. Il se releva.

— Regarde-la à l'endroit ! dit l'ânier.

Il se penchait sur l'épaule du meunier.

— On dirait quoi ?

— On dirait rien ! répliqua le meunier.

— Ça représente une bâche ! insista l'ânier. Une bâche comme j'en ai vu une un jour quand j'étais jeune, sur des Sarrasins de La Garde-Freinet qui avaient attaqué Manosque et que les Hospitaliers avaient tués à coups de flèches !

— Oui mais regarde ! C'est un char !

— Tu as vu toi des chars avec des roues pas plus hautes ?

— Oui, dit le meunier, un jour j'en ai vu un. Je travaillais au ménage de Cadarache, c'était un char à six chevaux pour les moissons. Il avait des roues pas plus hautes que ça !

— Et ça là, au bas de la bâche ? Cette chose qui dépasse de la bâche et qu'on dirait de l'or !

— C'est un pied ou une patte avec un sabot, je sais pas quoi. En tout cas c'est plus gros qu'un pied ou une patte.

— Et toutes ces femmes noires qu'on voit de dos qu'on dirait qu'elles sont attelées. Qu'est-ce que tu crois que c'est ça ?

— On dirait des nonnes !

— On dirait !

Ils s'exclamaient les deux hommes. Ils n'en revenaient pas de leur trouvaille mais il y avait le vent et l'âne qui se mettait à braire pour qu'on le délivre de ses sacs de grain. Quand ce fut fait, les compères revinrent à l'air libre. Le meunier tenait toujours la tablette à la main.

— Qu'est-ce que tu vas en faire ? dit l'ânier.

— Je sais pas, dit le meunier, mais... cette bâche, je voudrais bien savoir ce qu'il y a dessous.

Il se le demanda jusqu'à sa fin. Il avait placé la tablette sur le manteau de la cheminée et de temps à autre, debout devant l'âtre, en buvant à petits coups son infusion de sauge du matin, il la contemplait pensivement.

Pendant ce temps, le cheval libre tirait pays avec sa charge de planchettes peintes par le Poverello et son caparaçon d'enfer et le gonfanon dont la hampe biffait son corps de la queue au garrot. Il arriva devant Ardantes au petit trot. C'était sur un peloux, une noire campagne qu'on avait autrefois fortifiée et qui marquait la qualité des maîtres des lieux par deux girouettes figurant des coqs qui grinçaient à toute volée sur le faîte. C'était une maison riante pourvue d'un toit à quatre pentes, flanquée de deux tours qui ne servaient plus qu'au droit de colombage. Les Ardantes, les Bohémond d'Ardantes prétendaient dans leur piété qu'il était inutile de bloquer les portes, que Dieu devait pourvoir seul au salut des habitants et qu'il le faisait. Ardantes au surplus, en dépit de sa masse, se dissimulait au fond d'une forêt de cèdres.

Les derniers rescapés du royaume franc de Jérusalem qui n'avaient pas été capturés par les Barbaresques au hasard de la mer, avaient rapporté de Terre sainte des pommes de cèdre dont ils avaient dispersé les graines sur leurs terres. À Ardantes chez les du Cental, la jeune forêt avait cent cinquante ans. Quand le vent soufflait, la triste musique de ses rames parlait déjà de la nuit des temps.

Un tertre sous la terrasse témoignait que les maîtres des lieux avaient payé leur tribut à la peste. Une croix était fichée sur cette tombe faite de deux branches qu'un seul brin d'osier entrelaçait. Le marquis et ses deux fillettes s'étaient exténués à creuser cette fosse pour la marquise, en pleurant, et quant à la croix ils n'avaient à leur disposition que ce moyen rudimentaire d'attester leur foi en la résurrection.

À peine venaient-ils tous les trois, le père au milieu, chaque fille le flanquant étroitement, d'achever ce travail harassant. Les robes des fillettes étaient tachées de terre. L'homme était en bottes boueuses. Ils étaient serrés tous les trois inactifs, les bras ballants, sur le banc de pierre où tant de fois ils s'étaient serrés à quatre, jouissant de leur joie de vivre et du beau pays qu'ils pouvaient contempler, par-dessus la forêt, serein et tendre au malheur des hommes.

Le cheval surgit devant eux au milieu du courtil presque sans bruit. Il avait franchi la voûte du porche au caprice de sa fantaisie et maintenant, immobile, il regardait ces trois humains en battant du sabot.

— Oh ! Regarde, Sanche ! Un cheval noir !

Les deux fillettes se levèrent d'un seul mouvement.

C'était le premier beau spectacle qu'elles contemplaient depuis que la peste sévissait. Cet animal noir, superbe en dépit de son funèbre manteau, comme déposé tête haute en plein milieu du courtil et qui les observait alternativement, c'était un signe de vie pour leur donner espoir.

— Qu'y a-t-il qui dépasse des fontes ?

— On dirait des choses peintes !

— Ne t'approche pas que je ne sais pas si c'est pas un cheval entier !

Le père alarmé les mettait en garde.

Ils parlaient tous un mélange savant de langue d'oïl et de langue d'oc. La bataille de Muret n'avait pas assuré tout de suite et partout la suprématie de l'idiome vainqueur et, deux cents ans après la croisade contre les albigeois, l'oïl et l'oc se heurtaient encore en une lente bataille jamais gagnée, jamais perdue.

— Attendez ! commanda le père.

Il se mit en avançant doucement à fredonner la psalmodie que si souvent il avait vu entonner à son père et à son grand-père dans leurs écuries autrefois. C'était un vrai chant d'amour, une de ces sérénades que les diseurs de sirventes susurraient sous les fenêtres de leurs belles pour les apprivoiser.

Il tourna autour du hongre en une marche incantatoire et ne posa la main sur ses flancs que lorsqu'il jugea que ses paroles rassurantes avaient apaisé la bête.

Les fillettes impatientes suppliaient leur père.

— Regardez, père ! cet ouvrage qui dépasse des fontes !

Elles envoyaient déjà leurs petites mains qui atteignaient à peine le harnachement du hongre. C'étaient deux gentes cacoles que leur père destinait aux ordres. Il était seul désormais. Sa femme avait été emportée par la peste le même jour que le curé de Reillanne, de sorte qu'on n'avait même pas pu l'administrer. Le marquis d'Ardantes ne s'en consolait pas, et c'est pourquoi il comptait vouer ses deux filles à l'ordre de Sainte-Claire dont, depuis sa demeure, il voyait les toitures du couvent, en contrebas du vallon. Toutefois, comme elles n'avaient encore que huit et dix ans, il atermoyait.

Pour l'instant, pétillantes de curiosité, elles venaient de délester l'animal de tous les objets que contenaient ses fontes. Le père leur vint en aide. Il tirait les godets de couleur avec précaution hors de leurs caches. Il ramenait à lui tous les panneaux où le Poverello avait esquissé les scènes de nuit et de jour auxquelles il avait assisté. Les fillettes avidement les lui arrachaient des mains, venaient les étaler sur le banc où tout à l'heure elles étaient assises.

— Faites voir ! dit le père.

Il les écartait. Il prenait un des panneaux et l'observait attentivement.

— On dirait, dit-il, le château des Hospitaliers de Manosque. Et ceci est le portail de Guilhempierre.

Soudain sur la tablette où les sœurs débouchaient de la rue, il reconnut, à la coiffe, l'ordre de Sainte-Claire. On distinguait même quelques physionomies dans la foule de religieuses que le Poverello avait croquées et notamment, cernée de flambeaux qui burinaient ses traits, la supérieure du couvent sur sa bourrique. Le peintre pour la croquer n'avait eu que quelques minutes et pourtant la foi abrupte, sans concession et sans pitié se lisait sur les traits de la prieure. C'était à tel point que le marquis en eut froid dans le dos. « Jamais, se dit-il, jamais je ne confierai mes filles à cette inflexible ! »

Pendant que tous les trois, les fillettes et le marquis se demandaient ce que pouvaient bien représenter les scènes qu'ils examinaient, le cheval avait tourné bride.

— Attendez ! dit Sanche. Il a encore quelque chose sur le dos ! Papa, aide-moi !

Elle se hissait sur la pointe des pieds. Elle essayait de détacher des fontes le gonfanon de Mantoue roulé autour de sa hampe et où deux galons d'or scintillaient au soleil. Son père vint à son aide.

Ils étalèrent sur le sol l'égide épouvantable qui dévoilait maintenant en pleine lumière le rire de Médée cerné de rayons comme un soleil maléfique. Le marquis se signa et Sanche et sa sœur se voilèrent la face.

Pendant ce temps le cheval avait tourné bride.

— Que fait-il ? dit Sanche.

— Il s'en va, dit Ermerande.

Non, il ne s'en allait pas. Il était immobile, il soufflait des naseaux. Il soulevait son sabot de gauche et le reposait au sol tête basse. Il essayait dans son langage de bête de faire comprendre quelque chose à ces humains si loin de lui.

Sanche l'observait attentivement. Il faisait deux pas vers le porche puis il tournait bride, revenait posément à sa place et recommençait son manège. Il fallut dix minutes à la petite fille pour comprendre.

— Il veut que nous le suivions ! s'exclama-t-elle.

Comme si elle avait compris ce langage, la bête encensa longuement et se mit en route vers le porche. Il trottait lentement. Les trois humains suivaient péniblement par les bois d'abord puis par l'interminable badassière. Sanche se plaignait, avait mal aux pieds, Ermerande la morigénait. Elle, elle voulait savoir.

Toute blanche au soleil couchant, la tour de Porchères s'éleva à l'horizon. L'allée et la terrasse où les deux cadavres pour l'éternité tournés l'un vers l'autre encombraient le chemin. Les deux petites filles se serrèrent l'une contre l'autre.

— Ne regardez pas ça ! dit le père.

Le cheval avec précaution avait contourné le couple immobile. Il était déjà là-bas, sur la terrasse. Il penchait sa tête vers le berceau.

— Un enfant ! s'exclama Sanche.

Le bébé ne pleurait plus. Il était toujours vivant. Il dormait. Il ne devait peser que quelques kilos. Il était seul au monde et s'il ne pleurait plus, s'il dormait, c'était parce qu'une part de vie obscure, aussi inconsciente que lui, le soutenait, s'obstinait, résistait à la faim, résistait au froid. La vie partage la puissance du mystère avec la mort. Quand elle a décidé d'habiter un être, rien ne peut l'arrêter.

Déjà les deux sœurs s'étaient penchées sur le berceau, déjà elles prenaient l'enfant contre leur chaleur, entre elles. Les gestes que font les mères, elles les connaissaient par cœur bien avant de naître.

— Vite, père, rentrons à la maison pour le nourrir !

— Avec quoi ? demanda le père.

— Le lait de l'ânesse qui vient de faire l'ânon !

Déjà elles précédaient leur père sur le chemin d'Ardantes. Elles couraient, se disputant la gloire de partager leur chaleur avec l'enfant. L'aînée avait dégagé sa poitrine et elle pressait la tête du bébé sur ses seins encore stériles.

Le cheval dansa l'amble en arrière dans le plus grand silence. Il tourna bride. Il fuma des naseaux pour humer l'horizon, tâtant la rose des vents. Du côté où l'air sentait l'Italie, on le vit disparaître au détour du chemin. Un trot de majesté l'emporta satisfait, la tête haute. Maintenant, il pouvait regagner les écuries de Mantoue dont il commençait à languir.

La peste est comme un orage d'été. Elle s'abat, elle sévit, elle passe. Elle cessa à Forcalquier comme elle était venue. Elle n'avait atteint que l'espèce humaine. Sans maître et sans gouvernance, les troupeaux erraient en perdition, vite récupérés par d'honnêtes gens que les scrupules n'avaient plus besoin d'étouffer. Il était mort la même proportion de notaires et d'hommes de loi que du reste de la population. Le peu qu'il en restait surchargé de besogne ne suffisait plus au maintien des héritages, des lois et coutumes, des partages, du cadastre lui-même où des êtres véhéments qui criaient plus fort que les autres à l'injustice, ou qui portaient une épée au côté, venaient se tailler la part du lion.

On se croyait quitte envers la nature maintenant que la peste avait retranché en tout lieu les quatre cinquièmes des villageois et l'hécatombe, pour beaucoup, apparut soudain comme une aubaine.

Une sorte de joie de mauvais aloi masqua bientôt le visage de tous les survivants. Il y eut baptêmes, banquets et mariages. Il y eut des transactions qui prenaient effet très loin dans l'avenir, dix ans, vingt ans, l'or reparut à l'air libre, on ne sait d'où revenu.

Rapidement on donna sépulture décente à tous les restes des pestiférés morts en rase campagne ou dans les maisons qu'on nettoya. Les vieillards défunts de mort naturelle recevaient l'absoute en des églises où l'odeur des cadavres s'était insérée pour longtemps dans celle de l'encens.

On se reprit à semer, à greffer, à biner, avec ardeur. La peste avait fait doubler les prix, même, à grand regret et à grand-peine, celui des rémunérations mais on était bien obligé. Le travailleur, affranchi à Forcalquier et à Manosque, était devenu la chose la plus rare du monde. Bien des petits nobles en dépit des édits qui leur interdisaient le travail prirent en main propre les manches de l'araire. La joyeuse effervescence du travail sévit partout en les guérets, en les forêts, en les villes aux rues étroites où soudain on se trouvait à l'aise, étant moins nombreux.

La liesse dura deux ans, deux ans où l'on crut à l'éternité, où les chapelles d'actions de grâces qui remerciaient saint Roch s'érigeaient partout où les restes des temples romains, ou quelquefois grecs, permettaient d'utiliser les pierres à de nouvelles consécrations.

Deux ans. Le printemps bien avancé offrait à la vue des clos superbes, soignés avec amour. Les pluies avaient été abondantes, les bosquets rutilaient d'un vert tendre prometteur de récoltes futures et d'herbages opulents.

C'était en juin. On cueillait les cerises. On vit soudain poindre un nuage du côté d'Apt, ayant la forme d'une faucille qui se serait déformée, reformée, avançant à grande vitesse et soudain obscurcissant le soleil par pulsations.

Il tomba d'abord sur les champs et les bois quantité d'excréments minuscules semblables à de la fiente de pigeon et qui ne sentaient rien. Un homme qui binait ses salades en son enclos bien tenu ne vit soudain plus les plants. Leur verdure était devenue d'une vilaine couleur grise qui faisait penser au deuil. L'homme regardait ça stupidement. Sa femme se releva en hurlant. Elle, c'étaient les raves dont elle coupait les feuilles pour les assaisonner ce soir avec du lard. Elle se trouva tenant en main un bouquet de cardes lequel soudain fut éteint par tout ce gris et qui n'avait plus que les nervures. Un volettement fébrile soulevait l'air. Une averse visqueuse bruissait sur les épaules autour des oreilles des jardiniers. Le soleil se couchait partout et pourtant il continuait à faire jour.

— Qu'est-ce que c'est ? demanda l'homme stupidement.

— Des sauterelles, imbécile ! Tu n'as jamais vu de sauterelles ?

— Si ! Mais trois quatre, pas un tapis !

Ils se regardèrent l'un l'autre. Ils étaient hideux. Les sauterelles s'étaient emmêlées dans leur chevelure imitant la toison hérissée de la Gorgone.

La masse était sans cesse en mouvement. À mesure qu'elle s'alentissait sur la terre, ne s'arrêtant que pour soulever les élytres et pondre abondamment, le jardinier s'aperçut que les fèves, lesquelles pourtant ce matin encore commençaient à fleurir, n'existaient plus de même que les salades. Il se rua vers la cabane pour prendre une bêche. Il se mit à taper comme un forcené. La femme qui criait toujours giflait le sol à grands coups de tablier, écrasait les insectes d'un soulier vengeur. Sur Mane, sur Forcalquier, sur Dauphin, sur Manosque et jusqu'à mi-hauteur de Lure la giboulée de sauterelles ne s'arrêta qu'à la nuit et reprit au matin.

Ces vols n'étaient pas sans fin. Ils se succédaient. Mais les premiers avaient déjà tout dévoré et les suivants mouraient de faim. Les premiers jours, les hommes résistèrent grâce aux provisions des maisons, des granges et des greniers. Les puits étaient souillés, les ruisseaux charriaient des traînées d'insectes. On essaya de les faire cuire au moment de leur mort. Les élytres et les pattes et le thorax étaient coriaces comme écailles de poisson et le goût soulevait le cœur.

Le comte d'Ardantes vit comme tout le monde s'abattre ce fléau. La petite fille de Porchères sauvée de la faim avait survécu grâce au lait de cette ânesse et maintenant elle avait trois ans et les filles du comte s'occupaient d'elle passionnément. Ce jour-là on l'avait sortie sur la terrasse devant les cèdres dont l'odeur montait jusqu'à la terrasse.

Le comte découvrit tout de suite que ce nuage en forme de faucille apportait le malheur. Il appela ses filles.

— Vite Ermerande et toi Sanche, prenez Clermonde ! Rentrez-la à la maison et fermez bien la porte !

Lui-même resta un long moment dehors. De l'autre côté du chemin qui montait jusqu'aux yeuses d'Haurifeuille, il pouvait voir tout le nord obscurci par cette fois trois de ces faucilles palpitantes qui filtraient le ciel. Il les voyait, titubant comme un être ivre, dépourvu de raison, aveugle et tâtonnant vers tous les horizons, ne sachant où aller.

Les trois chèvres qui broutaient paisiblement le long des buissons succulents à leurs babines se trouvèrent soudain fouettées par une grêle chaude qui les mit en panique. Elles foncèrent vers l'écurie. L'ânesse se mit à braire et son ânon à ruer. Seules les poules de la basse-cour caquetant de plaisir et le coq glorieux qui chantait à tue-tête comprirent ce qui se passait. Ils se ruèrent vers cette manne grisâtre qui tombait du ciel. Ils n'en croyaient pas leur faim toujours pressante. Avec les pattes, avec le bec ils entreprirent de faire une hécatombe parmi les insectes morts et vivants qui grouillaient sur le sol.

Le comte et ses deux filles les observaient maintenant à travers les carreaux de verre qui faisaient l'orgueil d'Ardantes. On les avait installés du temps du grand-père qui les avait rapportés d'Italie quand il était revenu de Corcyre.

La fillette elle aussi pouvait les voir en levant les yeux. Elle se mit à pleurer instantanément. On l'avait appelée Clermonde. Elle avait compris avant les adultes, par la peur qui l'habitait depuis sa naissance, la catastrophe qu'elle contemplait. Les deux jouvencelles s'étaient emparées chacune d'une main du comte.

— Père, qu'est-ce que c'est ?

— Père, quelle abomination nous tombe encore dessus ?

Elles parlaient à voix basse. Elles parlaient en français. La langue d'oc, selon elles, était l'expression du bonheur. On devait cesser de l'utiliser quand Dieu nous abandonnait.

— Ce sont des sauterelles, dit le père, à voix basse lui aussi.

Les insectes s'écrasaient avec un bruit sec de grêle pressée.

— On va vivre encore dans le malheur ! pensait le comte. On n'entendra pas cette année le vent sur les moissons. Survivre ! Encore survivre ! gémit-il.

C'était la première fois que l'Occident se trouvait affronté à cette invasion. La terre devint blanche comme s'il avait neigé sauf sous les forêts et les cimetières car, sans qu'on sût jamais pourquoi, les vols de sauterelles s'arrêtèrent aux portes des champs des morts, les vieux comme les neufs. Les cimetières furent les seuls endroits où l'herbe se mit à croître sur les fraîches fosses, hâtivement recouvertes, des victimes de la peste. Tout le reste du végétal fut anéanti. La peste ne s'était attaquée qu'aux humains. Les sauterelles rasèrent tout ce dont le règne animal avait besoin pour vivre : l'herbe, les légumes, les tendres pousses des arbres, les fleurs ; seuls les chênes, les yeuses et les buissons de ronces trouvèrent quartier ; mais les carlines, mais la salsepareille, mais la belladone, mais les œnanthes, mais l'herbe-à-pauvre-homme, mais les bourses-à-pasteur, mais les consoudes, mais les rosiers, mais les cornouillers et tout le reste qui faisaient si beaux le pays de Forcalquier et la plaine de Manosque, n'existèrent plus.

Il n'y eut pas d'automne. Toutes les feuilles caduques des arbres, les criquets les avaient dévorées.

La lavande elle-même fut saccagée par les prédateurs. On assista à la soudaine dominante du parfum de l'aspic. Celui-ci exsudait de chaque insecte. Les nuées de sauterelles le répandaient dans l'air après avoir gobé les épis. La famine se poursuivit dans cette odeur suave. Les survivants, cinquante ans après, ne pouvaient pas humer cette fragrance sans en avoir le cœur soulevé.

Les premiers froids anéantirent l'invasion mais le mal était fait. L'hiver sévit sans pitié. Il n'y avait plus de provisions. On mangea les chevaux, les ânes, les troupeaux. Longtemps on épargna les poules, à cause des œufs, mais pour la Noël déjà on mit les dernières au pot. On se traînait à quatre pattes parce qu'on n'avait plus la force de se tenir debout. On vit des laboureurs à genoux s'efforçant d'enfoncer l'araire et toute la famille attelée parce que la bête était morte de faim ou bien qu'on l'avait tuée pour la manger. L'ordre qui avait arrêté l'humanité en marche était tel et régnait si rigoureusement que même l'amour on ne le faisait plus. Les couples amorçaient le simulacre puis ils retombaient l'un sur l'autre, les bras ballants, épuisés.

Une femme mangea son enfant nouveau-né jusqu'au cordon puis elle alla se jeter dans le puits familial.

La faim était hallucinatoire. Un manant qui alla sonner le tocsin (et l'on se demanda longtemps comment il avait pu se traîner jusqu'au clocher) déclama qu'il avait reçu du ciel l'ordre de se précipiter en bas de la tour pour sauver le monde et il le fit.

Le moulin sur la badassière de Porchères fut pris d'assaut par les affamés. Moulin ça voulait dire farine et le parfum de cette bénédiction de blé qui avait imprégné les lieux depuis qu'il existait demeura bien longtemps après qu'il n'y eut plus rien à moudre. On vint avec des couteaux, avec les ongles, extirper les moindres parcelles sur les stries des meules, qu'on lécha, à même la pierre. On disputa les détritus aux vers de farine. Le peu qui s'était blotti pour l'hiver dans la sciure de blé fut gobé impitoyablement. On mangea le son, la repasse. Il y avait longtemps que le meunier avait été occis sur un sac de farine qu'il prétendait défendre. Le tableautin peint sur planchette que le meunier avait tant observé sans rien y comprendre attira l'œil soupçonneux de quelques-uns mais, comme il n'était pas comestible, on le jeta dehors, dans les orties.

Tomba la neige qui ensevelit tout et tua de plus belle. Dès l'automne, le marquis d'Ardantes avait dit à ses filles :

— Attention ! Manger va devenir chose de l'âme. Il va falloir se nourrir de tout ce que les autres ne mangent pas. Vous allez vous habituer à aller sous les yeuses ! Ils font des glands ! Vous allez les ramasser, nous en ferons de la soupe ! Ramassez tous les champignons que vous pourrez. D'ailleurs je vais aller avec vous. Nous les ferons sécher.

D'ordinaire il faisait appel à ses paysans pour tuer le cochon. Le temps venu, sans en parler à personne, il le tua lui-même au fond de la soue. À tous les trois, ils firent la charcuterie.

— Désormais, dit-il, vous n'allez plus manger à votre faim ! Il faut se restreindre. Il faut surtout ne pas attirer l'attention, ne pas paraître différents des autres.

Il parlait en français. Ses filles lui répondirent de même. Jamais plus depuis ce désastre ils n'utilisèrent le patois pour communiquer entre eux. La langue du bonheur était morte à jamais.

— Mais la petite ?

— La petite ? Elle sait déjà ce que c'est que souffrir. On la tiendra en vie. Mais il ne faut pas qu'on voie qu'elle profite ! On n'a pas d'armes ! On ne sait pas se défendre ! Regardez ce qui est arrivé déjà au meunier qui faisait chanter la mort !

Sanche et Ermerande se serrèrent l'une contre l'autre en frissonnant.

— Et les chèvres ? dit Sanche. S'ils les voient, ils les tueront ! On en a déjà tué dans Forcalquier peut-être cent !

— Dieu y pourvoira ! dit Ardantes en se signant.

C'était un signe journalier à trois reprises que l'on esquissait : au lever, à midi pour le repas et le soir en se couchant. Personne, en ce temps-là, ne doutait ni n'était incroyant. Le paradis était l'espérance suprême qui faisait patienter ici-bas. On aspirait au paradis et l'on savait bien que pour l'atteindre il fallait passer par le truchement de la mort. Mais plus encore et mieux, on croyait à l'enfer. Le premier était impossible à se représenter sauf d'une manière enfantine. Le second, en revanche, il suffisait de le transposer tel qu'il existait déjà et pour bien longtemps encore sur la terre.

Même les reîtres croyaient en l'enfer et courbaient

l'échine à chaque forfait. Ils se signaient avant de tuer. Ils savaient qu'ils tomberaient sans remède dans la géhenne rédemptrice, c'est pourquoi, en cette vie, ils commettaient le plus de crimes possible afin que, par la jouissance qu'ils en éprouvaient, la punition sans limites ait au moins servi à les faire bien vivre ici-bas.

Entre l'enfer et le paradis, il y avait le mensonge qu'on se racontait à soi-même. Le comte d'Ardantes se préparait à ce mensonge qui le conduirait à la damnation pour sauver sa progéniture. Chaque jour, il attendait anxieusement l'assaut que les morts de faim ne manqueraient pas de livrer à son manoir. Il ne pouvait dissimuler la paisible résignation en quoi vivait le beau domaine. Tôt ou tard, ceux qui ne possédaient plus rien de vaillant allaient venir le piller. C'était une attente presque insoutenable.

C'était aussi une terrible responsabilité envers soi-même que de risquer l'enfer.

— Vous ne direz rien ! ordonna le comte à ses filles. Vous me laisserez parler. Nul ne doit savoir si vous m'approuvez ou me blâmez. Vous me regarderez de derrière la vitre !

Ce fut un jour d'hiver, de neige et de ciel bas. La horde misérable qui fuyait la ville, qui fuyait les campagnes, qui fuyait n'importe où, en vain, puisque la faim et la mort étaient bien immobiles en eux et qu'ils ne pouvaient leur échapper puisqu'ils en étaient tous porteurs. C'était une théorie comme une armée chétive qui s'était formée peu à peu avec tous ceux qui avaient la force de suivre machinalement.

On vit poindre comme une vague de la neige cette marée humaine au loin de la badassière. D'ordinaire, il fallait vingt minutes pour atteindre Ardantes depuis le grand chemin de la Garde-de-Dieu. Mais les gueux qui voyaient Ardantes comme une terre promise mirent sept heures pour, rampant, sacrant et gémissant, se trouver enfin devant la terrasse. Le marquis s'était attendu à des agresseurs armés jusqu'aux dents. Il y en avait bien quelques-uns mais qui tenaient leur faux, leur râteau, leur fourche, leur pique quelquefois, plutôt pour s'aider à marcher que pour attaquer. Les frondes même, ils n'avaient plus la force de les brandir.

Ils n'avaient même plus la force de clamer leur disette. Il fallait la lire sur leurs lèvres. Devant cette communion de gueux assemblés pour le supplier de partager son pain avec eux, le marquis fut tenté de leur ouvrir sa maison, de leur ouvrir ses celliers.

Savoir qu'on possède et ne pas répondre à ceux qui n'ont rien, voici un dilemme auquel le marquis n'avait jamais été affronté. Il interrogeait Dieu en son for intérieur : « Dois-je les choisir plutôt que mes deux filles et cette innocente pupille que vous m'avez envoyée ? Puisque vous savez bien que mes greniers vidés par ces malheureux, ma famille à son tour mourra de faim ? » Il entendait même la réponse du Créateur dans sa conscience : « Oui ! Tu dois les choisir eux, parce que si tu choisis tes filles, c'est pour assurer ta descendance. Or que compte ta descendance en regard de la misère du monde ? » Cette réponse qu'il recevait dans le même laps de temps qu'il interrogeait était courte, sans ambages et définitive. On ne sait si Dieu réfléchit mais dans ce cas précis sa sentence était perçue à la vitesse de la foudre.

La raison humaine est plus futée que la foi et le comte choisit aussi vite sa décision que Dieu lui avait enjoint la sienne.

Aux supplications des affamés il répondit par un geste de dénégation. Il retourna même les guimbardes de ses chausses pour indiquer qu'il n'avait rien.

Un seul misérable se détacha du groupe et se releva en y usant ses dernières forces. Il brandissait devant lui la tablette qu'il avait ramassée dans les orties au pied du moulin ruiné. L'œuvre du Poverello était noircie par la fumée mais au bas du tableautin un sabot couleur d'or était encore bien visible. C'était à cause de cette scintillation alléchante que le gueux avait ramassé la tablette. Le comte fit un grand signe de refus. Il n'avait même pas observé l'objet. Tout ce qu'il exprimait était de dire non à tout. Il faisait, pour protéger ses filles et sa pupille, le sacrifice de son paradis. En se montrant impitoyable envers cette foule qui le suppliait à genoux parce qu'elle n'avait plus la force de se tenir droite, il savait que de son vivant, toutes les nuits, et au-delà de sa mort quand il serait entré dans la géhenne, cette théorie d'affamés ne cesserait jamais de défiler devant son esprit. Un acte est affaire d'un instant. Son expiation est éternelle. Profond croyant, le comte n'ignorait pas cette loi. Il obéissait à la nécessité immédiate qui est toujours réflexe de sauvegarde. Ce dont il était sûr c'est qu'il avait réussi à préserver ses filles de l'acte. Il l'avait pris tout entier sur lui.

Enfin, de guerre lasse, ayant tous regardé le comte droit dans les yeux, les rescapés repartirent. Toujours à genoux ou se traînant et psalmodiant à faible voix quelque prière ou quelque blasphème.

Le comte regarda s'éloigner la horde bancale, sans force, qui allait éparpiller ses morts au hasard du chemin. Ils se séparèrent en deux au sommet de la badassière. Haurifeuille en ce temps-là était couvert d'yeuses. Les survivants s'éparpillèrent sous ces chênes toujours verts mais qui faisaient un semblant d'abri contre le froid. Ils se crevèrent à déterrer sous la neige les glands que les sangliers et les chèvres n'avaient pu extirper.

Le reste de la troupe, où claudiquait le gueux chargé de la tablette du Poverello, aperçut de loin, dans le vallon de Reillanne, un manoir frère d'Ardantes que ceinturaient de grands vignobles aux vignes mortes. Tous s'en approchèrent pleins d'espoir. Tout était désert. En une fuite précipitée, les habitants avaient vidé les lieux sans rien emporter. Farine, blé, pain dur, jambons suspendus aux poutres, jarres d'olives, salaisons, raves, navets et salsifis en tas dans les celliers. La multitude mangea tout tout cru, s'écartant les uns les autres de la provende à coups de pied, à coups de poing et, dès qu'ils eurent repris quelque vigueur, à coups de fourche et de gourdin. Il ne suffisait pas à chacun de manger, encore fallait-il empêcher les autres de le faire. Ce fut parmi ceux-ci que se comptèrent les rescapés de la famine.

Le comte de Melve, propriétaire des lieux, dès qu'il avait vu, au printemps, les sauterelles voraces ne rien laisser de vaillant sur les ceps de vigne, avait compris que la fin du monde n'était pas loin. De Melve n'était pas parti parce qu'il avait peur. Une idée avait fulguré dans sa tête :

— Ils vont mourir de faim ! Ils vont tuer les chevaux pour les manger !

Il en avait quatre. Il les aimait tendrement. Il s'était dit qu'il fallait courir à bride abattue vers un endroit où les sauterelles n'iraient pas ou mourraient tout de suite. Il pensa à ses cousins Briançon qui possédaient en montagne un château blotti parmi les glaciers. Sa femme, ses deux filles auraient voulu emporter quelque chose.

— Non ! avait-il ordonné. La vie sauve exige que nous partions chez nos cousins Briançon à bride abattue ! Sans poids supplémentaire pour les chevaux.

C'est pourquoi les celliers de Melve recelaient tant de merveilles. Mais quelques gaillards qui se trouvèrent repus eurent soif. Un vaste escalier s'amorça devant eux d'où montait le parfum mêlé de la glèbe et du vin. Ce fut la ruée. Après avoir tant mangé le besoin de boire était impérieux. Deux tonneaux mûrissaient dans l'ombre, hermétiquement scellés, et des barriques en quantité où il ne restait plus qu'à caler la chantepleure. Ce que l'on fit. Bientôt les chants joyeux puis les chansons grivoises puis les péans obscènes remplacèrent les gémissements et les cris de douleur issus de la faim. Sur ces estomacs rétrécis par le jeûne, l'ivresse fit autant de ravages que la famine. Il en mourut dans la nuit un bon nombre que d'abord l'on crut seulement ivres. Parmi ceux-ci le gueux qui avait ramassé la tablette dans les ruines du moulin Champsaur. Il n'eut que le temps de placer celle-ci sur l'étagère aux chandelles qui jouxtait les deux tonneaux. Le premier fut mis en perce convenablement. Le second, victime d'une ivresse déjà conquérante, fut défoncé. La valeur de six barriques de liquide fut vomie par le vaisseau éventré, on glissa dessus, on s'effondra dans la mousse rouge. La moitié des gueux balayés par la panique moururent la bouche pleine de vin. Ceux qui réchappèrent moururent de congestion ou furent rattrapés par la faim du côté des bois infinis qui cernaient Vachères et les vallons qui conduisaient à Lure. Il en resta une poignée exténuée qui put voit naître le printemps.

Ce fut le temps où Savornin de Valsaintes, nouveau commandeur des Hospitaliers de Jérusalem, se mit en chemin depuis Manosque pour aller faire ses remontrances à l'abbesse des clarisses de Mane chez qui les malheurs du temps avaient forcé l'ordre à mettre en lieu sûr son bien le plus précieux.

En vérité, le commandeur de l'ordre de Jérusalem ne commandait plus grand-chose. Au fil de la peste et de la famine, les membres de la communauté étaient morts ou s'étaient dispersés. Il n'y avait plus de donats. Les écuries étaient vides. On avait mangé les chevaux. Quelques frères erraient par les corridors, hâves, déguenillés, hallucinés par la faim. Ils étaient absents la plupart du temps. Leur solide nature paysanne les poussait, la fronde en bandoulière ou l'arbalète en sautoir, à la recherche de quelque gibier que ce fût, et Dieu sait s'il était rare, plutôt qu'à méditer dans leurs cellules. Les offices auxquels ils étaient astreints, ils les écourtaient.

La herse était coincée à mi-hauteur (on avait mangé la graisse qui lui permettait de coulisser) et le pont-levis ne pouvait plus se lever. Le château entrait en ruine comme le peuple en agonie. Entre l'avidité des morts de faim et les dernières provisions des frères, il n'y avait plus que l'excommunication et il fallait bien reconnaître que, depuis que le peuple n'était qu'une faim, celle-ci avait laissé en route beaucoup de son pouvoir.

Il fallait aussi tenir en respect les carmes dissolus dont le couvent faisait face à l'ordre et tel un *memento mori* lui faisait honte par leur impiété et par leur incurie. Heureusement ils mouraient de faim encore plus que leurs vis-à-vis. Ils n'avaient plus rien de vaillant, ayant à cœur de manger tout au fur et à mesure des aumônes qu'ils recevaient et des rapines où ils excellaient.

Le pape avait nommé Savornin de Valsaintes en dépit de son jeune âge (il n'avait pas vingt ans) parce qu'il était d'usage dans l'ordre que le commandeur ait une intelligence de l'âme supérieure à la moyenne. Aussi avait-il sondé en tête à tête le caractère de ce cadet qui avait de la naissance. Ça n'avait pas été facile. C'était le temps où Sa Sainteté était murée en son palais d'Avignon par son médecin pour le préserver de la peste. Savornin fut donc passé à l'étuve, parfumé d'angélique et de valériane, mis à nu, rhabillé avec d'autres vêtements, avant d'être admis dans la ruelle de Sa Sainteté. Celle-ci eut un haut-le-corps en le voyant paraître.

— Il a une tête et une prestance à être damné de bonne heure ! confia-t-il à son camérier. Non ! Il ne fera pas l'affaire ! Je vais choisir le bancal de Joucas que son cousin le duc de Sabran m'a tant recommandé ! Et pourtant, celui-ci a l'âme basse !

De fait, quoique oint, ayant reçu les vœux et l'oblation, Savornin avait une tête de Maure caractéristique, superbe, noble, hiératique. « Sa beauté, s'était dit le pape, ne saurait appartenir, Dieu me pardonne, à aucun chrétien. »

Toutefois, Clément VI n'était pas homme à se fier à son premier mouvement. Il soumit Savornin à la question morale. Il le retourna sur le gril durant les deux jours qu'il le garda auprès de lui, en Avignon. Il trouva une âme inflexible, tout habitée de Dieu et sachant rendre à César ce qui lui appartenait.

Il ne se leurra que sur un seul point : la dissimulation foncière dont Savornin était capable, car le malheureux cachait à tous les démons de la chair qui le taraudaient et il avait beau se mettre en prière sur la froide dalle de sa cellule, cette lancinante obsession le poignait.

De son côté, la prieure des clarisses avait une réputation de dévotion intransigeante qui la précédait partout. Son couvent avait beaucoup souffert des affamés et des aumônes infinies qu'on avait consenties aux malheureux. Et maintenant, c'étaient les sœurs qui pâtissaient. Elles travaillaient cependant et les champs du monastère commençaient à verdir. On voyait ces pauvres filles exténuées qui parfois se mettaient à trois pour unir leurs pauvres volontés afin d'enfoncer la bêche dans la glèbe. Mais à force de patience et d'efforts sans mesure et à coups aussi de tant d'Ave Maria, elles réussissaient à ensemencer les terres du couvent afin de retrouver l'espoir.

Heureusement, elles étaient tenues dans les rigueurs de la règle par leur prieure qui avait succédé à Scolastique Pons, disparue durant la peste. C'était une fille bien née de la branche des Gaussan. Sa bisaïeule avait été dame d'atours de la reine Sancie des Deux-Siciles, fondatrice de l'ordre et qui comptait une béate parmi son ascendance, laquelle, pour n'être citée que brièvement au martyrologe, n'en était pas moins considérée comme sainte dans sa famille.

Elle avait été nommée à seize ans à la tête des clarisses de Gaussan sur la recommandation du merveilleux archevêque de Sisteron qui lui-même n'avait que dix-huit ans.

Elle devait ce privilège à sa naissance mais plus encore à sa ferveur et à ses pénitences. Elle se flagellait dans le secret de sa cellule. Les sœurs qui avaient entendu claquer les lanières en chuchotaient entre elles et leur voix quoique basse avait atteint et séduit le pape en son palais d'Avignon.

Elle était née dans cette sinistre citadelle de Mane qui évoquait par sa forme le krak des Chevaliers, en Terre sainte, dont les Turcs eux-mêmes n'avaient pu effacer l'arrogante présence. La citadelle de Mane c'était le même silence, la même foi, la même obstination massive d'où n'émanait aucune charité ni aucun merci. Le château avait été bâti à la façon d'une église, par les derniers chevaliers rentrant de Corcyre après la chute du royaume franc de Jérusalem. Ceux-ci avaient élevé ce monument à ces morts dont nul ne se souvenait plus deux cents ans plus tard, ni pourquoi ils étaient morts. Ils y avaient sué sang et eau, tout seuls, en pénitence d'avoir plié contre les infidèles, ayant à peine troqué l'épée contre l'oiseau[1] et la truelle, écartant dédaigneusement les corvées de paysans que leurs vassaux leur dépêchaient. Plusieurs y étaient morts à la tâche, parmi les roches mal taillées, transportées à dos d'homme pour élever les remparts. Jamais aucun ennemi ne se présenta pourtant devant cette citadelle. Les bandits et les cohortes belliqueuses passaient au large.

Le paysage extraordinaire que dominait ce château sans grâce et la luxuriance de la nature qui apparaissait en quartiers à chacune des meurtrières avaient dès l'enfance jeté Ermerande de Gaussan dans une dévotion éperdue pour le Créateur. Elle avait compris que toute pénitence qui serait infligée à l'homme ne paierait jamais assez les splendeurs qu'Il lui avait permis de contempler un court instant. Elle désira le servir de toute son âme. On ne vit plus qu'elle dès le matin en la modeste chapelle de Mane qui ne pouvait contenir que peu de fidèles vu son exiguïté.

Il se révéla très vite d'ailleurs qu'elle était elle-même une de ces splendeurs. Afin sans doute que pour tous ceux qui la voyaient la tentation fût à la mesure du sacrifice et du regret qu'elle suscitait, l'abbesse des clarisses avait été dotée d'une beauté éclatante, une beauté de vive santé, de vif équilibre et que ni les jeûnes volontaires ni les privations dues au malheur des temps ne pouvaient altérer. Elle fut blonde en ce pays de brunes et son miroir lui révéla bientôt qu'elle était merveilleusement faite pour le siècle. Nue et contemplant son reflet, elle comprit tout de suite que son corps et son esprit étaient incompatibles. Elle avait quinze ans lors de cette révélation et son orgueil lui dicta qu'elle devait passer outre, et incontinent elle cou-

1. Appareil pour transporter le mortier sur les épaules.

rut vers son père le supplier de la laisser entrer au couvent.

À Gaussan, sur une terre qu'il possédait, le comte Pons avait fait édifier sur l'ordre de la reine Sancie des Deux-Siciles le monastère voué à sainte Claire.

Mais quand l'abbesse fut enfermée au milieu de ses sœurs, sous le joug de la règle rigoureuse qui ne laissait pas de répit dans la journée entre le travail, les offices et la faim, elle fut aux prises avec la nuit. Elle croyait bien pourtant que son corps exténué n'aspirerait qu'au repos mais il arriva que, lasse d'être solennelle, la nature ait eu envie de rire un peu. Elle dressa devant l'abbesse un obstacle à la pureté dont celle-ci ne connaissait même pas la nature.

Malgré qu'elle en eût et livrée sans défense au sommeil, ses rêves étaient délicieusement lubriques et ne souffraient pas d'atermoiement. Elle se réveillait dans les spasmes d'un orgasme libérateur qui la laissait sans force, les mains jointes sur le pubis et la prière inutile expirant sur ses lèvres.

Ainsi donc Ermerande et Savornin étaient égaux dans la foi absolue et les affres de la tentation.

Quand Savornin se mit en route ce matin-là, c'était le 23 mars, jour de l'an car le concile de Latran, autrefois, avait fixé cet avènement du printemps pour le premier jour du calendrier.

Quoique les clarisses fussent de saintes filles, ça n'était pas sans répugnance que le jeune homme s'était décidé à quitter sa cellule pour aller rencontrer la prieure. Pour lui, toute femme était objet de tentation et donc d'éloignement. Ce n'était pas sans raison non plus car il tenait bien à l'abri dans ses manches le cartulaire qu'il avait trouvé sous la main réduite à l'état de squelette de son prédécesseur. Ce billet était péremptoire et lui enjoignait d'agir.

Il sortit de Manosque par la porte du Soubran. Le peu de vivants qui erraient encore de par les ruelles s'écartèrent de lui comme s'ils avaient vu la mort. C'est que son ascétisme rigoureux depuis que la famine y avait ajouté avait fait du commandeur de l'ordre un spectre, mais un spectre flamboyant de dureté chrétienne, comme si la famine était une prescription du ciel et qu'il en fût la vivante expression. Sa tête d'Infidèle ne disait non plus rien qui vaille et n'eût été sa robe et son scapulaire on l'aurait fui, se souvenant des bandes de Maures lesquelles, depuis leur repaire de La Garde-Freinet, venaient parfois jusqu'à Manosque, brandissant leurs cimeterres et boutant le feu aux granges de la plaine.

Il allait à pied, le château n'ayant plus de chevaux et la ville étant incapable de fournir le contingent exigé par la cense. Ses sandales claquaient sur les pavés.

À partir de Pettavigne, des squelettes jonchaient par endroits les tournants du chemin. Faute de main-d'œuvre on n'avait pu les enterrer tout de suite et, la famine survenue, nul n'y avait plus songé.

Tout au long du col de la Mort-d'Imbert et encore sur la longue montée qui conduisait chez les clarisses, Savornin ne cessa de réciter le *Requiescat in pace* ni de bénir les cadavres dont la position dans l'herbe et les broussailles disait assez combien ils avaient regretté la vie. Savornin exerçait cette fonction de son ordre, bénir les cadavres, sans émotion particulière ni terreur ni chagrin. En dépit de ses vingt ans, il avait assez médité sur la mort pour qu'il ne perçoive plus celle-ci que comme un simple truchement permettant d'aller rejoindre le Christ à la droite du Père, et le monde, y compris les arbres de la terre, les oiseaux, le ciel du levant où le soleil allait surgir et la divine étendue de Lure devant lui ne lui apparaissait plus que comme les jouets d'une illusion fallacieuse.

Néanmoins, juste après le gué du ruisseau Gaudissart, il tomba en arrêt devant une dépouille curée de ses chairs mais dont le costume d'apparat esquissait encore l'ombre d'un homme. La soie et le velours d'Italie avaient résisté plus longtemps que les chairs.

Pour avoir perdu la matière souple dont la vie les avait dotés, les doigts de la main avaient gagné une noblesse dépouillée aux yeux du témoin. Les phalanges et tous les osselets, encore en place mais détachés les uns des autres, se prolongeaient aussi par des ongles que le vent n'avait pas emportés. Sur cette nacre vivante par sa nature, de petites taches de peinture se distinguaient qui scintillaient au soleil.

À côté du gisant, une tablette de bois clair reposait sur un tapis sombre d'humus décomposé. Savornin la prit en main et la retourna.

C'était une esquisse de dessin qu'on devinait peinte à la hâte pour faire comprendre du premier coup d'œil ce dont il s'agissait. On y distinguait une théorie de femmes hagardes, portant coiffe et flambeau au poing tremblant au vent. Elles étaient attelées d'un véhicule qu'on distinguait vaguement au fond du clair-obscur. Liées au fardeau par des courroies passées sur leurs épaules saillantes et que tiraient leurs mains crispées, elles paraissaient défaillir sous l'effort considérable qu'exigeait le poids de ce qu'elles traînaient derrière elles.

Devant cette multitude hâtivement campée, une figure se détachait comme en abîme. Celui qui l'avait peinte ainsi magnifiée s'y était attardé subjugué par le regard glacial de ce visage angélique qui paraissait aux aguets d'un ailleurs imprévisible ou redoutable.

C'était le portrait d'une chasseresse à l'affût quêtant une proie hors de ce monde. Les reflets des flambeaux l'ocellaient de plaques sombres où le regard cerné d'ombre se détachait splendide. Savornin éprouvait une terreur mystique car ce visage était celui de ses affres nocturnes quand il luttait avec désespoir pour préserver sa pureté. Celle qu'il n'avait jamais vue, qui n'existait pas, était peinte là tout entière. On eût dit que l'artiste, ce n'était pas un vrai visage qu'il avait croqué mais un autre volé dans l'imagination de Savornin et que celui-ci ne connaîtrait jamais !

Savornin s'agenouilla auprès de la dépouille. Il venait de remarquer, entourant un osselet, une bague à gros chaton où était gravée comme un soleil la Gorgone de Gonzague, duc de Mantoue. C'étaient les restes de Lombroso, dit le Poverello, dit le Mantouan qui ne pourrait jamais achever la descente aux Enfers au plafond de San Andrea.

Savornin demeura auprès de cette dépouille mortelle plus de temps qu'il n'était convenable. Il récita entière la prière des morts et resta les genoux dans le gravier comme s'il voulait se mortifier. Il observa attentivement le long crâne aux orbites vides qui avait encore grande mine sous le chaperon écarlate. Quand il se releva, il fut tout étonné de distinguer quelque chose du monde qui le distrayait de sa contemplation de la foi. Il vit Lure pour la première fois de sa vie et il s'aperçut que le ciel était bleu.

— « Il est grand le mystère de la foi ! » prononça-t-il à haute voix.

Cette phrase machinale et si souvent rabâchée, elle lui éclatait au visage telle une révélation, elle l'éblouissait. L'espérance dont jusqu'ici il avait fait peu de cas, rejoignait sa certitude et la complétait pour le baigner tout entier dans une joie surnaturelle.

Quand il se trouva devant le monastère des clarisses, il se fit un grand calme dans sa conscience. Le lieu était extraordinaire. Devant soi au parvis de la chapelle ouverte à tous, une grande étendue de pays se déroulait où la paix était inscrite. La famine ni la peste ne sont des cataclysmes qui affectent la nature. Dès après le passage des sauterelles et leur disparition, le temps et le climat s'étaient remis en marche, imperturbables, et la nudité des plantes, des arbres et du sol, les pluies et le soleil avaient eu tôt fait de les effacer pour reconstituer la vision du monde telle qu'elle était auparavant. La famine se poursuivit dans un jardin où simplement les fruits utiles aux hommes avaient été stérilisés pour l'année.

La porte du couvent était entrebâillée. Savornin s'aperçut qu'elle était bloquée par la herse qui faute de graisse, ici aussi, s'était coincée dans son rail. Il en conclut que la faim avait ravagé le monastère puisque le lubrifiant destiné au coulissage de la herse avait aussi servi d'aliment. Il se glissa par l'entrebâil. Le cloître était désert. On entendait un gazouillis de prières sous le déambulatoire. Aucun désordre ne troublait les eaux calmes d'un bassin au ras du sol.

Savornin s'avança jusqu'à la pièce d'eau qui marquait le centre du jardin ravagé par les sauterelles lui aussi où des plants, en ce mois de mars, commençaient timidement à verdir. Il y avait même une rose précoce sur un rosier décharné où elle était seule pour s'unir à la brise.

Savornin fit le tour de l'enceinte monacale. Derrière un pilier il vit dépasser une coiffe immobile. Hors cet abri étaient visibles les mains fines qui tenaient le Livre saint. Savornin dégagea sa tête de l'aumusse afin de se montrer tel qu'il était.

— Pardonnez-moi, ma sœur, dit-il. Je cherche la supérieure de ce couvent.

— C'est moi !

Elle s'était retournée si vivement qu'il dut s'agenouiller sous le choc. Il venait de reconnaître le visage qu'il avait en mémoire : le portrait esquissé sur la tablette trouvée au bord du Gaudissard, il n'y avait pas deux heures.

— C'est donc vous ! s'écria-t-il, toujours agenouillé.

Il sortit brusquement la tablette hors de sa robe et la lui mit sous les yeux. L'abbesse eut un haut-le-corps.

— Où avez-vous trouvé cela ? Est-ce vous qui l'avez dessiné ?

Il secoua la tête.

— Je l'ai ramassé en route, sur l'un des cadavres dont il y a quantité le long du chemin.

Il disait tout cela machinalement et elle lui répondait de même mais leur esprit était dans leurs regards qui ne s'étaient pas dépris depuis que violemment elle lui avait fait face. Elle se détourna tenant devant elle ce portrait saisi en quelques secondes mais qui criait sa beauté de femme.

Ils firent trois tours de cloître sans parler. Leur ventre gargouillait de faim et il semblait qu'aucune autre pensée, qu'aucune autre envie ne pût les habiter, mais il y avait longtemps, si longtemps qu'elle n'avait plus vu d'êtres humains que décharnés, qu'en cadavres, qu'en assassins ou qu'en moribonds. La maigreur ascétique de celui-ci, son visage sombre dévoré par la dévotion plus que par le jeûne encore, la bouleversaient par l'implacable lucidité qui en émanait. Quant à lui, il s'était attendu à rencontrer une douairière ravagée par l'âge, il reçut en pleine figure l'image de la bonté de Dieu pour la créature.

Toute la sainteté de leur vocation était tombée à leurs pieds. La pauvre vulnérabilité de l'être imparfait s'imposait à leur conscience avec une évidence vengeresse comme si l'orgueil qui les avait tenus debout jusqu'ici, bien assis sur leurs certitudes, s'était effondré, les avait trahis. Ils n'eurent pas le loisir d'en demander raison à Celui qui les inspirait. Ils s'aimèrent instantanément.

Mais l'esprit n'est jamais le théâtre d'une seule émotion, ni d'un seul sentiment ni d'un seul besoin. Le drame, c'est qu'une péripétie ne souffre qu'une seule décision et que ses conséquences sont irrémédiables.

Comme seul recours contre le temps qui passait, le commandeur tira de ses manches le parchemin ouvert qu'il tendit à l'abbesse.

— Tenez, lisez ! dit-il.

Elle saisit avidement le document, ce qui lui permit d'interrompre la contemplation de l'autre. Elle lui passa devant. Le charme de leur regard fut dépris par la banalité de l'instant. L'abbesse s'arrêta de marcher dès les premiers mots de cette lettre. Ils disaient, ces mots :

Il n'est pas d'usage, en notre institution, qu'un commandeur donne des instructions à son successeur, lequel est désigné par notre Saint-Père le pape et donc inspiré uniquement par le Saint-Esprit.

Si je déroge, c'est pressé par la nécessité. Ma vie est menacée comme celle de tous mes frères et de tous les Manoscains.

J'ai été contraint de me séparer d'un trésor spirituel, rapporté jadis de Jérusalem par nos frères dont nous sommes les héritiers et qui constitue la preuve irréfutable de la vérité absolue des Saintes Écritures.

J'ai été contraint de le confier aux bienheureuses épouses du Seigneur, les conventuelles de Sainte-Claire, à Gaussan, territoire de Mane.

Ce transfert s'est effectué sous la contrainte de la peste qui ne désarmait pas et pour soustraire le Saint Objet au pillage prévisible par le malheur des temps.

Mon successeur devra, muni de la présente, se faire restituer cette œuvre inestimable par nos sœurs les religieuses de Sainte-Claire.

Dans le cas où celles-ci ne s'y résoudraient pas, il conviendrait d'autoriser les donats à nous faire rendre justice ferro et igni. *C'est une volonté posthume pour le bien et la gloire de l'ordre.*

GUILLAUME DE VENTEYROL.

Le sceau de cire qui se balançait à l'extrémité de ce testament n'était pas celui des Hospitaliers. Il représentait de face un chevalier du Temple blasonné en son armure de croisé, tel qu'il avait été autrefois arraché sur un crémât de l'ordre, lors de leur ignition. Toute l'épître était écrite en bas latin, langue que la prieure avait apprise dès l'enfance.

Depuis qu'elle avait commencé à lire la lettre testament du commandeur, Ermerande n'était dans son for intérieur qu'un long refus. Elle fit deux pas plus vite que Savornin pour se retrouver placée face à lui.

— Comment voulez-vous, dit-elle, que je vous restitue de gaieté de cœur une vivante preuve de la réalité des Saintes Écritures ?

Ils se dévoraient des yeux. Leurs paroles étaient un camouflage de chasseur pour prendre leur âme au piège.

— Croyez-vous, dit-elle, que nous ayons eu le loisir de nous inquiéter de bagatelles ? À notre retour de Manosque ? Oui ! J'étais l'une de ces filles qui traînaient le chariot ! J'avais treize ans ! J'ai vu mourir vingt-trois de mes sœurs. Six encore sont tombées, éventrées par vos donats ! Notre enclos regorge de tombes. Elles gémissent la nuit sous les plaintes de la terre qui fermente ! Qui se soulève ! Qui se voit maintenant par-dessus les murs, tant elle a gonflé !

Elle énumérait ces abominations dans l'espoir que leur horreur confirmât encore sa soumission au Christ et qu'ainsi tomberait de son âme la convoitise admirative que son vis-à-vis lui inspirait.

— Et maintenant nous avons la famine !

Elle levait les bras au ciel comme pour l'attester.

— Entre le temps de la peste et celui des sauterelles, nous n'avons même pas pu reconstituer nos réserves.

Le commandeur branla du chef pour approuver.

— Nous savons, dit-il, que vos converses meurent d'inanition. Chez nous aussi, hélas !

Il fit un silence.

— Néanmoins, reprit-il, notre ordre possède encore dans ses greniers quelques sacs de blé, pour, le cas échéant, être l'ultime monnaie d'échange de nos cruelles nécessités. Nous pourrions, puisque ce cas échoit, vous en céder deux ou trois sacs.

Ce jouvenceau était l'ancêtre des grands prometteurs de l'Histoire. Il jouait sur le peu de connaissance du monde que la prieure possédait. Il était sûr qu'elle n'avait pas pris acte du fait que plus aucun quadrupède n'était vivant pour transporter d'un couvent à l'autre ce blé hypothétique.

La prieure de son côté avait la tête froide et peu de foi en les représentants de Dieu sur la terre. Son estomac criait famine et celui qui lui tendait l'espérance représentait l'appât le plus séduisant pour entrer en damnation. La faim et l'amour se disputaient férocement son entendement.

Savornin la désirait et il avait pitié d'elle, et l'obéissance aux dernières volontés du commandeur de Venteyrol le mettait au supplice de devoir mentir à la prieure pour accomplir son devoir. Il lisait sur les lèvres et dans les yeux de son adversaire ce qu'était son corps sous la robe austère et les ressources infinies qu'il pouvait promettre et susciter.

— J'ai échappé à vos donats, dit-elle. Ils avaient probablement reçu l'ordre de Venteyrol de nous passer par les armes ! J'ai réchappé par la grâce de Dieu.

— Je vous…

— Vous me quoi ? dit-elle, s'arrêtant brusquement pour lui faire face.

C'était la première fois qu'ils ouvraient la bouche sur leurs sentiments intimes. Ils étaient tout tremblants, de faim importune, de peur et d'une pulsion qu'ils n'osaient même pas imaginer.

Ils marchaient machinalement vers le fond du cloître où s'ouvrait l'entrée souterraine de cette crypte où nul n'avait plus pénétré depuis le drame.

— Je voudrais…, reprit le commandeur.

— Je sais ce que vous voudriez.

Elle faisait cette réponse ambiguë sans savoir elle-même ce qu'elle voulait dire. Devant eux, la grille de la crypte, que nul n'avait plus ouverte depuis la peste et depuis le drame, se dressait toute de fer rébarbatif, rouillée depuis l'éternité. On ne savait qui l'avait un jour forgée, on ne savait quel mystère, avant qu'on y dépose cet étrange équipage, elle avait abrité.

Protégée du jour par des impostes creusées à la naissance de la voûte, la pénombre l'envahissait. La prieure les bras levés se saisit d'une torche éteinte. Longuement, minutieusement, elle la ranima à la torchère de la Vierge qui veillait dans sa niche à l'entrée du souterrain.

— Venez, dit-elle, nous verrons la sainte trouvaille tous les deux ensemble.

Mais à peine avaient-ils franchi dix mètres dans cette lumière incertaine que la prieure trébucha. Le choc de la chute lui arracha le flambeau des mains. Savornin fut sur elle à l'instant pour la relever. Pour la première fois, un corps de femme épousait la forme du sien. La nonne se tenait le genou en grimaçant de douleur. Elle était tombée sur le squelette d'un donat encore tout armé. Elle s'était blessée contre les éperons inutiles que portait l'homme d'armes. Ils étaient tous deux, la prieure et le commandeur, empêtrés parmi les os de ce squelette, aussitôt disloqué dès qu'ils l'avaient heurté et dont le crâne riait encore.

Savornin voulut arracher la prieure à cette horrible promiscuité. Elle était robuste, musclée. Sous la robe soudain, il sentit un sein entre ses doigts. Celui-ci était ferme. Il remplissait la main du prieur en toute indépendance, en toute ingénuité, comme s'il n'eût appartenu à quiconque et n'aspirât qu'à sa fonction première. Le prodigieux effet de ce contact qui promettait le bonheur fugitif sur la terre, et contre lequel il avait tant lutté durant tant de nuits, occulta la raison du commandeur. Il enveloppa la nonne comme une amante entre ses bras. Elle se raidit. Sa conscience résistait de toutes ses forces et sa foi était intacte. Il la saisit. Elle lutta en silence d'abord. Elle ne voulait pas souligner l'acte par la parole qui lui paraissait encore plus sacrilège. La torche éteinte, il ne restait que les impostes pour révéler un jour incertain.

La pleine connaissance du corps de la femme balayait maintenant tout amour du Christ dans l'âme du commandeur. Lui, il avait oublié. Elle non. Il dénuda la prieure jusqu'aux cuisses. Il lui criait qu'il l'aimait. Elle lui plaquait la main sur la bouche pour ne pas entendre ce blasphème. Ils rampaient comme des bêtes sur les ossements, l'une se dérobant, l'autre s'efforçant de saisir, de rapprocher, d'étrenner le mystère qu'il pressentait. L'une sur le point de céder et l'autre l'assaillant.

Ce fut le hasard qui décida de sauver une âme sur deux. Soudain sous la main de la nonne qui murmurait des Ave Maria à n'en plus finir mais dont l'esprit inclinait de plus en plus vers la chair, se trouva une dague abandonnée jadis par le donat expirant, une dague encore brillante. Sans réfléchir, sans pensée, sans volonté, elle referma les doigts sur le manche de l'arme pour en frapper le commandeur, furieusement, une fois, deux fois. La dernière parole de lui qu'elle l'entendit souffler en mourant, c'était : « Merci ! »

Elle passa sa main sur la poitrine de l'expiré qui était douce comme celle d'un enfant. Sa coiffe avait roulé au loin, affublant le crâne du squelette, qu'elle rendait comique.

La prieure sortit de la crypte en titubant et boitant un peu. Elle regarda derrière elle. Le souterrain était profond, elle le savait. Elle l'avait suivi avec ses sœurs cette nuit terrible où la peste avait atteint son paroxysme et où les deux donats qui restaient vivants avaient tenté de les exterminer jusqu'à ce que la mort les prenne eux-mêmes. Elle se souvenait de cette nuit et des nonnes toutes joyeuses qui s'efforçaient d'escalader le chariot pour découvrir son chargement. Personne n'avait jamais plus eu envie ni loisir de descendre dans cette crypte tant les malheurs s'étaient accumulés.

La prieure avait gardé dans sa main crispée l'arme qui avait frappé. Elle parcourut la moitié du promenoir en claudiquant. Tassées, apeurées, les unes contre les autres, les cloîtrées avaient dû se rapprocher, entendre les échos de la bataille et maintenant elles étaient là, horrifiées, regardant s'avancer vers elles leur prieure armée d'un poignard où le sang achevait de coaguler. Maigres, misérables, ridées par la consumation de leur chair à force de famine, elles étaient à genoux, en silence, la foi submergée par la faim.

— Oui ! dit Ermerande avec force. Je l'ai tué ! J'ai tué le commandeur de l'ordre de Jérusalem parce qu'il s'attaquait à ma foi !

Au prix d'un péché mortel en chassant un autre, la foi et la chasteté avaient gagné dans le cœur d'Ermerande. Il ne lui restait plus qu'à faire devant ses sœurs la confession publique de son tourment et de son crime. Elle exigea de se mettre nue devant les converses assemblées.

— Et jugez par vous-même, dit-elle, que je suis telle que le Seigneur m'a faite ! Il eût fallu un miracle pour me soustraire aux entreprises du commandeur car n'oubliez pas, dit-elle, que moi-même j'étais encline à succomber ! Là où la prière instante n'a pas suffi, où Dieu a refusé de m'entendre, il fallait bien à la fin que je décide par moi-même. Et n'oubliez pas, surtout n'oubliez pas ! La tentation était parée d'autant de charme pour moi que pour lui !

Elle se tut brusquement, leva l'index, laissa s'établir le silence. Elle répéta d'une voix forte :

— N'oubliez pas ! N'oubliez jamais !

Usant leurs dernières forces, les nonnes creusèrent la fosse du commandeur à l'endroit exact qu'Ermerande leur avait désigné : à l'aplomb même de la crypte où le chariot et son fardeau étaient sous la terre depuis tant d'années déjà. Elle interdit aux converses de jamais y aller voir.

Dès que les ravages des sauterelles furent réparés par le travail de toutes, au bout de plusieurs saisons, Ermerande fit murer la crypte. Jamais elle n'alla elle-même essayer de connaître la nature du symbole qu'autrefois elle avait ramené, attelée au chariot, avec trente-cinq de ses sœurs dont elle était la seule survivante.

Sur cet emplacement, elle fit planter un chêne et toute sa vie qui dura longtemps, elle vint prier au pied de l'arbre qui croissait paisiblement, soulignant ce tombeau d'elle seule connu.

Elle croyait avoir échappé à la géhenne par ce sacrifice mais la damnation la saisit encore vivante. Ses nuits reçurent la visite d'une âme splendide et attirante comme la chair même. C'était le commandeur qui réclamait son dû pour tenter d'assouvir un regret éternel et pour rappeler à Ermerande combien l'enfer sur terre aurait pu porter à son comble leur bonheur.

3

Quand messer Nicolas Arnaud dit le Mèche, petit seigneur sans presque de terres, entendit, cette nuit de juin, soulever bruyamment le heurtoir de sa porte cochère, ramassé autrefois sous la cloche brisée d'une chapelle, il sursauta. Il était dix heures du soir sur Mane et sur Lincel. Sauf le calel à huile qui brûlait au porche des églises, aucun signe de vie n'animait les villages. La peur claquemurait chacun chez soi. Il y avait moins de cent ans que la peste, la famine et les bandes de l'archevêque avaient sévi et on n'en était pas encore ressuyé.

Maître Arnaud se soutint péniblement sur ses vieux reins. Il marcha vers la porte en boitillant un peu. Il y avait longtemps qu'il ne se barricadait plus. Il avait pris l'habitude de se fier à Dieu seul. Et si quelqu'un, fût-ce en l'assassinant, avait pu faire cesser les lancinantes douleurs qui l'empêchaient de penser, il croyait bien qu'il aurait dit merci.

L'huis entrebâillé fut violemment repoussé. Le chambranle était obstrué par un homme de six pieds de haut et de deux de large. Il portait un sac dans sa main droite, une cognée dans sa main gauche que lui seul sans doute était capable d'assener et son épaule était chargée d'un rouleau bien serré dans un étui mais dont dépassait une pique rouillée qui avait dû être fort menaçante.

— Je suis le Trancheton, annonça-t-il bruyamment.

— Et moi le Mèche. Et alors ?

— Et alors j'ai trouvé ça ! Regarde un peu ce que c'est ! Tu dois savoir toi, puisque tu penses ! Et comme tu passes pour alchimiste, moi, j'ai pensé...

Il avait déposé sa hache sur le seuil, mis debout contre le mur le rouleau à la pique, et il déversa sans façon le contenu du sac au beau milieu de la table. Il s'en échappa une planchette rutilante de couleur, un crâne camouflé sous des feuilles mortes et coiffé, encore intact, d'un riche chaperon cramoisi qui n'avait pas souffert.

— Voilà ! dit le colosse. Voilà ce que j'ai trouvé en rabaillant !

— Tu es bûcheron ?

— Non, dit Trancheton. Je suis abatteur d'arbres mais ça c'est pour mon plaisir. Je suis rabailleur. Tu sais depuis les gueux, la peste, les bandes de l'archevêque et les sauterelles, toutes sortes de choses sont à rabailler dans les ruines des maisons ! Je les ramasse, je les mets un peu propres, je les vends. Tiens, par exemple, cette planchette ! Je l'ai trouvée au pied des ruines du moulin Jansselin, sur la lande d'Haurifeuille !

— Malheur ! Tu t'es approché du moulin Jansselin. Tu sais qu'il portait malchance !

— Je sais pas, dit le colosse. J'ai trouvé ça !

— Tu savais que ce meunier faisait chanter le vent des morts ! Il n'y en avait que deux qui réussissaient ça ! Quand on entendait ce chant on n'en avait plus pour longtemps. On passait au large ! On se bouchait les oreilles ! « C'est le vent », disait le meunier. Mais c'était toujours pour quelqu'un qui lui avait fait quelque tort. Oh, presque rien ! Il était ombrageux comme un cheval de rencontre ! Il suffisait de regarder sa femme un peu longtemps et tout de suite on entendait les ailes du moulin qui sifflaient la chanson des morts !

— C'était quoi, cette chanson ?

— Je sais pas ! Par la grâce de Dieu je l'ai jamais entendue ! Y en avait que deux qui réussissaient ce prodige ! Le Jansselin justement et celui du Contadour, un Redortier, mais lui, il faisait payer les voyageurs quand ils passaient. « Si vous voulez pas entendre chanter le vent des morts, il leur disait, vous avez que de me glisser la pièce ! »

Le colosse ouvrait des yeux immenses.

— J'ai trouvé ça ! répéta-t-il.

Sa main énorme désignait les objets épars autour de lui.

— Au moulin du Jansselin ! grommela le Mèche.

— Oh mais pas que là ! La tête c'est au bord du ruisseau Gaudissart, la pique c'est contre les murs d'une *pounchudo*, tu sais, ces tas de pierres que les bergers se faisaient avant pour passer le temps. À côté il y avait le squelette d'un homme.

— Puis encore ! s'exclama le Mèche.

— Oui. Oh, tu sais, quand on espinche on en trouve un peu partout de ces ossements. Ma grand-mère me racontait : y a eu la peste et puis après, tu comprends, entre les sauterelles et la bande de l'archevêque, on a tous eu autre chose à faire qu'à les ramasser ! Alors, les squelettes on vit avec eux !

— Je sais bien, dit le Mèche tristement.

À la lueur de la chandelle, il était en train de considérer la planchette que le colosse avait déversée sur la table, à côté du crâne enchaperonné.

— C'est une planche peinte, dit-il, et celui qui a fait ça c'est pas le premier venu !

— Ça je sais pas, dit le Trancheton. Tu comprends quand j'ai trouvé le crâne ça allait, quand j'ai trouvé la lance, je l'ai prise et c'est tout, mais la planchette, ça tu comprends, ça m'a fait chiffrer. Qu'est-ce que c'est ? Qu'est-ce que ça représente ?

— Ma foi ! dit le Mèche. On dirait un chariot. Mais des roues pareilles, j'en ai jamais vu ! Mais attends un peu ! Ta pique, là ! Fais-moi un peu voir.

Il alla vivement se saisir de l'objet pour l'examiner.

— Mais attends un peu ! On dirait un étui !

Il porta la main sur l'objet. La housse tout de suite tomba en lambeaux. Les lanières se répandirent sur le sol. Alors lentement mais intact, ils virent se déployer tout seul sur sa hampe, l'orgueilleux emblème des ducs de Mantoue qui chatoyait aux lueurs tremblantes de la chandelle. La tête de la Gorgone tirait toujours la langue et les rayons autour d'elle flamboyaient dans le clair-obscur.

— Ça vaut bien quelque chose ça quand même ? dit le Trancheton inquiet. Mais dis, il fait bien chaud chez toi ?

— Fais pas attention. C'est l'athanor.

— Ah bon ! Dis-moi, tout ça, combien tu m'en donnes ? Regarde : sur la tablette y a une espèce de sabot qui dépasse de la bâche. On dirait de l'or ! De la peinture en or !

— Bougre ! Tu en as jamais vu de l'or !

— Justement ! J'ai jamais pu en voir ! C'est pour ça que je le reconnais !

Le Mèche s'était rapproché de la chandelle pour mieux examiner l'esquisse.

— On dirait..., dit-il. Mais non, c'est pas possible !

— On dirait quoi ?

— On dirait de l'or potable.

— Qu'est-ce que c'est l'or potable ?

— Quelque chose qui n'existe pas.

— Alors ? Combien tu m'en donnes de tout ça ? J'ai essayé de le vendre, personne en veut ! Pourtant le crâne est bien propre et l'espèce de chapeau qui le coiffe, ça doit valoir quelque chose ça, non ?

Le Mèche faisait la main molle et inconsistante pour tâter le tissu du gonfanon et le chaperon du crâne. En même temps, il avançait une moue dépréciative en examinant le tableau. C'est le biais de tous les marchands du monde quand il s'agit d'acheter.

— Je t'en donne quinze liards ! dit-il.

— Ça en vaut au moins vingt ! dit le Trancheton.

— Je t'en donne quinze et je te fais les lignes de la main !

— Pardieu pas ! Pardieu pas ! dit le colosse plein d'effroi. Foutu comme je suis et le siècle étant ce qu'il est, je préfère pas savoir !

Le Mèche alla plonger la main dans la boîte à sel accrochée sous le manteau de la cheminée et il en ramena trois pièces de cinq liards à l'effigie de feu la reine Jeanne.

— Ne dis à personne que je te les ai donnés pour ça, on me prendrait pour un fou !

Le colosse se retourna encore une fois avant de partir.

— Attends ! dit-il. Tu sais ce qu'on m'a dit ?

— Non.

— Il paraît que nous sommes devenus franchimans ! Ça c'est un coup du Forbin-Janson ! Ça fait un moment qu'il en avait envie !

— Ça te brûlerait la gueule de dire le marquis ?

— Oh dis ! je connais l'histoire ! Avant qu'ils se croisent, ils étaient épiciers !

Le Mèche hocha la tête. En refermant la porte sur son visiteur, il grommela :

— Français ! Il nous manquait plus que ça !

Mais quand ce fut le silence, quand l'homme des bois se fut effacé dans la nuit, le Mèche mit tout sur la table. Il contempla longtemps le gonfanon, il resta longtemps la tête dans les mains à étudier la tablette avec sa goutte de couleur or qui figurait un sabot d'équidé. Le dessin coloré, pour être fait à la hâte, était une énigme mais esquissé de main de maître. Même si l'artiste n'avait pas eu beaucoup de temps, il avait su saisir l'essence de l'instant qu'il découvrait devant lui. Les flammes des torches fumantes sur le côté, et qui éclairaient la scène en biais, lançaient des langues de feu vers le chariot et son chargement. Les roues de cet engin étaient étranges. Les rayons en étaient grossiers, mal équarris, mais leur épaisseur dénotait une grande habitude de faire des roues.

— Il semble..., grommela le Mèche.

Il parlait seul pour s'expliquer les choses quand il était perplexe.

— Il semble, répéta-t-il, que ces roues-là soient d'un temps où on commençait juste d'en faire...

— Tu as encore laissé s'éteindre l'athanor ! glapit une voix à côté de lui.

C'était sa femme, la Clairance, qui venait de se lever en pleine nuit. Elle poussa un cri d'horreur.

— Qu'est-ce que c'est ? Un crâne ?

— Oui. C'est un qui me l'a apporté tout à l'heure. Il m'a laissé ça !

Il désigna la planchette peinte.

— Tu n'as pas acheté au moins ?

— Non tu penses, il me les a donnés. Mais l'oriflamme là, elle est encore bonne ! On pourra la mettre devant la porte de la chambre comme tenture pour couper le vent.

— Tu te figures pas que je vais supporter cette tête en face de moi, non ?

— Ne crie pas comme ça ! Tu vas réveiller le petit !

— Tu penses, à dix ans ! Il dort sur le ventre.

— D'abord, dit le Mèche, j'ai pas laissé éteindre l'athanor, je l'ai assoupi ! Je t'ai répété cent fois qu'à de certains moments il fallait l'attiédir !

Ce Nicolas Arnaud, dit le Mèche, il avait affranchi de bonne heure sa dizaine de serfs et il leur faisait la charité car il s'était aperçu que, sauf à ne rien prélever sur leurs maigres récoltes et à ne pas les astreindre à la corvée, leur misère demeurait profonde.

Lui-même habitait une maison dans les bois avec une femme et un enfant de dix ans, vivant d'une basse-cour dont il fermait chaque soir la clenche avec soin ; de deux chèvres pour le lait mais aussi d'un jardin bien tenu que fournissait en eau un canal que le Mèche avait creusé de ses mains jusqu'à une citerne dans le roc.

Il subsistait petitement d'un don qu'il avait reçu à sa naissance. Il avait le privilège de voir l'avenir. D'abord ça avait fait rire tout le monde et puis, de quelques prédictions qui s'étaient avérées, il avait gagné une certaine réputation. On venait de loin le consulter. Un prélat, quelque jour, débarqua sans crier gare, froissant sa robe aux épines des ronciers autour de la maison. Il avait fait subir au Mèche un interrogatoire sévère afin de s'assurer qu'il était bien-sentant de la foi. À la fin, il lui fit baiser son anneau. Pendant cet exercice, en observant la main du dignitaire à la dérobée, le Mèche s'aperçut à ses lignes que la Parque était sur le point de trancher le fil du destin de cet opulent personnage. Il n'était naturellement pas question de le lui faire savoir, aussi mourut-il sans être averti, sur les chemins malaisés où il regagnait l'évêché de Digne. Sa désobligeante se renversa et il fut écrasé par le poids du cheval qui roula dans le fossé.

Depuis le Mèche se méfiait de lui-même et il ne prédisait que d'heureux événements, car le bûcher qui brûlait les sorciers ne refroidissait jamais.

Quand vous avez mesuré l'univers approximativement mais d'un seul coup d'œil, une bonne fois pour toutes, votre propre importance comme celle d'autrui vous paraît comique et l'étonnement devant quoi que ce soit ne vous préoccupe plus. Longtemps, le Mèche avait refusé de voir le ciel, vivant tête basse, prosterné sur la glèbe, mais une nuit qu'il était sorti pour pisser, une étoile filante qui fulgurait l'avait forcé à lever la tête. Longtemps, toutes les nuits, il avait épié le firmament, avait médité devant lui et finalement s'en était accommodé. Il se disait que celui qui n'a regardé le ciel que de jour sous la lumière miséricordieuse du soleil masquant l'éternelle nuit, celui-là ne pouvait avoir une vue bien exacte de ce qu'était la vie. Il avait fait silence, naturellement, sur cette réflexion saugrenue mais le ciel, la nuit, était devenu son compagnon bien-aimé.

Tel jour, en un certain endroit, il avait rencontré un homme habillé en moine qui lui avait dit s'appeler Nicolas Flamel. Le Mèche était très jeune alors, l'inconnu était très vieux. Il avait le visage en abîme sous l'aumusse et les yeux très enfoncés mais très brillants. Il dit plus tard, le Mèche, que ce visage lui avait paru éclairé de l'intérieur. En tout cas, l'inconnu lui demanda son chemin. Il cherchait un lieu perdu entre deux vallons où on lui avait dit qu'un saint avait vécu.

— Une doline, avait-il précisé. Une grotte, si tu veux !

— Saint Donat ! s'était exclamé le Mèche. Je ne sais pas ce que c'est qu'une doline mais il y a une chapelle toute neuve qui lui est consacrée. Je sais où elle est. Si vous voulez, je peux vous y conduire. Je n'ai rien à faire.

Et c'est en chemin qu'ils se parlèrent. C'est en chemin que le Mèche reçut les prémices de sa vocation.

Ensemble, parmi les yeuses enchevêtrées des premières contorsions de la montagne de Lure, ils cherchèrent la doline dont Flamel venait de parler. Ça leur prit du temps. Ils avaient tout loisir de réfléchir, de méditer et de se dire ce qu'ils pensaient.

Parfois le vieillard paraissait s'orienter. Il regardait le ciel. Le soir s'avançait. On voyait se détacher au soleil couchant, sur la profondeur des bois de chênes qui la haussaient au-dessus d'eux, la chapelle flambant neuve qui resplendissait toute blanche. Les lauzes de sa toiture rutilaient dans le clair-obscur. Elle était là, énorme, énigmatique, à la mesure de la communion de peuple qui venait juste de la bâtir.

Soudain le vieillard trébucha sur un sol mal assuré, c'était au plus profond d'un fourré d'hysopes bien serrées, un renfoncement noir, obscur comme l'entrée d'un puits.

— Aide-moi ! dit le vieillard.

Il s'était mis à casser les branches, à découvrir les ronciers, avec une énergie hors de son âge qui ne pouvait venir que d'une foi ardente.

— Je suis sûr que c'est là ! dit-il.

C'était un trou de vingt pieds de profondeur creusé par l'érosion dans du safre mou, le sol en était moelleux, sec. Une vieille tunique de jute en lambeaux mais qui esquissait encore la forme d'un homme était jetée sur une banquette exhaussée sur le safre dur. Un pichet d'argile au bec ébréché reposait, à côté d'une croix de bois pectorale imprimée dans la poussière laquelle ne la recouvrait pas. Le vieillard une fois au fond leva les yeux vers l'air libre. Devant lui de l'autre côté du vallon la chapelle votive brillait de toute sa blancheur au soleil couchant.

— C'est là ! dit l'homme. Ils ont bien calculé !

Il se mit en devoir de remplir de terre une gourde qu'il portait à la taille.

— Donne-moi la main ! dit-il.

Car il avait sauté sans réfléchir au fond de cette grotte en forme de fosse et qu'un seul homme pouvait habiter. Il parla longtemps, ce Flamel, devant ce trou, dans la forêt qui avait abrité un saint pendant vingt ans.

— Un saint aux aguets de Dieu ! dit le vieillard. Car on ne peut qu'être aux aguets de Dieu pour rester vingt ans vivant dans un trou et que ce soit la volonté de Celui-ci que de vous y maintenir vivant. Vingt ans ! Autour, des lieues et des lieues, il n'y avait rien à manger ni rien à boire ! Il a dû, grommela le vieillard, ne jamais cesser de Le voir en face ! Et pourtant...

— Et pourtant quoi ? demanda le Mèche.

— Pourtant... je ne te verrai plus, je vais te quitter. Avant de partir je peux te dire ma pensée comme si je la disais au vent. Tu es jeune !

Il jeta un coup d'œil admiratif sur le jouvenceau lisse de tout défaut qu'il avait devant lui.

— Tu oublieras sitôt moi oublié. Je vais te dire ce que je n'ai jamais dit à personne. J'ai besoin que le vent l'entende et tu es le vent ! L'homme a toujours eu l'intuition qu'à force de subterfuges il réussirait à vivre mille ans ! Et que par rapport à la connaissance de soi qu'il lui resterait à acquérir ce ne serait encore qu'un pouce par rapport à mille lieues ! Je vais te dire, garçon, ce que je crois moi Nicolas Flamel : Dieu est à la fin de l'homme ! Pas à son commencement !

— Mais vous risquez l'enfer ! s'exclama le Mèche. Avec des idées pareilles, vous risquez l'enfer !

— Je le côtoie, garçon ! Je le côtoie !

Il tira de sa besace un livre relié en peau de chèvre qui était lourd, épais.

— Tiens ! Tu me parais un bon homme. Je te donne ce livre en souvenir de moi. Je l'ai copié tout entier d'un qui avait mon âge quand j'avais le tien. Tu sais lire ?

— Un peu..., dit le Mèche en hésitant.

— Apprends ! dit le vieillard. Apprends le latin. C'est écrit en latin. Quand tu l'auras bien appris, fais-en ton profit ! Je ne sais pas qui tu es ! Tu es le vent ! Je sème dessus ! Fais chemin, garçon, fais chemin ! À condition, dit-il le doigt levé, d'acquérir une pureté sans tache ! Tu n'es peut-être pas celui que je cherche, ou peut-être l'es-tu. Comment savoir ?

— Mais qu'est-ce que c'est, dit le Mèche, qu'est-ce que c'est exactement une pureté sans tache ?

Le vieillard leva les bras au ciel.

— Justement ! dit-il. C'est ça que tu dois découvrir par toi-même !

Il se mit en route, le sac à l'épaule. Le Mèche l'accompagna tant qu'il put. Le vieillard disait qu'il errait à la recherche de tous les saints qui avaient acquis cette pureté dont il avait plein la bouche. À chaque question que posait le Mèche sur la nature de cette pureté à acquérir, chaque fois que, plein d'espoir, il avançait un mot ou plusieurs qui d'après lui en contenaient substance, le vieillard secouait la capuche qui lui faisait une tête d'ombre. Il répondait avec elle par le signe non, interminablement.

Le Mèche ne le lâcha qu'après avoir descendu le sentier qui longeait le Mardaric, alors que tournant le dos aux plaines le vieillard s'engageait vers le nord vers Sisteron, vers les montagnes qui grondaient en sourdine au fond de la vallée de tous leurs échos si profonds.

Le Mèche resta les bras ballants. Il aurait voulu poser au vieillard des questions qui lui paraissaient insolubles et notamment celle-ci :

— Vous qui semblez tout savoir. D'après vous, qu'est-ce que c'est le ciel, qu'est-ce que c'est l'univers ?

Longtemps dans ses nuits de veille, apprenant le latin à la lueur du calen, le Mèche imagina ce vieil homme disparaissant ainsi, chargé de cette incompréhensible pureté dont il faisait état sans l'expliquer.

Le curé de Lincel lui fut d'un grand secours, c'était une manière d'innocent qui ne voyait le mal nulle part. « Serait-ce lui, se dit le Mèche, qui serait la parfaite pureté ? » Le prêtre entreprit consciencieusement d'enseigner le latin à ce catéchumène monté à graine, à partir de ce livre qui sentait le fagot.

Le Mèche apprit avidement les rudiments de l'alchimie. Il fut très tôt capable de loger un athanor dans le grand âtre de la salle commune de ce manoir qu'on appelait château. Ses parents étaient morts tués par des bandes qu'on disait de Raymond de Turenne mais ce n'était pas vrai. En réalité Raymond de Turenne avait été noyé depuis longtemps, assassiné par ses compagnons qui voulaient tous signer ses crimes de leur propre nom et auxquels il portait ombrage par la terreur unanime que sa signature répandait partout.

Le Mèche avait réuni sur les murs de la grande pièce où sévissait l'athanor toutes les figures allégoriques que Flamel indiquait dans son livre et il les avait peintes lui-même, maladroitement mais avec la ferveur d'un néophyte. Il avait ainsi figuré Hercule portant le lion de Némée sur ses épaules, Atalante raflant toute courante les pommes d'or du jardin du Soir, Ulysse regagnant Ithaque sur son navire tandis que Circé à qui il tourne le dos le regarde partir. Ces figures mythiques, le Mèche les contemplait tous les jours et s'efforçait d'en comprendre le sens. En ce temps-là toute tentative d'appréhender le monde passait d'abord par une approche poétique.

Ce matin-là, il observait l'athanor avec une moue dubitative. C'était un robuste poêle en céramique encastré dans le mur et qui tenait debout par trois pieds en forme de sabots, enfoncés dans la terre. Le Mèche contemplait ces pieds, se demandant où il avait déjà vu les pareils. Sur les doigts de ces extrémités qui rappelaient à la fois ceux des hommes et ceux des animaux héraldiques que figuraient les alchimistes dans leurs bestiaires, une bague était repoussée dans le métal. Soudain le Mèche se souvint. Il bondit vers la table où étaient répandues les trois dépouilles qu'il venait d'acquérir. La tablette représentant un char était éclairée par les lueurs incertaines d'une chandelle à bout de souffle et qui réclamait d'être mouchée. Sous cette clarté indécise vivait et palpitait la couleur or du sabot qui dépassait de la bâche bleue laquelle recouvrait l'ensemble. Ce pied était orné d'une bague identique à celle de l'athanor. L'athanor était la réplique fidèle, coulée dans le bronze, du dessin qui figurait sur le grimoire de Nicolas Flamel. Qu'est-ce que tout cela pouvait avoir de commun ?

C'était le matin et le fourneau dont on avait fermé toutes les clés de tirage avait été dolent toute la nuit.

Le Mèche, en dépit de la chaleur, frissonna. Il avait la pénible impression de tenter de réveiller des forces plus néfastes que bénéfiques.

Il s'efforçait sans y parvenir de comprendre toute la partie ésotérique de l'alchimie. Il voulait saisir le subterfuge qui permettrait d'atteindre à la pureté dont il était tant question pour accéder au savoir suprême. Il avait le jugement sain avec l'esprit le plus simple et il ne concevait pas comment la matière et la pensée pouvaient trouver un point de rencontre qui leur permette de s'insérer l'une dans l'autre au point de créer une nouvelle entité qu'on appelait la pierre philosophale. Il cherchait le lien entre la grossière construction, quoique inquiétante, de l'athanor et le mysticisme qui y était enclos. Il ne parvenait pas à les conjuguer. Il s'y était efforcé à l'aide d'un feu d'enfer et n'était parvenu qu'à faire fondre du plomb incandescent. Cela donnait une fusion miroitante qui palpitait au fond du creuset comme le battement d'un cœur, bien plus étincelante à contempler que celle de l'or mais qui, en refroidissant, n'était plus que le métal terne de l'origine. Le Mèche était devenu sceptique non par conviction mais par expérience. Le four du feu immortel comme le nommait Flamel dans son grimoire n'était guère capable que de chauffer les pieds des pauvres mortels.

Ou alors il fallait croire la confidence de Flamel à sa femme Pernelle : « Les fruits de l'alchimie appartiennent au jardin des Hespérides. Ils ne se présentent qu'au terme d'un effort constant comme le couronnement d'une existence entière vouée à la conscience corporelle et spirituelle. »

Le Mèche s'était ouvert de ses doutes à Clairance sur l'oreiller, tel jour qu'il venait de l'honorer à travers le trou du cilice dont il l'obligeait à s'armer afin qu'en réduisant au minimum la tentation de la chair, comme il avait refusé celle de la parfaite intelligence pour échapper à l'orgueil, il pût enfin accéder à cette connaissance universelle surgissant d'un fourneau chauffé à blanc mais auquel il convenait d'adjoindre, par on ne sait quelle contorsion de l'esprit, la maîtrise et la connaissance de soi, la pureté matérielle et celle d'intention, pour parvenir à cette entité dont l'accès n'est autorisé qu'à ceux qui savent voiler leur pensée sous d'obscures abstractions.

— Mais enfin, notre maître, lui avait dit Clairance, tandis qu'il la besognait, cette pierre dont vous dites tant de bien, n'est-elle pas d'abord destinée à faire de l'or ?

Elle avait lu le livre de Flamel et l'avait interprété tout de travers.

— Que si fait, ma mie, mais savez-vous d'abord ce que c'est que l'or ? D'après Platon, il s'agit de la métamorphose d'un liquide filtrant à travers les pierres, dont il serait possible de l'extraire par cuissons répétées.

— À la bonne heure ! dit Clairance en se soustrayant aux tentatives de son époux. Faisons cuire ! Faisons cuire !

Elle le secondait dans cette chaufferie infernale pour parvenir au grand œuvre mais, y échouant, elle le traitait d'homme à béquilles dix fois le jour et néanmoins elle s'obstinait. Elle était hagarde à force de concentration. Son âme huchait littéralement hors de son corps pour tenter de se transcender en or par le truchement de cet étrange fourneau. Clairance ne voyait dans l'alchimie que le moyen de se procurer un peu de ce doux métal qui trouble tant de têtes. Oh, elle n'en attendait pas beaucoup. Une pincée lui eût suffi.

Le Mèche regardait la Clairance agrippée au tirefond du soufflet. C'était un gigantesque appareil taillé dans la peau d'un taureau. Il luisait haut dans la pénombre du plafond fait de poutres à peine équarries, encore animé, semblait-il, du halètement de la bête courant la campagne.

La Clairance avait des muscles d'homme. Le Mèche l'observait avec commisération, sous la cheminée de fer, activant le feu devant l'athanor lequel, ce matin-là, lui paraissait d'une fainéantise absolue. Clairance insultait le fourneau sans vergogne. Elle avait fini par le prendre pour une personne vivante et armée d'une mauvaise volonté évidente.

Elle était à croupetons, tout en muscles, en suspension entre ciel et terre, aspirée par la force du soufflet quand celui-ci se repliait. Le Mèche admirait sous la futaine fendue les belles rondeurs de cette femme de trente ans. Il hochait la tête interminablement.

— *O sancta simplicitas !* s'écria-t-il à voix contenue.

— Tu vois que tu sais parler latin maintenant !

C'était le curé de Lincel qui arrivait. Il bavait toujours un peu en jubilant son heureuse innocence. Hochant la tête, il ajouta :

— Un jour tu te feras brûler !

— Oh, mais je le suis déjà !

Le Mèche montrait les cicatrices sur ses bras durs. Quelquefois à la surface du feu dans l'athanor quelque bulle crevait dont la matière incandescente sautait n'importe où, et c'était à ces scories que le Mèche devait ces tavelures.

— Oh mais, dit le curé, c'est pas de ces brûlures-là que je parle ! Un jour tu seras un crémât ! Tu sais un de ceux qu'on rôtit en place publique pendant que les vieilles apportent au bûcher un fagot chacune par charité !

Maître Mèche fit le geste de remuer du vent.

— J'ai l'oreille de l'évêque de Sisteron. Il voudrait bien faire bouillir comme moi mais son ordre l'en empêche. Il y croit lui aussi au grand œuvre !

Le Mèche se mit à rire.

— Nous sommes des dupes ! Nous ne nous rendons pas compte que si un jour l'or devient si facile à faire, il perdra toute sa valeur, matérielle et spirituelle. Il faudra que l'espèce humaine trouve une autre rareté pour le remplacer.

Le curé faisait le tour de la pièce, cherchant quelque endroit pour déposer son fourniment.

— En attendant, dit-il, toi tu seras crémé !

Il était tout tintinnabulant des instruments du culte qu'il avait accrochés au ceinturon de cuir qui ceignait son bedon. Nonobstant sa vigueur, sa certitude d'être invincible grâce à sa foi robuste et ses vingt-cinq ans, il avait l'air inquiet. Il planta le saint sacrement dans le tas de cendres chaudes qu'on retirait de l'athanor chaque matin.

Maître Arnaud vint le regarder sous le nez.

— Tu m'as l'air bien ébouriffé de si bon matin ?

— Je le suis.

Il préféra poursuivre en langue d'oïl bien qu'il fût seul et complice avec le Mèche. Le premier soin du roi de France qui venait d'ajouter la Provence à son royaume après de louches transactions, ç'avait été d'interdire de s'exprimer en idiome d'oc, sous peine d'avoir la langue arrachée.

— Je le suis, répéta-t-il. Je viens de Gaussan, d'administrer la prieure du couvent des dames de Sainte-Claire. C'est une d'Agoult. Elle avait cent deux ans. Elle voulait absolument me faire comprendre quelque chose.

— Et alors, dit maître Arnaud alléché, qu'est-ce qu'elle t'a tant dit ?

— Rien ! dit l'abbé. Et si elle m'avait dit quelque chose tu penses bien que tu n'en saurais rien ! Qu'est-ce que tu fais du secret de la confession ?

— Oh, dit le Mèche, c'est pas la peine de tant te faire obstacle ! Si c'était quelque chose d'intéressant ça te brûlerait la gueule de le celer !

— C'est quelque chose de plus que ce que tu supposes ! Et je te le répéterai pas puisqu'elle est morte sans l'avoir dit !

— Et comment tu sais alors si c'est intéressant ou pas ?

— Elle sentait que c'était la fin. Elle rageait de devoir se taire. Je voyais les larmes d'impuissance qui lui sautaient des yeux. À la fin elle a fait signe à trois nonnes qui priaient au pied de son lit. Un signe impérieux, un signe qui ne souffrait pas qu'on lui désobéît. Les sœurs ont approché un fauteuil, elles l'ont déposée dessus. Elle leur parlait par signes. Nous sommes sortis dans le déambulatoire. Elles ont fait lever la herse du cloître. On est sortis dans le parc de Gaussan. C'est un grand pré tout nu dont Adémar de Gaussan, il y a trois cents ans, a fait don au couvent que sa femme venait de créer. Avec la mare qui est au milieu.

— Et alors ?

— Et alors rien. Au milieu de ce pré, sur un tertre, il y a un arbre, un gros chêne qui doit bien avoir cent ans… comme la prieure. Seulement alors lui, il est pas près de mourir ! Tu dirais un jeune homme. En octobre il resplendit comme un plat d'or ! Quand il fait du vent, c'est une pluie de glands !

— Et alors ?

— Et alors rien. La prieure elle a fait installer son fauteuil devant l'arbre. Elle m'a fait rester debout à côté d'elle. Elle était faible. Elle s'y est reprise à trois fois. On aurait dit que son bras décharné avait le monde à soulever ! Enfin elle a réussi avec son doigt tendu à me désigner l'arbre. Il n'y avait pas de doute, autour, à la ronde, il n'y avait rien d'autre que le pré vide et l'arbre ! Elle est morte quand son doigt sans force est retombé le long du fauteuil.

Le curé se tut, haletant. Depuis un moment un enfant aux yeux noirs se tenait en silence dans l'ombre portée que faisaient les flammes sous l'athanor.

C'était le fils du Mèche. Un Pons de Lescure, branche cadette des Pons et de la baronne du Cental. Les nobles désargentés avaient eu au cours des siècles tant d'enfants que le nom et la fortune d'origine s'étaient délayés dans la pauvreté et l'obscurité. Il en était mort beaucoup durant la peste et la famine. À la fin, comme le Mèche, ils avaient dû gagner leur vie à la sueur de leur front ainsi que de vulgaires marchands. Il n'y avait que les plus célèbres d'entre eux, les Palamède de Forbin, qui avaient opté pour le roi de France et avaient été les artisans du rattachement de la Provence. C'étaient d'anciens épiciers. Ils avaient suivi les hordes manantes qu'entraînait Pierre Lhermitte aux croisades. En route, il s'était semé tant de morts, tant roturiers que nobles et ces Forbin avaient tué tant d'infidèles et s'étaient montrés si robustes que Baudouin des Flandres les avait faits chevaliers sur le terrain. Leurs descendants directs avaient été de la trouée franque sous les remparts d'Antioche qui avait coûté la moitié de sa noblesse au royaume du même nom. Un seul réchappa par miracle. Il avait fui jusqu'à Corcyre.

Revenir du royaume franc de Jérusalem sans être réduit en esclavage par les Turcs était toujours fort prisé par la papauté. Celle-ci savait récompenser les fils de ces preux et la réserve de nobles morts sans postérité au combat ou de la dysenterie était suffisante pour illustrer des familles particulièrement méritantes.

C'était à des croisements merveilleux, à des alliances cousinières avec des descendants de ces épiciers que le Mèche devait sa petite noblesse et les quelques arpents de terre qui lui permettaient de survivre aux misères du temps, il avait cette femme, sa cousine germaine, tout en muscles et ce superbe enfant de dix ans, la prunelle de ses yeux, qui présentement écoutait les paroles du curé avec une attention soutenue.

— *Quid tibi dixerit ?* demanda le Mèche.

Il aurait bien voulu poursuivre cette conversation en latin pour ne pas émouvoir inutilement son fils Tancrède. Celui-ci apprendrait bien assez tôt la réalité de la mort.

Mais le curé n'était pas d'humeur à faire cet effort et à la question du Mèche il répondit en français.

— Rien ! Je t'ai dit qu'elle ne pouvait plus parler ! Elle formait des mots dans sa bouche mais elle n'avait plus d'air pour les moduler. Je t'ai bien dit qu'elle était désolée. Et au bout d'un quart d'heure elle pouvait plus bouger, même pas pour adorer le saint sacrement que je lui présentais !

Le curé avait l'air depuis le début de ne plus savoir où pendre la lumière. Il se promenait de long en large devant l'athanor. Il se planta devant le Mèche.

— Qu'est-ce que tu en dis ?

— Ma foi ! dit le Mèche en écartant les bras.

— J'ai eu l'impression, dit le curé, qu'elle s'en voulait d'avoir trop attendu pour parler. Ça m'avait l'air d'être quelque chose de très important. Et puis c'est pas tout...

Il ralentit sa marche et vint se planter devant le Mèche. Il avait l'air de supputer s'il devait ou non préciser sa pensée.

— Tiens ! dit-il. Lis ça !

Il venait d'extraire de sa soutane un cartulaire roulé. C'était un parchemin souple au bas duquel était brisé le sceau que les Hospitaliers s'étaient approprié lorsque les biens de l'ordre du Temple leur avaient été dévolus. Il déposa le rouleau entre les mains du Mèche.

— Elle m'a remis ça, dit-il, avant de se faire conduire au pied du chêne.

Le Mèche machinalement déroula le document.

Il s'exclama :

— Mais c'est écrit en latin !

— Et alors ? Tu en sais assez pour le lire !

— Non non ! Surtout avec une écriture pareille ! Traduis-le-moi.

Le curé haussa les épaules.

— Surtout que, dit-il, quand je te l'aurai lu, tu n'en sauras pas plus que moi.

Il approcha de la chandelle le document déployé. Il se mit à ânonner le texte qu'il déchiffrait car sa connaissance du francilien lui était moins familière que le latin ou la langue d'oc. Il lut :

Il n'est pas d'usage en notre institution qu'un commandeur donne des instructions à son successeur, lequel est désigné par notre Saint-Père le Pape et donc inspiré directement par l'Esprit-Saint.

Si je déroge, c'est pressé par la nécessité. Ma vie est menacée comme celle de tous mes frères et de tous les Manoscains.

J'ai été contraint de me séparer d'un trésor spirituel, rapporté jadis de Jérusalem par nos frères dont nous sommes les héritiers et qui constitue la preuve irréfutable de la vérité limpide des Saintes Écritures.

J'ai dû confier cette relique aux bienheureuses épouses du Seigneur, les conventuelles de Sainte-Claire à Gaussan, territoire de Mane.

Ce transfert s'est effectué sous la contrainte de la peste qui ne désarmait pas pour soustraire le Saint Objet au pillage prévisible par le malheur des temps.

Mon successeur devra, muni de la présente, se faire restituer cette œuvre inestimable par nos sœurs, les religieuses de Sainte-Claire.

Dans le cas où celles-ci ne s'y résoudraient pas, il conviendrait d'ordonner au quatrième ordre, les donats qui portent la demi-croix de l'ordre, de nous faire rendre justice, même s'il en était besoin par le fer et par le feu. C'est ma volonté posthume pour le bien et la gloire de l'ordre.

Premier jour de l'année, 25 mars 1349

GUILLAUME DE VENTEYROL

— 1349 ! s'exclama le Mèche. L'année de la grande peste !

— Il y a cent septante ans ! murmura le prêtre.

On eut dit qu'il mesurait la réalité de cet énorme laps de temps. Il savait que les Hospitaliers, seigneurs à demi-part de Manosque, existaient toujours mais qu'ils étaient fort démunis. Ils n'avaient plus la temporelle que leur conférait le privilège d'avoir reçu de Philippe le Bel, la dévolution des biens des Templiers. L'autre seigneur de Manosque, Guillaume IV, leur avait porté un fort mauvais coup en affranchissant la ville qui désormais se gouvernait et surtout fixait les impôts, privant les Hospitaliers d'une forte partie de leurs bénéfices.

La béatitude que procuraient leur puissance et leur fortune n'attirait plus les cadets de famille. Ceux-ci se tournaient vers des ordres plus riches et qui ne craignaient pas d'être dépossédés.

— Actuellement, dit le prêtre, ils ne sont plus en mesure de faire reprendre leur trésor *ferro et igni* par leurs donats. Ceux-ci n'existent plus. Ils ne peuvent plus en lever parce qu'ils n'ont plus d'argent et plus de privilèges.

— Mais, dit le Mèche, pourquoi tu me racontes ça à moi ? Tu sais que je suis à moitié malsentant de la foi ?

— Oui ! Juste ce qu'il faut pour éviter le bûcher ! Seulement moi, l'autre jour, j'ai reçu le Trancheton en confession !

— Le Trancheton ! Ah, ça te fait une belle recrue pour tes processions ! Parce que si moi je suis à moitié mécréant, lui il l'est en plein ! Et qu'est-ce qu'il t'a tant dit, le Trancheton ?

— Qu'il t'avait vendu des choses qu'il avait trouvées en rabaillant. Des choses qui ressemblaient à des biens religieux et qu'alors il avait des remords de te les avoir cédées. Surtout, a-t-il dit, que tu lui en aurais donné quinze liards ! Tu n'as pas honte ?

— Qué honte ? Tu sais même pas ce que c'est !

Le Mèche se dirigea vers la bugadière qui servait à la Clairance pour ses lessives. Il en souleva le couvercle. En même temps, il extirpa d'un recoin le gonfanon de Mantoue. Il brandit devant le curé le crâne vide et le chaperon qu'il jucha sur le *memento mori*.

Ce crâne brillait dans le matin clair. En dépit de ses orbites vides, sa superbe denture conservée intacte étincelait encore aux rayons obliques du soleil levant qui entrait jusqu'à l'athanor par la porte ouverte. On eût dit qu'il esquissait un sourire.

En dépit de sa foi robuste, le prêtre fit un pas en arrière.

— Tu risques plus rien, ricana le Mèche. Celui-là il est mort depuis plus de cent cinquante ans. Ce qu'il portait autour de cette tête, ça n'est plus à la mode depuis au moins un siècle ! Et alors ? Tu crois que tout ça, ça vaut plus de quinze liards ?

Le curé s'était emparé de la planchette peinte et il l'examinait à loisir. Il la brandit enfin devant le Mèche médusé.

— Et ça ! dit-il. Tu crois que c'est rien ? Le paroissien qui a fait ces esquisses, c'est pas n'importe qui ! Je reconnais les personnages. Ils sont animés d'un mouvement unanime. On dirait qu'ils se pressent comme s'ils avaient hâte d'arriver quelque part. C'est tout des femmes ! C'est tout des clarisses. Je les reconnais à leur coiffe. Où il a trouvé ça, le Trancheton ?

— Dans le col de la Mort-d'Imbert, il m'a dit. Au bord du ruisseau Gaudissart. Ah ! Et puis aussi, le drapeau et la tablette, au moulin du Jansselin !

— Malheur ! Le moulin où on entend chanter le vent des morts !

— Tu crois ça, toi, un prêtre ?

— Le Seigneur est derrière toute chose pour perpétuer notre repentir. Et s'il lui plaît de faire chanter les morts dans le vent, c'est pas toi qui l'en empêcheras ! En tout cas : la Mort-d'Imbert, le ruisseau Gaudissart, le moulin du Jansselin, tout ça, ça jalonne la route vers les clarisses de Gaussan.

— Puisque tu es là, dit le Mèche, qu'est-ce que ça peut bien être la preuve irréfutable de la vérité limpide des Saintes Écritures ?

Le curé leva le bras et fit de sa main ouverte un large signe qui embrassait l'infini.

— Ça tu sais, dit-il, mon pauvre Mèche ! Ça peut aller du pschent du roi Salomon jusqu'à un fragment de la Vraie Croix !

— En tout cas, soupira le Mèche, ça nous donne de quoi penser ! Mais justement en parlant de ça, y a une chose qu'on sait pas. D'après toi, tu crois qu'elles l'ont rendu aux Hospitaliers l'objet sacré ?

Le prêtre hocha la tête de gauche à droite.

— Si depuis cent soixante-dix ans, dit-il, les supérieures ont été de la trempe de celle que je viens d'administrer, ça m'étonnerait !

Le curé assujettit sur ses épaules le saint sacrement, les burettes et les instruments du culte. Il était tout en angles sous ce fourniment et cela fit rire l'enfant de dix ans.

— Qu'est-ce que c'est qui te fait tant rire, Tancrède ? Et en parlant de ça, tu y penses à ton exemplum[1] ?

1. Exemplum : catéchisme avant le concile de Trente.

— Il a bien le temps, dit le Mèche légèrement.

— Coumo il a bien le temps ? Il est plus tard que tu ne penses ! Il a beau briller comme un soleil et être fort comme un Turc, la mort est présente en chacun de nous et nous ne savons ni le jour ni l'heure. Tu le vois ton fils arriver devant Jésus sans être instruit ?

— Parlons pas, dit le Mèche, de malheur !

— Alors envoie-le-moi vendredi ! C'est le jour où je les prends tous.

Le curé franchissait le seuil. Il se retourna.

— En parlant de ça, j'ai oublié de te dire, le roi va traverser Forcalquier ces jours-ci.

— Le roi ? Qué roi ?

— Le roi des Franchimans. François ! Il paraît qu'il y a des inondations entre Sisteron et Manosque. La Durance a débordé. Alors ils font le détour par le chemin qui ceinture Lure, en revenant d'Italie. Tu sais qu'il a gagné une bataille ?

— Le roi des Franchimans..., médita le Mèche. Le nôtre par le fait ?

— Bé oui, qu'est-ce que tu veux ? Par le fait, le nôtre !

Le curé franchissait le seuil.

— À la bonne heure ! s'écria-t-il. Le Bon Dieu nous a envoyé la pluie ! Le Bon Dieu soit béni !

C'était peu de dire. L'averse était un rideau derrière lequel le curé encapuchonné disparut d'un seul coup. Il était deux fois plus gros sous la pèlerine à cause des instruments du culte qui le bossuaient.

— Il a laissé le parchemin ! dit l'enfant.

— T'en fais pas. On le lui rendra demain. Il passe tous les jours.

Il réfléchit une minute.

— Demain, dit-il, il va commencer à t'apprendre l'éternité. Mais moi à partir de demain, je vais commencer à t'apprendre comment vivre cent ans.

Il pleuvait depuis dix jours. Il pleuvait depuis qu'on avait quitté l'Italie au col du Montgenèvre. Il pleuvait avec une obstination imbécile, comme il sait pleuvoir en pays sec. Tous les torrents qui convergeaient vers la Durance battaient du tympanon dans leurs gorges profondes. La Clarée, le Guil, la Gyronde, la Guisane, l'Ubaye, le Buech, la Méouge, la Bléone, l'Asse, le Verdon se renvoyaient les échos de leurs rives en rumeur où s'aiguisait l'érosion perceptible ; venaient apporter, comme des vassaux, la furie de leur courant chargé d'alluvions à la rivière-fleuve : la Durance à Sisteron. L'eau était à douze pieds à peine sous l'arche du pont de la Baume, prête à la combler, à l'emporter. Un bruit omnipotent régnait sur l'arc alpin, battant la générale d'une bataille qui se jouait ici pour la maîtrise de l'éternité, à côté de laquelle celle qui venait d'être gagnée du côté de Marignan n'était qu'une page de l'histoire humaine.

Quand l'armée atteignit Sisteron les avant-gardes rebroussèrent chemin. Ils dirent que, au-delà, la plaine au bout de laquelle se mussait Manosque n'était plus qu'un lac de plusieurs lieues de large, qu'il n'y avait plus ni bacs ni gués et qu'il fallait renoncer à cette voie. Force était d'aller longer Lure par le chemin de Saint-Étienne.

Le Jabron fut passé en catastrophe. Trois chevaux et deux artilleurs qui s'efforçaient de désembourber un canon à quatre gueules furent noyés en un clin d'œil. Le canon pointé vers le ciel demeura cent ans en équilibre enlisé parmi les agrégats. On y amenait les enfants en promenade.

— Regarde ! leur disait-on, il était à Marignan !

Quand l'armée atteignit Forcalquier, elle s'éparpillait sur deux lieues au courant des drailles. Elle semait des morts en route car les blessés suivaient comme ils pouvaient. Les uns sur les brancards portés par les camarades ; ceux qui avaient de la chance dans les carrioles couvertes où les rapines des mises à sac étaient entassées. Quelques-uns étaient arrimés par des cordages sur les énormes canons qui avaient arraché la victoire. Beaucoup clopinaient à pied, assurés sur une ou deux béquilles. D'autres avaient les bras en lambeaux ou des têtes sans oreilles ou sans nez. Il y en avait de beaux-uns qui marchaient pieds nus mais aucun n'avait abandonné son épée ou sa dague. Des groupes étaient rivés à d'énormes espingoles qu'il fallait quatre hommes pour charger.

Cette armée victorieuse déferla dans Sisteron à volets fermés et portes barricadées. Une rumeur l'avait précédée qui ne disait rien qui vaille à quiconque. Par avarice ou par nécessité, un grand nombre des soudards avaient eu leur solde retranchée dès le soir de Marignan puisqu'ils ne servaient plus à rien. Ça coûte cher cinq mille hommes qui mangent trois fois par jour. La plupart de ceux-là, toujours suivant l'armée, se mirent à rapiner autour d'eux au fur et à mesure qu'ils avançaient. De même quelques viols ou quelques assassinats qu'ils commirent çà et là transformèrent vite, pour les naturels, cette grande victoire en une panique générale.

Pourtant, une discipline de fer canalisait en bon ordre ceux qui continuaient à être payés, notamment les hallebardiers en costume et armés jusqu'aux dents qui encadraient les rapines royales. C'étaient des chariots soigneusement bâchés qui transportaient jusqu'à Fontainebleau les dons royaux que les villes terrorisées avaient déposé aux pieds du vainqueur en dépouilles opimes. Il y en avait quelques grands haquets pleins à ras bord d'orfèvrerie profane et d'église. C'étaient des pièces uniques, des objets d'autant plus grand prix qu'ils étaient plus petits, des soieries en rouleaux qui venaient de la Chine à travers les continents, des statues de marbre qui avaient déjà été volées à la Grèce et qui avaient changé de prédateurs à nouveau. La pluie avait fini par transpercer les bâches de fortune qui abritaient ces trésors et l'on voyait se dissoudre lentement les couleurs d'un Sodoma rappelant un épisode de la vie de Catherine de Sienne, tandis qu'un Apollon de marbre (couronné de lauriers) gouttait par le nez cette averse sacrilège.

Quand guettant du haut du beffroi cette armée qui descendait la draille du côté des Mourres, le sonneur un peu simple la vit scintiller à la faveur d'une éclaircie, l'émoi le fit se tromper de cloche et au lieu de l'allègre rondelet qu'on voulait offrir au roi chevalier, ce fut le bourdon du glas qui se mit en branle sombrement.

Forcalquier était aux abois, Forcalquier n'avait plus un maravédis dans ses caisses. Les pourpoints même de ses consuls étaient mangés aux mites. Les gueux, la peste, la famine, les bandes d'Arnaud de Cervoles, puis celles de Raymond de Turenne puis toutes celles qui n'avaient pas de nom, tous ces malheurs du temps avaient eu raison de la fierté orgueilleuse de cette ville réservée. D'autant que les deux baillis restés en vie et en fonction se disaient l'un à l'autre : « Mieux vaut faire pitié qu'envie. »

C'est pour dire qu'on n'avait pas grand-chose, à part les clés de la ville, à offrir au roi-chevalier comme divertissement. Les jouvencelles étaient frappées de petite vérole, il y en avait partout quantité. C'est du moins le bruit qu'on avait fait courir pour ne pas les montrer au roi, lequel passait pour ne manquer aucune occasion de s'agiter le pilon.

Heureusement, nous avions cinq ou six malandrins dûment jugés qui moisissaient en prison, rue

Droite, et qu'on destinait à la potence. Ce fut la belle occasion d'en rendre hommage au monarque. Ça coûterait moins cher qu'une grande fête et ça prouverait au roi que ses fidèles sujets demeuraient gardiens intransigeants de l'ordre. Le gibet fut dressé en un clin d'œil, en un instant les sentences furent prononcées. Quand François Ier dépassa le coin de Clastre-Vieil, les cadavres étaient encore chauds et leurs verges toutes raides étaient au garde-à-vous. Les deux dames de haut parage qui flanquaient étroitement leur seigneur lui en firent une honnêteté, disant qu'aucune n'était comparable à celle de Sa Majesté.

Le Mèche et son fils s'étaient dissimulés derrière les Mourres au bord du chemin. De là ils virent deux viguiers en hermine sale qui attendaient chapeau bas et genou en terre. Ceux-ci restèrent dans cette position pendant tout le temps où défila l'avant-garde de l'armée, laquelle avait fière allure. C'étaient les grands barons du royaume, ceux qui payaient d'un régiment entretenu à leurs frais le droit de se faire tuer à la garde du roi. Plusieurs étaient altiers, d'autres avaient la mine basse et leur turpitude se lisait sur leurs traits. Quelques-uns, il est vrai, n'avaient aucune mine. Ils étaient devenus inexistants sous les cinquante lieues qu'ils venaient d'accomplir.

La pluie avait cessé. Le pays de Forcalquier avait étendu sur l'armée son manteau de soleil. Au-dessus de tout l'arc alpin, du sommet de Lure jusqu'à la tête de l'Estrop, la pluie était cependant présente sur un immense pourtour. Un prisme de gloire se soutenait au-dessus du cortège royal en un arc-en-ciel de toute beauté. L'armée, miraculeusement rescapée de la pluie, se ressuyait lentement.

Le roi, sur le parvis de la concathédrale, ouïssait hâtivement la messe et c'était un spectacle formidable que de voir à son tour le plus grand roi de la chrétienté agenouillé dans les flaques d'eau que l'averse récente avait formées parmi les dalles, devant un humble prêtre, armé du simple saint sacrement, car selon une coutume rayée du rite chez les Franchimans mais qu'on avait oublié d'abroger au rattachement de la Provence, le roi ne pénétrait pas en la cathédrale, bien de Sa Sainte Mère l'Église. Devant le parvis, l'antique antienne qui inclinait symboliquement tous les rois de la chrétienté retentissait encore. Toutefois les rois n'aimant pas, fût-ce par Dieu, ouïr discuter la moindre de leurs prérogatives, c'était en chevrotant, balbutiant ou grommelant et toujours en latin, que les prêtres ânonnaient la célèbre sentence de saint Rémi : « Brûle ce que tu as adoré et adore ce que tu as brûlé. »

Pendant ce temps, l'étroite tranchée où basculait le chemin, avant la descente sur Mane, vomissait l'armée, dans le cliquetis des lances entrechoquées. Les canons défilaient, poussés, tirés, attelés. Ça durait longtemps. Il y en avait bien une centaine. À la suite de tout ce tremblement après un large intervalle entre les deux, la cour cernant Sa Majesté s'avançait dans la pompe claquant au vent des étendards pris à l'ennemi et qu'on avait liés aux hampes des flammes qui distinguaient les uns des autres les grands féodaux franchimans. Avec un peu de crainte dans la voix, le Mèche serra le bras de son fils.

— Regarde ! C'est lui ! C'est François Premier !

— Il est si grand que ça ?

— Non ! Tu regardes pas le bon ! Lui, le plus long, c'est Pierre Terrail ! C'est Bayard !

Un peu de peuple sur le côté du cortège s'était amassé, piétinant. Il acclamait. Mais ce n'était pas le roi. C'était Bayard à qui l'on faisait un triomphe.

Le roi de sa main fine le désignait avec bienveillance aux acclamations. Il dépassait son maître d'une demi-tête et la rigueur de sa mise (sauf la grande épée qu'il portait au côté) était garante de la simplicité de son cœur de montagnard. À quarante ans qu'il avait alors, il avait grande allure à côté du roi, le cul tanné par mille chevauchées, avec cette armure pesant quinze livres sur laquelle avaient sonné en vain les lames les plus fines du monde. Sa figure chafouine toutefois ne payait pas de mine et Tancrède n'avait d'yeux que pour François Premier et surtout pour sa barbe à la milanaise, en point et virgule et provocante. Les yeux étaient à l'abri sous les arcades sourcilières et ce regard oblique comme la barbe, l'enfant mussé dans les broussailles ne devait jamais l'oublier : il était aux aguets. C'était un regard de vautour. Le cheval qui portait le roi n'était noble que par son amble robuste. C'était un boulonnais de labour pour lequel le corps du monarque n'était qu'une plume. En le voyant à cheval cependant on pensait tout de suite majesté. C'était une sorte de géant qui dépassait tous les courtisans (sauf Bayard) de la tête. Une inconnue le suivait étroitement. Elle avait une petite tête, des cheveux blonds sous le bonnet en fer de lance dont la pointe descendait sur son front. Elle était grasse, blonde, son allure était aussi hautaine que celle du roi qu'elle couvait d'un regard protecteur.

À côté de Bayard, son compagnon, celui qu'il avait armé chevalier sur le champ de bataille, François Premier, en dépit de sa barbe offrait le visage vermeil d'une femme.

— Pourquoi, dit brusquement Tancrède à son père, pourquoi le roi porte un emplâtre à l'aile du nez ?

Le Mèche hocha la tête. Il gronda en chuchotant :

— Tu vois toujours ce qu'il faut pas, toi !

Il hésita une seconde.

— On m'a dit qu'il avait attrapé le mal de Naples !

— Mais il ne revient pas de Naples.

— Non mais ce mal-là on l'attrape partout !

Le roi, Bayard, les dames de haut parage, tout cela disparaissait dans la descente sur Mane. Le roi demanda ce que c'était que ce château mal emmanché et sinistre qui dressait sa masse funèbre sur le côté gauche du chemin.

— C'est celui des Pons de Gaussan, sire, lui dit Bayard.

— Les ai-je vus ? Sont-ils venus à l'hommage ?

— Sire, ils ont été décimés par la peste. Je ne sais s'il en reste un seul. Ils prétendent, grommela Bayard, qu'ils ne doivent pas leur qualité de gentilshommes à la Maison de France. Ils prétendent qu'ils l'étaient avant elle.

Le roi se rembrunit.

— Vous me ferez penser à raser ce château. C'est une citadelle.

— Vous n'y pensez pas, sire ! Les Pons de Gaussan étaient sous Antioche avec Bohémond de Flandres !

Il ajouta, voyant que la mine du roi s'allongeait :

— Mais auparavant ils étaient épiciers !

— À la bonne heure ! dit François.

Comme si le beau temps était l'apanage des rois, sitôt que l'escorte eut disparu vers Mane, la pluie qui s'était contenue autour de Forcalquier reprit sauvagement possession du pays. Ce fut sous le déluge qu'en bon ordre et solidement encadrés de spadassins italiens qu'on avait commis à leur garde, les trésors de la Lombardie vinrent défiler sous les yeux du Mèche et de son fils, stoïques sous l'averse. Tancrède voulait partir mais le Mèche le retint par le bras.

— Attends ! dit-il. Tu n'as rien vu !

Il tendait le bras vers la tranchée qui de tout temps a été la limite séparant Forcalquier de Mane et où tant de gens qui voisinaient mais ne s'aimaient pas avaient essayé de se tuer et quelquefois y étaient parvenus.

Le convoi des trésors était passé depuis dix minutes quand la piétaille apparut dans le défilé, hagarde, innombrable, en pagaille, blessée, mourante, gens de sac et de corde, hurlant et blasphémant, dominée par le gémissement en leitmotiv de la faim permanente. C'était une marée humaine qui ne savait où elle allait et pourquoi elle y allait. Quelques ribaudes on ne sait d'où venues se laissaient porter par cet amalgame de tant de misère et de tant de désespoir. Cette armée en débandade se répandait en arrière-garde mais aussi sur les côtés de celle régulière où les Suisses eux-mêmes étaient d'autant mieux payés qu'ils étaient renégats à leur patrie. Les reîtres qui avaient été congédiés par leurs seigneurs ne se résolvaient pas à se séparer de ces cohortes bien vêtues et bien nourries où ils avaient leur place naguère. Ils espéraient que la guerre allait se rallumer et qu'ils récupéreraient leur solde. Les ribaudes aussi qui faisaient partie de cette débandade s'arrêtaient à toutes les chapelles pour en prier le ciel, aspirant à la reprise de la guerre car la solde des enrôlés leur permettrait de recouvrer leur gagne-pain.

C'était le grand épanchement de détritus que la guerre laisse à sa suite. Les blessés étaient en guenilles, le sang séchait encore sur leurs pourpoints, sur leurs chausses. Une odeur épouvantable diffusait dans l'air, faisant suivre à la trace tout ce malheur du monde, cette perte du quant-à-soi, cet amalgame de la sanie, des défécations, des vomissures de ceux qui n'en pouvaient plus de tant d'horreur.

Tancrède et son père n'en croyaient pas leurs yeux, observaient cette multitude hagarde ne sachant où était le bout de sa route et qui se hâtait en vain vers un lendemain sans changement. Ils ne savaient plus pourquoi ils cheminaient ainsi à la trace du plus grand roi de la terre qui ne se souvenait plus d'eux et qu'ils suivaient comme des chiens qu'un maître a chassés à coups de pierres.

— Mais papa..., demanda Tancrède. C'est une défaite ?

— Non ! C'est une victoire. Et c'est ça que je voulais te faire voir. Il faut que tu apprennes qu'en guerre, une victoire ou une défaite c'est la même chose.

L'embarras royal cependant poursuivait sa route vers Lincel et le gué du Largue où tout le monde allait se retrouver serré dans l'étroit vallon qui remonte vers Montfuron en vue d'atteindre Manosque et la Durance.

Le Mèche et son fils rêveur revenaient à la maison, pensifs et muets. Ils songeaient tous deux combien leur vie n'était ni affectée ni charmée par tout ce charroi, ce grand pan d'Histoire de France qui venait de défiler devant eux.

— Tu vois, disait le Mèche, ça sert à rien tout ça. Si ces multitudes étaient brusquement immobilisées par la mort, dans dix ans il n'en resterait que de la poussière ! Les batailles, dit-il, la gloire est pour ceux qui les racontent, pas pour ceux qui les font. Chaque fois qu'une armée se déplace c'est la mort qu'elle met en route ! Nous avons mille chances d'être un jour semblables à ces misérables, nous n'en avons aucune d'être Bayard ou François Premier. C'est ce que je voulais t'enseigner. Pour nous la guerre ressemblera toujours à la queue de cette armée. La guerre, dit-il, ça fait perdre son quant-à-soi. On n'a plus aucune chance à la guerre de conserver le rêve de sa vie.

Après le passage du roi François et de son armée ravageuse dans notre terroir, il y eut à faire face à un phénomène qui nous a en tous temps guettés et qui tient à la nature de notre climat excessif en tout.

Quelques ronge-mailles de la tourbe des sans-solde qui suivaient l'ost sans espoir et qui s'endormirent le soir vannés, au retour d'Italie, dans la boue et sous la pluie battante, s'éveillèrent au matin dans leurs guenilles presque sèches et sous un soleil éclatant.

L'envie prit à quelques-uns de connaître Forcalquier. Ils furent quelques dizaines qui n'hésitèrent pas, tête contrite et découverte, à ouïr la messe chaque matin afin d'apprivoiser l'indigène. Sur le parvis, face à la fontaine, le soleil réchauffant les reçut béats.

De là ils s'égaillèrent à la chasse avec leurs armes bien en main. Aucun petit seigneur n'avait les moyens de les arrêter ni de les poursuivre. Ce fut une incommodité qui s'incrusta. Les truands braconnaient ouvertement et, si d'aventure ils trouvaient quelque ruche, ils la gâtaient. Les poulaillers non plus, ils ne les épargnaient pas. Ils vendaient ouvertement leur gibier et fixaient les prix. Comment résister à des hommes qui portaient l'épée et qui pour un oui pour un non mettaient la main à la garde ? Ils ne manquaient d'ailleurs aucune messe le dimanche matin, quitte ensuite à se camper sous le porche pour mendier.

Le Clastre-Vieil et son escalier bien exposé étaient leur empire solaire. Ils s'y vautraient, ils s'y radassaient, le verre et la gourde toujours bien à portée. La chaleur de ces lieux était toujours propice. On n'avait presque besoin de rien d'autre. Parfois l'un de ces reîtres disparaissait mystérieusement. On entendait des cris la nuit. Bientôt, il ne resta que les plus forts. Ceux-ci devinrent menaçants. La ville exsangue n'avait pas de quoi entretenir des hommes d'armes. Malgré cela, les consuls firent la quête auprès des quelques bourgeois qui tant bien que mal à force de commerce avaient reconstitué leur fortune et pouvaient fournir quelques subsides. On débaucha cinq des truands qu'on affubla d'un uniforme. On offrit ce qu'il restait au demeurant des spadassins qu'on supplia de nous rançonner et qu'ensuite ils allassent porter ailleurs leur prédilection. Rien n'y fit. Les restanques au soleil et les nuits tièdes les intéressaient bien plus que de l'or mangé en pays sombre.

Pour éviter leurs congénères devenus gardiens de l'ordre, ils allèrent piller les campagnes. Tel jour un parti de trois d'entre eux se présenta devant le clos de l'alchimiste qui prétendait s'en remettre à la garde de Dieu.

Clairance était seule au logis. Elle les reçut à coups de taravelle mais succomba sous le nombre.

Ils la lièrent sur un escabeau. Ils mirent en perce une barrique dans la cave attenante. L'envie de boire fut plus forte que celle de violer. Ils se dirent que pour ça ils avaient du temps. L'athanor quand ils furent ivres les intrigua beaucoup d'abord mais ensuite ils y virent leur pire ennemi. Ils le traitèrent à coups de pied mais il était brûlant, ils voulurent le démonter mais il était lourd, finalement ils pissèrent contre à tour de rôle avec une telle abondance qu'il s'éteignit.

L'escabeau où ils avaient attaché Clairance était vermoulu. À force de se démener, celle-ci parvint à se délivrer. Les compagnons ricanants faisaient la farandole autour du four de toutes les vertus. Ils s'en étaient pris à coups d'épée au soufflet qu'ils voulaient crever, mais une peau de taureau tannée c'est autre chose qu'une chair d'homme.

La rage de les voir faire donna à Clairance une force surhumaine. Armée de l'escabeau démantibulé elle se mit à taper dans le tas des brutes avinées. Elle en assomma deux, l'autre s'enfuit abandonnant son épée sur la table de la salle commune. Clairance se saisit de cette lame et poursuivit le dernier truand qui titubait d'alcool mal digéré. Elle lui passa l'épée au travers du corps.

Le désespoir de voir l'athanor éteint avait décuplé ses forces et son énergie. Elle revint vers la maison et, poussant les cadavres hors de son chemin, elle se mit en devoir de rallumer le four divin.

Tancrède et le Mèche rentrant à la vesprée trouvèrent leur épouse et mère à genoux devant le creuset céleste qui ronflait. L'athanor était rouge sombre. Les lames des épées tanquées dans le soufflet jouaient du tympanon en s'entrechoquant à chaque gonflement de la peau de taureau. Tout était en ordre. Clairance à tue-tête pour couvrir le bruit de l'athanor ronflant et du halètement du soufflet leur conta brièvement qu'elle avait échappé à la mort. Il ne restait plus qu'à appeler le curé de Lincel afin qu'il vînt donner l'absoute aux trois vilains qui avaient cru que la descendante d'une lignée de bretteurs (les Provenchères avaient porté l'épée pendant trois siècles) n'était qu'une faible femme. Tout était en ordre.

— Tu as fait tout ça à toi toute seule, ma chère Clairance ?

— Faou creire moussu lou cura ! (Il faut croire, monsieur le curé !)

— Eh bé ! dit celui-ci en hochant la tête. Néanmoins il faut que je t'entende en confession.

— Coumo en confession ?

— Eh oui qu'est-ce que tu veux ? Tu as tout de même tué trois hommes.

— Coumo j'ai tué ! Mais ils voulaient m'occire ! Mais si je ne les avais tués, c'est moi qui serais là ! raide morte !

Elle désignait le sol d'un doigt véhément.

Le curé secoua la tête doucement.

— Il n'en reste pas moins que tu es en état de péché mortel. Je dois t'entendre en confession et toi te repentir. Sans cela, dit-il, tu ne pourras plus ouïr la messe ni participer à la sainte communion.

C'était ahurissant d'entendre cela. Le soir même Clairance se coucha et ne se leva plus. Elle était en état de terrible injustice. Trois jours elle monologua avec Dieu dans son for intérieur. Elle mourut le quatrième jour d'une terrible colère rentrée contre le Créateur.

Quand le curé vint néanmoins lui donner l'absoute, il trouva le Mèche sur le seuil et Tancrède derrière lui qui lui interdisaient l'accès.

— Non ! dit le Mèche. Tu devrais avoir honte ! tu devrais te traîner à genoux devant moi ! Tu n'as pas de remords, pas de regrets. Rien !

— Je n'ai fait qu'appliquer les formes des Saintes Écritures, dit le curé humblement.

Le Mèche lui ferma la porte au nez.

— Désormais, dit-il à Tancrède, toi et moi nous vivrons sans Dieu !

Ils étaient inconsolables, Clairance avait été leur sel de la terre. Son enjouement, sa formidable vitalité, leur avaient insufflé une joie de vivre qui s'était éteinte avec elle.

Des années durant, l'un devant l'autre, mangeant sans appétit et buvant sans soif, ils n'eurent pour toute consolation que les saisons à contempler.

L'athanor s'était éteint à jamais. On l'avait entendu toute la nuit, pendant l'agonie de Clairance, craquer comme un homme meurt dans les gémissements. Au matin, il était noir et froid.

Jamais plus le Mèche ne le ranima. Il détruisit le soufflet, enterra la peau de taureau, vendit pour quelques liards le fourneau divin au forgeron du pays qui en fit quatre ages pour le train des charrues où il était passé maître.

Cependant, comme en toute existence, le chagrin séchait dans l'esprit des deux hommes. La vie affluait dans le corps de Tancrède et le temps lui distillait l'espoir de plus en plus fort. Un jour, il dit à son père :

— Tu m'avais promis de m'apprendre à vivre cent ans.

Il avait près de dix-huit ans alors. Il tenait de sa mère un corps harmonieux quoique fort robuste et une taille qui avoisinait les six pieds.

— C'est ce que je suis en train de faire, dit le Mèche.

— Mais tu ne me dis rien !

— Je n'ai rien à te dire, tu n'as qu'à regarder ! Tout t'apprend !

Il avait examiné les pupilles de Tancrède dès sa naissance, attentivement et anxieusement, et il avait tout de suite compris à leur brillance étonnée qu'il serait de ceux qui observent le monde. Ç'avait été pour lui un grand soulagement.

— Tu veux que je te parle, dit le Mèche, je pourrais le faire des heures durant. Il y a des années que je rumine ce que j'ai à te dire. Je ne l'ai jamais fait par pudeur mais, puisque tu t'en étonnes, je vais te dire en peu de mots : d'abord ne fais jamais comme tout le monde. En ne suivant personne et en réfléchissant d'abord, tu es sûr de te tromper le moins possible — pas jamais ! Ça ce n'est pas possible ! Réfléchis avant d'agir, ne te laisse jamais aller à ton premier mouvement, mais surtout réfléchis avant de parler ! N'aie pas d'amis qui ne respirent pas à ta hauteur. Sois solitaire mais sans ostentation. Sois dissimulé. Ne proclame jamais ta nature. Chaque fois que tu penses « moi je », mords-toi la langue pour te taire. Jouis paisiblement de ta solitude au milieu des autres. On te dira le contraire. On te dira qu'on est plus fort en s'unissant. Ce n'est vrai que pour les choses matérielles. Pour celles de l'esprit c'est faux et pour celle de la survie encore plus ! On se tire du péril plus facilement inaperçu dans une botte de foin qu'à dix mille !

— Je ne vous suivrai pas partout, père ! On gagne quelquefois à être seul et quelquefois on perd ! Il faut se laisser instruire au fil du temps qui passe. Je ne nourrirai pas un athanor !

— Je l'ai fait pour ta mère, grommela le Mèche. Elle voulait de l'or. Et à propos, dit-il, sais-tu ce que c'est que la pureté ?

— L'eau qui coule au canon de la fontaine dont on voit le fond.

— Ne réponds pas si vite ! Ce n'est pas ce que je te demande. Ce que je te demande c'est la pureté de ton âme et de ton cœur et si je t'interroge là-dessus, c'est parce que moi je n'ai pas su me répondre !

Ils se disaient tout ça en gravissant la dernière crête de Lure, l'un avec grâce, l'autre en soufflant. C'était la nuit. Les deux hommes connaissaient l'obscurité de leur montagne et s'y déplaçaient sans même y songer. Les horizons sont si vastes par ici que jamais le noir n'y est sans lumière. Et c'est là sur ces sommets dont les croupes étaient toujours suaves à contempler qu'on pouvait le mieux se convaincre que l'univers est rond et que ce qui est trop loin pour être visible ne dissimule qu'un vide sans limite.

Le silence du ciel communiait avec celui de la terre. Une chevêche au loin, seule dans la forêt en contrebas, pleurait la vie absente sous les hêtres immobiles.

Le Mèche avait fait un berceau de ses mains et il les levait à la verticale comme pour s'efforcer d'embrasser le ciel.

— Nous sommes les témoins de ça, dit-il. C'est uniquement pour ça que nous avons été créés et même c'est la seule chose que nous soyons capables de faire parfaitement. N'oublie pas ! C'est l'essentiel. Ce n'est pas l'espérance d'un paradis que d'ailleurs nous souillerions. Le paradis est sur terre mais nous n'essayons pas de le voir ! Moi, tu sais, depuis que j'ai perdu ta mère, la seule chose qui me console, c'est la contemplation, et la plus grande douleur c'est d'imaginer que l'être aimé ne peut plus contempler !

Tancrède médita longtemps sur ces paroles de son père mais la vie qui bouillonnait en lui ne l'autorisait pas à contempler. Il fallait qu'il la brûle.

Tancrède était un coureur des bois, un grand chasseur. Certain hiver, à treize ans, il avait tué d'un jet de fronde un loup qui le menaçait. Il avait pleuré sur sa dépouille mais tout à l'heure il avait jeté dans sa besace un beau faisan enluminé de son plumage à caroncules rouges et dont les ailes dorées, désormais inertes, ne servaient plus à rien.

Cette idée ce matin-là le fit s'immobiliser découragé ; appuyé contre le tronc d'un hêtre, un abîme de réflexion le tint longtemps ainsi et sans autre pensée. La grande question qui lui faisait pleurer un loup, alors qu'il était indifférent à la mort d'un faisan, paralysait son entendement. Il s'était cru au sommet de son entéléchie alors qu'il était incapable d'assimiler un acte de chasse à un attentat contre la vie.

Il était encore tout secoué par cette évidence navrante lorsqu'il entendit des cris poussés au loin. C'était un appel au secours. Tancrède se précipita à travers les taillis sans réfléchir, négligeant les sentiers, la besace battant ses flancs et la fronde au poing. Il avait toujours des galets plein ses chausses et bien calibrés.

L'écho compliquait sa tâche. Il n'était pas facile de localiser les clameurs. C'étaient des cris d'horreur, des cris de désespoir, des cris qui réclamaient un secours immédiat. Giflé par les branches basses, lacéré par les ronces sournoises, Tancrède fonçait vers ces hurlements qui transperçaient l'air. Il était presque devant les murs du couvent dont il distinguait au loin la masse austère.

Brusquement, il déboucha à la lisière du taillis au bord d'une clairière. Deux hommes y maintenaient au sol une nonne dont la coiffe avait roulé au loin. L'un enjambait la victime que le deuxième agenouillé sur elle avait plaquée au sol.

Tancrède agit en chasseur qui vient de débusquer le gibier. La réflexion n'était pas de mise quoi qu'en eût dit son père. Il arma sa fronde d'un galet bien soupesé. Il était capable depuis l'âge de douze ans d'atteindre un lièvre à la course. Il y eut un bruit de noix cassée lorsque la pierre rencontra le crâne. Le ruffian s'affala sur la nonne de tout son poids : mort. Celui qui l'immobilisait essaya de tourner la tête. Tancrède avait eu le temps de réarmer sa fronde. Il la brandit encore une fois. Le galet bien affûté percuta la nuque de l'homme qui tomba sur son acolyte.

La nonne se dépêtrait comme elle pouvait de ces deux poids inertes sous lesquels elle était ensevelie. Elle se mit debout vivement. Elle poussait toujours des cris stridents qui prouvaient sa robustesse. C'était une fillette de peut-être quatorze ans. Sa coiffe avait fui sur la pente.

Elle ramassa vivement un caillou qu'elle tint serré dans sa petite main. Pour elle tous les hommes étaient semblables à ses agresseurs. Elle n'attendait rien de mieux de celui-ci parce qu'il était jeune et beau.

— Mais non ! s'écria Tancrède. Je suis franc et loyal !

Elle laissa tomber le caillou. Elle murmura :

— Merci !

— Vous pouvez le dire sans regret ! Pour vous sauver, je suis devenu meurtrier !

— Vous le regrettez ?

Il haussa les épaules sans répondre. Avait-il eu le temps de savoir s'il regretterait ? Il considérait ses deux victimes. C'étaient des spadassins qui chassaient comme lui pour trouver leur pitance. Ils étaient bredouilles, leur besace était vide. C'étaient deux morts de faim. Ils portaient des uniformes en guenilles, lesquels prouvaient qu'ils avaient appartenu à l'armée d'Italie. Leurs pectoraux enveloppaient leurs maigres torses flasques de peau et sans chair. Leur pénis tout bandant avait été le seul espoir qui les animât encore.

— Ils sont morts ? dit-elle.

— Bien sûr ! Je ne rate jamais mon coup ! J'ai horreur de faire souffrir les animaux. Ramassez votre coiffe !

Elle répéta :

— Vous regrettez ?

— Je n'avais pas le choix. Mais c'est contre mes principes. Mon père m'a appris…

— Vous avez un père, vous ?

— Tout le monde a un père.

— Pas moi ! dit la nonne violemment. Moi, mon père m'a forcée d'entrer au couvent parce que j'ai un frère aîné et qu'il aura tout ! Je ne veux pas être nonne !

Elle frappait le sol du pied. Elle était l'image du désespoir.

— Je ne veux pas m'agenouiller devant ma supérieure. Je suis une Provenchères. Je m'appelle Julie de Provenchères ! Je ne veux pas m'appeler sœur Julie ! Je n'aime rien de tout ce qu'elles font, de tout ce qu'elles pensent ! Elles aiment Jésus du bout de la langue ! Elles n'y pensent jamais ! Moi, j'ai envie de fleurs, d'oiseaux ! J'ai envie de chanter !

Elle joignit les mains.

— C'est tellement beau la vie ! Elles m'ont privée de manger ! Elles m'ont tondue ! Trois fois la semaine elles viennent sur la pointe des pieds la nuit arracher ma literie pour voir où j'ai les mains !

— Arrêtez ! cria Tancrède. Qu'est-ce que vous voulez que je fasse ?

Il écartait les bras en signe d'impuissance.

— Vous auriez dû les laisser faire ! Je serais morte sous leurs assauts !

Elle le regardait en pleine face. Elle avait un visage ingrat parsemé d'éphélides. Elle le lui offrait à déchiffrer comme on montre des traces de coups, de maladie ou d'hérédité. Elle attendait de lui plus qu'il ne pouvait lui donner.

Avec une infinie lenteur et en freinant de toutes ses forces, Tancrède sentit se lever dans son âme un sentiment qui le portait à la rencontre de l'autre ; un sentiment depuis longtemps attendu mais qu'il n'acceptait pas sans terreur. La révolte le soulevait mais ce n'était pas pour son propre compte. Il eut tout de suite envie de faire pièce au destin de cette fille.

Il l'observait intensément. La compassion véritable n'a pas besoin d'objet. Cette nonne était insignifiante. Elle n'était pas belle, elle traversait l'âge ingrat et cette ingratitude de l'âge, Tancrède avait bien l'impression qu'elle pouvait se prolonger à l'infini.

La pluie tombait autour d'eux et sur eux. Les larmes de la pluie gouttaient au bord de leurs cils, de leur menton, mais en vérité la gamine avait les yeux secs, c'était Tancrède qui pleurait de pitié impuissante. Il était en pleine dysphorie. L'avenir lui apparaissait sous les couleurs sombres d'un ciel révulsé. Derrière la nonne, il regardait aussi fixement les cadavres de ces deux hommes qu'il venait de tuer. Tuer à dix-huit ans est un acte qui modifie tout de suite le caractère et l'avenir de celui qui en est coupable, et peu importe que les victimes soient elles-mêmes des assassins. Le poids de l'événement était lourd à supporter. Tancrède avait aussi conscience que s'il laissait s'échapper cette nonne vers la cruauté de son destin, le sien propre pourrait être resplendissant, mais que l'ombre qu'il aurait créée en fermant les yeux sur celui d'autrui l'obscurcirait pour le restant de sa vie. C'était un choix immédiat qu'il devait faire, aussi urgent que l'instinct qui l'avait poussé à assommer les deux agresseurs.

« Réfléchir avant d'agir mais surtout avant de parler. » Ces mots de son père étaient à peine vieux de quelques jours et déjà il devait les transgresser.

La fillette devait peser le poids d'un agneau. Elle était petite, elle n'avait pas de grâce. Il songeait à un chaton ayant perdu sa mère et qui miaulait un jour sa détresse en cherchant dans l'herbe où pleurer son malheur. Tancrède avait alors douze ans et c'était la famine. Il avait détourné les yeux de cette pitié. Il s'était éloigné sans rien faire. Les miaulements du chat il avait fini par ne plus les entendre, mais alors il s'était arrêté pour pleurer. Ce chaton était imprimé sur sa rétine pour toujours, avec ses yeux chassieux et sa minuscule carcasse effrayante de maigreur. Parfois ce souvenir le marquait au fer rouge. Que serait-ce alors avec un être humain de quatorze ans ?

Elle, de son côté, elle savait que s'il s'en allait comme ça, s'il lui avouait son impuissance, c'en serait fini de l'avenir, qu'il ne se représenterait pas deux fois une sorte d'ange pour la secourir.

— J'ai un secret ! dit-elle. Je veux que tu le connaisses !

— Dis-le-moi !

— Ce n'est pas un secret qui se parle.

Ils étaient trempés des pieds à la tête. La pluie redoublait, annonçant par le bruit dont elle peuplait la forêt, par le vent du sud qui mugissait doucement qu'elle allait continuer toute la nuit.

— Je rentre au couvent, dit la nonne. Elles vont me mettre au pain sec mais tant pis ! Je sais comment rentrer et sortir. Viens demain, à la même heure, je te montrerai mon secret. Tu viendras ?

— Je viendrai.

Il vint. La pluie qui n'avait pas cessé de la nuit continuait à voix basse son chuchotis. C'était un voile fin. Elle était là, l'orpheline du monde. Elle le guettait. Elle courut au-devant de lui. Elle lui prit la main. Elle l'entraîna.

— N'aie pas peur, dit-elle. C'est noir mais j'ai de la lumière !

Elle le conduisait à travers ronces et taillis vers un talus nettoyé par les blaireaux pour y déposer leurs fumées. Cerné par ces taillis, c'était nu et vaste. Il n'y avait pas une plante. La sauvagine, à force d'étendre son désert, avait dégagé l'entrée d'un boyau souterrain en pierres appareillées qu'un cornouiller mâle complètement écorcé obstruait à moitié.

— N'aie pas peur ! dit Julie. C'est par là que je m'échappe du couvent. Il y a une trappe au fond du chauffoir. C'est à la voussure du plafond. Personne sauf moi parce que je suis petite ne peut y accéder à moins de se mettre à genoux. On m'envoyait la balayer en profitant de ma taille. Un jour cette trappe qui est en bois a cédé sous mes pas.

Au départ du boyau sur le sol de safre, la nonne avait déposé une absconse à la flamme vacillante et deux flambeaux de poing. Tout en parlant, elle avait approché la lanterne sourde des torches de résine. La clarté sous la voûte basse était aveuglante, scintillait de cristaux de safre couleur d'or. La galerie où ils s'engagèrent, Tancrède devait se courber pour y progresser tandis que la nonne trottait vivement devant lui. C'était un corridor en terre battue qu'un caniveau sec creusé avec soin bordait sur l'un des côtés. Ils parcoururent deux cents cannes à peu près dans ce souterrain. Soudain la lumière des torches cessa de se limiter au plafond de la voûte, la clarté se dispersa, se perdit au loin dans le clair-obscur.

— Voilà ! C'est ici, dit la nonne.

À droite du boyau où la voûte avait cédé, un trou énorme se dessinait dans la pénombre des torches. La nonne leva haut la sienne. Un étrange ensemble de barreaux épais interdisait l'accès à l'excavation et obstruait le cintre écroulé. Des tentacules végétaux dardés en tout sens descendaient en grappes hors l'obscurité sans limites que les torches ne dissipaient pas. Elles se retroussaient sur elles-mêmes et parfois, au contact du sol bouleversé profitant d'une fissure où le temps, l'humidité et la poussière avaient refondé une terre arable, elles s'y enfonçaient, y croissaient, s'y épaississaient et pulvérisaient les décombres. L'ensemble était couleur de marbre veiné de rouge car les lécanores véhiculées par l'eau qui suintait le long des tentacules s'étaient lancées en osmose vers le support végétal et le parasitaient. Les décombres avaient roulé, autrefois, jusqu'au boyau par où la nonne s'échappait du couvent et l'avaient à moitié obstrué. À travers les barreaux de cette prison, comme une défense d'entrer, une ombre épaisse où dominait le bleu outremer se distinguait en abyme sans se laisser deviner.

— Qu'est-ce que c'est ? demanda Tancrède.

— C'est un arbre ! C'est les racines d'un arbre.

— Oui mais ça là-bas au milieu qu'on peut pas s'en approcher, qu'est-ce que c'est ?

— Qu'est-ce que tu vois ? demanda la nonne.

Tancrède ne répondit pas tout de suite. Il observait ce que l'imparfaite clarté des deux flambeaux lui livrait de l'obscurité ambiante.

— Je vois quelque chose de bleu, une bâche peut-être. Attends ! Je vois des roues ! Des roues basses. Ça a l'air d'être un chariot. Qu'est-ce que c'est ? Qu'est-ce que ça peut être ?

— Je ne sais pas, dit Julie craintivement. Je voulais te faire voir.

À la lueur des torches, l'étrange spectacle de ce chariot enseveli sous les blocs taillés, les gravats et la poussière, et que les racines retenaient prisonnier, interpellait tel un point d'interrogation au centre de sa prison végétale. Tancrède toucha une de ces racines. Sa main n'en faisait pas le tour. Il y en avait d'aussi grosses que des colonnes dont elles avaient aussi l'aspect. Des stalactites de calcaire, suintant de la voûte, s'étaient au cours du temps étalées à la surface des racines et en avaient changé l'aspect. Elles étaient hérissées de pointes aux extrémités des radicules où s'irisaient des perles d'eau immobiles, d'une irréelle transparence, et qui ne se décidaient pas à se détacher d'elles.

— Qu'est-ce que c'est cet arbre ? demanda Tancrède.

Il avait baissé la voix instinctivement, peut-être saisi d'une sorte de respect devant cette énigme.

— C'est un chêne, dit Julie. Il est énorme. Il doit avoir deux cents ans ! Il est hors du monastère, au milieu d'un pré sur un tertre ! Tu le verrais, il te ferait peur !

— Peur ? dit Tancrède. Un arbre ?

— En tout cas moi j'en ai peur.

— Attends ! dit Tancrède. Cet arbre… le curé en a parlé à mon père. Ce ne serait pas celui où la supérieure s'est fait conduire avant de mourir ?

— La supérieure maintenant c'est une jeune, elle s'appelle Raine de Sabran.

Tancrède observait l'éboulement des décombres où les racines touchant terre s'étaient de nouveau solidement ancrées. Elles emprisonnaient les blocs de calcaire taillés, parfois énormes, détachés de la voûte écroulée.

Les reflets des torches brillèrent soudain sur des surfaces voisines. Deux crânes fraternels y gisaient face à face. À quelques pas de ces ossements, une lance dépassait hors des ruines entassées, la pointe menaçante, quoique très rouillée.

— Seigneur ! s'exclama Tancrède. Nous n'en finirons donc jamais de baigner dans l'horreur ? Il s'est passé dans cette crypte des choses terrifiantes. Je les respire dans l'air. Il me semble les voir !

— Qu'est-ce que tu vois ? demanda Julie avidement.

— Je ne sais pas. C'est indescriptible. C'est un mélange d'horreurs !

Ils étaient pétrifiés tous les deux par la vision de cette immobilité menaçante sur laquelle le silence un jour s'était brutalement abattu alors qu'elle avait été autrefois si pleine de cris de souffrance.

Ils étaient fascinés par cette bâche bleue, intacte apparemment et qui dissimulait Dieu sait quoi. L'entremêlement des racines les empêchait de distinguer ce qu'elle était, ce qu'elle cachait.

Julie posa sa main sur celle de Tancrède et la serra.

— Ce soir, dit-elle, je ne veux pas rentrer au monastère.

Tancrède avait réfléchi toute la nuit passée à ne pas dormir, à voir, fixé sur sa rétine, ce pauvre être humain (il ne pensait jamais « femme » quand il l'évoquait) perdu comme un fétu de paille avec sa charge d'âme dans le maelström de la vie. Il avait pris la décision de changer son destin, dût-il détruire le sien propre. Tancrède était un être dont l'héroïsme était interne. Il n'avait pas envie d'actions d'éclat. Son combat était entre lui et lui, non pas contre un quelconque ennemi.

— Non ! dit-il. Ce soir tu rentres à la maison. Avec moi ! Viens !

Il lui tardait de sortir de ce souterrain qui sentait le malheur à plein nez. Le jour qu'ils retrouvèrent lui apparut comme un avenir.

Julie avait placé sa petite main dans celle du garçon. Elle marchait à côté de lui, solide, bien plantée, confiante et le sourire aux lèvres. Elle n'arrêtait pas de babiller et de poser des questions.

Le Mèche attendait son fils anxieusement. Un relent de peste se faisait à nouveau sentir sur le pays de Forcalquier. Un laboureur qui allait vers ses truffières venait de lui annoncer qu'au quartier de la Louette il y avait eu trois morts et deux à la ferme du Serre, sur la route du Revest.

La peste en ces siècles ne cessa jamais entièrement. Elle surgissait à l'inopinée, sans crier gare en un endroit précis et très limité qu'elle ravageait en cinq sec, faisant cinquante ou cent morts, puis elle-même faisait semblant de mourir et nous de nous remettre à vivre.

Tancrède était aussi anxieux que son père mais pour d'autres raisons. Comment expliquer, comment justifier le sauvetage qu'il voulait faire ?

— Et alors ? dit le père.

Il s'apprêtait à dire autre chose lorsqu'il s'aperçut que Tancrède tenait par la main cette nonne minuscule.

Julie avait jeté sa coiffe au bord du chemin en signe de délivrance. Elle ne retournerait jamais au couvent et si par malheur le père de Tancrède ne voulait pas d'elle, eh bien tant pis, elle mourrait. Elle mourrait sans Dieu, abandonnée à la terre et sur la terre comme d'innombrables êtres en ce siècle.

— Mon père ! annonça Tancrède. Viens, n'aie pas peur, c'est un bon homme !

Instinctivement, Julie avait resserré les doigts sur la main de Tancrède. La vue de ce géant hirsute aux cheveux blancs l'intimidait.

— N'aie pas peur ! répéta Tancrède. Il va comprendre.

— Qu'est-ce que tu m'amènes là ? dit le Mèche.

— Elle s'échappait de chez les clarisses. Elle a rencontré deux ruffians qui voulaient la violer. Je les ai tués tous les deux. Elle ne veut pas être nonne. Je lui ai dit que tu l'accueillerais.

Tancrède avait appris de sa mère (elle avait lu Tacite en sa jeunesse) à dire les choses dans l'ordre et sans commentaires. « Moins tu en diras, lui expliquait-elle, mieux on te comprendra. »

Le Mèche avala de l'air après ces quelques mots.

— Tu as tué deux hommes, toi ?

— Avec ma fronde, oui.

Tancrède ouvrit les bras en signe d'impuissance.

— Que voulais-tu que je fasse ? dit-il. Si ce n'était pas eux c'étaient nous, la fille et moi.

— Ça fait rien ! Deux à la fois ! Comment elle s'appelle ?

— Julie, dis-lui ton nom !

— Je m'appelle Julie de Provenchères.

— Malheur ! dit le Mèche. La tour de Provenchères ! Ce sont mes suzerains.

Il se mit la main sur la bouche.

— Malheur ! répéta-t-il horrifié.

— Elle a un secret ! dit Tancrède.

— Qu'est-ce que tu veux que ça me fasse qu'elle ait un secret ?

Il allait se mordre les doigts par la suite d'avoir prononcé cette phrase.

— Elle a faim, dit Tancrède.

En maugréant le Mèche apporta une écuelle de la soupe bouillante qui chauffait toujours au coin de l'âtre. Il observait la fillette manger avec avidité. Toute petite qu'elle fût, il admirait les muscles ronds de ses bras dont elle avait soulevé les manches pour manger mieux à son aise.

De ce petit corps pas encore achevé, une extraordinaire détermination se dégageait.

« Ce sera une grosse travailleuse, se disait-il, et justement depuis la mort de Clairance on est un peu juste tous les deux, avec Tancrède, pour le fricot. »

Il imagina avec bonheur la nonne attablée devant les planches de chêne mal équarries qui tenaient lieu de plan de travail, la besogne à la main, cousant ou épluchant les légumes.

« Mais les Provenchères ! Même s'ils n'en veulent plus, même s'ils l'ont fait entrer au couvent, jamais ils n'accepteront qu'elle devienne fille de cuisine chez leur vassal. »

— Et par le fait, dit-il, qu'est-ce que c'est ce secret ?

— Ça peut pas se dire ! dit Tancrède. Il faut le voir pour le croire.

La nonne le nez dans l'écuelle approuvait du chef vigoureusement.

— C'est loin ? demanda le Mèche.

— Au pied du moustier des clarisses, dit Tancrède.

— Allons-y ! dit le Mèche.

— Mais…, protesta la nonne.

— Oui, je sais ! Tu n'as pas fini de manger. Tu finiras au retour !

— Merci ! dit la nonne.

Elle avait compris que le Mèche l'acceptait sous son toit. Et lui-même avait compris que ce mot « secret » allait le tarauder toute la nuit s'il n'en avait le cœur net dès ce soir. Il s'empara de deux flambeaux de poing suspendus au manteau de l'âtre. Au passage, il rafla abandonnée sur la table l'absconse qu'il ranima. Il ouvrit la porte avec décision.

La lune venait de se lever pleine au-dessus du mourre de Chanier. Elle flottait légère sur l'étrave d'un nuage pas plus lourd qu'elle. L'absconse était inutile. Le Mèche en ferma le volet pour préserver la flamme.

Dans la clairière parmi les ronces où s'ouvrait le souterrain, quatre blaireaux en batterie, alignés impassibles, faisaient leurs besoins en contemplant la nuit. Ils s'égaillèrent à grand bruit épouvantés devant cette invasion. Le Mèche alluma les deux flambeaux.

— C'est là-dedans ? dit-il.

Tancrède fit signe que oui. Au bout de trois pas le Mèche comprit que les six pieds trois pouces de sa taille mal prise à son âge, ne résisteraient pas à la marche courbé en deux que l'exiguïté de la galerie exigeait de lui. Il prit le parti d'avancer à quatre pattes.

— C'est loin ? soupira-t-il.

— Une centaine de cannes, dit Tancrède.

Lui marchait devant, torche au vent, suivi de la nonne qui trottait et de son père qui faisait l'ours et grognait tout comme.

Ils arrivèrent devant l'éboulement. La nonne embrasa le deuxième flambeau à celui de Tancrède.

— Voilà ! s'exclama-t-elle. C'est ici ! C'est ça ! C'est là devant !

Avec avidité, à la lueur des torches levées, Tancrède s'avança jusqu'aux barreaux végétaux qui obstruaient solidement l'accès de la crypte écroulée.

Soudain les échos du souterrain furent ébranlés par des imprécations en litanies qui n'avaient rien de dévot.

— Vains dieux de vains dieux de vains dieux de vains dieux ! proférait le Mèche.

Il venait de reconnaître, dans la forme énigmatique qui comblait la pénombre à peine révélée par les torches, le chariot bas sur roues figurant sur la planchette que le Trancheton lui avait vendue avec quelques autres oripeaux, pour cinq liards.

Il s'était agrippé à une racine barreau et il s'efforçait de l'ébranler. C'était dérisoire car elle était deux fois plus épaisse que le bras du prédateur. Il se fit mal aux doigts et aux muscles. Ça ne l'empêchait pas de reprendre à l'infini sa litanie des « vains dieux. »

— Sortons d'ici ! dit-il.

Il poussait son fils et la nonne littéralement du front et de la tête car il n'avait renoncé à marcher en quadrumane. Dehors, l'air de la nuit lui parut amer. Le secret dont la nonne s'était targuée n'était pas plus clair pour avoir été éventé.

Quand ils sortirent de la galerie, un son incongru frappa leurs oreilles. C'était la grêle cloche du couvent qui sonnait le tocsin. On devait avoir découvert l'absence de Julie.

La nuit ne porta pas conseil au Mèche. Il la passa à essayer d'imaginer au-delà du réseau de racines ce que cette bâche et ce chariot pouvaient bien dissimuler. Dès qu'il fut seul, il se précipita sur les dépouilles que le Trancheton lui avait cédées. Il scruta avidement l'esquisse du chariot et de la bâche bleue. Littéralement il essaya de passer derrière le dessin qu'avait esquissé le Poverello de main de maître. L'énigme était entière. Sauf le sabot griffu et couleur d'or, la nature du mystère ne se livrait pas, ne parlait pas à l'imagination. Reproduit sur la planchette ou réel derrière le maillage des racines, le secret demeurait hermétique.

Au matin, le Mèche prit sa décision. Il allait trouver les Provenchères pour les mettre au courant au sujet de leur fille et tâcher de les amadouer pour la garder. Au besoin, il plierait le genou devant le comte. Ensuite...

Il se mit en route après avoir contemplé une dernière fois la nonne qui dormait à l'étage, dans la chambre des ancêtres, là où la mère du Mèche s'était éteinte à quarante ans d'une esquinancie après une grossesse.

Il rencontra en route des gens qui se tenaient le ventre. Au carrefour des Granons, des familles qui se rendaient à la foire de Manosque s'étaient couchées au long des talus. Il y avait là des vivants qui levaient les bras au ciel ou qui lui tendaient le poing, des mourants tordus en deux par la douleur, des morts au visage navré.

L'espèce de peste intermittente qui flottait au ras du ciel et qui s'abattait en giboulée sur tel coin de terre, alors qu'à trois lieues de là on vivait joyeusement, avait sévi, semblait-il, au carrefour des Granons avec sévérité.

Quatre attelages, où le contenu des paniers à provisions était éparpillé entre les ridelles, attestaient qu'on avait eu la formelle intention de faire ripaille en se rencontrant entre voisins, sous le prétexte de la foire à Manosque.

Le Mèche marcha longtemps à travers la lande au poivre d'âne qui va de Reillanne à Forcalquier, sous les contreforts de Lure. Le parfum innocent de cette plante qui parlait modestement des jours heureux à tous ces souffrants de la terre, laissait parfois la place, quand le vent tournant soufflait depuis les villes, sur cette immense étendue sans oiseau et sans homme, à l'odeur douceâtre et apaisante de la mort familière.

Le Mèche vit au loin, debout comme une citadelle, la tour de Provenchères dardée vers le ciel, pure de toute sa blancheur encore intacte après seulement trois cents ans d'existence.

Le manoir au pied paraissait petit.

« Qu'est-ce que je vais leur dire ? » ruminait le Mèche qui n'avait rien préparé.

Un coq strida et il parut au visiteur qu'il s'égosillait au milieu d'un étrange vide. Il appela :

— Oh la maison !

Le silence qui retomba après son cri lui parut solennel. Il s'approcha. Le courtil était désert. Çà et là, les poules caquetantes qui estarpaient semblaient attendre leur pitance. Le gros de leur troupe s'était rassemblé devant le seuil et y caquetait ferme, en un murmure réprobateur.

Le portail à deux battants était grand ouvert. Un volet à l'étage claquait au vent nouveau.

Le Mèche fut arrêté par un couple de morts enlacé sur la courtepointe d'un lit bas à l'étage, mais il avait déjà enjambé le corps de l'héritier des Provenchères, Anne. Vêtu d'un pourpoint écarlate, celui-ci devait partir pour le bal lorsque cette peste mal définie, et dont on ne sut jamais le nom tant elle fut locale et de peu d'importance, l'avait terrassé, descendant l'escalier.

Le Mèche n'en croyait pas ses yeux. Le mot « poussière » était le seul que formât son cerveau incrédule.

« Le voici donc, se disait-il, cet héritier mâle qui a fait envoyer sa sœur au couvent, et maintenant il n'est plus rien et elle est tout. »

Il ne s'attarda pas à cette idée. Cette soudaine flambée de peste sur le pays de Forcalquier que rien ne laissait prévoir le jetait dans une inquiétude terrible. Il n'y avait pas de raison pour que sa propre demeure en territoire de Lincel en fût épargnée. Il revint presque au pas de course vers son bien.

Il croisa Tancrède qui allait chasser à la sauvagine. Il fut soulagé.

— Mais suis-moi, dit-il en lui racontant l'histoire. J'ai peur pour Julie.

Ils la trouvèrent battoir à la main devant la surverse du puits, qui coulait une lessive. Ils s'accueillirent les uns les autres à grands cris de joie. Ce n'était pas la peine de tergiverser.

— Je ne sais pas comment tu vas prendre ça, commença le Mèche les yeux baissés, mais ton père, ta mère et ton frère, je les ai tous trouvés morts.

Julie sans réfléchir entreprit une gigue de joie vite jugulée par son âme chrétienne, mais qui n'en avait pas moins spontanément éclaté.

Les Provenchères tout entiers étaient rayés du monde des vivants. Il n'en restait que cette fillette solide, apte à tous les travaux de la terre et qui ne serait pas de trop pour être ménagère des champs, par les temps qu'on traversait.

Elle dit, dès qu'elle apprit la nouvelle, à Tancrède horrifié :

— Je veux t'épouser !

— Mais tu n'as que quatorze ans !

— Et alors ? Regarde mes parents ! Ils avaient quarante ans tous les deux. À peine ! Mon frère en avait dix-huit. Par les temps qui courent on peut mourir demain. On peut ne pas avoir le temps d'assurer notre postérité !

— Mais mon père est ton vassal !

Julie balaya l'objection.

— Tu seras comte Pons de Gaussan ! C'est mon deuxième titre ! Je le veux. Beau-papa, dit-elle au Mèche, vous allez vous mettre en quête d'un tabellion ! Il faut que Tancrède et moi on se marie.

— Mais ! s'écria Tancrède.

— Pourquoi ? Je ne te plais pas ?

Elle saisit un couteau de vénerie qui traînait sur la table. D'un seul geste, elle fendit sa robe de nonne et le cilice de sévérité qui gardait sa sagesse. Sa beauté du diable apparut blanche et sans défaut des pieds à la tête, avec la plus belle tentation callipyge qui se puisse imaginer et des seins en point et virgule qui dardaient glorieux vers le plafond.

Tancrède devint cramoisi. Le Mèche se voila la face.

— Va vite chercher une robe de ta mère ! dit-il.

Il avait encore en mémoire le corps superbe de la Clairance qu'il n'osait pas toucher autrefois. Il ajouta.

— Elles doivent toutes convenir !

Lorsqu'elle se montra en futaine grise et qu'elle eut dénoué la moisson blonde de sa chevelure, sous le serre-malice des clarisses, le Mèche s'enquit :

— Mais tu dois bien avoir une parentèle ?

La nonne secoua la tête.

— Non ! Ma mère était une Pons de Gaussan, fille unique, et mon père de Provenchères n'avait ni frère ni sœur. Trouvez un notaire et cherchez bien. Je suis héritière du titre des deux côtés !

Maître Chalgrin était le seul notaire que la peste, la famine et les malheurs des temps eussent épargné à Forcalquier. Ce tabellion ignorait pourquoi mais ça le désobligeait que Tancrède, fils de petits nobliaux, devînt comte. C'était déjà l'époque où les robins affichaient timidement d'être les fils de leur domaine en le déclinant comme un génitif.

Il voulut trouver quelque héritier de traverse à jeter dans les pieds de Tancrède et de Julie. Il chercha parmi ses minutes, puis parmi les olim que la mort de ses confrères lui avait délégués, mangés aux rats, humides, collés, indéchiffrables.

Il fallait remonter trois cents ans en arrière parmi les héritages, les donations, les ventes, les déshérences ; aller dénicher dans les actes de familles foudroyées par la peste toutes ensemble et que les clercs, eux-mêmes saisis de peste, n'avaient pas eu le temps de transcrire sur les obituaires gribouillés où étaient fréquentes les lignes qui s'achevaient d'un seul trait parce que l'opérateur était tombé mort en transcrivant. Il fallait remettre en place des cursus et des survivants dont les noms s'entremêlaient, changeaient d'orthographe au caprice du copiste, se juxtaposaient, étaient homonymes. En ces écrits à la graphie au petit bonheur, les greffiers (il fallait juste savoir lire l'alphabet pour le devenir) avaient tricoté les mots les uns aux autres, sans espaces. Chaque phrase était une charade.

Un mélange savant de langue d'oïl et de langue d'oc, assaisonné de quelques formules en bas latin, obscurcissait l'entendement. Parfois il fallait dire le texte à haute voix pour que la phonie en éclaire le sens.

De fois à autre des saute-ruisseau industrieux et morts depuis longtemps avaient bricolé, à coups d'affirmations sans fondement, des arbres généalogiques juxtaposés à la gomme arabique, lesquels, une fois étalés, prenaient tout le parquet de l'officine.

Le notaire, à quatre pattes devant cet assemblage, nageait dans le papier. Parfois de ce fatras émergeaient les blasons fascés, brisés, biseautés, adultérés aux merlettes lavées, de familles anéanties par le temps et les épidémies.

C'est en cherchant la filiation de Tancrède que maître Chalgrin tomba sur un renseignement qu'il ne cherchait pas. Il s'écria comme en un péan de victoire :

— Voilà ! C'est là ! C'est écrit là ! C'est indubitable ! Vous n'avez pas le droit ! Vous êtes cousins issus de germains !

— Coumo aï pas lou dret ?

C'était le Mèche qui retrouvait son idiome pour exprimer son indignation.

— Comment je n'ai pas le droit ? reprit-il en français.

Il protestait pour Tancrède qui se moquait comme d'une guigne de devenir Pons de Gaussan.

— Vous n'avez pas le droit sauf permission royale ! rectifia maître Chalgrin.

Le Mèche posa un doigt impératif sur le parchemin.

— Que vous allez immédiatement demander, dit-il menaçant.

— Que je vais demander tout de suite, bredouilla le notaire.

Il attendit toutefois deux mois entiers sous divers prétextes pour mettre ses clercs en branle sur le sujet. Quand ce fut fait, le Mèche vint aux nouvelles tous les deux jours à l'officine pour faire rebouillir le notaire. Le manège dura deux ans et demi. Sa Majesté très chrétienne avait d'autres priorités.

À la fin, l'acte souverain de permission de par le roi fut imprudemment jeté à la hâte dans un sac de numéraire pour ces messieurs du parlement de Provence.

La patache et son escorte furent interceptées dans le défilé de Donzère par des paysans devenus bandits par nécessité. Ils furent arrêtés et torturés pour leur faire dire où ils avaient caché le trésor. Dans la foulée, ils fournirent le nom du seigneur bien en cour qui avait donné, contre la moitié du butin, la date et l'heure auxquelles le courrier royal se présenterait au défilé de Donzère où les quatre cavaliers de l'escorte furent exterminés et le numéraire mis en lieu sûr. Le seigneur félon fut décapité. Le sac de numéraire, un peu terreux, parvint à ces messieurs du parlement qui firent expédier aussitôt au notaire Chalgrin la permission royale trouvée dans le sac.

Trois ans s'étaient écoulés. Chez le notaire, sa propension à s'avancer tordu de nature s'était aggravée d'une scoliose qui le rendait absolument bossu ; sur le front du Mèche, trois sillons profonds s'étaient creusés ; mais Julie était devenue une femme bonne à enfanter, splendide, impérieuse, blanche comme lait et le corsage bouillonnant d'impatience.

La nuit de noces ne fut pas modeste, Tancrède et elle restèrent couchés trois jours. Le Mèche leur apportait quelques poulets rôtis pour subsister.

Tancrède se trouva comte Pons de Gaussan sans jamais l'avoir cherché et sans en tirer gloire.

En revanche, le Mèche ne perdait pas de vue le mystère du souterrain qui était devenu son unique passion.

Il ne cessa de harceler maître Chalgrin sur la succession de Gaussan, et notamment pour le forcer à tout connaître de la donation que le maître de la seigneurie, autrefois, avait concédée à l'ordre des sœurs de Sainte-Claire pour construire le monastère. Il trouva que le sous-sol et le trésor étaient en franc-alleu, c'est-à-dire qu'ils n'appartenaient pas aux possesseurs de la surface.

Cette circonstance autorisait le seigneur d'aujourd'hui à se rendre maître de tout ce que recelait le substrat du domaine.

Le Mèche s'aboucha avec un croquant patibulaire qui exploitait une centaine d'esclaves dans une mine de soufre appelée Biabaud. Tous ces mineurs étaient jaunes d'un bout de l'année à l'autre. On les appelait les chinois.

Ce croquant voulut savoir, voulut y mettre le nez. Le Mèche lui dit qu'il s'agissait d'un mauvais charbon plein de pierres qui ne valait pas un maravédis mais qu'il en avait besoin pour son athanor, lequel en réalité rouillait sur son socle depuis la mort de la Clairance.

Ce croquant, y voyant quand même anguille sous roche, exigea trop de sa prestation. Le Mèche fit courir le bruit qu'il offrait un liard de plus par tête à ceux qui se laisseraient débaucher. Il s'en trouva douze. Il les réunit.

— Ce n'est pas de creuser, leur dit-il, qu'il s'agit, mais de couper. C'est un travail de bûcheron.

Pour cinq liards par jour au lieu de quatre, ces morts de faim étaient prêts à tout. Ils acquiescèrent.

Le jour où le Mèche les conduisit au souterrain, il pleuvait depuis deux semaines comme il sait pleuvoir ici où la pluie est rare. Dans la galerie basse on pataugeait jusqu'aux chevilles.

Alléchés par les liards à venir et à la lueur des torches résinées, les ouvriers entreprirent avec entrain de dégager l'éboulement sous lequel les racines étaient descendues du plafond en ruine de la coupole pour à nouveau s'enfoncer dans le sol dix mètres plus bas.

Ils travaillèrent deux heures puis le bruit des pics et des pelles et des brancards à deux hommes, qu'on appelait des oiseaux, où l'on évacuait les déblais, se fit de plus en plus mou, de plus en plus hésitant. On vit sortir du boyau un à un les hommes suffocants dont un qu'il fallut traîner entre deux compagnons qui le soutenaient.

— Eh bien alors ? dit le Mèche.

Il était resté dehors sous la pluie pour surveiller l'évacuation des décombres.

— On respire pas ! dirent les ouvriers avec ensemble.

— Si vous voulez gagner vos cinq liards..., commença le Mèche.

On lui répondit :

— Prenez une pioche, allez-y vous-même et travaillez ! Vous verrez !

Le conseil était bon. Le Mèche s'engagea résolument dans le boyau et il commença à piocher comme un terrassier. Il avait l'habitude. Il était seul d'ordinaire à s'efforcer d'ameublir sa terre pour nourrir sa famille par le jardinage.

Il travailla dix minutes, les yeux fixés à la lueur des torches sur la masse informe dont le volume ni les contours ne se laissaient deviner sous le lacis des racines.

Une étrange torpeur lui enserrait les jambes, une sensation insidieuse comme si sa gorge s'était soudain rétrécie de moitié. Il dut sortir très vite, et en titubant, du souterrain. Les ouvriers firent cercle autour de lui.

— Et alors ? dirent-ils.

Le Mèche secoua la tête. Il leur paya leur journée et les congédia. Ils s'en allèrent tous sauf un qui considérait ses pieds tanqués dans le sol détrempé par la pluie. Il demeurait là en regardant le Mèche en dessous.

— Maître, dit-il, je peux vous parler ?

— Sûr, dit le Mèche.

— Vous comprenez, maître, quand on est en bas dessous, on n'est pas seuls à respirer, lui aussi il respire et il est plus fort que nous.

— Qui « il » ?

— L'arbre !

Le Mèche haussa les épaules.

— Un arbre ça respire par les feuilles.

— Et alors ? Vous croyez que les racines elles en profitent pas ? Vous croyez que parce qu'elles sont immobiles, il se fait pas du travail chez elles aussi ? Ce matin, avant de descendre, je suis passé au pied de ce chêne, je l'ai mesuré du haut en bas. Je suis resté là à penser pendant au moins cinq minutes. C'est long cinq minutes quand on pense. Et c'est pas volontiers après que je suis descendu dans le boyau. Vous savez, maître, je ne suis qu'un pauvre homme, je réfléchis pas vite mais vous voyez, maintenant, même si vous me donniez dix liards la journée et qu'il y ait assez d'air en bas dedans, jamais je n'y retournerais, jamais je n'attaquerais des racines que vous vouliez nous faire couper.

Il respira un bon coup avant de poursuivre car c'est difficile de faire comprendre ce qu'on pense à un patron.

— Ce serait un assassinat, dit-il, et moi je refuse d'assassiner cet arbre.

La pluie était battante. Son grand désespoir fécond s'étendait uniforme sur toute la forêt et sur les sommets de Lure où les brumes en lambeaux se déchiraient.

Le Mèche, les pieds dans l'eau, resta longtemps à écouter pleurer la pluie. C'étaient les moments de sa vie où la paix de la nature le pénétrait tout entier. Il mit longtemps à comprendre que c'était sa conscience, par la bouche de cet homme inculte, qui lui avait parlé avec véracité.

Ce fut à cette occasion que le Mèche commença à péricliter. Il dut bientôt s'appuyer sur une canne pour gagner le bosquet de lauriers qu'il avait taillés en quinconce autour d'une chaise dépaillée où il aimait s'asseoir. Le rond de lauriers qui limitait le ciel permettait au vieillard de ne voir qu'un morceau de celui-ci. Le rêve devant un fragment de ciel est toujours plus fécond que devant son immensité.

L'énigme que lui posait le mystère du couvent ne cessa de le tourmenter. Il avait bien conscience qu'il existait une connivence entre l'arbre et l'hôte de la crypte écroulée. D'autant qu'il avait découvert à Provenchères, où désormais Julie et Tancrède résidaient, le reste des tablettes perdues par le cheval du peintre de Mantoue où celui-ci avait esquissé la marche du chariot depuis le château des Hospitaliers à Manosque jusqu'à la crypte du couvent des clarisses.

Cette passion le maintint en vie jusqu'à un âge avancé. Il mourut en hiver quand la pluie tombait. Sa dévorante curiosité l'accompagna jusqu'aux limites de sa connaissance. Il fit venir Tancrède, lui parla sans témoin.

— Je sais, lui dit-il, que derrière cette barrière de racines quelque chose de prodigieux s'abscond et je regrette de mourir et je regrette ! Je mourrai sans savoir ! Jure-moi que toi, tu feras ce qu'il faut pour savoir !

— Je vous le jure ! dit Tancrède.

Mais le Mèche ne put l'entendre. L'instant où il parla à son fils et l'instant où celui-ci lui répondit avaient suffi pour qu'il passât de vie à trépas.

Tancrède ne tint jamais compte du serment fait à son père. Il lui arrivait de lui adresser la parole à travers l'éternité.

— De là-haut, disait l'âme de Tancrède à celle du Mèche, tu dois savoir maintenant que tu n'avais pas le droit de couper les racines de cet arbre et tu dois me savoir gré de n'avoir pas essayé de le faire.

Le siècle se poursuivait paisiblement par l'un de ces grands calmes précaires pour les individus où l'Histoire cesse d'inscrire les prouesses des potentats à son tableau d'honneur et où les hommes peuvent se refaire une santé et se remettre à rêver. Les épidémies s'endormirent. Les deux trublions qui avaient tant agité les croyants, Sa Majesté très chrétienne et Sa Majesté très catholique, s'éteignirent à un an de distance. François le premier et Charles tout de suite après.

Mais pour François, il y avait déjà longtemps que l'opulente Italie avait appris au rustre roi de France la suprématie de la beauté, de la finesse et de l'esprit sur la force et la volonté de puissance. Au contact de cette mère des arts, son humanité s'était nuancée, s'était dégrossie. Il avait compris que le bonheur de son peuple commandait le sien et que celui-ci était le plus beau château de son royaume.

Il s'ensuivit un long repos de l'Histoire de France et des Français. On pouvait goûter la paix du soir, assis sur les bancs au bord des maisons et sans aucune autre pensée dans la tête que la contemplation du monde.

Tancrède se moquait comme d'une guigne de devenir comte Pons de Gaussan, mais en revanche le corps superbe de Julie qu'elle lui avait apporté en dot et le caractère d'homme qu'elle manifestait en toute circonstance, tout en sachant cuisiner, coudre et filer, l'avaient maîtrisé, l'avaient subjugué.

Elle lui fit six enfants dont deux moururent au berceau.

À chacune de ses glorieuses grossesses, Julie de Gaussan ne manqua jamais d'aller rendre ses devoirs à l'abbesse qui l'avait tant humiliée. Celle-ci, entrée elle aussi dans les ordres par condition de cadette, était la descendante d'un Forbin dont l'ancêtre avait été l'intercesseur qui avait permis à Louis XI d'ajouter la Provence à sa couronne. C'était une Sabran, du nom de Pontevès, et elle s'enorgueillissait d'une sainte dans sa famille. Elle était aussi plus ancienne dans l'ordre de la chevalerie mais elle savait ce qu'elle devait à Julie, le monastère étant sur les terres des Gaussan. À chaque rencontre, l'abbesse esquissait le geste de mettre un genou en terre mais Julie la releva toujours avant que ce geste fût accompli.

Elle voulait que son oubli des offenses fût ostensible et que jamais on ne la prît en défaut de mansuétude. Ainsi l'abbesse orgueilleuse ne pouvait jamais tenir pour négligeables les mauvais traitements que sur son ordre Julie avait subis ni le cuisant pardon que celle-ci lui accordait.

Julie avait l'intuition que l'abbesse, qui resta belle jusqu'à soixante ans qu'elle mourut, avait au fond du cœur un grand regret de la moitié de vie qu'elle n'avait pas connue.

— Le bonheur qu'elle pressent en moi, disait Julie à son mari, ou bien elle l'exècre ou bien elle y aspirait. Dans les deux cas elle y pense et ses nuits ne doivent pas être tranquilles. C'est pour ça que je suis assidue à la venir voir et à lui montrer mon visage rayonnant. Ce sera une énigme pour elle jusqu'à sa mort.

— Mais tu es méchante ! lui disait Tancrède.

— Non, je suis juste. Et il ne faut pas compter sur moi pour oublier les offenses. Ceux qui ont fait croire ça ne doivent pas être pardonnés ! Ils n'ont jamais été offensés parce qu'ils occupent dans le monde une position qui leur permet sans danger d'offenser les autres ! En m'offensant parce qu'elle en avait le pouvoir, cette abbesse a commis un péché mortel. Pourquoi je lui pardonnerais ?

Il n'y avait rien à répondre à cela que des arguties.

Et néanmoins lors de la dernière visite que Julie lui fit, alors qu'elle était déjà alitée pour sa dernière maladie, l'abbesse, après un long regard qui l'évaluait, tendit à l'héritière des Gaussan le cartulaire trouvé autrefois dans la crypte, auprès des corps de l'abbesse d'alors et de celui du commandeur de l'ordre des Hospitaliers de Jérusalem en leur forteresse de Manosque.

À chacun de ces pèlerinages chez les clarisses, Julie et Tancrède ne manquaient jamais d'aller se promener du côté de l'arbre prodigieux qui se dressait au centre d'un grand vide au milieu d'un pré en jachère et qu'un accident du terrain soulevait sur un tertre.

Ce chêne avait maintenant deux cent trente ans. Son écorce aux profondes striures avait, au cours du temps, évolué en spirale suivant le cours du soleil, offrant toujours à la lumière l'éternelle jeunesse qui le faisait imperceptiblement croître chaque printemps.

Parfois, un peu de vent frissonnait sur ses frondaisons si c'était l'été ou alors, si c'était la bise d'hiver, celle-ci soufflait doucement à travers les branches apparemment mortes et c'était un vent de regret qu'elle orchestrait sur la mélancolie du pays.

Tancrède enlaçait tendrement Julie et lui ouvrait le sentier avec précaution, écartant les ronces devant elle.

Elle lui tirait hors de sa ceinture la dague de chasse qu'il portait toujours. Avec la pointe de ce couteau elle sculptait soigneusement dans l'écorce du chêne l'initiale du prénom choisi pour le nouvel héritier. Fille ou garçon, elle ne se trompa jamais.

Et Tancrède mourut et Julie vécut assez longtemps pour voir se morceler, éclater, se dissoudre par la croissance inexorable de l'arbre les initiales qui à chaque naissance avaient paru triomphales et qui, en disparaissant comme englouties dans la chair du tronc, supprimaient le passé au fur et à mesure que le chêne traçait, de son étrave immobile, son chemin vers l'avenir.

4

Quand Martin Luther fit connaissance avec Rome, il vivait dans l'éblouissement austère de l'Évangile selon saint Matthieu. La marche trébuchante du Christ montant vers le Golgotha était l'unique vérité que regardait en face ce moinillon inconnu. Le mystérieux mariage du Père et du Fils exaltait son espérance et la rendait tangible. Il marchait lui-même et en dedans de lui, à côté du Supplicié ; oscillant par les pieds nus de l'Autre, lié lui aussi à cette croix disproportionnée qui chargeait l'épaule fragile du Fils de l'Homme.

Quand on est habité en tout temps par cette énigmatique vision, toute représentation qu'en a faite autrui est intransmissible.

Le faste de Jules II, pape de la magnificence de Jésus, scandalisa Martin. Il promena son regard incrédule sur toutes les beautés qu'on lui proposa en un éclaboussement d'art à profusion. Il médita longuement sur ces chantiers inachevés, parmi le bruit assourdissant des marteaux et des scies attaquant le porphyre ; évitant les fardiers et leurs équipages excités à coups de fouet par des charretiers qui se signaient en jurant à pleine voix devant tous les chefs-d'œuvre qui représentaient le Christ. Les haquets et les tombereaux pénétraient jusqu'au chœur des autels inachevés et parmi les échafaudages qui grimpaient à l'assaut des voûtes à moitié peintes, des chapelles et des tombeaux encore vides.

Sur les vicaires du Christ ensevelis sous les dalles somptueuses, *tant de marbre tremblait sur tant d'ombres* qu'il semblait que ces squelettes, la crosse protectrice barrant leur cage thoracique, avaient été préparés de droit divin à jouir d'une priorité éternelle sur le commun des mortels.

Dans leur exaltation, les génies qui avaient immortalisé les serviteurs du Christ, ses disciples et ses martyrs en une matière qui ne périssait pas, parurent à l'enfant de Thuringe avoir été contaminés par la civilisation latine qui ne s'était pas résignée à mourir.

Rome triomphante était incompatible avec cette idée que c'est au plus profond de l'homme que peut avoir lieu la seule révolution décisive, et Luther, tout préoccupé de son salut, ne voyait rien en l'or et la pourpre du Vatican qui pût l'aider à descendre en soi-même.

Quand Martin s'éloigna de la ville en devenir où la vitalité de la foi se cristallisait de plus en plus vers le pouvoir temporel, il avait acquis la certitude que le vicaire du Christ n'était, en ce lieu, que le célébrant de lui-même, de ceux qui l'avaient précédé, de ceux qui le suivraient. Il n'était que l'artisan de sa propre immortalité.

Pour un homme qui usait ses nuits à suivre saint Thomas se hâtant, par un aigre matin d'avril, vers le tombeau du Christ dans l'espérance de le trouver vide, cette révélation était foudroyante.

Dès son retour chez les augustins d'Erfurt, il se mit à écrire à la lueur d'une mauvaise chandelle, avec un calame qu'il n'avait pas pris le temps de tailler. Il écrivit toute la nuit.

Les phrases abruptes du latin sans articles tombaient de lui comme dictées. Il lui semblait, car l'orgueil n'est jamais absent de toute entreprise humaine, que le Christ renaissait sous sa plume. Il écrivit plusieurs jours de suite, cherchant le salut dans une vérité longuement reconstruite : *le chrétien se sait toujours juste, toujours pécheur et toujours repentant*. Il vécut fermé au monde, le lendemain et les jours suivants. Il n'existait que par surcroît. Quand il releva de ce travail harassant, il venait d'inventer la plus terrible machine de guerre qui allait traverser les siècles jusqu'à la fin des temps.

Rejoint comme un fleuve par le puissant affluent de Calvin, la Bonne Nouvelle à nouveau pourpensée se répandit sous-jacente comme un arbre étend ses racines et de même que tout ce qui peut se faire se fait, avec la même incohérence que toute chose, elle s'infiltra par la pente du Rhin, remonta jusqu'aux vallées alpines et aux cols des sommets, imbibant toute la Suisse, se répandant inégalement par la Savoie jusqu'au Dauphiné et à la Provence ; ici trouvant des points d'appui, là des points de rupture ; frappant inégalement l'esprit des hommes, tant puissants que misérables ; perçue différemment selon les intelligences disparates, les us et les coutumes, mais avançant comme la foudre par les montagnes pauvres.

François de Bonne en sa forteresse de Saint-Bonnet dans le Champsaur alpin, austère et pauvre, offrait un front favorable à ce doute majeur. Sa grand-mère maternelle était née à Lauris dans le Luberon. Elle lui racontait l'histoire des vaudois, massacrés à Mérindol sur recommandation unanime du parlement d'Aix, parce qu'ils étaient « malsentants » de la foi. C'est-à-dire qu'ils adoraient le Christ en toute simplicité et sans la pompe et les ors de l'Église catholique. Ces vaudois étaient des paysans laborieux qui cultivaient bien leur terre et dont la vie irréprochable faisait des envieux. La grand-mère catholique vantait leur grande religion, leurs qualités de travail, leur crainte de Dieu, le droit chemin qu'ils ne quittaient jamais.

Quand le vent soufflait très haut l'hiver, sur le Vieux-Chaillol du Champsaur, l'aïeule nourrissait de ce lait l'enfant attentif, lui laissant le libre arbitre de décider, bien que catholique fervente, s'il y avait lieu de décider où était la justice.

Un jour, cette grand-mère emmena François à cheval jusqu'en Luberon, alors qu'il n'avait encore que quatorze ans. Le bourg de Mérindol, où nulle âme ne bougeait plus, n'avait de vie que par les choucas qui nichaient dans les ruines, lesquelles sentaient encore l'arsin et la suie quarante ans plus tard. Il dressait ses pans de muraille comme un appel muet criant au secours.

L'enfant silencieux et ferme sur ses jambes avait minutieusement parcouru l'intimité de ces ruines. Il avait vu aux restes des murs encore debout et chaulés avec soin, au-dessus des lits abîmés dans les étages écroulés, des crucifix épargnés par les flammes où se desséchaient, en les traversant, des rameaux d'olivier ratatinés.

Le parlement d'Aix avait ordonné à l'unanimité que l'exemple demeurât intact, avec ses maisons calcinées, ses bûchers d'où les pluies parmi les cendres avaient mis au jour des os mal brûlés et ses potences où les tibias démantibulés s'entassaient avec les crânes, sous les nœuds coulants inhabités.

— Souviens-toi ! lui dit l'aïeule. Tout ceci a été perpétré au nom du Christ ! Peut-être parmi les victimes quelqu'un de notre famille est-il présent dans ces restes !

Ce fut au retour de ce voyage qu'un marchand d'almanachs austère et muet déposa au guichet du château un petit livre gratuit traduit du latin. Ça s'appelait *Les Épîtres pauliniennes* et c'était signé Martin Luther. Ce marchand venait d'Allemagne. Il avait fait toutes les vallées du duc de Savoie avec sa carriole pleine de livres. Il s'était infiltré dans le Graisivaudan, la Maurienne, le Valgaudemar, le Val-Senestre et le Val-Jouffroy. En arrivant dans le Champsaur il ne lui restait plus que quelques volumes qu'il trimballait dans une boîte.

François de Bonne se jeta dans la lecture de ce livre et en fit son unique entretien. C'était en 1550. François avait quatorze ans. Il venait d'être horrifié par la vision de Mérindol martyrisé. La protestation solennelle de Luther contre la pompe de Rome et de son pape lui pénétra l'esprit comme une flèche et se planta dans son cœur.

Il avait un ami de l'autre côté du Drac, qui avait son âge et s'appelait Anne de Charance. Pour avoir été voué à sainte Anne lors d'une maladie mortelle des maillots, alors qu'à peine il venait d'être ondoyé, et dont il avait réchappé, il avait été affublé de ce prénom féminin duquel se moquaient les mâles du pays et François notamment. Trois fois par semaine les deux jouvenceaux se rencontraient au bord du Drac quand leurs précepteurs étaient absents. Ils s'injuriaient d'une rive à l'autre. Ils se balançaient des galets à la tête. Ils finissaient par traverser le gué pour se flanquer des tannées mémorables. Ils se battaient comme des hommes jusqu'à ce que mort s'ensuive. C'est-à-dire qu'il était stipulé entre eux par accord tacite que la vie sauve ne serait accordée à l'autre qu'en cas d'extrême urgence et si le vaincu strangulé criait : « Pouce ! » Ensuite, exténués, ils s'assoyaient au bord du torrent et, dans le vacarme assourdissant d'icelui, ils discutaient des affaires du monde et des leurs en particulier. Ce n'étaient discussions que de labours et de pâturages car ils gardaient les moutons entre deux. Ils faisaient des rêves de montagnards : Bonne convoitait le pic de Charance dont l'ombre desservait des prés plantureux et Anne rêvait du Vieux-Chaillol à cause de ses chamois. Avec de telles brigues, ils avaient de quoi débattre à l'infini et en latin car ils avaient tous deux des précepteurs rigoureux (ceux-ci avaient carte blanche des parents de chacun) pour les battre et les molester.

Or, un jour qu'ils se battaient à poings et à ongles, Bonne fut renversé et le petit livre roula hors de ses chausses dans la poussière. Charance lâcha son adversaire et se précipita sur le livre.

— Lâche ça ! cria Bonne.

Il courait après Charance qui l'évitait et qui ouvrait le volume et qui se mettait à lire. Il reniflait les pages avec méfiance.

— Ça sent furieusement le bûcher, ton livre, dit-il. Tu vas être damné si tu lis ça !

— Toi aussi ! rétorqua Bonne. Tu l'es en ce moment même ! Tous ceux qui lisent ce livre encourent l'excommunication ! J'ai essayé de te l'arracher mais tu es plus fort que moi ! Pour le moment ! gronda-t-il.

Bonne avait un an de moins que Charance.

Ce fut trois nuits plus tard qu'Anne de Charance fit, dans la nuit noire et par gros temps, la lieue qui séparait Charance de Saint-Bonnet. Il fit grand tapage devant la porte cochère. Ce fut le père de Bonne qui vint lui ouvrir. Sans explication le garçon se coula sous le bras de Lesdiguières et gravit quatre à quatre l'escalier vers les chambres. Il faisait beaucoup de bruit par les corridors. Il appelait :

— François ! François !

Personne ne répondait. La mère de François ouvrit brusquement sa porte. Elle était en grand appareil de tenue de nuit.

— Eh bien ? dit-elle.

— Je veux voir François !

La marquise lui désigna une porte que Charance ouvrit brusquement. François de Bonne se dressa sur son séant. Sa main cherchait d'un geste ancestral une épée imaginaire à côté de lui. C'était ainsi, en sursaut, que nombre de ses ancêtres avaient été sur le qui-vive quand les Savoyards attaquaient les vallées alpines. Ce sont gestes qui se succèdent de père en fils et ne s'oublient jamais.

— Tu as raison ! cria Charance. Embrasse-moi !

Il se jetait sur son copain et l'étreignait.

— Quoi ? dit François. Qui est-ce qui a raison ?

— Luther ! J'ai tout lu ! Il a raison. Embrasse-moi ! Allons les rejoindre.

Ils s'aperçurent alors tous les deux que les hobereaux montagnards, le père et la mère de François de Bonne, les observaient la chandelle haute.

— Rejoindre qui ?

— Condé ! Henri de Navarre ! Nos princes. Tous les persécutés !

Ils eurent dix-huit ans. Ils entraînèrent dans leur enthousiasme, à dix lieues de Saint-Bonnet, le chevalier d'Orcières qui était encore plus pauvre qu'eux. Le roi de Navarre appelait à la rescousse. Lui aussi avait lu Luther. Les montagnards du monde chrétien se rejoignaient dans la révolte. Il fut fort aise d'entraîner à sa suite ces valeureux, tenaces et industrieux Valleyans. Ils furent de toutes les affaires. Au 24 août 1572 ils étaient pages du roi de Navarre. Ils rentraient au Louvre prendre leur service quand l'amiral de Coligny tomba à leurs pieds, défenestré. À bride abattue et craignant pour leur vie, ils retrouvèrent haletants leur Dauphiné natal.

C'est là qu'ils apprirent qu'Henri de Navarre avait réussi à échapper aux Guise et à la Médicis et qu'il appelait au combat. Ce furent dix ans le cul sur la selle, frères d'armes, mangeant à peine, sans femme et sans parents, guerroyant sans cesse, soutenus par la foi et la conviction de l'injustice. Le royaume tout entier et surtout le Midi étaient contre eux. Il fallait être ferme et injuste à son tour. Ils le furent. Après avoir lu le *De haereticis a civili magistratu puniendis* de Théodore de Bèze, les gens du Midi protestant ne se crurent plus liés à la royauté.

La guerre religieuse enrôla n'importe qui d'un côté comme de l'autre et s'il y avait chez les uns bien des bandits, il y avait chez les autres bien des forbans.

C'est un parti de ces derniers qui vint fourrager du côté de Forcalquier demeuré catholique. Lesdiguières défendait le royaume sous les remparts de Grenoble assiégée par le duc de Savoie. Les sièges et les assauts étaient quotidiens et le sort des armes changeait d'heure en heure, de lieu en lieu, d'un village à l'autre, on ne savait plus qui était protestant, qui était catholique. Et c'était Charance qui guerroyait en Provence, du côté d'Apt. Il avait été fait chevalier sur le champ de bataille d'Arques, tant il avait occis d'Espagnols. C'était Henri de Navarre lui-même qui l'avait recommandé à ses troupes : « Quartier aux Français, leur avait-il dit, main basse sur les étrangers. »

Quand la prieure des clarisses de Mane vit autour du monastère tant de villageois et de paysans qui fuyaient vers le nord en criant aux huguenots, aux parpaillots et aux malsentants de la foi, elle tomba à genoux au lieu même où elle se trouvait. Elle venait de diriger les travaux des champs de ses nonnes dont plusieurs étaient venues des Cévennes avec une nouvelle méthode d'asservir la terre à l'homme. Le monastère était bruissant d'une nouvelle prière : c'étaient des millions de vers blancs qui construisaient leur maison le long des genêts d'Espagne qu'on leur avait dressés dans les celliers et les greniers.

Les filles des Cévennes avaient importé à Mane cette nouvelle manière d'écarter la misère en vendant les cocons pour faire de la soie. Les cultures aussi, par les soins de ces nouvelles recrues, avaient été modifiées. On avait partagé les parcelles, les unes restant en plantes fourragères une année sur deux et les autres inversement. C'était ce que ces filles avaient appris dans leur pays, à Villeneuve-de-Berg, d'un petit seigneur gagné à la religion prétendue réformée qui s'appelait Olivier de Serres.

La prieure observait ce travail paisible quand, sur le grand chemin qui venait de Reillanne, elle avait entendu ce brouhaha suspect de gens en désarroi qui fuyaient au milieu des troupeaux poussés en avant et des charrettes surchargées de biens et d'enfants.

Elle sortit des jardins, s'avança vers la route où ces gens s'enfuyaient et s'enquit de ce qui les mettait en si grand émoi.

Ils dirent qu'un flot de parpaillots venait de ravager Manosque la nuit dernière, que pour l'instant ils cuvaient leur vin sur les pentes de la Mort-d'Imbert, que plusieurs filles avaient été violées ; qu'ils ne tarderaient pas à apparaître dans l'échancrure du col, entre Bellevue et Pimayon, en route pour Forcalquier demeurée catholique et qu'il importait de se recamper à l'abri des remparts.

Un cavalier mourant expira vidé de son sang en annonçant que la horde arrivait au promontoire de Pettavigne, qu'il avait tourné bride en les apercevant mais qu'il avait reçu un coup d'arquebuse par quoi il s'excusait de devoir mourir à l'instant.

L'abbesse tomba en prière sur le parvis de la chapelle romane antérieure au monastère, humble, austère, construite en souvenir d'une de ces pestes du passé qui n'avaient épargné personne.

Et c'est là qu'elle vit le salut. Cette chapelle désaffectée, et qui attendait de tomber en ruine, était cernée d'une prairie d'œnanthes méphitiques qui sentaient la mort à plein nez. Cette abbesse (c'était la tradition de l'ordre d'en nommer une qui fût à peine nubile) n'avait que seize ans mais c'était une digne descendante de la baronne du Cental, laquelle avait pris sous sa protection nombre de vaudois quand ceux-ci avaient été persécutés. Ses aïeux, depuis la reine Jeanne, étaient habitués aux caprices des grands, auxquels il fallait réagir promptement.

Ces œnanthes luxuriantes qui s'élevaient fleuries bien au-delà de la chapelle et tout au long de l'allée qui conduisait à la grand-route, ces œnanthes s'imprimèrent à son esprit comme un signe du ciel. Elle rameuta ses converses et leur ordonna de faire de ces fleurs et des racines une récolte totale, qu'elles s'y attaquent promptement et fassent diligence. Ensuite, elle alla trouver l'économe en son chauffoir.

— Combien nous reste-t-il de porcs au saloir ?

— Deux entiers et trois jambons de sanglier. Que prétendez-vous en faire, ma mère ? dit la nonne surprise.

— Un piège ! dit la prieure. Vous allez immédiatement me trouver deux grands chaudrons que vous disposerez au centre du cloître. Vous ferez bouillir, infuser et réduire tant d'œnanthes que vous pourrez avec l'aide de vos sœurs. Ensuite vous dresserez sur les feux ces chaudrons bien en vue au centre du cloître du côté qui commande l'entrée. Et vous ouvrirez toutes grandes les portes d'icelui.

— Fermées depuis des siècles, répondit la sœur du réfectoire. Comment voulez-vous que je retrouve les clés ?

— Vous détruirez les grilles ! Vous allez me faire couper menu tout le porc que vous trouverez ! Vous en ferez deux grandes daubes auxquelles vous mêlerez le condensé d'œnanthes. Vous ferez bien bouillir le tout. Avez-vous suffisamment de vin ?

— Deux barriques.

— Fort bien ! De l'une vous nourrirez la daube. L'autre vous la disposerez bien en vue sur un berceau, avec une bonde ouverte et sa chantepleure ! N'ajoutez pas d'œnanthes au vin. La daube suffira. Il faut que le vin garde bon goût.

— Avez-vous convié Lucifer, ma mère ? demanda l'intendante impressionnée. Vous savez que l'œnanthe…

— Je sais, dit la prieure. C'est de la ciguë ! Croyez-vous que les parpaillots ne nous la feraient pas boire si d'aventure ils nous prenaient ?

Une effervescence laborieuse régna dans le couvent durant tout le jour que dura l'attente des assaillants. Vers midi, la sœur apothicaire s'approcha de la prieure, avec une grande brassée d'une plante naine dans son tablier.

— S'il m'était permis, ma mère, dit-elle, en mettant un genou en terre, de hasarder un avis bien modeste, je dirais que votre brouet serait bien plus efficace si vous y ajoutiez ceci !

Elle élevait entre le pouce et l'index une minuscule baie couleur violine.

— Qu'est-ce que c'est que ça ? demande la prieure.

— De la belladone.

— C'est un beau nom ! dit la prieure.

L'apothicaire fit un signe évasif.

— On m'en a dit beaucoup de bien.

À six heures toutes les tables du réfectoire avaient été sorties dans le déambulatoire du cloître. Et par les grilles ouvertes on apercevait le chœur du couvent, y compris le tonneau de deux cents litres qu'on avait assuré sur une cabrette à scier le bois. L'ensemble était illuminé par des candélabres garnis de cierges et il y avait autour des bancs, bien disposées à bonne distance, tout ce que la vaisselle de bois du monastère comptait d'écuelles.

Un odorant fumet de porc mêlé à du sanglier s'échappait de toutes les fissures du couvent, de toutes les ouvertures, exsudait à travers les tuiles et se répandait insidieux sur la forêt. L'arbre lui-même, l'arbre gigantesque, en était parfumé.

Le chœur étincelait comme par un soir de Noël.

La prieure méticuleusement s'assura que tout était à souhait, plongea une écuelle dans la daube et la goûta du bout des lèvres. Elle était parfaite, ni trop salée ni trop poivrée. La mort qu'elle recelait embusquait sa présence dans la magnificence du fumet. La ciguë n'a pas d'odeur une fois cuite. L'œnanthe ne tue pas. Elle supprime.

Comme une maîtresse de maison ayant prié à dîner, l'abbesse fit un dernier tour de table pour vérifier si elle n'avait rien oublié.

Les portes énormes du couvent étaient battantes sur le cloître et, dans le déambulatoire autour du puits, on voyait le plus beau spectacle du monde. C'était, autour des colonnettes romanes liées en quadrige, la salle capitulaire étincelante comme par un soir de Noël.

Une table de cent couverts y était dressée, à croire qu'on avait dénombré les tire-laine, écorcheurs, défroqués (ceux-ci avaient profité du désordre général pour s'esbigner), crocheteurs, nobles ruinés, assassins par plaisir, croquants affamés que, comme toutes les armées du monde, les huguenots abritaient dans leurs rangs.

Quand la route poudroya du côté de la Mort-d'Imbert, un col qui en avait vu d'autres, la sœur la plus jeune de la communauté, qui passait pour avoir une vue perçante, s'écria soudain :

— Les voilà !

Elle dégringola du clocher où elle guettait.

— Dispersez-vous ! dit la prieure. Ne restez pas ensemble ! Allez par deux ou par trois ! Pas plus ! Montez le plus haut possible vers le plateau !

— Mais et vous, ma mère ? lui dit-on.

— Non. Moi je ne dois pas quitter le couvent !

— Mais ils vous tueront !

— Ils me tueront, soit ! Et moi qu'est-ce que je suis en train de faire d'eux, croyez-vous ? Vous ne vous figurez tout de même pas que je compte survivre après ça ?

Elle désigna les chaudrons qui glougloutaient doucement.

— Mais ce sont des hérétiques !

— Dans deux heures d'ici ils auront rejoint le Seigneur et Il leur pardonnera ! Le ciel fasse qu'Il en agisse de même avec moi !

Cette prieure n'avait que seize ans. Elle avait été désignée pour sa grande naissance.

— Je ne peux pas mourir l'épée à la main, dit-elle, ma condition me l'interdit. La ciguë m'en aura tenu lieu !

Charance avait séparé en deux son avant-garde, l'une remontait la Durance, l'autre allait au-devant de l'armée des Guise dont les fourrageurs avaient annoncé qu'elle avait franchi le Rhône et qu'il fallait se retrancher dans le Luberon.

Il arrivait avec l'arrière-garde, ayant été intercepté par les gens des Guise. Un parti de catholiques qui avaient vendu chèrement leur peau, lui avaient tué dix hommes et dont il avait fallu nettoyer l'antre. Le ruisseau en demeura couleur garance pendant trois jours.

En arrivant à Gaussan sous pluie battante, Charance vit briller les cuirasses de ses braves dans une profusion de lumière.

— Que font-ils ? demanda-t-il à son aide de camp.

— Ils mangent, mon seigneur.

— N'ont-ils rien de mieux à faire ?

— Mon maître, ils ne l'avaient plus fait depuis trois jours ! Les brisées des Manosquins étaient des déserts !

La ripaille de daube répandait une odeur divine. Charance s'approcha. Il vit ce festin tout préparé sur les tables de bois, des fleurs même, dans des vases à long col, agrémentaient la fête. C'étaient les œnanthes en surplus dont les moniales avaient orné les couverts.

Cent hommes au moins avaient quitté leurs baudriers, suspendu leurs épées aux colonnettes romanes ; cent hommes tonitruant et se portant des santés à n'en plus finir. Ils acclamèrent leur capitaine en le voyant paraître. Celui-ci avait faim aussi et soif. On lui tendit un gobelet, une écuelle pleine à ras bord de cette daube qui embaumait.

Charance se mit à manger et à boire goulûment. Un homme, un peu sommeilleux, voulut le serrer contre sa poitrine et même l'embrasser sur les deux joues. Il était manifestement ivre mais ça n'expliquait pas l'odeur méphitique qu'il exhalait en respirant. Charance découvrit soudain à la lueur proche d'un cierge les yeux de cet homme bien en face. Ses pupilles étaient dilatées, Charance n'en avait jamais vu d'aussi énormes. À cet instant le reître tomba puis un autre. Bientôt, ils furent vingt autour de leur seigneur qui vomissaient, faisaient dans leurs chausses.

En un éclair de lucidité Charance comprit tout.

Il se rua à coups d'épée sur la barrique qu'il éventra. Il renversa les deux chaudrons de viande à moitié pleins sur les dalles, sur les hommes qui criaient, qui se débattaient, qui essayaient, mais ils avaient des gestes mous, de s'entre-tuer à coups de hallebarde. Orcières le fidèle n'avait encore ni bu ni mangé. Il comprit l'étendue du désastre quand il vit ces gaillards hauts de six pieds tomber comme sacs de cuillers, mous, sans force. Ils essayaient aussi de détruire les cierges à coups de dague mais ils les manquaient car l'atropine troublait leur vision.

— Cours ! dit Charance. Va chercher la rescousse chez Lesdiguières ! Son armée est au repos au bord du Drac ! Explique-lui ce qui se passe !

— C'est à quarante lieues ! Je préfère mourir à vos côtés !

— Je te l'interdis ! Cours à Bonne ! Crève ton cheval ! Il faut nous venger ! Lui seul peut le faire ! Cours !

Là-dessus il tomba, mais auparavant il eut le courage de se faire vomir jusqu'à en avoir des crampes dans le ventre. Il se traîna comme il put à l'abri d'un placard car un froissement soyeux l'avertissait qu'un danger bien plus grand le menaçait que le poison. C'étaient les sœurs qui revenaient en force, armées de tisonniers et de solides battoirs. Pour elles, il n'y avait plus à tergiverser ni à briguer la gloire du martyre. Il s'agissait d'exterminer cette race maudite qui se levait contre le Christ. Il n'était plus temps de méditer ni de se demander. L'urgence était de tuer.

Charance en un éclair vit à la lueur des cierges la prieure qui s'était immolée. Elle gisait, un poignard planté dans la gorge. Il glissa sur le sang répandu, le seul qui le fût car pour l'instant les morts et les mourants étaient intacts. Seules leurs pupilles fixes laissaient planer le doute, savoir s'ils étaient encore en vie ? Les moniales ne se posaient pas de questions. Elles frappaient à droite à gauche, ayant oublié leurs vœux, n'arrêtant pas de se signer aussi vite qu'elles assommaient. Ce n'était pas si souvent en ces temps-là que les victimes se transformaient en bourreaux.

Orcières avait fui dès l'injonction de Charance, bien décidé à crever son cheval pour avertir Lesdiguières de ce qui se passait. Bonne rentrait de Savoie où il avait perdu beaucoup d'hommes. Il avait voulu repasser par Saint-Bonnet pour se refaire un peu avant de retrouver les troupes de Charance qui guerroyaient en Provence. En vérité il y avait bien six mois que sa femme était seule et le lui faisait savoir de temps à autre, par estafette. C'était donc à la fois pour son plaisir et pour mettre ses troupes au repos que Lesdiguières avait établi son campement au bord du Drac.

Orcières dormait assis sur sa selle quand il eut franchi le col Bayard. Il ne pouvait plus articuler un mot. Arrivé devant l'antre de Lesdiguières qui ne ressemblait guère à une demeure de connétable, il frappa violemment à l'huis. Il avait attaché à l'anneau du montoir le cheval fourbu. Lesdiguières était en train de besogner son épouse pour rattraper le temps perdu. Tous deux y allaient bon cœur bon argent, mais sa Blandine était aussi coriace que lui et le Christ n'avait jamais interdit de faire l'amour à son épouse légitime. Orcières n'arrêta de frapper de son gantelet que lorsqu'il eut son chef devant lui.

— Eh bien ? dit Bonne.

Orcières tenta d'expliquer par gestes et le plus vite possible ce qui se passait à soixante heures d'ici. La parole était comprimée en lui par le trot qu'il avait imposé à sa monture.

Lesdiguières mit longtemps à comprendre. Quand enfin il eut pu démêler que son fidèle Charance avait été coincé dans un piège infernal, il fonça bride abattue vers le campement dans les marécages. Il réveilla à coups de fouet les sentinelles qui dormaient. Il emboucha lui-même la trompe de l'alerte. Ses troupes aguerries et mues par la foi en avaient l'habitude. Au bout d'une heure à peine, la cohorte dévalait le col Bayard.

— Je viens avec vous ! dit Orcières.

— Non ! Tu ne nous servirais à rien. Tu es crevé !

Mais Orcières était sur le chemin de la gloire. En route, il expliqua au connétable ce qui s'était passé.

— Ce sont des furies ! dit-il. Elles invoquaient le Seigneur en frappant ! Je n'avais jamais vu tant de battoirs à la fois et elles s'en servaient comme d'une arme dès longtemps apprivoisée.

— Et le Guise ? demanda Lesdiguières.

— Il louvoie ! Il laisse planer le doute sur ses intentions. Plusieurs fois il a passé le Rhône et la Durance.

— Charance s'est laissé berner ! Il n'aurait jamais dû se fier à un monastère ! Ces papistes sont moins naïfs que nous. Nous nous fions à leurs bons mouvements et ils nous poignardent dans le dos !

Au couvent tout allait de travers pour Charance. Son avant-garde gavée d'alcool et de ciguë vacillait par les travées du cloître et autour du puits. Plusieurs y avaient été jetés. Les coups d'épée étaient mal assurés. La sœur apothicaire avait ajouté à l'œnanthe et à la belladone quelques pincées de poudre de cantharide pour faire bonne mesure, et se traînaient par les dortoirs des reîtres souffrant d'un priapisme artificiel qui les gênait fort pour marcher et pour combattre les battoirs levés. Une sœur robuste s'était même emparée d'une épée et frappait en désordre autour d'elle. L'une aussi avait renversé un reître mourant en pleine érection. Elle était seule avec lui, l'ayant terrassé sous un escalier. Voyant l'aubaine elle se dit que ce malheureux avait droit à quelque douceur avant de mourir. Il en profita pour lui plonger son épée dans le corps.

Quand Lesdiguières parvint au monastère venant de Forcalquier, le carnage était à son comble car le reste de l'avant-garde de Charance avait opéré sa jonction avec les victimes du guet-apens. Le peu qu'il en restait se joignait à la rescousse pour reprendre l'avantage mais la plupart de ceux qui avaient réchappé n'étaient pas en état de combattre. Les autres étaient en train de chasser les nonnes et de les tuer. Avoir été berné par des femmes, et par surcroît des religieuses, les avait mis hors d'eux.

Ils avaient rassemblé les dernières au chauffoir et ils s'apprêtaient à les occire. Le connétable posa son épée sur une table et se plaça entre les reîtres et les clarisses qui priaient en silence et ne montraient aucune peur.

— Faites bien attention, mes amis, Henri sera demain le roi de tous les Français, il ne considérera pas politique, lui qui en est un si grand, que vous ayez baigné dans le sang de ces justes ! Il pourrait vous en cuire !

Charance se mit au milieu.

— Mais elles m'ont tué soixante hommes !

— Chassez-les à coups de fouet. Dispersez-les, conseilla Lesdiguières. Vous me répondez de leur vie !

— Mais le couvent ? Vous n'allez pas laisser le couvent intact ! Il faut qu'on se souvienne de nous !

Lesdiguières avait conscience d'une grande faute. L'abbaye datait du XIe siècle. Toute l'humilité romane était inscrite dans ses colonnes. Par ce témoignage, Dieu n'était qu'amour, et toute munificence augurant quelque puissance temporelle en était extirpée dès l'origine. L'édifice était un grand moment de la chrétienté, érigé bien avant la colère de Luther et bien avant aussi tout ce qui l'avait suscitée. Sur ces colonnes colossales et sans ornement, il eût été difficile de marteler les effigies des saints. Il n'y en avait aucune.

Mais il fallait qu'un os quelconque fût jeté à ces enragés. Ils regardaient, interloqués, leur chef qui interposait tranquillement son épée entre leur vengeance et eux.

Sans attendre l'assentiment de son compagnon d'armes, Charance ordonna de tirer le canon. Le détachement de l'armée que poursuivaient les Guise comptait soixante pièces d'artillerie. On les disposa en batterie autour du monastère détruisant d'abord la porte, le Christ en gloire dominant le portique.

Quatre jours et quatre nuits, les reîtres se vengèrent sur l'édifice de l'humiliation qu'ils avaient subie. Ils s'employèrent à détruire autour d'eux avec un zèle et une hargne inventifs qui ne laissèrent pierre sur pierre du sanctuaire. Ils avaient ôté leurs pourpoints et leurs cuirasses et travaillaient comme des ouvriers à desceller les blocs, à achever le travail de l'artillerie.

Les gens de Forcalquier qui entendaient cette canonnade n'en croyaient pas leurs oreilles, pensant qu'une grande bataille se livrait par là autour. Ce n'était qu'un chef-d'œuvre de plus dont les hommes se débarrassaient.

Pendant quinze jours l'ost de Charance s'acharna sur les ruines du couvent. À coups de fauconneaux et de mortiers, les servants eurent raison des voûtes, des arceaux, des colonnes. À la fin il ne restait plus que les soubassements et les fondations. Les fossés et les fondrières, car il se mit à pleuvoir, se remplissaient de boue. Des cadavres de nonnes flottaient sur l'eau sale. Il ne restait plus qu'un tas de blocs haut de trente toises et qui s'éparpillaient sur soixante héminées.

Enfin le silence s'établit et l'armée allait lever le camp. Ils avaient constitué un énorme autodafé avec le mobilier, les crucifix, la vaisselle et notamment les écuelles où ils avaient été piégés.

Au soir du dernier jour, des volontaires plus vindicatifs que les autres inspectaient minutieusement les lieux afin de vérifier si le monastère avait bien été entièrement rasé. L'un d'eux, même, tira de sa giberne un sac de sel pour le répandre sur les ruines. Ce grand symbole de l'Évangile, semer du sel sur les décombres, c'était de la vengeance assouvie le signe définitif.

Alors, ils s'aperçurent qu'une ombre pesait sur eux, que le soleil déclinant couchait au sol. C'était la silhouette d'un arbre gigantesque. Cette présence muette opposait sa masse tranquille devant l'armée huguenote.

La disparition de l'abbaye et de son clocher démoli avait creusé un grand vide dans le paysage, et le feuillage du chêne tremblait d'aise devant l'éclaircie qui déchirait le ciel et le mettait en lambeaux parmi les nuages.

L'armée avait rasé tous les arbres qui étaient à sa portée mais celui-ci, il fallait six hommes pour en faire le tour, les bras écartés. Un rossignol unique comme s'il donnait un récital se servait de l'arbre pour que sa voix fût divine.

Aussitôt qu'il vit ce chêne, Charance donna l'ordre de l'encercler avec des mortiers et de l'abattre à coups de canon. Il ne savait pas l'âge de l'arbre mais son ombre le désobligeait.

Orcières muet observait Lesdiguières. Celui-ci avait levé très haut les yeux vers le cimier de l'arbre et le chant pur du rossignol paraissait être son unique souci. Il l'écoutait comme un oracle en sa fragilité.

En réalité, il était en train de peser le caractère de Charance. Il lui paraissait que ce dernier y mettait trop de pointe, qu'il n'y avait pas apparence que cet arbre fût responsable de la félonie des clarisses. Charance était en train d'obéir à la barbarie des reîtres au lieu de les commander. Il était toujours bien le même garnement qu'autrefois au bord du Drac quand il ne voyait dans la bataille qu'un moyen de nourrir ses instincts.

Les faibles ont toujours secrètement, et sans se l'avouer, détesté les vieux arbres qui ont le privilège de vivre plus longtemps que les hommes. Charance saisissait le prétexte du massacre pour assouvir cette sournoise vengeance.

Les pièces de fauconneaux étaient maintenant braquées toutes les quatre sur le tronc de l'arbre. Les servants avaient déjà pointé le cran de mire sur les tourillons. Ils s'apprêtaient avec méthode à communiquer le feu à la charge par le canal de lumière percé dans le tonnerre près de la culasse. Lesdiguières une à une leur arracha les allumes des mains et les piétina.

— Qui a donné cet ordre ? gronda-t-il.

— C'est moi ! dit Charance.

— Tu sais bien pourtant que ces fauconneaux sont à bout de souffle. Tu ne peux même pas les toucher ! Si tu verses de l'eau dessus, elle s'évapore à l'instant. Combien ont-ils tiré de coups ?

— Nonante ! répondit l'artilleur l'allume à la main.

— À cent ils éclatent ! s'exclama Lesdiguières. Tu le sais bien, Charance ! Pourquoi risques-tu la vie de ces hommes pour un arbre ?

— Il a abrité le couvent ! Continuez à armer ! cria Charance aux artilleurs.

— Et moi je leur donne l'ordre d'amousser les allumes !

Lesdiguières tira son épée.

Charance à l'instant eut la sienne à la main.

— Continuez ! dit-il fermement.

L'artilleur ne se le fit pas répéter. Il voyait le capitaine tous les jours. Il avait partagé avec lui la folie de tant de batailles contre Guise, contre Mayenne, contre Montmorency. Il n'y avait aucune raison de discuter ses ordres. Cet homme n'avait jamais vu Lesdiguières. Il ignorait sa qualité. Il bouta le feu au fauconneau.

Alors, Lesdiguières, et il ne l'oublia jamais, vit son pourpoint s'étoiler de sang. C'était la tête de Charance qui passait à toute vitesse devant le connétable pour aller s'aplatir contre le tronc de l'arbre. L'artilleur qui avait ouvert le feu eut les deux jambes emportées. Il fallut l'achever à coups de mousquet pour abréger ses souffrances. La pièce d'artillerie était éparpillée en morceaux. Elle avait tué quatre hommes, le visage en bouillie. Ses morceaux rougeoyaient encore faiblement au pied de l'arbre intact.

Tout le monde était figé au sol. Lesdiguières avait les deux mains plaquées devant la face, lui qui ne perdait jamais son sang-froid. Il tomba à genoux. Dans le silence qui s'était fait il entendit le murmure du chêne : son houppier, à cent pieds du sol, oscillait lentement en racontant une histoire sans fin où il était question d'hommes et de temps qui s'écoule.

Lesdiguières donna l'ordre qu'on pliât ce qu'il restait de la tête de son compagnon dans un linge bien propre. Il la rapporta à Charance au pommeau de sa selle.

Quand il arriva devant le parvis du château à deux cents pieds au-dessus du Drac, il posa la dépouille mortelle sur le sol devant la terrasse qui commandait tout le Champsaur. C'est là que la mère du guerrier le rejoignit.

— Tu l'as tué ? dit-elle.

— Non. Il s'est détruit tout seul. Son âme était faite pour mourir intacte. Sans vieillir, ajouta-t-il.

Elle porta sans mot dire la tête de son fils au caveau de sa race.

5

Quand Palamède Pons de Gaussan revint vivant de Malplaquet, il avait une jambe en moins. Il s'était marié en mai, la bataille avait eu lieu le 11 septembre 1709. Il avait quitté Versailles pour les Flandres avec son régiment après avoir épousé la fille cadette du duc de Luynes. Celle-ci était d'une grande beauté. Palamède l'aimait tendrement. Ils avaient été amants dès le premier soir. La nuit de noces ne fut pas modeste. Ils restèrent couchés trois jours. Ça ressemblait à une tradition qui datait du fils du Mèche, deux siècles auparavant. La cour en était médusée à voir leurs volets clos si longtemps. Les parents et les beaux-parents envoyèrent aux nouvelles. Les valets bleus particuliers au roi, qui crurent obligeant d'écouter aux portes, fût-ce en les entrebâillant, ne recueillirent que soupirs et cris de joie, qu'ils rapportèrent fidèlement.

Palamède retrouvait Versailles comme il l'avait quitté. Il était curieux de revoir la Cour, après trois mois d'absence. Rien n'y avait bougé. Étant enfant, il avait été proche de tout ce que la noblesse comptait comme fleurs des pois de par sa grande naissance.

Le roi avait été plein de bonté. S'étant fait donner des nouvelles de lui et ayant appris qu'il en réchappait, il lui avait envoyé Maréchal son chirurgien, lequel l'avait accommodé comme il avait pu mais néanmoins lui avait fait un appareil qui lui permettait de marcher tant bien que mal.

C'était le grand émoi du soir à Versailles. La foule courtisane accourait au coucher du roi. Gaussan rencontra devant la porte des grands appartements le duc de Saint-Simon, auquel ses porteurs durent céder la main.

En passant, le duc voulut faire une honnêteté à Palamède.

— Eh bien, Gaussan, lui dit-il, vous avez de la chance ! Vous voici fait comme monsieur de Turenne !

— Oui, répondit Palamède, sauf que lui il en est mort et que moi, hélas, j'en ai réchappé.

Dans la chambre du roi, il était difficile de glisser une aiguille. Les duchesses porteuses de ployants et qui les trimballaient partout avec elles à bout de bras, afin de bien marquer leur prérogative qui était de s'asseoir en tout lieu où se trouvait Sa Majesté, ces duchesses interdisaient le passage. Pour un homme mal assuré sur une seule jambe, il tenait par miracle, conforté par la foule.

Soudain il se trouva au large comme par enchantement, voyant devant lui le lit d'apparat et trois valets bleus qui déployaient une grande pièce de soie. Tout le monde s'était écarté et les duchesses plongeaient en révérence. C'est que Sa Majesté venait de dire d'une voix posée :

— La chemise à monsieur de Gaussan !

C'était le duc de Guise, ce soir-là, qui tenait le bougeoir. Il s'écarta pour permettre à Gaussan de s'incliner malaisément devant le roi. Au loin et auprès le courtisan bourdonnant glissait à l'oreille de son voisin :

— Voici monsieur de Gaussan qui vient faire sa révérence au roi de sa jambe emportée !

— Sire, dit Gaussan au roi, souffrez qu'un homme qui a perdu une jambe au service de Votre Majesté ne mette devant Votre Majesté qu'un seul genou en terre !

C'était le cardinal, son oncle, directeur de conscience du roi, qui lui avait appris cette longue phrase. Le roi sourit et le releva gracieusement.

Plutôt que le premier monarque de l'Europe et le plus éclatant, Louis XIV personnifiait le malheur. Sous la perruque monumentale dont la seule vue imposait l'image d'un roi en sa majesté, celui-ci montrait le squelette de sa noblesse déjà sculpté sur son visage. Le Roi-Soleil portait sur ses méplats l'ombre irrémédiable qui efface la grandeur et fait que déjà l'oubli peut se dessiner sur les visages charmants de ceux qui vous observent chaque soir mourir un peu plus.

Cette perruque menaçante, que l'artiste qui l'avait dessinée avait voulue à la fois terrible et bienveillante, encadrait en réalité, pour l'œil exercé des courtisans, les traits émaciés sous la poudre d'un vieillard écrasé par l'âge et ses inconvénients. Il était voûté, en dépit qu'il se redressât d'un pied en toute occasion. Il n'avait plus de dents, et ni la chemise de soie ni l'ordre du Saint-Esprit dont il portait la miniature au cou jusque dans son lit ne pouvaient dissimuler la préfiguration de la mort inscrite sur tous ses traits. Les passions qui l'avaient gouverné l'avaient aussi abattu. En outre, il commençait à souffrir d'un ulcère à la jambe qui ne guérissait pas. Il souffrait aussi dans sa famille qui était loin de refléter la majesté qu'il avait voulu imposer partout. Son fils était petit et gros, c'était un énorme mangeur qui avait déjà à plusieurs reprises souffert d'apoplexie ; son petit-fils le duc de Bourgogne était un dévot bossu ; le duc de Berry, son autre petit-fils, était un niais marié à une folle. De plus le Roi-Soleil avait le malheur, avec le doigté nécessaire, d'être toujours dirigé alors qu'il se croyait omnipotent.

Quoique né en cette noire forteresse de Mane qui repoussait le soleil, le marquis avait passé sa jeunesse à l'ombre de ce roi. Le grand-père de Gaussan avait dû son marquisat à son astuce : étant page de Louis XIII, lequel aimait beaucoup la chasse, il avait remarqué que Sa Majesté piaffait d'impatience quand son cheval était fourbu et qu'il fallait en changer. Jusqu'ici on lui présentait les montures tête à queue. Gaussan inventa de les maintenir flanc à flanc, de sorte que le roi, qui à cette époque avait seize ans, passait d'un bond de l'un à l'autre sans même mettre pied à terre, ce qui abrégeait le temps où s'interrompait la poursuite.

Gaussan, le père, connut la fronde dans l'armée de Condé, puis il se rallia et fut absorbé comme tous les nobles en l'énorme asservissement de luxe qu'avait été Versailles. Le roi n'avait jamais oublié la nuit de Saint-Germain où il avait couché sur la paille à Blois, à cinq ans, aux côtés de sa mère tremblante et du Mazarin qui ne cessait de prier en robe rouge, n'osant quitter la pourpre cardinalice de crainte d'être écharpé.

En jouant du pardon, par de grandes pensions accordées, par des honneurs de peu ou de grande importance comme l'ordre du Saint-Esprit dont Sa Majesté était l'unique dépositaire et dispensateur, Louis XIV avait réussi à parquer dans ce petit espace de Versailles toute la noblesse turbulente qu'il avait domestiquée. Des guerres perpétuellement suppurantes étaient venues à point nommé flatter l'impatience d'en découdre qu'éprouvaient ces hobereaux, à peine sortis de la barbarie. Ils pouvaient à loisir s'y battre, s'y illustrer, s'y ruiner et même s'y interdire par la mort toute postérité.

Le roi dit à Gaussan qu'il lui permettait de lui faire sa révérence le lendemain en son cabinet et ensuite de se retirer en ses terres comme son invalidité l'y autorisait.

Il lui donna ce jour-là une grosse pension. Le cardinal de Gaussan, son oncle, avait aussi travaillé le roi en sa faveur. Celui-ci était fort susceptible sur l'ancienneté de sa grandeur. Sa Majesté avait bien voulu oublier la réponse faite à l'un de ses ancêtres par l'un de ceux du marquis Pons de Gaussan : « Ce n'est pas à l'auguste Maison de France que nous sommes redevables de la qualité de gentilhomme. Nous la possédions avant d'être ses sujets. »

Toutefois, au sortir de cette audience, Toussaint de Gaussan, le cardinal, s'arrangea pour prendre le bras de son neveu et l'entraîner au-dehors, dans les jardins, sous prétexte d'y faire un tour de promenade. Il l'emmena jusqu'au loin du grand canal, en un endroit où l'on pouvait vous voir de toute part mais où nul ne pouvait vous entendre. Louis XIV avait semé des valets bleus en tous les points du château qu'il était nécessaire. Ils étaient partout visibles, ostensibles car le roi ne voulait pas seulement connaître tous les secrets de ses sujets mais les empêcher d'en avoir aucun. Les valets bleus dont les lieux étaient infestés avertissaient chacun de cet état d'esprit.

Quand il fut bien assuré de leur solitude et eut montré le ciel où il faisait beau afin d'assurer l'innocence de cette conversation, le cardinal dit au marquis :

— Mon neveu, ne vous étonnez point de tant de précaution, le secret que j'ai à vous communiquer est de première importance et je suis vieux. Je suis usé. Les péchés du roi, depuis trente ans, je les engrange dans ma besace et leur pardon devient écrasant. En vain l'ai-je supplié de m'en délivrer. Il y a des pères tertiaires qui guettent ma défaillance et qui sont friands de ces morceaux-là. « Sire, lui ai-je dit, si Votre Majesté ne me délivre pas, je vais périr à la tâche ! » Savez-vous ce qu'il a eu le front de me répondre ? « Eh bien, nous péririons ensemble ! » Marchez, mon neveu, ne vous arrêtez point ! La marche paraît naturelle et le roi flaire le conciliabule et la cabale sitôt que ses valets lui signalent les gens immobiles en train de se parler !

Il s'interrompit une seconde pour se moucher bruyamment. Il se reprocha aussitôt ce geste où l'on pouvait saisir le préambule d'une conversation à secret.

— Mon neveu, dit-il, quand il eut consciencieusement curé ses fosses nasales, vous allez partir pour Mane retrouver votre ravissante épouse et il est très probable que vous n'aurez plus envie de revenir à la Cour. À ceci, votre jambe emportée vous sera d'un grand secours.

— J'ai assez donné à la guerre, même si je pouvais je n'aurais plus servi !

— Soit ! Mais n'en faites pas un article de foi. Sa Majesté pourrait le trouver mauvais. Aussi bien n'est-ce pas de cela qu'il s'agit. Je veux vous faire dépositaire d'un mystère qui est dans notre famille depuis plusieurs siècles et dont il ne subsiste qu'un seul élément : le cartulaire que j'ai actuellement caché dans le rabat de mes manchettes et que je glisserai tout à l'heure dans les vôtres en vous embrassant et en vous serrant sur mon cœur. Il y a eu de grands malheurs encore en Provence au siècle dernier. La peste de 1631 a décimé notre famille, dont nous ne sommes plus que les seuls représentants. Entendez-vous le latin ?

— Hélas non.

L'archevêque murmura un « tsitt, tsitt » désapprobateur.

— J'ai toujours pensé que votre mère, janséniste, vous avait bien mal élevé ! C'est fâcheux que vous n'entendiez pas le latin. Mais qu'à cela ne tienne. Je vais vous raconter l'histoire et vous en faire le résumé. Voici : il y a bien longtemps, au XIIIe siècle, il y avait à Manosque une seigneurie issue des croisades, une communauté religieuse nommée les Hospitaliers de Saint-Jean de Jérusalem. La peste noire de 1348 survint qui causa la mort de plus des trois quarts de la population provençale. Cette communauté possédait en les souterrains de sa forteresse un... objet. Un objet dont sauf le grand prieur de l'ordre nul ne connaissait la nature. Tout ce que nous savons, c'est que le grand prieur d'alors, voyant mourir les donats autour de lui comme des mouches, décida que l'objet n'était plus en sécurité au château.

— Qu'est-ce que c'était les donats ?

— Les hommes d'armes de la communauté. Ceux qui étaient dispensés, par nécessité, d'un certain nombre d'obligations de l'ordre. Ils pouvaient par exemple être armés, se défendre et attaquer.

— Et tuer ?

— Bien évidemment. Comment croyez-vous qu'on ait délivré le tombeau de Jésus ?

— C'étaient des infidèles !

— L'Église a eu malheureusement à considérer, par la suite, certains chrétiens comme infidèles. Les jansénistes d'aujourd'hui par exemple. Bref. Ne m'interrompez plus.

— Qu'est-ce que c'était cet objet ?

— Nul ne le savait et encore aujourd'hui *personne* ne le sait.

— Est-ce que ce n'est pas une légende ?

— Non. Puisque le cartulaire que je vous remettrai tout à l'heure précise en latin sa nature probable ! « Cette œuvre d'art constitue une preuve vivante de la véracité des Saintes Écritures. »

— Une preuve vivante ? répéta Palamède incrédule.

— *Vivante* ou *irréfutable*. Le manuscrit est vieux, rédigé sur un parchemin qui à l'époque était déjà un palimpseste, c'est-à-dire utilisé pour la deuxième fois et par conséquent mal lisible. Il semble que le grand prieur d'alors ait jugé que l'objet, par ces temps troublés, n'était pas en sécurité au château de Manosque, d'autant que le coseigneur, un certain Guigues, avait affranchi ses sujets par dépit contre l'ordre qui contestait certains de ses privilèges. Il semble que le prieur ait fait transporter son trésor en un lieu moins exposé et qu'il ait choisi pour cela notre fief, où nos aïeux avaient permis qu'on élevât au fond de leur parc un monastère des filles de Sainte-Claire. C'est en tout cas dans les ruines de ce dernier que le cartulaire, un jour, fut retrouvé. Ce couvent eut un triste sort : les filles de Sainte-Claire y furent enfermées et l'on tira au canon sur le monastère pendant un jour et une nuit. Les gens de Forcalquier qui entendirent la canonnade toute la nuit crurent à une bataille. Ils allèrent au matin ensevelir les nonnes qui n'avaient pu échapper au massacre. Ce sont les troupes d'un suppôt de Lesdiguières, huguenot notoire, qui détruisirent au canon le monastère, vieux de trois siècles. Au matin, il n'en restait plus pierre sur pierre. Il faut dire que ces martyres de la foi leur avaient joué un bien méchant tour : les empoisonnant avec de la ciguë et achevant les mourants à coups de gourdin. Ce fut une histoire terrible qui reste ancrée dans le souvenir des gens de Mane et de Forcalquier.

— Mais que prétendez-vous me voir faire avec ce mystère ?

— Que vous l'éclaircissiez ! « Une vivante preuve de la vérité des Saintes Écritures » !

Il répéta en latin : *testimonium quod infirmare non podest Sanctorum Scripturarum fidei.* Vous imaginez-vous ce que cela représente pour un vieillard de quatre-vingts ans ? Non, n'est-ce pas ? La certitude de Dieu ne vous préoccupe pas encore !

— J'ai eu lieu d'éprouver sa compassion, dit Palamède sobrement.

— Mes études d'abord et ensuite les devoirs de ma charge m'ont empêché moi toute ma vie d'essayer de percer ce secret. Tenez, mon neveu, nous avons fait la moitié du tour du grand canal. Nous allons bientôt tourner le dos au soleil face au château. Auparavant, rapprochez-vous bien de moi, joignons nos mains en une ultime effusion avant que vous montiez en voiture. Voici ! Comme cela ! Je glisse dans vos manchettes le cartulaire dont il s'agit... poussez-le avec vos doigts dans votre manche et faites bien attention que de loin les valets bleus ne puissent vous voir accomplir votre geste ! Attention ! Voici le dernier mouvement subreptice que je puisse faire pour vous ! Après c'est à vous ! Si l'objet tombe à terre, nous risquons la bastille ! Le roi ne plaisante jamais avec les secrets qu'il ne connaît pas ! Là ! Bravo ! Vous avez réussi ! Le cartulaire est dans vos profondes ! Faisons volte-face maintenant vers le château, l'un tourné vers l'autre, le visage riant mais néanmoins mélancolique par l'émotion qu'éprouvent ceux qui se quittent probablement de toujours. Encore un mot : si par hasard vous découvrez la clé du mystère et que je sois encore en vie, faites-le-moi savoir. Le roi me pardonnera d'avoir tenu la chose secrète car, souvenez-vous ! pour le roi, vous, moi et le reste du monde, « une vivante preuve de la vérité des Saintes Écritures », c'est bien la chose du monde qui nous préoccupe le plus. Adieu mon cher !

Gaussan haussa sa béquille, mit en terre son seul genou pour recevoir en toute contrition la bénédiction de l'oncle Toussaint.

Regagnant sa voiture et traversant le bois d'Amour, il vit par-dessus les buis taillés — et ce fut le dernier regard qu'il jeta sur la Cour — la taille élevée de la duchesse de Saint-Simon accourant vers son mari, occupé à jouer au volant avec Son Altesse le duc de Bourgogne. Elle portait un gros tas de papiers en désordre tenus par une ficelle. Gaussan l'entendit qui grondait :

— Vous avez encore laissé vos papiers sur une desserte du grand salon ! Vous êtes incorrigible ! Vous les laissez traîner partout. Un jour vous vous ferez embastiller et sans rien pour écrire !

Gaussan aurait bien voulu savoir ce que répondait le duc, mais à l'instant ses valets le saisissaient, lui faisaient franchir le marchepied, l'installaient sur le cuir de la banquette du carrosse et l'attachaient solidement afin qu'il ne glissât point. Les cochers sonnaient de la trompe afin de bien marquer cet instant solennel. Pons de Gaussan quittait la cour du Roi-Soleil pour regagner la Provence et surtout sa femme chérie.

Gaussan avait hâte de retrouver sa citadelle de Mane. Il voyagea quatre jours par la Seine d'abord sur un bac qui remontait à l'abbaye, et ensuite par la Saône et le Rhône jusqu'en Avignon où ses gens et son carrosse l'attendaient. Il avait été accueilli partout en héros par ses pairs mais il n'avait pas envie de s'attarder. Les oaristys de ses amours avaient été à peine entamées avant la guerre des Flandres où il avait perdu sa jambe. Gersande de Gaussan ne l'avait pas encore vu en son nouvel état.

Il atteignit une fin de soirée le parvis de sa citadelle de Mane, que Richelieu avait fait écrêter sous le grand-père du marquis pour quelque velléité sans lendemain que celui-ci avait eue en faveur des parpaillots. Sans lendemain car le premier cardinal de Gaussan avait remontré à son frère l'immense avantage qu'il y avait à rester dans le camp des catholiques. Et effectivement Henri IV et son fils avaient beaucoup mieux traité leurs anciens adversaires que leurs anciens amis. Le grand-père du Gaussan blessé à Malplaquet avait été élevé au marquisat par Louis XIII pour des raisons de commodité domestique.

Palamède hocha la tête à ce souvenir de famille. Ce sont là bagatelles qui décident des carrières dans les cours et qui conduisent aux honneurs, à la gloire d'être fait chevalier de l'ordre.

— Et parfois, se dit Gaussan à voix haute, à la mort ou à l'amputation.

Il hésitait à faire ouvrir la porte de la citadelle et à s'annoncer à sa chère épouse. Elle avait été mise au courant de son état mais il y avait maintenant trois mois qu'aucun mot, qu'aucune rencontre n'avait eu lieu entre eux. Le monde de leur entente avait basculé. Une volonté autre que la leur avait bousculé leur bonheur et l'avait détruit sans qu'ils le sussent.

Ce fut Gersande qui entendit le charroi dans la côte qui conduisait au parvis de la citadelle. Depuis des jours, sachant son retour proche, elle guettait dans le courtil l'arrivée de son mari. Ce fut elle qui fit débloquer la porte.

Elle était dans l'arrogante opulence de ses vingt-trois ans. Sa chair était lourde d'une longue attente. Elle était encore pleine de cette interminable nuit de noces qu'ils s'étaient octroyée et qui les avait révélés à tous deux. Elle en attendait les lendemains avec convoitise.

Elle savait bien sûr qu'il avait perdu une jambe à Malplaquet et elle s'était enquise de la hauteur qu'il l'avait perdue. Lorsqu'elle avait su que c'était seulement au niveau du genou, elle avait pris la chose sans grande appréhension.

Quand s'ouvrit la porte de cette forteresse si semblable au krak des Chevaliers, là-bas en Palestine, c'était la nuit close depuis longtemps et les flambeaux haut levés des valets repoussaient la pénombre du ciel provençal, laissant à l'imagination le pouvoir de le recréer.

Palamède était un homme de belle taille. Il se tenait très droit en dépit de sa mutilation. Les prémices de la nuit permettaient de ne souligner de lui que cette prestance encore rehaussée plutôt qu'aggravée par la béquille qui le soutenait sous le bras. Lorsqu'un homme est naturellement élégant et de l'âme et du corps, nulle infirmité ne peut en gâter l'aspect.

Palamède apparut à Gersande tel que l'amant qui, quelques mois auparavant, lui avait fait entrevoir le paradis. Elle traversa l'esplanade toute courante, pendant que les valets abaissaient le marchepied. Et elle avait tellement effacé ce qu'elle ne voulait pas voir que dans l'élan de son effusion elle manqua de le faire s'étaler et qu'il dut se cramponner au montoir scellé dans la muraille du château. Elle ne lui dit ni bonjour ni ne poussa des cris de joie.

— Viens vite ! dit-elle.

Elle avait consigné dans leurs chambres la douairière de Gaussan, mère de Palamède, et sa propre mère, née duchesse de Sabran, dont elle n'avait que faire. La douairière de Gaussan ne lui pardonna jamais de lui avoir confisqué son fils.

Refusant de considérer que Palamède claudiquait péniblement derrière elle, elle lui avait emprisonné la main et le tirait comme un prisonnier. Le corridor faisait quatre-vingts coudées jusqu'à la chambre dont Gersande avait laissée ouverte la porte à deux battants. Le tout, le corridor et la chambre, sentait le salpêtre comme une bonne cave. Il semblait que les six siècles de son existence avaient imbibé d'humidité montant du safre toutes les murailles de la forteresse. Palamède avait oublié ce fumet d'outre-tombe. Il se promit à l'instant de ne pas laisser Gersande plus longtemps dans cette prison malsaine.

— Comment peux-tu, se dit-il, laisser moisir cette merveille de femme en un pareil bas-fond ?

Mais il n'avait plus le temps de réfléchir, Gersande le basculait sans le lâcher en travers du lit dont le baldaquin oscillait sous le choc. Elle déchirait dans sa hâte les dentelles des manchettes qu'elle jetait au loin ainsi que le cilice dont elle s'était armée durant son abstinence.

Elle se trouvait nue sous lui, impatiente, tenant entre ses doigts le sexe érigé de son amant et, les yeux grands ouverts, contemplait celui-ci extasié.

La jambe manquante ne comptait pas, ne comptait que la fureur de l'érotisme, l'envie de se manger l'un l'autre, ne sachant comment, par quelle invention nouvelle s'interpénétrer, s'encastrer, ne faire qu'un. Les langues actives se disaient tout ce que leurs lèvres scellées par les gémissements ne pouvaient articuler ; tout cela fut l'espace d'une nuit et d'un jour. La faim seule plus que l'épuisement vint à bout de leur recherche.

Les deux douairières pour une fois unies étaient venues à deux reprises timidement heurter à l'huis, mais que comptent les mères en ces instants ?

Cependant, à ces frairies, Palamède n'était qu'à moitié présent. Les affres de la guerre s'étaient imprimées dans sa peau avec leurs instants horribles : les morts qu'il avait fallu quelquefois repousser loin de soi, où ils s'étaient fraternellement appuyés, pour dégager l'épée, le pourpoint tout poisseux d'un sang impur dont ils vous avaient inondé ; l'odeur de la bataille et des défécations de peur (la peur étant la sœur fraternelle de l'héroïsme) et puis soudain ce boulet en silence, couplé à un autre par une chaîne brûlante qui sournoisement vous sectionne proprement un membre, et le miracle du sang qui s'arrête de couler et vous laisse comme un pantin mou couché vivant sous votre cheval mort éventré dont le poids vous a heureusement comprimé le moignon et vous empêche de vous vider de votre sang et — pendant combien de minutes ? — ce membre lui-même dont vous devez supporter la vue près de vous, juste sous votre nez, dans la flaque de sang vermeil que la terre d'Artois achève de boire ?

Alors, au moment où toute volonté n'est plus qu'un frein pour retarder votre paroxysme afin de permettre à votre amante d'épuiser complètement le sien, soudain l'horreur ressuscitée vient vous frapper en pleine figure, vient s'insérer entre la volupté et vous, entre la jouissance et vous. Tout cela ensemble, simultanément, à brûle-pourpoint.

Ainsi le sentiment de Palamède pour Gersande était laminé peu à peu par le souvenir de la guerre. Celui-ci montait depuis le tréfonds de son être, il pointait à la surface de sa mémoire, il la submergeait sans qu'il en eût conscience. C'était seulement, mais très souvent, quand le pressait de se gratter cette jambe qui le démangeait à l'endroit précis où elle n'existait plus.

Mais il aimait toujours sa femme autant de sentiment que de désir. Il ne comprenait pas la nature de l'effritement qui se produisait en lui. Il ne pouvait pas savoir qu'il vivait en même temps que Gersande la surprise que celle-ci éprouvait chaque fois qu'elle se heurtait à cette absence de jambe, fût-ce seulement à la hauteur du genou. On croit toujours que les réactions à l'imprévu sont subites, immédiates. En réalité, l'esprit doit prendre le temps de digérer l'étonnement que, dans l'amour, toute différence constatée chez l'être aimé provoque dans l'abîme profond de la conscience et ce qu'il faut de temps à celle-ci pour savoir si elle accepte ou non ce changement.

Palamède ne tint aucun compte du décalage qui s'approfondissait en lui, pas plus que Gersande n'en tint compte.

Ils commencèrent à chercher parmi leurs domaines un lieu qui fût moins inhabitable que la citadelle pleine de froid et d'ombre où le destin leur avait assigné de vivre.

Il existait, au flanc d'un coteau couvert de grands arbres, la demeure délabrée d'un ancêtre commun dont le toit s'était écroulé en partie. Là avaient vécu une famille et sa descendance, laquelle avait autrefois embrassé le protestantisme et qui pour cette raison avait dû aller vivre en Allemagne.

Parmi les guerres et les invasions, en ces temps-là, la peste aussi, qui sévissait tous les quarante ou cinquante ans, quelquefois plus quelquefois moins, dispersait les familles, les décimait, jetait la panique à tel point que les survivants fuyaient en abandonnant tout.

Un jour de pluie, Gersande et Palamède allèrent reprendre possession de cette ruine où presque tout était encore intact. Ils durent déclouer la porte qu'on avait condamnée sur des pestiférés. En dépit des maigres ossements (il avait dû y avoir deux morts), cette maison avait un tel pouvoir d'envoûtement qu'ils éprouvèrent dès l'entrée, et bien que la marquise fût enceinte de son troisième enfant, l'envie de faire l'amour en cette atmosphère qui respirait la rose fanée et la cendre de bois.

Revenant à elle, Gersande examina les lieux attentivement.

— Il y a eu un drame ici, dit-elle lentement au bout d'un instant.

— Bien sûr, puisque la porte a été clouée et que deux squelettes sont amoncelés au sol.

Elle flairait l'atmosphère comme un chien de chasse. Soudain elle tomba en arrêt.

— Qu'est-ce que c'est ? dit-elle.

Elle désignait au coin de la cheminée une sorte de lance terminée par un fer rouillé et que les toiles d'araignée avaient emprisonnées sous des générations de nids abandonnés. Les fientes des pigeons avaient transformé en carapace la soie animale agglomérée.

— On dirait un drapeau ! dit Palamède.

— Déploie-le ! dit Gersande.

Palamède obéit. Dans un froissement d'étoffe et un nuage de poussière, l'objet livra son secret : c'était le gonfanon de Mantoue qui accompagnait jadis comme un sauf-conduit ceux qui voyageaient sous la sauvegarde des tyrans italiques. Chaque duc avait son propre gonfanon. Celui de Mantoue représentait la tête de la Gorgone, la langue tirée et rayonnant comme un soleil jusqu'à la bordure du drapeau. Gersande et Palamède restèrent muets devant ce trophée. Poursuivant leurs investigations, par les fenêtres de la ruine qui n'avaient plus ni vitres ni huisseries, ils découvrirent le plus beau paysage du monde, une plainette sous le coteau, riante et bien cadrée par un ensemble de collines que limitaient le Luberon et Lure tutélaire en plein nord, dont on sentait que cette montagne gouvernait l'ensemble. Des bosquets opulents de peupliers et de chênes ponctuaient les labours et les prés. On avait envie, devant tant de beauté, de prononcer le mot « paix » à tout instant. Les restanques autour de la ruine laissaient entendre qu'en ce lieu délaissé, des gens très sages avaient vécu dans le temps et qu'un bonheur très pur (qu'un rien pouvait dévaster) s'y était, au cours des siècles, perpétué.

Là-bas, au loin, du côté où la plainette remontait vers les contreforts de Lure, une forêt de cèdres fermait l'horizon et devant elle, mais loin devant, on voyait un chêne à la fois trapu et qui apparaissait géant malgré la distance. Gersande le désigna.

— Il est chez nous ? dit-elle.

— Oui, répondit Palamède. Il y avait au pied un couvent de clarisses, anéanti par les protestants au siècle dernier.

Gersande allait au loin, s'exclamant de bonheur à chaque pas. Elle errait parmi la végétation qui avait envahi et effacé les belles allées et les plates-bandes autrefois domestiquées et où les poiriers sauvages, les genêts et le tapis de la bauque serrée qui se perpétuait de saison en saison, gonflant le sol sous sa fermentation, préservaient les souvenirs du travail qui avait été accompli pour rendre ce lieu aussi beau que le paysage qu'il commandait. Deux tours pour rire bornaient une terrasse spacieuse où s'encadrait tout le pays que soulignait l'esplanade. Une source jasait toute pimpante au bord de la verdure d'un tunnel de rocher tapissé de capillaires.

— C'est une scène pour jouer l'opéra, s'exclama Gersande. Je vous en prie ! Faites-moi vivre ici !

Trois maçons vénitiens, déposés là par l'écume des guerres et des épidémies, vivaient à Mane en ces temps-là et chantaient des trios de Legrenzi en toute rencontre. C'est au rythme des souvenirs d'un opéra qu'ils n'avaient jamais vu jouer qu'ils édifièrent cette maison à flanc de coteau, laquelle soulignait par son élégante ponctuation le filigrane de ces villages et de ces fermes qui se modelaient sous les nuages changeants, suivant le rythme souverain de la raison.

Ils l'avaient rehaussée d'un grand escalier où pouvait apparaître à loisir, pour peu qu'on l'imaginât, l'héroïne de *La Duchesse de Palliano* toute fraîche de rosée comme une fleur du matin, avec sa voix où Legrenzi avait voulu que se condensât son rêve.

Les maçons vénitiens avaient le génie de la pierre et ils donnèrent aux façades cette blondeur incomparable où celle de leur pays était pour l'éternité enclose. Ils accommodèrent les deux tours belliqueuses en un charmant ensemble où les pigeons roucoulaient leur colère quand ils voulaient à toute force contraindre leurs femelles à couver.

Les Vénitiens et leurs enfants qui leur servirent de manœuvres donnèrent un nom à leur chef-d'œuvre. Considérant la forteresse rébarbative, berceau de la race, laquelle dominait Mane de son écrasante masse (quoique, au printemps, un amandier rose l'agrémentât de son toupet dans l'éboulement d'un rempart), ils l'appelèrent « la maison basse du marquis ».

Mais Palamède ne tint aucun compte de ce sobriquet. On était en 1715 et Louis XIV venait de mourir. Sa maison toute neuve, le marquis l'appela Montlouis en souvenir de celui auquel il devait sa fortune et sa jambe arrachée. Son père avait été tué sous Louis XIII à l'affaire du pas de Suse et sa mère en était morte de chagrin. C'était son oncle, le cardinal, qui l'avait fait élever.

À Montlouis, dans cette maison faite pour être heureux, la marquise enfanta deux garçons et une fille. La conception du second faillit être fatale à leur amour. C'était une nuit qu'ils s'étaient endormis vannés comme à l'ordinaire de leurs ébats érotiques. Le marquis négligea toute précaution. D'ordinaire il ne se couchait dans le lit conjugal qu'à la lueur d'une seule absconse, en se camouflant dans la ruelle. C'était compliqué à défaire toutes ces sangles, boucles et joints de cuir dont Maréchal l'avait appareillé pour lier le moignon au pilon, et il était en droit de se dire que depuis si longtemps que Gersande l'acceptait pour ce qu'il était, elle s'en était accommodée.

Palamède oublia donc d'escamoter derrière la ruelle et sous le lit la prothèse indécente et ridicule de sa jambe de bois et son système d'adaptation que Maréchal, naïf vieillard, avait cru opportun d'agrémenter d'une faveur rose.

Les premiers rayons du soleil éclairèrent l'appareil devenu comique qui gisait sur le tapis, rutilant de tout le bois des îles dont il était fabriqué. Gersande s'éveilla dans le prisme d'un éblouissement désagréable. La lumière en se reflétant sur la jambe de bois l'aveuglait dans son sommeil frémissant. Son œil doré s'ouvrit de force sur la vision de l'objet dont jusqu'ici elle n'avait pas pris conscience qu'il existât.

C'était un dimanche, Palamède s'extirpait malaisément d'un rêve confus, lorsqu'il s'aperçut que ce rêve, c'était Gersande qui en était la cause. Elle riait à gorge déployée, révélant, sous le soleil impitoyable qui pénétrait jusqu'à la luette, l'intérieur de sa bouche d'un beau rose, évocateur d'une intimité prometteuse.

Le spectacle était le plus charmant du monde et Palamède s'apprêtait, en dépit de la grossesse avérée, à faire précautionneusement à sa femme une honnêteté matinale.

Alors il s'aperçut que, hoquetant de rire, elle désignait d'un doigt péremptoire la jambe artificielle gisant au tapis. Le prolongement des ombres portées qui s'attachaient à cette prothèse parait celle-ci d'une sorte de halo phallique qui soulevait l'hilarité de la marquise.

En le tournant en dérision, le rire plus que les larmes est capable de désenchanter l'objet du désir. C'est une sorte de revanche du destin que le rire. Il s'oppose au bonheur et à la tranquillité d'âme.

L'homme ne peut rire que s'il se considère à sa juste place dans l'univers et cela ne peut se produire qu'à la faveur d'une profonde connaissance de soi-même et d'autrui.

La répulsion ne s'infiltra que très lentement, à la faveur de ce rire, dans l'âme de Gersande. De son côté Palamède ne se rendit pas compte tout de suite de la réticence amusée que la marquise opposait à ses agaceries.

D'autant qu'un événement important venait de se produire qui changeait tout dans la vie du couple.

Comme si Dieu l'avait rappelé à Lui pour qu'il continuât à guider vers l'éternité la véritable piété du grand roi dont il avait atténué les repentirs, l'archevêque Toussaint de Gaussan rendit l'âme trois ans après son pupille.

Le système de Law battait son plein. Toute la noblesse de France s'y enrichissait avec fureur. Pour le seul nom de Law évoqué, les bretteurs invétérés étaient prêts à tirer l'épée et à ce jeu stupide l'archevêque n'avait pas dédaigné de s'escrimer quelque peu.

Seulement, en homme avisé, dès qu'il avait estimé avoir doublé sa fortune, il s'était retiré du jeu, convertissant tout son avoir en doublons d'Espagne car il estimait la morne sévérité de ce pays plus solide que la souriante France du Régent.

Bref. Le cardinal Pons de Gaussan, directeur de conscience du roi, venait de mourir en laissant toute sa fortune à son neveu Palamède.

Le testament avait été confié à un notaire nommé Chalgrin. Celui-ci, au lieu de convoquer le marquis, se dit que quelque repos au soleil du Midi ne serait pas malvenu.

Il loua en Avignon une désobligeante à deux chevaux et légère comme une demoiselle, laquelle par Apt et la Garde-de-Dieu lui fit franchir le Largue.

Quand il parvint, enlevé par le trot allègre de deux juments, au sommet de la côte d'Ardantes et que la cédraie lui dévoila la majesté du panorama, de faillible et ergotant qu'il était jusqu'à alors, maître Chalgrin manqua devenir bon d'un seul coup, tant le spectacle qu'il tenait sous son regard offrait la grâce d'une rédemption, capable de modifier le caractère d'un être et de le rendre pareil à un enfant.

Le catalogue complexe de malversations et de turlupinades qui lui pesaient (à son insu) sur la conscience s'évapora allégrement, et la candeur qu'exprimait ce pays lui rendit son âme intacte.

Le cirque qui étalait sa couronne autour de la pureté immaculée des deux villages s'inscrivait dans le diadème de deux montagnes usées par le temps jusqu'à n'être plus que rondeurs : le Luberon au sud et Lure au nord. Au fond, fantomatique, la chaîne des jeunes Alpes soulignait ces deux ancêtres géologiques et la tête de l'Estrop scintillait au centre, rutilante.

— Elle est notre Orient ! avait dit le cardinal.

C'était celui-ci qui avait incité le notaire à porter à Palamède le testament qui lui léguait sa fortune.

— Vous verrez ! lui avait-il dit. Quand vous parviendrez devant Ardantes, mes voisins, et que vous embrasserez ce pays depuis la Roche-Amère jusqu'au sommet de l'Estrop, même si vous êtes seul, vous ne pourrez pas vous retenir de vous exclamer.

C'était ce que maître Chalgrin était en train de faire par inadvertance. Aussitôt, en homme prudent, il mit la main devant sa bouche, afin d'étouffer son cri. Il regarda de tout côté pour vérifier qu'il était bien seul. L'enthousiasme, à ce qu'il prétendait, était un sentiment qui ne devait pas seoir à un notaire sérieux et il s'en voulait de l'avoir éprouvé.

— Ce n'est pas tout, avait poursuivi le cardinal, lorsque votre reconnaissance au Seigneur pour tant de beauté se sera un tant soit peu calmée, vous irez saluer mon arbre.

— Un arbre ! s'était exclamé maître Chalgrin.

Il était estomaqué d'incrédulité à l'idée qu'un si haut personnage pût se préoccuper d'un arbre.

— Oui ! avait affirmé le cardinal, et vous verrez que c'est aussi une créature de Dieu !

Il avait bien précisé par un croquis l'emplacement de cet arbre et il n'avait pu s'empêcher d'en parsemer l'alentour avec des croix stylisées dont le nombre était impressionnant. Et il avait dit encore :

— Il se trouve au bord d'un pré tout seul. Son ombre a refusé à toute autre végétation le droit au soleil. À quelques toises de son tronc existent les ruines méconnaissables, ensevelies sous les arbres et les buissons, d'un couvent de clarisses martyrisées au siècle dernier par les huguenots. Je compte bien d'ailleurs demander la béatification de ces saintes femmes au prochain concile.

Même sans croquis, l'arbre aurait attiré l'œil du notaire car il était omniprésent. Un chemin à ornières à travers prés conduisait à ces ruines. Une mare s'était formée en son emplacement, d'une source qui avait été à l'origine du monastère et qui stagnait depuis, l'écoulement en ayant été obstrué. Le chêne se mirait en partie dans cette eau pure trop petite pour le refléter tout entier.

L'arbre s'élevait devant le ciel et empêchait de voir celui-ci.

Le notaire voulut le toiser de bas en haut et se tordit le cou dans cet exercice. Alors il se découvrit. Il portait en guise de couvre-chef une ridicule toque qui était son enseigne et qu'il n'ôtait jamais que pour dormir. Il entendit la voix timide d'un rossignol qui occupait à lui tout seul le silence de l'arbre. Celui-ci avait été comme déposé sur une vague de la terre qui conduisait au tronc dont le notaire voulut mesurer l'envergure. Sa toque le gênait dans cet exercice. Il la jeta à terre. Il trouva qu'en étendant les bras il aurait fallu être six pour enserrer le tronc. À hauteur d'homme, un creux dans l'écorce qui semblait avoir subi un écrasement, la forme d'un crâne humain était aplatie. À côté de cette dépression, éclatées, illisibles par la croissance de l'arbre autour de ce témoignage, deux initiales avaient été gravées.

À cet instant de son observation, les deux juments qui tiraient la désobligeante se mirent à hennir de concert. Maître Chalgrin s'aperçut qu'elles étaient en nage. Il remonta précipitamment sur le véhicule et le fit sortir de l'ombre. Tournant bride, il vit au loin la maison du marquis. Il estima qu'il avait suffisamment salué l'arbre de la part du cardinal. Il avait été désagréablement surpris par le silence qui régnait autour de ce chêne gigantesque et dont son pragmatisme flegmatique d'homme de loi lui interdisait de comprendre qu'il était surnaturel puisque le chant du rossignol ne le troublait pas.

Il relança son attelage pensivement. Au loin, l'élégante maison basse du marquis rutilait au soleil. Des pigeons volaient alentour et le bonheur du lieu était chose palpable.

La désobligeante fut accueillie par la plus charmante des musiques sur l'esplanade de Montlouis. C'étaient les maçons vénitiens qui s'offraient en sextuor, avec leurs femmes, *Le Combat de Tancrède et de Clorinde* de Monteverdi. Ils avaient appris cela à Venise du temps de leur enfance où le Mantouan était vénéré. Le marquis gardait ces couples et leurs enfants qui agrémentaient la vie de Gersande comme les pigeons des deux tours. Au surplus, ils servaient de jardiniers et de vignerons, car les pampres d'un vignoble florissant avaient ici leur place.

C'était l'heure de la sieste. Allongé sur une méridienne, Palamède célébrait le salut au soleil de sa terre bas-alpine. Maître Chalgrin s'abîma devant lui en une révérence ridicule avec sa toque qui s'efforçait vainement de balayer le sol comme un chapeau de cour.

— Monsieur, dit-il, je suis maître Chalgrin, notaire rue de la Grange-aux-Loups à Paris, et je vous apporte une mauvaise et une bonne nouvelle : votre oncle le cardinal n'est plus et il vous fait son légataire universel !

Palamède ne broncha pas. Il songea aussitôt à sa dernière conversation avec Toussaint de Gaussan dans les allées de Versailles. Il se leva lentement de sa méridienne.

— Venez, monsieur, dit-il, vous devez avoir force faim et soif. Je vais vous faire donner à manger.

Il précéda son hôte dans la fraîche maison où régnait la pénombre. Des cris joyeux d'enfants parcouraient l'escalier où montait et descendait une fillette turbulente qui s'efforçait à suivre de sa voix aiguë les Vénitiens qui ne s'étaient pas interrompus de mimer leur opéra.

La marquise reposait sa grossesse en sa chambre. La maison respirait les confitures dont c'était la saison. Le marquis sans façon ouvrit la resserre et en tira un demi-poulet froid qu'il plaça sur une assiette baroque des frères Clérissy de Moustiers, une demi-miche de pain et une bouteille de vin de sa cave qui provenait des coteaux Saint-Michel à Reillanne. Ces vignes étaient plantées en pleine grave et faisaient la réputation de l'endroit.

— Tenez, mon brave, sustentez-vous, dit le marquis. Ainsi donc mon oncle est mort. Au moins n'a-t-il pas souffert ?

— Du tout, dit le tabellion. Il est mort après avoir reçu la visite et avoir béni le petit roi. Le Régent le lui a amené en honneur et il paraît que lui-même en pleurait.

Tout en parlant, le notaire tirait le testament de son sac à procès et le déroulait avec solennité après en avoir rompu les sceaux. Il allait en lire le contenu.

— Laissez ! dit Palamède. Ce qu'il contient, mon oncle m'en a fait part de son vivant.

— Sans doute, mais vous a-t-il dit qu'il s'agissait de six cent mille livres tournoi ?

— Cela ne me rendra pas ma jambe, soupira Palamède. Mais l'avez-vous vu avant sa mort ? En plus du testament, ne vous a-t-il pas chargé de quelque message pour moi ?

— Si fait ! Mais c'est tellement ridicule que j'hésite à vous le rapporter.

— Que vous a-t-il dit ?

— Il m'a dit : « Vous ne manquerez pas d'aller saluer mon arbre de ma part. »

— Et l'avez-vous fait ?

— Avant même de venir ici, votre seigneurie. J'avais grande peur de ne pas respecter la volonté d'un mourant.

— Fort bien ! Mais comment l'avez-vous trouvé ?

— Son Éminence le cardinal m'avait fait un croquis.

— Je ne vous demande pas cela ! Je vous demande que vous en a-t-il semblé de cet arbre ?

— Il est grand, dit le notaire, et il fait de l'ombre.

Palamède hocha la tête. Il ne manquait pas, chaque jour, de traverser tout son parc pour aller contempler ce chêne prodigieux et s'étonner à chaque fois de ces siècles qu'il avait traversés et dont on ne pouvait rien lire sur lui, sauf le vent qui circulait à travers son feuillage.

Il toisa le notaire en silence et alla se planter devant la fenêtre. Il se prit à murmurer :

— C'est sans doute pour cela qu'on nous dit nobles...

— Votre seigneurie, plaît-il ? dit le notaire qui n'avait perçu que le murmure et non les mots.

— Oh rien ! C'est un simple soupir qui m'échappait en passant !

Il voulait dire : « C'est peut-être pour cela que nous comprenons des choses inaperçues des autres mortels. Mais je m'égare : mon père était un soudard invétéré et un bretteur chatouilleux, lequel pour un sourire dissimulé d'autrui qu'il prenait à injure tirait l'épée sans barguigner et avec l'intention de tuer. Il entrait tout botté dans le lit de ma mère à ce qu'elle m'a raconté. Et quant à mon fils de quatre ans, à voir son irrespect pour la vaisselle des frères de Moustiers et la façon dont il pète librement et en toute occasion et devant tout le monde et à grand bruit pour prouver que sa naissance peut tout lui permettre, je me demande si la noblesse est bien héréditaire. »

À cet instant, la marquise entra dans la pièce. Elle était parfumée de rose et son teint brillait d'un sourire sans ombre.

— Ma mie, lui dit Palamède, notre pauvre oncle est mort.

Le notaire, qui avait vu Gersande porter la main à son cœur, voulut tout de suite dissiper dans l'âme de celle-ci cet effet désastreux.

— Et il vous laisse toute sa fortune, précisa-t-il.

Un autre homme avait entendu maître Chalgrin énoncer le chiffre de cette fortune. C'était Giuseppe Pallio, l'un des trois maçons vénitiens qui avaient construit Montlouis. Il traversait le corridor porteur d'un angelot de pierre aux ailes déployées mais trop grandes car c'était sa passion que la sculpture et il avait trouvé mesquin de faire à l'angelot des ailes telles qu'on en voit dans les reproductions d'ordinaire. D'autre part, le grand escalier, à la hauteur où il se séparait en deux volutes, lui avait paru bien vide et sans objet. L'angelot était destiné à combler ce creux.

Entendant passer par la porte entrouverte ce chiffre fabuleux de six cent mille livres qu'avait mezza voce confié le notaire à son maître, le Vénitien crut ouïr en sa tête cascader les écus. Son imagination aussitôt éblouie se mit à transformer ce trésor de Golconde en une œuvre d'art car l'imagination vénitienne ne pouvait concevoir que de la beauté.

— Un palazzo ! cria-t-il. Ca'Rocca Sparviera !

C'était le nom d'un de ces bijoux de marbre tapis au bord d'un canal latéral dont Venise avait le secret en ses recoins les plus cachés. Il était insultant pour cette ville altière de montrer ses trésors. Les abscondre au contraire en quelque sombre écrin était son sublime orgueil.

— Mon ami, le morigéna le notaire, c'est très vilain d'écouter aux portes !

— Je n'écoutais pas, dit Pallio en français, j'ai entendu.

Il avait une voix profonde de baryton-martin qui émouvait la marquise jusqu'au tréfonds.

— Laissez, dit Palamède, cet homme a des mains d'or et il est de bon conseil. Que veux-tu dire, cher Giuseppe, avec ton ca'Rocca Sparviera ?

— Que vous pourriez construire ici un château aussi beau que les palais de Venise. Vous avez déjà l'écrin. Et je dessinerai vos jardins. Je peux vous amener de Venise une centaine de maçons et de tâcherons. Ils n'ont plus rien à faire là-bas. Le siècle est passé. Venise s'en va en pourriture. Les âmes comme les pierres ! Je vous les amène ! Je vous les loge à l'hôtel-Dieu que vous venez de faire construire.

— Un palazzo ! répéta-t-il.

Il tomba à genoux et, incontinent, se mit à chanter un motet de Nanino. C'était un homme qui ne concevait la vie qu'en chantant.

— Et où trouverais-tu l'architecte ? dit Palamède amusé.

— J'en connais un ! J'ai travaillé sous ses ordres au château de la Brenta ! Il a du génie !

Il disait « zénie ».

Le marquis regardait Pallio attentivement. Il songeait que les six cent mille livres seraient mieux employées à aider les pauvres de Mane jusqu'à ce qu'il n'y en eût plus un seul. Il se dit aussi qu'il avait déjà construit pour eux un hôtel-Dieu et qu'il pouvait peut-être songer un peu à lui.

Édifier un écrin autour de Gersande lui agréait fort. Si elle s'était enfin rendu compte qu'il était unijambiste, il lui paraissait nécessaire, à défaut de son amour, qu'elle commençât à l'admirer.

Lui dédier un château lui parut le plus sûr moyen d'obtenir d'elle ce sentiment.

— Mais où donc un château ? demanda-t-il.

Pallio le tira par la manche jusqu'au bord de la terrasse.

— Vous voyez, votre seigneurie, ce tertre là-bas en face, devant l'arbre que vous admirez tant. Il y a une source qu'on a éventrée et qui a fait une mare. Nous vous en ferons une pièce d'eau !

Son imagination avait imaginé un bassin opulent avant même de concevoir la perspective du château.

Palamède était homme à saisir les gens par leur parole.

— Soit ! dit-il. Va me chercher ton architecte !

Pallio fit son sac tout de suite, laissant son épouse éplorée mais toutefois suppliant Palamède à genoux qu'il ne la laissât approcher par aucun homme, car elle était d'un tempérament capable de dire oui avant même d'y avoir songé. Palamède promit qu'il ferait ce qu'il pourrait dans ce sens.

Pallio passa par Aix en partant pour la Vénétie sur un cheval que le marquis lui avait prêté ainsi que quelques subsides. L'architecte de génie était l'hôte d'un certain monsieur de Clapiers pour lequel il venait de construire une gentilhommière élégante sur les coteaux d'Aix ; celle-ci, pourvue de deux girouettes et d'un toit à quatre pentes en tuiles de Brignoles disposées en quinconce et bicolores, partageait sa grâce avec des pins parasols à la florentine. Il avait prié monsieur de Clapiers de lui permettre d'être son invité afin de ne pas quitter tout de suite ce chef-d'œuvre dont il se savait le meilleur gré du monde.

Cet artiste s'appelait Chérubin de Saint-Jean-le-Baptiste. Un de ses ancêtres avait été trouvé, avec une croix d'or nobiliaire suspendue au cou, sur le tour d'un couvent d'observantines, et comme c'était la Saint-Jean d'été les bonnes sœurs l'avaient affublé de ce vocable tout entier. Il avait abrégé le tout en Saint-Jean pour ne pas encombrer l'esprit d'autrui.

Ce Saint-Jean avait déjà égayé la Provence par quelques riants châteaux copiés de l'Italie d'heureuse rencontre. Présentement il était au piquet par ordre du roi.

C'était une curieuse histoire. Ce Saint-Jean était bel homme. Il avait eu l'heur de plaire à deux hautes dames de la Cour : madame de Sabran et madame de Simiane. La rivalité entre ces duchesses était allée jusqu'aux insultes. Madame de Sabran avait répandu partout à Versailles que madame de Simiane avait le cul en goutte d'huile. À quoi celle-ci fit savoir qu'elle se promènerait nue sous son vertugadin et à soleil couchant sur les berges du grand canal au vu et au su de toute la Cour afin que chacun pût s'assurer que « cette salope de Sabran » (ce furent ses propres termes) en avait menti, et qu'au surplus elle mettait celle-ci au défi d'en faire autant. Défi que celle-ci releva aussitôt. De sorte que toute la Cour, à soleil frisant, put observer à travers la soie transparente des vertugadins que les deux dames en avaient également menti. La cabale se grossit des amants anciens des duchesses jusqu'à devenir affaire de cour.

Le Régent, qui ne voulait pas que par le contenu de quelque chaton de bague, comme il avait été souvent avéré parmi les règnes précédents, sa bien-aimée du moment ne fût meurtrie, le Régent donc conseilla paternellement au dit Saint-Jean d'aller se reposer au soleil de Provence et qu'il lui ferait savoir quand il pourrait revenir.

Il se rongeait les ongles notre Chérubin en sa pénitence d'Aix, lorsque le Vénitien vint chapeau bas lui parler des Pons de Gaussan et de leur fortune.

Il refusa tout d'abord. Il n'aimait que les parcs verdoyants et les courtils obscurs. Toutes ses constructions étaient filles du mystère et leurs habitants ensuite devaient se conformer à ce sentiment informe. La Provence sèche ne lui paraissait pas convenir à son génie. Mais Pallio était vénitien, les détours de l'âme humaine n'avaient pas de secrets pour lui. À son propre étonnement, il décrivit la beauté du cirque de Mane et de Forcalquier comme s'il le contemplait pour la première fois. Mais surtout il parla de Gersande et, comme il en était secrètement amoureux, il lui fut facile aux yeux du Baptiste d'en faire la plus belle femme du monde.

Quoique bien français, l'architecte était prompt à s'enflammer pour quelque grande cause. À l'énoncé des six cent mille livres, cette somme fabuleuse se figea dans sa tête en la vision d'une aérienne construction semblable au Trianon de Versailles.

— J'ai le temps de réfléchir ? dit-il.

— Non, répondit Pallio, je pars pour Venise. J'en ramènerai de quoi vous obéir et faire vos quatre volontés. Sauf que celles-ci sont limitées aux désirs de mon maître, l'illustre marquis Pons de Gaussan. Il veut quelque chose de transparent.

— Comment transparent ?

— Qui laisse transparaître le bonheur et la foi.

Le Baptiste siffla entre ses dents.

— C'est incompatible, dit-il. Les gens qui ont la foi ont tous souffert et ne sont pas heureux[1].

— Débrouillez-vous, dit Pallio. C'est oui ou c'est non ?

— C'est oui, dit le Baptiste. Cochon qui s'en dédit.

Il était en transe d'amour depuis les boudoirs de Versailles que désormais le Régent lui avait interdits. Il se forgea de Gersande un idéal aussi insensé que la demeure qu'il allait construire. Il mit à profit les trois mois que dura l'absence de Pallio pour faire de l'une et de l'autre, sur le papier, mille ébauches qu'il jeta au feu. Son intuition l'avertissait qu'il ne pourrait traduire que sur le terrain les idées dont Pallio l'avait alléché.

Pendant de temps, Pallio retrouvait Venise les larmes aux yeux. Y régnait une peste sommaire à l'état endémique et qui ne semait pas la terreur parce qu'elle choisissait soigneusement ses victimes une à une, très loin les unes des autres mais régulièrement chaque jour. La moitié de sa famille en dix ans y était trépassée.

Il retrouva cependant dans les bas quartiers, là où les canaux devenaient des cloaques, assez de ses pareils et de tâcherons encore plus misérables pour persuader ceux-ci qu'en France ils vivraient mieux et que, pour l'instant, il n'y avait pas de peste.

1. C'est un jeune homme qui profère ces paroles.

L'ère des grandes conquêtes comme celle des grandes œuvres était finie pour Venise. Sa mortelle civilisation ne conservait plus que de glorieux vestiges. Et il y avait parmi la population force maçons, charpentiers, tailleurs de pierre, couvreurs et manœuvres qui ne trouvaient à manger que le quart de leur saoul.

Ce ne fut pas simple cependant de les tirer de leurs bas-fonds tant ils étaient persuadés qu'il valait mieux mourir de faim à Venise que vivre ailleurs le ventre plein.

Un nouveau musicien venait de surgir au milieu des pauvres. C'était un moine joyeux qui créait de la musique comme d'autres font des bulles de savon. Il s'appelait Antonio Vivaldi et il semait ses airs parmi les pauvres et les riches à faire oublier qu'on était sur la terre. Sa musique était si pure et si naïve qu'elle pouvait parvenir jusqu'au bas peuple. Pallio en copia quelques partitions pour les mettre dans ses fontes et les rapporter jusqu'à Mane, car il savait que les Vénitiens seraient nostalgiques jusqu'à en avoir les larmes aux yeux et qu'il faudrait entretenir leur espoir de revivre à Venise qu'ils ne reverraient jamais.

Ce Vivaldi écrivait en vénitien et c'est par le vénitien que Pallio réussit à sortir de Venise ses compagnons de misère. L'idiome vénète était en effet le ciment qui soudait tous ces misérables les uns aux autres. Ils s'y accrochaient comme des naufragés à une épave.

— Et là-bas vous serez entre vous, vous n'aurez plus à parler cette langue italienne qui envahit Venise, que les nobles parlent pour être à la mode et le vénitien il n'y a plus que vous pour le parler correctement. Comme personne ne vous comprendra, vous pourrez perpétuer votre langue. L'enseigner à vos enfants. Les Françaises en vous l'entendant chanter ne verront plus que vous avez les chausses trouées ni que vous sentez la rocambole !

Bref, il leur fit de la France une si douce image que cent d'entre eux peut-être traversèrent l'Italie à pieds nus pour ne pas user leurs chaussures qu'ils portaient comme des oriflammes, attachées au bâton de leur besace. Leurs femmes ou leurs mères avaient placé en cachette dans leur escarcelle vide quelques reliques de saint Marc afin qu'ils n'oublient pas le lido où si souvent ils s'étaient mis le ventre au soleil afin d'oublier qu'il sonnait le creux.

Quatre ou cinq d'entre eux, sans doute, moururent les pieds gelés dans la traversée, un hiver tardif, du col du Montgenèvre, mais quand les survivants découvrirent Mane et Forcalquier, ils entonnèrent avec enthousiasme un hymne de Nanino pour célébrer le pays.

Aussitôt qu'il fut de retour, Pallio écrivit à Saint-Jean qu'il pouvait venir avec ses plans, qu'il trouverait cent Vénitiens de valeur pour les exécuter le plus promptement qu'il se pourrait car la famille du comte grandissait. Le domestique y était devenu nombreux sous la contrainte de l'opulence. Montlouis, malgré ses agréments, n'était pas fait pour abriter tant de monde.

Quand le Baptiste parvint comme le notaire naguère au sommet de la côte de la cédraie d'Ardantes et qu'il embrassa le lieu où devait s'élever le château, il fit comme tout le monde, il s'exclama comme devant un tableau de maître. Mais il comprit tout de suite qu'il pouvait brûler les ébauches et les croquis qu'il avait couchés sur le papier. Le site était plus riche que son imagination et personne ne lui avait parlé de cet étang qui changeait tout, car la mare, par les pluies récentes, était devenue nappe d'eau et il convenait d'en tenir compte.

Ce jour-là, le marquis était absent. Il était à Aix,

pour l'une de ces assises où parfois les nobles étaient tenus d'assister afin d'instruire quelque procès qui concernait leur ordre et d'où sortaient tant de néfastes ordonnances qui attristaient la vie des Provençaux et leur faisaient craindre le parlement à l'égal d'un désastre naturel.

Le Baptiste fort étonné allait de surprise en surprise. Pallio ne lui avait pas dit qu'il trouverait en arrivant au carrefour de Mane un orphéon d'hommes jouant du battoir devant un grand lavoir adorné d'une abondante fontaine et qui laveraient leur linge sale en chantant du Vivaldi, un musicien à la mode. La jument blanche qui traînait sa vinaigrette fit halte d'elle-même en humant le fumet de ces mâles torse nu. Tous ces Vénitiens avaient de suaves moustaches blondes et ils chantaient à ravir.

— Vous verrez, lui avait dit Pallio, quand vous arriverez à ce carrefour, un grand bâtiment blanc tout neuf, c'est l'hôtel-Dieu. Par chance, il n'y a pas encore de malades et nous en essuyons les plâtres. Vous tournerez dans le chemin à votre droite et au bout de trois cents toises environ vous verrez, dominé par des chênes de belle allure, Montlouis à flanc de coteau. Vous pourrez monter jusqu'à la terrasse du manoir. Si vous me mandez le jour de votre venue, je vous accueillerai et vous présenterai au marquis. Ensuite nous irons ensemble connaître le site où monsieur de Gaussan entend que vous éleviez son château.

Les choses ne se passèrent pas ainsi. Jean-Baptiste oublia de prévenir Pallio et celui-ci était à Forcalquier pour quelque course.

Quand la jument fit halte devant Montlouis, Jean-Baptiste fut ébloui par le plus beau spectacle du monde : c'était Gersande assoupie sur une méridienne qui mûrissait son fruit à l'ombre d'un hêtre. Elle offrait aux jeux du soleil, sous le léger mouvement du feuillage de l'arbre, son ventre épanoui qui buvait la chaleur.

En entendant la jument s'ébrouer, Gersande s'éveilla. Elle vit l'élégante vinaigrette, la jument étrillée de frais qui soufflait des naseaux discrètement et sur le siège, interdit, ce jeune homme bien fait qui la regardait en silence, les rênes retenues et modérant son souffle.

Gersande fut tout de suite frappée de fatalité, passant du sommeil au bouleversement sans transition, sans que jamais rien ne l'ait avertie de l'événement que le destin avait préparé à son insu. Elle ouvrit les yeux.

Jusqu'ici, elle avait été glorieuse en ses grossesses et fière de porter un enfant dans son ventre. La vue de ce gaillard svelte et bien planté sur ses deux jambes lui communiqua une faiblesse d'âme qu'elle n'avait encore jamais ressentie, une de ces surprises qui modifient instantanément votre façon de penser la vie. Elle eut honte d'être enceinte, pour un peu elle se fût excusée que ça ne soit pas de lui.

Cette humilité provoqua tout de suite chez Saint-Jean un vif accès de tendresse vaniteuse.

Le silence dura entre eux interminable jusqu'à l'arrivée de Pallio qui revint sur ces entrefaites.

Il n'était jamais bien loin. Lui ou ses frères ou leurs épouses veillaient comme chien de garde sur la marquise et ses enfants.

Pallio arriva, s'exclamant pour essayer d'interrompre l'instant, de casser le silence, car il avait compris avant eux ce qui se passait entre Gersande et le Baptiste et que déjà nul n'y pouvait plus rien.

Cependant Pallio s'activait, volubile et déférent. Il tenait le marchepied à l'architecte et sitôt celui-ci à terre le désignait à la marquise, lui déférait ses qualités, ce qu'il allait faire pour elle, énuméra ses exploits de bâtisseur. La marquise hochait la tête à mesure. Chérubin ne disait mot. Les têtes de l'un et de l'autre ne bougeaient pas, les yeux de l'un rivés vers l'autre. Aucun mot, pendant que Pallio activait sa pantomime, ne fut prononcé ni aucun mouvement ne fut esquissé. Ils étaient tous deux figés pour l'éternité dans l'élan immobile qui les ensorcelait.

— Mon maître, dit Pallio, m'a donné l'ordre de vous installer à la citadelle où il vous a fait préparer tout ce qu'il faut pour un long séjour. Je vais vous y conduire, vous devez être fatigué après une si longue traite.

— Oui, sans doute, dit Chérubin désorienté.

Il avait peine à prendre garde à autre chose qu'au ventre volumineux de la marquise. C'était la première fois de sa vie qu'il tombait roide amoureux d'une femme enceinte.

Pallio, malheureusement, dut jouer son rôle de domestique et mener à l'écurie la pouliche et la vinaigrette. Il eut beau passer en hâte aux communs pour aviser sa femme qu'elle vînt veiller sur sa maîtresse, quand celle-ci atteignit la terrasse elle vit, aux pieds de Gersande, Chérubin qui se relevait d'un long agenouillement et qui avait eu le temps de lui dire :

— Madame, je vous ferai le plus beau château du monde et je vous le ferai pour rien !

C'était un engagement bien léger car il était perclus de dettes contractées en d'autres amours. Madame de Simiane et madame de Sabran étaient capables en une seule nuit de perdre dix fois leur vertu et cent fois leur chemise à toutes sortes de jeux de hasard où elles enrageaient. Chérubin n'échappait à ses créanciers qu'à la condition qu'il eût à chacune des échéances non respectées un nouveau chantier en train.

Sur ces entrefaites, deux jours plus tard, Palamède revint d'Aix, au grand soulagement de Pallio qui avait établi un tour de garde avec ses deux frères aux portes de la citadelle, afin de parer à toute rencontre. L'état de la marquise aurait dû le rassurer mais le souvenir de celui de sa femme en pareille circonstance l'en dissuadait. Celle-ci lui réclamait la grossesse, prétendant qu'en cette condition son plaisir était le plus vif.

Pendant ce temps, Chérubin s'évadait de la citadelle chaque nuit par un pan de mur écroulé où il risquait sa vie, mais il ne voulait pas rencontrer Pallio ou ses frères.

Il marchait au clair de lune, en rêvant à Gersande, jusqu'à ces ruines du monastère où le silence s'était formé sur tant d'anciens cris d'horreur.

Dans cette montagne de murs écroulés hérissée d'arbres difformes qui avaient dû, pour grandir, se frayer un passage à travers les décombres, Chérubin vit la plus belle carrière de matériaux qu'on puisse rêver.

La mare devenue étang clapotait sous la lune. Auprès ou au loin, on ne savait, un seul rossignol égrenait à voix basse sa douleur ou sa liesse.

Sur la pointe des pieds, Chérubin se rapprocha du chant mystérieux. Les reflets de la lune dessinaient la forme du grand chêne dont le houppier clapotait sous un vent léger par-dessus la forêt, qui formait pour le hausser un océan d'ombre d'où il émergeait tel un navire voguant sur la nuit limpide.

Le temps était perceptible dans cette présence témoin du passé. Chérubin ne put s'empêcher de marcher jusqu'au tronc pour le flatter de la main. Il se retourna. Les lumignons de Mane et de Forcalquier luisaient sans éclairer, bornant leur territoire. Seule dépassait sous le ciel la masse compacte de la concathédrale achevée tant bien que mal au siècle passé dans le regret de n'avoir pu faute d'argent la couronner du clocher dont on avait dû lamentablement coiffer une fontaine.

Chérubin se déplaçait autour du fantôme de ce monastère en essayant de deviner la ville au loin dont aucune rumeur de vie n'émanait.

Il se demandait en quelle partie de l'édifice qu'il rêvait encore il allait dessiner la chambre de la marquise. Que préférerait-elle ? Le levant ou le ponant ? Il se réjouit à l'idée qu'il allait devoir le lui demander et que ce serait entre eux un long sujet de discussion. Que choisirait celle dont il ignorait encore le prénom ? Pour son coucher et son réveil ? Que préférerait-elle contempler, du sommet de l'Estrop ou bien de la couronne blanche de Forcalquier sommée de sa verrue de safre disgracieux ?

— Eh bien monsieur ? dit Palamède, vous rêvez votre œuvre ?

Il était arrivé en silence à côté de son hôte. Quand il claudiquait dans l'herbe ou sur la terre, le bruit de sa béquille ne s'entendait pas. C'était la première fois qu'il rencontrait Chérubin et que ce fût la nuit et qu'ils se vissent à peine, en silhouette, malgré la lune au zénith, donnait à cette rencontre un caractère d'irréalité qui devait se perpétuer tout au long de leurs relations futures.

Tout de suite entre eux se dressa Gersande et pourtant il ne fut pas question d'elle. Ils se tournèrent vers le vide où ils allaient édifier leur caprice. Et ils eurent sur l'architecture du château futur une conversation à grands gestes larges qui n'avait trait qu'à leur passion. Quand ils se quittèrent au jour levant et que Chérubin avec déférence eut raccompagné le marquis jusqu'à la terrasse de Montlouis, ils étaient amis.

— Vous comprenez, dit Palamède comme s'il s'excusait, nous sommes singuliers tous les deux. Je ne vous ai pas demandé pourquoi vous vous promeniez la nuit au lieu de dormir, je ne vous l'ai pas non plus expliqué en ce qui me concerne. Notez bien, pour moi c'est très simple : je ronfle et la marquise me flanque des coups de pied. Parfois je me tourne vers la ruelle et je me rendors, mais parfois il fait si beau dehors que j'ai envie d'appréhender la nuit.

Il s'interrompit net, s'apercevant qu'il venait de dévoiler en peu de mots l'essentiel de son âme à cet inconnu qui ne disait mot de la sienne. Avec une légèreté qu'on n'eût pas attendue d'un infirme, il pivota sur sa jambe valide pour couper le pas à son compagnon.

— Mon intendant vous aura dit sans doute que j'attendais de vous une maison du bonheur ?

— Sans doute, et j'essayerai en toute chose de satisfaire votre seigneurie.

Chérubin finit sa nuit à la lueur de la chandelle. Le souvenir de Gersande dormant au soleil excitait son imagination et il la voyait montant le grand escalier qu'il venait de dessiner, parcourant les cent coudées du long corridor où se distribuaient les pièces domestiques, chambres et boudoirs. Il la voyait entrant dans l'une de ces pièces devenue sa chambre. Soudain elle laissait tomber à ses pieds son vertugadin et s'avançait en jupon de soie vers son lit, et comme c'était de dos qu'il l'imaginait il faisait abstraction de son ventre démesuré. Cette nuit-là, jusqu'au matin, ce fut le lit à baldaquin, la literie en désordre, le vertugadin au sol qu'il dessina, toutes choses qui n'étaient pas prévues au plan du château. La marquise de son côté était devenue un secret, jusqu'ici elle pratiquait modérément la religion de ses pères et elle était rayonnante. À partir du jour où commença l'édification de Gaussan et que Jean-le-Baptiste vint s'installer à demeure dans l'antique forteresse de Mane où Palamède l'avait logé, la marquise commença à rêver à ce jeune homme bien fait dont les deux jambes rivalisaient de perfection, sous la soie attrayante de l'étoffe qui les moulait. Elle alla lutter à l'église contre le sentiment qui l'envahissait.

Tout était donc prêt pour que Chérubin aimât Gersande à la folie mais quelque chose d'imprévu vint se jeter en travers des projets du bâtisseur. Gersande éprouva les douleurs de l'enfantement huit jours avant la date. La matrone n'arriva pas assez vite pour décrocher l'enfant qui se présentait en siège décomplété, le bébé s'étouffa au passage, on le tira mort-né hors le ventre de sa mère.

Gersande fut entre la vie et la mort huit jours durant. Pendant ces huit jours, on vit le marquis parcourir claudiquant entre sa béquille et son pied nu, seul et par n'importe quel temps, on était en février, le chemin qui conduisait à l'église depuis Montlouis. Il s'agenouillait tout seul au bas bout de la stalle où son nom était gravé en entier avec la couronne des vassaux du roi René, avant que le royaume de France n'achetât la Provence. Il restait là, priant mentalement.

— Si elle survit, se disait-il, j'en fais le serment, jamais plus je ne l'approcherai ! Jamais plus je ne lui ferai courir ce risque. Nous avons trois héritiers, ça suffit !

Un jour, tête basse comme lui et priant, il vit dans la pénombre du chœur un autre homme à genoux dont la tête touchait le prie-Dieu devant lui. C'était Chérubin. Palamède n'en fit pas semblant. Il s'arrangea pour sortir le premier et sans être vu. « Tant mieux, se disait-il, nous ne serons pas trop de deux à prier pour la marquise. Nous verrons après ! »

Mais ils n'étaient pas seuls tous les deux à venir se courber devant le Christ pour implorer. Le soir quand la nuit était venue et qu'ils ne pouvaient plus travailler, les Vénitiens aussi se mêlaient à la prière. À cent ils emplissaient le chœur. Ils avaient tous aperçu Gersande à l'église et elle était devenue leur madone. Quand elle fut entre la vie et la mort, tous ces carriers, tailleurs de pierres, manœuvres de basse-lice vinrent s'agenouiller. Ils entonnaient le *Miserere* d'Allegri ou celui de Nanino pour que leurs belles voix parvinssent jusqu'au Seigneur. Les femmes de Mane accouraient les entendre furtivement, agenouillées sur les bas-côtés. Les voix de mâles suppliants et cette musique les ensorcelaient, leur remuaient le corps jusqu'aux entrailles. Elles disaient à leurs époux, quand ils rentraient des champs :

— Tu devrais un peu aller jusqu'à l'église, écouter les piacampis. Si tu pouvais chanter comme ça !

Elles en joignaient les mains de convoitise. Elles se voyaient dans le lit conjugal dominées par un homme qui leur ferait l'amour en chantant suavement. Déjà, plusieurs d'entre elles avaient exigé de leurs époux qu'ils se fissent une moustache à la vénitienne.

Elles ne s'en tinrent pas là.

— Tu devrais aller un peu traîner au chantier du château. Il paraît qu'ils embauchent.

C'était vrai. Le marquis s'était vite aperçu que cent hommes, fussent-ils vénitiens, ne suffisaient pas pour que les travaux avancent à son souhait. Le matériau abondait, était inépuisable, les ruines du monastère en fournissaient l'essentiel, avec la carrière d'Haurifeuille qui pouvait s'étendre de Forcalquier à Reillanne, faite de la même pierre blonde et du même grain. Les Vénitiens disaient que cette pierre était meilleure que toute celle de la Vénétie et qu'ils avaient plaisir à la travailler.

Un jour, Palamède était à Aix de nouveau pour une méchante affaire que lui faisaient les chevaliers de l'ordre de Malte de Manosque[1]. Ils prétendaient qu'il détenait illégalement une relique qu'ils avaient eu l'imprudence de confier autrefois au couvent des clarisses de Mane, et Palamède avait eu beau leur expliquer que ce monastère avait été mis à sac par les parpaillots et qu'il n'en restait plus pierre sur pierre, néanmoins ils s'obstinaient et la construction du château dont ils avaient eu vent avait fourni une nouvelle flamme à leurs revendications.

Ce fut donc à Aix que le marquis reçut de Pallio cette extraordinaire missive.

Messer, vous m'acuzéais de négligent. J'avoüe mon faible dans cette conjointure, j'ai voulu un peu atendre pour vous ynformer de l'estat de notre ouvrage qui commence à paroitre. Cette semeine nout achevons le socle dans toute lestendu du bâtiment le nombre des taillieur de pierre ne sufie pas à deux posseurs, quoi qu'il soit douze bon et mauvais. Ens vendange, l'on ce sert de tous pagnier. Cy il pouvait nous ens venire, il serait les bien reçut. Nous avons écrit a Venise. Cy il nous ens vien il oron ordre de nous faire la reverance.

Mais aucun Vénitien ne vint grossir les rangs des tailleurs de pierre. Une nouvelle peste venait d'éclater comme un chat qui se rue sur un nid de souris, de Vénétie en Piémont, de Piémont en Provence. La peste avançait plus vite que les voyageurs qui la transportaient. Elle précédait leur venue, elle arrivait avant eux dans les villes et les villages où elle allait sévir.

C'était une peste larvée qui ne semait pas la panique, simplement, au pied des cyprès superbes du

1. À partir de 1643, les Hospitaliers de Jérusalem s'appelèrent l'ordre de Malte.

cimetière de Mane, on creusait deux ou trois tombes par semaine et parfois parmi les familles éplorées qui suivaient le cercueil quelqu'un tombait en pâmoison et on l'emportait vivement.

Chérubin Jean-le-Baptiste fut le premier à en être atteint. Un matin, étonné de ne pas l'avoir vu de deux jours, Pallio vint jusqu'à la citadelle et réveilla les deux domestiques. Ils trouvèrent l'architecte en sa chambre, claquant des dents, ayant à la commissure de la lèvre supérieure un chambourche qui le défigurait. Il avait dû ne pas cesser de travailler, ne pas tenir compte de son état, tant son exaltation primait tout, tant il lui tardait de conduire la marquise devant les fenêtres qu'on ménageait une à une dans l'intervalle des embrasures, encadrant seulement le ciel car il n'y avait pas encore de plafond ; de lui faire admirer par ces ouvertures la pièce d'eau, première magnificence qu'on avait limitée par une margelle en pierre de Mane et où déjà quatre cygnes s'ébattaient sans bruit, en majesté. On prévoyait une fontaine extraordinaire qui l'alimenterait mais le sort voulut qu'elle ne soit jamais commencée.

Curieusement, les Vénitiens furent indemnes de cette peste. Il y avait eu en tant de siècles à Venise tant d'épidémies que les survivants des familles atteintes avaient transmis leur immunité à leur descendance.

Cependant la marquise relevait de ses couches funestes avec tout l'élan impétueux que la vie refluant en elle imposait à sa robuste constitution. Ce fut l'apogée de sa beauté, de son énergie.

Elle utilisa celle-ci à supplier Palamède qu'elle allât soigner le malheureux Chérubin.

— Vous n'y pensez pas ! s'exclama le marquis. Vous relevez à peine vous-même des portes de la mort ! Je me refuse à risquer de vous perdre. Il y a suffisamment d'âmes sensibles à Mane pour se charger de ce malheureux, et au surplus j'ai fait donner des ordres !

— Si cet homme meurt, lui rétorqua Gersande, je ne vous le pardonnerai jamais !

Elle croyait sincèrement à ce qu'elle était en train d'exprimer. Le marquis y crut aussi. Il écarta les bras.

— Eh bien, dit-il, qu'il en soit fait selon la volonté de Dieu. Mais je vous en supplie, ne voyez dans mon appréhension que la peur de vous perdre.

Une curieuse sensation habitait Gersande tandis qu'elle s'acheminait vers la citadelle. Elle se sentait dans la main de Dieu et savait qu'elle pouvait avoir confiance.

Mais quand elle se trouva dans la chambre de Chérubin, une abominable odeur de défécation la prit à la gorge. Trois personnages muets de terreur étaient tapis le plus loin possible de la ruelle où Chérubin vomissait. C'étaient ses deux domestiques et le docteur Pardigon qui encensaient à l'aide d'un brûloir à parfum l'atmosphère empestée, mais nul ne songeait à nettoyer le moribond. Gersande ne regarda même pas le visage déjà noir ni les yeux implorants. Elle fit apporter des bassines et de ses mains entreprit de rendre sa dignité à Chérubin. À la fin, elle lui lava même le visage.

— Faites venir ici monsieur Brédannes ! commanda-t-elle.

Le docteur Pardigon se redressa d'un pied. À travers le masque à parfum qui le faisait ressembler à un oiseau de mauvais augure, il fit entendre une voix nasillarde qui protestait :

— Vous n'y pensez pas, madame. Un empirique !

— Puisque votre science ne peut plus rien !

— Ce malade est au-delà de ce que peut la science, madame.

— Eh bien justement ! Vous n'y pouvez plus rien !

Le docteur Pardigon se drapa dans sa dignité outragée.

— Moi ! Un médecin ! Avec la réputation que j'ai ! Et tout Mane me verrait aller supplier ce charlatan qu'on devrait brûler en place publique !

— Eh bien soit ! J'irai moi-même !

En contemplant sans aucun dégoût ses manchettes légèrement souillées, elle finissait de se laver tranquillement les mains dans le bassin vidé des excréments et où on avait tout simplement remplacé l'eau corrompue par de l'eau claire.

— Ainsi en sera-t-il au Jugement dernier, murmura-t-elle. Toute matière confondue.

Par les ruelles empuanties et où macérait un été putride, elle gagna l'antre de ce Brédannes. Il avait peint sur sa porte en grosses lettres : « Apothicaire. »

C'était une manière d'imbécile imbu de sa personne qui marchait toujours avec componction comme s'il portait le saint sacrement. On disait qu'il avait partie liée avec le diable. On le craignait plus qu'on ne l'admirait. Toutefois, l'œuvre de Dieu étant partout présente, il arrivait que les emplâtres et les potions de ce Brédannes fissent miracle. Ce n'était pas constant. Quelquefois il réussissait, à d'autres, il échouait. Il attribuait ses échecs à l'absence de foi de ses pratiques. En outre, il avait ses têtes et si vous, par malheur, vous en affichiez une où se lisait l'ombre d'un doute, vous étiez évincé d'office de ses bons soins.

Il balança longuement, devant la marquise à genoux, s'il allait croire à la foi de cette dame de haut parage. Finalement il se laissa fléchir par sa beauté et par ses larmes, et contre dix louis payés séance tenante.

Tête nue, qu'il avait très étroite, très chauve et noueuse, il se mit en branle avec cérémonie. Son aide voiturait dans une brouette une sorte de miniature d'alambic où bouillait toujours un élixir quelconque qui devait, disait-il, être consommé dès la sortie du serpentin quand la vapeur à peine se transmutait en liquide.

Il installa l'appareil au chevet du mourant. Avec une pipette, il volait littéralement à l'alambic la goutte condensée qui s'échappait du serpentin à intervalle régulier. Il en arrosa même le chambourche qui s'effaça à la troisième aspersion. Le halètement caverneux du malade s'atténua puis se tut. On le crut mort. Il dormait. Son visage se reconstituait comme fleurs coupées qu'on plonge dans l'eau. Pendant toutes les simagrées qui précédèrent ce miracle, le docteur Pardigon, tapi au fond de la chambre, n'arrêta pas de balancer son encensoir à parfum, afin de pouvoir affirmer plus tard que c'était grâce à cet assainissement salutaire et non par les soins de l'empirique que la guérison s'était affirmée.

Le Brédannes était si estomaqué qu'il mit dix minutes avant de réclamer cinq louis de mieux, la guérison étant plus subite qu'il ne l'avait lui-même espéré, arguant que s'il n'avait réclamé que dix louis, c'était en vue du seul soulagement du patient, que du moment qu'alors il s'agissait de guérison, il en allait différemment ; le prix de dix louis, selon lui, n'impliquait pas que le malade en réchappât.

Chérubin incontinent réclama ses papiers, ses crayons, ses fusains et ses calames. Dans le délire de la peste, il alla pêcher les allégories dont il comptait orner en parallèle les deux frontons doriques du bâtiment. C'était un aveu. Il avait eu la vision d'un quadrige de chevaux cabrés prêts au galop et attelés d'un char antique. À la proue de ce char, une Vénus casquée refrénait l'élan du quadrige. C'était le visage et le corps nu de la marquise tel qu'il s'était figé dans l'imagination de Chérubin la première fois où il l'avait vue. Son sein était barré de l'égide et elle dardait vers le ciel un arc bandé pour l'éternité.

Il y travailla trois jours sans manger ni boire, hanté par la fièvre de la création et soutenu par elle. Son corps de vingt-cinq ans n'était plus que plissements et ravines. Ses chausses lui descendaient sur les hanches tant il avait maigri. Il montra l'esquisse à Pallio.

— Il l'aime ! s'exclama à voix basse le Vénitien en son idiome.

Il en conçut aussitôt une haine mortelle. Ce qu'il n'osait se dire même en son for intérieur à l'endroit de la marquise, ce qui était son secret désir, voilà que ce freluquet l'exprimait par son art en toute innocence, en toute ferveur. Pallio, à l'instant, projeta de l'anéantir ; toutefois pas avant que l'œuvre ne fût avancée et que l'on n'eût plus besoin de lui.

Quant à la marquise, la mélancolie l'envahissait. D'exubérante qu'elle était jusque-là, elle devint rêveuse mais elle ne comprenait pas encore pourquoi.

Une tristesse apparemment sans objet s'emparait d'elle, quand, appuyée à la balustrade de Montlouis, elle écoutait le soir les Vénitiens bercer leurs épouses devant les cabanes qu'ils s'étaient construites un peu partout dans le parc avec l'autorisation de Palamède, à la condition de les détruire sitôt le château terminé.

Elle n'était pas seule, d'ailleurs. Soudain, les femmes de Mane entendirent ces voix fabuleuses qui évoquaient l'amour charnel rien qu'en achetant du pain ou en donnant un ordre à un cheval. Elles en rêvèrent la nuit à leur corps défendant.

Le vénitien était un idiome de langueur et de persuasion. Celui qui chantait en ce langage, on avait l'impression qu'il se couchait de tout son long au travers de votre seuil.

Quelques villageoises allèrent jusqu'à l'apprendre et à en partager le feu avec quelqu'un de ces bâtisseurs qui travaillaient en chantant du Vivaldi en répons amoureux, mais la plupart, vertueuses, se contentèrent d'apprendre à leurs maris, avec des voix quelquefois fausses, comment on chantait l'amour à Venise.

Cependant la marquise était intriguée par l'attitude de Palamède. Dans le lit conjugal maintenant trop grand, le marquis se tenait au bas bout, en garde contre lui-même, bien serré sur son propre corps et occupant le moins d'espace possible.

Gersande résista pendant huit jours. Il y avait maintenant trois mois (la fin de la grossesse, l'accouchement dramatique, la peste de Chérubin) qu'elle n'avait plus eu le loisir de réclamer le déduit.

Elle se mit brusquement sur son séant, à genoux, le derrière touchant les chevilles et dénudée sur les draps rejetés.

— Eh bien quoi ? dit-elle. Vous ne m'aimez plus ?

Il ne fit pas semblant de ne pas comprendre. Il y avait des semaines qu'il se préparait à cette confrontation et qu'il se répétait ce qu'il lui dit alors :

— Ma mie, je vous aime au contraire plus que vous ne le croyez. Quand je vous ai vue lors de ces funestes couches lutter contre la mort avec votre pauvre visage, je me suis juré si vous en réchappiez de m'abstenir désormais de vous rechercher.

La marquise se mit à pousser des cris furieux.

— Comment, vous vous abstiendrez ! Vous voulez dire que vous ne me rechercherez plus ?

— C'est exactement ce que je veux dire.

— Mais savez-vous ce faisant à quoi vous vous exposez ?

Le marquis qui était étendu de tout son long, et qui voyait devant lui les seins superbes de sa femme le surplombant, eut besoin de tout son courage pour ouvrir les bras en signe de fatalité.

— Du moins ne serai-je plus responsable de ce qui pourrait arriver.

— Mon ami, vous êtes absurde ! Vous vous privez et vous me privez d'un plaisir divin.

Elle s'éloigna de lui au bord du lit au risque d'en tomber. Elle sanglota toute la nuit, son petit mouchoir tout mouillé trituré entre ses doigts.

Palamède souffrait le martyre.

— Mais ce n'est pas pour toujours, lui dit-il. Un jour vous ne serez plus féconde ! Ce jour béni nous recommencerons.

— Je serai vieille, flétrie, je n'en aurai plus envie et vous non plus !

Ainsi vécurent-ils toute une nuit, séparés pour la première fois par la pensée et les paroles irrémédiablement prononcées.

— Vous êtes absurde ! avait dit Gersande.

Palamède en convenait volontiers mais il ne voulait pas risquer la vie de la marquise. Dieu, qu'il avait supplié, l'avait entendu une fois. Il était improbable qu'Il récidivât.

Pendant ce temps, depuis la terrasse de Montlouis, les époux désormais mélancoliques pouvaient voir au loin s'élever les murailles et les croisées de leur future demeure.

La peste était passée sans bruit alors qu'on courbait l'échine sous sa menace. La bâtisse n'était encore qu'un amas informe hérissé d'échafaudages avec des chantiers de taille qui s'éparpillaient en désordre à l'infini. Il y avait maintenant deux cents hommes qui construisaient en chantant ces murs blonds aux hautes fenêtres (il y en avait trente au rez-de-chaussée et autant à l'étage). Ce n'étaient qu'ordres en alexandrins et jurons psalmodiés selon l'ordre grégorien et parfois quelque aria de Venise que les Manarains s'efforçaient de suivre. Ceux-ci étaient étonnés qu'un tel travail pût se faire en chantant. Ils perdaient leur morosité ancestrale. Ils ne grimaçaient plus sous l'effort. Les bâtisseurs, maintenant de toute provenance, entendaient parfaitement le français et l'italien mais ils n'obéissaient qu'aux ordres lancés en vénitien, tant cette langue leur paraissait convenir à la demeure lumineuse qu'ils étaient en train d'élever.

Ce n'étaient encore qu'enchevêtrements de gabarits, plans inclinés, brouettes chargées de mortier dans une chaîne sans fin de tâcherons et de tailleurs de pierre. Les éfourceaux étaient partout bras levés attendant leurs charges de blocs calibrés sur les six faces et qu'il fallait huit hommes pour mettre en place. Les Vénitiens et les gens du pays avaient œuvré de telle sorte que les trente fenêtres au rez-de-chaussée attendaient d'être coiffées de l'étage. Dans le pré devant la pièce d'eau, le tas énorme des poutres de cèdre sur lequel l'étage devait s'appuyer étaient prêtes à s'encastrer dans les mortaises déjà ménagées au droit des murailles.

L'échine chargée d'oiseaux (c'étaient des plateaux de bois à deux manches qu'on encastrait entre les épaules et qu'on chargeait de mortier pour le scellement des blocs), les manœuvres gravissaient les échelles en chantant comme l'avaient fait il y a cinq siècles les bâtisseurs de cathédrales.

On travaillait dans le crottin de cheval car il y avait sur place autant de chevaux que d'hommes, et autant de fardiers que de chevaux. Les profondes ornières qui depuis le chemin de Mane à Lincel conduisaient au chantier, on était obligé de les combler de pierres concassées de semaine en semaine tant elles s'enfonçaient sous le poids des haquets, des fardiers, des triqueballes qui faisaient la noria entre la carrière et les écuries. On les avait construites avant de commencer les travaux car les chevaux et tout ce qui les concernait, y compris les six maréchaux-ferrants qu'on avait embauchés et les greniers à foin dont il avait fallu surélever les écuries, tout ceci était la matière première qui allait permettre au château des Gaussan de sortir de terre.

L'année passait, l'hiver, le printemps, l'été, l'automne, cette longue patience du temps qui suinte à travers la vie des hommes jusqu'à la fin les effacer.

Depuis qu'ils avaient vu les premières fenêtres encadrer le paysage de rêve dont elles divisaient des visions inattendues, les bâtisseurs de toute espèce, les maîtres d'œuvre, les scieurs de pierre dont les lames stridentes couvraient les chants des Vénitiens ; les maçons, les terrassiers, les tâcherons les plus infimes, les palefreniers, les forgerons, les menuisiers, les charpentiers de coffrages ; tout ce monde pouvait contempler fièrement, sous la pluie, sous le soleil, à travers la brume des matins d'octobre, le chef-d'œuvre tout blanc qui s'érigeait devant la lisière de la forêt dont le chêne gigantesque constituait l'avant-garde.

Pallio, à cause de son amour sans espoir, ne chantait plus que des arias funèbres. Il ne put jamais s'enlever de l'imagination que, durant les jours où Gersande avait soigné Chérubin de la peste en dépit de l'invraisemblance de la chose, ils n'avaient pas cessé de forniquer ensemble. Il en avait dans l'esprit quelques images précises et de celles qui ne laissent aucun doute. Il avait beau essayer de se rassurer et de se représenter Chérubin se liquéfiant littéralement sous l'assaut de la maladie, la vision terrible de cette putréfaction ne l'empêchait pas de se le figurer chevauchant la marquise et cette obsession entretenait sa haine.

Il y avait pour l'étayer une autre observation bien plus révélatrice encore et celle-là bien réelle. Pallio s'était aperçu que Gersande et Chérubin luttaient de toute leur âme contre le sentiment qui les bouleversait, et cela le désolait plus encore que les images lubriques qu'il inventait, car cela faisait de leur idylle un amour légendaire.

Pallio était partagé envers Chérubin entre deux sentiments contraires : tomber à ses genoux pour l'admirer ou lui plonger un poignard dans la poitrine pour le punir d'aimer la même femme que lui. Il l'épiait sans cesse, autant que son travail de chef d'équipe le lui permettait, il l'espionnait, et marchait littéralement sur les traces de sa respiration. Il le regardait avec douleur se remettre de la peste, avec la même vigueur que la marquise de ses couches.

La fièvre de la création pour le seul regard de Gersande remplaçait chez l'architecte la fièvre de la peste. Comme tous ceux qui sont atteints de la maladie du génie, Chérubin travaillait dans le désordre. Les plans et les épures en rouleaux, quelquefois biffés de grandes croix au fusain marquant le repentir, jonchaient le sol, finissaient dans la boue, allaient jouer à la voile sur la pièce d'eau. L'idée générale de départ n'était plus celle qui finalement se trouvait concrétisée. Il était obsédé par la clarté et la lumière ; le vide seul l'attirait, l'ombre ne lui convenait pas. Chérubin eût voulu que les volumes qu'il concevait ne soient jamais limités par des murailles.

Pallio recueillait dévotement ces papiers. Il les examinait, il les compulsait, il essayait de déduire de leurs esquisses enchevêtrées le plan d'ensemble que Chérubin fomentait dans son cerveau inspiré.

L'édifice avançait très vite dans ses prolongements plutôt que dans ses finitions, comme si l'on anticipait la construction en laissant de côté les détails qu'on n'avait pas encore imaginés.

L'antichambre par exemple, ce que Chérubin appelait le hall à l'anglaise pour désigner une pièce plus vaste qu'un lieu de passage. Ce grand quadrilatère où se logeraient d'un seul tenant la galerie centrale et la cage d'escalier était déjà dallé d'un mystérieux damier de carreaux noirs et blancs disposés en losange et fuyant vers l'infini. C'était à l'imitation d'un parquet que Chérubin avait admiré, naguère, au château d'Anet.

En ce lieu devaient se dresser deux piliers qui soutenant le plafond ouvriraient la perspective sur la volée d'escalier d'apparat à rampe de fer forgé figurant de fragiles vases de fleurs à l'infini. Ces piliers encore à l'état de projet, seul le soubassement qui les supporterait avait été maçonné. Que seraient-ils ? En quelle matière ? De quelle section seraient leurs colonnes ? Tout ce que l'architecte avait indiqué sur le papier, c'est qu'ils feraient onze coudées et demie pour correspondre à la hauteur de plafond que Chérubin avait calculée.

Pallio, avec le génie de bâtisseur qui était celui de tous les Vénitiens, comprit tout de suite que Chérubin achoppait sur le fait qu'il ne voulait pas de colonnes reconstituées, faites de plusieurs tronçons, mais que d'autre part les carrières de Mane ne fournissaient pas une pierre qui puisse résister sans se briser à une portée de onze coudées et demie.

Il se souvint alors qu'en bourlinguant à travers l'Italie pour gagner son pain, il avait entendu parler du second sac de Rome. C'était un sac commercial. Pour tous les riches Italiens qui se bâtissaient des folies, c'était la grande mode alors d'y incorporer quelque mosaïque du siècle d'Auguste ou quelque portique sous lequel Virgile avait peut-être rêvé. Ce fructueux trafic pour la Rome moderne toujours à court d'argent, le Vatican lui-même n'y trouvait rien à redire. Il n'était pas fâché d'anéantir par la vulgarité du commerce des antiquités les vestiges de la barbarie, sauf le Colisée, un trop gros morceau où, d'ailleurs, on avait conservé pieusement le poteau d'infamie auquel une sainte avait été liée pour être livrée aux lions dociles qui lui avaient léché les pieds. Mais en dehors de cet emblème, au centre du cirque énorme où la Rome antique avait retenti des clameurs de la populace, il restait à brader nombre de colonnades, porphyre, marbre blanc, entablements historiés, lesquels aujourd'hui, joliment ornés de glycines en grappes, agrémentaient à qui mieux mieux les portiques du Latium.

Pallio, poète comme tous les Vénitiens, en tremblait d'enthousiasme rien qu'à évoquer ces merveilles.

— Monsieur de Saint-Jean-le-Baptiste, dit-il un jour chapeau bas à Palamède, paraît avoir quelques difficultés avec les piliers de l'antichambre et ceux des deux frontons. Si votre seigneurie veut bien me confier trente mille écus, je me fais fort de lui ramener ici une demi-douzaine de colonnes et elles seront en marbre.

Il se réservait de faire la surprise au marquis en lui avouant la provenance de ces colonnes qu'il proposait.

— Des colonnes en porphyre ? dit Palamède alléché.

Il espérait par sa munificence se faire pardonner le déduit qu'il refusait cruellement à la marquise et qu'il s'interdisait à lui aussi quoique la mort dans l'âme. La tranquillité de sa conscience lui tenait lieu d'assouvissement et il dormait en paix toutes les nuits.

Pallio partit un beau matin pour l'Italie avec son sac d'écus en recommandant à ses deux frères ses enfants d'abord mais surtout sa femme, dont il précisa bien qu'on ne la laissât approcher de personne. C'était un caractère naïf. Il voulait bien être lui-même rêveusement amoureux de la marquise qu'il imaginait dans toutes les positions possibles, mais la mère de ses enfants constituait un objet sacré à son usage personnel.

Il lui arriva en route toutes sortes de mésaventures dont la moindre ne fut pas, au fond de quelque auberge obscure où il avait eu le tort de lutiner la servante, de hasarder sa vie et le sac d'écus. Cette aventure le rendit prudent et il atteignit Rome sans encombre. La Ville éternelle, celle qui disparaissait sous les décombres entassés, était devenue un vaste chantier où chacun pouvait, en payant, se servir en vestiges. Les auberges obscures ne manquaient pas alentour où négocier l'achat de toutes sortes de statues de dieux déchus aux yeux sans expression qu'on avait figurés deux mille ans auparavant. Pallio, qui avait le goût vénitien, ne manqua pas de constater que ces grossières imitations de l'art grec archaïque étaient trop lourdes pour contenir la foi en ce qu'elles représentaient. Il remarqua notamment que les Vénus et les Junon ne valaient pour évoquer l'amour ni le souvenir de sa femme bien-aimée ni celui de la marquise lointaine et convoitée.

Il avait besoin d'hommes et de chevaux pour son dessein et il ne se fiait pas aux Romains réputés nonchalants. Il se mit à fredonner en langue vénète dans les courtils, et il attira aussitôt quelques douzaines de Vénitiens de bon ton qui se mirent à chantonner à l'unisson.

Ces hommes étaient oisifs et disponibles. Ils eurent tôt fait de lui découvrir seize chevaux du Frioul qui sont les meilleurs d'Italie. Ils dirent à Pallio que les colonnes, oui, elles étaient faciles à trouver mais qu'on risquait la corde à les déplacer, chose qui ne pouvait se faire sans être vus. Ils fournirent à Pallio la liste des gardiens dont il fallait détourner les yeux, sans en oublier un seul. Les chevaux du Frioul firent merveille. Les palefreniers et les charretiers qui se louaient avec eux furent particulièrement efficaces. Il y eut bien deux ou trois coups de poignard à échanger avec des ruffians lesquels, ayant épié tout ce beau monde, prétendirent prélever leur dîme, mais la force resta au grand nombre et trois cadavres à enterrer dans les ruines de Rome, trois de plus ou de moins, n'étaient pas pour donner des remords à des gens qui avaient femmes et enfants à nourrir. On vit même arriver en cette occasion au clair de lune, tandis qu'on achevait d'arrimer les colonnes sur les fardiers, un monsignore en robe cramoisie qui proposa le service divin et l'oubli des offenses contre quelque denier du culte.

Enfin le charroi, trois fardiers accouplés avec des chaînes, accompagné cette fois de chants napolitains dans les claquements de fouet scandés qui effleuraient les oreilles des bêtes, s'achemina vers le port d'Ostie.

La transaction avec le patron d'une felouque qui venait de fournir en blé de Provence les mercantis du Latium (la disette était ici toujours à son comble et le blé cher), cette transaction fut rude à négocier. Mais Pallio sut se faire accompagner de deux accortes cousines recrutées dans les campagnes misérables où l'on ne trouvait à manger que le quart de son saoul. Ces personnes, poitrines hautes savamment étalées sur la table pour être sous les yeux du ruffian, gagnèrent le procès. Elles eurent tôt fait de décontenancer le rustre.

La felouque était légère, à chaque colonne embarquée elle penchait d'un côté ou de l'autre. Quand tout fut équilibré, l'eau clapotait au ras du pont. Le patron mâchait sa chique en râlant. L'équipage avait la gorge sèche. La frêle voile tremblait et l'on eût dit que c'était de peur. Les colonnes à chaque ressac faisaient connaître leur poids de marbre et les matelots, tous patibulaires, se demandèrent en leur for intérieur s'ils n'allaient pas couler avant de sortir du port.

Pallio pensait à ses enfants, à sa femme, à Gersande. Il y pensa jusqu'à Marseille. Heureusement les vents Étésiens, fréquents dans ces parages, se levèrent majestueusement, tenant la felouque vent debout sur son étrave, et héraldique quoique lente, sous la menace perpétuelle du naufrage. Aux abords des îles Sanguinaires toutefois il ne resta plus qu'à prier. Dans ces parages où les vagues n'ont pas la place pour s'étaler et se bousculent, on ressent le mieux cette évidence : la Méditerranée est une cuvette où les vagues ne savent que s'entrechoquer.

Quand, au quai de Rive-Neuve, la felouque accosta avec précaution, elle risquait, si elle heurtait le môle, d'éclater comme une grenade. Pallio était à fond de cale parmi son vomi, hors d'état de gouverner et de prévoir. On le débarqua à quatre hommes et sans précaution, à côté du tas de colonnes.

Il lui sembla entendre le patron dire :

— Le diable vous emporte vous et vos piliers !

— Ce sont des colonnes, dit-il à bout de souffle.

— Qu'est-ce que vous dites ?

— Des colonnes ! Pas des piliers !

Il sentit également, et sans ménagement non plus, que profitant de son état comateux on lui faisait les poches. Il se trouva râlant et vomissant encore et sans un sou (on lui avait même pris sa redingote) juste à côté de son tas de colonnes qui attendait sagement.

Passa un homme, la canne joueuse, et qui portait habit.

— Que faites-vous, mon brave, dit-il, avec ces colonnes doriques qui paraissent vous embarrasser pas mal ?

— Je ne suis pas embarrassé et je vous emmerde ! souligna Pallio en vénitien.

Le personnage n'entendait pas cette langue mais il comprit l'intention.

Il préleva lentement une prise à sa tabatière et parut réfléchir.

— Vous en voulez ? dit-il, en tendant sa boîte à priser.

— Non, grogna Pallio.

La réflexion du quidam se prolongeait.

— Vous m'avez l'air d'un bon homme vous ! dit-il enfin.

— Je le suis ! s'exclama Pallio effrontément.

L'homme referma sa tabatière en déplorant par geste que Pallio ne prisât point.

— Différentement, dit-il, j'étais sorti chercher quelque drôlesse pour faire un peu le jeune homme bien que j'aie soixante et dix ans, mais vos colonnes et votre histoire que vous allez me conter me paraissent d'un plus grand intérêt qu'une partie de… hum… plaisir. Qu'est-ce que voulez en faire de ces colonnes ?

— C'est pour un château.

— Mais moi aussi j'ai un château !

— Vous avez un château, vous ?

— Et pourquoi pas ?

— Et vous vous promenez à pied ?

— J'ai ma vinaigrette à deux pas d'ici. Si vous voulez en profiter ?

Pallio se dit qu'il lui fallait réfléchir et qu'à tout prendre il le ferait mieux assis que debout.

— Ma foi, dit-il. Au petit bonheur la chance !

En bon Italique, il croyait à tout ce que l'on peut croire.

Le maigre gentilhomme conduisait sa vinaigrette au petit bonheur et à coups de fouet réels sur les croupes des deux zinzolins nerveux qui ne paraissaient pas trouver ça désagréable.

Il avait bien un château sur du rocher blanc stérile et blanc lui-même comme un fantôme.

Ce château était une énorme bâtisse vaniteuse dont la perspective n'en finissait pas. Il était au péril de la mer, chevauchant un ensemble de rochers mal équarris qui pétillaient au clair de lune, face à l'énigmatique île de Maïre. Il n'y avait pas un arbre, par une plante, seulement ces rochers qui rutilaient comme s'ils eussent été précieux. La bâtisse faisait ce qu'elle pouvait à l'aide de la lune pour paraître moins laide qu'elle n'était. Ce n'étaient que portiques, ce n'étaient que balcons en encorbellement. Sur l'un d'entre eux, une femme qui paraissait vidée de son sang tant elle était translucide, s'appuyait à la balustrade où elle se penchait anxieusement pour voir arriver la vinaigrette.

— Ma fille ! soupira l'inconnu. Elle passe son temps à avoir peur pour moi.

— Pourquoi ? dit Pallio.

— Parce que je m'ennuie.

— Et pourquoi vous ennuyez-vous ?

— Parce que je ne peux plus bander.

Il n'y avait rien à répondre à cela.

— Avant, reprit l'inconnu, j'avais les femmes, maintenant je n'ai plus rien.

Il avait fait entrer Pallio dans un salon mauresque où tout était faux : les meubles, les tentures, le plafond aux lustres de strass, les mosaïques du sol.

« Il me ment ! se dit Pallio. Même quand il avait les femmes, cet homme devait s'ennuyer. »

L'homme s'était approché d'une petite table de jeu et il battait distraitement les cartes qui s'y trouvaient éparses.

— Voulez-vous me rendre raison ? dit-il en détournant la tête comme s'il avait honte.

Il s'était collé contre Pallio et lui chuchotait à voix basse :

— Vous comprenez, il n'y a plus que ça qui m'excite ! Je vous joue mon château contre vos colonnes, car il y a longtemps que je n'ai plus d'argent pour vous les acheter !

— Mais que voulez-vous en faire ?

— Ne croyez pas ce que vous voyez. Du côté nord, du côté des collines, j'ai un grand parc plein d'eaux courantes. Je vous le montrerai. C'est pour ce jardin que je veux vos colonnes. Je les ornerai de glycines de Sibérie qui sont les plus belles du monde quand on les transplante loin de leurs froidures.

Depuis un moment, la fille translucide écoutait balbutier le châtelain depuis la pénombre où elle venait de se glisser.

— Père ! dit-elle.

Pallio se retourna et fut frappé de sa détresse. C'était une femme qui souffrait longuement et depuis longtemps.

— Ne t'inquiète pas, ma fille ! Sois rassurée. Je veux juste jouer quelques haricots avec monsieur qui veut bien s'y prêter.

Les lustres, les tables, le billard, les portiques, les chambres à coucher, les escaliers d'apparat qui donnaient sur d'interminables corniches, les galeries, les baldaquins des lits, les recoins secrets où tant d'enfants avaient joué aux cachettes et les jardins qui n'auraient jamais de portiques pour y accrocher les glycines de Sibérie, tout y passa.

Aux cartes, Pallio avait dans son sac plusieurs tours de Vénitien qui tous étaient pendables. En trois heures de patiente malencontre, le château fut à lui.

Le vieillard lui prit les mains.

— Allez, dit-il, vous ne pouvez pas savoir le bien que vous m'avez fait. J'en avais le vertige à mesure que je perdais ! Merci !

Il n'arrêtait pas de serrer entre les siennes les mains du Vénitien ni de lui dire merci. La fille sanglotante était derrière lui et lui pressait les épaules tendrement. On voyait qu'elle l'aimait comme un enfant.

— Ça fait trois fois, dit-elle à Pallio en lui offrant son visage ravagé où les yeux étaient profondément déprimés sous les cernes. Trois fois qu'il joue notre château et qu'il le perd ! Vous l'avez rencontré au Lacydon ? C'est là qu'il va chercher ses tortionnaires. Ils sont impitoyables, ils savent qu'il est innocent et ils en abusent. Trois fois ! répéta-t-elle d'une voix faible et le front levé au ciel, que je suis obligée de me sacrifier sous des ruffians sans délicatesse. Vous voulez de moi ?

Elle se rapprocha de Pallio à le toucher et les yeux dans les yeux. Elle était maigre. Ses seins tenaient à ses épaules par de creuses salières. Mis en sa présence, il y avait de quoi être héroïque.

Pendant ce temps mendiait le vieillard :

— Vous ne voulez pas me jouer vos colonnes ? Peut-être qu'à la fin la chance va tourner ?

— Qui vous parle de chance ? dit Pallio brutalement. J'ai triché du commencement à la fin ! Mais votre château, vous pouvez le garder et votre fille aussi ! Un citoyen de Venise ne mange pas de ce pain-là !

Des ailes d'ange lui poussaient devant cette situation inattendue.

— Monsieur, dit le vieillard, vous êtes un gentilhomme !

— Mais non ! Mais non ! Je suis simplement un homme qui n'a besoin ni d'un château — il est trop laid — ni d'une femme, il en a déjà une !

— Mais de quoi avez-vous donc besoin ?

— De douze chevaux solides plus trois en flèche et de six charretiers à la poigne robuste et si possible patibulaires car les routes malandrines de la Provence que je vais leur faire parcourir sont truffées de mauvaises surprises.

— Mon Dieu ! Ce n'est que de ça ! s'exclama le vieillard. Venez à mes écuries ! Je ne suis pauvre que d'argent. Je joue toujours tout ce que j'ai mais j'ai les chevaux les plus solides de Marseille ! Ce sont des géants des Flandres ! Mon père en a conservé la race quand il a construit le château ! Et quant aux patibulaires, je vous en trouverai sans peine une douzaine pourvu que vous ayez du quibus !

L'affaire fut conclue en un tournemain. Fors sa folie, ce vieillard était un organisateur de première force. Ses écuries étaient immenses, disproportionnées avec le châtelain et sa pauvreté. Y soufflaient puissamment des destriers de labour aux cuisses énormes qui n'arrêtaient pas de tirer le foin hors des râteliers.

Le vieillard en pleine nuit s'en alla soulever les marteaux de portes monumentales qui paraissaient toutes amies. Il en ressortait en se frottant les mains. Au lever du jour sur l'horizon immense du Lacydon, les fardiers accouplés par des chaînes et tout un groupe de lazzaroni noirs comme des corbeaux, mais efficaces, furent en ligne pour ébranler l'équipage.

Quant aux charretiers, Pallio réussit à les nourrir de promesses. Il savait pouvoir compter sur Palamède pour les désintéresser à proportion. Le marquis, s'il savait son régisseur pris en otage, ne supporterait pas de le voir exécuter. Les charretiers en question étaient en effet de cet acabit et paisibles sur leur salaire. C'étaient six Calabrais mystérieusement muets et qui se comprenaient par signes. Pallio, le cas échéant, n'avait aucune chance de leur échapper. Ils donnèrent un aperçu de leurs talents au gué du Puy-Sainte-Réparate. Un gué en nappe qui voyageait sur la Durance frissonnante, ayant divisé ses eaux sur un lit d'agrégats large de trois cents coudées. Les eaux étaient à l'étiage, trois morts de faim y avaient installé de nuit un traquenard où ils prétendaient faire payer le passage aux voyageurs égarés. Les Calabrais les étouffèrent et firent défiler les fardiers sur leurs corps. Une manière commode de les effacer en les imprimant dans les basses eaux.

Après cela il n'y eut plus d'incidents et soudain au lever du soleil l'équipage, qui faisait soixante toises de long, se trouva sur le promontoire d'Ardantes où Mane et Forcalquier apparaissaient comme un miracle. Devant ce fabuleux spectacle, même les Calabrais se découvrirent.

Pendant que les fardiers avançaient dans l'allée au pas de cérémonie, Pallio s'élança en courant, échappant à la surveillance de ses gardiens sauf un qui lui mit dans le dos la pointe de son eustache.

— N'aie pas peur ! lui lança Pallio. C'est juste pour voir ma femme que j'en suis impatient ! Y a trois mois que je l'ai pas vue !

Le Calabrais fit signe qu'il comprenait mais, courant aussi vite que son prisonnier, il enfonça un peu plus entre les côtes de Pallio la pointe de son poignard tourné de manière à ne pas le blesser, du moins avant le menaçant coup fatal.

En vérité, en entendant parler de château en construction, les Calabrais en avaient bâti un en Espagne. Le marquis qui devait les payer, ils l'auraient saisi volontiers en otage contre ce misérable Vénitien qui ne parlait même pas italien.

Ils changèrent d'avis dès qu'ils eurent fait virer les chevaux en une manœuvre digne d'une cour. Les proportions de l'ouvrage leur sautèrent au visage et les intimidèrent. La majesté de l'escalier d'accès surtout les fit réfléchir. Chérubin l'avait conçu pour souligner l'élégance de l'entrée faite de trois portes et surmontée du fronton où, repoussé en camaïeu et pour toujours, le profil de la marquise conduisait le char de Minerve. Le soleil couchant commençait à se refléter dans les croisées dont on achevait de sceller les carreaux.

Sur ces sept marches longues de douze toises, tout un peuple attendait pour décharger les colonnes des fardiers. Ce peuple immobile dans une attente étonnée avait été alerté par le tintamarre du charroi : les coups de fouet mélodieux et claquants dans l'air ; les sifflements des Calabrais muets qui connaissaient le langage des bêtes et la manière de les piloter ; les grincements des chaînes, les gémissements des essieux ; tout cela emplissait le site de Gaussan d'un charivari insolite qui fit cesser le labeur de chacun, et la rumeur s'interrompit de tant d'hommes au travail.

Tout s'était tu : truelles, oiseaux à mortier, scies de long qui jusque-là stridaient à la surface des blocs de pierre ; marteaux, masses, ciseaux à froid et la souple cataracte du mortier déversé ; chants scandés même, afin de faire du travail un plaisir que les Vénètes avaient appris aux Manarains, lesquels, la sueur au front, les fredonnaient mezza voce. Le silence s'établit sur le chantier.

Les colonnes visibles derrière les énormes roues des fardiers impressionnaient tout le monde. Les ouvriers s'alignaient sur ces sept marches en rangs serrés, guettant l'ordre de Chérubin pour délester les véhicules. De tout le chantier ils accouraient. Bientôt ils furent cent cinquante pour assister à l'arrivée de ces piliers dont on leur avait tant parlé et dont ils attendaient merveille.

Au-devant d'eux en habit bleu constellé par la céruse des plâtras, l'ordre du Saint-Esprit cravaté au col et dont, par fidélité au roi, il ne se séparait jamais, le marquis dominait tout son monde d'une tête. Ferme sur son unique jambe et sur sa béquille, celui-ci était une forteresse imprenable derrière le rempart de tant d'hommes.

Ce peuple dans la diversité de ses métiers (chacun tenait en mains l'outil de son travail) offrait des mines aussi patibulaires que les douze ruffians de convoyeurs.

Tout était à eux, tout leur appartenait : le marquis et son habit bleu, Chérubin et son habit blanc, lui aussi saupoudré de céruse et de plâtras ; l'escalier d'apparat où ils étaient juchés et qu'ils avaient bâti bien avant le château, imaginant déjà ce que serait l'ensemble et d'où leurs têtes dépassant les unes des autres offraient le plus beau disparate de physionomies qu'on pût rêver. Mais si le marquis et Chérubin avaient grande allure, en dépit qu'ils fussent souillés de plâtras humides, les manœuvres ne le leur cédaient en rien en dignité. Ils avaient conscience de bâtir un chef-d'œuvre et cette conscience les magnifiait.

Profitant de l'instant de rêverie que la vue de Chérubin suscitait chez son gardien, Pallio lui échappa et vint se jeter aux pieds du marquis pour lui baiser les genoux. L'escogriffe à la barbe mal faite qui veillait sur lui tenta de le rattraper mais le grand nombre de ceux qui se précipitaient pour décharger les fardiers s'interposa entre lui et son prisonnier.

Tous les corps de métier se bousculaient pour toucher au plus vite, être les premiers à porter la main sur le marbre froid. Ils dressaient les trébuchets, les plans inclinés, les treuils, traînant les chaînes qui entravaient le chargement, s'encourageant à coups d'injures, de lazzi, de mollards crachés dans les mains.

Il était impossible de résister à cet élan.

— Monseigneur, dit Pallio précipitamment, si vous ne réglez pas ces lazzaroni tout de suite, je suis un homme mort ! Ils me tiennent en vie sur ma promesse ! On m'a volé votre bourse où il restait de quoi les payer.

Il ne s'attarda pas dans cette génuflexion, ayant tout dit d'un seul jet, et incontinent il se glissa vers Chérubin pour lui faire sa révérence à cul ouvert. Cette étrange figure de respect lui permettait de regarder l'architecte en dessous et de vérifier s'il avait changé de visage. Non. Dieu merci, Chérubin était aujourd'hui aussi chagrin que quatre mois auparavant.

Il était beau comme un dieu en son habit blanc mais la tristesse de sa longue figure exprimait la vanité des vanités et non pas la félicité de l'amour vainqueur. Toutefois l'inquiétude de Pallio était encore tout effarouchée lorsqu'il aperçut dans la foule ses frères bien-aimés. Il se précipita vers eux en criant :

— Gazzaladre ! Lorenzoni !

C'était les prénoms de ces deux Vénitiens, venus de l'on ne sait quels saints. Ils ouvrirent à Pallio leurs grands bras d'amour, mais avant de laisser éclater sa joie de les revoir, Pallio leur demanda entre haut et bas :

— Est-ce que la marquise fait l'amour avec Chérubin ?

— Pas encore ! répondirent les frères en chœur.

Après quoi l'on s'embrassa.

Pendant ce temps le marquis puisait dans le sac d'écus qu'il portait en bandoulière de quoi rémunérer généreusement les convoyeurs et il leur faisait servir collation. Il demeura en leur compagnie tout le temps qu'il fallut et leur parla familièrement, tenant tout seul le discours puisque ses auditeurs étaient muets de naissance. Il commanda aussi qu'on dételle les chevaux et qu'on leur servît un demi-setier d'avoine à chacun. Il les fit boire de sa main.

Repus et bien pourvus d'argent, les Calabrais muets s'en allèrent joyeusement, semblait-il, avec les fardiers et les géants des Flandres. Longtemps on entendit la sonate pour chevaux seuls qui retentissait autour des colliers de force et de leurs innombrables grelots. On les perçut jusqu'au loin, retentir, faiblir, s'estomper et disparaître.

Les gens de Gaussan étaient enfin entre eux. Ils se bousculaient pour toucher les colonnes fabuleuses dont le destin avait été détourné pour venir s'achever ici. En cette Haute-Provence elles feraient l'orgueil de ce château bâti pour le bonheur d'amour. Il y en avait six dont deux étaient veinées de carmin : quatre pour les deux frontons nord-sud et deux qui dévoileraient dès l'entrée la splendeur du grand escalier.

Déjà, Chérubin avait fait s'écarter tout le monde. Quelque chose le préoccupait. Il était prévu une élévation de onze coudées et demie, au plan original, entre le plafond et le plancher du rez-de-chaussée sur toute l'étendue du bâtiment. La hauteur des colonnes ne paraissait pas correspondre à ces dimensions. Au seul vu de son empan de main ouvert et refermé, l'architecte mesurait les fûts de bout en bout.

Ils faisaient douze coudées.

Chérubin se précipita sur sa trousse pour y saisir une règle. Durant vingt minutes, minutieusement, il remesura chaque colonne. Le verdict était sans appel : chacune mesurait bien douze coudées. Comme un maniaque, inlassablement et jusqu'à la nuit close,

Chérubin mesura et remesura ces colonnes fatales, longues de douze coudées qui l'obligeaient à modifier les proportions de son chef-d'œuvre.

Oh, ce n'était pas grand-chose qu'une demi-coudée en plus ou en moins (car il fallait prévoir le mortier de scellement) sur une hauteur totale de sept cannes, mais Chérubin savait bien ce que cette modification signifiait. Il avait imaginé un château modeste, maigre, dont les dimensions s'accorderaient humblement au paysage unique dont il serait la couronne : une coudée de plus de sa façade défigurée, et c'était l'orgueil, la vanité, la suffisance qui l'emportait.

Cette infime disproportion qui sanctionnait la distance entre le talent et le génie, Chérubin la reçut à travers la figure comme une gifle. Il s'éloigna de la foule pour cacher son chagrin. Personne ne s'apercevrait de cette différence, personne — surtout pas le marquis — ne lui en ferait grief mais un jour — oh pas tout de suite — peut-être même pas de son vivant à lui Chérubin — quelque âme sensible, levant la tête vers la couronne du balcon qui dissimulerait entièrement la toiture du château, percevrait ce défaut et s'en trouverait chagrin et même perdrait la sensation de chef-d'œuvre qui d'abord l'avait transportée. Ainsi un écrivain se relisant, croyant avoir bâti une œuvre, ne trouve plus, se retournant pour juger le sillage de son tempo, que désillusion et déconvenue.

Chérubin ne savait plus où pendre la lumière, à quel saint se vouer. Machinalement, il se prit à errer vers l'arbre gigantesque, comme tutélaire, qui dominait de sa présence d'ancêtre tout le parc qu'on allait tracer autour de lui et de la pièce d'eau, tous deux envisagés comme les foyers d'une ellipse.

Il titubait la tête entre les mains.

La nuit venait, l'ombre du chêne s'étendait jusqu'à la façade inachevée. Gersande était assise au bord du bassin où elle donnait rêveusement à manger aux cygnes qui l'embellissaient. Elle vit passer se reflétant dans l'onde harmonieuse la silhouette à l'envers de Chérubin qui s'en allait élargissant autour des évolutions des cygnes. Elle se retourna vivement. Le dos de Chérubin qui supposait la défaite à son seul aspect, la marquise s'en inquiéta aussitôt. Elle se mit debout pour le suivre. Il marchait vers l'ombre du grand chêne en hésitant, en tâtonnant comme un homme ivre.

Pallio le suivait aussi mais sous un axe différent. Il venait par le côté du chantier où il avait parlé avec ses frères. La sollicitude qu'il pressentait chez la marquise l'alarmait.

Il s'était d'abord délecté du désarroi de l'architecte et du beau résultat de sa facétie. Il avait espionné soigneusement Chérubin tout au long de ses travaux. La nuit, il s'était introduit dans son cabinet, là-haut à la citadelle. Il avait pris connaissance de ses épures, il avait étudié la maquette et les plans dimensionnés. Et il était assez artiste lui-même (Venise léguait ce privilège à tous ses enfants) pour deviner ce que serait Gaussan plus haut que prévu d'une demi-coudée.

À Rome, avec les larrons qui les négociaient, il aurait pu obtenir tout aussi bien des colonnes de la dimension demandée. C'était volontairement qu'il les avait choisies longues de douze coudées. Il savait bien que Chérubin en serait malade.

C'était là vengeance de valet mais la jalousie efface les distances entre maître et domestique, et l'amour même sans espoir n'en meurt pas pour autant. Pallio était parfaitement heureux de voir son rival au désespoir. Celui-ci (Pallio le savait bien), c'était pour les yeux de la marquise qu'il aurait voulu atteindre la perfection dans son art, et s'il éprouvait un si grand chagrin c'était parce qu'il considérait la disproportion de son œuvre comme un échec érotique.

Les conséquences de cette erreur dont il n'était pas responsable lui apparurent tout de suite. Le grand escalier ne serait plus parfaitement dans l'axe de sa révolution ; la vision qu'on en aurait serait modifiée et le château, surélevé, deviendrait ostensible.

Ce traquenard, ce à quoi il n'avait jamais cessé de penser durant tout le temps de ce voyage périlleux, la jalousie toujours intacte à travers vents et dangers, Pallio en goûtait soudain le fruit en contemplant Chérubin effondré.

La nuit était limpide par le clair de lune qui parvenait à percer l'ombre de l'arbre géant et la tache blanche de l'habit que portait Chérubin resplendissait sous un rayon mort.

Voici donc marchant vers l'ombre du chêne gigantesque trois personnages en quête de leur destin : Chérubin, comme ivre, prêt à s'effondrer ; Gersande sur la pointe des pieds qui le suit, ne sachant que penser de cette fuite brutale, volontaire, car il y a dix minutes à peine elle nourrissant les cygnes et lui dans l'attente de ses colonnes, ils s'étaient regardés à la dérobée de très loin, osant se dire, par le charme de ce regard, ce que peut-être ils n'auraient jamais eu, droiture ou respect d'eux-mêmes, le courage de s'avouer. Fascinée par l'homme, elle est dans son sillage, elle se rapproche de lui. Plus loin Pallio vient soudain, mortellement inquiet, de s'apercevoir que l'habit blanc de Chérubin attire Gersande comme un soleil attire une planète, en son errance machinale.

Et maintenant admirez qu'en matière de facétie la nature est passée maître en subtiles trames et que nul ne peut prévoir ses étranges caprices.

Soudain Chérubin s'effondre en sanglots et mord la poussière, dans l'herbe truffée de glands germés, durs à son corps mais il n'en a cure. Il n'est plus le fier jeune homme heureux en amour qui resplendit sous la convoitise que fait naître son approche. Il n'est plus qu'un pauvre homme désorienté réclamant son secours à l'énergie de la terre. Il bave, il salive son désespoir. Il griffe le sol. S'il était une femme, on dirait qu'il a ses nerfs.

Gersande le surplombe. Elle se penche, elle s'accroupit, elle le contemple longuement pleurer. Et soudain elle s'agenouille. Son corps se ploie pour être plus près de celui qui se lamente.

Alors ce que le désir ni l'amour n'avaient pu obtenir de leur foncière honnêteté, la compassion de l'un pour l'autre l'obtint sur-le-champ. La marquise, dans l'attitude de la prière à côté de Chérubin à plat ventre et sanglotant, risqua un geste consolateur pour lui caresser les cheveux. Elle ne songeait à rien, lui non plus. La luxure n'occupait pas leur esprit. Mais l'épiderme de l'un osant ce geste et celui de l'autre le recevant ne demandaient qu'à se toucher pour se reconnaître.

Chérubin se retourna. Il distingua la main de Gersande à portée de sa bouche, si proche qu'elle lui cachait le visage. Il enfonça dans la paume offerte sa langue doucement. Il fit l'aveu total de sa patiente attente à ce mont de Vénus qui ne se dérobait pas. Ses lèvres étaient souillées par la terre qu'il avait tout à l'heure mordue et, quand leurs bouches se rencontrèrent, les amants goûtèrent d'abord cette glèbe qui s'interposait entre le désir et eux.

Pallio rampant dans l'herbe guettait l'architecte pour se repaître de son désarroi. Il n'avait pas prévu l'irruption de Gersande. Il était enfoncé dans l'ombre de l'arbre et dans la broussaille, confortablement adossé au talus pour jouir du bon tour qu'il avait joué à Chérubin. Il n'eut pas le temps de se mettre en garde contre l'événement redouté.

Quand la lune reparut entre les nuages, Gersande était à califourchon sur son amant et rugissait de soulagement de cette attente trop longtemps retardée.

— O culo di angelo ! gémit douloureusement Pallio.

Il ne pouvait en supporter plus. Rampant hors de son abri de broussailles, il se releva et s'engagea titubant sur la grande allée cailloutée de gravier blanc tout neuf. Son pas mal assuré se traînait sur ce tapis minéral. Derrière lui, il lui semblait percevoir, bien qu'il ne fût plus audible, le grognement repu des amants qui s'assuraient hâtivement de tous les bonheurs qu'ils avaient, en leur attente, imaginés à foison.

Cette fallacieuse perception poussait Pallio de plus en plus vite vers son malheur. Au loin, il voyait briller les cygnes en groupe qui avaient dérivé dans leur sommeil vers la margelle du bassin. Leurs têtes lovées vers leur col s'abîmaient, bien à l'abri de l'existence, sous le duvet du gésier où ils s'abscondaient pour la nuit.

Il était onze heures du soir. Les colonnes couchées dans l'herbe étaient parcourues de brefs rayons de lune glissant à travers les nuages. Là-bas, la pièce d'eau elle aussi clapotait sous la lune et formait des risées que Pallio interpréta comme des clins d'œil.

Il eut la présence d'esprit de se dire que le bruit d'un plongeon pourrait alerter quelqu'un qui s'efforcerait de l'arracher à son dessein. Alors il s'allongea le long de la margelle. Avec précaution, il se laissa couler dans l'eau calme, avec souplesse, évitant tout remous, comme un plongeur certain de revenir à la surface dans quelques instants.

On découvrit son cadavre au matin, dérivant au gré de la brise. Les cinq cygnes de la marquise escortaient son errance comme une somptueuse couronne blanche.

Et maintenant il y avait trois ans que tous les corps de métier fignolaient Gaussan pour en faire un bijou bien serti devant Mane et Forcalquier. Maintenant le va-et-vient était incessant entre Mane et Manosque où prospérait une briqueterie. On y façonnait l'argile brute sur les cuisses rondes des ouvrières en rang d'oignon. Elles étaient maigres ou sensuelles ou rétrécies du col ou largement évasées si le galbe était spacieux. Les couvreurs rêvaient en évoquant ces rondeurs. Ils manipulaient les tuiles avec douceur, avec précaution, ils travaillaient en chantant leurs plus beaux airs de gondoliers.

Dans les allées couraient trois adolescents exubérants, une fille et deux garçons qui s'ébattaient, jouant à la guerre.

Palamède avait défendu qu'on les élevât à la Cour. Il tenait que ce foyer d'ambitions, par les valeurs de pacotille qu'il offrait, ne saurait servir que de trompe-la-mort ; au lieu que les splendeurs de la nature autour de Gaussan ne pouvaient qu'exalter des âmes sensibles. Encore fallait-il qu'elles le fussent. Or il n'y avait que la fille pour aimer Gaussan et faire de son arbre gigantesque l'abri où elle allait méditer sur la vie. Les deux autres ne rêvaient que batailles et ripailles.

La fortune du marquis, sa réputation d'homme juste, l'ancienneté de sa famille et la glorieuse blessure qui l'avait privé d'une moitié de jambe, tout cela faisait qu'il était de plus en plus sollicité par le gouverneur de la province. C'était souvent qu'il faisait atteler pour descendre à Aix débattre avec le parlement où il opinait dans le corps nobiliaire.

Il menait une existence paisible, tout occupé de Dieu et de bonnes œuvres. Gaussan avait été le cadeau qu'il avait voué à la marquise pour la remercier de ne plus l'honorer. Parfois l'aiguillon du désir le poignait bien un peu et il en poussait des soupirs involontaires, mais il offrait à Dieu cette souffrance raisonnée et vivait des nuits tranquilles, en paix avec sa conscience car il n'oubliait jamais les transes vécues lors de ces mauvaises couches qui avaient failli emporter Gersande.

Mais pour être dévot, il n'en était pas moins lucide et il avait regardé bien en face la perspective qu'entre Chérubin et la marquise l'amour puisse naître. Il avait même préparé le discours qu'il lui tiendrait si, par chance, elle venait lui annoncer qu'elle était enceinte d'un autre. Il la rassurerait d'abord :

— N'allez pas croire, ma mie, lui bonnirait-il, que je me sente outragé. J'ai souvent pensé que je vous faisais une injustice en vous privant de ce que vous aimiez le mieux et j'en ai bien pesé les conséquences. Or donc soyez en paix et vivez votre grossesse en toute quiétude. Pour ma part, je vais aller prier pour vous comme je le fis lorsque vous fûtes en si grave danger.

Tout seul devant son miroir où il s'examinait, il s'était redressé d'un pied à l'évocation de cette scène qu'il imaginait.

— Vous attendiez-vous, ma mie, que j'adopte une autre attitude à votre égard ? M'avez-vous vu semblable à tous les autres hommes ? Si c'est le cas, c'est par là que vous m'outragez !

À son père pleurant amèrement dans ses bras aux obsèques de sa mère et aux paroles terribles prononcées par celui-ci, Palamède devait cette hautaine attitude au-dessus de l'humain qu'il s'efforça de garder toute sa vie.

Il se souvenait comme si c'était hier. Il revoyait le cercueil de sa mère, née Ismène de Simiane, déposé à terre ; le trou creusé devant la tombe des ancêtres ; les cordes à nœud qui l'encerclaient provisoirement comme pour attester qu'elles seraient seules à remonter de la fosse.

Et son père, déjà vieux, qui s'était écroulé entre les bras de Palamède, en loques, les larmes ayant fait de son visage l'esquisse du jugement dernier, son père lui avait chuchoté à l'oreille :

— Tu vois, fils, je troquerais le salut de mon âme contre la damnation éternelle pour avoir été avec elle autre que je ne fus. Je la réclamerais à grands cris cette damnation. Je l'aimais et je la cloîtrais ! Je lui interdisais de voir d'autres hommes et je savais bien moi, pourtant, que j'étais insuffisant. Et tout à l'heure, tu vois, quand j'entendais clouer ce cercueil sur elle, j'aurais hurlé à réclamer ma damnation pour qu'une fois au moins elle ait pu être heureuse entre d'autres bras que les miens ! L'amour vois-tu, fils, et crois que ma parole est profonde, c'est que le bonheur que l'on souhaite à l'autre ne dépende pas de vous seul.

Palamède était jeune encore quand il avait entendu ces paroles mais elles s'étaient incrustées en lui au fur et à mesure qu'il vieillissait. D'abord révolté par ce sacrilège — et comment ne le serait-on pas quand c'est de votre propre mère qu'il s'agit ? — il avait longtemps été tenu éveillé par sa conscience. Il avait interrogé Dieu les yeux dans les yeux, tandis que la terre, inexorable, poursuivait son chemin parmi la nuit des temps, et il avait compris que c'était jusqu'à cette hauteur de vue qu'il devait s'élever s'il voulait vraiment se prétendre homme.

Une telle mansuétude permettait aux amants de s'ébattre sans encombre. Grâce au gîte de la forteresse où le marquis avait installé Chérubin pour la durée des travaux, et grâce aussi à ses fréquentes absences, ils pouvaient s'aimer en toute liesse.

Mais le destin des hommes leur tourne entre les doigts lors même qu'ils ont pris tant de soin pour le construire. Si Pallio, au lieu de se jeter bêtement à l'eau, avait eu la patience d'étudier longuement le couple de Chérubin et de Gersande, il eût assisté au plus étrange spectacle, quoique fréquent, qu'offre la nature humaine à qui veut bien l'observer.

Il faut du temps pour comprendre, pour s'apercevoir que la volupté n'est pas forcément sœur de la beauté ni même de l'amour fou. La marquise follement amoureuse de Chérubin mit deux ans à s'aviser que celui-ci n'était pas grand abatteur de bois et qu'il n'avait pas l'imagination très fertile.

Un jour qu'elle allait le retrouver en la froide citadelle de Mane où Palamède l'avait installé, elle le surprit dormant mais dormant tout de bon, alors que d'ordinaire tirant le verrou par surprise il la guettait derrière la porte pour vite s'encastrer sur elle.

Il était sans défense, la bouche ouverte, ronflant à qui mieux mieux, son nez un peu retroussé livré à la critique, nu et cru. Aucune intuition ne l'avertissait que sa maîtresse était à son chevet et méditait sur lui.

Tout son corps abandonné disait assez qu'il préférait le sommeil à la volupté : la marquise se bâillonna pour étouffer le rire dont elle pouffait. Le même rire qui l'avait saisie lorsqu'elle avait découvert sur le tapis la jambe de bois de Palamède qui s'y était égarée.

Femmes varient sans doute mais c'est toujours pour de bonnes raisons qu'elles n'osent pas avouer ou qu'elles n'osent pas s'avouer. Il prit fantaisie à Gersande de vérifier, depuis la rencontre sous l'arbre, combien de fois elle avait connu la volupté avec Chérubin. Parvenue très vite au terme de son énumération, elle se plaqua la main sur la bouche pour de bon en s'exclamant :

— Mon Dieu si peu !

Chérubin poussa un grognement et se tourna sur l'autre flanc. La chose manifestement ne le concernait pas.

Ce fut à partir de là que Gersande se prit à rêver de Palamède. Celui-ci en dépit de sa jambe absente traitait avant de se l'interdire sa femme comme une œuvre d'art. Elle n'avait jamais plus avec son nouvel amant les douces inventions de caresses qu'il lui faisait savourer. Elle se les remémorait tandis que Chérubin, tiré du sommeil, s'efforçait sur elle avec une vigueur dans la durée qu'elle avait crue souveraine et qui maintenant répétitive et sans invention faisait insidieusement naître l'ennui. En somme, Chérubin confondait l'amour avec un assaut de cavalerie, et il avait suffi à Gersande de le trouver ridicule en le contemplant pour conserver de lui cette unique image. En vérité, il avait trop de génie dans son art pour en connaître aussi en érotisme.

Ce fut à la suite de cette découverte que leur amour devint dolent et nonchalant. L'usure, qui aura raison des mondes, s'attaque au bonheur et le rend monotone de la même manière qu'elle a raison du malheur à force du temps qu'elle entasse jusqu'à en éliminer la cause.

Cependant, le château tout blanc et maintenant tout souriant achevait de se construire dans l'allégresse.

Vint un jour où le marquis invita à une grande fête toute la population de Mane pour célébrer la fin des travaux. Les trois cents habitants du pays vinrent faire médianoche sous l'arbre qui les reçut tous à son ombre. Les enfants lui donnèrent des coups de pied en jouant, les hommes le compissèrent à qui mieux. Il ne laissa personne indifférent. Beaucoup, assis et mangeant du jambon ou buvant le vin du vallon, essayèrent dans le fouillis des branches maîtresses grosses comme des cuisses de cheval d'apercevoir son faîte à travers les ramures. En se massant les vertèbres après cet exercice, ils se disaient les uns aux autres :

— Trois cent cinquante ans... trois cent cinquante ans...

Cet âge les intimidait. Ils avaient envie de dire « vous » à cet ancêtre. C'était un arbre qui imposait silence. Les hommes qui le voyaient l'enviaient un peu et se demandaient comment faire pour atteindre trois cent cinquante ans. Leur vie tout entière s'incluait dans cette longévité et ne dessinait dans l'aubier du chêne que quelques cercles de plus.

Quand la fête fut terminée, Gersande dit à Palamède :

— Nous coucherons ici les premiers. Les enfants resteront à Montlouis le temps qu'il faudra pour préparer les meubles, mais moi je veux que ce soit tout de suite. D'ailleurs j'ai quelque chose à vous dire à cette occasion et je veux que nous soyons seuls.

— Eh bien soit, dit Palamède, que votre fantaisie soit faite. Mais le lit, avez-vous pensé au lit ? Celui de Montlouis me paraît bien étroit !

Elle lui posa la main sur le poignet.

— Je vous fais confiance, dit-elle en souriant. Je vous sais plein de ressources !

Sur ces entrefaites, un homme taciturne qui habitait près d'une fontaine et se disait menuisier vint trouver le marquis un beau soir en se dissimulant de tous et en rasant les murs (chez nous la moindre originalité nécessite le secret tant nous craignons le ridicule). Le marquis habitait encore Montlouis avec ses enfants, sa femme et la douairière, bisaïeule de Gersande, dont on disait qu'elle ne voulait plus mourir car elle avait quatre-vingt-dix-huit ans et prisait comme une damnée.

Cet homme-là, vieux aussi et les doigts tremblants, vint dire à Palamède :

— Monseigneur, j'ai ouï dire que vous aviez besoin d'un lit à Gaussan. J'en avais préparé un pour votre pauvre père mais là-haut, au château fort, les portes étaient trop étroites, on n'a jamais pu le faire passer. Je l'ai encore qui s'empoussière à l'atelier. Si votre seigneurie veut bien l'accepter, je lui en ferai volontiers le présent. À Gaussan, il paraîtra petit dans votre chambre.

— Ma chambre ? Comment sais-tu où sera ma chambre ? Je n'y ai pas encore songé !

— Monseigneur, il n'y en a qu'une qui pourra contenir mon lit sans paraître trop petite.

Sur un fardier, aidé de trois hommes, le vieillard illico apporta le monument à Gaussan. C'était un lit creusé dans le bois d'un olivier vieux sans doute d'un millénaire ; autant pris dans la cèpe que dans l'infrastructure du tronc. C'était un lit fait d'un rêve. Le rêve d'un vieil homme tout seul et d'une femme qu'il aurait pu avoir et d'un enfant qui aurait pu y naître.

Le compagnon ne révéla jamais au marquis comment il s'était procuré un olivier de cette envergure pour y tailler les planches polies où des volutes sombres dans le bois alternaient avec des éclaircies soudaines, où les caprices des pluies au creuset de la terre obscure composaient une sorte de ciel arrêté dans sa course, lequel s'était pétrifié pour créer une image cristallisée sans mouvement. Ces volutes en spirale figuraient un ciel d'orage composé de marbrures soudain éclaircies par d'incompréhensibles plages de lumière où le soleil était près de paraître, alors que ce bois se trouvait de toute éternité dans l'obscurité de la terre, loin de toute source de clarté. Ces volutes s'étendaient à la surface des montants, au chevet, au pied droit, sur les rouleaux qui l'enjolivaient.

Quand le marquis s'étant exclamé devant ce travail avait demandé comment il avait pu le concevoir et le mener à bien, l'artisan avait mis le doigt en travers de ses lèvres et avait répondu :

— La patience.

Pendant que le château se construisait, Gersande était devenue une femme de quarante ans comme les Grecs en avaient toujours rêvé en leur statuaire. Les dix ans qu'elle avait pris, loin de la gâter, l'avaient dépouillée de toute ingénuité et elle était aussi provocante que la plus rouée des courtisanes. Le jour où elle vint pour la première fois habiter la chambre de Gaussan où le lit avait été dressé pour elle, ses femmes la baignèrent et la parfumèrent comme au soir d'un sacrifice. Elle resplendissait d'opulence contenue. Ses yeux étaient immenses et l'on pouvait se perdre dans leur clarté où l'expression était éparse et sans but précis.

Elle mit un doigt sur ses lèvres et dit à Maria, la veuve de Pallio, qui était devenue sa femme d'alcôve :

— Ce soir, ce sera mes secondes noces !

— Soyez heureux, dit-elle à Palamède dès que fut soufflée la chandelle. Je n'ai plus mes menstrues ! Vous pouvez user de moi comme vous l'entendez. C'est cela que je voulais vous annoncer ! N'êtes-vous pas heureux ?

Elle mentait hardiment. Se fiant à Dieu aveuglément pour la suite de son destin.

Elle s'élargit voluptueusement sur lui, autour de sa verge, jusqu'à ce que l'intérieur de sa vulve à la charnière de son puits d'amour fût bien installé, avec précaution pour ne pas provoquer chez Palamède un paroxysme prématuré et sans gêne aucune afin de goûter la sensation si délicate de leurs poils électrisés par le désir.

Ce désir, depuis si longtemps qu'ils le refrénaient, leur commandait de rester immobiles, les yeux grands ouverts à se contempler.

— Venez vite, mon homme ! Je n'aime que vous !

La marquise fit cet aveu dans un souffle.

— Je suis donc aimé de Dieu ! dit Palamède, et il le pensait.

Ce fut dans cette situation qu'au matin Chérubin les découvrit. Il était venu triomphant et sans appréhension assister à ce premier réveil des châtelains en leur château. Il pensait les trouver dans le parc au milieu de ces berceaux de verdure qui commençaient à dessiner leur perspective, buvant leur café en devisant tranquillement. Le parc était désert. Sur la pièce d'eau les cygnes essayaient d'attraper de menues larves en s'ébrouant. Au lointain du vide des appartements en enfilade une étrange mélopée semblait descendre de l'étage. Toutes les portes, toutes les fenêtres étaient grandes ouvertes. Rien n'était sec, ni les peintures des rinceaux ni les enduits des corridors. Tout cela respirait cette odeur d'amande amère que la chaux vive exhalait

De son pas élastique de jeune homme, Chérubin gravit rapidement le grand escalier. Là-haut aussi tout était béant. L'étrange mélopée, tantôt véhémente, tantôt en sourdine, troublait seule le silence. Par la haute porte à deux battants largement écartés, la vision fut brutale, constante, explicite : la marquise de dos besognait tant qu'elle pouvait Palamède à sa merci avec sa demi-jambe bien visible.

C'est foudroyant pour un amant de voir sa maîtresse faire joyeusement l'amour avec son propre mari. Jamais ni Palamède ni Gersande n'eurent conscience de cette présence, et Chérubin accroché au chambranle put se repaître du spectacle tout son saoul, n'en croyant pas ses yeux que des gens qui faisaient l'amour ensemble depuis plus de vingt ans puissent encore y trouver tant d'attrait.

À force de les contempler s'aimer, il finit par comprendre que ces deux-là jouissaient d'une grâce qui lui était refusée, qu'il n'avait pas reçue en partage : ils s'aimaient par l'intérieur de l'âme. C'était là un pouvoir qui ne lui était pas accessible.

« Le voici donc, se dit-il, ce sentiment tant attendu ! »

Il était abasourdi. Il avait jusqu'alors connu des amours simples, faciles à vivre, sans histoire, qui simplement commençaient, s'exaltaient, se magnifiaient, lassaient et s'évaporaient au fil du temps. Comme il n'avait que peu de mémoire, il n'en gardait aucune trace dans le cœur ni dans la chair. Pour la première fois, il en connaissait un où ce n'était pas lui qui menait le jeu. À son insu peut-être il aspirait à éprouver une certaine souffrance et c'était sans doute ce sentiment ignoré jusqu'à ce jour qu'il saluait en s'exclamant ainsi.

Il errait dans des salles entièrement vides et vouées à l'écho où le moindre pas s'entendait sitôt qu'on y pénétrait. Cet écho fatal lui renvoya ainsi longtemps les soupirs de Gersande et ses roucoulements aux intonations variées. Chérubin n'en croyait pas ses oreilles. Il se demandait même s'il avait jamais ouï de tels mercis reconnaissants de sa part quand elle était en amour avec lui.

Alors, parmi cette joyeuse mélopée de vie satisfaite, un autre son, ample, feutré, se glissa insidieusement aux oreilles du jeune homme. C'était, plus qu'un son, une houle de courant d'air (mais au-dehors, visible par les croisées, aucun clapotis de vent n'agitait le feuillage des arbres) et pourtant un souffle glacé parcourut son échine.

Il s'avançait vers le grand vestibule et s'immobilisait. Là-bas au pied des colonnes romaines, un sextuor de femmes agglomérées s'occupait à nettoyer les losanges des carreaux blancs et noirs.

Chérubin leur trouva de curieuses attitudes. Si deux d'entre elles brossaient vigoureusement le sol, les quatre autres leur imposaient silence à grands gestes impérieux et un doigt sur les lèvres. Machinalement les deux travailleuses essorèrent leurs serpillières dans leurs seaux.

— Tais-toi ! Taisez-vous ! disait le chœur des quatre autres.

À genoux, aux aguets, frémissantes, c'est à peine si elles prenaient conscience d'une présence à leur côté. Elles n'étaient pas interloquées par l'irruption de ce beau jeune homme parmi elles. Elles virent bien qu'il titubait et qu'il était livide, mais quand on est occupé à travailler et que par surcroît un élément incompréhensible vient de traverser vos préoccupations, ce sont là petits détails. Elles proférèrent ces simples mots à voix basse :

— Vous entendez ?

— Quoi ? dit Chérubin. Qu'est-ce que je dois entendre ? Le bruit de vos serpillières quand vous les essorez ?

Car il s'était tout de suite rassuré en les voyant. La rumeur qu'il avait perçue provenait à n'en pas douter de leur présence et des instruments de leur travail.

— On nous l'avait dit ! On le savait bien que ça arriverait !

Elles se chuchotaient ces mots entre elles, les bonnes femmes de Mane. Elles certifiaient, elles attestaient. Elles avaient parfaitement assimilé la présence de Chérubin parmi elles. Elles le prenaient à témoin.

— Mais qui vous a dit quoi ? dit Chérubin interloqué.

— Qu'elles reviendraient ! Que c'était fatal ! Qu'on ne peut pas impunément faire un château avec un couvent détruit et tant de mortes suppliciées qui ont été ensevelies parmi ces pierres transformées en maison de luxe ? Comment voulez-vous. Dites que c'est pas vrai !

Elles parlaient toutes à la fois, les bras véhéments brandis vers l'architecte. La rumeur de leurs voix couvrait le long tremblement du sol à peine audible mais ininterrompu qu'elles croyaient saisir dans leur peur, leur désarroi, leur panique de simples mortelles.

— Tout le monde vous le dira ! C'était fatal que ça arrive !

Elles se signaient. Elles regardaient toutes ensemble vers un point de l'air qu'elles étaient seules à percevoir.

— Mais quoi ? dit Chérubin désorienté.

Il en avait presque oublié la châtelaine et ses soupirs.

Les pauvres femmes de Mane avec leurs mains jointes, abîmées par le lessif, racontaient que, dans les ruelles du village, toutes les sottes communes qui chevrotaient au seuil des maisons, prenant le frais sur des chaises dépaillées, savaient depuis longtemps que les conventuelles autrefois exterminées par les soudards n'avaient pas reçu sépulture. C'était forcé que, déterrées avec les pierres qui avaient servi à exhausser le château, elles revinssent au monde pour se faire reconnaître. Les moniales de Sainte-Claire martyrisées frôlaient les murs des grands corridors en une plainte discrète que seules les âmes sensibles pouvaient ouïr, mais au contact de Gaussan toutes les âmes devenaient sensibles. C'était une présence apeurée et sans ostentation. Elle ne dépassa jamais cet ample glissement qu'on aurait pu prendre pour un courant d'air si le moindre souffle de vent avait au-dehors agité les feuillages des arbres. C'était le défilé discret d'une procession interminable, laquelle cessait brusquement comme si l'angle d'un corridor l'avait dérobée à la perception des hommes.

— Tout le monde le sait ! Tout le monde vous le dira !

Déjà, en dépit du froissement imperceptible qui continuait à se faire entendre doucereusement, les pauvres femmes reprenaient leur labeur, se répandaient à genoux, se traînant à gestes larges de leurs serpillières qui effaçaient les dernières traces des souillures laissées par les travaux.

Pendant ce temps s'étaient tus les soupirs à l'étage de la marquise enfin repue et qui devait s'être assoupie dans le berceau divin des bras de Palamède, protecteurs, tendres, formant berceau contre toutes les embûches de la vie.

Des cris joyeux d'enfants montaient sous les fenêtres et Chérubin lassé, l'âme en lambeaux, écoutait maintenant en vain le silence que les pauvres femmes de Mane continuaient à croire peuplé, mais il n'avait pas le cœur à s'occuper des grands mystères du monde.

Il avait son propre désarroi à gouverner. Il se demandait avec inquiétude s'il allait pouvoir maîtriser son chagrin car il avait en commande un autre château du côté de Rives-de-Giers et il avait besoin de garder l'esprit clair.

Il erra ainsi solitaire parmi les salles et les corridors et toutes les dépendances de Gaussan. Son orgueil ne parvenait pas à reprendre le dessus. Notamment, il médita jusqu'à ce que les caméristes vinssent faire le lit dans la chambre où les draps témoignaient des bonheurs qu'ils avaient abrités et qu'il était bien difficile à Chérubin de ne pas s'exagérer. Palamède et Gersande avaient regagné Montlouis. La nuit venait.

La nuit venait ? Mais non ! Au grêle clocher de Mane venaient de sonner quatre heures et l'on n'était que le 20 septembre. Pourquoi cette ombre incongrue qui obscurcissait les grandes croisées ?

Alors Chérubin put constater que c'était l'arbre qui obombrait déjà la façade bien qu'il restât encore deux heures de lumière jusqu'au couchant à l'horizon. Le soleil disparaissait au houppier du chêne. De son feuillage doré, lorsque ce serait l'automne, il pèserait de son ombre sur les quatre mois d'hiver. Il rendrait impossible, par les fenêtres des chambres, la contemplation des iscles d'or que dessinait à profusion le soleil en son interminable déclin.

C'était le deuxième coup du sort qui atteignait Chérubin après la certitude que dans les bras de son mari la marquise l'avait facilement oublié.

Depuis quatre ans qu'il passait devant ce chêne avec indifférence, alors qu'à son abri il avait fait l'amour pour la première fois dans les bras de Gersande compatissante, l'arbre avait encore crû, en hauteur, en noblesse et en condescendance.

— Monseigneur, avait dit Chérubin à Palamède, lors de leur première rencontre. Votre arbre fait de l'ombre à mon château. Si vous m'en croyez, nous le couperons.

Le marquis frappa son bureau d'un coup de poing à le briser en deux. Cet homme doux de caractère et ordinairement bénin était hors de lui. Son visage poupin quelque peu cramoisi était devenu d'une pâleur mortelle.

— Si vous faites une chose pareille, je vous tue de ma main ! proféra-t-il.

Lorsque cette altercation se produisit en le cabinet du marquis, les frères de Pallio, Lorenzoni et Gazzaladre, étaient occupés dans une embrasse à finir de mastiquer les vitres d'une fenêtre. Ils faisaient ça sous l'abri d'une toile de jute où ils étaient invisibles.

— Monseigneur ! murmura Chérubin. Je pense que votre seigneurie s'oublie !

Derechef Palamède assena son poing sur la table.

— Je ne m'oublie pas du tout ! Je vous répète que, si par malheur vous abattez cet arbre, je vous tue de ma main !

Personne ne l'avait jamais vu en une telle fureur. Les frères vénitiens en frissonnaient encore trois jours plus tard en se répétant la confidence.

En réalité, Palamède, en observant bien son architecte, venait de comprendre que celui-ci l'avait surpris en train de faire l'amour avec Gersande et qu'il en avait conçu une amertume extrême.

Il lui avait bien semblé en effet, à un moment où il s'était retourné, voir une ombre au pied du lit et se gavant de ce spectacle, mais il avait oublié aussitôt cette intrusion. Elle venait de lui sauter au visage en l'entendant lui annoncer son intention de couper l'arbre.

« Est-ce parce qu'il a été l'amant de Gersande que je le menace ? Ma nature humaine en serait bien capable… »

Mais au frisson qui l'avait parcouru à l'évocation de ce chêne, de tout son long cadavre embrassant la terre, il avait compris que c'était bien cette vision qui motivait son courroux.

De son côté, Chérubin cachait une âme qui ne correspondait pas à la joliesse de son corps. Sa mère, un puits de déboires conjugaux, lui avait en son enfance passé tous ses caprices et il ne supportait pas que la nature humaine lui résiste. En fait, c'est en frappant du pied jusqu'à un jour se briser l'astragale qu'il avait confronté son caractère au reste du monde. Mais les choses de la vie depuis ce temps étaient devenues plus solides et plus compactes quoique émanant de la seule imagination. Il ne frappait plus du pied qu'intérieurement, sachant la dureté de la terre, mais à l'intérieur il continuait à prétendre que le sort lui obéît.

— Je passerai outre, se dit-il, je ne veux pas détruire la perfection de mon chef-d'œuvre à cause d'un arbre eût-il quatre cents ans !

Cette phrase fut prononcée à voix haute par Chérubin devant le chêne lui-même qu'il venait toiser de temps à autre.

Les Vénitiens l'entendirent, lesquels, l'un ou l'autre, l'épiaient étroitement depuis le funeste serment qu'ils avaient entendu Palamède proférer.

Un soir, au pied de l'arbre, ils virent un étrange feu de veille. Ils s'approchèrent en rampant. Ils découvrirent douze scieurs de long qui dormaient affalés sous l'abri du géant. Un seul d'entre eux veillait pour entretenir le feu. Ils tenaient tous amoureusement leur trombellière[1] contre eux comme s'il s'agissait d'une compagne de nuit ou d'un instrument de musique.

Les Vénitiens en déduisirent qu'ils préparaient la mort du chêne. L'arbre maintenant était blanc de lune particulière. Au murmure du vent qui le traversait, les Vénitiens crurent l'entendre pleurer. Ils se mirent à genoux. Ils entonnèrent mezza voce le *Miserere* d'Allegri qu'ils n'avaient plus chanté depuis la mort du pauvre Pallio. Après quoi, tapis dans la broussaille, ils épièrent la pénombre. Ils savaient que les compagnons scieurs attendaient un ordre de Chérubin pour se mettre au travail. Ils ne voulaient pas charger l'âme du marquis, leur bienfaiteur, d'un crime que celui-ci avait annoncé.

Quand Chérubin, irréel dans son habit blanc, apparut distribuant des coups de pied aux bûche-

1. Trombellière : passe-partout en dialecte.

rons pour les éveiller, les Vénitiens rampèrent dans le sous-bois et se dressèrent soudain devant lui. Ils l'assassinèrent en commun, à la vénitienne : chacun un coup du poignard qu'ils se passèrent de la main à la main, afin qu'au jour du Jugement la responsabilité de chacun fût divisée par deux.

Les bûcherons ne demandèrent pas leur reste. Ils s'enfuirent à qui mieux mieux et chacun pour soi. On vit longtemps dans la forêt où se fondait le parc du château leurs lames en bandoulière fulgurer dans le clair de lune tandis qu'ils s'enfuyaient.

Les Vénitiens se mirent incontinent au travail. Ils creusèrent la tombe de Chérubin à même le lieu où ils l'avaient occis. Ils l'étendirent là avec précaution : face contre sol, afin qu'il ne vît pas les pelletées de terre qui le frappaient de dos pour le rendre à l'éternité. La lune se coucha. Longtemps les Vénitiens tout pleurant (car ils avaient beaucoup admiré Chérubin pour son génie de bâtisseur) œuvrèrent dans l'ombre et à tâtons pour que la tombe fût invisible. Avec les mains, avec les genoux, avec les pieds, ils réussirent à l'effacer complètement par des mottes de gazon et de mousse et à faire que, sous l'arbre, le terrain bouleversé disparût et que la tombe demeurât invisible. Au matin eux aussi avaient disparu sans rien emporter. Ils avaient plié dans une serviette le poignard ensanglanté. Le marquis le trouva le matin au seuil de sa porte accompagné de ce billet laconique : *Alla remente di Pallio*. On n'en entendit jamais plus parler. Il plut pendant huit jours. L'herbe poussa. L'arbre perdit ses feuilles qui firent tapis au long de l'automne. Le marquis, à coups d'espingole, tua un sanglier qui essayait de déterrer quelque chose avec ses défenses.

Chérubin n'avait de famille que deux frères qu'un héritage malheureux avait brouillés pour toujours avec lui.

On ne sut pas ce que se dirent les deux époux au sujet de ces trois disparitions suspectes et nul ne leur posa de questions.

Par une extraordinaire manifestation de ce que peut devenir l'amour quand il n'existe plus, la marquise le restant de sa vie ne quitta plus la couleur gris perle pour ses atours. Elle lui seyait d'ailleurs à merveille. Un homme sage et impartial qui l'eût interrogée pour obtenir d'elle la raison de ce gris perle n'eût pu résoudre l'énigme. Son subconscient lui avait imposé cette contrainte en dépit d'elle-même.

Elle eut d'ailleurs bientôt l'occasion d'aggraver ce demi-deuil. Ses deux aînés étaient à l'armée, l'un était ingénieur des poudrières, le second capitaine d'artillerie. Certain jour où ils visitaient Gaussan, ils avaient eu l'occasion de se convaincre et de se communiquer qu'il était bien dommage que ce grand arbre fît une telle ombre à leur beau château. Ils déplorèrent l'obstination de leur père à le conserver et se promirent que, dès qu'ils seraient les maîtres, ils feraient de ce chêne bonne et prompte justice.

Sur ces entrefaites il prit fantaisie au cardinal Dubois, alors maître de la France, de déclarer la guerre à la Sainte-Alliance.

L'aîné des Gaussan fut tué à cette bataille où Maurice de Saxe invita les Anglais à tirer les premiers. Cette salve de politesse coûta la vie à bon nombre de valeureux représentants de la noblesse française.

Quand Palamède vit le cercueil de Tancrède dressé sur une estrade dans le grand vestibule de Gaussan, le cœur lui faillit, sa béquille lui échappa bruyamment et il tomba en apoplexie. La marquise aggrava de noir pour son fils le deuil de son ancien amant qu'elle avait pris en gris, et mourut peu après.

Toussaint, le puîné, revint couvert d'honneurs, et comme il s'agissait d'une victoire, le roi le nomma directeur des Poudres et Salpêtres, et il mena une vie bien remplie qui lui permit d'oublier que l'arbre gigantesque obombrait le château.

Partagé entre sa carrière à la cour et son amour du pays, il fit dans les bois entourant Gaussan quelques expériences pyrotechniques où il faillit perdre la vie mais cela ne l'empêcha pas d'épouser une grande héritière des environs, née Françoise de Sabran et de vingt ans sa cadette, à laquelle il fit deux garçons robustes.

À la mort du roi Louis XV, Toussaint revint au pays pour, espérait-il, ne plus le quitter. Il en profita, à quarante-huit ans, pour faire à la marquise une dernière fille que sa mère, on ne sut jamais pourquoi, appela Sensitive.

Jusqu'à douze ans cette fille demeura au château, partageant les jeux des fermiers que Palamède avait affranchis. Elle devint le bâton de vieillesse de Palamède, lequel ne pouvait plus parler et qu'on promenait en petite voiture. Celui-ci fit comprendre à Sensitive qu'il lui serait agréable, parfois, d'être conduit au pied de son arbre pour pouvoir en caresser l'écorce. Il était veuf désormais et n'avait plus pour le rattacher à la vie que ce chêne qui faisait croire à l'éternité.

Quant à l'arbre lui-même, personne ne lui interdisait plus de faire de l'ombre au château. Il avait eu raison de tous ceux qui avaient eu le malheur de lui être contraires.

6

Quand Sensitive Pons de Gaussan atteignit les rives du lac Léman, prête à passer en Suisse, l'instinct de sa race lui fit arrêter l'équipage.

Elle avait quitté Versailles au lendemain du massacre des Suisses aux Tuileries, dans la monstrueuse panique qui avait suivi chez tous les aristocrates qui occupaient encore le palais et ne croyaient toujours pas à la Révolution.

Dans un nuage de poussière qui s'abattait sur les boulingrins du parc, les équipages fuyant vers Coblence se bousculaient aux grilles. Les coups de fouet intempestifs, les imprécations et les ordres vains soulignaient cette ignorance des périls, même si se posaient encore entre les palefreniers et les valets des questions de préséance :

— Place à monsieur le marquis de Choiseul !

— Place à monsieur le duc de Chaulnes !

Quand le carrosse de Sensitive put enfin se frayer chemin dans cette débâcle, il était cinq heures du matin et le jour se levait. Elle n'avait que quatre chevaux à sa voiture et des équipages à huit chevaux ne cessaient de sonner du cor et de crier à leurs valets qu'on s'écartât.

Le bruit courait parmi les fuyards que le peuple souverain, encore ahuri par sa victoire, s'était allé coucher et que la désorganisation totale était propice à la fuite.

Sensitive était arrivée sans encombre jusqu'à Cluny où elle avait un parent dans les environs, descendant d'un corsaire de Louis XIV. C'était un Forbin, qui l'avait jadis tenue sur les fonts baptismaux et qui avait été fort bonhomme jusqu'à ce qu'un procès perdu contre les prémontrés le rendît athée et ennemi du genre humain. Il avait alors fait élever autour de son château délabré une palissade aux barreaux de fer sommés de piques acérées et adornée d'un portail qu'on ouvrait rarement sur lequel, ayant martelé son blason, il avait fait forger cette sentence redoutable qui le faisait tant méditer autrefois quand il lisait Molière :

À fuir dans un désert l'approche des humains.

Au cor sonnant du maître d'équipage, ce portail rébarbatif ne s'ouvrit pas tout de suite devant Sensitive. Le misanthrope maugréant mit du temps à se montrer. Il n'avait plus de serviteurs, les ayant congédiés car, étant du peuple, ils personnifiaient la Révolution et il ne voulait rien avoir à faire avec elle. Il l'avait publié urbi et orbi et belliqueusement. Il vivait à côté d'une espingole toujours chargée et d'un baril de poudre à canon au milieu de sa chambre à coucher. Moyennant quoi il avait fait savoir que si la canaille l'attaquait, il ne partirait pas seul.

De la part de ce réfractaire qui prétendait avoir prédit ce qui devait advenir de la royauté et qui proclamait partout que si la race humaine disparaissait dans sa totalité, y compris lui-même, le monde ne s'en porterait pas plus mal, on savait que ce n'était pas parole en l'air.

Néanmoins ce Forbin savait ce qu'il devait à cette parente dans le besoin et dont le nom était plus vieux que le sien sur les états nobiliaires et dans l'ordre du Saint-Esprit. Il la reçut du mieux qu'il put par ces temps de disette et la fournit de ces quatre percherons qui lui parurent plus solides pour faire tant de lieues.

Il demanda des nouvelles de Paris et de Versailles. Sensitive ne pouvait lui en offrir que de très mauvaises.

À chaque horreur qu'elle lui narrait, le Forbin s'exclamait de satisfaction, tout heureux d'avoir été si bon prophète. Il n'avait pas de préférence, nobles ou roturiers, pour les victimes des événements et il jubilait à l'énoncé des unes et des autres. Mais quand Sensitive lui dit qu'elle avait vu passer devant ses fenêtres la tête de la princesse de Lamballe au bout d'une pique, il fit quand même le geste de porter la main à la sienne pour vérifier qu'elle était toujours là.

De Cluny à Annemasse on eût dit que jamais n'avait eu lieu sur ces rivages rien qui pût déranger l'éternité. La vigne prospérait, les rivières s'étalaient paisiblement ; des charollais tout en muscles étaient vautrés dans l'herbe grasse et ruminaient en toute paix. C'était l'image du pays sur des dizaines de lieues. La nuit leur ventre blanc reflétait la lune.

Les graves clochers de village en village sonnaient tranquillement les heures et, si l'on passait assez près des fenêtres, on entendait ronfler les bourgeois peu inquiets.

Quand l'équipage de Sensitive atteignit les rives du lac de Genève, il y avait un grand moment déjà qu'une calèche légère guettait sous les saules. Une femme petite et boulotte était descendue de la désobligeante qu'elle conduisait seule et en avait éteint les lanternes. En faisant les cent pas anxieusement, perdue dans ses réflexions, elle contemplait Genève au-dessous d'elle. Elle se tenait exactement à l'endroit où le père de Jean-Jacques Rousseau, contraint de quitter la ville, dit à son fils de dix ans : « Jean-Jacques, aime ton pays. »

La dame toute seule hochait la tête à ce souvenir si souvent évoqué en lisant le philosophe. Isolée dans ce grand silence, elle prononça distinctement ces mots qu'elle ne destinait à personne :

— En suivant ce novateur avec passion, nous avons contribué à creuser notre tombe.

À cet instant du fond de l'ombre, à l'orée d'une sapinière, un charroi s'annonça et la forme d'un carrosse tous feux éteints émergea de la brume.

Quatre laquais mirent pied à terre, un petit valet vint ouvrir la portière du véhicule et se tint chapeau bas en soutenant le marchepied. La dame qui guettait jusque-là se précipita en criant :

— Sensi !

Le valet de pied mit un doigt sur ses lèvres et dit tout bas.

— Madame, elle dort !

— Elle ne dort pas pour moi ! dit la dame.

Elle avait passé la moitié du corps par l'ouverture et déjà elle envahissait de son amour la dormeuse qui reprit aussitôt ses esprits. La réalité l'agressa en tous ses détails à la fois.

— Oh ! Germaine ! Quelle abomination si tu savais !

Elle avait happé l'étreinte de son amie. Les pleurs jaillissaient de ses yeux, témoignaient des souvenirs hallucinants d'une réalité qu'aucune heure de sa vie ni autrefois ni depuis ne l'avait préparée à assumer.

— Germaine ! Je sors d'un bain de sang long de trois ans déjà ! Je suis souillée jusqu'à l'âme. Je ne crois plus en Dieu ! Tout est tombé de nous. Tout nous a été arraché. Nous étions si heureux !

Sur sa belle poitrine s'écoulait un ruisseau de larmes que sa compagne contenait de son mieux en l'étreignant.

— Je suis là, Sensi ! Je suis là !

La crise de larmes s'acheva en tremblement. Sensitive recevait le choc en retour de tant d'horreurs qu'avaient enregistrées ses yeux.

Germaine l'apaisait comme elle pouvait, pénétrée du sentiment lancinant que le temps pressait car elle avait un devoir à remplir auprès de son amie. Sur le siège de la désobligeante, un paquet scellé portait cette mention : *À remettre à ma fille dès que vous la verrez.*

Depuis vingt-quatre heures fuyant la Cour, Germaine Necker avait reçu ce message de la part du marquis Toussaint Pons de Gaussan, lequel était à l'article de la mort. C'est ce qu'elle apprit dès qu'elle put à son amie éplorée.

— Pardonne-moi, Sensi, mais ton père…

— Eh bien ?

— Il va mourir ! Il t'a fait chercher partout. Il a quelque chose d'urgent à te communiquer. J'ai quitté Paris en catastrophe ! Deux hommes sont venus chez moi au péril de leur vie. Ils m'ont remis ça de la part de ton père.

Au courant de ces paroles, elle ne cessa d'envelopper son amie de toute la tendresse dont elle était capable.

— Je suis arrivée à Coppet hier au soir, depuis je t'attends ! Le serment fait à un mourant est sacré ! Je lui ai promis de te remettre ça. Je ne peux plus attendre. « C'est la prunelle de mes yeux ! » m'a-t-il dit.

Maintenant Germaine pleurait elle aussi. L'étreinte des deux malheureuses était poignante car elle contenait dans le silence de la nuit tout le malheur du monde que nul ne pouvait plus rédimer.

Un laquais discrètement s'agenouilla devant la portière battante.

— Pardonnez-moi, madame, mais il est dangereux de s'attarder ici. Un parti de hussards est annoncé qui refoule tous les émigrés. Vous êtes en grand danger d'être arrêtée et de vous retrouver à la Conciergerie.

Ce fut Germaine qui se tournant vers l'importun lui répondit :

— Croyez-vous donc qu'il soit si facile de se débarrasser ainsi de son pays en un tournemain ?

— Sans doute, répondit l'écuyer, mais cela vaut mieux que de voir promener sa tête !

Celle de la princesse de Lamballe brandie au bout d'une pique avait été tellement parlante, étant la première de tant d'autres, que même le peuple souverain s'en était senti marqué au fer rouge, frissonnant devant cette image qui, répandue partout, avait étouffé les vivats d'abord suscités. La pauvreté de cette tête morte (dont il avait bien fallu en la redessinant ôter tout le charme) avait anéanti l'opulence orgueilleuse qu'elle avait autrefois évoquée. Elle avait, par sa misère présente, ramené chacun à la sienne propre et au peu d'importance qu'elle représentait dans l'univers.

— Lis vite ! dit Germaine. Flandrin ! rallumez les lanternes, que mon amie puisse lire !

Le paquet entouré d'une grosse ficelle qu'elle tendait à Sensitive avait été fait à la hâte, sans soin. L'envoi contenait deux documents bien distincts : l'un était un parchemin roulé fort ancien et rédigé en latin, l'autre une feuille de Corvol l'Orgueilleux où les lignes tracées sans ordre par une main tremblante se chevauchaient parfois et rendaient malaisée la lecture du billet. Sensitive essuya ses yeux que les larmes avaient troublés. Elle approcha de la lanterne le papier qu'elle venait de dérouler. Madame de Staël anxieuse protégeait son amie sous son bras. Curieuse de savoir, elle essayait de lire en même temps que son amie mais n'y parvenait pas.

Sensitive lut et relut. Les quatre laquais frappaient du pied avec impatience. À la fin la marquise referma le billet et remit le paquet en ordre.

— Eh bien ? demanda Germaine.

Sensitive haussa les épaules.

— Il me communiquait ses dernières volontés. Passez devant, ma chère, je vous rejoins à Coppet.

Un peu inquiète la baronne obéit néanmoins en recommandant à son amie :

— Ne tardez pas. L'endroit est dangereux.

— Le temps d'aller pisser, si vous permettez.

Les deux femmes éclatèrent de rire et Germaine remonta dans sa désobligeante. Sensitive, l'oreille aux aguets, attendit que le trot du coursier se fût évanoui.

À ses laquais aux ordres et qui attendaient avec anxiété, elle dit.

— Nous n'irons pas à Coppet. Nous prenons la route de Grenoble.

— Mais madame, vous courez à la mort. Vous serez arrêtée bien avant d'atteindre cette ville.

— Ce sont mes ordres.

Le postillon, fouet en main, tourna le dos à sa maîtresse. Il y eut un conciliabule entre les trois palefreniers. Le postillon revint vers la marquise :

— Madame, dit-il chapeau bas, mes compagnons et moi avons femmes et enfants. Vous savez le sort réservé à ceux qui aident les émigrés. Nous ne pouvons vous accompagner plus longtemps. Si vous permettez.

C'était une circonlocution de beau langage.

— Si vous permettez, répéta-t-il, nous allons vous laisser ici et nous disperser vers la Suisse.

— Vous êtes libres.

— Croyez que nous regrettons.

— Vous ne regrettez rien du tout. Partez !

Les trois laquais s'éloignèrent lentement. Leur conscience peut-être retardait leur action. Un minuscule aide-palefrenier qui faisait le voyage accroché au dernier marchepied durant tout le trajet était cependant demeuré immobile. Son visage était tavelé d'éclaboussures de boue récoltées en chemin et qu'il n'avait pas essuyées étant résigné à ces crachats permanents.

— Eh bien ? Qu'est-ce que tu fais ?

Le laquais qui avait pris la parole pour ses deux compagnons posa sa main sur la tête du béjaune qui la lui retira brusquement.

— Non ! Je ne viens pas !

Le laquais saisit vivement le bras de l'apprenti et voulut l'entraîner. Le béjaune lui balança un coup de pied dans le tibia et vivement vint se placer derrière la marquise.

— Pourquoi, dit calmement Sensitive, vous qui êtes tant à cheval sur votre liberté, ne lui laissez-vous pas exercer la sienne ?

Le laquais fut désorienté par cette évidence à laquelle il ne trouvait rien à répondre. Il dévisagea Sensitive stupidement et, haussant les épaules, tourna les talons et rejoignit ses compagnons.

Le béjaune ne sortit des jupes de la marquise que lorsqu'il fut bien certain qu'ils étaient tous partis. Là, il se mit à genoux devant elle et serrant sur son cœur son chapeau à lampion il lui tint ce petit discours tout balbutiant, la tête baissée comme au confessionnal :

— Madame, moi je vous suis. Il y a longtemps que j'ai envie de connaître Grenoble et les montagnes. C'est là que la liberté est née. (Il était encore trop jeune pour connaître les nuances de la langue et de la pensée.) Je voulais devenir cocher en chef, alors j'ai bien regardé tout ce qui concerne les chevaux. Les vôtres sont des bêtes dociles et pleines de force. Les harnacher j'ai vu comment. Ce sont des bêtes faciles et aussi résignées que moi. Il ne faudra que les faire manger, boire et dormir. Manger, vous avez un bourras de foin sur la toiture de votre carrosse, boire, on trouvera des fontaines et dormir, il suffira de s'arrêter en route.

— Non. Si nous partons tout de suite nous pouvons être à Grenoble demain au soir. Mais savez-vous ce que vous risquez ?

Le béjaune haussa les épaules.

— Que m'importe, dit-il.

Il voulait dire : « Que m'importe, je vous aime », mais il se serait fait couper la langue plutôt que de l'avouer. D'après lui, les circonstances étaient trop graves pour laisser place à la fadaise.

— Comment vous appelle-t-on ?

— Colas.

— Eh bien, Colas, vous n'avez pas peur ?

— Non, madame, avec vous j'irai jusqu'au bout du monde.

La marquise qui souriait jusque-là se rembrunit.

— Ça risque d'être au bout de la mort, dit-elle.

Fataliste, Colas écarta les bras sans dire mot.

Mais d'abord, sauf quelques bourgeois en voiturin qui se faisaient gloire de les dépasser au galop, la nuit qu'éclairait la pleine lune leur fut favorable.

Une grande pagaille avait désorganisé les esprits. Les contradictions fusaient dans les sections des Girondins. Les excès de Paris, dont on était tenu au courant heure par heure par des estafettes lancées au galop, avaient atterré les hommes de sens rassis qui savaient ce que vaut une vie humaine. Tout le monde abandonnait son poste pour délibérer au lieu de veiller. Dans tous les villages traversés, les fenêtres des clubs étaient illuminées a giorno et l'on voyait gesticuler des personnages qui faisaient de grands effets de manche. Lorsque la lumière des lampes parfois tirait leur visage de l'ombre, la consternation était peinte sur leurs traits.

Les percherons s'étaient remis paisiblement en marche de leur trot cadencé. Colas les gouvernait de main de maître et même il leur chantonnait à voix basse une chanson pour cheval qu'il avait apprise du maître cocher.

La marquise rassurée ouvrit le pli de son père pour le relire : la lanterne sourde qu'elle avait accrochée à l'habitacle balançait sa lumière falote au gré du trot des percherons, ce qui rendait la lecture malaisée. Mais Sensitive avait vingt-cinq ans et la vue perçante. Son père devait être à bout de souffle, cela se voyait à l'irrégularité des lignes, à la hauteur des caractères parfois très grands et soudain minuscules.

Ma Sensi bien-aimée, écrivait-il, l'horreur est partout autour de nous, nous sommes autour de Mayence assiégée et je souffre terriblement d'un accès de goutte. Il n'y a pas deux semaines, en passant par Verdun, que nous avons assisté à une scène affreuse : six vierges enchaînées de peut-être quinze ans et qu'on avait tondues. J'ai appris depuis qu'elles avaient été guillotinées pour avoir offert des fleurs au roi de Prusse ! On a vu aussi les fanfares de Brunswick jouer le Ça ira *et* La Marseillaise, *sous prétexte de narguer les Français. Les armées sont dans la fange de l'Argonne jusqu'aux essieux et personne ne songe à la guerre sous une pluie battante qui dure depuis trois semaines. Ton frère est à l'armée. Tiburce se plaint du manque de femmes. Il a pris part à plusieurs coups de main et s'est héroïquement conduit. J'attends de toi que tu fasses de même et c'est là que je voulais en venir. Ce n'est pas parce que tu es une femme que tu dois être dispensée d'héroïsme.*

Lisant ces mots Sensitive froissa la lettre et de dépit la jeta sur le plancher du carrosse. Des larmes jaillirent de ses yeux. Comment son père pouvait-il douter de sa fermeté d'âme alors qu'elle avait fait une fois déjà le sacrifice de sa vie ?

Toute sa jeunesse, les flatteurs et les clairvoyants lui avaient fait compliment de sa ressemblance avec Marie-Antoinette. On avait souligné en aparté devant elle, mais de manière qu'elle entendît, son port de tête, ses admirables cheveux blonds, ses yeux bleus légèrement globuleux, son front bombé et moins flatteur mais tout aussi étonnant, la lourdeur impitoyable du menton qui avait caractérisé les Habsbourg tout au long de leur dynastie mais surtout son port de tête royal et la longueur inusitée de son cou gracile ; même la voix avait fait l'objet dans le roulement guttural des consonnes de commentaires perfides sur le léger accent allemand dont la reine n'avait jamais pu se départir.

Quand celle-ci fut confinée au Temple, Sensitive lui fit parvenir ce billet, à la faveur d'une blanchisseuse démunie qui accepta parce qu'elle avait des enfants à nourrir.

Votre Majesté, le hasard a fait, la chose est avérée, que je ressemble à Votre Majesté ou à tout le moins que j'en suis le reflet. Je supplie humblement Votre Majesté de me substituer à elle en sa prison. Si Votre Majesté accepte, qu'elle me le fasse savoir par la même blanchisseuse à laquelle je me fie car elle a de l'ambition et n'a pas froid aux yeux. Je suis prête à mettre ma fortune en tout soudoiement qu'il faudra pour cette entreprise.

Je mets mon dévouement aux pieds de Votre Majesté dont je suis l'humble et dévouée servante.

Sensitive, seule dans sa voiture et toute méditante, esquissa un sourire amer au souvenir du morceau de papier froissé qu'elle reçut à son hôtel le lendemain, par l'intermédiaire d'une corbeille de linge propre et frais repassé.

« Madame, vous vous oubliez ! *Personne ne peut se mettre à la place* de la Reine, je pardonne votre outrecuidance, supposant votre bonne foi, mais n'y revenez pas ! M.A. »

C'était à peine signé mais le soulignement des mots essentiels avait été tiré d'un seul trait rageur qui avait craché sur la feuille.

— Vous méritiez ce camouflet ! lui dit le lendemain sa tendre amie, la baronne de Staël. Quelle mouche vous pique de vous camper héroïquement au lieu de vous faire toute petite comme moi. N'avez-vous donc pas envie de voir la suite des événements ? Ils sont prodigieux !

— Détrompez-vous ! J'ai tremblé de peur en écrivant cette missive et vous avouerais-je que j'ai été bien soulagée que la reine refusât en termes si définitifs.

— C'était donc du théâtre ! dit Germaine méprisante.

— Avez-vous bien réfléchi que maintenant on peut trancher nos têtes ? dit Sensitive en frissonnant.

La Terreur était en son enfance. Les massacres étaient encore spontanés et non légalisés. On n'avait encore, pour amuser le peuple qui s'y était fort délecté, que promené au bout d'une pique la tête de la princesse de Lamballe.

Quand l'homme envisage d'être héroïque, il imagine toutes sortes de morts : les tripes au soleil, les jambes sectionnées se vidant de leur sang, les parties génitales arrachées, tout sauf ce qu'a inventé le docteur Louis : la séparation radicale et systématique de la tête et du corps. La terreur règne dans l'âme sitôt que cette éventualité est envisagée, et ce n'est pas pour rien qu'on a nommé ainsi la période qui vit la machine à sectionner dressée en permanence place de Grève et ailleurs.

Le docteur Louis qui avait inventé cette ingénieuse machine (le docteur Guillotin n'y avait ajouté là que la planche à bascule qui facilitait le travail), le docteur Louis était un pervers de la pire espèce. Il avait bien conscience que ce n'était pas la mort en elle-même qui révulsait le condamné mais bien la perspective que sa tête fût séparée du tronc. Oh, il y avait bien eu, auparavant, le billot et la hache du bourreau masqué, mais c'était peu fréquent et en général réservé aux nobles. Le peuple lui était voué à l'estrapade, à la roue, à la pendaison, toutes choses en quoi le supplicié, une fois mis à la voirie, gardait quand même la forme de la naissance.

On pouvait conserver espérance que le corps s'il était entier entrerait quand même au royaume des cieux, mais dès qu'on envisageait de pénétrer dans ce nirvana sans tête, le cœur faillait. On avait, ancrée dans l'inconscient, l'idée que toute la jouissance de l'éternité résidait dans la commande de la tête et que même réduit en cendres pour toujours, s'il y avait une chance sur un million pour que l'âme fût immortelle, c'était à condition que le corps de l'homme fût jeté en terre dans la forme entière où il était né. Coupé en deux et la tête allant à vau-l'eau, voilà qui était insoutenable même pour les athées.

La légende grossissait. Le fait brutal, la tête coupée, était devenu l'obsession de tous les Français. L'apprentissage de la République se fit et s'ancra dans la mémoire à la faveur de tout ce qu'il fallait faire pour échapper à la Louisette, et sous une telle menace la mémoire était tenue en éveil en permanence. On passait son temps à réviser le bréviaire républicain car il fallait une obéissance spontanée, immédiate, à une philosophie qui elle était en perpétuel devenir, adaptable à la faveur des tribuns guillotinés par d'autres plus pragmatiques. Il y fallait une souplesse toujours sur le qui-vive pour échapper au courroux sourcilleux de maîtres irréprochables.

Pour ces deux malheureux fugitifs qui marchaient lentement vers le Graisivaudan au trot tranquille de leurs percherons, sans savoir à quel niveau de métamorphose en était la République, c'était une angoisse permanente qui les habitait, planait au-dessus de leur tête. La marquise se baissa pour ramasser la missive de son père et se reprit à la lire.

... dispensée d'héroïsme, reprenait Toussaint. *Ton héroïsme à toi t'oblige à rester en France et à gagner Gaussan au plus vite. Je sais par mes informateurs que notre domaine a été vendu comme bien national et qu'il est maintenant habité par de certains Magnan (c'étaient mes fermiers autrefois). Ils sont à la ferme de Pitaugier depuis aussi longtemps que nous mais eux ce sont des manants. Ils n'ont jamais bougé. Retourne à Mane. À cette lettre est joint le cartulaire que mon père m'a remis à sa mort. Le mystère qu'il évoque nous oblige, nous les Pons de Gaussan, à en être les gardiens. Tu devras consacrer ta vie à reprendre Gaussan ou à le perdre dans ce combat. Je sais que tu t'apprêtes à passer en Suisse pour te réfugier chez ton amie la baronne de Staël-Holstein. Je t'ordonne de n'en rien faire. Reprends la route vers Grenoble. À Grenoble tu trouveras facilement la demeure du docteur Gagnon. Il habite place Grenette après le passage Montorge. C'est un bon homme. Nous avons longtemps échangé une correspondance sur Voltaire qui était notre Dieu. Je l'enviais parce qu'il avait fait le*

pèlerinage de Ferney et qu'il avait vu le grand homme. Je lui ai remis pour toi lors de mon passage vers l'exil deux sacs de louis qu'il te remettra. Ils te permettront d'opérer les soudoiements nécessaires pour remettre Gaussan dans notre héritage.

Tes deux frères ont juré, l'un de mourir pour le Roi et l'autre pour la Chrétienté. J'ai peur que cela leur arrive. Tu es mon seul espoir. Adieu ma Sensi.

La missive n'était pas signée. Le marquis Pons de Gaussan avait jugé la chose inutile mais il avait ajouté en toutes lettres sur tout ce qu'il restait de place au bas de la feuille :

N'oublie pas, quand tu seras là-bas, d'aller te recueillir une minute de ma part au pied de l'arbre qui est notre Orient. Il a près de cinq cents ans et mérite notre respect.

Sensitive laissa la missive s'enrouler d'elle-même autour de son sceau brisé. Une sensation de vide sans fin remplaçait chez elle tout autre sentiment. Comment son père pouvait-il imaginer qu'elle pouvait reprendre Gaussan, même si les sacs de louis représentaient une somme considérable ?

Gaussan ! Elle n'y avait passé qu'une toute petite partie de son enfance. Dès l'âge de dix ans, elle avait été appelée par sa grande naissance à la cour de Versailles où elle était devenue ménine de la dauphine.

Gaussan ! Elle revoyait le château et son écrin de villages extraordinaires et l'arbre gigantesque qu'elle ne risquait pas d'oublier. Son âme s'était forgée au rythme de l'harmonie qui émanait de tant d'équilibre agreste, avec cette montagne de Lure comme balancier de ce paysage si joyeux sous le ciel et si muettement proche de l'homme.

Le bruit timide d'un coup répété tira Sensitive de sa rêverie. Un sale jour apparaissait à travers les vitres du carrosse. Quelques saules ruisselants de rosée sortaient de la brume au pied d'une montagne dont on ne distinguait pas le sommet.

La portière s'ouvrit avec précaution. Le museau de Colas apparut dans l'entrebail.

— Madame, lui dit le valet, puis-je parler à madame la marquise ?

— Je ne suis plus marquise, dit Sensitive, je suis une ci-devant.

— Pas pour moi, dit Colas.

Il venait de vivre la plus belle nuit de sa vie juché au clair de la lune sur ce siège de conducteur dont il avait tant rêvé, seul recours de cette marquise de Gaussan qui avait approché la reine tous les jours et qu'il n'apercevait que lorsqu'elle descendait de voiture et que lui, courbé en deux et soutenant le marchepied, était à portée de baiser le pied divin de la dame assurant son pas sur le sol.

— Madame, dit-il, nous sommes à Montmélian. Je vous ai conduite jusqu'ici par tous les chemins détournés que j'ai pu trouver. Par chance vous voici saine et sauve. Mais maintenant les chevaux sont fourbus et ils ont faim. J'ai trouvé cette grange ouverte au bord d'une ruine. La grand-route est à cent mètres. Si vous prêtez l'oreille vous entendrez un grand charroi. Ce sont les canons de l'armée d'Italie qui va franchir le Saint-Bernard. Ils sont fourbus aussi les soldats mais ils chantent *La Marseillaise*. Il serait malsain de rencontrer les fourrageurs qui l'escortent.

Sa voix faiblissait comme celle d'un homme qui a sommeil. Il se reprit.

— J'ai dételé les chevaux et j'ai répandu devant eux le bourras de fourrage qui était sur le toit de la voiture. Je leur ai donné à chacun un sac d'avoine que votre oncle de Cluny (un brave homme) avait mis dans le coffre à bagages. Maintenant, il faut qu'ils digèrent et qu'ils dorment avant de repartir.

Il avait débité toutes ces paroles d'une seule traite, le chapeau à la main et tête basse pour ne jamais rencontrer le regard de Sensitive. Il y eut un grand silence entre eux, un cheval se mit à hennir discrètement. Il devait humer le grand air de liberté que tant de ses congénères respiraient là-bas sur la grand-route, avec l'armée en marche.

— Votre oncle avait aussi mis dans le coffre de quoi faire médianoche et même du café. À l'abri de la grange pour ne pas attirer l'attention, j'en ai moulu et passé dans mon mouchoir propre. Si j'osais...

— Mais ose ! dit Sensitive. Tu crois que ça se nourrit de l'air du temps une marquise ?

L'odeur divine du café qui remet tout à plat quand la panique règne était en train d'envahir la grange jusqu'aux solives. Elle était à moitié obstruée par un tas de chaume qui touchait le plafond.

— Tu crois..., commença Sensitive.

Elle se retourna. Sur la paille mal tassée où il s'était affalé, le corps de Colas était cassé en deux, la tête plus bas que l'estomac, les jambes pendantes sur le dôme du tas de paille. Il ronflait à souffle perdu. Comme il n'était plus sur le qui-vive, Colas, ses traits s'étaient détendus et ses quinze ans sans défense offraient l'expression ingénue de l'innocence perverse. Sensitive avança la main pour caresser ce visage vermeil où le sommeil avait vaincu l'inquiétude. Elle n'en eut pas l'énergie. Elle tomba elle aussi, le nez enfoui dans cette odeur d'éteule et ronflant à l'unisson.

Dehors, aux gouttières des tuiles, la pluie tombait dru où chuchotaient les feuillages. Le diapason auquel elle avait atteint disait assez qu'elle ne s'arrêterait pas de sitôt.

Au rythme puissant des chevaux arrachant le foin au râtelier pour le broyer sous leurs mâchoires, Sensitive éprouva un bien-être qui l'étonna.

— Comment le monde, se dit-elle, peut-il être aussi tranquille en moi ?

La pluie qui bénissait la terre fut toujours dans son sommeil inconfortable le leitmotiv qui semblait l'encenser.

Elle ouvrit l'œil au sale jour naissant qui éclairait à quelques centimètres de son visage le plus charmant spectacle du monde. Colas ronflait de toute la puissance de ses poumons de quinze ans au même rythme que les chevaux qui tout à l'heure arrachaient leur foin au râtelier et qui maintenant, tête basse, dormaient debout.

Mais ce soulèvement des côtes, chez l'adolescent qui ronflait toujours, Sensitive vit tout de suite qu'il s'accompagnait d'un autre plus exigeant quoique plus discret. Colas bandait en toute liesse. Sa culotte serrée de livrée domestique ne laissait rien ignorer de son émoi et donnait à cette érection un caractère d'appel immédiat. Il était courbé en arrière, incurvé littéralement sur sa colonne vertébrale par la paille serrée entassée sous son corps.

Fascinée, Sensitive guettait cette érection qui parfois était impassible et parfois se résolvait en mouvements convulsifs. Longtemps, longtemps — en dépit de la vie qui affluait en son bas-ventre, le garçon dormait toujours —, Sensitive contempla ce gonflement nerveux qui appelait le grand vide de la création à son secours. Ses doigts lui démangeaient d'y porter la main. De son horreur des moments qu'elle venait de vivre, comme du tremblement panique qui l'avait jusque-là secouée, le souvenir s'était prodigieusement estompé. Il ne lui restait plus en tête qu'une seule idée, appuyer, sans éveiller Colas, son doigt effilé sur le sexe du garçon, lui faire parcourir lentement toute sa longueur, profiter de la sensation d'extrême paroxysme qu'elle provoquerait et qui se répercuterait en elle. Et puis, effrayée par son envie et le sentiment ancestral de ce qu'elle se devait, retirer à regret son doigt et redevenir l'emblème héraldique qu'elle était en train d'abîmer.

Elle n'en eut pas le temps. Colas s'éveilla en sursaut dès qu'elle lui effleura le prépuce.

Il fit un tel bond en arrière qu'il se retrouva à genoux devant Sensitive allongée qui le regardait sans ciller. Peut-être consommait-il endormi le même rêve qu'elle-même éprouvait éveillée.

On ne pouvait plus rester muets. Et Sensitive comprit à l'épouvante de Colas que celui-ci ne trouverait à dire que des paroles héroïques. C'était elle qui devait imprimer le destin dans la minute même.

— Oublie un moment, dit-elle très vite, que je suis marquise et toi valet. Ce soir sans doute nous serons morts. Crois-tu que ce soit le moment de se faire des politesses ?

Elle lui enfonça la tête sous ses jupons où elle l'emprisonna.

— Fais-moi des choses gentilles, dit-elle, c'est ce que je préfère !

Colas, la bouche encombrée de dentelles, fit signe avec la tête qu'il ne savait pas.

— Je te guiderai, murmura Sensitive. Je t'apprendrai !

— Je ne l'ai jamais fait ! gémit Colas la bouche dans les falbalas.

— Moi non plus ! mentit hardiment la marquise.

Leur empoignade ressemblait plus à un combat qu'à un acte d'amour. Le désir et la honte se partageaient leur conscience. Ils étaient malhabiles et ridicules à s'arracher leurs vêtements pour se trouver, au bout de leur impatience, nus l'un contre l'autre. L'éteule, qui avait conservé dans son parfum le souvenir du soleil, leur tenait lieu d'aphrodisiaque en leur agaçant la peau.

Soudain Colas sentit monter devant lui l'odeur poivrée de Sensitive et il oublia d'un seul coup qu'elle était marquise. Ses mains passèrent sous elle, s'arrondirent autour d'elle qui enfonçait ses doigts comme des griffes dans les épaules musclées.

Hors la grange, la pluie faisait son bruit inexorable. Il semblait qu'elle ne dût jamais cesser et qu'elle dût dissoudre en elle les amants encastrés l'un dans l'autre.

Ils s'écroulèrent en même temps assouvis, râlant à l'infini comme aux approches de la mort. Pour être sûrs de ne pas se regarder en face, ils s'affalèrent loin l'un de l'autre séparés par les boursouflures de paille qui les avaient tout à l'heure jetés l'un contre l'autre.

Leurs yeux étaient obstinément fermés sur leur joie intense. Leur rencontre sauvage et sans préliminaires ne pouvait s'exprimer en adjectifs cohérents. Leurs râles balbutiants étaient sans objet. C'étaient des cris d'angoisse d'une seule syllabe et sans expression.

Ils n'osaient ni se regarder ni se toucher (pour l'instant, repus, leurs corps respectifs leur étaient indifférents), ni se parler.

L'aube les surprit mêlés dans la paille, enchevêtrés l'un dans l'autre. Ils se déprirent avec des gestes de panique et retombèrent brutalement dans le drame du siècle.

Il fallait repartir. Comme honteux et tête basse, Colas machinalement harnacha les chevaux et les attela. Tête basse toujours, il ouvrit la portière du carrosse à Sensitive qui ne le regarda pas non plus.

Ils se retrouvèrent seuls et avec soulagement dans leur condition primitive. Lui sur le siège du maître cocher et elle à sa place de marquise, ayant rafraîchi tant bien que mal la tenue de cour revêtue à la hâte quatre jours auparavant. La peur des hussards de la République qui fourrageaient partout les tenait en angoisse, incapables de penser à autre chose.

Il n'y eut pas d'alerte. Les hussards devaient être occupés ailleurs. Les gorges de Montmélian avaient été franchies sans encombre mais dans le déluge mais dans les éclairs comme si le ciel voulait se vider de son eau en une seule fois. Les tonnerres croulaient avec un bruit indécent de montagne qui s'effondre. Au loin d'une montée interminable, soudain trempée et prête à se dissoudre, Grenoble apparut avec la laide hauteur de sa cathédrale sans grâce. Le Drac en crue déchirait la vallée de ses agrégats labourés, se heurtait à l'Isère qui l'absorbait au confluent. L'Isère et le Drac mugissaient ensemble comme taureaux blessés.

En dépit de la hauteur de son siège, Colas dégoulinant d'eau était crotté comme un barbet ; l'eau tiède de la pluie lui avait envahi l'âme.

Il vit au loin, dans les brumes de la vallée, de grands saules courbés qui ployaient eux aussi sous le poids de leurs branches trempées. Il fit avancer l'équipage jusqu'à leur couvert. De là, à quelque cent toises, il distinguait un grand feu de joie qu'on venait d'allumer, la pluie ayant cessé. Des armes et des uniformes sortaient de la brume, formant cercle autour de ce feu.

Colas descendit de son siège et frappa à la portière du carrosse. Sensitive débloqua le loquet et pencha la tête à la portière. Dans le jour glauque qui descendait des montagnes, les amants se virent pour la première fois. Ils ne s'étaient pas contemplés depuis que leurs regards enchantés s'étaient rivés l'un à l'autre dans le coït délicieux.

— Madame, dit Colas chapeau bas (il l'avait essoré auparavant), madame, nous ne passerons pas, vous et moi, à travers les corps de garde qui défendent l'entrée de la ville. J'aperçois de-çà de-là dans la brume, les feux d'innombrables bivouacs. Il va nous falloir jouer serré et je crains que vous ne dussiez payer de votre personne. J'ai une idée pour réussir à pénétrer en ville mais il faut que je vous demande un sacrifice.

— Quoi donc ? dit Sensitive alarmée.

— Il va falloir vous enfermer dans le coffre à bagages.

— Mais il est plein comme un œuf !

Colas écarta les bras.

— Si l'on vous voit vêtue en demoiselle de la Cour comme vous voilà nous ne passerons pas.

— Soit, dit Sensitive après avoir réfléchi. Mais faudra-t-il donc tout jeter ?

Colas descendit du siège pour ouvrir le coffre volumineux qui occupait tout l'arrière.

— Si vous consentez à demeurer accroupie au lieu d'être allongée vous perdrez seulement une malle.

Ce ne fut pas une petite affaire que d'enfermer dans ce réduit le corps opulent de Sensitive et cela ne se fit pas sans que, tout habillés et tout debout, les deux amants sans un mot ne s'assouvissent une nouvelle fois avec tout le bonheur du monde.

Mais Colas ne perdait pas pour autant de vue le dessein qu'il avait formé dans son esprit.

Au loin des saules où le carrosse était dissimulé, une fête dans un corps de garde faisait entendre sa musique et ses chants de guerre. Ce devait être une grande fête à en juger par les gesticulations qui accompagnaient la musique et qu'on pouvait tenir pour des danses échevelées.

En réalité c'était un mariage civil. La mariée tout de blanc vêtue, et la cocarde tricolore fichée dans sa haute coiffure, se pavanait au bras de son nouveau mari, un garde national en grande tenue, une croix de cuivre accrochée à son revers, à laquelle il paraissait tenir beaucoup.

Colas fit avancer son équipage jusqu'à le rendre parfaitement visible et identifiable. Après quoi, il mit pied à terre et s'agenouilla devant la portière de gauche. Là, il saisit son couteau auvergnat qui ne le quittait jamais et il se mit en devoir de gratter bruyamment les armes des marquis Pons de Gaussan sur les flancs de la portière. Il grattait patiemment, faisant le plus de bruit possible et tirant la langue dans son effort. Il poursuivit son œuvre sans lever la tête jusqu'à ce que tout l'armorial disparût et se releva avec satisfaction contemplant son travail.

Au loin la musique s'était tue et un étrange piétinement se précisait autour de la voiture.

Colas tourna la tête comme surpris. À la suite de son sergent, le piquet de garde s'était attroupé devant le carrosse, bientôt suivi par la mariée en cocarde tricolore, ses demoiselles d'honneur et toute la noce curieuse.

— Eh bien ? dit le sergent. Que fais-tu là, béjaune ?

— Vous le voyez bien, répliqua calmement Colas, je gratte les armoiries d'un ci-devant, le marquis de Gaussan, pour ne pas être reconnu par un parti de royalistes. Il y en a partout quantité.

— Mais comment t'es-tu procuré cette voiture ?

— C'était à l'aube. J'allais prendre mon travail. Je suis boulanger à Paris. J'ai vu un parti d'héroïques sans-culottes qui extirpaient ce ci-devant du carrosse pour le mener à la lanterne la plus proche. Comme on nous a dit que tout est à nous et que mon père a besoin de chevaux pour labourer, je me suis dit que j'allais lui amener ceux-là pour donner du pain au peuple. Je suis des Basses-Alpes. J'ai hâte d'aller m'enrôler. Dès que ces chevaux seront au travail, je m'engagerai.

Il avait débité sa tirade d'une seule haleine. Tout était expliqué là-dedans et tout était au mieux de la compréhension de chacun : boulanger ça parlait aux patriotes. « Donner du pain au peuple » était bien la chose qu'ils entendaient le mieux, bien qu'en Dauphiné personne n'eût jamais manqué de pain.

Une sourde rumeur d'approbation venue de toute la noce assurait le béjaune de sa protection. On l'invita à boire. On lui fit fête. On le loua de son prochain engagement. Toutefois la livrée marron dont il était vêtu ne plut pas au sergent.

— Je ne sais de quelle façon tu t'es procuré cet habit, dit-il, mais tu n'iras pas loin avec ça. Tu as l'air d'un valet. Attends ! Je vais te faire donner un vrai uniforme de patriote !

Il tira d'un coffre quelques hardes et une paire de sabots.

— Ce sont, dit-il, les dépouilles d'un sans-culotte mort au combat. Elles sont encore souillées de sang séché mais ça te servira pour franchir les corps de garde.

Quand le garçon fut costumé en patriote et coiffé du bonnet phrygien, il dit au sergent :

— J'ai encore une mission sacrée à remplir. J'ai une lettre d'un de ses amis chers qui vient de mourir à remettre au docteur Gagnon. Le connaissez-vous ?

— Le docteur Gagnon ? Nous le connaissons tous ! C'est un ami du genre humain. Il ne fait pas payer les pauvres. Il habite au coin du passage Montorge. Sa maison donne sur le Jardin-de-Ville. Mais tu ne trouveras pas ! Attends, je vais te faire escorter !

Et c'est ainsi que la descendante d'une famille qui avait quatre quartiers de noblesse pénétra, à l'intérieur d'un coffre, dans la ville mère de la Révolution. Les trois gardes en uniforme escortaient le carrosse. Juché sur son siège surélevé et costumé en sans-culotte, Colas était un autre homme. Les pavés retentissaient sous le trot solide des percherons. À chaque poste de garde l'escorte montrait le laisser-passer délivré par le sergent.

Suivant le cours de l'Isère, l'équipage gagna la place Grenette et s'engagea bruyamment dans le passage Montorge.

— Voilà ! C'est ici, dit le chef de l'escorte. Mais c'est un vieil homme et le matin commence à peine. Attendez un peu. Ne le réveillez pas trop tôt !

La maison du docteur Gagnon était au bord du Jardin-de-Ville qui sentait la poire mûre tant les espaliers y étaient nombreux. Le docteur, à six heures du matin, avait fait ouvrir les fenêtres et il lisait devant celle de sa chambre.

Il venait d'envoyer le fidèle Lambert, son valet, jusqu'au bureau de tabac pour renouveler ses prises. Par-dessus ses bésicles dont il n'avait nul besoin, il reprenait la lecture de son cher Voltaire, dont il ne se rassasiait jamais. Il venait de souligner une phrase qui lui paraissait convenir parfaitement aux tribulations de l'espèce.

« *Comptez que le monde est un grand naufrage et que la devise des hommes est sauve qui peut.* »

Le silencieux Lambert venait de tendre au docteur le cornet de tabac à priser qui agrémentait ses réflexions. C'était un homme posé à qui la Révolution ne faisait ni chaud ni froid.

Le docteur Gagnon méditait sur les événements comme il avait toute sa vie réfléchi sur l'espèce humaine, avec un peu plus d'amertume toutefois. Depuis que sa fille chérie était morte en couches, il ne faisait plus que lire au lieu de dormir. Il lisait patiemment comme on attend la mort.

— Je ne sais ce que c'est, notre maître, dit Lambert, mais il me semble qu'il y a en bas un carrosse à quatre chevaux qui paraît bien attendre. Sur la borne à côté de lui, un sans-culotte somnole.

À cet instant une cavalcade effrénée retentit dans l'escalier, la porte s'ouvrit repoussée sans précaution par un enfant de dix ans.

— Grand-père ! Grand-père ! Il y a en bas une aristocrate qui dort dans son carrosse !

C'était le petit-fils du docteur Gagnon. À son habitude, il venait de franchir en courant — il ne marchait jamais — le passage Montorge. Devant le court jardin de son grand-père, un carrosse à quatre chevaux encombrait la chaussée. Contre la borne de la porte cochère, un sans-culotte à peine plus vieux que lui baissait le nez. Son visage était couvert d'éphélides.

— Qu'est-ce que tu fais là ? demanda l'enfant.

— J'attends que ma maîtresse s'éveille.

— Où est-elle ta maîtresse ?

Colas mit un doigt sur ses lèvres.

— Dans la voiture, dit-il. Ne fais pas de bruit.

Il ouvrit avec précaution la portière du véhicule. Sur les coussins, Sensitive dormait terrassée par la fatigue et son séjour dans le coffre à bagages. À peine paraissait-elle, dans son abandon, plus âgée que ces deux garçons qui la regardaient dormir. Elle était sans défense, un genou sous ses jupons apparaissait. Pudiquement, Colas abaissa les falbalas de sa maîtresse.

— Qui est-ce ? demanda l'enfant.

— C'est la marquise Pons de Gaussan, dit Colas. Je la ramène chez elle.

Il prononçait ces mots avec orgueil. Depuis qu'il avait fait l'amour et qu'il avait charge d'âme, il avait pris son visage d'homme.

— C'est une aristocrate ! s'écria l'enfant.

Colas secoua la tête.

— C'est une pauvre femme, dit-il.

L'enfant lui tourna le dos, s'engouffra dans la maison sans refermer la porte et franchit par trois marches à la fois le grand escalier. Colas admirait qu'un garçon pourvu d'un si gros derrière pût être si agile.

Cependant le petit-fils du docteur Gagnon désignait le vestibule donnant sur l'escalier d'un doigt péremptoire.

— C'est une aristocrate ! accusa-t-il.

— Et alors ? dit le docteur Gagnon.

Il avait rabattu ses bésicles sur ses yeux pour considérer son descendant avec curiosité. « Combien de temps lui faudra-t-il encore, pensa-t-il, pour considérer qu'un être humain n'est qu'un être humain et non pas une désignation ? »

L'enfant était râblé, court sur pattes, doté d'un visage hilare d'adulte un peu bouffi et d'un sourire à lèvres minces qui lui donnait, malgré son âge, l'air sceptique.

Le docteur Gagnon dit à mi-voix :

— C'est donc elle sans doute.

Le mois écoulé, il avait reçu un étrange messager qui lui apportait une missive à cachet de marquis et deux petits sacs de jute fort lourds que le messager qui tombait de fatigue lui assurait être pleins de louis.

À juger du poids que cela représentait quand il les laissa tomber sur le plancher en lames de noyer, la chose était plus que probable. « Ou c'est de l'or, ou c'est du plomb », s'était dit le bon docteur.

Il avait décacheté la lettre. Elle était brève.

Mon cher ami, disait-elle, *je fais appel aujourd'hui, en ma vie finissante, au profond connaisseur de l'âme humaine que vous avez toujours été. La marche du monde a été telle, ces dernières années, que cela fait maintenant cinq ans que nous n'avons plus parcouru cette montagne de Lure qui nous était si chère à vous et à moi.*

Gagnon déposa la missive sur sa table de travail. Pour écrire un tel charabia, il fallait effectivement que son ami Gaussan (celui-ci avait lavé sa particule bien avant la révolution) fût au plus mal. Cet homme avait aimé Voltaire autant que lui, Gagnon. Ils l'avaient ensemble commenté, critiqué et disséqué et Gagnon avait toujours admiré que ce riche aristocrate fût si hautainement humaniste. Il avait pourtant connu un temps la cour du Bien-Aimé et s'y était fort diverti, prétendait-il, étant épicurien. À Gaussan où il avait été invité, Gagnon et lui avaient eu d'interminables discussions sur la nature de Dieu comme sur celle des anges.

Gagnon avait soupiré sur ce temps perdu de sa jeunesse et il avait repris sa lecture.

... *Je viens aujourd'hui vous confier ma survie. Vous recevrez un jour, je l'espère, la visite de ma fille que sa mère a eu la fantaisie d'appeler Sensitive. Je lui ai enjoint de regagner Gaussan coûte que coûte (je suppose qu'elle a hérité de l'intrépide héroïsme de ses lointains ancêtres) afin de faire pièce aux envahisseurs de notre château, non que je sois particulièrement attaché aux biens de ce monde mais notre parc contient un secret dont la nature ne m'est pas connue et qui me tient à cœur par son mystère même. Peut-être un de mes descendants le découvrira-t-il et c'est dans cette espérance que je vous confie pour les remettre à Sensitive (si malheureusement elle ne vient pas vous les garderez pour vous, vous sachant charitable je sais que vous en ferez bon usage) les deux sacs de louis que mon fidèle Planchart vous remettra. Adieu, mon ami, nous mourons donc devant Mayence, en terre étrangère, mais dans le fond, quelle importance ?*

La missive n'était même pas signée. Les deux sacs d'or déposés bruyamment sur le sol par le messager valaient le plus authentique des paraphes.

Après avoir relu la lettre, Gagnon l'enroula lentement. Elle était alourdie par le sceau des Gaussan : *Semper filii dei*.

Il se leva. Lambert était aux ordres, quant au petit-fils, Henri, campé la tête haute en dépit du pli sceptique de ses lèvres, son visage exprimait la sévérité d'un censeur. La révolution l'avait imbibé jusqu'à l'âme.

— Dis-moi, Lambert, il doit bien rester un demi-chapon de mon dîner d'hier et une casserole d'épeautre ? Tu y joindras une bouteille de mon vin de Sassenage. Ces gens doivent être morts de faim et de soif. Ah ! Tu diras à Biboud de rentrer les chevaux à l'écurie et de les nourrir convenablement. Dis-lui de leur verser une bouteille de vin aussi dans leur avoine, ils apprécieront. En attendant va donc chercher nos visiteurs et fais-les entrer.

— Le béjaune aussi ? dit Lambert scandalisé.

— Le béjaune aussi !

— Mais il est en sabots, porte une carmagnole et un bonnet phrygien !

— Il est nu dessous ! répliqua Gagnon.

Il fit vers Lambert un petit geste de congédiement qui soulignait sa volonté.

— *Hospes sacro sanctus est !* N'oublie jamais ça, Lambert !

L'escalier résonna sous le pas en sabots de Colas le béjaune mais devant lui et avant lui, sans bruit sur ses souliers de satin, la marquise esquissa une demi-révérence devant le docteur Gagnon et celui-ci lui baisa la main. La vue d'une beauté qui avait résisté sans faiblir à six jours de cahots sur des chemins défoncés, sans rien perdre de son éclat, lui imposait le respect.

Elle lui tendit sans un mot la lettre de son père qui lui enjoignait de gagner Gaussan au plus vite.

— Je verrai ça plus tard, dit Gagnon. Pour le moment installez-vous et mangez ! Vous devez mourir de faim.

Colas demeurait dans l'ombre de la marquise et faisait le laquais tant qu'il pouvait pour passer inaperçu.

Le couvert était mis pour deux personnes.

— Excusez-moi, dit Gagnon, j'ai déjà bu mon café. Eh bien monsieur ? dit-il à Colas, assoyez-vous donc !

— Assieds-toi, dit la marquise doucement.

— En face de vous ?

— Et alors ?

Ce « Et alors » plut infiniment à Gagnon. C'était son leitmotiv. Tout ce qui paraissait faire obstacle à l'entendement d'autrui lui paraissait évident à lui. Rien ne l'étonnait en la nature humaine. Il savait quel chemin elle avait encore à parcourir pour devenir parfaite encore qu'il dépendait de ce qu'on entendait par perfection.

Il rejoignit à la cuisine Lambert qui coupait deux tranches de jambon sur un cuisseau de porc.

— Tu feras la chambre de Séraphie, lui dit-il. Elle est à Sassenage pour huit jours.

— Et pour le béjaune ?

— Le béjaune ? Il couchera sur la descente de lit. Mais si ma connaissance de l'âme humaine n'est pas en défaut, la marquise ne tardera pas à lui ouvrir les draps.

Lambert à ces mots se redressa d'un pied et prit la raideur d'un valet de comédie. Il n'aimait pas que son maître plaisantât sur le chapitre.

— Et alors ? dit Gagnon rudement. Ils viennent de faire ensemble trois cents lieues. Il doit avoir les couilles tuméfiées et quant à Sensitive, puisque Sensitive il y a, si son cul a résisté aux cahots sur tant de mauvais chemins, tu ne crois pas qu'il doit être bouillant ? Ils viennent de l'enfer que les convulsions de la liberté ont imposé au monde. Comment veux-tu qu'ils n'aient pas fait l'amour ? C'est le seul remède contre le désespoir !

C'était la distraction du vieillard que de scandaliser le pauvre Lambert.

Colas harassé tomba sur la descente de lit pour dormir jusqu'à l'aube sans désemparer. Quant à Sensitive, pour la première fois dans des draps de lin depuis six jours, aucune velléité ne s'empara d'elle. Les amants dormirent en frère et sœur à deux toises l'un de l'autre.

Au matin, ils étaient joyeux et pleins d'allant. Colas s'était esquivé avant le réveil de Sensitive pour aller gouverner les chevaux. Mais le palefrenier du docteur s'en était déjà inquiété. Il adorait que les bêtes soient bien traitées et il avait convenablement nourri et imbibé (avec le vin de Sassenage) l'avoine des percherons. Ils étaient même étrillés, ce qui de mémoire de percherons ne s'était jamais vu.

La maison s'éveilla en un joyeux brouhaha. Le docteur ouvrit son armoire secrète. Il ordonna à Colas de saisir sous la dernière étagère tout au fond les deux sacs d'or que le marquis de Gaussan fuyant la révolution lui avait confiés naguère. Colas voulut faire ce travail avec entrain, voyant le peu de volume de l'ensemble. En réalité, il faillit y attraper un tour de reins et grimaça. Gagnon se mit à rire.

— Ça t'apprendra ! dit-il, à croire que l'or c'est aussi léger qu'une plume !

Néanmoins le béjaune équilibra les deux sacs, les porta jusqu'au carrosse d'une seule traite et les engouffra tout seul au fond du coffre à bagages.

Pendant ce temps Gagnon avait surgi dans la chambre stricte de sa fille Séraphie où nulle fantaisie n'était admise sauf une reproduction du *Verrou*, le tableau de Jean-Honoré Fragonard, grivoise gravure dont Gagnon s'était toujours demandé pourquoi la prude Séraphie l'avait accrochée au mur.

La marquise était encore dans les draps et s'éveillait à peine. Elle était strictement déshabillée d'un caraco bistre de Séraphie (laquelle était à Sassenage pour la récolte des poires). Le docteur surgissant devant elle ne lui accorda pas un coup d'œil. Depuis la mort d'Henriette sa fille, il ne regardait plus les corps féminins.

Il avait fourragé dans l'armoire de Séraphie et ses bras étaient chargés d'affûtiaux de vieille fille.

— Je suis navré, madame, dit-il à Sensitive, d'éteindre votre beauté sous ces hardes, mais les temps sont durs pour les gens de votre espèce et vous vous en tirerez mieux dans cette robe de futaine de ma fille Séraphie qu'avec vos soieries de marquise.

Il se fit montrer le billet que le sergent nouveau marié avait péniblement rédigé pour servir de sauf-conduit aux fugitifs.

— Tout cela est bel et bon, dit Gagnon. Espérons que ça servira. Il y a juste le nombre de fautes qu'il faut pour endormir la défiance des gardes.

Il tint à vérifier lui-même le bon état de la voiture et la santé des chevaux. Colas, bonnet phrygien à la main et tête basse respectueuse, ouvrit la portière à la marquise.

— Ne t'avise pas de marquer ce respect devant les gardes, dit sévèrement Gagnon. C'est une prisonnière que tu conduis.

— N'ayez vergogne, dit Colas. À la première alerte, je l'enferme dans le coffre !

Le docteur et le fidèle Lambert regardèrent s'éloigner le lourd équipage au trot cadencé des quatre percherons.

— Tu leur as bien mis le panier de provisions ?

— Oui, notre maître, aux pieds de la marquise, sur un linge bien propre.

— Tu n'as pas oublié le vin ?

— Que Dieu garde !

— Alors *alea jacta est !*

Malgré qu'il en eût, le bon docteur ne pouvait s'empêcher de faire un sort historique à toutes les sentences qu'il prononçait. Il tenait ce travers de son maître Voltaire si souvent relu.

Les deux hommes franchirent le passage Montorge pour suivre la berline le plus longtemps possible. Derrière eux, le petit Beyle regardait aussi. Il regrettait amèrement, cela se voyait à son sourire, de n'avoir pu mordre le cou de la marquise dont les épaules lui paraissaient si appétissantes.

— Tout de même... quinze ans ! murmura Lambert.

Gagnon perçut parfaitement le sous-entendu.

— Et alors ? dit-il. Tu ne bandais pas toi, à quinze ans ?

Le petit Beyle enregistra le propos et en fit plus tard son profit.

La berline s'engagea dans l'interminable ligne droite qui longe le Drac jusqu'au pied des montagnes. D'admirables allées d'érables ombrageaient ce parcours et les chevaux, semblait-il, prenaient plaisir à le suivre au pas de promenade. À Vif, à Saint-

Martin-de-la-Cluze, le brouillard du matin d'été recouvrait les fonds du Drac et de la Gresse. Les percherons dépassèrent sans coup férir quelques fardiers et une lourde diligence dont les voyageurs qui suivaient à pied applaudirent Colas parce qu'il n'était pas fréquent en ces parages de rencontrer un sans-culotte en bonnet phrygien, il n'y avait pas de charroi spécial ni soldats ni voitures de louage. La paix des montagnes s'étendait sur le Vercors et sur le Trièves. Colas voyait au loin les glaciers de l'Obiou pour la première fois de sa vie et il en poussait tout seul des cris de joie. Au Monétier-de-Clermont, dans le célèbre étranglement, ils avaient dû passer devant quatre gardes nationaux pensifs qui piquaient du nez sur leur feu de bivouac. Colas maîtrisa les chevaux pour pouvoir s'arrêter net s'il était interpellé, mais les hommes tournèrent la tête et lui firent signe de passer son chemin. Ils n'avaient pas envie d'interrompre leur somnolence.

Au col du Fau, dans la descente, Colas arrêta les chevaux et vint frapper à la vitre du carrosse.

— Madame, dit-il, le paysage est très beau. Vous devriez descendre marcher un peu pour soulager les chevaux.

Ainsi, ils marchèrent devant les percherons et elle lui prit la main. Les senteurs de la montagne les exaltaient. Ils se regardèrent avec bienveillance et firent l'amour sous les épicéas. Un écureuil même vint observer curieusement leurs ébats. C'était la paix et l'innocence. La grande simplicité des prés constellés de vaches, le bruit forestier des arbres abattus au loin et les monts de l'Oisans où les glaciers coruscaient, tout célébrait leur félicité. C'était le silence aux eaux courantes que ponctuaient timidement quelques appels d'oiseaux. Une fontaine dans un tournant invitait la pensée à germer dans les têtes. Ils se demandèrent ensemble ce qu'était la

Révolution et en quoi elle les concernait. Ils étaient au comble du bonheur.

On libéra les chevaux pour les faire boire. La dernière montée vers le col était un chemin à peine élargi récemment pour les convois militaires. C'était une mauvaise route qui penchait dangereusement vers le ravin. Colas ne fit remonter Sensitive à sa place que lorsque, le col franchi, les étendues des pentes devinrent plus clémentes.

Il était six heures du soir en août. Les brumes naissaient au fond des vallons, se rejoignaient au fond des vallées.

— Gaussan est au bout du chemin, se dit Sensitive.

Colas humait ces montagnes qu'il n'avait jamais contemplées. Il perdait de vue sa terre picarde, humble, sans beautés ostensibles. Il regrettait de ne pas être né ici. Il lui semblait que sa nature aurait pu être meilleure en ces lieux si divers.

La descente allègre et sans à-coups s'embrunissait. Il devenait de plus en plus urgent de trouver un abri pour la nuit et un gîte pour les bêtes.

Au milieu d'une pente plus prononcée, après une pancarte délabrée qui annonçait « Auberge », ils virent au bord de la route une grande maison au mur orbe et à toit dauphinois, seulement adornée d'une porte cochère et d'une entrée spacieuse d'écurie sur le côté. Bien visible, en grosses lettres noires, une inscription courait à mi-hauteur de la façade, l'occupant de bout en bout : *Ici, on loge à pied et à cheval.*

L'accès à l'écurie était libre. Les chevaux s'y engagèrent sans presque en recevoir l'ordre. L'ombre s'étendait déjà sitôt qu'on n'était plus en plein air. Le charroi de l'équipage attira l'attention. Une soupente s'ouvrit au fond de l'étable. Une grande silhouette maigre en fanchon de femme de chambre surgit du fond de l'ombre, une lanterne à la main. Elle la tint haut levée pour dévisager les voyageurs. Sans les saluer, elle dit :

— Vous voulez loger chez moi ? Ici, il faut montrer patte blanche ! Vous avez une billette ?

Sans un mot Colas tira de sa manche le certificat du sergent. Pendant qu'elle l'examinait, Colas observait l'hôtesse. Il n'y avait pas de chair rose visible à ses lèvres tant elles étaient effilées et serrées sur leur extrême réserve.

« J'aurais dû aussi gratter les traces d'or sur les portières », se dit Colas.

Il en restait quelques vestiges contre les rinceaux ouvragés.

— On ne voit pas souvent de carrosse sur nos routes, dit la femme soupçonneuse. Ni de chevaux lustrés à mort. Je m'appelle Thérèse, dit-elle tout à trac.

Elle leur fit signe de la suivre par le réduit d'où elle avait surgi. C'était un étroit corridor à plusieurs angles droits conçu comme un labyrinthe pour ne plus voir, au bout de trois pieds, celui qui vous précédait. Exprès Colas retarda sa marche.

— C'est une auberge à trappe ! chuchota-t-il à Sensitive. J'en ai vu peut-être cinquante de ces fours à crime, au long de mes voyages de palefrenier ! Je les reconnais tout de suite !

Au premier tournant du corridor ambigu, l'hôtesse s'était arrêtée pour écouter.

Colas la bouscula involontairement. Il sentit contre lui une chair dure qui lui fit mal en la percutant.

Ils débouchèrent dans une vaste salle voûtée et humide où un feu à l'économe agonisait lentement au fond d'un âtre. Un goitreux mélancolique se chauffait à ce semblant de flambée. Il se leva pour accueillir. Il avait en travers du cou une lanière de fouet qui ne devait jamais le quitter. Il n'était pas borgne mais, le sourcil toujours levé du même côté, il en avait l'apparence.

— Mon homme, dit Thérèse (et le borgne acquiesça du chef). Il est muet. Il fait le courrier entre Lus et Châtillon-en-Diois. Si vous avez besoin…

Sauf ces deux êtres parfaitement assortis, un vide menaçant faisait silence dans la grande maison. Colas alarmé se demanda depuis combien de temps cette auberge n'avait plus vu de clients. La porte béante de l'écurie où les chevaux s'étaient engouffrés, et il les avait laissés faire sans réfléchir, lui évoquait une ratière dont on vient de soulever la trappe.

La chère était bonne. Un vin curieux offrait sa belle apparence pleine de reflets sous le calel dont la flamme oscillait au courant d'air.

— Ne buvez pas ! murmura Colas. Le vin en la bouteille n'est peut-être pas seul. Il y a peut-être de quoi vous endormir.

Il trouvait que ce bigleux du sourcil, avec son fouet inutile passé autour des épaules comme un talisman, n'avait pas l'air chrétien.

— Que puis-je risquer, dit Sensitive, vêtue comme une pauvresse et avec mes sabots ?

— Les choses sont si naturelles, madame, dans votre monde que vous ne vous êtes pas avisée que vous avez à votre chère main un diamant éblouissant tant qu'il peut au moindre reflet, même celui d'une chandelle. Il y a là de quoi vous faire couper le doigt cette nuit même !

Il regarda vers l'âtre où les deux aubergistes méditaient chacun de son côté. Ils remâchaient des mots à voix basse.

— Surveillez-les. Appelez-les, pour avoir de l'eau, du sel, n'importe quoi, mais surtout qu'aucun d'eux ne me suive ! Occupez-les !

Il se leva et sortit de la pièce. Il venait de penser aux sacs d'or. Il était sûr que les hôtes fouilleraient le carrosse cette nuit et s'ils trouvaient les sacs, il ne donnait pas cher de leur vie à tous deux, la marquise et lui. Avec toutes les peines du monde il tira son trésor du coffre et le transporta au bord de la route à deux cents mètres de là, au pied d'une fontaine qui faisait son beau bruit toute seule dans la nuit. Il le dissimula sous les branchages.

— Je vais vous montrer votre chambre, dit l'hôtesse.

Elle leva devant eux un quinquet pour les éclairer dans l'escalier.

— Je vous donne la meilleure que j'aie ! dit-elle gracieusement à Sensitive. Le monsieur couchera dans la soupente.

L'heure était venue. Elle leur laissa le quinquet et s'éloigna avec un souhait banal :

— Faites de beaux rêves !

Sensitive attira Colas contre elle.

— Tu viens avec moi ! dit-elle. J'ai envie de dormir sur ton épaule.

Colas secoua la tête.

— Jamais de la vie ! Même pas sur la descente de lit ! Je coucherai dehors sur le paillasson et le diable m'emporte si je ferme l'œil !

Il fit comme il avait dit, son couteau picard légèrement enfoncé au creux de l'estomac pour être sûr de ne pas s'endormir.

Il entendit l'escalier de bois vibrer sous des pas très légers et qui avaient l'habitude du silence. C'était le milieu de la nuit et il n'y avait pas de lumière. Deux corps passèrent devant la lucarne d'où pénétrait le clair de lune. Colas prit bien en main son couteau picard. C'était un objet à la lame incurvée, auquel on pouvait se fier pour tuer. Colas le tenait de son grand-père, en main propre, lorsque celui-ci était mort. Il l'avait appointé la veille sur une grosse pierre. « C'est un souvenir de famille, lui avait dit l'aïeul. Tu en feras bon usage. »

Le moment était peut-être venu. Par la lucarne huchait un rayon de lune que Colas reçut en caresse sur le visage. Il perçut deux souffles attentifs qui se penchaient jusqu'à lui. Ils sentaient l'ail et les buis des taillis. Il se dit qu'il frapperait au jugé dès qu'il sentirait une respiration précise qui prendrait élan pour un effort suprême. Ce sont là sensations aiguës dont on est obligé d'avoir l'habitude lorsqu'on court les grands chemins.

Un bruit très doux fit comprendre à Colas que le muet faisait jouer le cran d'arrêt de son couteau de vigneron. La voix chuchotante de Thérèse s'éleva.

— Arrête ! disait-elle. Tu as vu ? C'est un sans-culotte. Il a même gardé son bonnet phrygien ! Si tu occis un sans-culotte on te prendra et on te coupera la tête.

C'était lapidaire à souhait. Le muet obéissant referma son tranchet et le couple s'éloigna sans faire plus de bruit.

Soixante ans plus tard, à la veillée du pauvre Albert, toujours coiffée de la fanchon qui l'avait rendue célèbre, Thérèse commentait l'affaire devant trois aïeules, comme elle chargées de bien des péchés. Elle ne comprenait toujours pas.

— Pourquoi j'ai fait ça ? disait-elle. Pourquoi je l'ai empêché de le tuer ? On avait pourtant bien besoin d'argent à cette époque et avec la bague de la dame il y avait de quoi nous renflouer.

À la lumière d'un cierge, elle enfilait d'un geste infaillible une aiguillée de coton à repriser les bas.

— Non ! disait-elle en secouant la tête. Va savoir ? Quand j'ai vu son minois au rayon de la lune, avec ses cheveux frisés et son nez retroussé, ça a été plus fort que moi. J'ai pas pu.

Elle concluait en haussant les épaules :

— Peut-être que je m'étais mise à l'aimer. En tout cas, c'est la seule fois que j'ai épargné quelqu'un.

Au lever du jour, devant la mine pensive de Thérèse (elle regardait le doigt dont Sensitive avait retiré la bague), le départ des deux fugitifs eut plutôt l'air d'une fuite éperdue que d'un retrait en bon ordre. Colas avait tiré de sa poche une poignée d'assignats qu'il versa sans regarder entre les mains de l'hôtesse. On mit tout de suite au trot les percherons mal réveillés. On reprit à la fontaine les deux sacs de louis intacts. Il n'y eut qu'un seul incident entre Serres et Laragne. Colas tomba de son siège. Sa nuit blanche lui fut fatale. Il s'endormit les rênes à la main. Cela fit un vacarme du diable. Sensitive sur ses coussins s'éveilla en sursaut, ouvrit la portière. Le carrosse était immobile. Colas gisait entre les pattes des percherons. Ceux-ci s'étaient immobilisés net alors que le fer de la roue avant gauche était sur le point d'écraser la gorge du béjaune. Sensitive le tira de là comme elle put. Il titubait. À peine s'il reconnaissait son monde. Elle l'installa sur les coussins et prit sa place sur le siège du cocher. Ce fut là qu'elle finit le voyage.

À Sisteron, la porte du Dauphiné était libre et grande ouverte. Personne ne la gardait et la ville reposait tranquillement à l'ombre des beaux arbres. Les gens prenaient le frais devant les demeures, sur des chaises ou sur les bancs de pierre, qu'ici on appelle des *banquets*.

Sous le pont de la Baume, la Durance chuchotait en sourdine sur ses basses eaux.

Le glas sonnait à coups très espacés. L'église aux portes béantes était illuminée jusqu'au chœur. On voyait le desservant et ses acolytes bénissant un cercueil. Ce devait être quelqu'un de très aimé dont on célébrait les funérailles. Le saint sacrement haut levé témoignait que le prêtre n'était pas assermenté.

Le clergé, en ces montagnes, n'avait pas eu à beaucoup tenir compte du gouvernement de Paris ni de ses décrets. La peur du néant après la mort était pire que celle de la guillotine. C'était l'impératif catégorique des montagnards que d'être rivés à ceux qui détenaient le pouvoir sur l'au-delà. Toutes les objurgations sur la raison les laissaient de marbre.

Les gens d'Embrun, de Sisteron, de Barcelonnette, malgré les trublions qui leur préconisaient le culte de l'Être suprême, ne mordaient pas à l'hameçon. Les avalanches, les torrents en débords, les glissements de terrain, le peu de marge qui existait entre la faim et la famine et par-dessus tous les hivers farouches où l'on se serrait à douze en une seule pièce, ayant de quoi méditer sur le néant, tout cela les blottissait au creux du Dieu au seul corps unique.

À Forcalquier non plus il n'y avait pas de poste de garde. Là aussi un glas sonnait lentement. Une centaine de personnes entouraient l'église où se célébrait un enterrement.

La marquise, le cœur battant, vit bientôt se profiler la silhouette de la citadelle de Mane que ses ancêtres avaient bâtie. Au bas de la pente, sur la place devant le ci-devant hôtel-Dieu, cinquante Manarains de peut-être vingt ans avaient mis l'effigie de la reine au bout d'une perche à gauler les noix et ils chantaient *La Carmagnole* avec conviction :

Madame Veto avait promis
Madame Veto avait promis !
De faire égorger tout Paris
De faire égorger tout Paris !
Mais elle y a manqué
Grâce à nos canonniers !

À la maison de l'angle, derrière les vitres, trois aïeules horrifiées, le nez contre le carreau, se signaient devant ce spectacle. La Révolution qui paraissait avoir abandonné dès Grenoble les fugitifs, ils la retrouvaient à Mane tout aussi vivace.

Un bruyant charroi de chevaux montés, de voitures disparates et un grand concours de peuple à pied se hâtaient vers le parc des Pons de Gaussan qui tenait la moitié du territoire de Mane, le reste ayant été affranchi depuis longtemps par les ancêtres de Palamède le constructeur. Il y avait notamment un grand champ de foire coupé par le cours de la Laye.

Il était huit heures du soir en août et le soleil venait de disparaître à l'horizon.

La foule ni le charroi ne prenaient le chemin de Gaussan. Tout le monde obliquait à gauche le long de la Laye, la rivière communale, et s'éparpillait dans l'immense prairie qui offre à la vue le château et ses terrasses.

Juchée sur son siège de cocher (pour plus de précaution elle avait emprunté le bonnet phrygien et la cocarde que portait Colas), Sensitive vit surgir devant elle le château intact, ce qui lui porta un coup au cœur comme si le monument lui disait : « Voilà ! Je suis là ! Tu m'avais cru mort ? »

Sensitive amena l'attelage jusqu'au pied du dernier remblai et mit pied à terre. Elle s'assura que Colas dormait toujours et qu'il ne paraissait pas souffrir de sa mésaventure. Au-dessous d'elle et au loin éclataient des ordres. Des faisceaux de flambeaux éclairaient la scène. La foule s'amassait mais ça ne faisait pas un grand nombre tant la prairie était vaste.

Sensitive escalada les marches qui commandaient la grande terrasse. L'odeur particulière de la maison s'imposa à ses narines. C'était un bon arôme familier qui mêlait les senteurs de la soupe de légumes et celles du fumier frais de nombreux chevaux. C'était une odeur souvenir et toute son enfance revint à la mémoire de Sensitive : ses frères turbulents (où étaient-ils ? qu'étaient-ils devenus après Valmy ?) ; le grand-père qui se déplaçait dans le parc à l'aide d'une désobligeante à pédales pour épargner ses vieilles jambes. L'engin grinçait comme un troupeau de paons avec lequel on le confondait quand ils criaient « Léon » tous ensemble.

La destruction de Gaussan avait bien été programmée mais la marche des événements avait été foudroyante et simultanée.

Au début, avec une rare constance, les quelque cinquante Manarains s'y attachèrent avec conviction, mais c'est un travail considérable que de détruire un château sans être payé pour cela. Il y faut une foi inébranlable en la nécessité de le faire disparaître, une vindicte qui résiste au temps.

Quand Sensitive parvint en haut de l'escalier qui commandait la terrasse de l'est, elle put constater que l'ensemble de Gaussan était apparemment intact. Sauf les vitres du rez-de-chaussée abondamment lapidées et presque toutes brisées. Celles de l'étage n'avaient pu être atteintes.

Les inexorables saisons avaient dispersé les démolisseurs. Les semailles, les moissons, les vendanges, tenaient les hommes en leurs travaux indispensables s'ils ne voulaient pas mourir de faim. Au besoin, quand ils prenaient leur dimanche pour aller donner quelques coups de pioche aux murailles de Gaussan, les femmes leur rappelaient d'un doigt impérieux que rafistoler la porte de la basse-cour était aussi d'une urgence extrême si on ne voulait pas voir les renards manger la poule au pot de Noël à notre place.

Aussi devant les colonnes de Jean-Baptiste qui soutenaient le fronton du château, Sensitive ne trouva plus qu'une échelle dressée contre la façade. Là-haut un seul homme était occupé à marteler l'effigie de la déesse conduisant son char, laquelle était trait pour trait la représentation de Gersande de Gaussan que l'architecte avait follement aimée.

Sensitive s'éloigna le long de la balustrade pour contempler le spectacle que la transformation radicale du monde lui permettait d'observer en raccourci au-dessous d'elle.

La nuit venait. Au loin, la ville de Forcalquier à la lumière des rares quinquets huileux de ses rues mal éclairées s'endormait paisiblement au rythme des ronflements perceptibles par les croisées ouvertes.

La marquise contourna la masse du château et, dans la nuit descendante, elle vit devant elle un trou noir au lieu de la pièce d'eau qui dans son enfance miroitait toujours au clair de la lune. La lune se levait au centre du ciel mais l'étang était semblable à une orbite vide. Seuls de grands roseaux massues occupaient l'espace, et on entendait au fond couler la source qui alimentait autrefois le bassin.

Les cinq marches qui conduisaient au rez-de-chaussée étaient maintenant comblées de manière à en faire un plan incliné bordé d'une murette. Les portes vitrées crevées étaient béantes ou bien ouvertes à moitié et coincées par des détritus. Il n'y avait âme qui vive ni autour de la bâtisse, ni à la grille démantelée, ni sur le grand terrain vague hérissé de lécanores et de grands artichauts sauvages aux fleurs bleues épanouies, où autrefois s'étalaient des boulingrins bien entretenus et ponctués d'ifs taillés comme des ballerines, lesquels offraient aujourd'hui leurs branches en désordre qui paraissaient crier au secours. Sensitive traversa tout cela les yeux fermés pour ignorer le désastre.

Elle avait hâte d'aller contempler l'arbre que son aïeul lui avait tant recommandé de saluer pour lui. Il dressait toujours sa taille démesurée devant le ciel maintenant vert chou. Rien ne bougeait, sauf le frémissement silencieux du chêne qui vivait sa respiration d'arbre en faisant le moins de bruit possible. Depuis vingt ans qu'elle n'était plus venue se frotter à son écorce pour y puiser la force que son intuition d'enfant lui supposait, l'arbre n'avait pas changé, mais en observant mieux on distinguait au pied de son tronc gigantesque des racines adventives que le sol ne pouvait plus cacher. Elles devaient déjà exister un quart de siècle auparavant mais le sous-sol de calcaire que sa croissance n'avait pu entamer avait obligé le chêne à révéler son énorme soubassement. Ces racines saillaient couvertes de mousse, comme des muscles bandés au ras du sol.

Soudain un roulement de tambour battant la générale brisa la paix du crépuscule au lointain. Sensitive revint vers la terrasse. L'homme prédateur était descendu de son échelle et avait disparu. Au loin, Forcalquier était livide sous la naissance de la nuit. Sa forme initiale en couronne, avec la verrue de safre qui la dominait, offrait sa protection au village de Mane à ses pieds.

Au premier plan, devant la terrasse, un espace tout nu, coupé par la Laye, s'étendait depuis l'hôtel-Dieu (où l'on voyait clignoter aux fenêtres quelques lumignons) jusqu'au château.

Un étrange mouvement s'y faisait jour. Des flambeaux se déplaçaient le long du parc depuis le village où brûlaient des feux de joie. Cette profusion de torches éclairait des manœuvres qui déployaient une tente et la dressaient à coups de maillet. D'autres montaient une estrade. Deux ou trois étaient en train de dérouler une banderole entre les piquets de la tente sur laquelle était écrit :

Devant ce décorum, cernés par douze porteurs de torche, trois tambours de ville battaient la générale. Le peuple d'abord clairsemé puis de plus en plus nombreux s'attroupait autour de cette attraction.

Alors, on vit s'avancer un carrosse cahin-caha qui s'ouvrait passage dans le pré inégal comme s'il boitait, un carrosse sans armes sur les portières sauf un bonnet phrygien hâtivement peint. Derrière la glace de ce coche, on distinguait une jolie jeune femme portant un enfançon dans ses bras. Ce véhicule était suivi, au bout d'un long licol, d'une vache laitière aux pis lourds et gonflés. La voiture s'arrêta devant la tente dressée. Par le côté opposé à celui où se tenait la mère dans la position d'allaiter, deux personnages maigres descendirent. Ils étaient sanglés dans leur maigreur et l'épée au côté, haut emplumés comme des coqs, ils portaient du tricolore à profusion depuis la ceinture au nœud flottant jusqu'aux parements à galon. Ils escaladèrent les trois marches de l'estrade. Les tambours disposèrent leurs instruments dans l'herbe et vinrent s'installer devant la table où deux grands registres étaient disposés surmontés de grandes plumes d'oie pour enregistrer les enrôlements.

La foule qui s'amassait était diverse et bien délimitée : les fils d'abord, jeunes gars avides d'entendre ce qu'ils espéraient, et derrière, marchant lentement et à bonne distance, des pères réticents qui redoutaient ce qu'ils allaient entendre.

Les tribuns n'attendirent pas que tout le monde fût assemblé. Ils commencèrent à parler dans le brouhaha d'une foule inquiète qui s'interrogeait. Ils déposèrent leur chapeau d'apparat sur la table et l'un d'eux, levant les bras au ciel, cria littéralement :

« Citoyens ! La patrie est de nouveau en danger mortel ! Les fédéralistes, malgré l'héroïsme de nos troupes, ont franchi la Durance et marchent sur Manosque. Les traîtres qui ont livré Toulon aux Anglais vous menacent maintenant directement. Vos fils, vos compagnes, ont tout à craindre de leur barbarie. Levez-vous en masse pour les défendre ! Engagez-vous ! Engagez-vous ! Vive la République ! Vive la Nation ! »

Ils allaient répéter sous diverses formes ces objurgations et les étayer de mille arguments. Robespierre Jeune était un redoutable rhéteur, prêt à balayer toutes les objections d'un tranchant de main et à menacer d'un froncement de sourcil ceux qui oseraient le contredire. L'ombre de la guillotine le soutenait comme un tuteur un arbre, dans l'esprit de ses auditeurs. Personne désormais ne pouvait oublier cet argument péremptoire des bâtisseurs de la nation. Les manufactures d'État, qui livraient ces ingénieuses machines en deux points seulement de la République, ne pouvaient plus tenir le rythme. L'un des deux directeurs venait d'ailleurs, pour cause de tiédeur dans la production, d'éternuer dans la sciure, comme on disait alors.

La notion de patrie était toute nouvelle. Il avait fallu clamer partout qu'elle était en danger pour la rendre concrète au bas peuple. Jusqu'ici la guerre était affaire de nobles pour passer le temps, plus quelques morts de faim enrôlés pour quelques sous uniquement dans le but d'orner de cadavres les champs de bataille.

Mais il y avait une espèce d'homme qui ne comprenait rien aux bienfaits de la Convention : c'étaient les culs-terreux. Ceux qui, affranchis par leurs seigneurs, quelquefois depuis un demi-millénaire, étaient propriétaires de leur lopin.

Ceux-ci n'avaient retenu qu'une chose de l'égalité

promise et de la fraternité virtuelle partout proclamée : c'était l'enrôlement de leurs fils, par enthousiasme ou par persuasion, dans les armées de la République.

Ils ne croyaient pas être plus menacés par les sicaires sanglants venus de pays inconnus et dont le sang impur devait abreuver leurs sillons que par les noires trames subtiles de leurs voisins mitoyens qui avaient du sang pur mais contre lesquels ils éprouvaient des difficultés de bornage.

Il y eut des scènes pénibles où les pères ramenaient à la ferme à grands coups de pied au cul des garçons qui voulaient absolument se faire tuer pour la patrie et qui venaient signer d'une croix sur un registre, leur engagement pour cinq ans au lieu de s'atteler à l'araire pour nourrir la famille. Chemin faisant et à force de bourrades, ceux-ci étaient traités de feignants tout au long du parcours.

Pourtant ces culs-terreux avaient bien en tête qu'en agissant ainsi, c'était la guillotine qu'ils risquaient, mais la légitimité de leur action confortait leur héroïsme.

D'aucuns offraient pourtant leur fils à la patrie qui n'eussent pas risqué pour elle un poil de leur barbe, mais l'enthousiasme de la liberté menacée et l'éloquence des tribuns emportait leur conviction.

Des conversations outrageantes s'engageaient entre naturels parmi les soufflets et les pieds au cul.

— Pourquoi tu le laisses pas s'enrôler, ton fils ? La patrie a besoin de lui.

— Moi aussi j'ai besoin de lui.

— Oui, mais la patrie passe avant !

— Écoute, Antonin, pourquoi tu t'enrôles pas, toi ? Tu as que trente-cinq ans et tu es gaillard comme un Turc !

— J'ai des varices. Sans ça, tu penses !

— Tu en as pas pour courir après les filles et les regarder pisser.

— Tu m'insultes parce que je suis patriote !

— Moi aussi, je le suis. Seulement moi j'ai trois enfants en bas âge et mon aîné est le seul à pouvoir enfoncer l'araire ! Tu viendras toi peut-être, avec tes varices, me labourer le bien ?

Colas subjugué avait abandonné le carrosse et sa maîtresse dès qu'il avait vu devant lui l'appareil révolutionnaire installé dans le pré comme un théâtre illuminé. Les couleurs et les lumières l'éblouissaient, mais plus encore l'éloquence grandiose des deux tribuns qui se relayaient pour exhorter la foule.

Colas se rapprochait du premier rang, au milieu du tumulte qui l'entourait : des fils comme lui qui essayaient d'escalader l'estrade tant l'escalier était encombré de volontaires prêts à signer et de pères s'interposant en catimini (la dissuasion au grand jour risquait de conduire à l'échafaud, les pères n'oubliaient jamais ça). Il y avait dans la pénombre des torches et parmi les chants révolutionnaires, des luttes à mains ouvertes haineuses, presque, alors que ce matin à l'aube les combattants s'étaient levés ensemble dans la même maison et s'étaient tendrement embrassés.

Colas fut hissé sur l'estrade par trois gaillards plus pressés que lui mais qui ne voulaient pas usurper sa place.

Il se trouva devant un sergent à moustaches qui le toisa en faisant la grimace

— Quel âge as-tu ?

— Seize ans ! dit Colas qui n'en avait que quinze. Il avait vu devant lui un jouvenceau couvert de boutons d'acné qui en avait annoncé quatorze et qu'on avait rudement refoulé.

— Tu veux t'engager ?

— Oui.
— C'est pour cinq ans !
— Oui.
— Comment t'appelles-tu ?
— Colas Romain.
— Signe ici !
— Je ne sais pas écrire !
— Mets une croix.

Déjà les trois impatients bousculaient le garçon, le poussaient vers la sortie. L'un d'eux lui fit même cette plaisanterie :

— Lève-toi de là que je m'y mette !

Colas se tira comme il put de la foule. Il était étourdi par l'acte qu'il venait d'accomplir.

— Cinq ans ! se dit-il à haute voix.

Il se souvint de Sensitive et du carrosse. Pourvu qu'on ne l'ait pas pillé ! Il se hâta vers le tournant de l'allée où il l'avait laissé. Les percherons et la voiture étaient toujours là. Du fond du coffre, Colas tira les deux sacs d'or. Lourdement chargé, il s'avança vers la balustrade où la silhouette de Sensitive se détachait sur les éclats de lumière qui fulguraient sous les frondaisons des arbres. Il tremblait de tous ses membres, encore électrisé par les paroles du rhéteur.

— Je me suis engagé ! dit-il tête basse.

— Tu t'es engagé à quoi ? dit Sensitive sans comprendre.

Il déposa les deux sacs d'or devant elle.

— Dites-moi où je dois les porter.

— Mais à quoi t'es-tu engagé ? dit-elle alarmée.

Elle lui prit les mains et le regarda dans les yeux.

— Dans l'armée républicaine, dit Colas. Pour cinq ans. Je pars tout à l'heure.

— Viens ! dit Sensitive.

Elle l'entraîna toujours chargé des sacs d'or vers l'entrée d'apparat aux vitres crevées où les cinq marches de marbre blanc étaient maintenant transformées en praticable pour faciliter l'accès aux chevaux.

Les portes étaient entrouvertes. Des détritus et des gravats en obstruaient la base. La lune éclatante qui illuminait toute la façade laissait dans l'ombre les blessures que l'édifice avait subies. À la lueur du flambeau que Sensitive alluma, le grand hall aux colonnes apparut apparemment intact mais de la paille de litière était répandue partout. En travers de la porte du grand salon, on avait dressé un râtelier de fortune dont deux chevaux tranquilles étaient en train de tirer le foin.

L'âme du palefrenier se réveilla chez Colas. Les chevaux c'était sacré et ils devaient être fatigués.

— Si vous permettez, madame, j'irai dételer les bêtes. Il y a de la place à ces râteliers et elles doivent être fourbues.

Sensitive lui fit un signe d'acquiescement et se laissa aller sur un tas de foin. Elle aussi était fourbue.

Elle n'avait pas encore assimilé l'annonce que Colas venait de lui faire. Elle regardait fixement les sacs d'or déposés à ses pieds et qui apparemment ne servaient à rien pour conforter le désordre de sa pensée. Le désordre... c'était bien cela que confirmait l'aspect du château : les vitres brisées dont les débris faisaient une couronne autour des façades ; la paille souillée sur l'escalier de marbre où du crottin encore intact ponctuait les marches. Les colonnes de l'antichambre dans le foin jusqu'à mi-hauteur. L'escalier, le grand escalier lui-même où enfant, poussée par ses frères, elle avait dû si souvent se retenir à la balustrade pour ne pas s'abîmer sur les marches, le grand escalier servait de remise à foin jusqu'à mi-hauteur de la volute.

Colas revint. Sensitive éteignit le flambeau. Par les vitres crevées, la lumière de la lune au zénith rendit au vestibule défiguré les dimensions de sa grandeur passée.

— Viens t'asseoir près de moi, dit Sensitive. J'ai froid.

— On va m'appeler, dit Colas. Madame, j'appartiens à la patrie.

— En attendant, dit-elle, je te supplie de m'écouter. Tu es trop jeune. Tu dois vivre. La révolution finira. Il y a deux mille ans que le peuple souverain se révolte contre l'esclavage et que chaque fois on le remet en cage parce qu'il n'est pas capable d'assumer la liberté. Il le sera dans cent mille ans peut-être ! clama Sensitive. Mais que t'en chaut ? Profite de la vie. Tu es seul. L'homme n'est la matière première que de sa propre vie ! Tous les autres, sauf moi, te passent autour sans te connaître, sans t'aimer, sans même savoir que tu existes ! Ceux qui aujourd'hui sont opprimés seront les oppresseurs de demain parce qu'ils seront plus intelligents, plus malins ou qu'ils sauront mieux compter. Si tu crois à l'idéal tu mourras et tu ne seras qu'un petit tas d'os que le temps réduira en poussière. Colas ! Crois-moi ! Personne à ta place ne peut jouir de toi ! Personne ne pourra jamais vivre à ta place les plaisirs que nous avons goûtés ensemble sur la paille l'autre nuit, et pourtant nous avions tout perdu tous les deux.

Pendant qu'elle s'escrimait ainsi à lui souligner les bonheurs de l'existence, il pensait : « C'est une aristocrate qui parle. »

Tandis que les chevaux broyaient bruyamment le foin au râtelier, Sensitive était prosternée dans la paille. Elle avait envie que ce soit lui qui soit dans cette position. C'est terrible de donner une leçon d'univers à un homme pour lequel on n'a qu'un désir, c'est qu'il s'agenouille devant vous pour vous embrasser les genoux et qu'il poursuive avec sa bouche les prémisses de l'amour dont vous êtes si friande.

Sensitive comprit qu'il lui fallait user de tout son savoir, de tout ce qu'elle avait appris des philosophes longtemps fréquentés et de Germaine de Staël dont elle était sœur en lucidité. Elle lui dit que le bonheur ne se partageait pas avec une multitude, qu'il ne pouvait se savourer que seul ; que la vie était une chandelle vacillante à perpétuité et qu'il n'était même pas besoin d'aller l'exposer volontairement pour la perdre bientôt. Elle lui fit miroiter la beauté du monde, les matins et les soirs, le chant divin de la pluie sur les arbres, les ressources infinies de la sensation et de la luxure. Mais à tous les arguments qui tendaient à faire préférer la vie à la mort, Colas opposait cette seule formule et se protégeait contre la tentation en se la répétant à satiété : « C'est une aristocrate qui parle. » Les quelques idées simples que les rhéteurs avaient agitées tout à l'heure faisaient pièce à toute raison. Les paroles passionnées de sa maîtresse glissaient sur lui comme de l'eau sur l'huile. La patrie était au-dessus d'eux, sévère, impitoyable, réclamant la mort du croyant. Imaginaire, elle offrait la chair vive d'une femme de marbre, quoique désirable.

Contre elle une simple amoureuse en tous ses attraits ne pouvait rien. Colas refusa même le déduit qu'elle lui offrait, disant que c'était pour la dernière fois. Non, il n'en voulait pas. Il avait peur, s'il cédait à la tentation, d'oublier son engagement. Ses quinze ans intransigeants recherchaient encore la pureté.

— Madame, dit-il, vous êtes mon plus cher désir et vous serez mon plus beau souvenir mais la patrie c'est ma mère. Comment voulez-vous que je trahisse ma mère ? Elle est attaquée de toute part ! Je dois me faire tuer pour elle !

Sensitive s'aperçut alors que son amant parlait comme un livre. Il lui semblait lire Jean-Jacques Rousseau en l'écoutant parler. À un homme qui parle comme un livre, il est beaucoup plus difficile de faire entendre raison qu'à un simple analphabète.

Elle finit par se taire, épuisée, à bout d'arguments. La fatigue l'emporta. Elle s'endormit sur la paille telle qu'elle était. Alors il se leva sans bruit, il effleura de ses lèvres le front de sa maîtresse.

Dans le grand pré le tambour battait la générale et des voix mal assurées chantaient *La Marseillaise*. Les sergents essayaient de rassembler en troupe cohérente, à coups d'ordres contradictoires, les quelque quatre-vingts Manarains qu'on avait réussi à arracher à leurs familles. Colas les rejoignit à la hâte. Tant bien que mal il se faufila dans la troupe.

Le jour naissait sur les grands arbres et sur les montagnes au loin qui flamboyaient au soleil levant. La troupe hétéroclite s'ébranlait en chantant. Ils étaient déjà martiaux. Ils marchaient au pas instinctivement, au rythme impitoyable des chants du départ.

Sensitive s'était éveillée au bruit des tambours battants. Elle se précipita vers le grand pré où la chétive colonne toute grise dans le crépuscule du matin s'éloignait pour toujours. Elle courut vers elle en criant : « Colas » mais elle trébuchait parmi les mottes d'un labour ancien et sa robe mal taillée la gênait pour courir.

Elle revint vers le château, découragée. L'esplanade du pré était maintenant vide. Le peuple souverain courbant l'échine devant le fait accompli s'était retiré dans ses maisons pour y méditer sur le mot « patriote ». L'équipe expérimentée qui avait dressé l'estrade était en train de la démonter. Les deux commissaires de la République s'entretenaient avec calme et s'inclinaient tendrement vers le carrosse à la portière ouverte. Sensitive s'approcha de la voiture pour voir ce spectacle attendrissant : madame Robespierre Jeune allaitait à l'aide d'un biberon l'enfançon qu'elle tenait dans ses bras. Elle avait peu de lait en ses seins menus et la vache arrimée au carrosse y suppléait. Son mari était souriant, penché vers son épouse avec son extravagant chapeau à épouvanter la volaille. Son collègue Ricord lui donnait la réplique, coiffé de la même manière. Ils auraient paru ridicules s'ils n'avaient pas véhiculé la Terreur par toute leur personne. Arriva à bride abattue un cavalier qui leur lança de loin :

— Fuyez ! Les fédéralistes sont à vos trousses. Nous allons les retarder mais nous ne sommes pas assez nombreux pour les arrêter !

C'était l'émissaire du conseil de Forcalquier qui les avertissait ainsi. En un clin d'œil la place fut vide de chevaux, de carrosse et des commissaires de la République. Tout le monde fuyait vers Saint-Étienne-les-Orgues et la montagne de Lure.

Sensitive se trouva seule, les pieds dans l'humide et transie de froid malgré l'été, au milieu de cette plaine qui recouvrait l'emplacement d'un lac, toujours présent sous la brume impalpable qui chaque matin l'ensevelissait comme un fantôme. À l'hôtel-Dieu une grêle horloge qui sonnait même les quarts se mit en branle en cadence. Il était sept heures du matin.

La masse du château flottait dans la brume et le silence qui l'encerclait était plus tragique qu'une canonnade. Lentement et ne songeant à rien, Sensitive revint par la pièce d'eau vers l'entrée principale. L'arbre gigantesque percé de lambeaux de brouillard où commençait à jouer un soleil malade, participait au silence et au malheur presque palpable où baignaient les hommes. Il n'y avait de bon et de noble que ce grand vestibule à colonnes où l'odeur des chevaux était source de vie. Les deux hongres blancs qui l'occupaient y hennissaient de temps à autre contre les quatre percherons dont tout à l'heure Colas leur avait imposé la compagnie. Au pied du grand escalier, les deux sacs d'or s'épaulaient l'un l'autre au ras du sol. Sensitive contempla le tas de foin qui encombrait les marches. Elle se souvint que les fenêtres de l'étage n'étaient pas brisées. Elle avait envie de revoir sa chambre d'enfant, là où elle avait toujours trouvé refuge contre ses frères belliqueux.

Avec peine et y glissant sans cesse, elle entreprit de gravir le tas de foin. La balustrade à grandes fleurs de fer forgé, où un artisan d'autrefois avait mis toute sa science, lui fut d'un grand secours.

L'étage était apparemment intact. Le peuple ivre de vengeance avait seulement pissé sur les tapisseries d'Aubusson et il avait déféqué sur le carrelage de tommettes rouges du long corridor, mais c'était sec. Les colombins arrogants dont on avait voulu imprimer le mépris au cœur de cette demeure tombaient en poussière et se désagrégeaient. Il n'était même plus nécessaire d'éviter de marcher dedans.

Les chambres s'alignaient avec leurs portes toutes diverses. À pas lents Sensitive défila devant elles. Les voix bougonnes ou aiguës d'autrefois résonnaient dans sa mémoire et, devant ces vantaux refermés sur le vide, elle s'attendait qu'ils s'ouvrent sur quelque cri de joie où quelque exclamation de colère.

Il n'y avait rien de tel mais soudain dans l'énorme silence où n'étaient même pas perceptibles les signes de vie qui émanaient des chevaux au râtelier, soudain, sans crier gare, l'ample mouvement que si souvent elle avait perçu dans son enfance et qui était la marque de fabrique du château la frôla discrètement.

Elle n'avait pas oublié non plus ce bruissement caractéristique qui flottait dans l'air ; bruissement si discret qu'on le percevait plutôt en son for intérieur que dans les courants d'air qui imitaient, aux profondeurs des corridors, un claquement de draps à l'étendage.

Quand elle avait demandé à sa mère — elle devait avoir quatre ans — ce que c'était que ce froissement de jupes qui vous suivait partout, celle-ci avait répondu avec calme :

— Ah ça ? Ce sont les sœurs martyrisées par les protestants. On leur a détruit leur couvent et on les a passées au fil de l'épée ou brûlées vives, alors elles font procession.

La mère de Sensitive, quoique de la branche cadette des Sabran, n'avait eu que l'originalité de lui trouver ce prénom. C'était une grosse femme, laquelle, nonobstant ses quartiers de noblesse, avait toujours l'air de sortir de couler une lessive. L'imagination n'était ni son propos ni son idéal. Cette phrase paisible, c'était tout ce que Sensitive avait pu tirer d'elle. Elle avait été terriblement déçue par cette révélation. Son imagination s'était sentie frustrée d'une plus grande histoire.

Heureusement, un jour, lorsqu'elle avait huit ans, juste avant de quitter Gaussan pour la Cour, elle avait rencontré, sans étonnement, deux moniales qui devisaient avec animation en faisant le tour de la pièce d'eau. Une seule chose avait paru étrange à la fillette : ces religieuses évoluaient à deux coudées au-dessus du sol.

Les enfants savent bien reconnaître partout les traces du mystère du monde et les garder pour soi. Sensitive n'en parla à personne et longtemps — mais la chose ne se renouvela jamais — elle guetta derrière les roseaux du bassin les deux femmes aux longues figures graves qui se contredisaient avec animation parmi l'éternité.

Sensitive, la tête levée, enregistrait ce bruissement avec une émotion attendrie. L'horreur qu'il évoquait était usée par plus de deux siècles et s'était cristallisée en pure légende. L'histoire devenue conte perd en route son pouvoir d'abomination. « Il faudra que j'en parle à la baronne Staël, se dit-elle, cela fera bien rire Germaine. »

Elle avait atteint la porte de sa chambre et n'osait en soulever la cadole. Elle s'y risqua pourtant après de longues minutes. La pièce était intacte quoique nue. L'armoire en citronnier et le secrétaire en marqueterie avaient disparu mais la jolie tapisserie claire, faite d'une série d'étangs bucoliques bordés de saules d'automne, était intacte. Personne ne l'avait souillée ni déchirée. Le lit n'avait pas été enlevé. Il était simplement réduit à un matelas nu sans draps ni oreillers. Le crucifix et le bénitier dont la marque était encore visible au chevet avaient eux été dérobés, mais il restait au mur une piètre gravure en sépia qui y était déjà suspendue à la naissance de Sensitive et peut-être de tous les enfants qui s'étaient succédé avant elle dans cette chambre.

Elle représentait un ange à figure de femme dont les ailes déployées éclairaient tout l'espace. Au pied invisible de cette allégorie, un homme jeune, imberbe, nu, les yeux levés vers ceux de l'apparition, la regardait sans ciller. La légende qu'on lisait malaisément au bas de ce chromo était explicite : « Jacob, luttant contre l'ange avant qu'on l'appelle Israël. »

La gravure lui remit en mémoire l'échec cuisant que son intelligence venait d'essuyer contre le pauvre Colas. Il n'y avait pas de proportion entre les deux drames : celui qu'elle venait de vivre et celui que racontait naïvement la gravure, mais le constat était le même : l'ange n'avait pas pu lutter contre la logique implacable des hommes et Sensitive n'avait pu vaincre contre les quelques idées simplistes des rhéteurs de la République.

Au bonheur concret et individuel qu'elle lui proposait en vivant tranquillement avec elle, il avait préféré le bonheur collectif qu'il se promettait en mourant pour la patrie.

Sa révolte contre l'évidence la tint longtemps debout contemplant tristement cette méchante gravure qui n'avait rien d'artistique mais la fatigue la terrassa d'un coup. Elle s'affala sur le matelas nu et ne bougea plus.

Longtemps, au matin, elle refusa de s'éveiller. Elle se tortillait tout habillée sur le matelas brut, niant la lumière éclatante qui l'éblouissait par le jour déjà haut levé. La conscience lui revint d'abord par la solitude immense qu'elle percevait autour d'elle : plus ni père ni mère, ni frères. La famille tout entière engloutie, dispersée par la Révolution, et ce lien infime, ce Colas si tendre et si jeune qui l'avait ramenée saine et sauve ici. Ils avaient fait l'amour à la désespérée, sans dire qu'ils s'aimaient, sans même le percevoir, emportés dans le séisme où l'homme perdait tous ses repères, où il ne restait plus, si quelqu'un était à portée, qu'à l'agripper, qu'à le retenir, qu'à essayer à deux de ne pas se laisser engloutir sans avoir témoigné. L'Histoire qui coulait en cataracte dispersait les débris de tous les souvenirs tendres qu'elle charriait.

Il était difficile, chargée de tant d'impressions outrageantes pour la mémoire, de revenir à la réalité et d'y survivre. Sensitive se mit sur son séant. Elle se sentait sale, dégradée. Sa philosophie ne lui servait plus de rien. Seul le soleil insolent qui dardait par la fenêtre sans persiennes lui tirait de l'âme une sensation cuisante, insupportable.

Alors une ombre bienfaisante s'interposa entre elle et lui.

C'était un homme au pied du lit dont elle finit par distinguer le visage. Un homme glabre, sévère, sans sourire, avec des yeux sous de profondes arcades sourcilières dont on finissait par comprendre qu'ils étaient bleus.

— Vous avez le sommeil profond, dit cet homme, cela fait une heure que je vais et viens sans précaution et pourtant sans vous éveiller. Je vous ai monté un seau d'eau chaude pour vous laver. Vous devez vous sentir…

Il s'arrêta net. Le mot « sale » qu'il était sur le point de prononcer lui paraissait inconvenant.

— … souillée ! acheva-t-il. Je vous ai aussi monté deux serviettes.

Il avoua honteusement.

— Malheureusement je n'ai pas de savon. Les temps sont difficiles, dit-il.

Il marcha vers la porte.

— Je vous ai aussi apporté deux cotillons. Les vôtres doivent avoir besoin d'être lavés.

— Je suis…, commença Sensitive.

L'homme mit un doigt sur ses lèvres.

— Qui vous êtes je le sais, dit-il. Moi on m'appelle Magnan. Lavez-vous, je reviendrai tout à l'heure.

Il disparut. Sensitive se précipita vers la souillarde qui dans son enfance tenait lieu de cabinet de toilette. Il y avait toujours la table creusée en lavabo mais la cuvette et le pot à eau en moustiers avaient été volés. Sensitive se débarrassa de ses hardes. L'eau du seau était très chaude. Avec l'une des serviettes elle se mouilla entièrement avec délices, fit couler le bain sur ses épaules, sur son ventre, sur ses cuisses. Comment cet homme avait-il compris que pour une femme retrouver les gestes de la propreté c'était retrouver le monde du bonheur ? Cette sollicitude lui remplissait le cœur de reconnaissance. Au fur et à mesure qu'elle se décrassait, son quant-à-soi, sa dignité, refaisaient surface, reprenaient possession de son intelligence. Quand elle en vint à finir le fond du récipient pour se laver sommairement les cheveux, elle était entièrement redevenue elle-même.

L'homme avait disposé au pied du lit un jupon de chanvre et un caraco de futaine. La culotte était faite pour une personne sans coquetterie mais tout ça sentait la lessive et le lavoir de ferme. Après tout ce qu'elle avait vécu, cette simplicité paysanne comblait d'aise la descendante des Pons de Gaussan.

L'homme revint comme elle finissait de s'ajuster. Par la porte qui était restée entrouverte, il entra à l'envers, poussant le vantail avec son derrière. Quand il fit volte-face, Sensitive vit qu'il avait les bras chargés des deux sacs d'or. Ils n'avaient pas l'air d'ailleurs de lui peser. C'était un homme trapu avec de gros bras et de grosses cuisses. Il déposa délicatement son fardeau au pied du matelas qui s'enfonça.

— J'ai trouvé ça au pied d'un pilier, à l'écurie. C'est à vous ?

— Oui, dit Sensitive.

L'homme hocha la tête.

— Vous savez, Sensitive, il faudra le cacher.

Au poids anormal de ces deux sacs et au tintement qu'il avait perçu quand il les avait soulevés, il avait compris que c'était de l'or.

— Comment savez-vous mon nom ? dit la marquise.

— Vous ressemblez à s'y méprendre à votre mère. Et vos cheveux sont aussi blonds que les siens. Je suis votre frère de lait, dit-il. Ma mère nous a bercés ensemble. La vôtre n'avait pas assez de lait. Ma mère vous a nourrie en même temps que moi. Votre famille et la nôtre, c'est une longue histoire.

Il s'approcha de la fenêtre et lui fit signe de le rejoindre.

— Vous voyez, dit-il, cet arbre gigantesque ?

Il le désignait du doigt par la fenêtre, qui faisait de l'ombre au château.

— C'est pour lui que je suis revenue, dit Sensitive. J'ai tellement rêvé à son pied.

L'homme hocha la tête.

— Vous n'êtes pas seule, dit-il. Il y a cent ans, il était presque aussi grand qu'aujourd'hui. Il y a cent ans, nous étions vos serfs à Pitaugier, la ferme qui est au pied du coteau.

— Je connais Pitaugier, dit Sensitive.

— En ce temps-là, dit l'homme, Pitaugier existait déjà mais pas le château. Le chêne était seul au milieu des ruines. Les ruines d'un couvent. Du moins c'est ce qu'on m'a dit. Votre grand-père s'appelait Palamède, et le mien Antoine, comme moi, et ils avaient dix ans tous les deux. Et la même passion pour cet arbre. Ils venaient le voir, lui parler, le flatter. Chacun guettait avant d'en approcher, savoir s'il était bien seul, le ridicule à cette époque ça tuait autant qu'aujourd'hui et ils avaient bien peur de l'être tous les deux. Sauf qu'un soir d'été mon grand-père s'est endormi sous l'arbre et que le vôtre l'a trouvé et qu'il lui a donné un coup de pied pour le réveiller.

L'homme prit une attitude théâtrale pour mimer la scène qu'il allait décrire et imiter la voix qu'il fallait pour la rapporter, celle de son grand-père lui racontant l'histoire. Elle avait dû, cette histoire, courir le long de la famille pendant longtemps et chaque fois un peu sortir de sa réalité à chaque récit.

« Qu'est-ce que tu fais là, manant ? avait dit l'enfant marquis furieux à l'enfant serf.

— Je rêve, avait répondu l'enfant serf à l'enfant marquis.

— Tu rêves à quoi ?

— À ça !

L'enfant serf avait répondu en désignant l'arbre. Alors l'enfant marquis s'était assis à côté du manant et il lui avait demandé :

— Tu crois qu'on peut l'aimer à tous les deux ?

Et l'enfant manant avait répondu naïvement :

— Les rêves c'est pour tout le monde.

C'était difficile d'être amis entre un manant et un marquis. Ils allèrent à l'arbre séparément désormais mais en prenant toujours autant de soin pour ne pas être surpris en contemplation devant lui. Puis ils sortirent de l'enfance. Le manant à douze ans se mit à bêcher, à labourer, à récolter. Le marquis à quinze ans fut envoyé à l'école de guerre. Et puis il revint à Mane et déjà il n'avait plus qu'une jambe. Et il se mit à construire l'hôtel-Dieu et puis le château et un jour il arriva chez mon manant qui avait le même âge que lui. Il brandissait un papier.

— Voilà, Antoine, je te fais libre ! Tu ne me dois plus rien. Tu peux t'en aller, rester ou bourlinguer mais tu es libre !

— Mais je peux toujours aller voir l'arbre ?

— Sûr ! dit le marquis, et même nous irons ensemble !

Et ils s'embrassèrent. »

L'homme se tut et se leva précipitamment. Il venait de s'apercevoir qu'il s'était assis sur le matelas à côté de Sensitive et qu'il avait gardé sur la tête son chapeau qu'il ôta tout de suite.

— Voilà, dit-il. J'ai remisé le carrosse au cellier. Il vaut mieux qu'on ne le voie pas. Je vais m'en aller et rentrer à Pitaugier. J'ai averti ma mère de votre retour. J'ai eu toutes les peines du monde à l'empêcher de venir vous embrasser. Elle vous a préparé à déjeuner. Tout à l'heure vous viendrez à pied jusque chez nous. Avec ces oripeaux, vous ne risquez pas de passer pour une dame de haut parage et croyez-moi, en ce moment, il vaut mieux pas ! L'heure n'est pas bonne pour les nobles.

Il partait. Il se ravisa.

— Il y a quand même une chose que je dois vous dire encore : quand vos deux frères et votre père ont émigré, le château a été mis en vente comme bien national et mon frère et moi nous l'avons acheté.

Il baissa la tête.

— Il était déjà cassé, dit-il, et pillé.

Il ajouta précipitamment :

— Oh, ce n'était pas les gens de Mane. C'était un gros parti de gens d'en bas qui ne faisaient que passer. Ils montaient à Paris en chantant que la République les appelait.

Lettre de Sensitive à Germaine de Staël :

Ma complice chérie, c'est de Gaussan que je vous écris où je suis, pour l'instant, saine et sauve mais nue et crue. Depuis la nuit où nous nous sommes étreintes devant Annemasse, ma vie que je vous conte n'a été qu'une succession d'imprévus comme nous les aimons toutes deux.

Vous ne vous souvenez sans doute pas, il était si insignifiant, de l'apprenti palefrenier qui se trouvait debout devant les chevaux quand j'ai ouvert cette lettre de mon père m'enjoignant de rentrer à Gaussan pour y préserver nos biens, notamment un trésor qu'il prétendait s'y trouver et dont il me donnait le cartulaire prouvant qu'il était bien à nous si nous le trouvions.

Je vous passe les péripéties de mon voyage mais je ne veux pas manquer à la fidélité que je vous porte sans vous avouer que ce jouvenceau est devenu mon amant. Il fut le seul à prendre le risque de m'accompagner alors que le reste de mes gens se dispersaient dans la nature, me laissant en plan avec mon carrosse et mes frusques.

Seul le béjaune (il s'appelle Colas) est resté fermement près de moi. Pouvions-nous faire trois cents lieues à travers tous les dangers sans nous connaître ? Vous savez les caprices de ma sensualité, eh bien ma chère je n'ai pu m'en défendre. Le désespoir, le péril, l'attrait aussi de ce jouvenceau (il ressemble au Chérubin de monsieur de Beaumarchais) adorable et son héroïsme à mon service ; j'ai voulu le récompenser mais c'est aussi que je sentais le monde se décomposer autour de moi et que par conséquent, puisqu'il était en train de finir, il fallait se hâter de profiter des choses qu'il nous avait données. La matière première du bonheur je l'avais à portée de main. J'eusse été bien sotte de n'en point profiter. Bien m'en a pris d'ailleurs car j'ai éprouvé avec lui des satisfactions que bien des roués n'auraient pu m'offrir, et de ce que nous aimons tant l'une et l'autre, il n'était jamais las.

Vous qui êtes attachée à un seul amour comme le lierre au tronc peut-être me demandez-vous : L'aimiez-vous ? Et je vous répondrai : Comment voulez-vous ? À peine avons-nous eu le temps de nous étreindre que déjà la Révolution le happait. Nous avons eu ici monsieur de Robespierre Jeune venu électriser les populations refroidies de la Révolution par ses horreurs. Ici, le peuple lorsqu'on prononce devant lui le mot « Paris » traduit « guillotine » (ils ont appelé le bourreau « monsieur de Paris »). Mais Colas a entendu le mot « Patrie » cent fois prononcé. L'idée lui est entrée dans la tête. Ni mes objurgations ni mon raisonnement n'ont pu l'en déprendre. Maudit soit ce mot qui fait préférer la mort à la vie !

Adieu madame, je vous donnerai des nouvelles de ma santé si je parviens à demeurer saine et sauve.

SENSITIVE

P.-S. : Mon château a été vendu comme bien national et je suis enceinte des œuvres de Colas.

Réponse de Germaine de Staël à Sensitive :

*Ma douce, je vous répondrai brièvement car je suis dans le plus profond désespoir avec Benjamin : quatre mois seulement après notre rencontre, le maraud vient de se découvrir un nouvel amour éternel (*solae inconstantiae constans*). Bref. J'arrose de mes larmes mon écritoire. Elles brouillent l'encre dont je vous écris. Elles la dissolvent. Elles me laissent juste assez de lucidité et pour peu de temps encore qui me permette de vous répondre sur l'essentiel : en ce qui concerne l'enfant que vous portez, les temps sont assez troublés afin que, chemin faisant, vous ayez été violée par des sans-culottes non plus que sans scrupule, bien que ces gens-là fussent fort vertueux et coupassent plus volontiers nos têtes qu'ils ne forçassent nos quant-à-soi. La nature humaine étant ce qu'elle est, la chose a dû néanmoins se produire à quelques reprises. Vous pouvez donc, sans état d'âme, vous en prévaloir.*

Adieu ma douce, les sanglots font mal aller ma plume. Sans doute serai-je morte étiolée par le chagrin d'amour avant d'avoir pu goûter le plaisir de nous retrouver.

GERMAINE

Quand Sensitive reçut cette réponse, les choses à Gaussan et ailleurs avaient considérablement évolué. D'abord, elle était grosse à pleine ceinture et les Magnan, Antoine et Désiré, l'avaient adoptée et l'appelaient « madame la marquise ». Ils mettaient chapeau bas devant elle. Le conseil de Germaine avait été judicieusement suivi. Devant toute la population de Mane, son état la faisait plutôt vénérer que plaindre. Sa nourrice, la veuve Magnan, mère des deux possesseurs du château allait ostensiblement à la messe chaque matin en dépit des menaces qui pesaient sur le prêtre non constitutionnel, et tout le monde fermait les yeux même Désiré Magnan, farouche robespierriste mais qui craignait pour sa mère les foudres de la Convention car elle était ostensiblement chrétienne par le brin d'olivier placé chaque Rameaux en travers du crucifix à la tête de son lit.

Antoine le cadet était célibataire et Désiré avait déjà deux enfants d'une Chambellan de Cruis. Ils s'étaient choisis un soir de bal à Fontienne pour leur mutuelle carrure. Lui avait des muscles de cheval et elle passait à peine la porte à cause de ses fesses péremptoires lorsqu'elle se présentait de face devant le battant grand ouvert. Elle avait un adorable caractère. Elle était tout en fossettes prête à rire et à jouir de tout. Elle respirait la joie de vivre. C'était un couple qui s'ébattait en toute liesse. Leurs deux garçons étaient aussi trapus qu'eux avec des muscles courts, des cuisses rebondies devant et derrière. Ils s'aimaient comme des frères. C'est-à-dire à coups de tannées mémorables que leur mère achevait en fessées justicières. Elle avait des mains à la mesure de ses fesses : comme des battoirs.

Un matin (elle venait de faire connaître son arbre à l'enfant qu'elle portait), Sensitive croisa dans la grande allée Désiré la mine austère contrairement à son habitude. Il poussait devant lui une brouette de fumier aussi haute que lui, la fourche enfoncée dans le tas, prête à être répandue. Il mit bas son fardeau et ôta sa casquette. Tout le malheur du monde pesait sur ses épaules.

— Madame, dit-il, et son visage était ravagé par la douleur, notre consul vient de nous apprendre qu'avant-hier dans la soirée, monsieur de Robespierre a été assassiné.

— Comment ça assassiné ? dit Sensitive de derrière son mouchoir.

Elle se l'était déployé sur le nez, à cause du fumier fumant qui répandait son odeur alentour.

— Oui, dit Désiré. Assassiné tout de bon ! Avec son frère et tous ses amis !

Les nouvelles couraient alors aussi vite que plus tard. Il suffisait d'un seul individu parcourant un quart de lieue en les répandant et en recommandant de les répandre auprès des amis et connaissances pour qu'en un jour elles eussent fait le tour de France.

Des vapeurs de joie montèrent aux yeux de Sensitive la faisant larmoyer.

— Est-il possible ? dit-elle en un sanglot.

Par ce sanglot inattendu, elle s'attira pour toujours la sympathie de Désiré Magnan lequel jusqu'alors était très réservé à son sujet. Il était courbé par la douleur réelle que lui causait le mort de son héros.

Elle poursuivit son chemin jusqu'à la pièce d'eau qu'Antoine était en train de curer. Il était en bas au fond du bassin occupé à faucarder les roseaux qui l'encombraient.

Depuis le retour de Sensitive, le château avait repris vie grâce à Antoine et aux écus qu'elle avait rapportés. L'écurie du rez-de-chaussée avait été rendue à son usage premier qui était de servir de hall pour distribuer les pièces. Les carreaux noirs et blancs en losange avaient été à peu près nettoyés, sauf devant le séjour des chevaux sous les râteliers où il avait été impossible d'effacer l'urine qui avait imprégné le sol. Mais il n'y avait plus de foin le long de l'escalier et les vitres de toutes les fenêtres avaient été remplacées par les soins d'Antoine qui y passait tout son temps.

— Antoine ! Antoine ! cria Sensitive penchée sur la margelle. Paraissez un peu !

Antoine leva la tête.

— Qu'y a-t-il ? demanda-t-il alarmé.

— Robespierre est mort ! C'est Désiré qui vient de me l'annoncer.

Antoine ne répondit rien et hocha la tête avec doute. C'était un homme qui voyait loin quoique peu disant. La chute d'un tyran ne lui laissait pas encore entrevoir la fin de la tyrannie.

Le soir, depuis la terrasse de Gaussan, on put observer quelques timides feux de joie s'allumer çà et là dont les reflets dissipaient l'ombre discrètement au loin contre les murailles de Forcalquier. C'était le peuple souverain qui brûlait ce qu'il avait adoré.

L'enfant de Sensitive naquit en mars, il prit le nom de sa mère en attendant mieux. Le désordre des lois et des coutumes était à son comble. Après la déclaration en mairie, Sensitive le porta avec la mère Magnan qui avait été sa nourrice sur les fonts baptismaux clandestins de l'église de Mane où le desservant non constitutionnel avait survécu par miracle grâce à la complicité de tous. L'enfant, un mâle, fut inscrit sous le nom de Palamède, Victor, marquis de Gaussan.

Les semailles et les moissons occupaient les Manarains bien plus que les progrès de la liberté. Ils étaient tellement habitués à courber l'échine sous le malheur et depuis tant de siècles que les changements survenus à la tête de la République les laissaient dans un état d'indifférence hébétée. D'autant que la patrie était toujours en danger et qu'on continuait à recruter hâtivement pour la défendre. Une gazette toutes les semaines était vendue par les colporteurs. Les gens s'interpellaient en place publique pour se donner des nouvelles.

— Tu as vu ? Il y a un général qui a gagné une bataille au pont d'Arcole !

— Où c'est ça ?

— En Italie ! Tu devrais t'engager ! Y paraît que là-bas le pain est pour rien.

— Et pourquoi tu y vas pas toi ?

— Et qui gouvernera le bien si j'y vais ?

— Il s'appelle comment le général ?

— Moreau !

— Ah ! Moi on m'a dit Buonaparte. Je crois que c'est un Corse.

Il fit à Mane comme ailleurs des temps apocalyptiques et un choléra larvé s'en mêla. De nouveau les familles décimées pleurèrent leurs morts. Chez les Magnan deux mâles de dix ans furent emportés par la typhoïde. Il resta une fille blonde qui prit vaillamment les manches de l'araire comme son père et son oncle, et deux jumeaux mâles en bas âge, alors que la mère Magnan était de nouveau enceinte.

Sensitive apprit la mort de son père à Mayence juste avant qu'il manifestât le désir de rentrer au pays. « Il me tarde de voir mon arbre », disait-il dans sa dernière missive.

Sensitive en fut soulagée. Comment aurait-elle pu justifier devant lui la faute qu'elle avait commise ?

La grand-mère Magnan (Philomène) mourut aussi sur ces entrefaites.

Palamède Victor avait maintenant sept ans. On lui offrit pour la Noël (on la célébrait en dépit de tout) une grande boîte de soldats de plomb. Ce fut le dernier cadeau de Philomène Magnan. Les figurines et leurs drapeaux tricolores une fois dressés sur la table du salon, avec leurs baïonnettes et leurs canons minuscules et même avec leurs morts vaillants qui criaient la bouche ouverte sans doute « Vive la République », firent sur l'enfant un effet terrible. Il ne cessait de les disposer, de les disperser, de les éparpiller en des crises de fureur meurtrière quoique sans éclat. Sensitive écrivit à son amie Germaine :

J'ai enfanté un guerrier, il ne cesse de crier « haro » à sept ans. Rien d'autre ne l'intéresse que la guerre dont il entend parler par tous les vieux soldats sur la place du village. J'ai beau tenter de le tenir à l'écart, malgré la distance il m'échappe et il y court.

Il y eut un jour dans les gazettes un avis du gouvernement qui s'étala aussi en gros caractères placardé sur les murs des mairies, une affiche dont le titre résumait la nouvelle situation des gens :

« Citoyens, la Révolution est fixée aux principes qui l'ont commencée, elle est finie. Signé Bonaparte Premier consul. »

C'était un dur hiver. Dans le salon, frileusement, Sensitive goûtait les plaisirs de la chaleur devant la grande cheminée. Elle entendit le pas lourd d'Antoine Magnan. Il marchait comme il savait, en paysan. Sensitive aimait la nature raisonnable de cet homme qui ne voyait que la terre pour horizon. Rien ne l'intéressait au monde que le travail pour lequel il était fait.

Il se trouva le chapeau à la main devant elle qui paressait auprès du feu. Il portait sous le bras un grand rouleau de papier. Sous la première république tout ce qui était écrit l'était en gros, avec des sceaux de cire et des signatures amples qui tenaient toute la largeur de la feuille.

— Maîtresse, dit Antoine, j'ai quelque chose à vous dire. Quelque chose qui nous pèse qui nous empêche de dormir mon frère et moi.

— Mon Dieu ! s'exclama Sensitive. Est-ce donc si grave ?

— Oui. Vous êtes ici comme une étrangère, alors que vous êtes chez vous. Nous avons racheté le château en assignats pour une bouchée de pain, mais qu'est-ce que vous voulez que nous en fassions ? Nous n'en avons pas besoin. Pitaugier nous suffit bien et nos terres aussi. Les vôtres, nous n'avons pas assez de temps pour les travailler toutes. Alors voilà, nous avons décidé de vous les rendre. Rien ne nous en empêche plus puisque la Révolution est finie.

Sensitive regardait cet homme qui se tenait debout entre le feu et elle. Il avait malgré le froid du dehors sa chemise ouverte sur l'abondante toison de ses poils. Il brillait de santé et de bonne odeur d'herbe comme un pré où se coucher. Depuis sa fuite à travers la France et sa rencontre avec Colas, Sensitive n'avait plus fait l'amour. Mon Dieu ! Mon Dieu ! combien d'années d'abstinence cela faisait-il ? Il y avait eu cet enfant difficile à élever. Il y avait eu cet état de proscrite où la peur était la compagne de tous les jours. L'enfant aujourd'hui était chez son maître d'armes, un vieux sergent de Quatre-vingt-treize qui avait perdu ses deux fils aux armées de la République et qui préparait soigneusement Palamède Victor pour les venger ou mourir comme eux. Sensitive n'avait pu s'en défendre tant l'enfant était impérieux et méprisant envers sa mère.

Tout ce qu'Antoine venait de dire n'avait aucune importance. Il parlait de choses concrètes et terre à terre, alors qu'ils étaient là, l'un devant l'autre, un homme et une femme. Ils étaient seuls. Le vent soufflait très haut dehors sur le grand arbre qui paraissait monter la garde devant le bonheur de Gaussan.

— Venez ! dit-elle.

Le froid était tel qu'elle avait dressé son lit derrière la cheminée, en un réduit secret dont nul n'avait jamais su la destination. Elle le prit par la main avec autorité. Il avait de gros doigts courts et la ligne de vie était littéralement biffée en travers par les rayures des épis de blé qu'il avait liés en gerbe tout au long de sa vie. Le contact étrange de cette main fit fondre tout de suite Sensitive en une bienheureuse moiteur.

C'était la deuxième fois qu'elle invitait un homme à profiter de son corps opulent car elle savait que jamais il n'oserait alors que, et ça elle le savait aussi, elle était le seul désir de la vie de cet homme. Elle lui chuchota à l'oreille.

— N'aie pas peur. Je ne suis pas noble. Ça n'existe pas. Je ne suis qu'une femme et nous sommes seuls et j'ai envie de toi ! Et j'aime ton corps ! cria-t-elle.

C'était vrai, elle aussi dès qu'elle l'avait vu elle l'avait convoité. Pas beau, court sur pattes mais avec un étalement de muscles sans pitié, gagnés depuis l'enfance à la sueur de son front, en efforts démesurés, patients, longtemps soufferts, utiles seulement au travail. C'était la première fois de sa vie que ses muscles servaient au bonheur.

Il avait un priape court mais qui bandait durement. Elle avait l'impression de faire l'amour avec un centaure. Elle était certaine qu'il découvrait le plaisir pour la première fois de sa vie — mais combien de fois devait-il l'avoir rêvé, l'avoir réfléchi, l'avoir perfectionné en solitaire ! Il la cueillit en retenant son souffle, en retenant son sexe, lentement, en gourmet goûtant bien au passage le bien qu'il lui faisait. Sa nuque était raide à force de tenter d'alléger son poids, de l'équilibrer, d'être bien en son centre, à s'efforcer de ne frôler que les bords de ses muqueuses. Il avait compris qu'elle avait envie d'une grande durée qui fût l'aboutissement de l'abstinence où elle s'était confinée. L'amour était devenu un jeu patient où l'un et l'autre essayaient de se piéger pour obliger l'autre mais en vain à atteindre au paroxysme intolérable et sans fin.

Depuis Gersande, épouse de Palamède le bâtisseur, jamais plus le château n'avait entendu de tels halètements de douloureux plaisir.

— Je vous pèse ! souffla-t-il.

Elle le retint sauvagement en elle toutes griffes dehors sur ses énormes épaules. Ses mains se refermèrent sous la tête de l'homme et elle se lova sous lui, remontant tout en haut du lit et en même temps le faisant glisser sur ses seins puis sur son ventre. Elle éloigna d'elle la tête d'Antoine et elle lui dit :

— Regarde ! Regarde bien !

Elle était entrouverte comme une grenade. Son doigt agile glissait langoureusement au bord de sa vulve gonflée. Alors il comprit qu'elle contenait bien d'autres joies qu'elle osait lui demander humblement. Le comble du bonheur pouvait s'approfondir jusqu'à des creux infinis et il pouvait utiliser la science innée de sa langue pour tirer encore et encore de Sensitive des excès de jouissance et tenir jusqu'à l'effondrement l'exaltation.

La nuit était venue et dans le grand arbre qui tenait le château tout entier sous son ombre le murmure naissait, chuchotant, qui allait se propager tout au long des corridors de Gaussan. Sensitive commença d'entendre la rumeur des sœurs fantomales frôler les murs dans le bruit lent et éternel de leur défilé. Il lui sembla que cette rumeur l'approuvait d'être heureuse tant qu'elle pouvait.

« Mon Dieu, se dit Sensitive, Palamède va rentrer de chez son précepteur ! »

Elle s'était proprement endormie, repue, dans son grand lit. Elle toucha les draps. Antoine n'était plus là. Il était là-bas, tout habillé, pensif devant la grande cheminée. Sensitive se vêtit elle-même à la hâte.

Antoine observait les flammes qu'il venait de ranimer. Il avait déchiré en quatre le grand rouleau de papier qu'il portait tout à l'heure avant que sa vie ne bascule dans l'amour.

— Que brûles-tu ? dit Sensitive alarmée.

— Le document qui nous faisait propriétaires du château. Maintenant il est à vous, madame.

— Madame ! Appelle-moi Sensi ! Tu n'as pas compris que je suis à toi ?

Antoine secoua la tête.

— Non, madame. L'amour que je vous porte n'enlève rien au respect que je vous dois.

Elle se suspendit à lui et le secoua.

— Mais tu ne comprends pas que ce que nous venons de jouir nous scelle l'un à l'autre ? Que jamais plus nous n'oublierons de nous rejoindre chaque fois que nous le pourrons ? Réveille-toi ! dit-elle.

Mais il continuait à secouer la tête comme un mulet rétif. C'était un homme prudent. Il avançait dans la vie comme un chasseur dont l'existence est guettée. Il avait compris qu'il fallait toujours être sur le qui-vive et que la sécurité et le répit n'existaient pas ici-bas.

— Maintenant que je vous aime, dit-il, je vais vous parler à cœur ouvert. Vous avez deux frères. L'un est militaire dans l'armée de Bonaparte et l'autre, si mes renseignements sont exacts, a gagné les États du pape où il ne tardera pas à être fait évêque. Ce que je sais est sûr : ils sont avides tous les deux.

Sensitive vit passer en un éclair dans sa mémoire l'épisode de l'escalier où ils avaient essayé de l'envoyer s'écraser.

— Vous êtes cadette, ils sont aînés. Ils sont mâles et vous êtes femme. Vous ne pourrez contester leurs droits que si vous êtes solidement assise sur Gaussan.

— Mais le droit d'aînesse n'existe plus ! s'exclama Sensitive.

— Mais les deux sacs d'or que votre père vous a laissés existent bien, eux. Vos deux frères ne vous en parleront pas mais ils seront présents dans leur pensée à jamais. Ils les ont déjà pesés, augmentés de volume. Jamais ils ne pèseront autant dans la réalité que dans leurs rêves. Non. Il faut que le château soit à vous. Je vous l'ai rendu mais cela implique seulement qu'il n'est plus à moi. Il faut que vous nous l'achetiez. Demain nous irons ensemble chez le notaire. Il nous établira un acte de vente en bonne et due forme. Vous nous payerez en louis une somme vraisemblable, je vous la rendrai séance tenante hors la présence du notaire. Vous aurez alors un vrai titre de propriété pour vous et vos descendants.

« Il ne m'aime pas ! se dit Sensitive désolée. Avoir tant de présence d'esprit après avoir fait l'amour avec moi, il ne m'aime pas ! »

Elle n'avait jamais rencontré à la Cour que des hommes évaporés.

Il tourna les talons, toujours le chapeau à la main. Franchissant le pas de la porte, il dit précipitamment :

— Pardonnez-moi, madame, mais j'ai encore envie de vous.

Palamède Victor avait neuf ans. Par la fenêtre du balcon, il regardait pensivement le chêne prodigieux qui l'intimidait. On lui avait dit que celui-ci avait plus de cinq cents ans et il essayait de se représenter ce que c'était que cinq cents ans. Son précepteur n'avait pas encore pu lui enseigner les jalons de l'Histoire. Il le sentait bien trop avide d'apprendre d'abord à tuer un homme à coups d'épée.

Mais Palamède Victor commençait à sentir s'agiter en lui des questions qui l'étonnaient. N'ayant ni frère ni sœur et une mère qui lisait, il vivait dans le silence. Il y avait bien son précepteur qui tonitruait mais c'étaient des paroles sans suite comme sans effet. En dehors des passes d'armes où il lui arrivait maintenant de battre son initiateur, Palamède n'avait aucune imagination. Toutefois il finit par percevoir un élément insolite qui s'infiltrait peu à peu dans son épaisse cervelle. C'était ce bruissement éternel qui l'accompagnait partout dans le château. Il crut d'abord à une carence de son oreille mais cela ne le gênait pas et d'ailleurs, dès qu'il s'éloignait de Gaussan, il ne l'entendait plus.

Il y songeait ce jour-là, en regardant l'arbre par la fenêtre. Il faisait un jour sale, un jour inachevé qui laissait au loin la grande allée se perdre à l'infini. C'est de cet infini que Palamède vit se préciser et surgir un cavalier dont l'aspect mit longtemps à se matérialiser. Jusqu'à cent mètres de la croisée où Palamède l'observait, il n'était encore qu'une apparition.

Mais dès qu'il surgit du flou incertain, le garçon put le voir tout entier et il eut un éblouissement.

« Voilà ce que je veux être ! » se dit-il.

C'était un hussard droit comme un i et dont le cheval était blanc de neige. Il avançait nonchalamment en laissant la guide à sa monture, le sabre court qui battait ses culottes de nankin, son shako et le plumet qui le surmontait parlaient pour sa valeur dont on sentait qu'il n'avait pas besoin de faire état.

On ne savait qui avait un jour dessiné cet invraisemblable uniforme mais celui-ci respirait l'homme en général et tout entier, dans son orgueil, sa vanité, son incommensurable confiance en son génie et son dérisoire combat contre la mort et le temps. Il faisait comprendre pourquoi les femmes aimaient tant les hussards. Avec leurs plumets, leur moustache obligatoire et ces brandebourgs qui imitaient à s'y méprendre, surtout quand ils étaient rouges, le squelette de l'adversaire terrassé, ils étaient si irréels qu'ils désarçonnaient la peur que tout homme fait courir à une femme. Ils rassuraient.

Cet inconnu réussit à franchir les quatre marches qui précédaient les portes du vestibule, lesquelles étaient fermées.

En courant, Palamède dévala le grand escalier. Le hussard à pied était court sur pattes. Palamède aurait préféré le voir enfoncer la porte avec son cheval mais il transposa tout de suite l'image du cavalier démonté avec celui qui avait si grande allure en hussard.

Celui-ci toisa l'enfant comme si c'eût été un ennemi.

— Où est ta mère ? demanda-t-il rudement.

— Ici ! dit Sensitive.

Seule au milieu du grand escalier, belle et impérieuse, elle l'occupait tout entier. Les Pons de Gaussan pouvaient être arrogants même si c'étaient des femmes.

— Je suis votre frère ! annonça le hussard.

— Bien ! dit Sensitive.

— Ainsi ce qu'on m'a annoncé est vrai. Vous avez un bâtard ?

— Oui ! dit Sensitive.

— Et vous avez usurpé le château ?

— Palamède ! commanda Sensitive. Va dans ma chambre. Tu ouvres le tiroir de gauche du secrétaire. Il y a un rouleau avec un cachet de cire. Descends-le !

Palamède deux à deux monta l'escalier. La chambre de la marquise était restée entrebaillée. Sur le secrétaire, un gros livre était resté ouvert sur un lutrin avec un signet. Palamède tout en fouillant le tiroir indiqué eut le temps d'enregistrer une phrase qu'il lut tout entière :

Ce prince, allant, comme je l'ai dit, à Meudon le lendemain des fêtes de Pâques, rencontra en chemin un prêtre qui portait le saint sacrement à un malade.

Le rouleau à cachet déniché, Palamède toujours à fond de train alla retrouver sa mère à la courbe de l'escalier et le lui tendit.

— Ouvrez et lisez ! commanda-t-elle. Le sceau est encore intact !

Le hussard lui arracha le papier des mains. Son visage pâle devint cramoisi.

— Le droit d'aînesse ! rugit-il. Je suis votre aîné !

— Le droit d'aînesse n'existe plus ! dit Sensitive.

— Nous allons le rétablir, n'ayez crainte. Quand mon maître sera empereur, je vous écraserai. Nous partons à la conquête de l'Italie. À notre retour, je vous chasserai !

Il écrasa rageusement le sceau notarial sous sa botte et tourna les talons. Il avait les jambes torses. Il est difficile, même avec un dolman de hussard et le sabre au côté, de ne pas être ridicule quand on a des jambes en cerceau.

— Remonte l'acte ! dit Sensitive.

Obéissant, Palamède se baissa et, pendant qu'il était courbé, il demanda à Sensitive :

— Mère, qu'est-ce que c'est un bâtard ?

— C'est un enfant qu'une femme a fait toute seule !

Il ne se passa pas quinze jours avant qu'un prélat tout de blanc vêtu vienne stationner son carrosse devant Gaussan qui renaissait. La marquise avait mis des citronniers dans des bacs qu'on rentrait tous les hivers. Elle avait fait planter des rosiers-tiges de chaque côté de l'allée qui s'amorçait devant le château.

Ce prélat était conforté d'une chaise à deux valets qui suivait son carrosse par les mauvais chemins qu'il lui fallait quelquefois emprunter dans son diocèse et afin de ne pas perdre son prestige en allant à pied d'un point à un autre.

Il était flanqué de son camérier et de son secrétaire, la plume à l'oreille. Sa croix pectorale et sa calotte disaient assez ce qu'il était. L'abbé Pons de Gaussan échoué à Rome aux premiers temps de l'émigration, après bien des années passées à la Curie dans le confort du Vatican, et s'instruisant chemin faisant, s'était imposé par sa grande piété et ses abstinences. Aussi Sa Sainteté lui désigna-t-elle un premier poste de coadjuteur puis, dès que son titulaire fut décédé, la dignité très enviée d'évêque d'Embrun.

Il arrivait patelin et paternel, décidé à subtiliser par la douceur ce que son aîné n'avait pu arracher par la force. Sensitive avait reçu le hussard à mi-chemin de l'escalier. Elle reçut le prélat sur la plus haute marche. Le sachant perclus elle voulut lui faire payer l'aide qu'il avait apportée à son frère, étant enfant, pour fracasser leur sœur contre le fer forgé de la rampe. Quand il lui tendit son anneau à baiser, Sensitive détourna la tête.

L'évêque d'Embrun pour morigéner sa sœur s'était mis en grande tenue et les laquais qui portaient sa chaise, dès qu'ils l'en avaient descendu, s'étaient emparés de sa traîne pour lui éviter le contact de la poussière de Gaussan.

— Ma sœur, dit le prélat le droit d'aînesse n'existe plus, soit, mais le droit du mâle que je sache n'a jamais été abrogé. Surtout ! ajouta-t-il en élevant le doigt et le ton, lorsque la morale est en jeu ! Mes ouailles m'ont prévenu. L'une d'elles, même, n'a pas hésité à faire le dangereux voyage de Forcalquier à Embrun pour s'en ouvrir à moi : vous abritez un bâtard dans vos jupes ! J'espère que vous n'aurez pas le front de prétendre en faire l'héritier des Pons de Gaussan. Ce serait un scandale sans précédent.

— Si ! j'en ai l'intention ! Palamède ! Va chercher dans mon secrétaire mes titres de propriété.

Palamède s'élança à fond de train dans le long corridor. Le secrétaire lui était familier. Palamède l'avait fouillé naguère, quand le hussard était venu revendiquer son bien. Il contenait, outre l'acte notarié, deux écrits sous cachet dont l'un, très ancien, était rédigé en latin. Il l'avait un jour subtilisé et il l'avait donné à lire au curé de Mane, de sorte qu'il savait maintenant à quoi s'en tenir ; mais il contenait aussi, ce secrétaire, la lettre que l'ancêtre des Pons avait écrite à sa fille depuis son exil, pour lui enjoindre de ne pas émigrer et de regagner Gaussan en toute hâte à cause du secret que recelait son sol.

Hors d'haleine, l'enfant tendit les documents à sa mère mais l'évêque les lui arracha des mains.

À la lecture de l'acte d'achat il pâlit ; à celle de la missive de leur père, il plissa les lèvres. Il y avait donc un secret à Gaussan ! Sensitive lui reprit vivement les papiers, mais il avait eu le temps de les lire.

— Eh bien, madame, dit-il, nous reverrons cela quand Napoléon sera empereur !

Il tourna les talons, empoigna sa robe. Les valets depuis le bas de l'escalier se précipitèrent pour faire leur office de garçons d'apparat. Palamède posa fermement le pied sur le surplus d'étoffe propice qu'offrait la traîne de l'oncle. L'oncle bascula dans l'escalier, s'emberlificota dans les plis de sa vêture. Les valets le cueillirent comme un paquet pour lui éviter de se partager la tête contre les marches. Sensitive mit sa main devant la bouche pour bâillonner son cri, mais en voyant son fils hurler de rire et se contorsionner sur le sol elle ne put à son tour retenir les larmes comiques qui jaillissaient de ses beaux yeux. Fraternellement la mère et le fils se mirent à la fenêtre pour assister au départ de l'oncle et ils n'abandonnèrent le spectacle que lorsque l'évêque plein d'imprécations et montrant le poing au château fut enfermé dans le carrosse par ses valets.

« La Révolution est fixée aux principes qui l'ont commencée. Elle est finie. »

Cette proclamation fit à la France l'effet d'une autorisation de bouger qu'on lui avait retirée par la Terreur. Les bals, les mariages, les ripailles, les extravagances de costumes, tout recommença à s'enclencher, à se mouvementer. Comme une énorme horloge à tuer le temps, les passions revenaient tenir le monde hors des réalités.

L'enfant avait appris par la voix de son oncle évêque ce que c'était que la bâtardise. Il y avait dans le vestibule une antique chaise à porteurs, toute verte de vieillesse et dont le crin bouilli gondolait, mais sur les flancs de ses portières, les fières armes des Pons de Gaussan se lisaient encore distinctement. À l'aide d'un pinceau et d'un pot de peinture Palamède entreprit patiemment de biffer ces armes avec le sceau de la bâtardise. Cette bâtardise ne lui faisait pas peur et il lui plaisait assez que sa mère, qu'il aimait amoureusement, ait été seule à le faire. Être un bâtard lui ôta sa hargne, pas son orgueil.

Dans son âme en formation, le désir de la mort héroïque faisait son chemin avec la soif de batailles, et Sensitive se désolait de voir naître chez son fils l'élan patriotique qui soulevait le pays à l'annonce des victoires que Bonaparte apportait au peuple comme un bouquet vénéneux. Et il n'était pas à Mane un seul enfant qui ne rêvât de devenir Marceau, Masséna ou Bernadotte.

Mais alors, on vit revenir les sergents recruteurs que la République avait enfantés. Maintenant, ils étaient d'Empire et ne battaient plus l'estrade avec la patrie en danger. Leurs moissons d'hommes se faisaient en catimini dans les cafés et les tavernes enfumées où les garçons allaient rêver aux servantes.

À la même époque, dans les rues de Mane et de Forcalquier, des femmes nouvelles apparurent. D'abord invisibles parce que rares, leur espèce proliféra très vite, devint omniprésente. On les évitait. On évitait de leur dédier un sourire de bienvenue. On ne voulait pas opposer leur malheur à notre satisfaction de vivre. C'étaient les mères vêtues de noir pour toujours qui déploraient leurs fils morts à la guerre, de ces morts au champ d'honneur que coûtaient les victoires.

Pour la première fois de sa vie, Sensitive commença de craindre. Elle n'avait jamais eu peur de rien pour elle, mais le goût même de l'amour qu'elle avait si vif, et qu'elle entretenait si ardemment avec Antoine, fut traversé par l'angoisse de perdre son fils. Soudain, Antoine n'avait plus entre ses bras qu'une mère aux aguets de la mort. La passion refroidissait sans crier gare et ils étaient rejetés loin l'un de l'autre sur leurs oreillers, découragés.

— À quoi tu penses ?

— À la guerre.

Ces deux courtes répliques étaient devenues le leitmotiv des couples dans les campagnes et les villages.

Palamède avait seize ans, il s'était fait faire en cachette, par le tailleur Redortiers, un uniforme en tout point semblable à celui qu'il avait vu sur son oncle. Il l'avait rapporté de nuit à Gaussan. Parfois il l'endossait après avoir fermé sa porte à clé. Il se mirait dans son armoire à glace. Il avait maintenant un semblant de moustache. Il la lissait comme il l'aurait fait, croyait-il, devant une femme.

Les armées fondaient devant Napoléon. Les victoires devenaient démesurées. Palamède se les faisait siennes. La dernière année avant ses dix-huit ans, il rayait au mur de sa chambre les quantièmes qui le séparaient du temps béni où il dirait adieu à sa mère. L'automne arriva. Six mois seulement séparaient encore Palamède de la conscription.

Antoine lui acheta un fusil de chasse chez l'armurier Pourpre à Manosque.

— Vous êtes fou ! dit Sensitive. Vous trouvez qu'il n'est déjà pas assez guerrier comme cela ?

Antoine ne répondit rien. Il apprit à Palamède l'art de la chasse qu'il pratiquait lui-même depuis l'enfance. Palamède était bon élève et il avait le coup d'œil infaillible de celui qui n'a pas de pitié.

— Ce soir d'automne, lui dit Antoine, c'est le plus beau. Les chachas s'abattent par douzaines. Vous aimez ça, les grives ?

Palamède fit signe que oui. Le plateau d'Haurifeuille était peuplé de siffleuses et de cages suspendues aux arbres où les appelants jouaient leur rôle de traîtres. Parfois, la fusillade était nourrie tant les oiseaux s'abattaient en grand nombre autour des cages. On vit Antoine glisser sur une dalle moussue et perdre l'équilibre en s'embronchant dans une racine à ras de terre. Le coup partit. Palamède se mit à hurler. Antoine se releva et se précipita vers le jeune homme qui secouait sa main droite ensanglantée.

Antoine était anéanti. Il avait jeté au loin son fusil coupable.

— J'ai glissé ! Le fusil s'est accroché à une branche d'olivier. Je ne me pardonnerai jamais !

On l'entourait. On entourait le blessé. Un qui était un peu médecin essayait de faire un garrot à la main de Palamède évanoui.

On l'emporta à l'hôtel-Dieu.

— Vous êtes ignoble ! dit Sensitive à Antoine dès qu'elle le revit. Je ne vous reconnais pas ! Comment pouvez-vous aimer cette distraction ignoble ! Vous avez failli tuer mon fils !

Antoine était écrasé devant elle. Il était l'humilité faite homme ; le regret, le remords. Il dit qu'il ne toucherait plus jamais un fusil de sa vie. Et néanmoins, il ne s'en dessaisit pas. L'arme resta suspendue à sa place habituelle à Pitaugier, sous le manteau de la cheminée. Il dit aussi qu'après cela il ne pourrait jamais plus approcher Sensitive ni la regarder dans les yeux. Il dit tout cela. Il resta à Pitaugier sans revenir au château pendant des mois sauf pour les relations de maître à valet qu'il continuait à assurer. Quand il rencontrait Palamède, il ôtait son chapeau et baissait la tête devant lui.

Palamède le traita avec bonté. Il lui dit tout ce qu'il convenait de dire pour qu'Antoine se pardonnât sa maladresse. Mais Antoine restait effondré.

Pendant ce temps la marche inexorable de la guerre continuait en grossissant les rangs des morts, mais tous les jeunes enfants mais tous les vétérans mais tous les vieillards mais tous ceux qu'elle ne concernait pas, continuaient à vénérer l'Empereur. Il n'y avait dans aucune chaumière, sur l'appui de la cheminée, une seule tirelire en faïence qui ne fût à la célèbre effigie de Napoléon coiffé de son légendaire chapeau.

Les tombes de marbre du cimetière de Mane

s'enrichirent de trente mausolées nouveaux avec sur les tablettes les médailles gagnées par les morts au champ d'honneur.

Sensitive tremblait pour Palamède de plus en plus piaffant d'impatience à mesure que l'heure de la conscription avançait. Le jour vint. Avec quinze jeunes gens de Mane, Palamède passa nu devant le conseil de révision. On lui écouta le cœur, on lui soupesa les parties, on lui examina les dents, on lui tapa sur la fesse comme à tous les autres ainsi qu'on fait aux chevaux de course.

— Bon pour le service ! Signe !

Palamède s'empara de la plume d'oie malaisément et signa illisible.

— Mets ton nom bien lisible à côté ! ordonna le maire.

Le résultat ne fut pas meilleur. Le fonctionnaire s'empara de la main du garçon.

— Mais il te manque un doigt !

— La moitié seulement ! dit Palamède.

— Ça fait rien ! Jamais tu pourras appuyer sur la détente avec une seule phalange. Le code est formel. Un soldat doit avoir l'usage de tous ses membres et de toutes ses phalanges sinon il est sans défense devant l'ennemi.

— Mais vous pouvez me verser dans l'artillerie ! Dans la cavalerie ! Et je tire aussi l'épée !

Le maire secoua la tête.

— J'applique le règlement, dit-il.

Et au scribe qui inscrivait les noms, il lança :

— Réformé !

Palamède, revenant au château à pied, se frappa le front à le casser contre les arbres de la route. Au dixième, il avait le nez en compote et il saignait. Il s'arrêta suffoqué par la morve et pleurant, sur le pont de la Laye. De grosses larmes coulaient sur ses joues tuméfiées. Il regardait l'eau claire sans la voir.

Alors, soudain, il distingua brisé par les reflets du courant le visage flou d'une fille à cheval. Elle était arrivée sans bruit à côté de lui et la monture en renâclant avait attiré l'attention de Palamède.

— Vous pleurez ? dit la fille.

— On m'a réformé ! renifla Palamède.

Il était prêt, tant il était jeune, à prendre toutes les femmes pour des mères consolatrices.

— Réformé ! s'exclama la fille. Mais vous devriez sauter de joie. Pourquoi vous a-t-on réformé ?

— Pour ça ! dit Palamède en levant son index sectionné.

Elle éclata de rire.

— Pour ça ! Mais ça ne vous empêche de rien !

— Si, de tirer !

— Pauvre petit ! dit la fille.

Elle n'était pas plus âgée que lui. Elle avait déjà remarqué la stature du garçon, son nez impérieux quoiqu'il fût en lambeaux et ses yeux bleus.

Elle mit pied à terre pour enrêner le cheval à un arbre voisin. Elle prit Palamède par la main et l'entraîna jusqu'au bord du ruisseau. Elle entreprit de lui laver la figure à grande eau.

— Là ! Vous aurez les idées plus claires !

— Je suis Palamède de Gaussan, dit le garçon dès qu'il put parler. Je vous remercie mais ça ne m'empêche pas de vouloir me tuer !

L'idée fixe, visible dans son regard, l'empêchait d'admirer la fille bien plantée qu'il avait devant lui et qui n'avait qu'une envie : lui faire oublier la guerre si attrayante aux yeux du jouvenceau.

Ils escaladèrent le talus jusqu'à la route, l'une tirant l'autre par le poignet. Elle était robuste, râblée.

— Montez en croupe, dit-elle. Il faut vous refaire un peu. Si votre mère vous voit ainsi, elle va s'évanouir. Moi je suis Christine d'Ardantes ! Accrochez-vous à moi !

Le cheval frémissant était un étalon qu'elle mit au galop. Palamède ne pouvait rien faire d'autre que de se cramponner à la cavalière et il ne pouvait pas non plus ignorer la souplesse lascive de son corps, effleurant à peine la selle, bien campée sur les étriers, image de la jeune vie en pleine possession de sa forme physique. L'allure était rapide, même en ouvrant les mains toutes grandes Palamède ne pouvait pas se cramponner aux hanches de sa compagne tant elles étaient amples. Il ne pouvait plus penser qu'à garder l'équilibre.

Alors tandis que les muscles de Christine se mouvementaient sous ses doigts, une étrange sensation si souvent ressentie en ses nuits solitaires s'empara de lui. Le passé était oublié. Sa tête lui faisait encore mal des coups qu'il s'était donnés mais il n'en avait cure. L'avenir était entre ses mains. Il avait transformé leur étreinte pour se cramponner en caresse pour s'enivrer. Il goûtait cet instant et cette vibration ayant effacé ce qui précédait dans sa vie.

Il était tout honteux en descendant de cheval que son émotion transparût sous la culotte serrée qui épousait la forme de son corps. Christine coula un bref regard en biais sur ce phénomène.

— Venez ! dit-elle. Mes parents sont en visite chez leurs cousins Sabran à Ansouis. Je suis seule au logis !

Le logis était ce manoir que Palamède avait pu voir toute son enfance depuis Gaussan. C'était rehaussée sur un tertre une demeure carrée aux multiples fenêtres. Derrière elle, racontant l'histoire en une rumeur égale, une lourde draperie de cèdres chuchotait sous le vent.

— Venez ! Venez ! dit Christine.

Elle était pleine de hâte. Elle enrêna son cheval à l'anneau du seuil et donna un coup de derrière à la porte qui coinçait.

Cette maison avait une odeur identique à celle de Gaussan et rassurait tout de suite par sa simplicité.

Christine disparut à l'étage. Palamède resta seul devant la grande cheminée froide qui occupait tout le mur orbe face aux fenêtres. De graves portraits d'ancêtres, noyés dans le goudron des couleurs mortes, s'enfonçaient dans le passé avec leurs seuls yeux visibles. Il s'endormit. Il se réveilla dans l'état où il était tout à l'heure en descendant de cheval. Les petites mains de Christine étaient en devoir de le déboutonner entièrement comme on ouvre un cadeau dans sa cassette. Elle s'exclama devant sa nudité. Elle était elle-même entièrement nue. Tout débordait en elle de désir refréné depuis longtemps, d'imagination exacerbée, d'envie de palper, de retenir, d'ensevelir en elle ce qu'elle voyait.

— Viens ! dit-elle. Tu boiras le thé après. Nous n'avons pas de temps à perdre !

La guerre abdiquait dans l'esprit de Palamède devant l'émerveillement de l'amour.

— Profitons ! dit Christine défaillante. Profitons bien ! Un jour on nous mariera ! Autant vaut commencer tout de suite !

Quand Palamède revint au logis, c'était la nuit noire et Sensitive le guettait anxieusement en se promenant devant le perron.

— Alors ? cria-t-elle.

— Je suis réformé ! clama Palamède.

Il annonçait ça sur un ton triomphal.

— Je suis réformé ! Et je veux me marier avec Christine d'Ardantes !

Sensitive tomba à genoux.

Le mariage eut lieu six mois plus tard. En dépit des cloches et de la robe blanche, ce ne fut pas un mariage joyeux. On était en 1813. L'église était pleine de robes noires et de crêpes au bras des hommes. La retraite de Russie venait d'avoir lieu, on avait guetté en vain le retour des jeunes hommes, on pensait qu'ils reviendraient en groupe. On les fêtait déjà au croisement des chemins. Ils étaient rentrés un par un, quelques-uns à peine, sans bruit, hagards, les yeux pleins encore des horreurs de l'hiver russe.

Le prêtre tiqua bien un peu sur l'état de la mariée. Son ventre pointait déjà sous les guirlandes de roses et sa taille était cambrée. Mais c'était un homme qui avait vécu. Prêtre réfractaire, il avait résisté cinq ans dans la montagne de Lure, se nourrissant de faines, de champignons, de gibier mort de froid et d'un peu de pain que lui apportait au péril de sa vie le boulanger de Saint-Étienne. Il ferma les yeux

Palamède s'étonna de ne pas voir Antoine Magnan. Sensitive n'avait pas pardonné la main ensanglantée.

— Quelle main ? dit Palamède.

Il fit retarder la cérémonie pour aller chercher Antoine à Pitaugier. Il le trouva avec son frère ferrant un hongre.

Quand ils furent face à face, Palamède tendit à Antoine sa main où il manquait deux phalanges à l'index. Ils se regardèrent au fond des yeux.

— Merci, dit Palamède.

Antoine accepta la main tendue mais il dit :

— Merci de quoi ?

Il ajouta.

— Je ne suis pas en état d'aller en cérémonie. Dites à votre mère que je la félicite.

Et il se remit tranquillement à chauffer le fer sur le brasero.

Christine grossissait en paix quand elle fut enceinte pour la troisième fois en trois ans. Cela ne se vit pas tant elle était naturellement épaisse.

— Modère-toi un peu ! avait dit Sensitive à Palamède.

Elle-même, depuis qu'Antoine refusait de la voir, devenait rapidement grand-mère et elle aussi épaississait. Elle avait longuement réfléchi sur la blessure légère qui avait épargné à Palamède la retraite de Russie. Elle avait fini par conclure qu'Antoine avait tiré sciemment le coup de fusil, qu'il n'avait pas perdu l'équilibre et qu'au contraire il avait soigneusement visé.

Elle avait essayé de lui en parler, de le faire avouer, mais pendant des années il évita obstinément d'être seul avec elle. Tous les matins, il venait prendre les ordres, chapeau bas et n'omettant jamais ce qu'il se devait en matière d'humilité. Il était cet homme-là, entier comme un étalon, inflexible, ombrageux, ne tenant compte pour agir que des idées que sa pensée avait conçues.

Sensitive se souvint toujours de son étreinte mais jamais elle ne put s'expliquer avec lui. Il ne lui pardonna jamais de n'avoir pas compris sur-le-champ.

L'hiver 1814-1815 fut long et triste. On devait tenir les enfants à l'intérieur où il ne faisait chaud qu'autour de la cheminée et dans les lits où l'on mettait des moines.

C'était le 14 mars. Pour échapper un peu aux cris des bambins qui, pour se réchauffer, faisaient de longues glissades le long des corridors et détalaient et remontaient le grand escalier à fond de train, Palamède était monté au premier étage contempler l'arbre dont sa mère lui avait tant parlé. Il paraissait plus gigantesque encore d'être nu pour l'hiver, dépouillé de ses feuilles. La structure noire de ses branches maîtresses lui donnait, par son équilibre, l'aspect invincible d'un guerrier de légende.

En glissant son regard hors de cette vision, Palamède eut l'impression d'être reporté dix ans auparavant. Dans l'estompe brumeuse de la grande allée, un cavalier s'avançait au pas, lentement. L'homme et le cheval avaient tête basse.

Palamède s'imagina petit enfant, le nez sur le dernier carreau de la fenêtre où sa taille parvenait à peine, quand il avait vu son oncle glorieux, tout chamarré de rouge et or et le cheval blanc piaffant d'impatience d'aller se faire mettre les tripes au soleil sur quelque champ de bataille.

Aujourd'hui c'était toujours son oncle mais le cheval n'était plus le même. Il était gris sale, l'oncle avait la même prestance qu'autrefois mais les moustaches aussi étaient grises où quelques minuscules flocons de neige restaient accrochés.

L'uniforme autrefois rutilant était désormais éteint pour avoir trop servi. Le plumet arrogant jadis avait diminué de moitié et il ployait, ayant accroché lui aussi le peu de neige qui tombait. Il manquait un bouton au dolman de la mort dont les zébrures figuraient le squelette du thorax de l'adversaire. Les épaulettes avaient terni comme l'ensemble de l'uniforme.

L'homme qui mit pied à terre au bas du perron, si sa souplesse à descendre de cheval était toujours élégante, et si sa morgue était intacte, avait néanmoins pris sur ses rides les traces du destin qui l'avait abattu.

Il pénétra en coup de vent par la grande porte vitrée à laquelle il administra une talonnade. Sensitive, qui s'était levée à son entrée, n'eut même pas le temps de l'accueillir gracieusement.

À sa suite, un homme informe et tassé chevauchait une bédoule. Celui-ci suivait étroitement le cavalier comme s'il se dissimulait derrière lui. Quand il vit le hussard entrer en bousculant la porte, il immobilisa son âne et se courba plus encore vers l'encolure.

— Ma sœur, dit le hussard sans ambages, l'heure n'est pas à nous faire des civilités ! Il m'est revenu aux oreilles hier à peine, par notre frère l'évêque que j'ai vu à Embrun, que vous dissimuliez un trésor dans le parc du château !

— Je ne dissimule rien du tout ! s'insurgea Sensitive. S'il y en a un, je ne sais même pas où il est et de toute façon je suis maîtresse ici et rien ne vous y appartient !

— À moi non, encore qu'il faudra voir ! Mais à l'Empereur si !

— L'Empereur ? Mais je le croyais à l'île d'Elbe !

— Justement il n'y est plus ! Je l'ai quitté ce matin à Malijai où il a fait étape et je suis accouru pour faire fouiller le parc ! L'homme qui attend dehors est un sourcier. Il aura tôt fait de découvrir le lieu où se cache le trésor ! L'Empereur a besoin de beaucoup d'argent pour reconstituer son armée et reprendre la guerre !

Il disait l'Empereur avec emphase. On sentait bien que dans l'esprit de son adorateur, la seule grandeur du personnage résidait en son titre que ses vainqueurs, naïfs magnanimes, avaient bien voulu lui conserver. Il ne faisait en cela que suivre la marée montante que soulevait Napoléon à mesure que la nouvelle de son retour s'étendait foudroyante autour de lui. Même à Mane il y en eut qui partirent à cheval pour aller lui rendre hommage ; des pères de conscrits de 1812 ; les maris des pauvres femmes orphelines de leurs propres enfants vinrent pieusement apporter leur adhésion à celui qui les avait fait tuer, et l'orgueil écrasé du Bonaparte plombait le visage de tous les Français comme si c'eût été le leur.

— Demain ! déclamait le trublion déguisé en hussard, j'aurai levé deux cents volontaires pour déterrer ce trésor et le mettre aux pieds de l'Empereur !

Les enfants pleuraient à l'entendre, Sensitive et Christine les serraient contre elles, terrifiées elles aussi par cet éclat. Le hussard avait dégainé son sabre et l'animait de grands moulinets dans l'espace.

Palamède, qui suivait la scène du haut de l'escalier, était allé sans bruit jusqu'à la chambre et du tiroir au bas de l'armoire, là où son propre uniforme fantoche reposait, il tira l'épée flexible dont son instructeur lui avait fait cadeau à son lit de mort. Il descendit sans bruit l'escalier et se mit en garde. Le trublion se retourna. Sensitive se précipita devant son fils et lui barra le chemin. Elle cria :

— Non ! C'est un bretteur, il t'assassinera !

Elle masquait le trublion à Palamède de tout son corps déployé.

Le trublion maugréant remit le sabre au fourreau. Il tourna les talons et se précipita au-dehors en refermant si violemment la porte qu'une vitre en fut fêlée.

Le sourcier n'avait pas perdu son temps. Il avait attaché les deux bêtes de somme aux anneaux du montoir et il était déjà là-bas, au milieu de la pelouse, sa baguette de coudrier bien en main en train de trianguler le terrain. Il marchait avec la solennité spéciale des mystificateurs en train d'opérer. Il marchait les yeux fermés et cependant il avançait droit vers l'arbre, étonné lui-même que la baguette qui volait dans ses mains eût été si vive à réagir. Il avait du mal à la retenir d'exécuter la parabole qui indiquait le lieu où un élément différent du sol ambiant se trouvait enfoui.

— Ce doit être là ! dit-il en frappant de sa chaussure contre le sol.

Il leva la tête. Le sommet du chêne lui donnait le tournis. Jamais il n'en avait vu un d'une telle hauteur.

— Alors ? dit le hussard qui l'avait rejoint. Tu es sûr que c'est là ?

— Sûr ?

Le rhabdomancien prit l'air rêveur.

— Sûr que c'est sûr ! dit-il.

Il en était lui-même abasourdi. Le hussard le secoua.

— Et alors, imbécile ! c'est sûr ou ça l'est pas !

— Ça l'est mais ce trésor...

Il secoua la tête.

— Il n'est pas monnayable, dit-il.

Gaussan l'aîné entra dans une colère épouvantable.

— Comment ça, n'est pas monnayable ! Je te ferai fusiller si ça ne l'est pas ! L'Empereur n'a pas besoin d'un trésor qui n'est pas monnayable !

Il s'engonçait dans sa colère. Il en éructait. Soudain il lui vint une idée. Il pensa aux Magnan. L'un était vieux garçon mais l'autre avait six enfants et une femme robuste. Il fallait les réquisitionner. L'aîné des Gaussan remonta à cheval et fonça vers Pitaugier.

Comme tous les jours d'hiver où les intempéries empêchent le travail, les Magnan étaient les mains ballantes autour de la cheminée à chauffer leurs doigts inutiles.

Gaussan ne prit pas la peine de frapper, il poussa le vantail de bois qui coinçait. Il l'enfonça presque.

— Alors ? On fout rien ? éructa-t-il. L'Empereur a besoin de vous !

Ils s'étaient tous levés, les Magnan, abasourdis. Ça faisait une troupe, d'autant que la femme elle-même faisait un volume à peu près égal à deux hommes. Elle avait un gros visage vermeil, des seins qui remontaient jusqu'aux épaules. Elle avait fait huit enfants car l'envie de se perpétuer n'appartenait pas qu'aux nobles en ces temps-là. Les manants aussi étaient frappés de cette malédiction. Tous ces Magnan étaient tout en muscles, y compris la fille qui avait des yeux immenses mais qui n'exprimaient rien.

— Vous allez me suivre, dit-il, j'ai besoin de faire sauter un arbre et de fouiller le terrain !

Ils savaient tous que cet agité était le frère de Sensitive. Ils avaient tous entendu parler de ses exploits pendant les batailles de l'Empire. À Mane, il faisait figure de héros.

Pour le commun des mortels sous l'Empire, un uniforme chamarré porté par un homme l'épée au côté et pistolet au baudrier tenait lieu d'autorité de commandement. Il n'était pas question de ne pas obtempérer.

Toute la tribu Magnan surgit donc hors de la maison poussée par le baron Gaussan. La panoplie blasonnière dont Bonaparte avait affublé sa cour cachait parfois les armes de la vraie noblesse sous une particule de pacotille. C'est ce qui était arrivé au marquis Pons de Gaussan.

La petite troupe arriva au croisement de Mane où Gaussan l'avait arrêtée.

— Vous tous allez m'attendre au château, sous l'arbre !

Il faisait signe à Antoine de le suivre.

— Vous ! vous allez m'accompagner jusqu'à la poudrière de Forcalquier. J'ai un ordre signé de l'Empereur d'avoir à m'emparer d'elle. Et j'ai besoin de votre aide pour m'aider à transporter un baril. Ils font trente kilos !

— Que voulez-vous faire d'un baril de poudre ?

— Faire sauter l'arbre ! Le rhabdomancien est formel. C'est à son pied qu'est le trésor.

Ils gravissaient, l'un à cheval, l'autre suivant à pied comme il pouvait, la côte de Mane qui conduit au chef-lieu. La ville était morose et déserte. La rare neige l'ensevelissait peu à peu.

À la poudrière, un seul garde en faction, assis sous la neige qui le saupoudrait, somnolait, assis, le fusil entre les cuisses, sur une chaise dépaillée. Le hussard le secoua. L'homme à l'aspect de cet inconnu en uniforme se leva brusquement en présentant arme.

Gaussan lui mit sous le nez le papier revêtu de la célèbre signature.

— Ordre de l'Empereur ! cria Gaussan. Je prends possession de la poudrière ! Ouvre-moi la porte. J'ai besoin tout de suite d'un baril de poudre.

— L'Empereur ? dit le garde. Mais il est à l'île d'Elbe !

— Non, il est à Malijai. Il vole de clocher en clocher jusqu'à Paris !

— Oh alors, s'il vole ! dit le garde nonchalamment.

Il alla ouvrir la serrure de la porte à barreaux. Gaussan et Antoine pénétrèrent dans l'antre où, sur le sol en terre battue, des barils de chêne presque neuf brillaient dans la pénombre. Ils étaient tous numérotés avec de grandes inscriptions noires.

À grand-peine — c'est malaisé de remuer un baril oblong de trente kilos de poudre à canon — les deux hommes réussirent à arrimer sur la bête ce chargement.

Antoine vit très bien que le hussard titubait de fatigue. Depuis qu'il avait quitté la petite troupe de Napoléon à Malijai, l'avant-veille, il ne devait pas avoir fermé l'œil. Il avait eu l'humanité de ne pas ajouter son poids à celui du baril qui trônait sur la selle et il marchait à côté de sa monture tête basse.

Le fourreau de son arme traînait au sol à chaque pas tant il avançait courbé.

Ils descendirent ainsi jusqu'au vallon du Viou encaissé entre Forcalquier et Mane. Le jour baissait.

— Monsieur le baron, dit Antoine, nous n'en sommes pas à une heure près. L'arbre peut attendre. Vous tombez de fatigue !

— Je tombe, dit Gaussan, mais l'Empereur tombera encore plus que moi si je ne lui apporte pas mon trésor !

Il se redressa d'un pied, héraldique presque et le casoar haut perché sur sa tête de noble provençal, quelque peu révélé en sa maigreur espagnole par le Maure qui, autrefois, avait altéré le blason des Pons de Gaussan en quelque siège héroïque contre les Sarrasins.

Ceint comme d'un ruban d'honneur par le cordon goudronné qui devait conduire le feu jusqu'au baril de poudre, Antoine tenait la bride du cheval et marchait devant. Il entendit soudain le bruit d'un sac de cuillers qui s'effondre. C'était Gaussan, le surhumain Gaussan que le sommeil fauchait en pleine course. C'était le moment où Antoine se disait : « Ça n'arrivera donc jamais ? »

C'était arrivé. Antoine considéra l'homme sans défense à ses pieds. Il n'avait besoin que de la moitié de sa force pour le charger sur ses épaules et le déposer au milieu de la clairière dans l'herbe que la neige n'avait pas atteinte sous le couvert.

L'homme ronflait. Antoine debout le considéra longuement. Un homme qui dort est un enfant sans défense. Il n'a plus de rôle à tenir dans le monde, alors il s'offre aux yeux de tous dans sa splendide naïveté.

Antoine dut faire un effort désespéré pour retrouver le hussard arrogant qui tout à l'heure donnait des ordres avec morgue et sans pitié. Il dut se figurer l'arbre de Gaussan gisant de tout son long abattu et Sensitive joignant les mains de douleur devant ce cadavre.

Mais cet effort Antoine le fit en accomplissant tous les gestes auxquels il avait réfléchi en chemin depuis Gaussan.

Désarrimer le baril, l'installer debout au sol à côté du dormeur, dérouler le cordon qui le ceignait, allumer avec le briquet amadou sorti de sa poche le cordon qui se mit à grésiller, tous ces gestes furent accomplis avec le plus grand calme.

Antoine prit le cheval par la bride et sans hâte, il savait qu'il avait quatre minutes, il s'entourna vers Mane et Gaussan. Il ne pensait pas.

L'instinct l'arrêta à la limite du vallon. La déflagration fit se cabrer le cheval. Il y eut une grande fumée sur le Viou et dans les bois. Antoine attendit longtemps, il ne savait quoi. Peut-être que Gaussan réveillé se fût sauvé, mais il y avait maintenant une heure que l'explosion avait eu lieu et la fumée s'était dissipée.

— Vous avez entendu, cette nuit, cette explosion ?

C'était Christine matinale qui faisait prendre le sein à son dernier tandis que Sensitive descendait l'escalier et que les trois autres enfants se précipitaient vers elle car elle était devenue grand-mère gâteau et ses descendants l'adoraient.

Elle fit signe que oui car elle était en train de répondre aux souhaits du matin.

Palamède allumait tranquillement sa pipe de faïence en contemplant la neige qui maintenant tombait dru. Il baissa les yeux.

Glissée sous la porte et fermée d'un sceau de cire grossier, une lettre aplatie au sol inscrivait son énigme. Palamède la ramena et la porta à sa mère tout en lisant la suscription à haute voix.

— Madame la marquise Sensitive Pons de Gaussan au château ! énonça-t-il. On vous écrit de bonne heure, ma mère !

Sensitive ouvrit la lettre. C'était une écriture claire et sans fautes. L'homme qui avait rédigé ce billet avait médité sur la vie, à défaut de l'avoir comprise.

Madame, je profite du passage de Napoléon dans les parages pour courir m'engager parmi ses fidèles sept ans dans l'armée avec l'espoir d'y être tué. Non que cet état me plaise mais comme j'ai peur de la mort et ne peux me la donner moi-même, je ferais tout pour périr dans une bataille. (Napoléon en a plusieurs en tête.) Madame, j'ai eu grâce à vous ma grande part de bonheur sur cette terre. Vous m'avez laissé vous aimer. J'y penserai jusqu'au bout et votre visage et votre corps seront avec moi pour tout le reste de mes jours. Madame j'ai tué un homme sciemment. Je ne m'en serais jamais cru capable. L'ai-je fait pour vous ou pour cet arbre que vous aimez tant ? Je ne sais. Vous avez été la seule femme de ma vie et j'ai continué à vous aimer bien après que vous ne m'aimiez plus. Adieu madame.

— Une mauvaise nouvelle ? s'enquit Palamède.

— Non, dit Sensitive. Vous ne verrez plus Antoine, c'est tout.

Elle pleurait sans se cacher, sans honte, et le visage fièrement levé.

7

C'est à moi, Félicien Brédannes, qu'il appartient de raconter la fin de cette histoire. Mes ancêtres sont établis herboristes de père en fils, à Forcalquier depuis quatre cents ans.

Je suis l'inventeur du célèbre Baume Félicien, spécifique de toute sorte d'arthrose, lequel, à mon grand étonnement, fait des prodiges. Il redresse les vieillards courbés, il facilite la claudication aux paysans dont les vertèbres sont embouties par la compression chaque jour exercée de soixante ans d'efforts ; soixante ans à tutoyer en l'insultant cette glèbe truffée de galets ronds, en pente douce semble-t-il, mais c'est une illusion. Elle oblige l'homme à la couper de murets pour la retenir. Dame ! Soixante ans de ce régime, ça vous transforme l'épine dorsale en une colonne de pierre incapable de se plier pour seulement lacer les chaussures !

On le recommande même, mon onguent, quoique avec moins de succès, pour les scolioses précoces qui rendent les hommes boiteux plus difficiles à marier.

Mais pour que ce baume méritât, comme il le fit, d'entrer dans la légende jusqu'à figurer sur chaque cheminée de ferme, entre le cache-maille en faïence à l'effigie de Napoléon et le sacro-saint Raspail, il fallait y ajouter le miracle. Il y parvint sur les foires parmi les hommes imbibés d'alcool qui *se la contaient au plus juste* au coin des carrefours en magnifiant leurs exploits d'alcôve.

Le bruit se répandit, et ce bruit-là est toujours difficile à étouffer, que le Baume Félicien possédait des vertus aphrodisiaques. Des bellâtres de cabaret l'attestèrent devant des absinthes dont certaines, convenablement aromatisées, étaient aussi de mon fait.

À partir de là, je n'eus plus besoin de me faire de la réclame. Le beau mot d'aphrodisiaque courait les comptoirs d'estaminets et mon flacon inimitable, couleur bleu marine fermé d'un bouchon à forme de violette, trônait lui aussi sur les cheminées.

Je me gardais bien d'en parler jamais et, quand on l'évoquait devant moi, je haussais les épaules et détournais la conversation mais tous les trois mois, désormais, il me fallait fréter mon corbillard céruléen pour aller livrer mon Baume Félicien dans toutes les épiceries des Basses-Alpes et même chez quelques pharmaciens où l'on riait beaucoup de mon orviétan tout en le vendant sans barguigner car je faisais quinze pour cent de ristourne.

On se souvient qu'à la suite de la tragédie que j'ai relatée[1] je suis devenu l'époux d'Aigremoine de Gaussan, dernière descendante du nom de Pons gagné au XIIe siècle devant Antioche.

Bien que ce nom, au siècle dernier, ait été entaché de bâtardise comme en attestaient les armes du blason biffé en diagonale, il prit fantaisie à mon épouse de me faire noble à mon tour.

Elle y employa auprès des ayants cause toute son énergie qui était grande. Sa face martyrisée qui faisait baisser les yeux aux plus braves, sauf à moi, ne laissa pas non plus d'être un atout dans l'entreprise.

1. Voir, du même auteur, *La Folie Forcalquier*.

En tout entretien, elle s'asseyait de profil devant son interlocuteur, à la lumière des fenêtres ou, si c'était le soir, à la clarté des lampes à pétrole, lesquelles, avec leurs ombres portées, rendaient encore plus épouvantable l'aspect de son front, sa joue, son cou, le coin de son œil et son oreille, recroquevillés jadis par les vapeurs de soufre auxquelles elle avait soumis sa beauté.

Il était rare que l'interlocuteur, si tatillon qu'il fût, prolongeât plus de dix minutes l'entretien sollicité. Devant le malaise insoutenable qu'inspirait sa face ravagée, les objections tombaient à la hâte et on la reconduisait jusqu'au vestibule avec d'autant plus d'honneurs qu'alors on ne voyait plus devant soi que le balancement de ses hanches royales, lesquelles n'avaient reçu aucune injure.

Je fus donc comte à la mort du père d'Aigremoine, laquelle ne tarda guère, soit par déplaisir d'avoir été battu aux élections, soit pour avoir donné consentement au mariage de sa fille unique avec un histrion tel que moi.

En revanche Hilarion, son valet, transféra aussitôt la vénération qu'il portait à son maître sur mon insignifiante personne. Il n'y eut qu'un individu que la chose blessa. Ce fut mon éternel ennemi, le docteur Pardigon.

Nous nous croisions tous les matins chez Chasteuil, notre journal à la main. Lui, qui se targuait d'être socialiste, lisait *Le Petit Provençal*, et moi *Le Petit Marseillais*, parce que, depuis mon accession à la noblesse, je m'étais laissé accroire que j'étais *de droite*.

Dès qu'il connut mon nouveau titre, Pardigon n'omettait jamais de m'exprimer sa dérision, soulevant son chapeau ostensiblement et susurrant un « Bonjour, monsieur le comte » qui exprimait furieusement son regret de ne pas l'être.

Il avait une autre raison de ne pas m'aimer. Je me déplaçais désormais, de Gaussan à Forcalquier, dans un nauséabond quadricycle à pétrole De Dion Bouton laissé en héritage par Beau de Rochas, un Dignois dont j'avais soulagé les douleurs en son vieil âge.

C'était une sorte de génie qui avait passé sa vie dans les épures grasses de ses inventions car celles-ci concernaient la mécanique et la mécanique a toujours eu besoin de cambouis.

Mon regretté cheval Cinabre avait été remplacé par un hongre bonasse, dur au travail et peu communicatif. La première nuit qu'il passa à l'écurie avec cet objet sale et qui fleurait le pétrole lampant, il s'en écarta le plus loin possible avec ostentation et retroussant les babines. Par la suite, chaque fois que l'odeur chaude du moteur refroidissait en quelques mystérieux craquements dus au métal rétrécissant, mon hongre manifestait sa désapprobation par un pet retentissant.

Chaque matin, en allant chercher mon journal, je me consolais de cet ostracisme, cueilli par la haie d'honneur de quelques gamins enthousiastes qui m'applaudissaient en haut de la côte de Mane et me poussaient en chœur parfois quand le moteur s'étouffait. Ils se rapprochaient le plus possible de l'orifice des tuyaux d'acier sous la machine pour humer avec délices et les yeux fermés l'odeur qui s'en échappait, laquelle paraissait les enivrer.

Mais ces petites satisfactions de vanité ne me faisaient pas oublier qu'Aigremoine n'avait pas encore retrouvé son sourire ni son sale caractère. Je n'étais pas capable de me mettre à sa place pour ressentir comme il fallait cette flétrissure d'inceste qui lui causait tant de misère et, dans le souvenir du corps, lui laissait tant de regrets. Cette contradiction l'avait si radicalement transformée que tandis qu'elle goûtait de nouveau les plaisirs en mes étreintes, soudain au milieu d'un orgasme, elle s'éteignait comme une bougie qu'on souffle. Elle m'écartait alors violemment d'elle pour cacher sa tête dans l'oreiller.

Elle demeurait aussi mélancolique en sa vie ordinaire. Elle n'avait plus d'éclairs de joie comme je lui en avais connu autrefois. Elle ne partait plus à cheval courre les bois et j'avais toujours peur qu'elle s'y heurte au fantôme de Zinzolin, au croisement de quelque sentier.

Mais non, elle suivait maintenant sagement les allées du parc et quelquefois poussait jusqu'à Dauphin voir s'achever les travaux de la gare qu'on y construisait en même temps qu'on prolongeait jusqu'à Forcalquier cette merveille des temps modernes : le chemin de fer. Je l'accueillais au pied de l'escalier, guettant si ces escapades avaient quelque chance de la guérir, mais si elle souriait avec bonne volonté pour me remercier de la soutenir, le fond de sa pensée demeurait morose et sa vie sans attrait.

Mon attachement pour elle, qui n'avait d'abord été que la convoitise de son corps et des ressources infinies de sa sensualité, quand elle réussissait à renoncer à ses souvenirs, se cristallisait maintenant, se décantait, se métamorphosait en une osmose très fraternelle avec son malheur et le regret de ne pouvoir le vivre à sa place. Ma nature profonde, qui fut toujours d'essayer de dévier le destin des êtres que j'ai aimés, ici se heurtait au pied de nez de la tradition, laquelle tenait absolument à ce que l'inceste apparût à sa victime plus qu'un péché mortel. Ce fut le seul combat de ma vie où mon égoïsme ne triompha pas de ma compassion.

Il va sans dire que ce combat était perdu d'avance car ma lucidité m'interdisait de me mettre à la place d'Aigremoine, m'inclinant plutôt à considérer l'inceste (parmi tant d'autres déviations) seulement comme la manifestation du désordre de la nature, indifférente aux stratagèmes que les hommes ont imaginés pour lui échapper.

Je considérais la chose avec — comment dire ? — légèreté. Je la concevais avec l'indifférence scientifique d'un entomologue et dans l'optique sidérale du point de vue de Sirius que j'avais adoptée une fois pour toutes, depuis très très longtemps. En somme, j'étais trop armé par mon scepticisme pour être un consolateur. J'en appelais sans cesse à la logique des choses, ce dont les inconsolables n'avaient que faire.

Cette philosophie me rendait inapte à la compassion et je devais me juger à tous les instants pour la considérer objectivement. Je me disais : « Et si ça t'était arrivé à toi ? » J'imaginais ma très sainte mère, veuve à trente ans et qui n'avait jamais plus touché à la volupté. Il n'y avait rien à faire : au sombre visage d'Aigremoine en proie à son obsession, je n'avais à opposer que mon visage riant, heureux de vivre, contemplant la nature avec émerveillement et mon prochain avec bienveillance.

Heureusement, entre ma femme et moi, il y avait l'intercession de l'incomparable Julie, sa femme de chambre. La mère d'Aigremoine avait donné à sa fille, lorsque celle-ci avait quinze ans, cette pauvresse de son âge qui croupissait dans une ferme misérable de la plaine de Mane, benjamine de onze enfants et souffre-douleur de ses frères et sœurs.

Ce fut un mariage d'amour. Aigremoine avait horreur de la viande, Julie en manquait terriblement, comme de lait, de pain et de soupe. Aigremoine l'obligeait à manger tous les biftecks et toutes les ailes de poulet que sa condition d'aristocrate la contraignait à ingurgiter pour être à l'honneur du monde. La Rosemonde, femme de Hilarion, cuisinière au château, n'y voyait que du feu et se réjouissait que sa cuisine réussisse si bien à la fille de ses maîtres.

Celle-ci était souvent seule au logis. Le comte de Gaussan soignait sa carrière politique (il était constamment réélu député de sa circonscription), l'ancienneté de sa noblesse l'avait conduit à la pairie. D'abord inconditionnel de Napoléon III puis, après la chute, fervent soutien de la cause d'Henri V, jusqu'au jour où tout fut englouti parce que cet imbécile refusa de substituer le drapeau tricolore aux armes des Orléans.

Quant à la comtesse, née Éléonore de Grignan, avant de se suicider, elle consacra son existence, jusqu'à lui faire une fille, à son amour romanesque pour Zinzolin, baron de Montbrun. Elle seule savait que ce bandit d'honneur et de grand chemin était le père d'Aigremoine car elle ne refusa jamais sa couche à son mari, le comte Pons de Gaussan, de sorte qu'il était bien difficile de démêler le vrai du faux.

Ainsi, le château devint le désert où les deux adolescentes purent s'ébattre en toute liesse. Julie fut témoin impuissant de l'épouvantable drame d'inceste que vécut Aigremoine. Je crois bien qu'elle m'aima tout de suite et traversa sans les juger tous les épiphénomènes de mon être pour courir à l'essentiel.

D'un commun accord, le grand lit en bois d'olivier, qu'un artisan ébéniste amoureux avait jadis construit pour une aïeule d'Aigremoine, était assez vaste pour nous engloutir tous les trois : mon épouse au milieu, Julie et moi sur les côtés, l'encadrant étroitement. Il n'y avait que dans cette trilogie qu'Aigremoine retrouvait un peu de paix.

Elle était la proie de terribles cauchemars. Soudain elle hurlait et échappait à nos bras vigilants pour fuir n'importe où. Elle éclatait en sanglots. Elle nous contait son cauchemar, c'était toujours le même : elle faisait l'amour avec Zinzolin, nous disait-elle, en pleine volupté et néanmoins inondée de larmes d'effroi car, dans son rêve même, elle savait maintenant qu'il était son père.

Nous gémissions et nous lamentions avec elle, nous lui prodiguions des chuchotements de raison et nos bras, à Julie et à moi, l'enserraient en une protection invariable, nos mains l'enveloppant dans l'étreinte qui l'emprisonnait et l'empêchait de fuir. C'était seulement dans cette position, la chaleur de nos deux corps étroitement contre elle, qu'elle pouvait se rendormir rassurée. Il arrivait parfois que la nature impitoyable nous fît oublier à Aigremoine, Julie et moi, la tragédie que nous étions en train de vivre et alors l'un avec l'autre, ou l'une avec l'autre où tous les trois ensemble, nous nous offrions une séance d'oubli qui nous procurait pour un moment la joie retrouvée de nos corps rassasiés.

Je me souviens avec attendrissement de ma reconnaissance lorsqu'un soir d'hiver elle arriva au salon devant le feu, les bras encombrés de quelques cartons poussiéreux et l'épaule chargée d'une sorte de pique où étaient suspendus des lambeaux d'oriflamme.

— Que m'apportez-vous là ? lui dis-je surpris.

— Mes dépouilles opimes ! me répondit-elle en riant.

C'était ce que le temps avait laissé dans les archives du château, disséminé parmi les placards et les armoires qui avaient abrité les secrets des ancêtres ; qu'ils avaient transporté à Gaussan, d'abord, depuis la citadelle qui menaçait ruine, mais aussi depuis Montlouis, qui avait cessé d'appartenir aux Gaussan. Et aussi ce que les derniers descendants avaient conservé de leur vie en papiers de toutes sortes.

Ce fut notre distraction pendant quelques semaines que de nous extasier sur ces vestiges parfois incompréhensibles. Nul n'avait jamais cherché à en extirper le mystère. Les Gaussan avaient tous eu, en toutes les époques, suffisamment à faire avec leur propre existence pour avoir eu loisir d'en extirper d'autres de la poussière des siècles.

Et maintenant, devant moi étranger, Aigremoine déversait ces lambeaux du passé qu'elle me proposait. Le plus ancien était probablement le mieux conservé parce que rédigé sur un parchemin souple, seulement il était écrit en bas latin et tous les mots se touchaient. Mais quelqu'un, sur du papier ordinaire quoique rendu bistre par le temps, en avait traduit le texte. Je relus plusieurs fois ces lignes énigmatiques venues jusqu'à mes yeux à travers cinq cents ans d'oubli :

Il n'est pas d'usage, en notre institution, qu'un commandeur donne des ordres à son successeur, lequel est désigné par notre Saint-Père le pape, inspiré uniquement par le Saint-Esprit.

Si je déroge c'est poussé par la nécessité. Ma vie est menacée comme celle de tous mes frères et de tous les Manoscains.

J'ai été contraint de me séparer d'un trésor spirituel rapporté jadis de Jérusalem par nos frères dont nous sommes les héritiers et qui constitue la preuve irréfutable de la vérité absolue des Saintes Écritures.

J'ai été contraint de confier ce vestige inestimable aux bienheureuses épouses de NS, les conventuelles de Sainte-Claire à Gaussan, territoire de Mane.

Ce transfert s'est effectué sous la contrainte de la peste qui ne désarmait pas et pour soustraire la sainte relique au pillage prévisible par le malheur des temps.

Mon successeur devra, muni de la présente, se faire restituer cette œuvre inestimable par nos sœurs les religieuses de Sainte-Claire.

Dans le cas où celles-ci ne s'y résoudraient pas il conviendrait d'autoriser les donats à nous faire rendre justice ferro et igni. *Ceci est une volonté posthume obligatoire à mon successeur pour le bien et la gloire de l'ordre.*

GUILLAUME DE VENTEYROL

— Qu'est-ce donc qu'un donat ? me demanda Aigremoine quand j'eus refermé le document.

— Ce sont des laïcs à qui le grand maître avait accordé la demi-croix. En un mot c'étaient les soldats de l'ordre.

— Des soldats ! pour un ordre religieux ! s'exclama Aigremoine.

— Oui, ma chère. À cette époque le pouvoir ne s'était pas encore décanté entre les deux ordres.

Elle était en train de déficeler un carton volumineux mais qui ne pesait presque rien. Je posai ma main sur la sienne.

— Avez-vous déjà inventorié ces vieilleries, ma chère ?

— Non. Pourquoi ? Mon père en avait dressé la liste et m'a montré l'endroit où elles se trouvaient. Une sorte de débarras qu'on n'ouvrait jamais. Il a dû en chercher la clé pendant deux jours pour me mettre au courant.

— Et jamais vous n'avez eu la curiosité ?

— Non ? Pour quoi faire ? Ma vie me suffisait.

Ma formidable intuition (je tiens ça de ma mère) me fit écarter doucement Aigremoine du carton et ce fut moi qui l'ouvris, dissimulant le contenu. J'avais raison de craindre. Le carton ouvert révélait, éblouissant à la lumière du jour, un crâne ivoirin en parfait état. C'était celui d'un homme jeune. Il avait encore toutes ses dents. Des lambeaux de soie de velours le coiffaient et le rendaient comique. Il était intact.

À grand regret, je le dévoilai à Aigremoine. Elle le découvrit sans ciller avec le plus grand calme. Cette vision concrète de la mort ne lui tira pas un rictus de crainte.

Elle considéra simplement le *memento mori* avec plus d'attention qu'il ne convenait, se plaisant à contempler cet ancien vivant, m'arrêtant même la main car je voulus tout de suite refermer le carton.

Les quatre tablettes de bois où étaient esquissées à la hâte les quatre scènes aux flambeaux, révélaient qu'un transport avait bien eu lieu et que c'étaient bien des religieuses qui y étaient attelées. Ces quatre dessins amplifiaient l'énigme plus qu'ils ne l'éclairaient, d'autant qu'ils avaient souffert des outrages du temps et qu'il fallait en imaginer les sujets plutôt que les interpréter. Quant aux lambeaux de l'étendard qu'elle m'avait déployé sur le sol, j'étais bien incapable d'en deviner la nature car il était mangé des rats, et seule la hampe et la pique rouillée qui l'armait suggéraient qu'il s'agissait d'un drapeau.

Tout ce qu'on pouvait déduire de ces restes, c'était qu'ils attestaient ce que le cartulaire déclarait en latin : le couvent détruit par les protestants avait reçu dans sa crypte *testimonium quod infirmare non podest Sanctorum Scripturarum fidei.* « Une preuve irréfutable de la véracité des Saintes Écritures. »

Tout en refermant le carton énigmatique, je murmurai à part moi :

— Donc une vivante preuve de l'existence de Dieu...

— Allons, mon cher ! dit Aigremoine entre haut et bas.

Elle me prit la main et me sourit avec indulgence comme on fait aux enfants qui déparlent.

Il ne nous restait plus grand-chose à inventorier. C'était, en vrac, toutes les épures que l'architecte avait conservées de son travail : une grosse brassée de rouleaux difficiles à maîtriser. Dans les plis, parmi ces rouleaux, une lettre était restée coincée qui glissa et tomba au sol. Je m'en emparai et voulus la lire. Aigremoine me l'arracha des mains.

Elle demeurait rêveuse et ne parlait plus. Son bref commentaire à mes paroles imprudentes prouvait bien le peu de foi qui l'animait et combien les épreuves traversées l'avaient détachée de la religion de ses pères.

— Pourtant..., dit-elle soudain.

Elle se tut aussitôt après ce mot prononcé. Elle reprit un instant après négligemment.

— Naturellement, vous, vous n'entendez rien ?

— Que devrais-je entendre ?

— Ce que tous les Gaussan ont entendu toute leur vie mais aussi quelques âmes simples qui en ont eu le privilège par leur disponibilité. Vous savez, me dit-elle, ma mère, par les jours de grosse pluie qui lui interdisaient d'aller courir les grands bois, ma mère me racontait les temps anciens. Elle en avait elle-même écouté les péripéties par les voix de ses grand-mères. Nous les Gaussan nous avons vécu nos existences dans un brouhaha infernal. C'était celui de ces nonnes martyrisées au XVIe siècle par les parpaillots. Elles sont devenues innombrables au cours des siècles ou bien alors elles tournent en rond pour toujours ! C'est une cavalcade soyeuse qui parcourt tous les coins du château ! Comme une danse ! Comme un ballet !

Elle me saisit les poignets, me secoua.

— Vous n'entendez rien ? Vous n'entendez vraiment rien ?

Elle était hallucinée. Il était probable que ce froissement de soie qu'elle percevait si précisément, et que je m'efforçais en vain de discerner par tous mes sens aux aguets, était pour elle aussi normal que le bruit du vent.

Bien sûr, mes pratiques m'avaient en leur temps rapporté que les fantômes des religieuses exterminées au XVIe siècle hantaient discrètement le château de leur défilé d'ombres sempiternelles ; mais bien entendu, les sottes communes qui se rabâchaient les unes aux autres cette légende n'y croyaient pas elles-mêmes et il était d'autant plus inquiétant qu'Aigremoine, incroyante notoire à tous les surnaturels, m'en parlât précisément ce jour pour la première fois.

D'autre part, il ne m'avait pas échappé qu'elle tentait de me dissimuler cette lettre pliée en quatre qui avait glissé hors d'un rouleau d'épures. Pour l'instant, elle se débattait avec ce qui avait la forme d'un corps humain sans épaisseur et qu'elle avait étalé tout à l'heure sur le billard trônant laidement dans le vestibule du salon. C'était une housse fermée d'un ruban de soie passant entrecroisé d'une boutonnière à l'autre. Impatiente d'en connaître le contenu, Aigremoine saisit une paire de ciseaux dans son nécessaire et sectionna les rubans en dix morceaux plutôt que de les dénouer patiemment. Je vis jaillir en rouge et or les brandebourgs et les aiguillettes du plus bel uniforme guerrier que j'aie jamais vu (ceux de 70 étaient ternes et fonctionnels, aucun n'avait eu à soutenir un idéal romantique). Une abondance de brins de lavande momifiés avait autrefois protégé des mites ce déguisement intact et rutilant. Aigremoine était admirative.

— J'ai donc eu un hussard pour aïeul ! s'exclama-t-elle. Quel dommage !

Pendant qu'elle regrettait ainsi, je profitai de son inattention pour recueillir la lettre abandonnée sur le billard. C'était une missive d'autrefois, fermée d'un sceau brisé par le destinataire.

— Ne lisez pas ça ! dit Aigremoine.

Mais j'avais déjà déplié le billet daté 12 Vendémiaire an IV. L'écriture était hautaine, comportait des mots bien formés. C'était la graphie de quelqu'un pour qui écrire est une seconde nature. Je lus à haute voix :

*Ma douce, je vous répondrai brièvement car je suis dans le plus profond désespoir avec Benjamin : quatre mois seulement après notre rencontre, le maraud vient de se découvrir un nouvel amour éternel (*solae inconstantiae constans*). Bref. J'arrose de mes larmes mon écritoire. Elles brouillent l'encre dont je vous écris. Elles la dissolvent. Elles me laissent juste assez de lucidité et pour peu de temps encore qui me permette de vous répondre sur l'essentiel : en ce qui concerne l'enfant que vous portez, les temps sont assez troublés afin que, chemin faisant, vous ayez été violée par des sans-culottes non plus que sans scrupule, bien que ces gens-là fussent fort vertueux et coupassent plus volontiers nos têtes qu'ils ne forçassent nos quant-à-soi. La nature humaine étant ce qu'elle est, la chose a dû néanmoins se produire à quelques reprises. Vous pouvez donc, sans état d'âme, vous en prévaloir.*

Adieu ma douce, les sanglots font mal aller ma plume. Sans doute serai-je morte étiolée par le chagrin avant d'avoir pu goûter au plaisir de nous retrouver.

GERMAINE

Je refermai le rouleau et le rendis à Aigremoine.

— Pourquoi diable ne voulez-vous pas que je lise cette lettre ?

J'étais très curieux de cela parce que j'avais vu le blason des Gaussan et je savais qu'il était biffé de bâtardise, donc si Aigremoine n'avait pas voulu que je connaisse cette lettre qui en apportait la preuve, c'était qu'au-delà de ses affres d'amour, la vanité commençait à lui revenir au galop, ce qui supposait une amélioration sensible de son état.

J'étais très content de moi d'avoir trouvé cette faille dans la défense dont elle enveloppait son âme car je n'avais pas encore pu comprendre quelle en était la part d'ostentation. Sa réponse me désarçonna.

— Je pensais, dit-elle, que vous n'accepteriez pas volontiers d'avoir épousé la descendante d'un bâtard.

Je m'exclamai en criant presque :

— Moi !

Et je me frappai violemment la poitrine de ma main grande ouverte.

— Moi ! J'aurais des idées aussi étroites ! Mais vous m'insultez ! Comment un homme qui en réfère si souvent et devant vous au point de vue de Sirius pourrait-il être aussi ordinaire d'âme ! Et pour ne rien vous cacher de la vérité pure, j'ai semé moi-même en ma vie aventureuse un ou deux bâtards lesquels, aux dernières nouvelles, ne s'en portent pas plus mal et n'ont pas d'états d'âme ! Je les ai eus, en mon jeune temps, d'une fille de Séderon dont je me souviens avec joie ! Bâtard !

Je levai les bras au ciel.

— Mais je vous demande un peu ! Quelle importance cela peut-il bien avoir à la hauteur où je respire ?

Je lui assenai cela en gesticulant et en me promenant de long en large d'un bout du salon à l'autre. Moi qui d'ordinaire étais si mesuré, craignant toujours chez elle une réaction qui aboutirait à lui rappeler des souvenirs trop précis concernant l'inceste commis avec son père autrefois, ce jour-là je cessai de la ménager, tant son approche de mon caractère et de mes réactions me paraissait loin de la réalité.

Moi qui passais ma vie à tenter de la connaître du mieux possible, comment avait-elle pu de son côté négliger la réciproque jusqu'à se tromper à ce point ?

Il restait une lettre à lire. C'était celle où le père de Sensitive enjoignait à celle-ci de regagner Gaussan en toute hâte plutôt que d'émigrer. Il lui parlait d'un trésor et de l'arbre. Le trésor restait hypothétique. Toussaint était mort depuis longtemps, comme Sensitive et sa descendance. Il restait, de toute l'histoire de cette famille, Aigremoine et l'arbre.

J'avais à peine besoin d'incliner la tête pour le voir, l'arbre, mélancoliquement agité par une brise nonchalante. C'était la fin de l'automne et les chênes rutilent encore jusqu'à mi-novembre de toutes leurs feuilles d'or. Et soudain, un soir, ils s'éteignent tous ensemble et nos collines prennent leur deuil d'hiver. La chose était arrivée au nôtre la veille même et cette bise s'accompagnait d'une averse de feuilles mortes qu'elle rassemblait calmement en une traîne ondulante au ras du sol vers l'ombre des murs, car il était vrai que ce chêne empêchait le soleil couchant d'être vu du château.

Il était maintenant un peu penché vers le sud. Cinq cents ans de mistral dominant l'avaient ainsi incliné, prolongeant les branches maîtresses pour patiemment les consolider par de savantes demi-boucles (bandées comme des muscles), lesquelles imitaient la reptation d'un serpent qui se love ; de sorte que celles qui se trouvaient dans l'erre du vent depuis le tronc étaient deux fois plus longues que celles qui tentaient d'équilibrer l'ensemble, contre le vent, du côté nord.

Je me taisais dans ma contemplation. Aigremoine était silencieuse. Nous regardions ensemble ce soir d'automne. La perception de notre méconnaissance l'un de l'autre nous accablait.

C'était la première fois qu'un différend nous opposait depuis ce jour où, sortant du tribunal de Digne, je l'emportai jusqu'à mon corbillard, à cause de la neige qui tombait.

Ce jour-là, elle était jugée pour avoir tué par erreur la fille d'Hilarion, notre régisseur, laquelle s'était jetée en avant pour protéger Zinzolin, père d'Aigremoine, qui était aussi son amant et que celle-ci voulait abattre.

Je regrettai amèrement mon mouvement d'humeur dû à mon orgueil. Que m'importait à la vérité qu'elle me crût assez léger pour déplorer chez elle qu'elle fût la descendante d'un bâtard ? Je n'étais pas là pour me faire valoir mais pour l'aider.

Julie s'aperçut tout de suite de notre chagrin sans qu'il lui fût nécessaire de nous l'entendre exprimer. Une si étrange trinité s'était forgée entre nous que nos états d'âme passaient de l'un aux autres sans le truchement d'aucune parole. Elle nous souhaita le bonsoir et regagna sa chambre sans commentaire. Elle avait compris qu'à partir d'un certain seuil notre couple devait se retrouver seul.

Je dus bercer Aigremoine contre moi comme un enfant jusqu'à tard dans la nuit pour la rassurer de bonnes paroles murmurées et de lentes caresses de mes mains dans ses cheveux. L'érotisme était bien loin de nous. Quand elle s'endormit enfin, moi je continuai à veiller.

Je n'ai jamais pu supporter personne contre moi pour dormir. Je me suis toujours éloigné de toutes les femmes de ma vie jusqu'à l'extrême bord du lit pour profiter seul égoïstement du sommeil. Cette nuit-là, je restai contre Aigremoine immobile, retenant ma respiration, attentif à me tenir éveillé, et pourtant je finis par perdre conscience, le nez dans ses cheveux, la main machinale refermée sur son pubis sans aucune intention.

Si je me souviens si parfaitement de cette bagatelle qui nous éloigna l'un de l'autre pendant quelques heures, ma femme et moi, c'est parce que ce fut le lendemain matin, alors que tout était oublié et que nous étions joyeux l'un de l'autre, qu'un élément encore insignifiant vint annoncer la mort.

Je n'oublierai jamais ce matin de semblant d'hiver où j'étais en train de me raser dans mon cabinet de toilette. C'était une nouveauté alors que la propreté des corps et j'avais fait ménager dans notre immense chambre deux réduits attenants et sans cloison qui contenaient une baignoire en zinc, une douche et deux lavabos à eau courante. Par un luxe encore rare, un calorifère permettait de chauffer l'eau et la pièce était bien close de l'extérieur.

Endurant ma physionomie au miroir, ce qui ne m'a jamais paru une perspective enivrante, quelque indulgence que je m'accorde, j'étais attentif à ne pas me couper avec mon rasoir-sabre.

Aigremoine sortait de son bain et se contemplait dans l'autre miroir. Je la vis soudain, par le jeu des glaces vis-à-vis, froncer les sourcils et prendre un air de doute.

Elle se précipita vers moi et me dit :

— Touche !

En me tendant ses seins.

J'écartai précipitamment mon rasoir-sabre de nous deux car elle s'était jetée en avant imprudemment, sans réfléchir. Elle éclata de rire en voyant la moitié de mon visage encore broussailleux et l'autre enduit de savon à barbe.

— Qu'est-ce que tu veux que je touche ?

— Mon sein ! Pas celui-là, l'autre ! Palpe-le !

Je crus qu'elle me réclamait un surcroît d'attention. J'étais toujours prêt à la satisfaire en cette matière et ce fut donc une caresse d'invite que je lui prodiguai. Mais alors elle saisit ma main avec impatience. Non ! Ce n'était pas un effleurement sensuel qu'elle exigeait. Elle promenait mes doigts impatiemment sur ce qu'elle voulait me faire connaître avec précision et que ma maladresse ne parvenait pas à détecter.

Le manège dura plus d'une minute parce que j'avais déjà rencontré sous mes phalanges la minuscule lentille qui l'intriguait, mais aussi parce que mon esprit, à mon insu, avait déjà saisi, avant toute perception de ma raison, ce dont il s'agissait et que mon visage (comique sous le savon à barbe) en avait déjà blêmi tandis que se préparait en mon épaisse cervelle ce que je voulais répondre à Aigremoine qui soit banal, indifférent, rassurant. Cette gymnastique de l'esprit, que je ne souhaitais à personne d'avoir un jour à pratiquer, m'incitait à rendre mes doigts malhabiles, grossiers, gourds, sans délicatesse et sans intuition, comme si c'était la première fois de ma vie que je palpais le sein d'une femme.

Je parvins à tourner le dos et à me remettre à raser paisiblement mon autre joue, tout en vérifiant que dans mon œil aucune trace d'inquiétude ne pouvait se deviner. Je dis :

— Et c'est pour ça que tu as failli me faire trancher la gorge ?

Je haussai les épaules et poursuivis :

— Tu dois avoir eu ça toute ta vie et tu ne t'en étais pas avisée. Mais si tu veux être rassurée, nous irons demain à la consultation du docteur Pardigon.

Dans ma vie d'herboriste réputé, mes pratiques avaient l'habitude de me prendre pour un docteur. Je m'en récriais certes mais bien souvent ne pouvais m'en défendre. Et de pauvres femmes anxieuses qui craignaient d'aller consulter le médecin, j'en avais rencontré des dizaines que j'avais expédiées à Pardigon en toute hâte et toujours avec ce haussement d'épaule indifférent dont je venais de gratifier Aigremoine.

« Induration indolore du sein », cette formule anodine flambait dans ma mémoire. Elle contenait une condamnation sans appel. Je me mis à me rabaisser, à me dire que j'étais un ignorant. Je me reprochai ma suffisance : « Et qu'est-ce que tu peux bien en savoir ? Tu te l'imagines ! Tu n'es qu'un empirique prétentieux que sa réputation a transformé en âne savant. Il va bien rire Pardigon quand tu sortiras rassuré de sa consultation ! »

En 1908, aller chez le médecin constituait une honte et un arrêt de mort. On ne s'y résignait que trop tardivement, furtivement, en se cachant, en arrivant de bonne heure chez le praticien à la salle d'attente toujours ouverte où l'on s'engouffrait en catimini comme des voleurs.

Ce jour-là, à huit heures du matin, il y avait déjà trois patients raides de peur qui n'avaient jamais mis les pieds une seule fois de leur vie dans un cabinet médical et pour qui cette première confrontation signifiait la mort aussi sûrement qu'un prêtre accourant à votre chevet. Et pourtant la plaque dorée sur fond noir vissée contre le mur à côté de l'entrée était faite pour conforter et rassurer le patient : « Docteur Alphonse Pardigon, de la faculté de médecine de Montpellier. »

« La plus vieille de France », me dis-je, car j'avais besoin moi aussi de garder quelque espoir. Ce jour-là, je baissai pavillon devant le vieux Pardigon, mon adversaire de toujours, prêt à le vénérer s'il parvenait à me prouver que j'étais un âne.

Blottis les uns contre les autres sur trois étroites chaises, bien qu'il y en eût abondance tout autour de la pièce, se tenaient bien droits un vieillard accablé et deux femmes blêmes dont on ne savait plus deviner l'âge et dont la féminité s'était évaporée sous l'emprise de la peur.

À cette époque il n'y avait pas d'autre moyen d'investigation que la vue et l'intuition tenait lieu de science. Je compris tout de suite, à observer en un clin d'œil ces valétudinaires, que leurs maux n'étaient pas bien grands et que l'orviétan pharmaceutique de Pardigon les remettrait sur pied en un clin d'œil, ce qui permettrait à ces simples de crier au miracle.

Soudain la porte matelassée de l'intérieur s'ouvrit et un grand diable de malade apparut sur le seuil, masquant Pardigon qui le suivait. Celui-là n'était pas blême que de peur. Il y avait longtemps que la couleur s'était retirée de ses oreilles translucides, de ses lèvres. En revanche, ses pommettes étaient vermeilles d'une vilaine teinte sang pourri. Je diagnostiquai immédiatement un tuberculeux au dernier degré. C'était une maladie qui donnait l'air piteux comme si l'on en était responsable.

Le malade marcha vers l'entrée où Pardigon, qui ne nous vit pas, le raccompagna la main sur l'épaule en signe d'encouragement. Ce fut seulement après avoir refermé la porte sur lui que le docteur nous aperçut.

Il eut un haut-le-corps. Nos regards se croisèrent mais il abandonna aussitôt mon visage pour reporter toute son attention sur Aigremoine. Elle, elle était toujours aussi belle, aussi tentatrice, aussi impérieuse qu'elle m'était apparue des années auparavant, bien avant sa rencontre avec Zinzolin ; le soir du banquet aux ortolans alors qu'elle s'était fait accroire qu'elle était amoureuse de moi.

Pardigon s'inclina devant elle et de nouveau planta son regard dans le mien. J'eus l'impression que, de lui à moi, l'angoisse s'était propagée et qu'il comprit en un éclair ce que j'avais diagnostiqué. Sous ses yeux de connaisseur, le corps de ma femme avait livré sa transparence.

Il évalua rien qu'en les toisant les trois suants de peur qui se serraient les uns contre les autres. Ils étaient arrivés avant nous et avaient donc priorité mais Pardigon n'en tint pas compte. Il leur tourna le dos et nous invita à le suivre.

C'était la première fois de ma vie que je visitais l'antre d'un docteur en médecine.

J'ai dit l'inimitié ancestrale qui nous unissait Pardigon et moi ; ses sarcasmes et ses doutes à haute voix sur mes capacités à soulager mes semblables.

Là, il ne dit pas un mot. Aucun sourire d'ironie ne me fut adressé et pourtant, tandis qu'il interrogeait Aigremoine, sur son âge, ses antécédents médicaux et sur la raison de sa présence, son regard ne cessa pas de solliciter le mien.

Il prit quelques notes sur un calepin et se leva.

— Bien, dit-il, déshabillez-vous. Pas entièrement ! le haut suffira.

Son cabinet était séparé en deux. Une cloison à mi-hauteur donnait accès à une table d'observation et à un lavabo dans un réduit pour l'instant visible derrière un rideau ouvert. Il disparut avec ma femme dans ce laboratoire et tira le rideau sur eux.

Je me retrouvai seul, mon âme m'était descendue dans les pieds. Je n'existais plus. J'étais dans Aigremoine, ma compassion tout entière concentrée sur ce qu'elle devait ressentir à cet instant.

Néanmoins, l'angoisse chez un homme de ma trempe n'exclut jamais le sens de l'observation. Je constatai tout de suite que sur la cheminée du bureau, à côté du cache-maille (un souvenir d'enfance probablement) qui représentait l'effigie d'un Napoléon aux joues vermeilles, trônait un flacon bleu marine du Baume Félicien, avec mon portrait en ovale, et en le secouant je le trouvai à demi plein.

J'eus juste le temps de reposer le flacon. Pardigon reparaissait suivi d'Aigremoine qui se rajustait.

— Votre femme n'a rien ! me dit Pardigon, son regard insistant ne quittant pas le mien. Vous pouvez la ramener à Gaussan et soyez rassuré.

Je ne l'étais pas du tout mais Aigremoine l'était. Ce qui était bien l'essentiel.

— Mais c'est curieux, me dit-elle, il ne m'a prescrit aucun médicament.

— Il faut les préparer, dis-je, je passerai demain les prendre.

La nuit s'écoula pour elle à dormir paisiblement et pour moi à guetter le temps qui passait. De fois à autre, je me retournai le plus doucement possible pour ne pas l'éveiller. Julie ronflait de l'autre côté du lit. Aigremoine dormait sans bruit. La chambre était entièrement obscure mais je me penchai sur cette obscurité. Tout était à la même place, nos corps, le lit qui embaumait toujours le bois d'olivier. La pendule grommelante et grave, dont les coups s'égrenaient avec solennité dans la courbe du grand escalier, soulignait le temps une fois tous les quarts d'heure, nous l'assenant lentement à chaque tour d'aiguille sur le cadran. Je savourais tous ces éléments d'un bonheur qui venait d'être soufflé comme la flamme d'une bougie.

N'ayant pas fermé l'œil, je me levai d'entre les deux femmes sans les éveiller et sortis de la chambre. Je n'avais même pas envie de me faire du café. Tous mes besoins et mon confort habituels, cette routine du plaisir d'être, du plaisir d'exister qui jusque-là m'avait toujours rassuré, ne m'était plus d'aucun secours. La cafetière, joliment décorée de fleurs des champs, le moulin antique en bois que je calais avec plaisir entre mes cuisses à chaque réveil et le beau bruit d'écrasement des grains qui me faisait sourire et, ouvrant le tiroir, l'odeur sublime du café moulu que j'allais passer dans la débéloire ; jamais une seule fois depuis trente ans que j'étais seul (avant c'était ma mère qui se chargeait de ce bonheur et elle n'y aurait pas renoncé pour un empire) je ne m'étais dispensé de humer ce parfum des matins, tous heureux, où le café allait s'humecter cuillerée après cuillerée avec l'eau non bouillie dont je l'arrosais.

Mon angoisse pour Aigremoine grignotait pas à pas toutes ces petites joies auxquelles l'on mesure la pauvreté de l'homme.

Quand je garai, ce matin-là, mon quadricycle à pétrole devant Chasteuil, le marchand de journaux, Pardigon en sortait, son quotidien sous le bras. Il me fit signe avec son index de le suivre. Contrairement à l'habitude, il ne souleva pas son chapeau en m'appelant comte. Son visage n'était pas méprisant. Il savait qu'il avait de quoi m'abattre mais il répugnait à le faire.

Pour être sûr que nous fussions seuls, il m'entraîna au-delà du coin de l'église dans la célèbre Clastre-Vieil où tous les Forcalquierains bien nés s'étaient arrêtés une fois pour pisser.

Avant même qu'il parle, je le vis faire de sa main ouverte le signe de la balance, ce signe de doute suprême : les doigts épanouis qui tournent autour du poignet pour exprimer que l'événement peut évoluer dans un sens ou dans l'autre mais plutôt du mauvais côté que du bon.

— Vous savez, me dit-il, je n'ai pas le moindre doute mais je vous ai fait un mot pour le docteur Joubert de Digne et je vous conseille de le consulter.

Là, il m'agrippa par le bras et me tournant vers lui et me regardant droit dans les yeux, il me dit :

— Le plus rapidement possible ! Vous savez, c'est une maladie qui n'attend pas. Il faudra probablement l'opérer et le plus tôt sera le mieux. Commencez à la préparer !

Il me tendit la lettre qu'il avait mise sous enveloppe cachetée.

À l'instant où j'eus cette lettre en main, je compris que j'étais tombé dans la misère humaine sans merci. J'allais devoir annoncer à Aigremoine que probablement il allait falloir l'opérer. Le « probablement » n'atténuerait pas l'annonce. Elle savait comme tout le monde que cet adverbe était toujours négatif et n'était en aucun cas porteur d'espoir.

À cette époque, toute intervention qui ne se résolvait pas par la mort immédiate du patient était considérée comme un miracle. En général, on échappait vivant au billard mais le terrible « choc opératoire » tuait dans les quatre jours la majorité des survivants.

Je mis à annoncer la chose à ma femme tout l'amour, toutes les circonlocutions nécessaires, mais le mot « opération », il fallait bien le prononcer. C'était au repas de midi que nous prenions seuls dans la grande cuisine car manger à deux dans une salle de soixante-quatre mètres carrés n'avait aucun sens et il y avait longtemps que nous y avions renoncé.

— J'ai rencontré, lui dis-je au dessert, le docteur Pardigon que je vois tous les matins et comme il me sentait inquiet pour votre santé il m'a dit : « Si vous voulez être rassuré complètement, allez donc trouver de ma part le docteur Joubert à Digne. Et puisque vous ne me croyez pas quand je vous dis qu'elle n'a rien, lui vous le confirmera ! C'est un grand praticien ! »

Aigremoine me laissa parler sans rien dire mais son intuition dut dès cet instant l'alerter car elle ne mangea que le tiers du saint-honoré dont d'ordinaire, gourmande comme toutes les sensuelles, elle ne laissait pas une miette.

Elle laissa planer un grand silence jusqu'au café que nous apportait Julie.

Julie et Aigremoine étaient comme deux sœurs jumelles par l'intuition et l'intelligence, et dès qu'elles furent confrontées à ce silence l'une et l'autre, troublé par le seul bruit léger que faisaient les cuillers remuant le sucre dans les tasses, elles comprirent toutes les deux qu'une heure solennelle venait de sonner.

— Mais, dit à la fin Aigremoine, le docteur Joubert, c'est un chirurgien ?

Je répondis précipitamment :

— De la Faculté de médecine de Paris, ancien chef de clinique à la Salpêtrière ! Il a sauvé des centaines de malades !

En vérité le docteur Joubert était le seul chirurgien pour tout le département des Basses-Alpes. Sa clientèle était décourageante : quatre-vingt-dix pour cent des patients qu'on lui amenait, quel que soit le mal, il était trop tard pour les traiter. C'était le mouroir de province le mieux achalandé car on n'extirpe pas de sa cahute un paysan des Basses-Alpes qui n'envisage jamais la mort au bout de ses souffrances et vous dit avec un sourire résigné :

— *Ça passera, puis, à la fin.*

En général, ça passait à la mort.

Je ne sais quel auteur a écrit : « C'est le troisième jour qu'il faut voir l'homme qui a été frappé. » Pour Aigremoine, ce fut la troisième nuit. Je dormais. Je fus éveillé malaisément par un contact bizarre, inhabituel. Julie ronflait à l'autre bout du lit, bien séparée de notre couple. Il devait y avoir un moment qu'Aigremoine essayait de m'éveiller, ayant scrupule à le faire. Ses tentatives avaient été trop timides sans doute et j'avais refusé inconsciemment de leur obéir, ou plutôt je leur obéissais par étapes, mon conscient revenait très lentement à la surface de la vie. Je rêvais d'un mendiant qui réclamait l'aumône et à qui je la refusais.

C'était la main d'Aigremoine, c'était le contact d'Aigremoine, modeste, à peine suppliant, plein d'excuse et de honte ; c'était sa main qui tâtonnait cherchant la mienne mais sans insister, prête à abandonner : « Non, ça n'a pas d'importance ce que j'ai à dire. »

C'est alors qu'elle eut brusquement conscience que j'avais ouvert les yeux. Sa main se fit plus hardie, plus insistante, enveloppant mes doigts, se cramponnant à eux, me faisant entendre un langage pathétique que je me devais d'appréhender par tout ce que mon être possédait de compréhensive pitié plus que par mon entendement, et quand elle fut bien certaine que je pouvais la comprendre, elle me dit :

— J'ai peur.

Je compris alors qu'elle venait de parcourir par la pensée un long chemin qui s'achevait sur le vide. Elle était tapie dans sa peur comme un animal qui n'a jamais imaginé l'éternité et qui se trouve, sans Dieu, livré à la consumation. Ces deux mots exprimaient tout. Il était inutile de me préciser de quoi elle avait peur et elle était certaine que je ne le demanderais pas. Elle avait raison. J'étais sans voix. Je ne souhaite à personne d'entendre l'être qu'on aime vous murmurer « j'ai peur » comme un aveu.

Elle alluma la lampe à pétrole avec soin et précision sans trembler. Qu'attendait-elle de ce jour glauque pour la rassurer ? Elle avait son visage défiguré à cinq centimètres du mien et son regard désorienté me sondait jusqu'au fond du cœur.

J'admirais ses seins royaux où rien ne présageait qu'ils contenaient la mort. Ils me surplombaient. Un appétit d'elle montait à travers mon réveil et me dictait ce qui était le plus urgent : disperser par la volupté son appréhension. Je savais par expérience que seul le plaisir peut exterminer toute autre sensation mais je savais aussi son peu de durée et qu'aussitôt qu'il serait assouvi l'obsession reviendrait comme remonte la marée.

Il fallait trouver un subterfuge plus radical pour l'avenir immédiat. Je remarquai, et Julie en fut aussi avertie, qu'Aigremoine était en train de changer d'obsession.

Je m'avisai soudain que son épouvante devant l'inceste et tous les détails très précis qu'elle en avait conservés, tout cela s'était évanoui en un clin d'œil. La certitude de devoir mourir bientôt l'avait remplacé, effacé, en avait fait un souvenir dérisoire.

Elle était tapie dans sa peur comme l'animal sans Dieu. Cette idée m'habita aussitôt devant son regard de traquée, devant son détachement soudain de tous les plaisirs de la vie, la contemplation, l'amour des animaux, la curiosité pour son prochain, et cette indifférence soudaine pour les enfants : son plus grand regret jusque-là étant de ne pas en avoir.

Je savais qu'Aigremoine ne participait d'aucune religion. Un jour, je l'avais vue décrocher du chevet de son lit, sous prétexte que c'était un nid à poussière, le crucifix fiché d'un brin de laurier qui y avait été fixé par une femme pieuse de sa famille très longtemps auparavant. J'avais rencontré dans ma vie tant d'athées intransigeants qui, au moment suprême, réclamaient un prêtre à cor et à cri que je pouvais presque à coup sûr augurer chez ma femme le même réflexe, mais connaissant sa force de caractère je n'en étais pas si certain.

Je calculai que mon athéisme personnel ne pouvait qu'entretenir le sien puisqu'elle m'aimait. Je me mis à espérer croire de toutes mes forces.

Un matin, je me décidai à sauter le pas. C'était un jour sombre de septembre où la pluie des feuilles commençait de tomber. J'avais la veille garé ma De Dion Bouton le plus loin possible de la maison, dans l'allée pour ne pas réveiller Aigremoine. Il était six heures et demie du matin, je voulais passer inaperçu de tous. Hilarion était matinal. Ce jour-là, je le vis de loin qui allait gouverner mes hongres. J'arrivai à la voiture et me mis en devoir de tourner la manivelle pour élancer la machine, ce qui demandait toujours un peu de temps surtout quand l'atmosphère était à l'humide. Quand je me relevai de ce labeur éreintant, dans la pétarade du moteur qui triomphait du silence, je vis Julie devant moi, comme chaque matin strictement vêtue de blanc et de noir.

— Je vais avec vous ! cria-t-elle pour couvrir le bruit du moteur.

Je fis signe que non avec la tête, la pris par le bras et l'entraînai un peu plus loin pour qu'elle m'entende.

— Non ! lui dis-je. Il faut que tout soit secret et non ostensible. Il faut qu'Aigremoine sache un jour mais le plus tard possible. Il faut que j'aie eu l'air de me cacher d'elle ! Vous vous souvenez[1] ce jour lointain où elle a cueilli une violette dans l'herbe et où elle me l'a apportée humblement ? C'était le premier signe qu'elle acceptait de vivre. Vous étiez prête à vous exclamer pour vous réjouir. J'ai mis un doigt sur mes lèvres et je vous ai dit : « Ne soulignez pas ! » Eh bien, aujourd'hui c'est pareil ! Il ne

1. Voir *La Folie Forcalquier.*

faut pas souligner ! Mais comment diable avez-vous fait pour comprendre ?

— Vous savez bien que vos silences me parlent ! Depuis des semaines je suis vos pensées sur votre visage. Je vous vois chercher. Moi aussi je suis aux aguets. Moi aussi je donnerais ma vie pour qu'Aigremoine soit sereine. Et moi aussi j'irais à la messe s'il le fallait.

Je m'aperçus qu'elle tenait un missel dans ses mains. Elle me le tendit.

— Tenez, dit-elle, je crois que vous avez oublié votre livre de messe.

Elle me tourna le dos et s'enfuit.

À cette heure matinale, il n'y avait pas d'enfant pour me faire escorte et me pousser dans la côte de Mane. Quand j'arrivai sur le replat le moteur était à bout de souffle mais il le reprit dans le vallon du Vioux et enfin triomphant j'arrivai sur le cours. Je descendis de voiture, mis une cale sous les roues pour plus de précaution et, le missel ostensiblement en main, je m'acheminai vers la grande porte de Saint-Mary. Ostensiblement, mais tête basse, mais contrit. Le vieux Sésame, le boulanger qui fumait sur le seuil de sa boutique sa première cigarette, me vit passer avec stupéfaction.

— Oh Brédannes ! Tu vas à la messe ?

La finesse n'avait jamais été son fort et il disait ce qu'il voyait : un homme oisif tenant entre ses mains un livre de messe. Il embaumait le pain bien cuit et la conscience tranquille. Jamais, à lui, il ne serait venu à l'idée de m'appeler « monsieur le comte ». Il m'avait connu en culottes mi-courtes chassant les pies à coups de tir à élastique.

Je lui fis un signe discrètement amical. Arrivé devant la grande entrée, je me ravisai. Je contournai l'église par l'andrône de Clastre-Vieil. C'était par là que passaient toutes les vraies dévotes : par la petite porte. Un vestibule obscur où il fallait tâtonner précédait la nef qu'on abordait par le côté.

J'arrivai pour le service de sept heures. Quelques fidèles étaient disséminées dans la pénombre, à bonne distance les unes des autres. Aucune n'avait moins de soixante et dix ans. Elles ne pouvaient manquer, étant donné ma grande taille et bien que je me fusse rendu furtif autant que possible, de me remarquer.

Les différents silences ont chacun leur poids. Celui de ces pieuses femmes me voyant serrer mon missel entre mes mains gantées était écrasant.

Il n'y avait pas un seul homme, sauf l'abbé Sicard avec qui j'avais fait le coup de feu à dix-sept ans dans les marais de Villeneuve contre le coup du 2 décembre, mais lui, il s'était heureusement rallié très tôt au Prince-Président et, pour se faire pardonner de n'avoir pas compris aussitôt à quel homme exceptionnel nous avions affaire, il était entré au séminaire.

Il me repéra tout de suite. Je le vis balancer s'il allait me prendre par les épaules pour me jeter dehors. Ma gravité et ma tristesse qui n'étaient pas feintes gagnèrent dans son cœur. Sur son visage passèrent en un éclair tous les stigmates du scandale, mais ce que je vis se cristalliser dans son regard ce fut sa discrète satisfaction d'avoir courbé ce Sicambre devant son Dieu. Bien sûr il ignorait la raison de ma présence, mais ce sont là choses invisibles et impalpables qui ne se communiquent pas entre mortels et dont on ne parlera jamais plus.

Dès le lendemain, l'abbé Sicard ne me regarda plus et il ne vint jamais me parler. Simplement quand je le croisais dans la rue, il me saluait et me disait « bonjour Brédannes ». Lui non plus ne m'accorda jamais du « comte ».

Je devins le seul paroissien mâle qui venait faire ses dévotions au Seigneur à sept heures du matin. Il y eut des murmures autour de moi et des conciliabules à voix basse. Certaines paroissiennes qui n'auraient jamais mis les pieds chez moi, à partir de cette foi ostentatoire que je proclamai désormais montrèrent le nez au seuil de ma boutique et en tournèrent le bec-de-cane. (Ai-je dit qu'en dépit du château, je n'abandonnai jamais ma boutique de la place Saint-Michel où s'encastrait mon alambic ?)

Je pouvais faire les gestes de la foi avec aisance, sans contrainte et le plus naturellement du monde. Je n'omettais jamais de plonger mes doigts au bénitier dès l'entrée ni d'aller faire une génuflexion devant le grand crucifix. Je me glissais alors modestement derrière un pilier sur le prie-Dieu le plus inconfortable de Saint-Mary.

Je ne craignais rien : j'étais baptisé et j'avais fait ma communion solennelle.

Au surplus, j'ai été athée toute ma vie et toute ma vie j'ai regretté de l'être tant la certitude du croyant est confortable. J'ai envié ceux qui avaient la conviction de Dieu. Et aujourd'hui exécutant sans en oublier aucun les gestes du prosélyte pour essayer par mon exemple de communiquer à ma compagne la foi que je n'éprouve pas, est-ce que je n'espère pas ? Est-ce que je n'espère pas que la certitude de Dieu poussera sur mon terrain stérile ? Ma mère, qui était la raison même, avait dit à mon père, sur l'oreiller :

— Je sais bien que tu ne crois pas, moi non plus, mais pour que le petit soit à l'honneur du monde, il vaut mieux le faire baptiser et qu'il fasse la communion. La foi est du côté du manche et il vaut mieux être du bon côté du bâton. En plus, ta clientèle est faite pour trois quarts de croyants et d'ailleurs, s'ils ne croyaient pas au surnaturel, ils n'achèteraient pas tes orviétans.

Avec de tels arguments, j'étais prêt à participer de l'hypocrisie générale qui était le sort commun aux trois quarts des Forcalquiérains. J'étais armé.

Le docteur Pardigon en cette circonstance fut parfait. Il ne me saluait plus ironiquement tous les matins, il venait même vers moi et me serrait la main et il me disait :

— Vous êtes allé voir le docteur Joubert ? Vous savez, le mal court. Il n'est plus temps de mettre la tête sous l'aile.

C'est pourtant ce que je faisais. Mais un matin dans une position qui me permettait de prendre dans mes mains les seins d'Aigremoine et de les palper à loisir, je pus constater que, dans sa mamelle gauche, ce qui était gros comme une lentille s'était développé. Il n'était plus temps de tergiverser. Maintenant, la tumeur bien à l'abri dans sa tunique de chair saine atteignait la taille d'un pois chiche avorté.

Les choses allaient très vite aussi du côté de la mécanique. Je venais d'offrir à Aigremoine, car ma De Dion-Bouton était à bout de souffle, un phaéton Berliet de la hauteur d'un carrosse et dont les sièges épanouis faisaient cossus comme un salon où l'on cause. J'avais enseigné à Aigremoine, rien n'était assez étrangement nouveau pour l'arracher à son obsession, les rudiments de la conduite de cet engin.

Nous nous élançâmes vers Digne comme des novis en voyage de noces. J'avais au préalable écrit au docteur Joubert en lui joignant la lettre de Pardigon. Il m'avait donné rendez-vous pour ce jour. Ce fut en route, dans le fracas du moteur et de la corne d'alerte pour un poulet traversant le chemin, qu'Aigremoine me parla de Dieu. Elle était invisible sous la peau de bique et les énormes lunettes noires qui la protégeaient des jets de pierre. J'étais moi-même comme elle transformé en animal informe par la fourrure censée nous protéger du froid.

Elle tourna vers moi ses lunettes énigmatiques et je vis un rictus se former au coin de la lèvre du côté de son visage demeuré intact et elle me dit :

— Alors ? Vous voici converti ? Mécréant comme vous avez toujours été, ça vous va bien ! Vous savez le dicton qui court parmi les paysans ? *Qu'ouro lou diablé n'a proun fa se faï ermito !*

Ainsi, elle avait fini par savoir. Je pensais que Julie, à mots couverts, puisqu'elle connaissait le but de ma démarche, l'avait mise au courant avec réticence. Je répondis lentement.

— Ne vous moquez pas, c'est le fruit d'une réflexion de trente ans. Vous savez comme j'ai l'esprit de l'escalier. Voici trente ans que je médite sur le pari de Pascal.

Elle hocha la tête longuement.

— Oui, je sais ce que c'est que le pari de Pascal.

— Eh bien vous savez, je suis vieux...

— Vous n'avez que soixante-trois ans. Et moi j'en ai trente-cinq et voyez la menace qui pèse sur moi.

Je compris avec terreur à cet instant que pour l'amener à partager ma conviction, seule la douleur, seule l'aggravation de sa maladie, en l'affaiblissant progressivement, pourrait l'amener à changer d'avis par résignation. Ce n'était pas cela mon dessein. Ce que je voulais c'était qu'à l'instant suprême elle se sente cueillie par Dieu.

Nous étions arrivés sur la place du Tampinet où de nombreux équipages à chevaux étaient en attente. Le docteur Joubert avait son cabinet boulevard Gassendi. La plaque de faux marbre noir était encore plus impressionnante que celle du docteur Pardigon à Forcalquier. Elle annonçait que le docteur était de la Faculté de Paris, chirurgien des hôpitaux et qu'il ne recevait que sur rendez-vous.

J'ai dit le mal que j'ai eu à ramener au bonheur Aigremoine de Gaussan. Quand j'avais essayé, devant les clues de Barles, de lui faire admettre combien cet acte d'inceste était dérisoire par rapport à l'éternité et aux dimensions de l'univers et combien Œdipe avait eu tort de s'interdire, en se crevant les yeux, les merveilles de la création, je l'avais, après ce beau discours, surveillée attentivement pendant des mois, qui réfléchissait là-dessus, et j'avais des doutes sur la suite qu'elle donnerait à mes paroles.

Or, il se trouvait qu'aujourd'hui, devant cette porte aux lettres dorées, elle ne songeait plus du tout au suicide possible qui aurait mis fin à ses contradictions.

La menace qui pesait sur elle avait effacé l'obsession de son acte d'autrefois. Maintenant qu'elle risquait de mourir, elle avait envie de vivre. Je le voyais bien aux petites vanités qu'elle retrouvait peu à peu avec plaisir : le beau linge, les falbalas, l'art personnel des bouquets bien faits, les stations et la méditation au pied de notre vieil arbre où elle avait eu l'envie et le tort de faire graver par Julie nos initiales à tous trois enlacées. Ces signes de la vie et de l'amour qu'elle lui portait désormais, étaient tout récents et lui étaient remontés à l'âme d'un seul coup, le jour où elle m'avait fait toucher sur son sein cette grosseur insignifiante qui était l'estampille de la mort.

Il y avait contre la porte du docteur Joubert une sonnette électrique sur laquelle j'appuyai. Je n'entendis aucun bruit à l'intérieur mais la porte s'ouvrit presque aussitôt sur une dame en tenue de sortie.

Ici, il n'y avait pas de salle d'attente. C'était un salon cossu à plantes vertes où la dame nous pria d'attendre.

Le docteur parut presque aussitôt. C'était un bonhomme comme moi, à la bonne franquette, maigre et glabre et très long. Il n'avait qu'une seule coquetterie, c'était la rosette de la Légion d'honneur qui devait lui servir à rassurer ses patients.

Il me serra distraitement la main. Il s'inclina juste ce qu'il fallait devant Aigremoine. Il ne cilla pas devant son visage à moitié détruit. Il devait connaître son histoire. Je voulus suivre ma femme dans le cabinet. Joubert interposa son bras entre elle et moi.

— Je vous verrai tout à l'heure, me dit-il.

Il avait l'accent comme moi et comme moi il ne devait jamais avoir consenti à s'en départir.

Comme celle d'un notaire, la porte était capitonnée. Je ne pouvais plus communiquer avec Aigremoine ni essayer de la consoler par ma constante sollicitude.

Le bruit du boulevard n'atteignait pas le salon. J'étais isolé du monde, avec comme seule compagnie entre les deux fenêtres une reproduction grandeur nature de *L'Angélus* de Millet.

Je ne connaissais cette œuvre, avec indifférence, que par les innombrables chromos qu'on en a reproduits sur toute sorte de supports. Ce jour-là, j'en eus la révélation. Combien j'enviais ces deux pauvres hères qui s'en remettaient à Dieu en toute simplicité. Ils n'étaient beaux ni l'un ni l'autre. Le peintre avait pris soin de ne pas les faire laids non plus. Leurs traits étaient effacés par la misère. Leurs mains n'étaient que des outils grossiers pour ramasser de quoi manger. Ils étaient simplement quelconques. Ils étaient ternes mais ils s'inclinaient très bas sur la terre et il me semblait, du fond de ma détresse, entendre entre eux sonner l'angélus.

Je marinai longtemps ainsi, assez savant dans mon ignorance pour ne pas douter du verdict.

Quand la porte s'ouvrit sur Aigremoine, elle était toute souriante.

— Ce n'est qu'un kyste ! me dit-elle. Soyez rassuré. On va me l'enlever et ce sera tout.

À son ombre suivait Joubert tête basse et refermant la porte. Sa seule attitude prouvait la fausseté des paroles d'Aigremoine. J'ai l'habitude des vaincus et Joubert en était l'image.

— Je vais vous retenir une minute, dit-il en souriant, pour les formalités d'entrée en clinique. Je l'opérerai mardi !

— Bon ! dit Aigremoine légèrement. Je vais aller faire un peu de lèche-vitrines. Il y a longtemps que ça ne m'est pas arrivé ! Je vous attendrai à la voiture !

Son parfum (elle ne m'en a jamais dit le secret) resta derrière elle pendant tout le temps que Joubert mit à m'inviter à le suivre et à refermer la porte derrière moi.

Il me tournait le dos et fit mouvoir son crâne chauve de gauche à droite fort longtemps. Mon regard fixa ce mouvement qui aurait pu être infini jusqu'à me persuader que, quelles que soient les réflexions du docteur pendant ces hochements, ils ne faisaient que confirmer son diagnostic, aussi difficile à proférer qu'un verdict de cour d'assises. Il me tournait le dos obstinément et, durant les quelques pas qu'il faisait à dessein lentement pour ne pas me montrer son visage, il ne cessait de faire le même geste que Pardigon l'autre jour : la main devant lui, les doigts largement écartés et le mouvement lent du poignet imitant l'aller-retour du balancier. Je lui dis :

— C'est un cancer ?

Il me fit face.

— Oui. De la pire espèce. Un sournois, sans avertissement, qui commence à proliférer depuis le centre et se propage sur les terminaux avant même d'être apparent à la palpation.

— Mais je croyais..., dis-je.

— Ah les mais ! s'exclama-t-il. Vous avez beaucoup trop attendu ! Vous êtes tous les mêmes ! Vous croyez tous que ça passera, que ce n'est qu'un bobo ! Même si en votre for intérieur vous êtes bien persuadé du contraire !

— Alors ?

— Je vais l'opérer bien sûr ! Elle entre en clinique mardi... mais, vous savez, ne vous faites pas d'illusions, vous n'aurez plus la même femme entre vos bras. Je vais pratiquer l'ablation très large, mais dans ces cas-là la récidive est la règle sur l'autre sein. Il n'y a pas d'alternative.

Je retrouvai Aigremoine devant la voiture et notre sourire à elle et à moi ne révélait aucune appréhension. Nous avions dévolu notre sort entre les mains du docteur Joubert. Il ne nous restait plus qu'à attendre.

Le docteur Joubert ne nous rendit Aigremoine que quinze jours plus tard. Nous attendions, Julie et moi, devant la porte de la clinique parmi l'odeur des seringas. C'était au mois de mai. Digne savourait le printemps par tous ses jardins et le bruit de la Bléone sur ses galets cascadants. Quand ma femme apparut devant la porte vitrée à côté de l'infirmière qui tenait sa valise, je reçus un choc. Elle avait baissé d'une octave sa superbe démarche et une onde de blanc saupoudrait ses cheveux. En outre, du côté intact de son visage un pli d'amertume à peine esquissé s'était inscrit au coin de sa lèvre.

Comme nous nous élancions vers elle pour l'emprisonner dans nos bras, elle nous cria :

— Ne me touchez pas ! Je n'ai plus qu'un sein !

J'avais fait préparer par Rosemonde des ortolans sur rôties pour fêter son retour et j'avais mis du champagne au frais. Julie et moi n'arrêtions pas de nous exclamer sur l'air de jeunesse qu'Aigremoine laissait transparaître sur les traits intacts de son profil de gauche. Elle nous laissait dire sans que rien ne transparût dans ses paroles de la terrible certitude qui l'habitait. Déjà, elle éprouvait qu'elle venait de quitter la rive où s'agitaient les gens bien portants qui vous encouragent parce que votre désespoir leur est plus insupportable qu'à vous d'être malade. Ce fut elle désormais qui nous soutint dans son combat.

Nos nuits étaient toujours aussi luxurieuses et l'affreuse cicatrice qui remplaçait le sein gauche de ma femme, ni Julie ni moi n'en étions révulsés. Notre amour pour Aigremoine était impassible et puisqu'elle n'aimait rien tant que nos caresses alternées nous ne nous privions pas de les lui prodiguer.

Ce fut un matin comme tous les autres. Je me levai sans bruit et m'esquivai hors du lit où les deux femmes dormaient encore. J'allai comme d'ordinaire ouïr la messe du curé Sicard. J'y ajoutais, depuis peu, l'hommage à la statue sulpicienne de sainte Thérèse dont le culte récent avait enrichi le martyrologe. Elle avait dit qu'elle ferait tomber une pluie de roses. Je lui vouai un cierge tous les jours.

Il faisait un matin d'été extraordinaire où les pépiements d'oiseaux dans les arbres exprimaient la joie de l'innocence comblée.

Dominant le village, la silhouette de la citadelle des Pons de Gaussan dressait sa masse toujours un peu plus délabrée chaque jour.

Arrivé au pont sur la Laye, je vis, penchés à basculer, trois paysans qui contemplaient avec beaucoup d'attention le lit de la rivière au-dessous d'eux. En cet endroit, c'est une succession de cuves creusées dans le calcaire par le torrent au cours des âges. Ils étaient là, penchés jusqu'à mi-corps, n'en croyant pas leurs yeux. Le bruit de ma voiture pétaradante leur fit lever le nez. Ils m'adressèrent de grands signes d'invite. Je coupai le moteur et mis pied à terre. Ils faisaient cercle autour de moi. Ils parlaient tous à la fois.

— Vous avez vu, monsieur le comte ? On a jamais vu ça ! Le lit de la Laye : il n'y a plus d'eau !

À cette annonce, je ne m'affolai pas outre mesure. Nous avons des rivières qui prennent leur source dans les fonds de Lure où toute l'eau s'en va vers le Vaucluse. Ce n'est qu'au gros de la saison des pluies que le surplus parcimonieux veut bien nous être accordé.

En bas dessous, les trois Manarains contemplaient d'un air stupide les marmites creusées dans le calcaire où ils avaient coutume de se baigner. Elles étaient vides.

Je suivis des yeux le lit paisible de la Laye. Il rutilait de sécheresse comme la mue scintillante d'un serpent. Le même fond écailleux s'étendait de part et d'autre du pont. On voyait encore s'échapper entre les galets une eau qui paraissait s'évaporer à mesure. On eût dit qu'un buvard gigantesque avait absorbé la moindre goutte. Les trois drôles qui s'étaient déshabillés sous les saules et s'offraient tout nus au soleil étaient maintenant pantois et ridicules devant cette rivière sans eau.

Je ne m'attardai pas à ce spectacle. Les trois paysans me regardèrent partir à regret. Connaissant ma réputation de guérisseur, ils attendaient de moi l'explication de ce mystère, mais j'étais bien trop préoccupé par le mien concernant Aigremoine pour me soucier d'un autre.

Ma journée se passa à préparer mes flacons de baume pour les livrer dans la semaine en quelques points de vente et pour Aigremoine à étriller son cheval et aller courre les bois d'Asson avec lui. Elle avait maintenant suffisamment oublié Zinzolin pour avoir envie de retrouver les sentiers où les passages du cheval secouaient l'odeur des buis mouillés.

Le cancer est une curieuse maladie qui tue en plusieurs épisodes, chacun d'entre eux vous laissant un peu plus entamé, un peu plus délabré, un peu plus érodé. Il s'avance masqué. Des jours entiers, parfois des semaines, il peut laisser place à l'espérance, vous faire accroire qu'il vous a oublié. Cette étrange maladie qui semble naître en nous pour nous remplacer, mettre son volume à la place du nôtre et qui cependant meurt aussi et tombe en poussière en même temps que nous, impuissante à nous survivre, est comme une pieuvre qui rétracte ses tentacules sitôt qu'on lui en coupe un, sachant qu'il repoussera bientôt, ce qui lui permet de décrocher facilement sans combattre. Ce n'est pas un taureau qui fonce, un éclair que vous pourfend, le remous soudain d'un torrent qui va vous engloutir. À l'abri de votre corps intact, la chose est paisible, raisonnable, vit au rythme de votre pendule interne, comme un danseur s'adapte à sa cavalière.

Le docteur Joubert avait coupé un tentacule de la bête. Elle s'était retirée dans ses retranchements, tapie loin à l'intérieur de l'être, capable de laisser saine presque toute la structure de l'individu (de quoi au moins le tenir debout parmi ses semblables) mais embusquée comme un souvenir au sein du cerveau, ou du bulbe rachidien ou de telle autre région du corps, indiscernable, ne faisant pas de bruit, et toujours indolore.

Ce fut le moment où Aigremoine eut l'impression que le docteur Joubert avait expulsé le mal de son corps et qu'elle pouvait encore l'utiliser, ce qu'elle fit avec fureur. Jamais notre vaste chambre, qui avait abrité tant d'amours des Gaussan, ne fut témoin de tant d'éclats de rire ni de gémissements de joie.

Les chevauchées à travers le territoire de Mane, Aigremoine les embrassa de tout cœur, tous sens, toutes narines frémissantes au beau temps qu'il faisait. Peut-être chemin faisant, et je ne m'en souciai pas, rencontra-t-elle en quelque croisement quelque autre cavalier pour chevaucher avec elle. Je me souvenais trop qu'elle allait mourir pour m'inquiéter sinon me réjouir au contraire que la vie continuât à s'engouffrer en elle par tout ce qui pouvait lui faire oublier la mort.

On chuchotait sur mon passage, on glissait d'une oreille à l'autre des compassions qui me concernaient. J'ai toujours été un sanglier. La pitié ou l'admiration ou la charité d'autrui m'ont toujours exaspéré. Je n'oublie jamais ni ce que je suis ni ce que j'ai été et je ne tolère pas qu'on ait pitié de moi alors qu'on ne me connaît pas. Ce jour encore, on ne pouvait appeler chagrin ce que j'éprouvais envers Aigremoine. Je n'avais pas de chagrin. La nouvelle joute que me proposait le destin avec la maladie et la menace de la mort n'était qu'une péripétie de plus entre lui et moi. Je ne savais pas ce que le sort me réservait.

C'était donc le 11 juin 1909. Il avait fait très chaud toute la journée. Il était six heures du soir, le soleil allait se coucher. Nous avions transporté nos transats au bord de la pièce d'eau. Ces transats étaient une invention nouvelle que le snobisme avait fait adopter tout de suite tant ces chaises longues étaient commodes pour le repos. La cascade qui jaillissait de la fontaine nous permettait de croire avec l'aide des feuillages qu'une fraîcheur bienfaisante nous baignait. Nous dormions, je crois. La main droite de l'un et la gauche de l'autre, négligemment abandonnées, étaient solidement crochetées comme d'ordinaire pour garder le contact de notre entente indéfectible. Les cygnes s'ébattaient sur l'eau en un silence parcimonieux que rompait un coup de bec soudain pour attaquer une larve. C'était la paix des profondeurs. L'air était aussi mystérieux que doit l'être le poids de la mer sous l'abîme des quatre mille mètres qui pèsent sur les grands fonds obscurs. Une seule grenouille prudente commença à égrener sa cascade de notes qui était son silence à elle pour célébrer le beau soir qu'il faisait.

Le sommeil peut résister au vacarme du vent, à la pluie battante, aux volets qui claquent sèchement à deux pas de vous ; il cède immédiatement au moindre froissement de la terre qui frémit, de la terre qui frissonne, de la terre soudain atteinte de chair de poule comme un corps humain, de la terre qui, sans bruit d'abord, se dérobe sous vos pas comme en un cauchemar.

Notre fondement, fût-ce d'un millimètre, cédant sous nos pas ou nous balançant horizontaux dans nos lits, nous désarçonne. Ce n'est pas la peur, ce n'est pas la terreur — on n'a pas le temps —, c'est l'étonnement.

Nous fûmes debout, les mains disjointes, chacun pour soi, en un clin d'œil. Et ce clin d'œil avait eu le temps de changer la face de notre monde. On était déjà au-delà quand nous fûmes debout.

Comment décrire un phénomène en un clin d'œil et que la mémoire, aussi foudroyante que l'événement en cours, a enregistré entièrement dans le même laps de temps ? Je ne peux que me souvenir. Nous nous trouvions bien droits comme au garde-à-vous, les pieds dans l'eau, cernés par les quatre cygnes qui s'ébattaient les ailes grandes ouvertes pour conserver leur équilibre sur la terre qui n'était pas leur élément. Ils venaient d'être chassés hors du bassin par-dessus la margelle, à cause de la vague qui avait vidé d'un mètre la pièce d'eau. Les cygnes proféraient ce chant bizarre que, paraît-il, on n'entend qu'à leur mort.

Et notre vue, simultanément, fut frappée par un ciel qui nous apparaissait pour la première fois comme si devant lui un rideau avait été tiré brusquement. Une demi-constellation, qui d'abord me parut inconnue, huchait hors du crépuscule finissant où elle s'était installée à l'emplacement du chêne.

C'était l'arbre, c'était notre arbre, que nous avions eu le temps de voir osciller, puis le déchirement, le froissement, le bruit d'un naufrage sur les écueils. J'enregistrai l'impression que ce chêne venait d'être déraciné brutalement par un gigantesque coup de bêche, comme extirpe une mauvaise herbe le laboureur impitoyable.

Il y avait eu un craquement. Une formidable commotion du sol qui glissa sous nos pieds comme un serpent qui se love et nous souleva sous lui. Le tout inscrit dans l'espace d'une seconde. Mais il y eut un autre ébranlement puis un autre. Chacun plus fort que le précédent comme si un avertissement solennel nous avait d'abord alertés pour nous faire penser instantanément :

— Attention ! Je ne suis plus stable que pour un instant !

Ce n'était rien, pour la terre, qu'un frisson machinal comme en ressentent les hommes quand ils ont froid, une ride sur un étang que provoque le vent, un frémissement d'épiderme, mort aussitôt que né.

Le fracas de l'arbre déraciné fit résonner le château d'un bruit flou en même temps que la terre tremblait. Il y eut un laps de temps, pendant que le géant pliait, oscillait et soudain mordait la poussière tandis qu'une de ses branches maîtresses s'incrustait profondément dans la corniche gauche du château, la griffait, s'écorçait sur elle en une longue estafilade qui balafrait le bâtiment et en recouvrait un bon tiers de son houppier abattu. La deuxième secousse, trente-six secondes après la première, ne fut que le ressac d'une vague, mais elle secoua le sol sous l'arbre de telle sorte qu'elle lui fit faire encore un quart de tour sur son axe et qu'on entendit exploser ses dernières racines et que le coin de la corniche où s'était déchirée l'écorce d'une branche maîtresse fut brusquement dégagé.

Nous avions vécu cet instant serrés l'un contre l'autre. En criant, toutes les personnes présentes au château — Hilarion, sa femme, le palefrenier qui logeait dans une soupente et Julie en pleurs — étaient venues s'agglomérer en tremblant autour de nous comme si nous avions été un refuge. Les cygnes médusés, soudain ridicules avec leurs grandes pattes palmées et le balancement de leur queue outragée dont le croupion n'arrêtait pas de battre furieusement, regagnaient piteusement le bassin et se laissaient choir battant des ailes dans l'eau un mètre plus bas. La grenouille solitaire et médusée venait, après le court instant qu'avait duré le séisme, de recommencer tranquillement à égrener ses notes.

Toujours nous tenant par la main et suivis par nos quatre serviteurs, nous nous acheminâmes vers le chêne abattu. C'était une procession qui s'avançait vers le cadavre de l'arbre et Hilarion avait mis chapeau bas. La nuit s'approfondissait autour de sa masse. Au-dessus de ce qu'il avait été, un clair de lune oblique escaladait le ciel lentement. Il n'y avait pas d'apparence que le monde eût changé ni que son rythme en eût été modifié.

Je n'avais jamais vu Aigremoine pleurer sur son sort qu'elle supportait avec stoïcisme, mais devant le cadavre de l'arbre elle tomba à genoux et l'arrosa de ses larmes. Elle pleurait à gros sanglots, éperdus, des sanglots d'enfant. Elle esquissait le geste de l'enlacer en vain car le tronc couché dont le poids avait écrasé les branches maîtresses la dépassait d'une tête. Elle prononça à cette occasion des paroles dont je ne pus saisir le sens et qui peut-être étaient sa façon à elle de prier.

Nous étions si bouleversés que le sort du château nous importait peu. La nuit était close. Soudain on vit monter devant la lune une épaisse masse de nuages sous laquelle elle disparut. Julie fonça en courant vers le perron pour nous éclairer. Déjà la pluie commençait à tomber. Un tonnerre discret préluda très loin et très haut. L'éclair avait été invisible. Je congédiai à la hâte Hilarion, sa femme et le palefrenier pour les empêcher d'être trempés. Le temps de pénétrer dans le hall, j'étais moi-même mouillé jusqu'à la chemise. Au plafond du hall, le lustre d'apparat dont on n'allumait les bougies que pour les grandes circonstances était encore balancé d'un ample mouvement de pendule. À part ce signe, rien dans le château ne témoignait qu'il eût souffert.

Je montai à la hâte l'escalier pour m'assurer qu'Aigremoine supportait le choc. Elle sanglotait sur la courtepointe et Julie lui caressait les cheveux en lui parlant doucement. Aigremoine avait peur de l'orage, mais Julie et moi possédions un vulnéraire sûr contre son état. Il nous suffisait de l'encastrer entre nous. Elle était là bien au chaud et nos deux corps, à Julie et à moi, embrassés au-dessus d'elle, lui interdisaient de penser.

À six heures du matin je fus réveillé par le bruit de la pluie. Elle tombait comme une malédiction avec le tempo très rapide d'une rage contenue. Je me glissai comme je pus hors des deux femmes endormies et fonçai vers le garage. Hilarion m'y attendait déjà. J'étais surpris de le voir là.

— Si monsieur le comte le veut bien, j'accompagnerai monsieur le comte à la messe, me dit-il.

— Mais il pleut ! lui dis-je, et je n'ai pas de capote.

— J'ai un grand parapluie de berger. Et il nous sera fort utile pour abriter monsieur le comte.

Je ne comprenais pas pourquoi il tenait tant à m'accompagner et je l'admirais de le voir garder en toute circonstance ce sang-froid cérémonieux. Il atteignait soixante ans et il y en avait quarante-cinq qu'il était au service non pas des châtelains mais du château.

Des traînes de nuages lourds entouraient Mane et sa citadelle. Sur le pont de la Laye je fis arrêter Hilarion qui conduisait. Le torrent passait boueux et les baignoires naturelles qui le parsemaient étaient effacées par le courant. Au village tout était intact, même les fils électriques qui depuis peu l'enlaidissaient. Seul le rempart nord de la citadelle s'était effondré sur plus de quarante mètres.

Forcalquier de même me parut intact, sauf qu'il n'y avait que quelques chiens dans les rues et trois boulangers sous le porche des cordeliers, le mégot inamovible aux lèvres et qui arboraient l'air incompréhensif. Ce désert me parut suspect. La grosse cloche appelait les fidèles. Sous Clastre-Vieil, elle était assourdissante. Je poussai le vantail de la petite porte à mon habitude. Et alors je compris pourquoi Hilarion avait tenu à m'escorter. Il avait peur.

Il n'y avait pas l'espace d'un papier à cigarette pour un fidèle de plus sous la vaste nef de Saint-

Mary où d'ordinaire nous n'étions jamais plus d'une douzaine. Tout Forcalquier s'était replié frileusement sous l'aile du Seigneur. Tout le monde avait enregistré ce que c'était qu'un séisme. Le tremblement de terre avait réveillé le tremblement des hommes. Il leur était plus aisé de regarder en face leur propre mort que la disparition sous leurs pieds du sol originel où ils comptaient bien que leur descendance célèbre leur souvenir pour les siècles des siècles. Voir emporter l'avenir de l'espèce dans les débris de la matière désagrégée leur était plus inconcevable à envisager que, pour bientôt, leur résolution en pourriture.

Je vis en cette église, s'efforçant malgré tout de se dissimuler sous leur casquette timidement enlevée et tête basse, nombre de mes compatriotes qui hier encore proclamaient hautement leur impiété.

Quand je sortis de l'église pour chercher le journal comme chaque jour, il n'y en avait plus dans l'antre des Chasteuil. Je dus aller m'asseoir à la terrasse du café du Bourguet pour en prélever un, en buvant le café, dans le porte-parapluies qui en contenait six sur des bâtons à lire. La première page du *Petit Marseillais* était barrée d'un titre noir qui tenait toute la page.

60 morts 240 blessés

C'était le bilan provisoire du séisme. Quelques photos très noires, prises au magnésium, accompagnaient les articles. Mais le journal avait été trop modeste. Trois jours plus tard il y avait six morts de plus des suites de leurs blessures et un ouvrier maçon qui fut enseveli sous les décombres d'une église.

La troupe vint enterrer les morts. Là-bas à Gardanne, à Lambesc, au Puy-Sainte-Réparate, à Saint-Cannat, à Venelles où le clocher s'inclina pour toujours, la troupe qu'on avait dépêchée se trouva aux prises avec un sol en décomposition où les bottes devaient s'arracher de la boue en les tirant à la force du poignet.

Des masures de pauvres s'en allèrent éparpillées, en poussière, fondues, déliquescentes, laissant les habitants nus et crus, ne sachant où aller. Même ceux qui n'avaient pas de morts à déplorer en pâtirent. Des amours dérisoires mais bien réelles s'écroulèrent, se dissolurent au courant de la boue en même temps que les maisons. Des gens hurlèrent les mains sur la tête pendant des jours sur leurs habitudes perdues : tantôt c'était un chat gras à lard et paisible qui meublait l'hiver de gens qui n'avaient que ça ; un chien sur lequel on comptait pour lever quelque gibier à l'automne suivant ; des chouettes qui ululaient pour l'amour de Dieu la nuit dans les trous de murs et qu'on n'entendit jamais plus ; la source, parlant en douce et qui cessa de meubler les soirs des vieilles prenant le frais devant leurs portes sur des chaises dépaillées ; les voisines enfin, depuis un demi-siècle unies et qui ne se retrouvèrent plus que deux là où elles étaient cinq.

Mais avait-on le temps de s'occuper de ces minables bonheurs ?

Il plut comme il sait pleuvoir en nos pays secs. Le solstice n'eut pas de torches et le passage à l'été fut cette année-là enseveli sous la pluie. Il plut pendant treize jours sur ce désastre, sans discontinuer mais avec hargne, comme pour achever de détruire les ruines.

Le Luberon était noir. Il plut aussi sur les houppiers des arbres écrasés sous le poids des averses. Là-haut sur le plateau d'Haurifeuille dont l'étendue était maintenant visible depuis que notre arbre s'était abattu, le bois de cèdres d'Ardantes pleurait affaissé sous les rames basses.

Les façades étaient noires comme le Luberon. Il n'y eut pas vingt maisons dans tout Mane et dans tout Forcalquier où il ne fallût, dans les greniers, installer en toute hâte les seaux, les bassines, les brocs, les pots de chambre pour pallier les gouttières des toits. Les gens écopaient dans les caves inondées ; les quelques rares pompiers avec leur pompe à bras n'y suffisaient pas.

Un grondement audible qu'on devait percevoir une fois par siècle s'immisçait par le défilé de Roche-Amère jusqu'au château. C'était nos deux torrents dérisoires, le Largue et la Laye qui s'affrontaient au confluent en des vagues d'un mètre de haut.

Je dus me contenter de regarder de loin par une fenêtre le chêne abattu. La masse de terre et de déblais qu'il avait entraînée dans sa chute faisait un tumulus de quinze mètres de haut. La pluie ruisselait sur le tas hétérogène mal visible, creusant des rigoles dans les matières plus légères, révélant les contours des autres, mais à distance il était impossible de distinguer les détails.

Un matin, par les interstices des volets, le jour me réveilla. Le clocher de Mane sonnait cinq heures. Il sonnait dans de la ouate comme au long réveil d'un déluge, comme s'il avait courbé le dos sous l'averse pendant treize longs jours et qu'enfin il pût s'exprimer. Je me levai, sortis de la chambre sur la pointe des pieds pour ne pas éveiller mes deux femmes.

Je mis le nez dehors sur le perron. Les deux chevaux à l'écurie hennissaient discrètement. Le palefrenier n'était pas levé. Ils avaient faim. Je décidai d'aller garnir leur râtelier. La place vacante de l'arbre qui sortait de l'ombre était toujours aussi désespérément vide, ouvrant une large brèche dans les bois compacts d'alentour.

Ce fut en sortant de l'écurie que le ciel attira mon attention. Je levai les yeux. L'horizon se déchirait.

Un archipel de nuages joueurs couleur cyclamen s'inscrivait au levant couleur indigo. Il poursuivait vélocement un énorme continent noir de cumulonimbus, lesquels occupaient encore un quart de l'espace par leurs enclumes en déroute. Et soudain alors, là-bas, sur les montagnes de Barcelonnette, ce fut l'été.

Le sol était ferme sous mes pas, tant dans les allées que dans les prés. Une brise avant-courrière avait dû souffler toute la nuit et ressuyer le sol. Elle sévissait encore dans le feuillage intact de l'arbre horizontal. Je me déplaçais lentement.

Comme je faisais avec Aigremoine de peur de l'éveiller, je m'approchai du chêne abattu sur la pointe des pieds. Ses houppiers s'étaient écrasés branche sur branche en un amas si épais qu'on ne pouvait pas le contourner, d'autant qu'ayant éraflé sur une longueur de trois mètres l'angle aigu de la façade est, l'obstacle ainsi rassemblé était infranchissable.

Je méditai profondément sur la nature du chagrin que j'éprouvais. L'arbre avait beau être toujours aussi majestueux même horizontal, biffant le grand pré nu et ayant anéanti vingt mètres de l'allée de buis taillés, maintenant il était mort.

Cinq cent soixante ans de patiente croissance n'avaient pu empêcher la destruction finale, car ce n'était pas un végétal abattu qui gisait autour, au loin et au-dedans de moi comme une mauvaise herbe qu'on arrache. C'était un cadavre.

Je ne pouvais quitter du regard ce témoin du temps qui passe avec ces initiales gravées par Julie pour faire connaître nos trois noms à la postérité, mais il n'y avait plus de postérité.

C'est à ce moment-là qu'à travers la masse compacte des branches fracassées un signal lumineux tira mon regard vers le tumulus que formait l'arrachement au sol de l'arbre déraciné. C'était un scintillement semblable au reflet du soleil dans un miroir mais coloré comme un arc-en-ciel. La chose était minuscule mais mille fois répétée. Le soleil venait d'apparaître sans une brume, net et clair mais presque horizontal. Entre le Serre de Montdenier et la tête de l'Estrop, il venait d'illuminer tout ce que je pouvais voir de mon pays, depuis le sommet de Lure jusqu'aux premiers contreforts des Alpes qu'il caressait en friselis. Pendant ce temps, la scintillation sereine qui avait attiré mon regard se déployait en étincelles de lumière. Sur son socle immatériel partant de l'arbre détruit, le prisme ruisselait parmi la forêt jusqu'à la grande cédraie d'Ardantes. C'était une frairie de soleils multipliés qui prenait naissance sur les restes du chêne martyrisé. Des parcelles de métal étincelaient d'une manière incompréhensible parmi ce monticule de sol bouleversé haut de quinze mètres, hirsute de racines éclatées qui avaient cédé comme cassées sur un genou énorme, figurant des épées acérées, pointues, en aiguilles et qui dardaient vers le ciel leurs dérisoires menaces.

Et soudain, levant les yeux vers le sommet du tumulus, j'eus l'étrange vision d'un attelage de bœufs sous le joug qui huchait hors des décombres, entraîné par un courant immobile, cul par-dessus tête, englouti dans la terre comme noyé par un naufrage qui aurait duré cinq mille ans.

Cette révélation incompréhensible captait le soleil dans sa matière et c'était elle qui faisait miroir.

Mais elle n'était pas seule. Je découvris un, deux, trois quadriges semblables. L'arbre dans l'enserrement de ses racines tentaculaires, au courant de six siècles, avait broyé un obstacle dont il n'avait pu détruire les parties les plus compactes mais qu'il avait aplati, désagrégé, mis en pièces, lui faisant perdre sa substance et son aspect primitif.

Les têtes cornues des quadriges étaient parfaitement identifiables, nées d'hier, parmi l'éternité, leur encolure de taureau exprimant la souffrance de l'effort (car finalement, je décidais que ce n'étaient pas des bœufs mais des taureaux, je ne savais pas pourquoi). Mais comment avait-on pu, même dans la nuit des temps, accorder entre eux sous le joug deux paires de taureaux pour les faire labourer ? Car je venais de comprendre. C'était ça qu'ils étaient en train de faire : attelés d'une charrue rudimentaire que j'imaginais, ils grattaient le sol pour l'ensemencer.

Le quadrige nettoyé par la pluie, le plus visible, soutenait la ruine d'un chapiteau roman historié d'un saint du XIIe siècle aux yeux vides et la poitrine barrée d'une énorme clé. Celui-ci provenait à n'en pas douter du couvent anéanti par les parpaillots au XVIe siècle. Toutefois le quadrige qu'écrasait cette pierre taillée n'était pas de la même matière. C'était du bronze ou peut-être même de l'airain.

Ces quadriges étaient éparpillés, fichés dans les décombres, à trois mètres les uns des autres. Ce fut à cet instant que je me souvins de ce qu'Aigremoine appelait ses dépouilles opimes, découvertes un soir d'hiver et dont l'énigme nous avait tant intrigués. Je me remémorai les quatre dessins mystérieux dont l'un représentait un chariot recouvert d'une bâche bleue ; un autre, un groupe de nonnes toutes noires attelées à ce chariot et les deux crânes sous la capuche et le drapeau en lambeaux roulé autour de sa hampe.

Soudain, j'eus une révélation. Je m'écriai tout seul :

— Le cartulaire !

Je fonçai vers le château. Je ne me serais jamais cru aussi véloce. Je gravis deux à deux les trente-six marches du grand escalier. J'entrai chez les femmes en coup de vent.

Aigremoine (je fus frappé de sa maigreur soudaine) et Julie étaient encore couchées et se la contaient paresseusement au plus juste l'une à l'autre. Elles avaient vingt ans de péripéties communes et mouvementées à se ressouvenir et à commenter.

Je leur criai au passage :

— Levez-vous et venez voir !

Je me précipitai sur la commode, depuis Louis XIV dans la famille et qui exprimait son origine par tous ses galbes cossus et solennels.

Les tiroirs en étaient malaisés à manœuvrer. Il fallait se placer bien en face pour les ouvrir et les refermer. Je me mis à fourrager dedans avec fureur. Tout y était dans une pagaille noire : les lettres enflammées (sur Corvol l'Orgueilleux) que Gersande écrivit à Palamède Pons de Gaussan lorsque celui-ci était aux armées, tout près d'y perdre une jambe. C'était là le plus important souvenir des Gaussan et le plus significatif car leur impératif catégorique avait toujours été l'amour. Il y avait naturellement la lettre de désistement des frères Magnan quand ils avaient rendu le château à Sensitive et celle que Sensitive avait reçue de Germaine de Staël au sujet de la naissance d'un bâtard ; la lettre d'objurgation du père de Sensitive enjoignant à celle-ci de revenir à Gaussan et de renoncer à émigrer ; même le minable billet de la reine Marie-Antoinette tançant Sensitive de Gaussan, laquelle avait osé lui proposer de prendre sa place au Temple.

Le cartulaire, lui, était tout au fond. C'était un parchemin roulé et souple qu'on eût dit rédigé la veille par le commandeur Guillaume de Venteyrol, seigneur des Hospitaliers en leur fief de Manosque. La traduction de l'abbé Brun y était jointe.

Je revins tout courant de nouveau vers les deux femmes qui n'avaient pas bougé.

— Eh bien ! Remuez-vous un peu ! Je veux vous montrer quelque chose !

Je les entraînai au pas de course vers le tertre de l'arbre mort. J'aidai Aigremoine à l'escalader malgré le hérissement des racines éclatées et des décombres noircis du couvent disparu, anéanti mais dont les vestiges ressortaient au grand jour comme un remords pour tous les hommes du forfait que quelques-uns à peine avaient autrefois perpétré. J'étais plein d'un enthousiasme que je voulais faire partager à ma femme.

Je lui montrai du doigt ces quelques témoins d'un passé inimaginable mais pourtant bien réel, pesant, majestueux dans sa simplicité, et ces taureaux de bronze tirant un araire improbable et datant de l'éternité. Et je lui disais :

— Et c'est sous cet arbre que nous trouvons ça ! En mourant, il nous a déterré ce cadeau ! Regarde ! Regarde bien ! C'est écrit là dans le cartulaire ! *Testimonium quod infirmare non podest Sanctorum Scripturarum fidei.* Si tout cela est vrai, le reste l'est aussi ! Tu comprends maintenant si j'ai raison de croire ?

J'avais envie de tomber à ses genoux pour lui faire partager une foi à laquelle je m'efforçais de m'apprivoiser.

Aigremoine était toute blanche dans sa tunique et sa maigreur était estompée par le vent du matin qui gonflait le tissu. C'est là qu'elle me dit :

— J'ai mal à l'autre sein ! Touche !

Elle avait à peine jeté un regard sur ce que moi je considérais comme un miracle. Ce témoignage incroyable et concret me soulevait de terre et je ne comprenais pas l'indifférence profonde qu'Aigremoine lui témoignait.

Si j'avais été plus intelligent, plus clairvoyant et si je l'avais mieux aimée, j'aurais communié avec son désespoir au lieu de m'attacher à reconnaître dans cette découverte la preuve irréfutable que recherchaient les hommes depuis tant de siècles, et je me serais moins étonné qu'Aigremoine fût insensible à ce signe d'éternité qui venait de surgir devant elle pour l'illusionner. Cette preuve était véritable mais sans valeur. C'était simplement les restes d'une œuvre d'art qu'un homme quelconque avait parmi la nuit des temps conçue, puis il était mort à son tour.

Mais je n'étais qu'un simple herboriste de campagne et cette découverte, je la prenais au pied de la lettre comme un message divin. Mon invention, selon moi, venait au secours de ce que j'avais imaginé pour sauver Aigremoine de la réalité : l'amener à la foi par mon exemple de conversion, empêcher à tout prix de plonger dans le désespoir l'épicurienne qu'elle était.

Devant les quadriges submergés par une boue que le soleil séchait rapidement et qui se fragmentait déjà pour finir en poussière, Aigremoine ne resta qu'un instant, prétendant avoir froid.

Je demeurai seul en présence de l'énigme, lisant et relisant le cartulaire et de temps à autre consultant les tablettes que j'avais aussi emportées et qui ne témoignaient que d'un transport par les nonnes d'un objet mystérieux masqué par une bâche bleue. J'avais aussi, pour témoigner, la lettre du marquis Pons de Gaussan à sa fille, lui ordonnant de regagner le château pour veiller sur ce trésor inconnu.

À n'en pas douter, je me trouvais devant les restes de ce trésor. Par-ci par-là, d'étranges lambeaux parsemaient les décombres, où parfois le soleil révélait un reste mort de couleur bleue. Et au fur et à mesure que j'observais mieux, je finis par distinguer dans le moule de la boue séchée une protubérance qui me parut suspecte. En me penchant beaucoup, armé d'un bâton avec quoi je sondais le sol, je finis par amener à la surface un crâne aux orbites comblées de boue compacte. C'était le *memento mori* d'un homme jeune. Sa mâchoire était encore intacte, sauf une molaire qui avait dû sauter bien avant la mort. À ses côtés, la boue séchée était lisse. À l'aide du bâton, je grattai la pellicule. Elle recouvrait un corps entier encore revêtu d'un habit blanc n'ayant presque pas souffert ni non plus les manchettes de dentelle qui disparurent, soufflées, lorsque je tentai de les soulever. Une lame de poignard qui ne formait plus qu'un tas de rouille tenait debout dans le squelette, compactée par la masse oblongue de la rouille et d'où dépassait le manche d'ivoire corrompu par la terre alentour.

Au fur et à mesure que le soleil montait et devenait brûlant (j'étais toujours fasciné par ma découverte), je voyais se dessiner à travers les tentacules des racines le filigrane d'un objet digéré par le chêne.

L'arbre avait eu raison du témoignage que les hommes lui avaient confié quand il n'était encore qu'un soliveau. En six cents ans d'existence, il l'avait d'abord épousé, encerclé dans ses racines tentaculaires, puis cette présence importune avait commencé à le gêner et il l'avait assimilée en lui jusqu'à la déformer, peser sur toute sa surface, modifiant son aspect d'origine à force de siècles d'étouffement. Maintenant, sauf ces quadriges de bronze trop coriaces pour être anéantis, le filigrane final n'était plus discernable que par lambeaux. L'ensemble avait été métamorphosé en une masse informe, piteuse, qui n'évoquait plus rien qu'une ruine vaincue.

J'étais seul, face à cette énigme mais je relisais sans cesse la formule latine : *Testimonium quod infirmare non podest Sanctorum Scripturarum fidei.*

L'espoir naissait en moi. Si je pouvais reconstituer ce témoignage éclatant et le rendre éclatant comme *la vérité absolue* aux yeux d'Aigremoine, peut-être réussirais-je à lui faire partager une espérance qui soit au-delà de la vie. C'était l'unique moteur qui me faisait agir et je n'étais pas loin de croire qu'une providence quelconque m'était venue en aide en déracinant mon arbre pour révéler ces vestiges. Je me souvenais d'une sentence que répétait ma mère (car si elle ne croyait pas à l'Évangile, en revanche, les paroles de celui-ci étaient son pain quotidien), ces préceptes-là s'ancrent dans la tête des enfants et leur servent de béquilles chaque fois que la vie devient insurmontable. Ma mère donc répétait : « Ceux qui s'efforcent, disent les anges, nous pouvons les sauver. » Je ne me souciais pas d'être sauvé moi-même mais qu'Aigremoine soit sauvée de sa peur.

Or ce que je voulais entreprendre, reconstituer l'objet qu'autrefois dom Venteyrol avait prétendu qu'il constituait une preuve de l'éternité, était au-dessus des forces d'un seul homme et soudain je m'écriai :

— Paul Tempier !

Cet ami d'enfance avait toujours eu une passion pour l'inutile. Nous nous étions élevés ensemble. À neuf ans, il m'avait sauvé la vie au Moulin de la Dame où j'escaladais la roue à aubes, immobile depuis cent ans que le moulin ne servait plus et qui soudain s'était mise en mouvement, me précipitant vers le bief. Le Paul s'était arc-bouté contre le frein et il avait immobilisé les aubes.

Nous étions inséparables. Lui était large et charnu et moi j'étais long et maigre. On nous appelait Don Quichotte et Pança. Paul était toujours en train de creuser, de fouiller la moindre voûte. Il prenait ça pour un souterrain et s'engageait dedans et moi je le suivais. Le mystère était notre maître. Nous le flairions partout, nous l'inventions. L'épouvante d'un vol silencieux de chauves-souris veloutées ne nous gênait pas. Nous la recherchions. La moindre dent de requin éparpillée sur le sentier depuis un million d'années nous mettait en transe, jamais nous ne jouions aux billes, ni à morpion ni à macamié (un jeu où se reconnaîtront seulement ceux qui s'y sont mesurés), mais nous allions traquer au cimetière, à minuit, les feux follets que nous jugions être les âmes des morts et que nous ne vîmes jamais. Pourtant, à neuf ans, les âmes des morts nous paraissaient familières et certaines. Elles s'élevaient au-dessus des tombes, conversant de l'une à l'autre, des récoltes et du temps qu'il faisait et qui passait. Nous les appelions par leur nom : « le Fourneyron de Cassagne, le Mangeo-Mousco de la Croupatassière ». Nous connaissions tous les patronymes inscrits sur les tombes.

C'était le Paul qui m'avait appris à lire, au clocher du Soubeyran, les heures inscrites au cadran en chiffres romains.

À seize ans, les coups de pied au cul que son père, capitaine des pompiers et éducateur de premier ordre, ne lui ménageait pas pour lui enseigner le métier, l'avaient incité à faire son Tour de France. En fait, on ne l'avait pas revu de six ans, car, arrivé à Strasbourg, il n'avait pas pu se tenir. La France ne lui suffisait plus, il lui fallait apprendre l'Europe. L'aventure s'était achevée dans les Carpates en plein choléra.

De retour à Forcalquier, devenu un colosse trapu,

il était hors de portée des coups de pied au derrière que son père, admiratif devant ses connaissances nouvelles (Paul parlait l'allemand et le moldave), ne songeait plus à lui prodiguer.

Il m'avait, dès mon avènement au château en qualité de gendre, servi de bonne manière. Bien que se disant uniquement forgeron, il avait refait à l'identique le jaillissement floral de la rampe en dentelle de fer qui accompagnait si bien à Gaussan la volute du grand escalier.

Pour financer les campagnes électorales de feu le comte de Gaussan, l'original avait été vendu à un antiquaire parisien et remplacé par un vulgaire garde-fou en bois.

J'arrivai un jour devant la forge de Tempier en pente dans les remparts et qui s'enfonçait sous Forcalquier jusqu'à l'âme de safre où il n'y avait plus besoin de murs pour conforter l'antre. C'était une longue voûte où s'activaient trois compagnons en bleu de chauffe et les lunettes noires relevées sur le front où les éclats des chalumeaux allumaient des reflets de cyclope.

Paul était penché sur le gouvernail d'un moulin à vent dont il s'était fait une spécialité. Il m'en avait dressé un notamment au milieu du grand pré pour monter l'eau au château. Mon imagination d'enfant m'était restée et je vis tout de suite chez mon ami Tempier, torse nu et penché sur son gouvernail, chalumeau au poing, Héphaïstos forgeant le bouclier d'Artémis. Ce n'était pourtant que l'un de ces moulins métalliques, élégants comme des demoiselles, qui parsemaient toute la plaine de Manosque et toutes les vallées alentour de leur bruit d'ailes de libellule.

— Vé le Féli ! me fit-il. Qué novi ?

Il ne m'appelait jamais Félicien. Il y avait trop de syllabes dans mon prénom à son gré. Il releva le bec de son chalumeau et l'éteignit.

— Qu'est-ce qui t'arrive ? ajouta-t-il inquiet.

— Une chose extraordinaire. lui dis-je. Une chose... je peux pas t'expliquer. Il faut que tu voies !

Il ne me posa aucune question supplémentaire. Il savait que si j'avais dit extraordinaire c'est que ça l'était.

Il donna rapidement des directives à ses trois cyclopes et, sans même se laver les mains, il me dit :

— Je te suis ! Je vais pas mettre le camion en route pour ça ! Tu me ramèneras !

Sur les quatre kilomètres du parcours, il n'y eut entre nous que ces paroles échangées. Tempier timidement :

— Et comment va ta femme ?

Je ne répondis pas, fis la grimace et, comme le docteur Pardigon et le chirurgien Joubert, je fis aller ma main en éventail d'un bord à l'autre pour signifier le grand doute, le grand désarroi où j'étais.

Le Paul hocha la tête sans répondre. C'était sa commisération à lui.

J'avais fait acheter chez Monnier cinq grandes bâches bleues pour dissimuler le tertre de l'arbre déraciné. Dès que Paul vit le désastre de l'arbre il s'exclama :

— Oh fan de chichourle !

— Aide-moi ! lui dis-je.

Je commençai à enrouler les bâches.

— Regarde ! Regarde bien, lui dis-je.

On était au milieu de l'après-midi en juin, le soleil dorait les décombres et tous les détails de ma trouvaille étaient bien visibles.

— Oh fan de garce ! s'exclama le Tempier.

Il enjamba la plus grosse racine. Il ne faisait plus attention à moi. À mains nues, il se mit à dégager le sol autour du premier quadrige, celui qui était le plus apparent, la moitié du corps des taureaux comme cabrés, issant littéralement la tête et le garrot vers le ciel supposé. Il me sembla voir leurs naseaux fumer. De ses grosses mains informes rendues caressantes par l'émotion, Tempier tâtait les encolures, les cornes, passait les doigts autour des yeux bombés.

— C'est du bronze ! s'exclama-t-il. J'ai jamais rien vu de plus beau !

Il s'arc-bouta pour s'efforcer d'arracher le quadrige du sol mais celui-ci était solidement embossé dans les racines sous-jacentes.

— Où as-tu trouvé ça ? me dit-il sévèrement.

Je haussai les épaules.

— Mais là ! Là où tu le vois ! C'est l'arbre en tombant !

Nous étions aussi stupides l'un que l'autre, devant ce témoin d'un autre âge que personne de vivant n'avait jamais vu avant nous.

Il sortit du trou, se secoua les mains, mais il gardait les yeux rivés sur les vestiges. Quand il se fut bien nettoyé les doigts, il me les tendit pour serrer les miens.

— Merci ! dit-il. Merci Féli, d'avoir pensé à moi !

Il tremblait d'exaltation. Je retrouvais bien là mon Paul des feux follets. À soixante-trois ans qu'il avait alors et père de famille et capitaine des pompiers comme son père, la recherche de l'indicible était bien toujours l'essentiel de sa vie.

J'avais pris la précaution de me munir du cartulaire et de la traduction que je lui tendis. En même temps, je lui récitais la phrase en latin :

— *Testimonium quod infirmare non podest Sanctorum Scripturarum fidei.*

— Et qu'est-ce que tu attends de moi ? me dit-il.

J'étais en train et il m'aidait à dérouler les bâches sur le trou. Je répondis à sa question par une autre.

— Tu crois en Dieu ?

— Ma foi ! dit-il.

Il était désarçonné par l'interrogation.

— Ma foi ! répétait-il, comme tu sais, puisque nous l'avons faite ensemble, j'ai fait ma première communion, j'ai été baptisé...

Il se mit à rigoler.

— J'y penserai peut-être quand je mourrai mais pour le moment j'ai trop de travail !

Je m'assis sur l'une des énormes racines et lui fis place et signe de s'asseoir près de moi. C'était une confession que j'allais faire à mon ami Paul :

— Tu vois, lui dis-je, ma femme va mourir, elle a trente-cinq ans. Pour lui donner courage j'ai fait semblant d'être frappé par la foi.

— Je sais. Tout le monde en parle de ta conversion.

— Je pensais l'entraîner mais jusqu'à maintenant...

— Ne crois pas qui veut ! dit-il.

— Alors tu as vu ? « Une preuve irréfutable de la véracité des Saintes Écritures. » Je me suis dit que si elle voyait ça entier devant elle, peut-être que ça lui ferait un choc et que la foi lui viendrait.

— En somme tu veux que je te recouse les morceaux ?

Je hochai la tête en signe d'assentiment.

— Tu sais, j'ai beaucoup de travail en ce moment...

— Aigremoine n'en a plus guère que pour six mois...

Nous étions assis tous deux sur cette racine de l'arbre qui avait éclaté aux deux extrémités. Chaque blessure pleurait encore des larmes de sève qui gouttaient au bord des échardes.

Paul me prit à l'embrassette, fraternellement.

— Allez ça va ! Je te l'aurais fait de toute façon parce que j'ai une idée de ce que c'est.

Il se gratta la tête et se mit à psalmodier tout haut.

— Voyons : le Carmagnoli de Vachères, le Jules Bourdin d'Oraison, le Théophile Nalin de Bourne...

À mesure qu'il ânonnait ces noms bizarres, il les comptait sur ses gros doigts en les mouillant à chaque énumération.

— ... le Gaétan Gaubert de Beaumugnes, le Miette-Fume de Malijai, le Ricandance de Montjustin, le Polycarpe Trancheton de Sainte-Tulle. Ce sont tous des compagnons du Tour de France et pour le travail minutieux, à eux le pompon, et en plus ça va les intéresser eux aussi.

— Alors je peux compter sur toi ?

— Oui mais attention ! Il faudra que tu les payes ! Parce qu'ils vont perdre leurs journées.

— Je les payerai ce qu'ils voudront ! dis-je précipitamment.

Le Paul fit silence.

— On mettra ça sur papier, dit-il calmement.

Il connaissait ma légendaire parcimonie. C'était le seul homme au monde qui n'avait jamais cru à mes bons sentiments, jusqu'à m'en faire douter et qui m'aimait quand même.

— Tiens, dit-il.

Il arracha une page au carnet crasseux qu'il avait extrait de sa poche.

— Je t'ai fait une liste, parce que ceux-là ce sont tous de bons hommes. Ils ont fait leur Tour de France et ils savent travailler et se taire. Et ça les intéressera tous, ton chantier. Je vais aller les voir. Ils viendront.

Ils arrivèrent en même temps un matin dans les roulements des chaînes de camion et aussi du charroi des attelages car ils n'étaient pas tous motorisés. Ils s'assemblèrent autour du tertre. Ils firent le tour de l'arbre abattu avec des murmures admiratifs et aussi de douleur, tant il leur semblait que ce chêne pouvait vivre encore quelques siècles et tant ils le plaignaient d'être mort. Mais ils ne s'attardèrent pas. À neuf heures, ils étaient tous au travail, avec des pelles, des pioches, des aïssades, des tamis. Ils me levèrent le chapeau en me voyant. Je le leur interdis désormais et leur dis que je n'étais pas plus qu'eux et qu'ils aillent boire le café avant de travailler, que Rosemonde le leur avait préparé chez mon... (je faillis dire intendant, je rectifiai : je leur dis « mon gardien »), j'étais plein de respect pour eux et de reconnaissance de s'être détournés ainsi de leur travail ordinaire pour venir ici courir après l'inutile. Je leur versai un mois d'avance, en louis d'or. Tempier n'en croyait pas ses yeux.

— Tu aimes ta femme à ce point ? me dit-il.

Je fis signe que oui.

Ils avaient en commun des encolures de taureau. On voyait, par leur stature, qu'ils exerçaient leur métier de père en fils depuis des générations, sans autre ambition que de se succéder et de se perfectionner. Sans cette identité de noblesse qui les faisait frères, ils étaient disparates au possible.

Les uns s'enjolivaient par des moustaches conquérantes, les autres étaient glabres ou barbus. Il y avait un géant et un nain. Le géant amena sa femme. C'était elle qui pensait, qui réfléchissait, qui le tenait debout. C'était un forgeron à deux têtes. L'une qui écoutait les directives de Tempier pour les transmettre fidèlement à l'autre qui exécutait avec ses muscles, docilement et avec un biais particulier, une minutie dans la perfection qui tenait du miracle.

Le nain était noueux et plein de ressources. Il utilisait au mieux sa petite taille et son corps en équerre. Il œuvrait en silence et joyeusement, regardant le travail par en dessous avant de l'exécuter.

J'avais une fois ou l'autre par mon baume soulagé les douleurs professionnelles de ces braves et ils m'en savaient gré.

Dès le premier jour, ils voulurent tout de suite dégager le premier quadrige. Ce fut long et difficile pour ne pas déranger les décombres alentour où étaient disséminés les débris légers de l'ouvrage. J'entendais leurs halètements pendant qu'ils essayaient de se faire le plus aériens possibles afin de ne pas provoquer d'ébranlement du sol.

Ils étaient autour de ce bloc de bronze le respirant, le mouillant de leur sueur. Il y eut une sorte de soupir quand le quadrige sous les efforts des hommes échappa à sa gangue de terre. Il ne tenait pas debout sur son socle, une racine secondaire s'était refermée comme une ventouse autour du bronze et une roue mobile du chariot transformée en un bloc de rouille adhérait au socle par son moyeu. Les compagnons allèrent chercher des bouteilles d'oxygène et des chalumeaux dans leurs camions. Ils chaussèrent leurs lunettes noires. Bientôt le rougeoiement de l'oxygène fusa dans les becs. Il fallut plusieurs heures de patiente chauffe pour parvenir à séparer la roue du socle. Avec des ciseaux à froid on dégagea aussi la gangue de poudingue qui s'était incrustée autour des taureaux et entre leurs pattes.

Quand ce quadrige fut à l'air libre, les compagnons le soulevèrent à six et le portèrent jusqu'au bassin. Soigneusement, avec des brosses à chiendent, ils le lavèrent, et ce fut comme une seconde naissance pour cet attelage de métal où l'on avait voulu figurer les travaux des champs. Au bord de la margelle, les compagnons prenaient du recul pour admirer leur trouvaille. L'eau séchait rapidement sur le bronze noir et bientôt le soleil l'éclaira. Les cygnes curieux cinglèrent vers ce nouveau motif qui dérangeait leur environ mais, la matière inerte n'étant pas comestible, ils retournèrent à leurs jeux.

Tempier se mit à genoux devant la sculpture, l'examinant sous tous les angles. Il plissait les yeux en grommelant. À la fin, il chaussa des lunettes à monture de fer qu'il assujettit au-dessus des verres noirs qui le protégeaient quand il utilisait le chalumeau. Ainsi il ressemblait à son père à s'y méprendre.

Il avait apporté une bascule d'atelier pour peser la sculpture.

— Cent cinq kilos ! annonça Tempier. J'ai vu ça quand j'étais en Bessarabie. J'ai vu le même dans une église mais c'était une copie tandis que ça c'est l'original.

— Mais l'original de quoi ?

— L'original de la mer d'Hiram.

Je fis un vaste signe d'ignorance.

— C'est la mer qu'Hiram a bâtie pour le temple de Salomon.

Il continuait à se contorsionner autour du quadrige. Soudain il poussa un cri de triomphe.

— Ça y est je l'ai !

Il appela les compagnons à grands cris. Ils étaient déjà sur le tertre en train de fouiller avec les mains et ils avaient rapporté au grand jour quelques tessons de bronze qu'ils avaient soigneusement alignés.

— Venez ! leur cria-t-il.

Ils accoururent.

— Vous voyez, dit-il (il ne s'adressait même plus à moi). Vous voyez là ce dont vous avez tant entendu parler. La preuve que notre profession date de l'Antiquité. Ce que vous voyez là, ça s'est coulé en 1570 avant Jésus-Christ !

Il y eut un silence de mort autour de cette date. Ils réalisaient tout le passé que représentait jusqu'à eux cet énorme laps de temps.

Je lui dis :

— À quoi tu vois ça ?

— Penche-toi, me dit-il, n'aie pas peur de te salir. Mets-toi à genoux ! Tu vois, là, tu as besoin de lunettes ? Attends. Trancheton, commanda-t-il, et toi Nalin, tournez-moi la sculpture qu'on voie bien le socle.

Mais quatre hommes furent nécessaires pour réaliser l'opération ; l'objet n'offrait pas beaucoup de prise.

— N'ayez pas peur ! disait Tempier, vous pouvez vous servir des cornes pour les remuer. Là ! Ça risque pas de vous péter dans les mains ! Mettez-le sur le flanc ! Regarde ! me dit-il. Tu vois ces poinçons dans le bronze du socle ?

Alors, je distinguai à la surface de l'acrotère d'étranges signes faits de pointes diverses, verticales ou transversales. C'était comme une forêt de piques où chaque poinçon était différent. Ils étaient bien séparés les uns des autres. Il y en avait cinq.

— Voilà, dit Tempier, ces cinq signes c'est la signature. Ça veut dire Hiram !

— C'est quoi Hiram ?

— Un maçon ! Un fondeur, un forgeron, un serrurier ! Enfin, quelqu'un qui connaissait les clés du Royaume !

Tempier était en pleine exaltation. Ce petit homme en bleu de chauffe un peu sale récitait littéralement ce qu'il savait de l'histoire du monde.

— Il y avait à Tyr un artisan que Salomon a appelé pour construire un temple à l'Éternel ! C'est dans le chapitre des Rois de la Bible ! Et comme il savait trop de choses, on l'a assassiné quand le temple a été construit. On l'a assassiné en trois fois ! Devant trois portes ! Tu comprends ?

Il me secouait.

— Tu comprends ? Nous les compagnons du Tour de France, on est les parents pauvres de la franc-maçonnerie. Eux, ils travaillent avec la tête et nous avec les mains ! Nous on connaît la tradition ! N'est-ce pas ? dit-il en regardant ses amis.

Ils firent signe en silence que oui.

— Tu vois, reprit-il, ces cinq signes c'est la signature parce que tout est toujours signé. On a beau être humble, on tient à laisser la trace ! Les pyramides sont signées ! Les temples grecs sont signés ! Les cathédrales sont signées ! J'ai vu la signature de celle de Cologne ! Il y a un seul signe ! Même que j'ai failli me faire écraser par un train pour la voir ! Les rails de la gare passent juste à côté de la colonne où elle est poinçonnée.

Il était cinq heures de l'après-midi à Gaussan. Je venais de recevoir une leçon d'Antiquité. Mais entre ces quatre mille ans qui nous séparaient de l'instant où cette mer, comme disait Tempier, avait été coulée dans le bronze, l'âme humaine avait eu à peine le temps de croire et de douter de ce qu'elle évoquait, de ce qu'elle représentait.

Et moi, il me fallait maintenant persuader Aigremoine, puisque la foi que je proclamais n'était pas transmissible jusqu'à elle, que cette preuve qui gisait dans notre jardin était vraiment irréfutable.

Dès le lendemain, je me plongeai dans un dictionnaire ancien tiré d'une pompeuse bibliothèque vitrée et soigneusement close, laquelle ne devait jamais être consultée si j'en jugeais par la poussière saupoudrant les volumes, les toiles d'araignée embusquées à tous les angles et le cri plaintif que fit entendre la serrure lorsque je tournai la clé dans le pêne. À l'article « mer » (ça remplissait cinq colonnes, plus celles de la lune), timidement, tout en bas de l'article je lus : « *mer d'airain,* cratère de bronze que Salomon fit placer dans le Temple de Jérusalem. » Un point c'était tout. Il y avait une gravure sur le côté, encore plus timide, grise, plate, sans attrait. Elle représentait une grande cuve à rebords, historiée d'un bas-relief sur son pourtour représentant lui aussi des attelages à l'araire, soutenu par quatre trios de bœufs cornes hautes et tous semblables. La différence entre la gravure et la statue que nous venions de déterrer c'était le nombre de bœufs : l'image représentait des trios et celui qui trônait au bord de mon bassin aux cygnes en comportait quatre.

Je replaçai le volume abasourdi. Je revoyais en imagination le chemin parcouru par cette œuvre d'art jusqu'aux racines de mon arbre ; il était plus que probable que cette cuve se trouvait encore sous les voûtes du château des Hospitaliers à Manosque en 1348, année de la peste, et (les tablettes de bois qui gîtaient au fond de la commode Louis XIV en faisaient foi) elle avait été transportée jusqu'à Gaussan qui était encore un couvent de clarisses au XVIe siècle, lequel avait été rasé de fond en comble par les parpaillots au cours des guerres de Religion. À un moment quelconque, la crypte où l'on abritait la mer s'était écroulée sur elle et l'arbre tranquillement avait digéré ces décombres.

Le lendemain, au retour de la messe, je vis Tempier en contemplation devant la statue et se massant le menton. Il buvait à petits coups le café que Rosemonde lui avait apporté. Il ne me salua même pas. Sans un bonjour, il poursuivit devant moi sa pensée qui ne devait pas l'avoir quitté de la nuit.

— Tu comprends, me dit-il, ce qui prouve l'authenticité c'est que celui que j'ai vu, en Bessarabie, il avait toutes les cornes du quadrige absolument identiques et celui-là, là devant nous, il y en a trois qui ont les cornes parallèles et le quatrième les a en forme de lyre, renflées au milieu et se rejoignant en pointe au sommet.

Il m'entraîna jusqu'au tertre de l'arbre.

Les compagnons arrivaient en désordre dans le brouhaha de leurs camions et de leurs attelages.

Ils étaient fébriles de curiosité et n'avaient d'autre idée en tête que de retrouver à travers les vestiges épars qu'ils allaient déterrer la forme exacte de ce qu'ils recherchaient. La phrase latine de ce que signifiait l'œuvre d'art s'était imprimée dans leur épaisse cervelle et les mots *Testimonium quod infirmare non podest Sanctorum Scripturarum fidei* les avaient profondément bouleversés.

— J'ai vu la mer d'airain, dis-je à Paul. Tu veux la voir ? Elle est dans un vieux dictionnaire.

Il secoua la tête.

— Je la vois mieux en l'imaginant, dit-il.

— Mais tu m'as dit qu'Hiram avait été assassiné…

— Oui, par trois de ses compagnons qui lui demandaient le mot de passe pour accéder à son secret : trois fois ils le lui ont demandé et trois fois il n'a pu leur répondre. Tu comprends, son secret que lui demandaient ses ouvriers, c'était le visage de l'Éternel qu'ils auraient bien voulu voir, mais Hiram quoiqu'il en fût inspiré et qu'il le connût parfaitement, n'osa jamais figurer le visage de l'Éternel ni à plus forte raison le décrire à quiconque. Alors ils l'ont tué.

Paul me disait tout cela de sa voix posée, un peu traînante. Et moi je buvais ses paroles comme autrefois, à neuf ans, quand il me serrait le bras et tendait le doigt vers la tombe voisine en s'écriant :

« Regarde ! » Il venait de voir traverser l'air l'âme du Martin-Darnagas mort depuis trente ans.

Paul hocha la tête.

— Tu sais, c'est toujours l'histoire d'Œdipe et de son énigme. S'il était si fort pour découvrir les énigmes, pourquoi il n'a pas compris tout de suite que Jocaste était sa mère ? Et les assassins d'Hiram, puisqu'ils étaient disciples de la même foi en l'Éternel, pourquoi ils ont eu besoin de lui en demander l'essence ?

Il me disait tout cela de sa bonne grosse voix. Je lui demandai à brûle-pourpoint :

— Et Aigremoine, tu penses qu'elle va croire en voyant ?

Il me regarda avec pitié.

— Si elle a pas cru en naissant, tu sais, toutes les preuves que tu voudras…

Néanmoins, je m'obstinai. Je ne voulais dévoiler le chef-d'œuvre à ma femme que lorsqu'on l'aurait reconstitué. Là, peut-être, elle éprouverait un choc et à partir de là mon amour persuasif pourrait peut-être l'atteindre.

J'avais séparé par un paravent le salon de la salle à manger. Aigremoine ne descendait presque plus le grand escalier et demeurait en sa chambre servie par Julie qui ne la quittait plus. Mais même à Julie je ne voulais montrer l'œuvre qu'achevée.

Déjà les quadriges avaient été déposés sur le sol du salon. Les compagnons avaient disposé des sacs de jute pour faire un chemin afin de ne pas abîmer les damiers noirs et blancs qui faisaient l'orgueil du hall.

Ils se hâtaient depuis le tertre, en un va-et-vient constant de fourmis au travail. Ils avaient constitué un filigrane en treillis métallique et ils palabraient tout autour en échangeant leurs idées sur tel fragment ou sur tel autre.

Les trois autres quadriges avaient été retrouvés intacts, et ceux-ci contrairement au premier étaient tous pourvus des cornes rectilignes bien droites qui n'avaient aucun rapport avec les bovidés de nos régions. Chaque quadrige était aussi lourd qu'une enclume et il avait fallu leur faire franchir les marches du perron à l'aide d'un éfourceau que trois hommes attentifs soutenaient.

Comme Cuvier remodela le diplodocus à l'aide d'une seule vertèbre, Tempier essayait de reconstituer le cratère de bronze en prenant comme base de son travail les quadriges placés dans la salle à manger aux quatre points cardinaux. Par bonheur, ayant résisté au temps grâce à leur masse compacte, ils étaient tous intacts. J'avais montré à mon ami la figure de l'ancien dictionnaire représentant la mer d'Hiram et je peux dire que, durant tout le temps que dura la reconstitution, je restais là, regardant de tous mes yeux, examinant le moindre débris que je touchais avec vénération.

L'atmosphère respirait l'odeur âcre du métal rougi à blanc mariée à celle de l'oxygène qui se sublimait en flammes bleues et roses. Peu à peu, le cratère d'airain livrait son mystère.

Les forgerons apportaient en triomphe le plus petit éclat qu'ils nettoyaient religieusement, s'efforçant d'identifier la place que le fragment devait tenir dans l'ensemble.

Tout en coupant des lamelles de fromage avec leurs opinels, ils s'offraient, comme en un banquet, de longs conciliabules contradictoires autour de la grande table de la salle à manger où se lisaient encore les flétrissures de cire chaude et de fonds de plats brûlants, témoins de trois cents ans de ripailles en des fêtes perdues.

D'un côté de cette table étaient étalées, comme en une exposition de fossiles, les moindres traces de métal arrachées à la digestion de l'arbre, et de l'autre, soigneusement épinglée, une feuille de papier Canson où ils dessinaient à tâtons comme un puzzle les parties manquantes de la mer d'Hiram.

Chaque matin, quand devant eux le cratère commençait à révéler sa forme, ils se découvraient devant lui. Ils recréaient les baptêmes sacrés qui avaient dû se célébrer autour de cette cuve et cela leur imposait le chuchotement d'église où se limitaient leurs rares paroles.

Leur travail d'artisan était irréprochable. Même les parties qu'ils avaient dû imaginer paraissaient aussi anciennes que celles d'origine. Le galbe du vase était coiffé d'un couvercle semblable à un bouclier. C'était le seul élément qui fît allusion à la guerre, avec sa déesse debout et rayonnante.

Ils avaient poncé les marques des niellages détruits puis les avaient recouvertes d'un sombre vernis cuivré anonyme, comme si des devinettes énigmatiques laissaient le spectateur libre de les interpréter.

Ils s'étaient abstenus, dans les vides mangés par l'arbre durant sa vie, de reconstituer les travaux et les jours qui historiaient entièrement les flancs du vase d'illustrations où étaient célébrées les quatre saisons.

Comme si les arbres, la terre, l'herbe, les animaux, les semailles et les moissons avaient été il y a quatre mille ans l'unique préoccupation de l'homme. Il existait, ciselée parmi l'énigme des fragments perdus, l'esquisse d'un demi-berger aux jambes disparues et qui jouait du tympanon appuyé contre une colonne brisée.

La guirlande de bœufs qui cernait l'œuvre d'art en une ronde sempiternelle avait été découverte intacte au plus profond de la crypte écroulée. Les anses énormes du cratère étaient gravées de deux

Gorgones mythologiques difficilement explicables et qui tiraient la langue au monde entier.

C'étaient les seules allusions aux forces mauvaises qui depuis ce temps et avant lui ont toujours entravé la marche de l'humanité. Jusqu'ici l'Antiquité comme les temps modernes n'avaient jamais proposé à nos méditations que des étripaillages, des vengeances et des démonstrations de force. Je me souvenais de mes livres d'histoire. Les enjolivures des vases antiques et leurs incrustations n'offraient à nos yeux d'enfants que des combats où la louange était réservée à la force, à la brutalité, à la ruse déloyale. Ce n'étaient que sabres au clair et poignards sur la gorge. Je revoyais, dans mes livres de classe, le sacrifice du minotaure par Thésée, la daube de chair humaine qu'Atrée fit servir à ses ennemis. Je revoyais le motif d'un vase grec somptueux avec ses flancs historiés : hoplites grecs dansant la pyrrhique. C'était une danse de mort à coups de lance.

Ici au contraire, c'était un art charmant, délicat, naïf. Un art sortant du néant de l'histoire et qui n'avait jamais eu maille à partir avec la nature retorse des hommes. Un art de commencement des siècles quand la pureté de la terre toute neuve n'avait pas encore été souillée par l'aspiration de l'homme vers un quelconque pouvoir. Il n'y avait pas de victoire en vue sur les flancs de la mer d'Hiram. On doutait même si le peuple qui adorait l'Éternel à travers lui imaginait ce que c'était qu'une victoire et si le mot lui-même existait.

On était l'hiver, juste avant Noël, quand la dernière plaque de bronze nue et sans ornement fut juxtaposée aux flancs du vase par les maîtres ferronniers, lesquels continuaient à ne vouloir être que des forgerons de village.

La Noël vint. J'avais fait dire partout à Mane que ce soir-là, après la messe, je ferais au château une grande distribution de vin chaud et que je réservais une surprise à mes hôtes d'un soir. J'avais même préparé de mes mains une daube de consolation qui devait embaumer dans tous les coins du château.

Le peuple en rumeur n'avait pu ignorer mon invention ni manquer d'en tirer des conclusions extravagantes. Quelques-unes de mes commensales du matin s'en ouvrirent à l'abbé Sicard. Celui-ci vint en personne à Gaussan, en compagnie du curé de Mane. Tempier leur donna toutes les explications nécessaires mais au mot de franc-maçon qu'il prononça négligemment pour expliquer les origines de la connaissance d'Hiram par les gens de sa profession, les deux ecclésiastiques se redressèrent d'un pied et se tinrent ainsi offensés jusqu'au salut de congé de leur chapeau rond.

Sur le chemin du retour, ils se consultèrent longuement à propos de cette encombrante découverte qui leur parut sentir le fagot. Leur peu de lumière effarouchée par le terme franc-maçon ne leur fut pas d'un grand secours.

Il était trop tard pour demander l'arbitrage de l'évêque et, à plus forte raison, de faire connaître la chose au Vatican qui mettrait dix ans à laisser moisir la réponse ou en donner une évasive.

Au prêche de l'Avent, ils défendirent aux gens de Mane et de Forcalquier d'aller porter leur contemplation et même leur curiosité à ce témoin d'un ciel oublié.

Mais au préalable, j'avais voulu que l'œuvre d'art fût dévoilée pour Aigremoine d'abord. J'avais retiré le paravent derrière lequel s'élaborait la reconstitution de la Mer. J'avais savamment mis celle-ci en abyme pour que le mystère demeurât total. Elle luisait dans la pénombre de quelques candélabres çà et là disposés.

Tous les compagnons étaient là. Ils s'étaient mis *un peu propres* pour la circonstance. Entendez qu'outre leur costume de mariage, ils avaient arboré à leurs cous ravinés le cordon qui nous sert à nous autres Provençaux à faire cérémonie. Ils avaient aussi amené leurs épouses car ils étaient fiers du travail accompli et de son résultat.

Aigremoine ne pouvait déjà plus quitter sa chambre. Les compagnons montèrent la chaise à porteurs qui ornait le grand vestibule et descendirent la malade triomphalement jusqu'au seuil.

Ils s'alignèrent de leur plein gré devant la Mer et mirent chapeau bas.

Notre simplicité à tous était garante de la solennité de l'instant.

J'étais aux pieds d'Aigremoine qu'on avait extraite de la chaise et installée dans un fauteuil devant l'œuvre d'art surgie du néant.

Je tins à genoux et à voix basse devant mon épouse bien-aimée le plus long et le plus beau discours persuasif sur la foi qu'incroyant ait jamais prononcé. C'était un long poème d'amour en faveur de l'éternité de l'âme. Cinq fois je lui lus la ligne où dom Venteyrol au XIVe siècle loue en la Mer la preuve irréfutable de la véracité des Saintes Écritures. Je le lisais avec un peu d'emphase, tel qu'il était écrit en latin sur le parchemin.

Elle eut un doux sourire.

— C'est un homme qui a exprimé ça, dit-elle, et même s'il y a sept cents ans… c'est court sept cents ans ! Que pouvait-il en savoir ?

Elle posa sur la mienne sa main décharnée et elle me dit :

— Vous savez, Félicien, je vous suis plus que reconnaissante pour toutes vos gentilles attentions, mais…

Elle secoua la tête et me chuchota à l'oreille.

— La hideur de la mort me masque le visage de Dieu.

Elle fit signe aux ferronniers qu'elle voulait remonter chez elle.

Ma bataille était livrée et perdue. Si Aigremoine ne se laissait pas convaincre par ce chef-d'œuvre surgi du néant qu'elle pouvait caresser et toucher du doigt et qui avait traversé les temps bibliques pour être enlevé du Temple par les croisés, être enseveli pendant sept siècles sous un arbre, être vomi par un hoquet de la terre et nous être restitué aujourd'hui afin qu'elle le vît, si tout cela ne suffisait pas, c'est que sa raison était plus forte que la peur qu'elle m'avait une nuit exprimée. À l'espoir insensé, elle préférait l'anéantissement.

J'avais envie de m'incliner bien bas devant cet être d'exception ou de m'agenouiller devant elle. J'étais plein d'admiration autant que d'amour car je n'oubliais pas qu'en même temps qu'elle niait toute consolation possible, la douleur physique irrésistible la consumait et la minait.

À mon invitation de mécène, il ne vint que quelques femmes et peu d'hommes. La condamnation en chaire de mon invention avait porté ses fruits. Les fidèles n'osèrent pas.

Julie et moi n'avions que nos armes pour lutter avec Aigremoine. Nos deux amours contre la mort conjuguées ne pouvaient pas se mesurer avec l'image que chaque matin sa psyché lui renvoyait de son visage à moitié détruit autrefois et dont la maladie achevait d'effacer la beauté. Nous y mettions pourtant tout notre cœur. Il n'y avait qu'en jouissant qu'elle oubliait son cancer.

Lettre posthume de Félicien Brédannes, comte de Gaussan, à Tiphaine de Ker-Maria, pianiste.

À vous, madame, que j'ai si souvent prise à témoin et interpellée au cours de cette longue narration ; vous qui êtes protégée par la froide gloire aux bras intangibles de tout vieillissement à chaque fois que vous saluez les salles combles qui vous acclament ; vous qui êtes si lointaine et que j'ai aimée autrefois, sans être payé de retour, c'est à vous que je reviens, pour peu de temps, maintenant que je suis seul. Si vous avez, madame, accordé jusque-là quelque crédit à mon récit, vous me connaissez à fond et vous savez qu'au creux de mon âme libertine se cache la vigilance universelle d'un saint-bernard pour soulager le malheur de tous ceux qui m'approchent. Vous savez que j'ai porté la soupe chaque soir et l'inépuisable optimisme de ma conversation à de vieilles dames de Forcalquier qui n'avaient plus que moi pour se plaindre du temps qui fuyait entre leurs doigts, leur arrachant même de la mémoire leurs souvenirs. Imaginez alors ce que fut ma compassion pour cet être au destin tragique que fut Aigremoine quand elle tomba dans ma vie.

Si vous n'avez pas le courage d'affronter la vérité, jetez cette lettre. Pourtant il faut bien que vous envisagiez vous aussi les intermittences du cœur. Vous connaissez ma vie, mon caractère et mes errements. Je vous en ai fait très souvent le témoin.

Sachez donc que j'ai honoré le corps d'Aigremoine jusqu'à sa mort. Elle mourut ma bouche sur son ventre. Julie m'enlaça de dos, je sentis contre mon cou les larmes de sa désolation. Depuis le commencement de la nuit, nous la sentions fondre, Aigremoine, entre nos bras fraternels, nous échapper. Julie voulut s'emparer de moi qui m'écartai d'Aigremoine en le seul réflexe d'horreur qui m'ait jamais échappé. Celle à qui elle appartenait désormais, livrée aux mystérieuses transformations qui allaient suivre cette possession, venait de me repousser violemment. Je me redressai. Les yeux d'Aigremoine étaient ternes. Je rabattis doucement les paupières sur les globes sans reflet.

C'était fraternellement aussi que Julie voulut m'offrir son corps vivant pour m'apporter l'oubli immédiat de celui qu'on venait de souffler. Je l'écartai doucement. Ce n'était pas elle que j'aimais, c'était la morte.

Voilà, madame, le récit de mon échec total. Aigremoine était morte sans Dieu comme elle avait vécu, dans le même stoïcisme et la même ignorance consciente. Mes derniers efforts n'avaient pu entamer, de mon épouse bien-aimée, l'intime conviction.

Ainsi, ma chère Tiphaine, je vais terminer l'histoire de cette famille qui va s'enliser et se perdre dans la machinerie mystérieuse de la postérité, passage digestif fait pour tout assimiler et tout oublier aussitôt ; tache d'humidité que le soleil absorbe.

L'arbre encore pour quelque temps témoignera par son cadavre encombrant, mais comme toute chose il finira par se désagréger, les branches les plus grosses se détacheront du tronc. Un jour quelque marchand de bois viendra vous dire :

— Qu'est-ce que vous en faites de ce tronc ? Je vous l'achète !

Et il le fera débiter en bûches et il ira finir dans les cheminées d'alentour.

Sur ce chêne, j'ai fait prélever par les compagnons les quatre planches du cercueil d'Aigremoine et voici où je voulais en venir.

Je vous lègue ce château et toutes ses dépendances pour qu'il résonne des harmonies que vous savez si bien évoquer. L'acoustique y est fort bonne et vous vous souviendrez de moi et vous pourrez comme autrefois y faire résonner les accents que vous interprétiez pour moi à quinze ans sans le savoir (j'avais douze ans et j'étais caché dans le manteau de la cheminée), la *Sonate au clair de lune* que j'entends ce soir s'égrener en moi avec les accords d'autrefois. (Vous souvenez-vous ? C'était au château de Montmaur.)

En échange de ce don que je vous fais, je ne vous demande qu'une seule chose : j'ai fait creuser à l'emplacement de l'arbre, là où était ensevelie la mer d'Airain, le tombeau d'Aigremoine assez vaste pour contenir aussi le chef-d'œuvre d'Hiram que j'y ai fait descendre par les compagnons de Tempier. Vous trouverez aux écuries, derrière une stalle, douze mètres de chaîne à puits. Je veux que vous fassiez sceller mon cercueil à celui d'Aigremoine. Tempier se chargera de ce travail s'il est encore en vie.

Ainsi nos poussières, à elle et à moi, par la chimie de nos pourritures enfin mêlées dans nos cercueils vermoulus, seront à l'abri mystérieux de la terre mère de notre sort. Il se fera que nos âmes purifiées se rejoindront dans l'éternité de leur conscience morte. La contraction du sol les blottira l'une contre l'autre jusqu'à l'osmose parfaite. Notre sépulture aussi s'écrasera sur nous et sera pulvérisée.

Mais le chêne que je vous demande de planter sur notre tombe témoignera que nous avons vécu.

Et peut-être que quelque berger d'Arcadie, quelque jour, viendra admirer la verte vieillesse de ce nouvel arbre pour méditer en silence et penser en soi comme le poète :

Le don de vivre a passé dans les fleurs.

Forcalquier
Jour de Noël
Huit heures du matin

DU MÊME AUTEUR

Aux Éditions Denoël

LA MAISON ASSASSINÉE (Folio Policier n° 87).

LES COURRIERS DE LA MORT (Folio Policier n° 79).

LE MYSTÈRE DE SÉRAPHIN MONGE (Folio Policier n° 88).

L'AMANT DU POIVRE D'ÂNE (Folio n° 2317).

POUR SALUER GIONO (Folio n° 2448).

LES SECRETS DE LAVIOLETTE (Folio Policier n° 133).

LA NAINE (Folio n° 2585).

PÉRIPLE D'UN CACHALOT (Folio n° 2722).

LA FOLIE FORCALQUIER (Folio Policier n° 108).

LES ROMANS DE MA PROVENCE (album).

L'AUBE INSOLITE (Folio n° 3328).

UN GRISON D'ARCADIE (Folio n° 3407).

LE PARME CONVIENT À LAVIOLETTE (Folio Policier n° 231).

L'OCCITANE, UNE HISTOIRE VRAIE.

L'ARBRE, nouvelle extraite des SECRETS DE LAVIOLETTE (Folio 2 € n° 3697).

APPRENTI (Folio n° 4215).

UN MONSTRE SACRÉ (Folio n° 4411).

MA PROVENCE D'HEUREUSE RENCONTRE, guide secret (Folio n° 4474).

LAURE DU BOUT DU MONDE (Folio n° 4587).

CHRONIQUE D'UN CHÂTEAU HANTÉ (Folio n° 4987).

Aux Éditions Fayard

LE SANG DES ATRIDES (Folio Policier n° 109).

LE TOMBEAU D'HÉLIOS (Folio Policier n° 198).

LE SECRET DES ANDRÔNES (Folio Policier n° 107).

LE COMMISSAIRE DANS LA TRUFFIÈRE (Folio Policier n° 22).

LES CHARBONNIERS DE LA MORT (Folio Policier n° 74).

LES ENQUÊTES DU COMMISSAIRE LAVIOLETTE.

Aux Éditions Gallimard

L'ENFANT QUI TUAIT LE TEMPS (Folio n° 4030).

Aux Éditions du Chêne

LES PROMENADES DE JEAN GIONO (album).

Aux Éditions Alpes de lumière

LA BIASSE DE MON PÈRE.

COLLECTION FOLIO

Dernières parutions

4711. Flora Tristan — *Promenades dans Londres.*
4712. Mario Vargas Llosa — *Tours et détours de la vilaine fille.*
4713. Camille Laurens — *Philippe.*
4714. John Cheever — *The Wapshot.*
4715. Paule Constant — *La bête à chagrin.*
4716. Erri De Luca — *Pas ici, pas maintenant.*
4717. Éric Fottorino — *Nordeste.*
4718. Pierre Guyotat — *Ashby* suivi de *Sur un cheval.*
4719. Régis Jauffret — *Microfictions.*
4720. Javier Marías — *Un cœur si blanc.*
4721. Irène Némirovsky — *Chaleur du sang.*
4722. Anne Wiazemsky — *Jeune fille.*
4723. Julie Wolkenstein — *Happy End.*
4724. Lian Hearn — *Le vol du héron. Le Clan des Otori, IV.*
4725. Madame d'Aulnoy — *Contes de fées.*
4726. Collectif — *Mai 68, Le Débat.*
4727. Antoine Bello — *Les falsificateurs.*
4728. Jeanne Benameur — *Présent ?*
4729. Olivier Cadiot — *Retour définitif et durable de l'être aimé.*
4730. Arnaud Cathrine — *La disparition de Richard Taylor.*
4731. Maryse Condé — *Victoire, les saveurs et les mots.*
4732. Penelope Fitzgerald — *L'affaire Lolita.*
4733. Jean-Paul Kauffmann — *La maison du retour.*
4734. Dominique Mainard — *Le ciel des chevaux.*
4735. Marie Ndiaye — *Mon cœur à l'étroit.*
4736. Jean-Christophe Rufin — *Le parfum d'Adam.*
4737. Joseph Conrad — *Le retour.*
4738. Roald Dahl — *Le chien de Claude.*
4739. Fédor Dostoïevski — *La femme d'un autre et le mari sous le lit.*

4740. Ernest Hemingway — *La capitale du monde* suivi de *L'heure triomphale de Francis Macomber.*
4741. H.P. Lovecraft — *Celui qui chuchotait dans les ténèbres.*
4742. Gérard de Nerval — *Pandora* et autres nouvelles.
4743. Juan Carlos Onetti — *À une tombe anonyme.*
4744. R.L. Stevenson — *La Chaussée des Merry Men.*
4745. H.D. Thoreau — *« Je vivais seul, dans les bois ».*
4746. Michel Tournier — *L'aire du Muguet* précédé de *La jeune fille et la mort.*
4747. Léon Tolstoï — *La Tempête de neige* et autres récits.
4748. Tonino Benacquista — *Le serrurier volant.*
4749. Bernard du Boucheron — *Chien des os.*
4750. William S. Burroughs — *Junky.*
4751. Françoise Chandernagor — *La voyageuse de nuit.*
4752. Philippe Delerm — *La tranchée d'Arenberg et autres voluptés sportives.*
4753. Franz-Olivier Giesbert — *L'affreux.*
4754. Andrea Levy — *Hortense et Queenie.*
4755. Héléna Marienské — *Rhésus.*
4756. Per Petterson — *Pas facile de voler des chevaux.*
4757. Zeruya Shalev — *Thèra.*
4758. Philippe Djian — *Mise en bouche.*
4759. Diane de Margerie — *L'Étranglée.*
4760. Joseph Conrad — *Le Miroir de la mer.*
4761. Saint Augustin — *Confessions. Livre X.*
4762. René Belletto — *Ville de la peur.*
4763. Bernard Chapuis — *Vieux garçon.*
4764. Charles Julliet — *Au pays du long nuage blanc.*
4765. Patrick Lapeyre — *La lenteur de l'avenir.*
4766. Richard Millet — *Le chant des adolescentes.*
4767. Richard Millet — *Cœur blanc.*
4768. Martin Amis — *Chien Jaune.*
4769. Antoine Bello — *Éloge de la pièce manquante.*
4770. Emmanuel Carrère — *Bravoure.*
4771. Emmanuel Carrère — *Un roman russe.*
4772. Tracy Chevalier — *L'innocence.*
4773. Sous la direction d'Alain Finkielkraut — *Qu'est-ce que la France ?*

4774. Benoît Duteurtre	*Chemins de fer.*
4775. Philippe Forest	*Tous les enfants sauf un.*
4776. Valentine Goby	*L'échappée.*
4777. Régis Jauffret	*L'enfance est un rêve d'enfant.*
4778. David McNeil	*Angie ou les douze mesures d'un blues.*
4779. Grégoire Polet	*Excusez les fautes du copiste.*
4780. Zoé Valdés	*L'éternité de l'instant.*
4781. Collectif	*Sur le zinc. Au café avec les écrivains.*
4782. Francis Scott Fitzgerald	*L'étrange histoire de Benjamin Button* suivi de *La lie du bonheur.*
4783. Lao She	*Le nouvel inspecteur* suivi de *Le croissant de lune.*
4784. Guy de Maupassant	*Apparition et autres contes de l'étrange.*
4785. D. A. F. de Sade	*Eugénie de Franval.*
4786. Patrick Amine	*Petit éloge de la colère.*
4787. Élisabeth Barillé	*Petit éloge du sensible.*
4788. Didier Daeninckx	*Petit éloge des faits divers.*
4789. Nathalie Kuperman	*Petit éloge de la haine.*
4790. Marcel Proust	*La fin de la jalousie.*
4791. Friedrich Nietzsche	*Lettres choisies.*
4792. Alexandre Dumas	*La Dame de Monsoreau.*
4793. Julian Barnes	*Arthur & George.*
4794. François Bégaudeau	*Jouer juste.*
4795. Olivier Bleys	*Semper Augustus.*
4796. Éric Fottorino	*Baisers de cinéma.*
4797. Jens Christian Grøndahl	*Piazza Bucarest.*
4798. Orhan Pamuk	*Istanbul.*
4799. J.-B. Pontalis	*Elles.*
4800. Jean Rolin	*L'explosion de la durite.*
4801. Willy Ronis	*Ce jour-là.*
4802. Ludovic Roubaudi	*Les chiens écrasés.*
4803. Gilbert Sinoué	*Le colonel et l'enfant-roi.*
4804. Philippe Sollers	*L'évangile de Nietzsche.*
4805. François Sureau	*L'obéissance.*
4806. Montesquieu	*Considérations sur les causes de la grandeur des Romains et de leur décadence.*

4807. Collectif — *Des nouvelles de McSweeney's.*
4808. J. G. Ballard — *Que notre règne arrive.*
4809. Erri De Luca — *Sur la trace de Nives.*
4810. René Frégni — *Maudit le jour.*
4811. François Gantheret — *Les corps perdus.*
4812. Nikos Kavvadias — *Le quart.*
4813. Claudio Magris — *À l'aveugle.*
4814. Ludmila Oulitskaïa — *Mensonges de femmes.*
4815. Arto Paasilinna — *Le bestial serviteur du pasteur Huuskonen.*
4816. Alix de Saint-André — *Il n'y a pas de grandes personnes.*
4817. Dai Sijie — *Par une nuit où la lune ne s'est pas levée.*
4818. Antonio Tabucchi — *Piazza d'Italia.*
4819. Collectif — *Les guerres puniques.*
4820. Patrick Declerck — *Garanti sans moraline.*
4821. Isabelle Jarry — *Millefeuille de onze ans.*
4822. Joseph Kessel — *Ami, entends-tu...*
4823. Clara Sánchez — *Un million de lumières.*
4824. Denis Tillinac — *Je nous revois...*
4825. George Sand — *Elle et Lui.*
4826. Nina Bouraoui — *Avant les hommes.*
4827. John Cheever — *Les lumières de Bullet Park.*
4828. Didier Daeninckx — *La mort en dédicace.*
4829. Philippe Forest — *Le nouvel amour.*
4830. André Gorz — *Lettre à D.*
4831. Shirley Hazzard — *Le passage de Vénus.*
4832. Vénus Khoury-Ghata — *Sept pierres pour la femme adultère.*
4833. Danielle Mitterrand — *Le livre de ma mémoire.*
4834. Patrick Modiano — *Dans le café de la jeunesse perdue.*
4835. Marisha Pessl — *La physique des catastrophes.*
4837. Joy Sorman — *Du bruit.*
4838. Brina Svit — *Coco Dias ou La Porte Dorée.*
4839. Julian Barnes — *À jamais* et autres nouvelles.
4840. John Cheever — *Une Américaine instruite* suivi de *Adieu, mon frère.*
4841. Collectif — *«Que je vous aime, que je t'aime !»*

4842. André Gide — *Souvenirs de la cour d'assises.*
4843. Jean Giono — *Notes sur l'affaire Dominici.*
4844. Jean de La Fontaine — *Comment l'esprit vient aux filles.*
4845. Yukio Mishima — *Papillon* suivi de *La lionne.*
4846. John Steinbeck — *Le meurtre* et autres nouvelles.
4847. Anton Tchékhov — *Un royaume de femmes* suivi de *De l'amour.*
4848. Voltaire — *L'Affaire du chevalier de La Barre* précédé de *L'Affaire Lally.*
4849. Victor Hugo — *Notre-Dame de Paris.*
4850. Françoise Chandernagor — *La première épouse.*
4851. Collectif — *L'œil de La NRF.*
4852. Marie Darrieussecq — *Tom est mort.*
4853. Vincent Delecroix — *La chaussure sur le toit.*
4854. Ananda Devi — *Indian Tango.*
4855. Hans Fallada — *Quoi de neuf, petit homme ?*
4856. Éric Fottorino — *Un territoire fragile.*
4857. Yannick Haenel — *Cercle.*
4858. Pierre Péju — *Cœur de pierre.*
4859. Knud Romer — *Cochon d'Allemand.*
4860. Philip Roth — *Un homme.*
4861. François Taillandier — *Il n'y a personne dans les tombes.*
4862. Kazuo Ishiguro — *Un artiste du monde flottant.*
4863. Christian Bobin — *La dame blanche.*
4864. Sous la direction d'Alain Finkielkraut — *La querelle de l'école.*
4865. Chahdortt Djavann — *Autoportrait de l'autre.*
4866. Laura Esquivel — *Chocolat amer.*
4867. Gilles Leroy — *Alabama Song.*
4868. Gilles Leroy — *Les jardins publics.*
4869. Michèle Lesbre — *Le canapé rouge.*
4870. Carole Martinez — *Le cœur cousu.*
4871. Sergio Pitol — *La vie conjugale.*
4872. Juan Rulfo — *Pedro Páramo.*
4873. Zadie Smith — *De la beauté.*
4874. Philippe Sollers — *Un vrai roman. Mémoires.*
4875. Marie d'Agoult — *Premières années.*
4876. Madame de Lafayette — *Histoire de la princesse de Montpensier* et autres nouvelles.

4877.	Madame Riccoboni	*Histoire de M. le marquis de Cressy.*
4878.	Madame de Sévigné	*« Je vous écris tous les jours... »*
4879.	Madame de Staël	*Trois nouvelles.*
4880.	Sophie Chauveau	*L'obsession Vinci.*
4881.	Harriet Scott Chessman	*Lydia Cassatt lisant le journal du matin.*
4882.	Raphaël Confiant	*Case à Chine.*
4883.	Benedetta Craveri	*Reines et favorites.*
4884.	Erri De Luca	*Au nom de la mère.*
4885.	Pierre Dubois	*Les contes de crimes.*
4886.	Paula Fox	*Côte ouest.*
4887.	Amir Gutfreund	*Les gens indispensables ne meurent jamais.*
4888.	Pierre Guyotat	*Formation.*
4889.	Marie-Dominique Lelièvre	*Sagan à toute allure.*
4890.	Olivia Rosenthal	*On n'est pas là pour disparaître.*
4891.	Laurence Schifano	*Visconti.*
4892.	Daniel Pennac	*Chagrin d'école.*
4893.	Michel de Montaigne	*Essais I.*
4894.	Michel de Montaigne	*Essais II.*
4895.	Michel de Montaigne	*Essais III.*
4896.	Paul Morand	*L'allure de Chanel.*
4897.	Pierre Assouline	*Le portrait.*
4898.	Nicolas Bouvier	*Le vide et le plein.*
4899.	Patrick Chamoiseau	*Un dimanche au cachot.*
4900.	David Fauquemberg	*Nullarbor.*
4901.	Olivier Germain-Thomas	*Le Bénarès-Kyôto.*
4902.	Dominique Mainard	*Je voudrais tant que tu te souviennes.*
4903.	Dan O'Brien	*Les bisons de Broken Heart.*
4904.	Grégoire Polet	*Leurs vies éclatantes.*
4905.	Jean-Christophe Rufin	*Un léopard sur le garrot.*
4906.	Gilbert Sinoué	*La Dame à la lampe.*
4907.	Nathacha Appanah	*La noce d'Anna.*
4908.	Joyce Carol Oates	*Sexy.*
4909.	Nicolas Fargues	*Beau rôle.*
4910.	Jane Austen	*Le Cœur et la Raison.*
4911.	Karen Blixen	*Saison à Copenhague.*

4912. Julio Cortázar — *La porte condamnée* et autres nouvelles fantastiques.
4913. Mircea Eliade — *Incognito à Buchenwald...* précédé de *Adieu !...*
4914. Romain Gary — *Les trésors de la mer Rouge.*
4915. Aldous Huxley — *Le jeune Archimède* précédé de *Les Claxton.*
4916. Régis Jauffret — *Ce que c'est que l'amour* et autres microfictions.
4917. Joseph Kessel — *Une balle perdue.*
4918. Lie-tseu — *Sur le destin* et autres textes.
4919. Junichirô Tanizaki — *Le pont flottant des songes.*
4920. Oscar Wilde — *Le portrait de Mr. W.H.*
4921. Vassilis Alexakis — *Ap. J.-C.*
4922. Alessandro Baricco — *Cette histoire-là.*
4923. Tahar Ben Jelloun — *Sur ma mère.*
4924. Antoni Casas Ros — *Le théorème d'Almodóvar.*
4925. Guy Goffette — *L'autre Verlaine.*
4926. Céline Minard — *Le dernier monde.*
4927. Kate O'Riordan — *Le garçon dans la lune.*
4928. Yves Pagès — *Le soi-disant.*
4929. Judith Perrignon — *C'était mon frère...*
4930. Danièle Sallenave — *Castor de guerre*
4931. Kazuo Ishiguro — *La lumière pâle sur les collines.*
4932. Lian Hearn — *Le Fil du destin. Le Clan des Otori.*
4933. Martin Amis — *London Fields.*
4934. Jules Verne — *Le Tour du monde en quatre-vingts jours.*
4935. Harry Crews — *Des mules et des hommes.*
4936. René Belletto — *Créature.*
4937. Benoît Duteurtre — *Les malentendus.*
4938. Patrick Lapeyre — *Ludo et compagnie.*
4939. Muriel Barbery — *L'élégance du hérisson.*
4940. Melvin Burgess — *Junk.*
4941. Vincent Delecroix — *Ce qui est perdu.*
4942. Philippe Delerm — *Maintenant, foutez-moi la paix !*
4943. Alain-Fournier — *Le grand Meaulnes.*
4944. Jerôme Garcin — *Son excellence, monsieur mon ami.*
4945. Marie-Hélène Lafon — *Les derniers Indiens.*

Composition Nord Compo
Impression Novoprint
à Barcelone, 24 octobre 2009
Dépôt légal : octobre 2009

ISBN 978-2-07-039856-0./Imprimé en Espagne.

166895